国家社科基金
GUOJIA SHEKE JIJIN HOUQI ZIZHU XIANGMU
后期资助项目

洪兴祖《楚辞补注》研究

Research on Hong Xingzu's
Supplemental Explanation on the Verses of Chu

朱佩弦　著

WUHAN UNIVERSITY PRESS
武汉大学出版社

图书在版编目(CIP)数据

洪兴祖《楚辞补注》研究/朱佩弦著.—武汉:武汉大学出版社,
2024.9
国家社科基金后期资助项目
ISBN 978-7-307-24384-2

Ⅰ.洪… Ⅱ.朱… Ⅲ.①古典诗歌—诗集—中国—战国时代
②楚辞—研究 Ⅳ.I222.3

中国国家版本馆 CIP 数据核字(2024)第 086357 号

责任编辑:朱凌云   责任校对:李孟潇   版式设计:韩闻锦

出版发行:**武汉大学出版社** (430072 武昌 珞珈山)
(电子邮箱:cbs22@whu.edu.cn 网址:www.wdp.com.cn)
印刷:武汉邮科印务有限公司
开本:720×1000 1/16 印张:36.25 字数:629 千字 插页:1
版次:2024 年 9 月第 1 版 2024 年 9 月第 1 次印刷
ISBN 978-7-307-24384-2 定价:156.00 元

国家社科基金后期资助项目（18FZW055）

国家社科基金后期资助项目
出版说明

后期资助项目是国家社科基金设立的一类重要项目，旨在鼓励广大社科研究者潜心治学，支持基础研究多出优秀成果。它是经过严格评审，从接近完成的科研成果中遴选立项的。为扩大后期资助项目的影响，更好地推动学术发展，促进成果转化，全国哲学社会科学工作办公室按照"统一设计、统一标识、统一版式、形成系列"的总体要求，组织出版国家社科基金后期资助项目成果。

全国哲学社会科学工作办公室

前　言

洪兴祖的《楚辞补注》是宋代《楚辞》研究著作的典型代表，它是在王逸《楚辞章句》（以下简称《章句》）基础上，对《楚辞》王逸注进行补充阐释的著作。它是《楚辞》阐释逐渐从训诂到义理转向的标志，但仍然以训诂考据为主体。洪兴祖此书，因为承训诂之余韵，开义理之前绪，对后世的《楚辞》研究产生了巨大影响，也成为《楚辞》学史上非常精善的研究著作。本书主要以中华书局 1983 年点校本《楚辞补注》为依据，从以下几个方面进行研究：

绪论：系统梳理古今中外对《楚辞补注》的研究历史，并作概括、总结与评骘。结合《楚辞补注》研究史与当代国内外学界对洪兴祖《楚辞补注》的研究现状，阐释本书的研究动机、研究步骤、研究方法及创新之处。

第一章，洪兴祖的生平、著述及其思想。从生平、著述、思想三个方面阐述。生平部分主要是对洪兴祖生平作简要叙述；详考洪兴祖家族世系的源流脉络，并兼及其岳家之家世门第，力求全面系统了解洪兴祖的家庭情况；同时就学界尚未彻底厘清或并未关注的有关洪兴祖生平的五个问题进行细致的考索。交游方面大致介绍洪兴祖的交友取向，也关注到与洪兴祖同时期的较为著名的历史名人与其之交游：尚未为学界所探明的洪兴祖与此类历史名人间的细致联系，则广搜并细绎史料，再作细致之考据探究。凡此种种，皆试图从完整性、全面性、准确性等层面对洪兴祖的生平研究有所推进。著述部分主要是对洪兴祖一生的著述进行勾稽考索，并就目前能找到的材料对其著述内容、主旨作简单的介绍或合理的推测。思想部分，以《楚辞补注》为主，以洪兴祖生平的事迹、其他著述以及时人在笔记小说中对洪兴祖的记载为辅，从洪兴祖的文艺观、政治思想、佛道观等几个方面进行讨论，力求得出准确的结论。经研究，本书认为，洪兴祖是一个大体沿袭了儒家道德思想准则，又能跟上时代思潮步伐，在思想上有所创新的一个饱学之士。

第二章，《楚辞补注》的版本。首先对学界长期争论的《楚辞补注》及《楚辞考异》的成书问题进行考辨，结合晁公武《郡斋读书志》，陈振孙《直斋书录解题》里提及的诸多参校本的线索，逐步按图索骥，弄清每本书之确指与作者，再考证每本书或每位作者与洪兴祖之交游或联系，结合历代笔记小说及官私史料中的细微线索，得出《楚辞补注》《楚辞考异》成书的确切次数和大致时间。结合《楚辞补注》《楚辞考异》的成书源流沿革及相关历史背景，分析出因得罪权臣、受到党争余绪影响、受到政治倾轧等导致《楚辞补注》自序被删去，以及《楚辞补注》在宋代诸目录学家的著录中名称不同的原因，以此探求《楚辞补注》的早期版本面貌。其次，将《楚辞补注》与单行本《楚辞章句》、《文选》李善注中收录的王逸注作细致的比较与数据分析，以考见《楚辞补注》在《楚辞章句》体系《楚辞》注本中的重要校勘与版本价值。再次，网罗笔者可见所有《楚辞补注》的古刻本，从版式、体例、内容、递藏历史，以及与其他刻本的关系等方面充分介绍这些版本的面貌；而《楚辞补注》的现当代版本，则只选取大陆范围内1911—2021年出版的圈点或点校本作简单介绍。最后将《楚辞补注》的几种古刻和翻刻善本进行全面的校对，将所得异文列出一个详细的表格，便于对照，以了解每种善本的具体面貌和优劣所在。经比较，本书认为古刻本中，以汲古阁及其衍生的几个版本最为精善，是现代点校本的重要基础。这其中，清同治十一年金陵书局刻本可说是善本中的善本。而现当代版本中，以中华书局点校本和上海古籍出版社新点校本两个版本最为精善。

第三章，《楚辞补注》引书考。针对《楚辞补注》的暗引——即引书仅作"某人云"，不云所据"某人"何书；仅云所引书名并将书名作略称，不云所引书属何人；仅云"一曰""或曰"以及干脆不云引自他书的情况——一作完整的条辨。弄清洪兴祖所有暗引书籍的原始出处，然后结合明引的数据，对洪兴祖的引书情况作全面的数据分析，阐明洪兴祖《楚辞补注》的引书特点，对洪兴祖的训诂及阐释成就作一评价和判断。经过考辨，本书认为：洪兴祖所引书籍以经部小学类最多，《楚辞补注》确实是以训诂为主的《楚辞》阐释著作；《楚辞补注》洪兴祖引书确实较为该博，但大多数内容仍然集中在少数的几本常见辞书、字书、史书、地理书、文学总集注等；洪兴祖大量引用史部著作、《文选》及其注本，是由于汉赋和楚辞的一脉相承；并非所有引用书籍都为洪氏亲见，洪氏在引用时表现出审慎的态度；洪兴祖引书仍然有不严谨之处。

第四章，出土文献与《楚辞补注》的校读。利用甲骨、金文、简牍、帛书等出土文献，对《楚辞》文本的原貌进行一番条辨式的探讨，结合前人利用出土文献校读《楚辞》的成果，进行详细的数据统计，以此评价洪兴祖《楚辞补注》的校勘成果。经过校读考辨，本书认为，洪兴祖写成的《楚辞》定本，以及从其他参校本中录出的异文，很多地方都很可能是《楚辞》的原貌或古貌。洪兴祖《楚辞补注》一书，对于了解《楚辞》古貌或原貌是具有极大的参考价值的。

第五章，《楚辞补注》对后世的影响——以朱熹《楚辞集注》（以下简称《集注》）、戴之麟《楚辞补注疏》为中心。本章分三节，第一节回顾楚辞的研究历史及《楚辞补注》对历代《楚辞》研究的影响。第二节从在屈原评骘上的影响、在《楚辞》诸篇归类上的影响、在训释方法上的影响、在训释内容上的影响四个方面，详细系统地探究《楚辞补注》对稍后另一重要《楚辞》阐释著作《楚辞集注》的深刻影响。第三节详细介绍历史上第一部全面系统针对《楚辞补注》进行疏证的著作《楚辞补注疏》。通过条举的形式分析该书的体例、成就与不足，并以此观照《楚辞补注》对《楚辞补注疏》及后世之影响。经过研究，本书认为，戴之麟《楚辞补注疏》一书正反映了《楚辞补注》对后世的巨大影响——戴之麟对洪兴祖成说的大量袭取及拓展补充，说明洪兴祖《楚辞补注》在 20 世纪 40 年代的《楚辞》研究中仍有重要参考价值；戴之麟对洪兴祖旧说的批驳和辨正，也说明了《楚辞补注》是《楚辞》研究中极为重要的一本书，《楚辞》研究要有新的发现，也无法绕开此书中的观点，必须先有充足的证据将《楚辞补注》中的说法推翻，才能提出新的说法，这正见《楚辞补注》的影响。

目　　录

绪论 ·· 1

    一、研究现状综述 ··· 8

    二、研究思路和方法 ··· 55

    三、本研究的创新 ··· 56

第一章　洪兴祖的生平、著述及其思想 ························· 58

  第一节　洪兴祖的生平 ··· 58

    一、洪兴祖生平简介 ··· 58

    二、洪兴祖的家世与交游 ··· 59

    三、洪兴祖生平存疑问题考索 ····································· 70

  第二节　洪兴祖的著述 ··· 81

    一、经部著述 ··· 82

    二、史部著述 ··· 86

    三、子部著述 ··· 87

    四、集部著述 ··· 89

  第三节　洪兴祖的思想 ··· 91

    一、文艺思想 ··· 91

    二、政治思想 ··· 95

    三、道统思想 ··· 100

    四、佛道思想 ··· 107

    五、其他思想 ··· 117

  小结 ··· 122

第二章　《楚辞补注》的版本 ··································· 124

  第一节　《楚辞补注》的早期面貌、版本和传播 ··········· 124

    一、《楚辞补注》与《楚辞考异》的成书 ······················ 124

　　二、洪兴祖《楚辞补注》自序的亡佚 ……………………………… 133

　　三、《楚辞考异》的单行与散附 …………………………………… 139

　　四、《楚辞补注》的早期版本 ……………………………………… 142

　第二节　《楚辞补注》的元、明版本 ……………………………………… 162

　第三节　《楚辞补注》的清代版本 ………………………………………… 171

　　一、清康熙间汲古阁毛表重刊宋本 ……………………………… 173

　　二、翻刻汲古阁本 ………………………………………………… 180

　　三、清抄本 ………………………………………………………… 197

　第四节　《楚辞补注》的现当代版本 ……………………………………… 198

　　一、《丛书集成初编》本 …………………………………………… 198

　　二、北京中华书局本 ……………………………………………… 199

　　三、《中国古代诗词珍本丛书》本 ………………………………… 199

　　四、《四库家藏丛书》本 …………………………………………… 200

　　五、南京凤凰出版社本 …………………………………………… 200

　　六、《湖湘文库》本 ………………………………………………… 200

　　七、上海古籍出版社本 …………………………………………… 201

　　八、戴之麟《楚辞补注疏》本 ……………………………………… 201

　小结……………………………………………………………………… 202

第三章　《楚辞补注》引书考 ……………………………………………… 243

　第一节　《楚辞目录》与《离骚》部分引书考 …………………………… 244

　第二节　《九歌》与《天问》部分引书考 ………………………………… 266

　第三节　《九章》《远游》《卜居》《渔父》部分引书考 ………………… 284

　第四节　《九辩》《招魂》《大招》《惜誓》《招隐士》《七谏》

　　　　　《哀时命》《九怀》《九叹》《九思》部分引书考 ………………… 305

第四章　出土文献与《楚辞补注》的校读 ………………………………… 355

　第一节　出土文献与《离骚》的校读 …………………………………… 357

　第二节　出土文献与《九歌》的校读 …………………………………… 368

　　一、《湘君》 ………………………………………………………… 368

　　二、《大司命》 ……………………………………………………… 374

　　三、《少司命》 ……………………………………………………… 376

　　四、《山鬼》 ………………………………………………………… 378

　第三节　出土文献与《天问》的校读 …………………………………… 378

第四节　出土文献与《九章》《远游》《卜居》《九辩》的校读 ………… 385

一、《九章·悲回风》 ………………………………………… 385

二、《远游》 ………………………………………………… 388

三、《卜居》 ………………………………………………… 389

四、《九辩》 ………………………………………………… 390

第五节　出土文献与《招魂》的校读 ………………………… 392

第六节　出土文献与《惜誓》《招隐士》《七谏》《哀时命》

《九怀》《九叹》的校读 ………………………… 396

一、《惜誓》 ………………………………………………… 396

二、《招隐士》 ……………………………………………… 397

三、《七谏·自悲》 ………………………………………… 398

四、《哀时命》 ……………………………………………… 399

五、《九怀·思忠》 ………………………………………… 400

六、《九怀·株昭》 ………………………………………… 400

七、《九叹·离世》 ………………………………………… 401

小结 ……………………………………………………………… 403

第五章　《楚辞补注》对后世的影响

——以朱熹《楚辞集注》、戴之麟《楚辞补注疏》为中心 …… 405

第一节　《楚辞》研究史回顾及《楚辞补注》对历代的影响 ………… 405

一、《楚辞》研究史回顾 …………………………………… 405

二、《楚辞补注》对历代的影响 …………………………… 406

第二节　洪兴祖《楚辞补注》对朱熹《楚辞集注》的影响 ………… 412

一、在屈原评骘上的影响 …………………………………… 413

二、在《楚辞》诸篇归类上的影响 ………………………… 421

三、在训释方法上的影响 …………………………………… 422

四、在训释内容上的影响 …………………………………… 424

第三节　洪兴祖《楚辞补注》对戴之麟《楚辞补注疏》的影响 ………… 429

一、戴之麟及其《楚辞补注疏》 …………………………… 429

二、《楚辞补注疏》的体例 ………………………………… 444

三、《楚辞补注疏》的成就与不足 ………………………… 474

四、从《楚辞补注疏》看《楚辞补注》对后世的影响 …………… 499

结语 ……………………………………………………… 508

附录　洪兴祖《韩文辨证》佚文 ……………………………………… 511

参考文献……………………………………………………………………… 545

绪　论

　　"楚辞"之名，或当始于汉初，《汉书·地理志》称："始楚贤臣屈原被谗放流，作《离骚》诸赋以自伤悼。后有宋玉、唐勒之属，慕而述之，皆以显名。汉兴，高祖王兄子濞于吴招致天下娱游子弟，枚乘、邹阳、严夫子之徒，兴于文、景之际，而淮南王安亦都寿春，招宾客著书，而吴有严助、朱买臣贵显汉朝，文辞并发，故世传楚辞。"①遍考载籍，未见论"楚辞"之得名有早于此时者。揆诸"楚辞"之义，要有三解：一谓"后人辑选屈原、宋玉等人作品而成的一部书"，以为书名；二谓"出现在战国时期楚国地区的新诗体"，以为诗体名；三谓"战国时代一些楚人以及后来一些人的仿骚之作"，以为一类作品之统称。② 据汤炳正《屈赋探微》③、李大明《汉楚辞学史》④等专著之考证，到汉王逸《楚辞章句》定型为止，《楚辞》一书的结集，经历了先秦宋玉，汉武帝时期淮南小山，汉元、成帝时期刘向，东汉前期无名氏，东汉中期王逸诸人的历次编定，整合了屈原、宋玉，屈宋同时期其他楚人(如景差)以及汉代诸家(如东方朔、王褒等)的诸多辞赋作品。虽代有学者或注家亦以"楚辞"名篇，在王逸《楚辞章句》的基础上增删作品(如王夫之《楚辞通释》，汪瑗《楚辞集解》等)，自成新书。但以王逸《楚辞章句》为代表的《楚辞》的内容框架体系，往往是后世对《楚辞》这一书名背后具体篇目内容的普遍认识。可以说，《楚辞》一书的书名，恰如其分地涵盖了"楚辞"一词的三个层面的意义，即《楚辞》乃是收录了"屈原、宋玉等人作品"以及"战国时代一些楚人以及后来一些人的仿骚之作"的，典型地呈现出"战国时期楚国地区的新诗体"即骚体特征的一部诗歌总集。

---

① (东汉)班固撰；(唐)颜师古注：《汉书》第 6 册，北京：中华书局，1974 年，第 1668 页。

② 孙巧云：《元明清楚辞学史》，杭州：浙江工商大学出版社，2013 年，第 2 页。

③ 汤炳正：《屈赋探微》，济南：齐鲁书社，1984 年，第 85~110 页。

④ 李大明：《汉楚辞学史》，成都：电子科技大学出版社，1994 年，第 255~256 页。

以王逸《楚辞章句》的框架内容为基础的《楚辞》一书，历来被视为中国第一部浪漫主义诗歌总集和骚体类文章的总集，是我国诗歌史上继《诗经》后的第二座高峰。历来论及中国古典诗歌源头，皆以《诗经》《楚辞》并称。两者无论在内容上还是形式上都对后世文学产生了巨大的影响。沈约曾指出："是以一世之士，各相慕习，源其飙流所始，莫不同祖《风》《骚》。"①诚然，由于《诗经》最早确立了赋、比、兴等最为朴素、基础的文学修辞方式，往往被学界视为中国文学的"百代不祧之祖"②；同时，《诗经》以其关注现实的风雅精神，对后世的文学创作、文学思潮的出现、文学运动的兴起产生了深远的影响，起到了较强的促进催化作用（如汉乐府诗缘事而发的特点、建安诗人的慷慨之音、元白的"新乐府运动"等）③，也被奉为中国文学最高远之源头，但在汉代确立的"经学"大背景下，《诗经》在古代往往呈现出"载道之器"的形态，其思想教化意义常常大于其文学价值，这在文学确立了其独立地位的魏晋六朝时期亦然。反观《楚辞》，由于其代表了"中国诗歌由民间集体创作进入了诗人个性化创作的时代"④，故其能于文学独立地位确立之前的战国时代，带有不完全依附于载道观念的独立审美价值。这也是在古代的图书分类体系里，《楚辞》为何往往被视为纯文学之源头的原因。是以《汉书·艺文志》于"诗赋略"首陈"屈原赋之属"，次列"多得屈、宋影响和沾溉"⑤的"陆贾赋之属"，却把以荀子《赋篇》为代表的，偏重于说理的"荀卿赋之属"列于二者之后。《隋书·经籍志》《四库全书总目》《郡斋读书志》等各类官私书目于载录纯文学作品的集部亦皆首列"楚辞类"。这或许可以说明，《楚辞》在古代的文学观念里，较之《诗经》更具有"百代不祧"的诗歌或文学源头的地位。

而"楚辞"作为身兼两体（诗、赋）的一种文学体裁，则同样对后世的诸多文体的变化、文学思潮的生发、文学运动的兴起产生过不可忽视的影响。先以诗体论，《楚辞》的产生与兴盛，对五、七言诗的发展起着举足轻重的作用。钟嵘《诗品》专论五言诗，虽曾于上品首见诸人（如曹植、阮籍等）略论其诗歌风格、旨趣承《诗经》而来，却于《诗品序》中明确指出

① （梁）沈约：《宋书》第6册，北京：中华书局，1974年，第1778页。
② 李泽厚：《美的历程》，北京：三联书店，2014年，第58~60页。
③ 袁行霈：《中国文学史（第三版）》第1卷，北京：高等教育出版社，2018年，第68~69页。
④ （汉）王逸撰；黄灵庚点校：《楚辞章句》，上海：上海古籍出版社，2017年，《楚辞要籍丛刊导言》第1页。
⑤ 李大明：《汉楚辞学史》，成都：电子科技大学出版社，1994年，第25页。

"夏歌"与"楚谣"(以《离骚》"名余曰正则"为例证)"略是五言之滥觞也"①。张衡《四愁诗》作为较早的未成熟的七言诗,每段首句带有"兮"字的"我所思兮在××"句式,显著地反映了《楚辞》对七言诗发展的影响。今人孟修祥《楚辞影响史论》(湖北人民出版社 2003 年版)、《楚歌研究》(湖北人民出版社 2017 年版)、陈湘锋《楚辞体与五言诗简论》(《屈原研究论集》,湖北美术出版社 1999 年版)等专著、论文,都曾专门举《楚辞》中《九歌》《九章》《渔父》等具体篇目的例句,从语法、句式的角度,系统探究《楚辞》对五、七言诗形成的影响。再以赋体论,六朝整体尚绮艳藻饰的文学创作倾向,对诗歌的格律化、整齐化、对仗化的要求,也必然会显著地通过赋的骈化反映出来;骈赋、骈文在唐代占据的统治性地位则必然会导致与之相应的韩柳古文运动的反动;欧阳修等"宋六家"承袭韩柳主张,对赋又进行散文化改造,形成以欧阳修《秋声赋》,苏轼前、后《赤壁赋》为代表的"文赋";桐城派姚鼐将屈宋诸赋收入《古文辞类纂》,作为师法"古文"的具体学习材料。等等。应该说,赋的循环往复的骈散变化,反映的正是《楚辞》在后世的频繁分化、融合以及长远影响。而不仅仅只是文学体裁,《楚辞》在其内涵、风骨、文学技法上,屈原在其人格魅力上,都对后世文学作品的艺术风格、题旨、创作实践,乃至文人、士大夫的人生、政治、道德理想,产生了不可忽视的影响,此又学界笃论,例证实夥,可详参孟修祥《楚辞影响史论》中相关论述,此不赘举。

复次,著名楚辞研究专家周建忠先生曾提出"楚辞再现学"的概念,"主要指诗歌、音乐、舞蹈、电影、电视、戏剧、绘画、建筑、雕刻、书法等姊妹艺术再现楚辞所引起的评论与争鸣"②,也就是说,凡是《楚辞》中所涉及的人物、场景、名物、具体的本事等多方面的内容,在为后代所普遍接受,并频繁地以图画或文字的方式,反映于诗歌、书法、绘画、雕刻、刺绣、酒令、团扇、戏剧(曲)、电视剧、电影等多类器物或艺术形式上后,针对这类再现楚辞的艺术形式及其内容的研究,都可纳入"楚辞再现学"的研究范畴。相应的研究成果有阿英《屈原及其诗篇在美术上的反映》(《文艺报》1953 年第 10 号),徐扶明《关于屈原的戏曲作品》(《湖北师范学院学报》1982 年第 3 期),温广义《历代诗人咏屈原》(内蒙古人民出版社 1982 年版)等。今人罗建新教授,更是在这一研究视域大力开拓,步武前修,博观约取,撰成卷帙厚重、内容详实、考证精密的集大成之作

---

① (梁)钟嵘撰;曹旭集注:《诗品集注》上册,上海:上海古籍出版社,2011 年,第 6 页。
② 周建忠:《当代楚辞研究论纲》,武汉:湖北教育出版社,1992 年,第 54 页。

《历代楚辞图像文献研究》二册(中华书局 2021 年版)。以此足见《楚辞》在题材方面对后世其他艺术形式的影响的广泛与深远。

　　正是因为《楚辞》对后世文学、各类艺术形式的重要影响,以及屈原忠君爱国的理想人格形象对后世文人士大夫的范式作用,"楚辞"才能作为楚国体裁的文辞①,流传两千多年不见其衰,成为我国从古至今文学研究领域中的一门显学,代为注家、学者研究不辍,并时时开辟出新的研究视域。一般认为,古代楚辞学的发展,经历了汉代的章句训诂(以王逸《楚辞章句》为代表)、宋代的义理分析(以朱熹《楚辞集注》为代表)、清代的集大成(以蒋骥《山带阁注楚辞》、戴震《屈原赋注》等为代表)三个高峰②。而在古代楚辞学史中,对《楚辞》进行系统全面阐释的,最为人所熟知的代表性著作主要有三家,即汉王逸《楚辞章句》、宋洪兴祖《楚辞补注》(后文简称《补注》)、宋朱熹《楚辞集注》,皆可谓各具特色,自成一家之言。《楚辞补注》是洪兴祖据当时所传近二十种楚辞注本以及古本《楚辞释文》,在王逸《楚辞章句》的基础上所作的补充注释,它是《楚辞》注本在宋元阶段的代表性著作,是《楚辞》阐释史上的第二座里程碑。它虽然并不作为宋代义理分析的代表作,但其里程碑的历史地位,却正好反映了它在《楚辞》研究由汉学向宋学历史转型过程中扮演的重要过渡角色。

　　关于《楚辞补注》的阐释特点与成就,前人多有论述。如易重廉《中国楚辞学史》就曾经指出,《楚辞补注》的成就体现在"精校异文""遍考方言""广征文献"三个核心的阐释特点上。③ 李中华、朱炳祥《楚辞学史》认为,《楚辞补注》之所以在《楚辞》研究史上有着重要的地位,主要是它有着"荟萃众本、校正文字""补释语义、驳正旧注""保存文献、载录遗说"三个方面的贡献。④ 李温良《洪兴祖〈楚辞补注〉研究》则将《楚辞补注》的成就概括为"广征典籍""疏通王注""订正王注""商榷他说""申发屈意""考录异文""保存佚说""注明音读"八端。⑤ 这类评价固然都是在前人题跋以及书目提要的基础上,通过细致的文本析读得出的精审论断,但这样的概括,往往流于对《补注》一书具体阐释方式或客观面貌的总结,未能归纳其阐释史或学术史等宏观层面上的重要意义。

① 王泗原:《楚辞校释》,北京:人民教育出版社,1990 年,第 1 页。
② 曾枣庄:《中国古代文体学(上):中国古代文体学史》,上海:上海人民出版社;上海书店出版社,2012 年,第 902 页。吴慧鋆:《近代楚辞学论纲》,北京:中华书局,2020 年,第 1 页。
③ 易重廉:《中国楚辞学史》,长沙:湖南出版社,1991 年,第 271~274 页。
④ 李中华、朱炳祥:《楚辞学史》,武汉:武汉出版社,1996 年,第 112~115 页。
⑤ 李温良:《洪兴祖〈楚辞补注〉研究》,新北:花木兰文化出版社,2011 年,第 212~213 页。

我们认为，《楚辞补注》最为核心的重要价值，主要体现在以下两点：

第一，首创补注，冲决陈规。梳理古典文献的发展历史，不难考见，《楚辞补注》是最早以"补注"二字冠于典籍阐释著作的，故"补注"之体例当具有首倡的标志性意义。而其开创性意义，并不仅仅体现在"补注"这一名称的首次使用上，更体现在"补注"的阐释体例对旧有阐释体例的突破上："补注"一体，颇类于南北朝时兴起、唐时大盛的对儒经及其旧注进行疏通的"义疏"之体①，但其却并不为义疏体的常规所束缚，反而显著地打破了义疏体"疏不破注"的旧例。故《楚辞补注》一书，就王注或前人旧注，不仅常常进行补足，亦时时予以辩驳乃至订正。上举易重廉、李中华、朱炳祥、李温良四氏，虽已点明《楚辞补注》"驳正旧注""订正王注""商榷他说"②之特点，但始终未凸显"补注"一体于阐释一端的首创意义：如易重廉仅简单提及洪补冲决王注之特点；李中华、朱炳祥则客观列举了相关例证③，证明洪补此一特点；而李温良虽然认为洪兴祖受到有宋一代疑经学风向哲学、史学、文学、目录学、校勘学诸学科迁移的影响，故此"兴祖身处其中，熏陶再三，故亦具疑辨创新之观念……《楚辞补注》一书，即其心有所感，致力论述之作也"④，却依然未从宏观层面标举"补注"体的阐释史意义。直至岳书法《洪兴祖〈楚辞补注〉体例说略》[《西南交通大学学报(社会科学版)》2004 年第 6 期]一文，始申明"就形式而言，洪氏补注一书，前之未有，亦可谓发凡起例，使中国传统传注体系中多补注一体"⑤，此后，马婷婷《两宋之际的楚辞研究》(西北师范大学 2010 年硕士学位论文)、刘洪波《解释学视野观照下的〈楚辞补注〉体例》[《东北师大学报(哲学社会科学版)》2012 年第 5 期]及《阐释学视野下的〈楚辞补注〉研究》(中国社会科学出版社 2016 年版)于此说递有重申⑥；而刘洪波

① 黄建荣：《〈楚辞〉古代注本研究》，上海：华东师范大学博士学位论文，2002 年，第 32 页。
② 易重廉虽未分条列项将《楚辞补注》的"订正旧注"的特点列出，但却强调："必须指出，洪补虽然紧紧配合王注，但它却不像唐代的'疏'那样一点也不敢违背'注'文。"然又未作进一步的深度阐发。参易重廉：《中国楚辞学史》，长沙：湖南出版社，1991 年，第 271 页。
③ 李中华、朱炳祥：《楚辞学史》，武汉：武汉出版社，1996 年，第 114~115 页。
④ 李温良：《洪兴祖〈楚辞补注〉研究》，新北：花木兰文化出版社，2011 年，第 210 页。
⑤ 岳书法：《洪兴祖〈楚辞补注〉体例说略》，《西南交通大学学报(社会科学版)》2004 年第 6 期。
⑥ 这期间又有以张丽萍《洪兴祖〈楚辞补注〉对楚辞研究的贡献》(《毕节学院学报》2009 年第 11 期)为代表的各类学位或期刊论文，张丽萍总结了《楚辞补注》在"解说旧注""补释语意""驳正旧注""阐发新意""载录遗说""考订异文"六个方面的贡献，其他诸家所论《楚辞补注》之成就、价值、贡献，皆未能脱出上举诸文所论之范畴，且皆与张丽萍一致，未尝及时关注到岳氏之说，此不赘述。

又认为："洪兴祖虽以疏解王注为主，但并未完全执行疏解原文及注的功用，亦未遵守'疏不破注'的原则"①，李娟《洪兴祖〈楚辞补注〉对王逸〈章句〉的批评》（《文艺评论》2013 年第 2 期）则鲜明地指出了"洪兴祖的努力，有力冲击了唐代疏解经典所遵循的'疏不破注'原则"②。可说自此以后，《楚辞补注》于"补注"一体开创性的重要地位始被鲜明申发。

第二，理、训兼顾，阐释适度。洪补于训诂之成就，考上举诸家归纳之成就，可以鲜明地窥见，此不赘论。洪补于义理之阐发，也间有前修约略论及，而关于其训诂、义理兼重所体现出的重要的学术史意义，却经历了较长时期的研究，被多位学者渐次地揭橥出来。易重廉指出："宋代的理学，北宋末年已经成熟。洪氏注《楚辞》，较朱熹略少理学气味。但他处处不离儒家步武，实际上把理学带进了楚辞研究。"③已稍稍注意到洪补的理学阐释特点，并结合南宋初期的政治形势，略举洪补进一步申发的，晁补之于《离骚新序上》中提出的"《小弁》之情"，说明洪补解屈原对怀王之怨，实与理学思潮有所关联；④李中华、朱炳祥发现，洪补进一步申发了王逸的"同姓无相去之义"，提出了"同姓无可去之义，有死而已""况同姓兼恩与义，而可以不死乎"的主张，以此反驳颜之推、刘知幾诸人对屈原"露才扬己，显暴君过""死而无益""亏明哲保身之义"的批评。但二氏并未探究洪氏此论与其生活时代的思想背景的关系；⑤李温良则提出，"北宋立国以来，学者致力于经学研究……其后且蔚为一股疑辨风潮，逐渐形成着重'道德性命'之理学，令儒学发展进入更深密之阶段"⑥，"洪兴祖受学术环境之熏陶亦颇明显……就治学方向言，范围包含经、史、子、集，且方法不拘一端，或为阐发义理如《论语说》，或由考据入手如《韩文辨证》，而其传世之作《楚辞补注》则兼二者之长"，注意到洪补义理阐发与考据兼顾的特点。孙光指出："《楚辞章句》《楚辞补注》和《楚辞集注》分别作为汉代和宋代楚辞研究的成功之作，典型地体现了汉、宋思想文化加之于楚辞学的各种影响，以及由这些影响导致的汉、宋楚辞学研究的历史转型：阐释目的由外向经世到内省治心的转变；文本注释由偏重训

①　刘洪波：《解释学视野观照下的〈楚辞补注〉体例》，《东北师大学报（哲学社会科学版）》2012 年第 5 期。
②　李娟：《洪兴祖〈楚辞补注〉对王逸〈章句〉的批评》，《文艺评论》2013 年第 2 期。
③　易重廉：《中国楚辞学史》，长沙：湖南出版社，1991 年，第 280 页。
④　易重廉：《中国楚辞学史》，长沙：湖南出版社，1991 年，第 277～278 页。
⑤　李中华、朱炳祥：《楚辞学史》，武汉：武汉出版社，1996 年，第 117 页。
⑥　李温良：《洪兴祖〈楚辞补注〉研究》，新北：花木兰文化出版社，2011 年，第 14 页。

诂到阐发义理的转变；研究视角由经学原则到文学观照的转变"①，并认为"王逸的注释致力于具体落实""朱熹侧重于义理阐发""而洪兴祖的注释既有依附补充王注的内容，又有留意大义、概括提升的部分，介于二人之间，呈现过渡的特征"②。开始通过洪补的兼顾训诂与义理两端的特点，开创性地凸显洪补在楚辞学史上的过渡性质，但引证材料尚显不足。刘洪波则在上述前修的基础上，进一步引证大量原始材料，指出《楚辞章句》重视训诂"，表现出"阐释不足"的特点，属于"语义学的阐释学"，"《楚辞集注》注重义理"，体现出"阐释过度"的特点，属于"哲学的阐释学"，只有洪兴祖的生活年代介于二书之间，在继承汉儒重训诂的传统基础上，又以"经世新儒"的身份，适当地给出了相应的义理阐释，体现出"倾向兼重""阐释适度"的特点③，终于理据详尽地标举了洪补在楚辞阐释史上的重要过渡作用。朱熹曾说："近世考订训释之学，唯吴才老、洪庆善为善。"④正体现了义理风气统治下的宋代学术界，有坚持训诂考据的吴棫、洪兴祖二人的难能可贵，即此也可看出洪兴祖对训诂与义理的兼顾。但要注意这里的兼顾的阐释适度，更多地体现在《补注》对于《章句》《集注》二书的相对性上。就《补注》书中本身的训诂与义理的内容而言，《补注》自身的训诂特性则更为显著，这从洪兴祖《补注》中引书次数最多的是字书、辞书(见本书第三章中统计的引书数据)即可窥见一斑。

凡此二点，都体现了宋代经学阐释的显著特点，在《楚辞》阐释乃至文学阐释上的逐渐迁移：前者正反映了宋学对汉学"墨守家法"的反动，后者反映的却是章句之学(汉学)向义理之学(宋学)的彻底转向之前的过渡。《楚辞补注》的出现，是《楚辞》阐释乃至文学阐释，开始由汉学向宋学转向的标志。

综上所述，《楚辞补注》作为"楚辞诸注之中，特为善本"⑤之书，作为后世注《楚辞》者必要参照的底本⑥，其所具备的学术研究价值不言

---

① 孙光：《汉宋楚辞研究的历史转型——以〈楚辞章句〉、〈楚辞补注〉、〈楚辞集注〉为例》，《齐鲁学刊》2010 年第 5 期。

② 孙光：《汉宋楚辞研究的历史转型——以〈楚辞章句〉、〈楚辞补注〉、〈楚辞集注〉为例》，《齐鲁学刊》2010 年第 5 期。

③ 刘洪波：《阐释学视野下的〈楚辞补注〉研究》，北京：中国社会科学出版社，2016 年，第 208~240 页。

④ (宋)黎靖德撰；王星贤点校：《朱子语类》第 8 册，北京：中华书局，1986 年，第 3279 页。

⑤ (清)永瑢等：《四库全书总目》，北京：中华书局，1965 年，第 1268 页。

⑥ 孙巧云：《元明清楚辞学史》，杭州：浙江工商大学出版社，2013 年，第 5 页。

自明。

一、研究现状综述

时至今日，中国的《楚辞》研究已经走过了 2000 多年的历程，这期间产生的研究成果形式各异且层出不穷，彰显了楚辞学作为一门显学的持续性繁荣态势。需要指出的是，"楚辞学的内在逻辑根植于《楚辞》研究史"①，《楚辞》研究史的撰写又离不开对具体楚辞研究专著的细致、全面、系统的研究。因此，在当代的《楚辞》研究领域，随着通史型（如易重廉《中国楚辞学史》②、李中华、朱炳祥《楚辞学史》③等）与断代型（如李大明《汉楚辞学史》④、谢小英《魏晋南北朝时期的楚辞研究》⑤、周建忠《元代楚辞学论纲》⑥、陈玮舜《明代楚辞学研究》⑦、林润宣《清代楚辞学史论》⑧、孙巧云《元明清楚辞学史》⑨、吴慧鋆《近代楚辞学论纲》⑩等）楚辞学史研究的相对饱和，且部分楚辞学史专著的内容又相对简略，不够具体，历史上的《楚辞》研究专书则必然成为学界的关注焦点，洪氏《楚辞补注》亦被赫然置于其列。而《楚辞补注》及其相关研究，不仅受到国内研究者之重视，在海外也在一定程度上引起了异国学者的关注。现将研究现状分为国内、外两个部分进行介绍。

（一）国内

古代（1151?—1911）

古代对洪兴祖及其《楚辞补注》的研究多不似现当代，一般不会专撰一文或一书就洪氏及其《补注》进行探讨，而多在图书目录、图书序跋、其他的《楚辞》阐释专书、诗文评著作或学术笔记中间或引述《补注》内容，并进行分析、评价、引证或辨正；或以在原书上手写批注的形式，展示其研究成果。整体而言，古代的《楚辞补注》研究，呈现出一种广义的研究

① 孙巧云：《元明清楚辞学史》，杭州：浙江工商大学出版社，2013 年，第 1 页。
② 易重廉：《中国楚辞学史》，长沙：湖南出版社，1991 年。
③ 李中华、朱炳祥：《楚辞学史》，武汉：武汉出版社，1996 年。
④ 李大明：《汉楚辞学史》，成都：电子科技大学出版社，1994 年。
⑤ 谢小英：《魏晋南北朝时期的楚辞研究》，兰州：西北师范大学硕士学位论文，2010 年。
⑥ 周建忠：《元代楚辞学论纲》，《南通师专学报》1989 年第 2 期。
⑦ 陈玮舜：《明代楚辞学研究》，香港：香港中文大学博士学位论文，2003 年。
⑧ 林润宣：《清代楚辞学史论》，北京：北京大学博士学位论文，1999 年。
⑨ 孙巧云：《元明清楚辞学史》，杭州：浙江工商大学出版社，2013 年。
⑩ 吴慧鋆：《近代楚辞学论纲》，北京：中华书局，2020 年。

的面貌。

1. 宋代

（1）目录书之著录与提要

在洪兴祖（1190—1155）同时代或稍后的目录书中，即有对《楚辞补注》的评述，如晁公武（1105—1180）《郡斋读书志》及陈振孙（1179—1261）《直斋书录解题》，两者都肯定了《楚辞补注》补王逸《楚辞章句》未尽之处的成就，以及《楚辞补注》多参它本，精加校勘的严谨（见本书第二章第一节所引二书内容）。

（2）其他《楚辞》研究著作的抑扬

朱熹（1130—1200）在其《楚辞集注》自序中说："而独东京王逸《章句》与近世洪兴祖《补注》并行于世，其于训诂名物之间，则已详矣。顾王书之所取舍，与其题号离合之间，多可议者，而洪皆不能有所是正，至其大义，则又未尝沉潜反复，嗟叹咏歌，以寻其文词指意之所出，而遽欲取喻立说，旁引曲证，以强附于其事之已然，是以或以迂滞而远于性情，或以迫切而害于义理，使原之所为抑郁而不得申于当年者，又晦昧而不见白于后世。"① 又在其《楚辞辩证》中指出："若扬雄则尤刻意于楚学者，然其《反骚》，实乃屈子之罪人也，洪氏讥之，当矣。……洪氏曰：'偭规矩而改错者，反常而妄作；背绳墨以追曲者，枉道以从时。'论扬雄作《反离骚》，言'恐重华之不累与'而曰：'余恐重华与沉江而死，不与投阁而生也。'又释《怀沙》曰：'知死之不可让，则舍生而取义可也。所恶有甚于死者，岂复爱七尺之躯哉！'其言伟然，可立懦夫之气，此所以忤桧相而卒贬死也，可悲也哉！近岁以来，风俗颓坏，士大夫间遂不复闻有道此等语者，此又深可畏云。"② 是知朱子实际上认为洪氏《补注》一书在训诂名物层面颇为详实，但在补裨王注不足、纠正王注错误层面，则尚未能做到充分的程度，且其阐释，流于对"香草美人"这一比兴托喻方式的过度使用，显得穿凿附会，对于《楚辞》所蕴含之义理大旨，则又未能深究明辨；但对其能继承屈子遗志、誓不与权奸同流合污，对其能就扬雄等人对屈子之批判进行有理有据的反驳进行了肯定。此外，朱子在其《集注》一书中常直接采用洪氏《补注》之内容以证己说，并在《辩证》中就王注和洪补进行辨析研究，所采洪补实夥，在此不暇赘引。

---

① （宋）朱熹撰；李庆甲点校：《楚辞集注》，上海：上海古籍出版社，1979 年，《〈楚辞集注〉目录》第 3 页。

② （宋）朱熹撰；李庆甲点校：《楚辞集注》，上海：上海古籍出版社，1979 年，第 172、177 页。

不仅仅是朱熹的《楚辞集注》，约略同时期的吴仁杰(生卒不详)的《离骚草木疏》，亦频繁引用洪补，或释、或辨《楚辞》中所涉植物(亦有对洪补本身之辨)，该书共释草木 55 种，明言内容有引自洪补者即已达 28 种计 29 次之多，其余直接袭同洪说而不云所自者亦不在少数①。这类在自己的《楚辞》阐释著作中对洪补进行广泛征引的情况，实可看作是作者对洪补进行仔细研究阅读后得出的肯定性或商榷性的研究结论。

(3)非《楚辞》研究著作的评骘、引证

此时期诗歌、各类学术专著、别集等对洪氏及其《补注》之评述，又呈现出芜杂、琐碎之面貌，兹略举数种典型以概括其大要。林至(生卒不详)曾著《楚辞故训传》，今佚。楼钥(1137—1213)曾应林至之请为林至该书作序，然因病仅以诗寄谢，收于楼钥《攻媿集》。诗云："河东天对最杰作，释问多本山海经，练塘后出号详备，晦翁集注犹精明。"②此诗反映了楼钥对洪兴祖(号练塘)《补注》所作出的"详备"的评价，说明楼氏当对洪氏《补注》有一定程度的仔细研读，方才作出此等评价。又王应麟(1223—1296)《困学纪闻》卷六云："刘勰《辨骚》：'班固以为……羿、浇、二姚，与《左氏》不合。'洪庆善曰：'《离骚》用羿、浇等事，正与《左氏》合。孟坚所云，谓刘安说耳。'"③虽未加一字褒贬，实已暗许洪补考据之精审，能驳刘勰之误。又朱熹《再跋楚辞协韵》云："《楚辞叶韵·九章》所谓'将寓未详'者，当时黄君盖用古杭本及晁氏本读之，故于此不得其说而阙焉。近见閤皂道士甘梦叔说'寓'乃'当'字之误，因亟考之，则黄长睿、洪庆善本果皆作'当'。黄注云：'宋本作寓。'洪注云：'当，值也。'以文义音韵言之，二家之本为是。"④朱熹就黄铢草成之《楚辞叶韵》所出现的文字错误，利用洪补与黄长睿本进行校正，正表示了对洪补之认可或正面评价。朱熹甚至在解《诗·小雅·楚茨》时，亦引洪补之说，以辨《毛诗传》以来释"神保"之误。⑤

---

① 关于此类例证，可约略参考李温良《洪兴祖〈楚辞补注〉研究》所引数条，详参该书第 199~200 页。
② (宋)楼钥：《攻媿集》，《景印文渊阁四库全书》第 1152 册，台北：台湾商务印书馆，1986 年，第 343 页。
③ (宋)王应麟撰；栾保群、田松青校点：《困学纪闻》，上海：上海古籍出版社，2015 年，第 151 页。
④ (宋)朱熹：《晦庵集》，《景印文渊阁四库全书》第 1145 册，台北：台湾商务印书馆，1986 年，第 715 页。
⑤ (宋)黎靖德编；王星贤点校：《朱子语类》第 6 册，北京：中华书局，1986 年，第 2125 页。

应该说，洪兴祖同时及身后之南宋时期，对洪补之研究结论，多偏于正面的肯定，虽亦有对其错误、不足的指摘，但整体多对其内容采取袭用之态度。且由于洪兴祖得罪秦桧，因惧祸不得不删去《补注》一书的自序，以确保能顺利刊行传世（详后第二章第一节第二小节之论述），可知《补注》其时流传并不甚广；又如前所云，洪补代表了《楚辞》阐释汉宋转型的过渡，朱熹《楚辞集注》是南宋《楚辞》注本最具代表性的义理著作，其占据的统治地位是不言而喻的，是以这一时期的学者，并不能很大程度关注到《补注》，对其研究整体上也还呈现出方兴未艾的态势，也并不能系统、全面地对《补注》提出批评的意见。

2. 元代

元代享国祚不满百年（98 年），不能为文学、艺术提供相对较长的稳定发展时间。元代统治者虽极力追求汉化改革，但"九儒十丐"之社会阶层划分，却又于文化振兴，未能有较大裨补。而宋末元初之汉族士大夫与文人，面对大宋江山之沦亡，无法接受被其他民族统治的残酷现实，虽欲借歌颂屈原及《楚辞》以寄托自己对故国的哀思，但其对《楚辞》之研究终是出于寄情之实用价值而生发，是以研究成果多散见于其他文艺作品中。孙巧云就指出，这一时期的《楚辞》研究，整体都呈现出细碎的状态，往往以诗、词、曲、散曲、小说、绘画等形式评论屈原及《楚辞》。① 而对《楚辞》文本进行全面、细致的研究，则整体处于相对沉寂的状态，是《楚辞》学史上的低谷时期。

另外，这一时期主要的《楚辞》研究学者多集中在宋末元初，如郑思肖（1241—1318）、谢翱（1249—1295）、吴澄（1249—1333）等人，都是由宋过渡到元之遗民学者，一者去宋未远，其《楚辞》阐释观点、主张（如吴澄）多袭用朱熹以《集注》为代表的一批义理阐释著作，并随着理学的逐渐官学化，从元初一直影响到元末（如郝经、祝尧、杨维桢等人的《楚辞》研究）；二者在新旧王朝更迭的时代背景下，学者们饱受殉身与侍奉新朝的矛盾心理的夹磨，最终思想态势多保持"穷则独善其身，达则兼济天下"的"明哲保身"倾向（这也是这一时期广泛出现"屈陶并举对比"这一特殊文学研究现象的原因），其主张与前云洪兴祖所大力弘扬的"同姓无可去""有死而已"是大相径庭的，故此这一时期的《楚辞》阐释也不大可能袭用洪兴祖的阐释主张为之张目，也更无必要辩驳洪氏这一饱含拳拳爱国忠贞之情的观点。

---

① 孙巧云：《元明清楚辞学史》，杭州：浙江工商大学出版社，2013 年，第 16 页。

综上，这一时期对《楚辞补注》这一专书关注之学者实呈现出寥若晨星之态势。《补注》不仅不见于各公私目录，各类著述中亦不见明言有对洪氏及其《补注》之袭引、申述或辩驳的内容，即便是元散曲中时有扬屈之作（如刘时中《殿前欢·道情》），阐释倾向类同洪氏，但往往流于泛论，未能继续阐发洪氏深入发挥的"同姓无可去之义，有死而已""亲之过大而不怨，是愈疏也"诸义，只能视为扬屈派中的普遍声音。这一时期唯一能约略看到学者对洪氏及其《补注》有研读的地方可能仅仅体现在谢翱《楚辞芳草谱》一书上。《楚辞芳草谱》系训释《楚辞》中草木之著作，与前人最为不同者乃在于专列芳草类为之训释，全书计训芳草23种，但行文较为简略，篇幅极短。所取内容多同洪补及前贤，如释江蓠、茝等皆同洪说。整体而言，有元一代，亦是洪兴祖及其《楚辞补注》研究之沉寂期。

3. 明代

明代前期（洪武至成化），由于统治者在思想领域继承元代程朱学独尊的做法，学者往往把朱熹所撰《集注》与孔子删定《诗经》比而观之，赋予《集注》与《诗经》同等的经典地位，如焦竑序张京元《删注楚辞》即云："孔子之删《诗》，朱子之定《骚》，其心同，其功同"①，朱熹《楚辞集注》在此时期可谓如日中天，不可取代，此时期学者大多不知有其他注本②，这一时期的《楚辞》学也呈现出不发达的状态，而关于《楚辞补注》的研究，则仅仅产生了现存可见的第一个《楚辞补注》的传世版本（即明翻宋本，详后第二章第二节）。明中后期（弘治至崇祯），随着阳明心学的勃兴与古音学的发展，学术氛围的松动与新研究方法的产生，《楚辞》研究开始呈现出勃勃生机，洪氏《补注》的价值也得到了学人的重新认识，这一时期的学人开始频繁在《楚辞》研究专著或各类学术著作中，以评骘、袭用及纠谬等形式呈现他们对洪补之研究成果。现将有明一代关于洪氏《补注》的研究成果列述如下。

（1）目录书之著录与提要

在书目著录方面，仅有焦竑（1540—1620）《国史经籍志》载有《楚辞补注》一书，但并未作提要或评述。又李温良以为杨士奇（1365—1444）《文渊阁书目》载有《楚辞注解》一书，以为即是洪补，又以为文渊阁乃国家官

---

① （明）张京元：《删注楚辞》，《楚辞文献丛刊》第33册，北京：国家图书馆出版社，2014年，第323页。
② 孙巧云：《元明清楚辞学史》，杭州：浙江工商大学出版社，2013年，第57页。

方秘阁藏书，或当收有《补注》一书。① 结合后文第二章第二节关于明翻宋本成书时间的考论，这一说法或可成立，然今已难窥昔日秘阁藏书之实，此说究流于揣测，不取。

（2）其他《楚辞》研究著作的抑扬

林兆珂（生卒不详）著有《楚辞述注》一书，该书通解自《离骚》至《大招》诸篇，余则弃之不取。广征洪补内容，示于页眉，借资述评，又于正文中"订王、洪、朱之说"②。郭乔泰序该书则云："惟东京之王逸，为南译之灵光，兴祖综事于怪奇，元晦析理于忠孝；总之尸祝屈子，鼓吹骚坊者也。"③林兆珂又在凡例中提到："惟是叔师之《章句》、庆善之《补注》、元晦之《集注》鼎具，王宏深魁伟，洪援据精博，朱拟议正、义理明，笙簧迭奏，总裨钧天。"④可见郭与林对洪氏《补注》的评价很高，指出他专就《楚辞》中材料较少的怪奇稀闻下功夫，并且能做到援据精博详备，具有说服力。

汪瑗（？—1566）《楚辞集解》为明代《楚辞》阐释集大成之作，所阐释范围仅及"屈原赋二十五篇""采录各家说多用王逸、洪兴祖、朱熹之说"⑤，该书所附《楚辞考异》中汪瑗自序即云："屈子著此辞以来，千有余年矣，刘向校定之后，训解者十数家，俱漫不复存，无所取证。予家所藏，仅有东京王逸《章句》、丹阳洪兴祖《补注》，及吾乡先正朱子《集注》而已。然其间文字多有异同，虽三家于本章之下略载其说，彼此各有遗漏，不能备详。故予于《集解》之内，颇择其文从字顺，意义明畅者而从之"⑥，可见汪瑗颇为重视前云洪补"精校异文"之成就，故广泛袭取，以成《楚辞考异》一卷。又考该书的《楚辞大序》部分，汪瑗全列所谓"洪兴祖《楚辞总论》"（即洪兴祖就王逸《离骚后序》所作补注内容），《楚辞小序》部分，则多引王逸《楚辞章句》中的篇目解题与洪氏对解题之补注；揆诸《楚辞集解》之训解正文（主要以串讲数句方式训解大义，除《天问》外，不作音释，释词亦相对简略），及该书所附《楚辞蒙引》（此书多辩证《离骚》

---

① 李温良：《洪兴祖〈楚辞补注〉研究》，新北：花木兰文化出版社，2011年，第81页。

② 崔富章：《楚辞书目五种续编》，上海：上海古籍出版社，1993年，第83页。

③ 今广陵书社《楚辞文献集成》影印本《楚辞述注》阙郭序，此转引自崔富章：《楚辞书目五种续编》，上海：上海古籍出版社，1993年，第84页。

④ （明）林兆珂：《楚辞述注》，吴平、回达强主编：《楚辞文献集成》第6册，扬州：广陵书社，2008年，第3706~3707页。

⑤ 崔富章：《楚辞书目五种续编》，上海：上海古籍出版社，1993年，第74页。

⑥ （明）汪瑗集解；（明）汪仲弘补辑；熊良智、肖娇娇、牟歆点校：《楚辞集解》，上海：上海古籍出版社，2017年，第647页。

名物、典故和字句、文义等），引述洪补之内容实夥，后者几乎达到条条皆有的程度，虽其中不乏对洪补之订正①，但基本为袭取成说，以为己论，此颇见其对洪补研读之详审与对洪补阐释大义、训诂名物成就之认同，此外，该书所附《楚辞考异》一卷（虽仅考《离骚》之异文），实与洪兴祖作《补注》十七卷，又作《楚辞考异》一卷类同（详后第二章第一节相关论述），实可见汪瑗在撰著体例上受洪氏之影响。

此间又有陆时雍（1612—1670?）《楚辞疏》、潘三槐（生卒不详）《屈子》、归有光（1507—1571）《玉虚子》《鹿溪子》诸书，多删节或引述洪氏补注以为己注，其中陆时雍特于《楚辞疏》附《楚辞杂论》一文，纵论曹丕、沈约、刘勰、洪兴祖、朱熹、叶盛、王世贞、陈深、周拱辰诸人评骘、注释《楚辞》之得失，多有笃见卓识，颇见其于洪补研读之深。

有明一代，上承以吴棫、郑庠为代表的发轫期，下启以顾亭林、钱大昕等人为代表的全盛期，是古音学发展的一个重要时期，是以这一时期研究《楚辞》音韵的著作开始逐渐增多，对洪补音释成就之评骘亦随之渐次出现。屠本畯（生卒不详）撰有《楚辞协韵》一书，洪九畴为之作序，即旗帜鲜明地指出："骞公之声，亡不足惜；王洪之注，略而未详"②，黄姬水为之作序，亦曰："惜乎，王叔师、洪庆善则阙而未协，朱仲晦则协而未详"③，俱指摘洪补于《楚辞》音韵层面阐释之失，或谓洪补简略，或以为其未能准确把握《楚辞》诸篇押韵规律以致干脆付之阙如。作为明代古音学的代表人物，陈第（1541—1617）在其《屈宋古音义》自序中说："余独慨夫注屈宋者，率不论其音，故声韵不谐，间有论音者，又率以叶韵概之，何其不思之甚也？"④又在凡例中提到："从前注楚辞者，或以一二句、三四句断章，虽解其义，而其韵混淆未易晓也，如《离骚》屡次转韵……《招魂》亦屡次转韵……若《惜往日》《悲回风》有以二十句、二十二句、二十四句为一韵者，其韵既长，不得不分而注之。"⑤陈第批评了此前古音学广泛

---

① 如《四库全书总目》所云："瑗乃以臆测之见，务为新说，以排诋诸家。其尤舛者，以'何必怀故都'一语为《离骚》之纲领，谓实有去楚之志，而深辟洪兴祖等谓原惓惓宗国之非。见（清）永瑢等：《四库全书总目》，北京：中华书局，1965 年，第 1269 页。
② （明）屠本畯：《楚辞协韵》，黄灵庚主编：《楚辞文献丛刊》第 32 册，北京：国家图书馆出版社，2014 年，第 130 页。
③ （明）屠本畯：《楚辞协韵》，黄灵庚主编：《楚辞文献丛刊》第 32 册，北京：国家图书馆出版社，2014 年，第 134 页。
④ （明）陈第：《屈宋古音义》，《景印文渊阁四库全书》第 239 册，台北：台湾商务印书馆，1986 年，第 520 页。
⑤ （明）陈第：《屈宋古音义》，《景印文渊阁四库全书》第 239 册，台北：台湾商务印书馆，1986 年，第 521 页。

使用的不科学的叶韵法①，以及叶韵法在《楚辞》音韵研究上的滥用。因叶韵法在敦煌残卷《楚辞音》、洪氏《补注》、朱熹《集注》中都曾使用，故此也可看作是陈氏对洪氏《补注》的评价。陈氏认为历代注家（包括洪兴祖）就楚辞中真正的韵脚没有断明，许多篇章如《悲回风》有时多至二十句方为一韵，而自王逸起即未加判明，却贸然分章析句而作注，再于读不押韵处作叶韵之处理，得出的结论则是错误而不当取的。因此，这可以看做是陈第从楚辞音释的宏观角度对洪兴祖注音方法提出的批评。又该书附有《屈宋古音义篇题》，云：“其注多删节王逸、洪兴祖、朱熹。亦偶附己见，且驳正明人瞽说。亦有允当不易者。”②虽大肆批判洪补于音韵之失，却仍袭取其训释之长。

黄文焕（1598—1667）在《楚辞听直》凡例中曾将楚辞研究分为评、注两类，认为“评楚辞者不注，注楚辞者不评”③，将前者称为“品”，后者称为“笺”，并认为：“笺按曲折，使人详于回肠。……至于笺中字费敲推，语经锻炼，就原之低徊反复又再增低徊反复焉。”④又称：“余所紬绎，概属屈子深旨，与其作法之所在，从来埋没未抉，特为创拈焉。凡复字复句，或以后翻前，或以后应前，旨法所关，尤倍致意。其余字义训诂，每多从略。”⑤指出“笺”这种“注楚辞者”，只是咬文嚼字的章句家所为，对探明《楚辞》篇目大旨或屈原真正的志意是没有任何裨补的，只能“又再增低徊反复”；又认为自己该书，于“屈子深旨”，屈赋作法都作了细致的探明，而不重字义的细致训诂，实为擅“品”之“评楚辞者”，出于王、洪之类“注而不评”的“笺注”家远甚。此虽未明言王、洪二家，但统言“注楚辞者”，实可看做是从宏观的角度对《楚辞补注》的评价。又该书也不全是对洪补的负面评价，如其凡例第一条，则径引洪补“尊之耳”之说，以释王逸《章句》体系中《离骚》称“经”之故，又可见其对洪补实亦有一定的研读。

---

① 叶韵法虽不是最为科学的古音学研究方法，却是古音学草创时期普遍使用的最为朴素的方法，代表了古音学家对古音学研究方法筚路蓝缕的探索。参见周祖谟《吴棫的古韵学》一文的相关论述，详见其《问学集》上册，北京：中华书局，1966 年，第 213～217 页。

② 姜亮夫：《楚辞书目五种》，上海：上海古籍出版社，1993 年，第 315～316 页。

③ （明）黄文焕：《楚辞听直》，《续修四库全书》第 1301 册，上海：上海古籍出版社，2002 年，第 506 页。

④ （明）黄文焕：《楚辞听直》，《续修四库全书》第 1301 册，上海：上海古籍出版社，2002 年，第 506 页。

⑤ （明）黄文焕：《楚辞听直》，《续修四库全书》第 1301 册，上海：上海古籍出版社，2002 年，第 506 页。

又此一时期多《楚辞》集评类著作，多涉洪补内容，如陈深（生卒年不详）《批点本楚辞集评》、冯绍祖（生卒年不详）《楚辞句解评林》、冯梦祯（1548—1606）《读本楚辞集评》、毛晋《楚辞集评》、蒋之翘（1596—1659）《七十二家评楚辞》、沈云翔《楚辞评林》（生卒年不详）等。但此类图书往往出于求全备、便查考之目的进行编纂，多为书商贾利之作，鲜见其对洪补研读之卓识。此类图书虽小道，亦有可观之处。如蒋之翘在《七十二家评楚辞》自序中称："奈何世复乏佳刻，殊晦阙意，王逸、洪兴祖二家训诂仅详，会意处不无遗讹。惟紫阳朱子注甚得所解。"①沈云翔则认为："自刘、王编疏，《章句》犹舛；洪、晁详备，经传支别……朱子《集注》，谓使人得见千载之上，盖明章阐括，登屈氏之堂，可不谓优欤？"蒋、沈俱认为，洪兴祖的训诂详备确实是其《补注》之所长，但就文旨的深入挖掘却仍然不够，沈氏甚至认为正是由于拘泥于字、词的训释，才使洪补对《楚辞》大旨的阐释走向歧路，其义理、章旨之阐发，实不及朱熹《集注》。

（3）非《楚辞》研究著作的评骘

此时于非《楚辞》研究专著的学术著作或学术笔记中，尚未发见对洪补之研究，唯何乔新（1427—1502）《椒邱文集》收有《楚辞序》一文，然此文本是为明成化十一年（1475）吴原明刊《楚辞集注》所作之序，实本亦应属《楚辞》研究专文。且该文指出"王洪之注，随文生义，未有能白作者之心"②，亦批判洪补义理、章旨阐发之舛误与不足。

综上所述，可知有明一代的《楚辞》乃至《楚辞补注》研究，多集中于明中后期，《楚辞补注》之研究更是显见于后期。虽阳明学的兴盛，导致学术氛围的松懈，古音学的发展，也为《楚辞》的研究注入了新的活力，但整体而言，程朱的官方意识形态地位，必然导致学人对洪补的研究具有十分普遍的趋同性：一方面，阳明学引起的明代空疏学风，必然导致中晚期的《楚辞》研究大量袭取前人旧注，而少原创之发明；另一方面，程朱学的官方意识形态，又必然导致这一时期对《楚辞补注》的评骘偏向于义理之阐发，而轻视字词、名物之训诂。这就造成了这一时期的《楚辞补注》研究，出现了一方面大量袭取洪补、一方面又普遍批判洪补的怪异现象。而对义理阐发之重视，也必然导致了明人往往视王、洪之注为一体，因二者皆以训诂见长，大抵明前期鲜见论及《楚辞补注》者，亦出此因。

---

① （明）蒋之翘：《七十二家评楚辞》，吴平、回达强主编：《楚辞文献集成》第22册，扬州：广陵书社，2008年，第15897~15898页。

② （明）何乔新：《椒邱文集》，《景印文渊阁四库全书》第1249册，台北：台湾商务印书馆，1986年，第138页。

4. 清代

如前所云，清代为楚辞学史上第三个高峰期，亦是楚辞学集大成之全盛时期。根据陈欣的统计，清代存世的楚辞学著作共有 124 种，已佚或未见的有 131 种①，实蔚为大观。易代之际(崇祯末至康熙二十四年前)，遗民学者出于"挽狂澜于既倒"的经世致用目的，极力反对阳明心学所造就的空疏学风，面向现实、关注现实，务求切实有用的经世之学，一方面"企图透过学术研究来探索明朝覆灭的教训"②，另一方面依然希望通过学术研究，探寻到救衰起废、重振旧朝的良方。故这一时期的《楚辞》研究典型受到这一学术风气的影响，往往重视实据、经世，反对空疏臆测，不事穿凿附会，呈现出尚实、尚真之面貌。清初期(康熙十年以后至雍正元年前)，随着程朱学作为官方意识形态地位的进一步加固，清初学者体现出以经注《骚》之倾向，"将《楚辞》与经学相串烧，企图达到淡化民族矛盾、加强清朝统治威望的教化作用"③；清中期(雍正至嘉庆)，文字狱的文化高压政策进一步加剧，学者只能承袭易代之际遗民学者开创的质实学风，埋首故纸堆，以文字、音韵、训诂之小学为基础，努力钻研四部载籍，导致朴学或乾嘉考据学之兴盛，这一时期的《楚辞》研究，也受到了这一学术风气的深刻影响，产出了众多重要成果，这些成果的主要价值体现在对《楚辞》音韵、异文、名物、所涉历史及历史人物的训释、考据的精深上，解决了诸多楚辞学史上悬而未决的重要问题。同时，这一时期由于一些学者意识到汉、宋学各有优劣，不可拘泥一途。因此在朴学盛行的同时，《楚辞》研究领域又出现注重文脉大义的章句派④，此类楚辞学者补王逸《楚辞章句》"分析章句"之不足⑤，进一步"分析文本的章节和句读"，又在王逸《楚辞章句》疏通字句、串讲释义的基础上⑥，尤为"注重脉络条贯，文章大意，特别重视字法、句法、章法、篇章、段落、气脉、神韵等，而不事繁琐的考证"⑦；清晚期(道光至宣统)，在西方科学、文化、思想的影响下，《楚辞》研究的发展，往往在守持传统文艺理论或阐释方式的基础上，又探寻新的研究方法与新的研究思路，呈现出各表一端、新旧并茂、合而未融的面貌。《楚辞补注》作为楚辞学史上的重要研究著作，

---

① 陈欣：《清代楚辞学文献考释》，北京：中华书局，2022 年，第 67~79 页。
② 孙巧云：《元明清楚辞学史》，杭州：浙江工商大学出版社，2013 年，第 136 页。
③ 孙巧云：《元明清楚辞学史》，杭州：浙江工商大学出版社，2013 年，第 148 页。
④ 孙巧云：《元明清楚辞学史》，杭州：浙江工商大学出版社，2013 年，第 183~184 页。
⑤ 李大明：《汉楚辞学史》，成都：电子科技大学出版社，1994 年，第 311 页。
⑥ 李大明：《汉楚辞学史》，成都：电子科技大学出版社，1994 年，第 311~312 页。
⑦ 孙巧云：《元明清楚辞学史》，杭州：浙江工商大学出版社，2013 年，第 184 页。

自然也在清代楚辞学全面兴盛的各类学术背景下，被反复袭用、评骘、研读，也产出了众多相应的成果，今囿于篇幅，不能对涉及《楚辞补注》研究之书一一尽举，兹略陈其要者如下。

（1）目录书之著录与提要

永瑢（1744—1790）《四库全书总目》、彭元瑞（1731—1803）《天禄琳琅书目后编》、孙星衍（1753—1818）《孙氏祠堂书目》、瞿镛（1794—1846）《铁琴铜剑楼藏书目录》、莫友芝（1811—1871）《邵亭知见传本书目》、朱学勤（1823—1875）《结一庐书目》、陆心源（1834—1894）《皕宋楼藏书志》、丁丙（1832—1899）《善本书室藏书志》等官私目录书都载录《楚辞补注》一书。其中《邵亭知见传本书目》《结一庐书目》《皕宋楼藏书志》仅载书名、卷数、作者、版本，《孙氏祠堂书目》唯题卷数、作者，体现出客观记录的面貌。其余四本书目，则呈现了这一时期目录书对《楚辞补注》进行研究的主要成果。

①摒弃泛论，力求具体。其余四种目录书中，《四库全书总目》较为详尽地评骘了《楚辞补注》一书，所论核心不出对晁公武《郡斋读书志》、陈振孙《直斋书录解题》内容之重申或发挥，但也体现出明显的新变，如《四库全书总目》云："汉人注书，大抵简质，又往往举其训诂而不备列其考据。兴祖是编，列逸注于前，而一一疏通、证明、补注于后，于逸注多所阐发，又皆以'补曰'二字别之，使与原文不乱，亦异乎明代诸人妄改古书，恣情损益，于楚辞诸注之中，特为善本。故陈振孙称其用力之勤，而朱子作《集注》，亦多取其说云。"①四库馆臣在具体说明《补注》的基本体例、框架的基础上，再次肯定了《楚辞补注》在考据和阐发王注两个方面的成就，并对《楚辞补注》严谨的学术体例表示了赞扬，指出其"异乎明人妄改古书"，"特为善本"的重大成就。这是此前目录书载录《楚辞补注》所不曾见的。

②关注生平，"知人论世"。《四库全书总目》《善本书室藏书志》即此例，二书俱列洪兴祖生平仕历，《四库全书总目》所述洪氏生平较后者更为详尽具体。此做法之贡献，在于提供更为具体的作者信息以供读者参考；或提示更为详尽的梳爬方向，以期读者或学人能够深入查考有关洪兴祖各方面的相关资料信息，以更好地促进对《楚辞补注》的研究，达到"知人论世"的目的。

③辨章脉络，考据源流。《四库全书总目》《铁琴铜剑楼藏书目录》《善

---

① （清）永瑢等：《四库全书总目》，北京：中华书局，1965年，第1268页。

本书室藏书志》即此例。如前所云，《楚辞补注》刊刻问世后，由于洪兴祖得罪秦桧，为求避祸，洪氏不得不删去自序以确保《楚辞补注》能够顺利行世，又因南宋后期朱熹《楚辞集注》大振，元明二代官方意识形态又径取程朱，导致从宋末到明中期很长一段时间，不见有《楚辞补注》一书的传承记载。而今见最早的刻本明翻宋本却又与宋代目录学家记录之体貌不尽一致：洪兴祖校勘《楚辞章句》的重要参考典籍古本《楚辞释文》，已不见传；洪兴祖校勘《楚辞章句》的重要成果《楚辞考异》亦绝不复见。《楚辞考异》既不如晁公武《郡斋读书志》所述与《楚辞补注》合刊单行，亦不如陈振孙《直斋书录解题》所言附于《楚辞释文》书后。那么，在南宋末至明初的沉寂期中，《楚辞补注》《楚辞释文》《楚辞考异》的具体面貌与传承脉络是如何的呢？这是元明以来的学者长期未曾关注过的问题。鉴于此，在乾嘉考据学风气的影响下，这一问题也终于显著地在《楚辞补注》的书目提要中得到关注，并产生了初步的研究成果。《四库全书总目》认为："旧本兼载《释文》，而《考异》一卷附之，在《补注》十七卷之外。此本每卷之末有汲古后人毛表字奏叔依古本是正印记，而《考异》已散入各句下，未知谁所窜乱也。"①《铁琴铜剑楼藏书目录》则以为："案陈氏《书录》附《考异》一卷，本别为一书。此乃散入各句下，非洪氏原本之旧，然犹是明翻宋刻。宋讳字俱减笔，知此书在宋时已窜乱矣。"②《善本书室藏书志》指出："宋洪兴祖又以诸本异同，重加参校，补逸之未备，当时分行，今则合为一编矣。"③这些观点事实上都是在晁氏《读书志》、陈氏《书录解题》的基础上作出的合理推断，为后来余嘉锡、游国恩、姜亮夫、张来芳、周俊勋、李温良诸学者详尽分析今传本《楚辞补注》文本，以继续考证《楚辞补注》与《楚辞考异》的关系，乃至进一步分析《楚辞补注》中《楚辞释文》、《文选》五臣注等内容与原始《楚辞补注》之分合关系及渊源道夫先路，具有开创性的价值。

（2）刻本、翻刻本序跋的评述

有清一代，《楚辞补注》的价值得到充分重视，产生了大量的刻本或翻刻本，《楚辞补注》现存可见的传世版本，除明翻宋本外，都集中在清代产生。另一方面，明翻宋本虽被学界视为善本，但往往是从其"旧本"价值生发出的论断，然该本除了时间早于清代诸刻本外，文字舛误实夥

① （清）永瑢等：《四库全书总目》，北京：中华书局，1965年，第1268页。
② （清）瞿镛编纂；瞿果行标点；瞿凤起复校：《铁琴铜剑楼藏书目录》，上海：上海古籍出版社，2000年，第480页。
③ （清）丁丙：《善本书室藏书志》第23卷，杭州：钱塘丁氏刻本，1901年，第1页。

(详第二章末附表)，《楚辞补注》的最善之本应归于清康熙间汲古阁本及汲古阁系统的一系列翻刻本，如金陵书局同治十一年本等。有清一代大量不同《楚辞补注》刻本的产生，反映了这一时期为了进行《楚辞》研究对《楚辞补注》进行参考、研读的切实需要，大量精校本的产生，也反映了这一时期对《楚辞补注》以校勘为主的研究的盛行。同时，各版本序跋(包括刊刻于《楚辞补注》前后的序跋，以及著名学者附于书中的手写跋文，与手批、手校文字等)中对《楚辞补注》的评述，也一定程度反映了清代对《楚辞补注》的研究成果。然诸本不能尽觅得之，故兹举此时重要善本以为综述。

毛表跋清康熙间汲古阁毛表重刊宋本《楚辞补注》云："然庆善少时，即得诸家善本，参校异同，后乃补王叔师《章句》之未备者而成书。其援据该博，考证详审。名物训诂，条析无遗。虽紫阳病其未能尽善，而当时欧阳永叔、苏子瞻、孙莘老诸君子之是正，庆善师承其说，必无刺谬。……壬寅秋，从友人斋见宋刻洪本，黯然于先人之绪言，遂借归付梓。其《九思》一篇，晁补之以为不类前人诸作，改入《续楚辞》，而紫阳并谓《七谏》《九叹》《九怀》《九思》平缓而不深切，尽删去之，特增贾长沙二赋，则非复旧观矣。洪氏合新旧本为篇第，一无去取。学者得紫阳而究其意指，更得洪氏而溯其源流。其于是书，庶无遗憾。"①毛表认为，洪氏《补注》的成就主要有三：①因为"援据该博""考证详审"，所以在名物训诂方面"条析无遗"；②因为得到欧阳修、苏轼等人的精校本《楚辞》，在文字校勘上又能"必无刺谬"；③因为能够"合新旧本为篇第，一无去取"，所以能够"溯其源流"。是认为洪补重光，可以恢复经晁补之、朱熹增删后的《楚辞》的原始面貌。②

此时《补注》诸善本又有部分学人为之作手写批校、批注或跋文，如清康熙间汲古阁毛表重刊宋本有伪托王引之评本(详第二章第三节)、王念孙校本，同治十一年金陵书局翻刻汲古阁本有谭献批点本等，然伪托王引之评本俱为拼凑前人旧注，且底本为明陆时雍《楚辞榷》，非专对《楚辞

---

① (宋)洪兴祖撰；白化文点校：《楚辞补注》，北京：中华书局，1983 年，第 328 页。
② 其实从另一个层面说，学人还可根据洪氏《补注》一书中所引古本《楚辞释文》或他人精校本的内容，探寻洪兴祖《楚辞补注》之前《楚辞章句》的文本、篇目、篇目顺序等内容的发展源流脉络。如李大明《汉楚辞学史》、黄灵庚《楚辞与简帛文献》都曾结合《补注》的相关内容，与出土文献或其他文史资料相参证，对今本《楚辞章句》最终成型的历史过程，进行详细的考论，但两者观点有显著不同，此不赘。详参李大明：《汉楚辞学史》，成都：电子科技大学出版社，1994 年，第 160～165 页。黄灵庚：《楚辞与简帛文献》，北京：人民出版社，2011 年，第 45～55 页。

补注》而发，王念孙校本又绝不复见（俱详第二章第三节），故此仅即谭献批点本以观照此时翻刻善本之名家批校、批注或序跋对《补注》之研究。

谭献批点本主要做了以下几个方面的研究工作。首先是对《楚辞补注》作了整体的宏观评价。其于《楚辞目录》末题识语云："古籍之有汉注者，稀若晨星。叔师本注中有羼乱：《补注》所采'一曰''或云'之例，颇疑非王氏之旧，即'一作'异同，亦非《释文》，庆善固杂据所见而已。洪语多复衍，殆若旒赘。献识。"①一则认为《补注》中出现的"一曰""或云"等其他说法，应非王逸旧注，而散附在王注后洪补前之《考异》内容"一作某"（其未言"《考异》"，可能是并未及寓目《四库总目》之缘故），也非取自古本《楚辞释文》，这两部分的内容都应是洪兴祖参校诸家异本后附入《楚辞章句》的结果，这完全是其据晁公武《郡斋读书志》及陈振孙《直斋书录解题》得出的推论。二则通过通读《补注》，批评洪补枝蔓之失。其次是作了全书圈点的工作，主要是将张惠言《七十家赋钞》（朱笔）与蒋骥《山带阁注楚辞》（蓝笔）的圈点移录到该批点本②。再次是作了文字的校勘工作，这包括两方面的内容：一是出示正文中某字的同义词或异体字（7例），二是出示认为正确的字（11例），整体上校勘内容并不多，多参考前人成说而不作说明（仅有《大招》"青春受谢"一例说明异文出处为《文选》），如《九歌·大司命》"吾与君兮斋速"，他认为当作"齐速"③，即袭取朱熹之说。最后是比较了《补注》与《七十家赋》《山带阁注楚辞》具体篇目的有无或互异。

（3）其他《楚辞》研究著作的抑扬

考诸此时期《楚辞》研究著作，又有一有趣现象：即多以"补注"名篇，如朱骏声《离骚赋补注》、章梦易《楚词补注》、唐文华《楚辞补注》、刘世澍《楚辞补注》、端木瑚《离骚补注》、闵如璧《离骚经补注》、潘宗硕《离骚补注》、毛奇龄《天问补注》等，惜乎除朱、毛之书外，余皆亡佚不见，然仅即朱、毛之书（详后），实可看出此时洪氏《补注》影响之深，诸学人研读之不辍；又径名《楚辞补注》与洪补雷同者，或亦当受洪补影响极深，也应对洪补有过一定程度之研读。

---

① （宋）洪兴祖撰；（清）谭献批点：《楚辞补注》，黄灵庚主编：《楚辞文献丛刊》第16册，北京：国家图书馆出版社，2014年，第8页。

② （宋）洪兴祖撰；（清）谭献批点：《楚辞补注》，黄灵庚主编：《楚辞文献丛刊》第16册，北京：国家图书馆出版社，2014年，第14页。

③ （宋）洪兴祖撰；（清）谭献批点：《楚辞补注》，黄灵庚主编：《楚辞文献丛刊》第16册，北京：国家图书馆出版社，2014年，第156页。

①对洪补训释、征引、校勘之臧否

周拱辰在《离骚草木史》自序中指出："窃睹《骚》中山川人物、草木禽鱼，一名一物，皆三闾之碧血枯泪，附物而著其灵。而汉王叔师、宋洪庆善、朱元晦三家，虽递有注疏，未为详榷。"①李际期（1607—1655）又序云："洪庆善《补注》，间摭《山海经》，而总绎典故，尚余腹俭。"②周氏认为洪氏《补注》对名物的训释，仍不够尽善尽详。李氏则认为，洪补不时征引《山海经》，虽对《楚辞》中殊方异物、神鬼灵异之阐释多有裨补，但取用文献单一，引经据典不足，反映的正是洪氏自身学问的浅陋。

王鸣盛（1722—1798）序胡文英（1723—1790）《屈骚指掌》云："（胡文英）尝慨王氏逸、洪兴祖诸注纰漏甚多，即晦翁朱子，捃摭虽勤，往往于考据训诂犹疏。"③胡文英于该书凡例中又指出："屈骚字句，各本不同，要当以语句浑厚，上下文虚神和洽为主，至字之今古，酌之洪兴祖、朱晦庵诸本。"④一方面，胡氏批评了洪兴祖注释存在纰漏。另一方面，胡氏又肯定了洪氏《补注》参校多本、广出异文之功，故《屈骚指掌》在注释《楚辞》，或写定《楚辞》文本时，在古今字这一类型的异文的出示或取舍上，又颇参考了洪氏《补注》。

②对洪补义理阐释之批判

王邦采《离骚汇订》于《离骚汇订姓氏》中列洪氏《补注》为参校本，又在自序中指出，书之所以能读，在于能审结构、寻脉络、考性情，这样"结构定而后段落清，脉络通而后词义贯，性情得而后心气平"⑤。并认为诸家评注"于三闾大夫之意指所在，尚多纰缪弗安，吾未见其能读也"⑥。则从考性情一途，批评了洪补之弊，认为其于探明屈意一层，仍多纰缪不足。

吴世尚于《楚辞疏》自序云："世所传楚辞注，王逸、洪兴祖逐句而

---

① （清）周拱辰：《离骚草木史》，吴平、回达强主编：《楚辞文献集成》第8册，扬州：广陵书社，2008年，第5419~5420页。

② （清）周拱辰：《离骚草木史》，吴平、回达强主编：《楚辞文献集成》第8册，扬州：广陵书社，2008年，第5409页。

③ （清）胡文英：《屈骚指掌》，北京：北京古籍出版社，1979年，《王序》第1页。

④ （清）胡文英：《屈骚指掌》，北京：北京古籍出版社，1979年，《凡例》第2页。

⑤ （清）王邦采：《离骚汇订》，吴平、回达强主编：《楚辞文献集成》第12册，扬州：广陵书社，2008年，第8284页。

⑥ （清）王邦采：《离骚汇订》，吴平、回达强主编：《楚辞文献集成》第12册，扬州：广陵书社，2008年，第8284页。

晰，大义未明；朱子提挈纲维，开示蕴奥，而于波澜意度处，尚多略而未畅。"①是认为洪氏《补注》不能阐明屈赋之义理文旨，大义未明。

胡濬源（1748—1824）在其《楚辞新注求确》自序中指出："楚辞注家，传者自汉王逸《章句》，后宋有苏轼校本，洪炎等十五家本，洪兴祖《补注》《考异》，朱子《集注》《辨证》，吴仁杰《草木疏》，明以来各家说《楚辞》本，国朝蒋骥《山带阁注》，萧云从《离骚图》，此外，又若林云铭《楚辞灯》之类，虽多执滞，亦间有所长；诸家详赅，已无微不搜矣。……而注家或专疏其辞，或浑括其指，或牵于古而曲为之说，遂至有累复扞隔，龃龉不合，揆之情理，不安不确者。"②指出王逸《章句》、洪氏《补注》以来，注家愈多，诸家之训释，已极为详赅，无所不包，但都流于字句之疏解，疏忽了对屈赋题旨的探寻：或作泛论，或曲解附会强为之解说，皆不能准确阐发屈赋之微言大义。

梅冲在《离骚经解》中自叙云："朱子以来，说者益多，明以前大约皆如王世贞所云：'总杂重复，兴寄不一，不暇致铨，故乱其绪，以不可解解之而已。'"③梅氏认为明以前的注本都曲解附会，胡乱作解，则自亦包括对洪兴祖之批评。

③对洪补优劣之综论

奚禄诒《楚辞详解》自序云："王逸、洪兴祖、朱紫阳三家，王、洪得不掩失，朱亦折衷于二家之间。"④王士瀚为之作序云："若王逸、洪兴祖，久传海内，究未为完善，折衷于紫阳朱子，始得所依归。"⑤不具论其得失所在，仅言洪补、王注融于朱注而得"折衷"。

张象津（1738—1824）于其《离骚经章句义疏》自序中云："幼好是书，览王氏、洪氏之注，名物训诂极为详博，至其释词之所寓，则疑其本旨有不然者，因以己意疏之，录为《离骚疏》一卷。"⑥肯定洪氏名物训诂之长，

---

① （清）吴世尚：《楚辞疏》，黄灵庚主编：《楚辞文献丛刊》第55册，北京：国家图书馆出版社，2014年，第19页。

② （清）胡濬源：《楚辞新注求确》，吴平、回达强主编：《楚辞文献集成》第17册，扬州：广陵书社，2008年，第11833～11834页。

③ （清）梅冲：《离骚经解》，黄灵庚主编：《楚辞文献丛刊》第60册，北京：国家图书馆出版社，2014年，第291～292页。

④ （清）奚禄诒：《楚辞详解》，黄灵庚主编：《楚辞文献丛刊》第54册，北京：国家图书馆出版社，2014年，第177页。

⑤ （清）奚禄诒：《楚辞详解》，黄灵庚主编：《楚辞文献丛刊》第54册，北京：国家图书馆出版社，2014年，第167页。

⑥ （清）张象津：《离骚经章句义疏》，黄灵庚主编：《楚辞文献丛刊》第63册，北京：国家图书馆出版社，2014年，第1页。

对其意指之错解误释进行了批判。

龚景瀚(1747—1802)《离骚笺》自叙云："《楚辞》以王叔师《章句》为最古，至洪氏《补注》、朱子《集注》而备矣；然《离骚》一篇，皆随文训诂，未能贯通其义也。"①龚氏赞扬了洪氏《补注》全书训释的完备，但认为其《离骚》之训释，实多割裂脱节，仅孤立地针对字句训诂而已，不能串联起来自成体系，贯通大义。

(4)非《楚辞》研究著作的评骘

此时期涉及《楚辞补注》研究的非《楚辞》研究专著，主要集中在学术笔记这一类型，以王念孙《读书杂志》为代表。《读书杂志》系王念孙之古籍校勘著作，为王念孙平时读书所得零散条目的最终汇编，涉及除经部外的史、子、集其他三部共十七种典籍的校勘与考订，《楚辞》即亦在该书之学术视野中。如前所述，《楚辞补注》以校勘、训诂、征引广博见长，自不可避免为王念孙所充分关注，并作细致研读，以为参用，或即之作纠谬。如"启九辩与九歌兮夏康娱以自纵不顾难以图后兮五子用失乎家巷"条，即据洪补所引《山海经》郭璞注，认同《九辩》《九歌》皆天帝乐名，以反对王逸注"禹乐"之说，但依然对洪兴祖未能纠正王注释"夏"为"夏后氏"表示了批评，其举《左传·僖公二年》用"夏"为"下"之例，并结合洪兴祖本身所引《山海经》郭璞注中"启登天而窃以下，用之"一句，证明"夏"实为"下"之意，此句乃指夏启登天窃天帝之乐到地下，逸乐自纵，导致后来其子太康失国，其五子流离颠沛，居于穷巷。此则又取戴震释"康娱"为"逸乐"以反驳王注、洪补释"康娱"为"太康逸乐"之说。②又如"箫钟兮瑶簴"条：

> 《九歌》："縆瑟兮交鼓，箫钟兮瑶簴，鸣箎兮吹竽。""箫"，一作"萧"。"箫钟"句，王氏无注。洪补曰："瑶簴，以美玉为饰也。"洪迈《容斋续笔》曰："洪庆善注《东君》篇'箫钟'，一蜀客过而见之曰：'一本"箫"作"撞"。《广韵》训为"击"也。盖是击钟，正与"縆瑟"为对耳。'"念孙案：读"箫"为"撞"者是也。《广雅》曰："撞，击也。"《玉篇》音所育切，《广韵》又音"萧"。"撞"与"箫""萧"古字通也。"瑶"读为"摇"。摇，动也。《招魂》曰"铿钟摇簴"，王注曰："铿，

---

① (清)龚景瀚：《离骚笺》，黄灵庚主编：《楚辞文献丛刊》第63册，北京：国家图书馆出版社，2014年，第401页。
② (清)王念孙撰；徐炜君等点校：《读书杂志》第5册，上海：上海古籍出版社，2015年，第2646～2649页。

撞也。摇，动也。"《文选》张铣注曰："言击钟则摇动其簴也。"义与此同。作"瑶"者，借字耳。"緪瑟"以下三句，皆相对为文。若以"瑶"为美玉，则与上下文不类矣。①

则从本校（《招魂》与《九歌》同属《楚辞》）、他校（《容斋随笔》、《文选》张铣注）、理校（相对为文的行文规律）三种方法对《九歌》此句的正确文本进行校勘，反映了他对洪兴祖在错误文本上强为之说的纠偏与批评。对"箫""萧"与"擤"古字通的声明，也反映了其对洪补所出异文"'箫'，一作'萧'"之重视，试图给出此异文存在的合理解释。再如"察笃夭隐"条，则反驳王注释"笃"为"病"，也反驳洪补释"笃"为"厚"，尽举先秦典籍用"笃"为"督"者，以为"察笃夭隐"当释为"察督夭死及穷约之人，存视孤寡也"②。

此外，这一时期学者们的学术通信，也间或看到对《楚辞补注》之研究。如管同（1780—1831）在与梅冲的通信《与梅孝廉论离骚书》中指出："古今注骚者，如王逸、洪兴祖，其用意固已勤矣，大要专心名物训诂，置意不求；朱子欲求其意者也，牵于兴赋，亦未能尽得。"③亦认为洪氏《补注》完全忽略对屈辞题旨或屈意之探求。这类通信，所论观点大抵相似，陈陈相因，此不赘举。

综上可知，清代的《楚辞补注》研究，打破了元明两代的长期沉寂，从大量翻刻、频繁评骘、广泛著录并作提要等方面体现了对《楚辞补注》的充分重视。此时期的研究，一方面袭取、辨正《楚辞补注》的校勘、训诂成就（此为清代发达的小学背景下，学者们对《楚辞补注》进行密切关注与仔细研读后所产生的必然成果）；一方面又在官方意识形态的影响下，对《补注》义理的探求不足这一缺点进行了普遍的批判。但整体而言，这一时期专门针对《楚辞补注》的全面系统研究，或某一特性的专题研究，仍未出现。

民国（1911—1949）：

民国时期专就《楚辞补注》研究的论文和论著并不多，大体仍与古代

---

① （清）王念孙撰；徐炜君等点校：《读书杂志》第 5 册，上海：上海古籍出版社，2015 年，第 2650 页。

② （清）王念孙撰；徐炜君等点校：《读书杂志》第 5 册，上海：上海古籍出版社，2015 年，第 2658 页。

③ （清）管同：《因寄轩文初集》，《清代诗文集汇编》第 532 册，上海：上海古籍出版社，2011 年，第 300 页。

的研究相类似。这时的学者已经非常重视《楚辞补注》的校勘成就,如刘师培《楚辞考异》称:"然毛刊洪氏《补注》本,出自宋椠,尤为近古。'补注'以前,恒列异文,盖属宋人校记。于博考众本外,恒引《史记》《文选》异文,亦间及《艺文类聚》。宋代之书,斯为昭实。"①又于《凡例》中云:"文字以洪本为据,《序》及《章句》亦然。"②又闻一多《楚辞校补》凡例云:"洪氏《补注》中有校语,在王《注》后,《补注》前,盖六朝、唐以来诸家旧校,而洪氏辑存之,又有古本,唐本及某氏《释文》,孔逭《文苑》等,今皆不传。硕果仅存,惟见洪氏兹辑,故弥足珍贵。"③又刘永济《笺屈余义》云:"洪注此书,据陈振孙《直斋书录解题》称其'少时从柳展如得东坡手校《楚辞》十卷,凡诸本异同,皆两出之。……校正以补《考异》之遗',是洪氏此书用力甚勤,搜讨亦富,故能传世绵久如此。"④此外,姜亮夫、游国恩等人也在其早期的《楚辞》相关论文中指出《补注》的体例优点以及训诂详备、补充大义的优点。梁启超则认为《补注》泥于"忠君爱国"之旨,不可取。

此时期《楚辞补注》研究的另一特点,是首次出现了《楚辞补注》的专书研究著作——《楚辞补注疏》,该书是由湖北"钟祥三怪"之一的戴之麟撰著,未曾公开发表,以稿本形式收藏在钟祥市图书馆。该书在洪氏《补注》基础上重做补充、梳理和辨证,对洪氏《补注》的研究有推进作用,详本文第五章。戴之麟还著有《楚辞注解》八册,今不得见。二书都曾于解放后以邮寄方式献给国家主席毛泽东,据闻毛主席因工作繁忙托郭沫若代为回复,肯定了其学术价值。

1949 年以后:

1.《楚辞释文》《楚辞考异》及《五臣注文选》等书散附《补注》的研究(1949—2008)

最早对《楚辞补注》中散附《楚辞释文》问题进行研究的当上溯到余嘉锡,其在《四库提要辨证》(1952 年写成,科学出版社 1958 年初版)一书里就《楚辞释文》之作者进行过考证,认为即南唐之王勉。其后刘永济在《余嘉锡〈楚辞释文〉作者考存疑》(收录于《屈赋通笺·附笺屈余义》一书中,人民文学出版社 1961 年初版)一文里提出王勉本与洪兴祖所见本不一定为同一本等三点存疑。游国恩、姜亮夫、张来芳则在专文《楚辞讲录·楚辞

---

①　转引自姜亮夫:《楚辞书目五种》,上海:上海古籍出版社,1993 年,第 308~309 页。
②　转引自姜亮夫:《楚辞书目五种》,上海:上海古籍出版社,1993 年,第 309 页。
③　闻一多:《楚辞校补》,成都:巴蜀书社,2002 年,《凡例》部分第 1 页。
④　刘永济:《屈赋通笺·附笺屈余义》,北京:中华书局,2010 年,第 264 页。

释文》(1962 年发表，现收录于《游国恩学术论文集》中，中华书局 2008 年版)、《洪庆善〈楚辞补注〉所引释文考》(收录于姜亮夫《楚辞学论文集》，上海古籍出版社 1984 年版)乃至《楚辞释文补苴》(《江西大学学报》，1991 年第 4 期)中就释文内容的界定及辑佚作出了研究，分别提出了《释文》散附《补注》条目为 77 条、118 条以及 122 条的说法，张来芳指出姜所列因重复之故，应实仅 117 条，并在其基础上补遗 5 条得出 122 条的结论。而后汤炳正于《楚辞类稿·洪兴祖〈楚辞考异〉散附〈楚辞补注〉问题》(巴蜀书社 1988 年版)中又就《考异》之内容进行了界定，并举例说明了《考异》被散附者强为割裂的事实，并就其割裂情况作了分类，指出《考异》在散附时颇多错乱，质疑《考异》中所见《释文》条数，认为"补曰"下标有出自《释文》的反切及直音，或亦为《考异》之语，本当置于"补曰"前。李大明《洪兴祖〈楚辞考异〉所引〈楚辞章句〉六朝"古本"考》[《四川师范大学学报(社会科学版)》1994 年第 2 期]则理清了《楚辞考异》与六朝传写本《楚辞章句》的关系，推知出《考异》中所引"古本"，应是六朝时《章句》传写本。崔富章又在其《〈楚辞补注〉宝翰楼本校记》(收录于其《楚辞类稿》，巴蜀书社 1988 年版)中对《五臣注文选》的散附进行了研究，认为"五臣注"当在"补曰"之下，既在"补曰"之下，即为洪兴祖所补，且"五臣注"散入"补曰"之上的时间与《考异》散入《补注》的时间一致。周俊勋《试论〈楚辞补注〉中的"五臣注"》(《阿坝师范高等专科学校学报》1999 年第 1 期)则继续汤炳正对《补注》中散附"五臣注"的研究，就"五臣曰"的条目进行了界定和分类举例，以及数据统计，指出《补注》中"五臣云"共 406 处，且与传世本《五臣注文选》不同，或改写文字，或将省略为"同逸注"的部分进行了完整抄录。之后初亮在其硕士论文《论洪兴祖〈楚辞补注〉》(杭州大学 1996 年)，郭在贻在《楚辞要籍述评》中(收录于《郭在贻文集》第三卷，中华书局 2002 年版)基本都沿袭了姜亮夫对《楚辞释文》的研究成果和说法。

2. 作者生平及其著述研究(1989—2018)

李大明在其《洪兴祖生平事迹及著述考》(《四川师范大学学报》1989 年第 2 期)中以《宋史》对洪兴祖生平事迹的记载为基础，广泛参考典籍传记，对洪氏的生平事迹进行了补充，并辨析了史志记载中的疑义，统计并评析其著作达 17 部，指出其《补注》撰著年代当为洪氏知饶州时，但仅指出其绍兴二十四年(1154)年底去此职，并未考证其在职之具体年份。李温良《洪兴祖〈楚辞补注〉研究》(台湾成功大学 1994 年硕士学位论文)与昝亮《洪兴祖生平著述编年钩沉》(《杭州大学学报》1997 年第 4 期)则一以系年方式编排洪兴祖一生历程及著述，一以翔实之时代背景考察洪兴祖的生平和著述。前者勾稽洪氏著述达 19 部，后者则言其有 20 余种；前者认为《补注》之成书有一个漫长的过程，"当始于北宋晚期，而终于南宋绍兴年间"，后者则在前两人的基础上进一步指出洪氏《补注》的初稿应最早成于宣和五年(1123)前后，但并未就此作考证性论述。这之后，侯体健感前三者之不备，复撰《宋代学者洪兴祖生平事迹详考》(《新国学》2010 年第 8 辑)一文，就史传中未载洪氏事迹的年份，多载其他与洪兴祖相关亲友的事迹；补充了洪氏五世祖、七世祖等较远祖辈的事迹；就其何时得东坡手校本《章句》进行了考证，并指出其《补注》之将成在宣和三年(1121)，《补注》刊行年份沿袭了李大明知饶州时一说；对于他书如《韩子年谱》撰著年份亦相对于昝亮有新的辩证。该文具有年谱的性质，是目前学界最为详尽的洪兴祖年谱成果。该文复收入侯氏新著《士人身份与南宋诗文研究》(复旦大学出版社 2018 年版)一书中，更名"洪兴祖生平仕履与《楚辞补注》的成书"，作为章节之标题，对原文部分结论与文字有约略修改。此外，还有杨国安《洪兴祖〈韩子年谱〉在宋代韩学中的地位和价值》[《河南教育学院学报(哲学社会科学版)》2006 年第 4 期]、宫云维和昝亮合作《洪兴祖〈论语说〉辑佚》(《文献》1997 年第 4 期)、宫云维《洪兴祖〈论语说〉辑补》(《古籍整理研究学刊》2010 年第 6 期)、许家星《洪兴祖〈论语说〉辑佚补正》[《江南大学学报(人文社会科学版)》2012 年第 5 期]等针对洪兴祖《补注》以外的他书研究，亦可从中窥见洪氏之思想、文学观念乃至著书的共同特点。杨的论文从系年和纠谬功用对洪氏《韩子年谱》给予了肯定，指出其历史文献价值，并认为其书的出现是年谱从草创走向成熟的标志性著作之一。宫、许的论文则就洪兴祖《论语说》这一亡佚之书进行了考证辑佚及补足工作。

　　3. 版本研究(1961—2016)

　　《补注》版本较多，姜亮夫《楚辞书目五种》(中华书局上海编辑所 1961 年初版)首开其研究之先河，在目录学传统体例的基础上，更为精详地叙录各类版本，该书共罗列《补注》版本 17 种，并着重对明翻宋本、清同治十一年金陵书局重刊汲古阁本等的馆藏、流传、刊刻、优劣等进行详细阐述，以叙录的形式呈现出宋大字本不见、明清诸本源于宋本者有明翻宋本和汲古阁本两大系统的事实，并指出清同治十一年金陵书局重刊汲古阁本校雠精审。所论在鉴别《补注》版本优劣、缕清版本系统、探讨版本源流方面可谓翘楚，其后的《补注》版本研究之作多受其影响。其后，崔富章在《〈楚辞〉版本源流考索——兼及〈楚辞要籍解题〉之讹误》(《浙江学刊》1987 年第 1 期)一文中对《补注》版本的考证内容承继并归纳姜说，细致梳理两大系统的渊源、流传过程及何本为善本，观点更为明确。汤炳正则在《〈楚辞补注〉宝翰楼本校记》(此文收于汤炳正《楚辞类稿》，巴蜀书社 1988 年版)通过具体文句的对比，肯定了"明翻宋本"作为古本的可贵，断言出自"汲古阁"本的"宝翰楼"本可谓"前修未密，后出转精"。崔富章在《楚辞书目五种续编》(上海古籍出版社 1993 年出版)中就姜亮夫所列 17 种版本中有目而无提要的本子进行了完善，作了补充提要说明。此外李温良在其硕士学位论文《洪兴祖〈楚辞补注〉研究》(台湾成功大学 1994 年)中就现存可见的版本进行了述略，补充了姜和崔未著录的清毛表汲古阁重刊宋本《补注》的王国维校本，并就该本的王念孙校本作了更为详尽的介绍，其他姜、崔未详者(如山东博物馆藏本)，李温良都在其基础上作了更为详细的补充。近年崔富章又撰著《楚辞书录解题》(高等教育出版社 2010 年版)一书，于《补注》版本，新增了其初刻本饶州刊本，就其刊刻时间作了初步考证和判定，并增补现当代出版的许多有价值的排印点校本。葛亚杰在其博士学位论文《王逸〈楚辞章句〉版本研究》(浙江大学 2016 年)中，就《楚辞章句》的《补注》本系统进行了一定程度的研究，该部分研究不涉正文，主要比较《补注》各本中王逸注与洪补的异文，以判断诸本优劣。该文认为，清初本、康熙本为善本，而明翻宋本为非善本，后一结论异于学界普遍看法。

4. 训释问题研究(1961—2016)

在训释体例的研究上，姜亮夫最早在《楚辞书目五种》(中华书局上海编辑所 1961 年初版)中指出"洪书盖补王逸《章句》之未详者，故谓之补注，重点在补义"，其后王先汉又有《楚辞洪氏补注义例》(《中正学报》1967 年第 2 期)一文(暂未得见，存疑)。黄建荣在其博士论文《〈楚辞〉古代注本研究》(华东师范大学 2002 年)、岳书法在其单篇论文《洪兴祖〈楚辞补注〉体例说略》[《西南交通大学学报(社会科学版)》2004 年第 6 期]中都就洪补体例之创新提出了自己的看法。黄认识到了《补注》"既注正文，又兼注注文或所引材料"的特点，认为其与传统训诂学的"义疏"较为相似；岳则指出了洪《补注》对"补注"这一体例的开创作用，认为"洪补作为古文献阐释史上特有的一种体例，具有独特的价值和借鉴意义。就形式而言，洪氏补注一书，前之未有，亦可谓发凡起例，使中国传统传注体系中多补注一体"。

在训释内容的研究上，刘永耕《浅论〈离骚〉王注与洪补的异同》[《新疆大学学报(哲学社会科学版)》1984 年第 1 期]和林瑞娥《读〈离骚〉篇王逸〈章句〉和洪兴祖〈补注〉》(《临沂师专学报》1988 年第 1 期),则皆从《离骚》入手,揭释洪补对王注的继承、补充和纠谬。前者认为洪补与王注之相同在于洪氏对王注正确注释的补充说明,但这种说明并不是完全的等同:王注是从全局角度的高屋建瓴,洪补则是从具体细致的方面深入探讨。而不同之处在于洪补能重视前人成果、能凭借第一手材料并就不同古说作出客观分析,故而能对王注进行纠谬和辩驳;后者认为《补注》能补王逸之不备,但有许多地方没有王逸注释中肯适度,多进行穿凿附会的解释。黄建荣《王逸、洪兴祖的方言训释比较及其影响》(《云梦学刊》2003 年第 5 期)则辨明了在方言注释层面洪注较王注数量多、地域范围广、增补了方言注音且多依典籍(王逸自身为旧楚地之人,释楚语都直接说明,不引经据典)的特点,并举例说明了王洪二人方言注释对朱熹乃至戴震楚辞研究的影响。孙光和徐文武在《简论王逸、洪兴祖、朱熹楚辞注释的文献征引》[《内蒙古民族大学学报(社会科学版)》2007 年第 6 期]一文中认为三人的引书注释各有偏向:“王逸以儒家典籍为主,力图把楚辞纳入诗教系统之中;洪兴祖宏征博引、态度开明;朱熹以阐发义理为旨归,简洁切实。”张丽萍《王逸、洪兴祖重言词训释比较》(《乐山师范学院学报》2008 年第 3 期)一文则指出了在重言词的注释上王逸重释义,洪兴祖重释音且注释形式较王注少串讲的特点。

在训释方法的研究上,黄建荣的《〈楚辞〉古代注本研究》(华东师范大学 2002 年)将《补注》放在训诂学史的历史空间中,就其释词、句、篇、注音等方面的特色进行了阐释,为《章句》和《补注》的整体对比研究奠定了基础。刘洪波博士论文《阐释学视野下的〈楚辞补注〉研究》(东北师范大学 2010 年)、单篇论文《洪兴祖〈楚辞〉解释的适度性》[《内蒙古大学学报(哲学社会科学版)》2011 年第 4 期],宋春华单篇论文《洪兴祖〈楚辞补注〉的个体阐释角度》(《黔南民族师范学院学报》2013 年第 3 期),张丽萍硕士论文《〈楚辞章句〉和〈楚辞补注〉训诂比较》(兰州大学 2006 年)、单篇论文《洪兴祖〈楚辞补注〉叶韵来源考》(《汉字文化》2013 年第 2 期),尹戴忠单篇论文《〈楚辞〉洪兴祖直音研究》[《邵阳学院学报(社会科学版)》2007 年第 4 期],漆德文硕士论文《洪兴祖〈楚辞补注〉叶韵文献研究》(南京师范大学 2011 年)等成果则从阐释学、语言学乃至训诂学角度专就洪兴祖《补注》之训释方法进行了研究。刘洪波在其博士论文中从“洪兴祖阐释《楚辞》的动因”“洪兴祖‘补注’的阐释体式”“洪兴祖阐释《楚辞》的思想管窥”等角度对洪氏《补注》进行了阐释学的解读,认为“洪兴祖的《楚辞补注》是再创造性的《楚辞》阐释性文本,洪兴祖在其明确的阐释动机的驱使下，以发凡起例的'补注'体对《楚辞》进行了有意识有目的的阐释，并在具体的阐释当中寄寓了他个人的主观意识和思想情感，使阐释者的视域与《楚辞》文本的视域之间达到了融合，不失为一种合理和有效的阐释"。该论文于2016年由中国社会科学出版社出版，作了一定程度的增删，但核心结论未作改易，更将"洪兴祖阐释《楚辞》的思想管窥"一章的标题改作"洪氏《楚辞》阐释的'历史性'"，进一步凸显了洪氏《补注》一书再创造的阐释性质。而在其单篇论文《洪兴祖〈楚辞〉解释的适度性》中则认为："就解释尺度而言，（洪兴祖）能做到既重视文本地位又践行疏可破注，既重视训诂又兼重义理，在己之私意与文本意义之间找到了动态平衡。"张丽萍的硕士论文则分别对《章句》和《补注》的释词、释句、体例等训诂内容进行了全面论述，最后就两者进行了整体比较，并创新地选取了训诂术语这一角度进行比较研究，具有一定参考价值。在其单行论文中则就《补注》中所出现的20例叶韵，找出之所以按洪兴祖所说那样叶韵的原始文献依据，具有较强的文献学价值。尹戴忠则从《补注》中直音的角度入手，指出洪兴祖在直音注音时"既注音又明义""注释字与被注释字同义且同源"的特点。而漆德文的硕士论文主要是从《补注》叶韵条目中找出洪氏所处时代的叶韵特点和方法，并通过分析发现洪氏的叶韵条目有的有标记，有的不做标记，这体现了洪兴祖叶韵学既创新又保守的矛盾态度，最终从学术史的角度评价洪氏的叶韵学。

此外，傅锡壬《朱熹〈楚辞集注〉与王、洪二家注的比较及价值重估》[《淡江学报（文学门）》1973年第11期]、黄正国《十三经注疏（标点本）标点勘误及〈楚辞补注〉训诂各二例》[《语文学刊（高教版）》2006年第1期]各从不同的角度对《补注》进行研究，对《补注》的研究有一定的帮助，可作为参考。值得注意的是黄正国从语法分析的角度就《补注》中两处训诂条目进行了详细考辨。韩锋和黄建荣的《试论宋代的〈天问〉注释特色——以洪兴祖、朱熹、杨万里三家为考察对象》[《东华理工大学学报（社会科学版）》2012年第4期]以《天问》的三家注释为考察对象，认为洪兴祖的注释"主要在校勘异文的基础上以翔实的史料来补王逸注释的未备或模糊之处，或说明句子的转折承接关系和内在联系"；张艳存《论洪兴祖〈楚辞补注〉的训诂成就》（《芒种》2012年第2期）多申发前说，略陈新例；王道远《洪兴祖〈楚辞补注〉体例浅谈》（《文教资料》2012年第33期）是综合前人说法对《补注》注释体例的归类和举例。

5. 专书研究（1994—1996）

较为全面系统的研究洪兴祖《楚辞补注》一书的有李温良的硕士论文

《洪兴祖〈楚辞补注〉研究》(台湾成功大学1994年)以及初亮的硕士论文《论洪兴祖〈楚辞补注〉》(杭州大学1996年)。两者都将其列入专书研究之范畴,前者将全文分为八章,首章绪论就研究动机和方法进行了阐述,前六章则系统论述了洪兴祖之时代环境与学术背景、洪兴祖之生平与著述、《补注》之创作与流传、《补注》之体例、《补注》之成就与缺失、《补注》之地位与价值,最后一章则归纳各章所论,从时代背景、人品学养、创作流传、体制义例、优劣得失、学术价值等六个方面彰显了洪氏补注之特质所在。犹值赞扬之处在于李温良不仅就前人所讨论的《释文》与《考异》散附问题进行了新的辨证,在讨论《楚辞补注》之体例时进行了极为系统全面的细分,细分的每一部分都有翔实的举例,并对《补注》之引书作了详细的统计,可说是目前就《楚辞补注》进行专书研究涉及面最为全面之文,但这些面有详有略,有的并未全部进行深挖,如引书研究,洪氏思想研究等。后者则从"洪兴祖事迹钩沉和《楚辞补注》的撰作""《楚辞补注》对王逸《楚辞章句》的继承和发展""留存于《楚辞补注》中的今已失传的史籍文献"以及"困惑历代研究者的洪兴祖《楚辞考异》问题"等几个方面进行了研究,是角度全面的概论。

6. 楚辞学史角度的研究(1985—2009)

从楚辞学史角度宏观研究《楚辞补注》的相关成果有许多。如易重廉独著的《中国楚辞学史》(湖南出版社1991年版)、李中华与朱炳祥合著的《楚辞学史》(武汉出版社1996年版)等,前者从"精校异文""遍考方言""广征文献"三个角度肯定了《楚辞补注》之学术价值,后者则从"荟萃众本,校正文字""补释语意,驳正旧注""保存文献,载录遗说"三个方面介绍了《楚辞补注》之于楚辞学史的学术价值。此外尚有朴永焕的博士论文《宋代楚辞学研究》(北京大学1996年)、孙光的博士论文《汉宋楚辞研究的历史转型》(河北大学2006年)、马婷婷的硕士论文《两宋之际的楚辞研究》(西北师范大学2010年)。朴永焕论及洪兴祖的文艺观,能从文学的视角品评洪兴祖的阐释思想和《楚辞补注》,认为"洪兴祖的评骚论点基本上继承了儒家的文艺观,但他的文学眼光也是值得一提的"。就此对易重廉的"除了儒家文艺观外,别的什么,洪兴祖似乎知之甚少"的观点进行了反驳;孙光以《楚辞章句》《楚辞补注》《楚辞集注》为中心,系统地从体例、文本注释、思想阐发、艺术观照以及注释特点与影响因素的角度进行了比较研究;马婷婷则以《楚辞补注》为中心,采用文艺学与文献学相结合的方法,就两宋之际楚辞学兴盛之原因和宋代楚辞研究的承上启下的历史转型之变化进行了探讨。另又有丁冰的《宋代楚辞学概观》(《古籍整理研究学刊》1985 年第 2 期)、王莹的《宋代楚辞研究概述》(《大连大学学报》1995 年第 1 期)、张来芳《洪兴祖对楚辞研究的贡献》[《南昌大学学报(社会科学版)》1995 年第 4 期]、谭德兴《论宋代楚辞观的新发展》(《衡阳师范学院学报》2004 年第 5 期)、叶志衡《宋人对屈原的接受》(《社会科学战线》2007 年第 2 期)、张丽萍《洪兴祖〈楚辞补注〉对楚辞研究的贡献》(《毕节学院学报》2009 年第 11 期)等单篇论文。丁冰的文章为介绍性文章,基本照录《直斋书录解题》《楚辞书目五种》等前人著作中对《楚辞补注》的论述;王莹从北宋文学思想之变化——"诗穷而后工"角度探讨了其对宋代楚辞学之影响;张来芳则拓宽了篇章范围,广泛援引文例,从四个方面彰显了《补注》的价值,其创新之处在于指出《补注》"品评公允、思想激越";谭认为洪兴祖之楚辞比兴观于前人多有突破,其辨析在很大程度上抛开了政治经学的因素,更多的是纯文学性的解构;叶则多从洪兴祖将屈原思想纳入"道统"中的作用这一角度出发讨论,进而说明宋代文人与战国屈原心态的高度契合,导致宋代楚辞学的兴盛;张丽萍仍承袭前人"解说旧注""补释语意""驳正旧注""阐发新意""载录遗说""考订异文"等观点,所不同者在于对这些部分进行了比较系统的举例说明。

　　7. 与出土文献相结合的研究(1998—2021)

　　随着出土文献的不断发现,《楚辞》的研究也从传世文献的单一研究转向了传世文献与出土文献的对比研究。在《楚辞》研究层面最好的出土文献材料即楚简材料。黄灵庚即著有《楚辞异文辩证》(中州古籍出版社2000 年版)与《楚辞与简帛文献》(人民出版社 2011 年版)二书,两者侧重点不同。前者注重将历代不同楚辞注本所出的异文参证楚简文字进行辨证,但取用楚简材料较少;而后者则基本不从异文出发,多根据正文之名物寻求楚简中相关记载,从而探寻楚辞本源之意义。两者虽是针对《楚辞》的整体研究,但《楚辞补注》的大部分内容却是作为其引述材料出现的。此外还有陈桐生《二十世纪考古文献与楚辞研究》(《文献》1998 年第 1期),袁国华的《楚简与〈楚辞〉训读(初稿)》(《第四届国际中国古文字学研讨会论文》,2003 年),黄灵庚《楚简与楚辞研究二题》[《华中师范大学学报(人文社会科学版)》2007 年第 5 期]三文。陈桐生与黄灵庚的论文是对《楚辞》正文的名物和历史事件的考订,较为概括,并不涉及《楚辞补注》。袁国华的论文则是简略的四则考订内容,主要是针对注释中说法提出不同看法,有纯粹的意义辩证的内容,也有字形辩证后通过初形判定《楚辞》文本原始意义的内容,部分涉及《楚辞补注》。另又有徐广才博士论文《考古发现与〈楚辞〉校读》(吉林大学 2008 年),通过出土文献,全面系统考辨了《楚辞》正文的异文，全文262条，其中涉及《楚辞补注》的内容有110条。又其新著《考古发现与〈楚辞〉新证研究》(中国社会科学出版社2021年版)，将《楚辞》正文异文的考辨缩减至50条，其中涉及《楚辞补注》的有41条。该书其余部分则注重结合出土文献讨论郭店楚墓的墓主、楚辞体、《楚辞》的押韵、《楚辞》的疑难词语训解等问题，间或涉及洪氏《补注》之内容。可见目前学界并不专门援据出土文献，对《楚辞补注》的校勘价值或考正名物、历史、典制的价值进行探讨，而更多将《补注》的内容结合出土文献形成"双重证据"，去解决《楚辞》本身异文或先秦历史、名物的疑难问题。

8.《楚辞补注》的海外传播研究(2004—2020)

问世于2004年和2012年的《日本楚辞研究论纲》(学苑出版社)和《楚辞与朝鲜古代文学之关联研究》(人民出版社)是国内最早涉及《楚辞》海外传播的论著。前者分为上下两编，上编从中日文化交流乃至学术交流的历史背景出发，将日本的楚辞学研究分为早期和现代两个时期进行总括性论述，涉及《楚辞补注》最早在江户时代的和刻和传播，而对这一时期有关《楚辞补注》研究活动的论述较少。下编则选取日本代表性的楚辞研究学者及其相关研究成果和观点进行阐述，最后还附有日本楚辞研究的相关论著和论文，这其中涉及《楚辞补注》的专门研究开始逐渐变多，但与中国本土相较，依然显得数量不足。后者的侧重点并不在传播史的研究，而在于整个《楚辞》的影响史的研究，列举具体的朝鲜文士，从其诗文中找寻受到《楚辞》影响的痕迹。其虽在前言提到过《楚辞》最早传入朝鲜半岛的时期，但并没有涉及《楚辞补注》传入朝鲜半岛的具体时间和影响。之后又有王海远的博士论文《中日〈楚辞〉研究及比较》(复旦大学2010年)，文智律的硕士论文《〈楚辞〉在韩国的传播与影响》(浙江大学2012年)二文。前者分为上中下三编，分别从古代和20世纪初期、20世纪中期三个历史时期就中日的《楚辞》研究进行了比较，从楚辞学史的角度对《楚辞补注》进行了评价，但仍然没有详细确切的对《楚辞补注》在日本传播和影响之研究。后者分三个部分进行了研究：首先，对《楚辞》传入韩国的历程进行梳理。其次，从韩国各朝代的代表文人作品分析入手，通过对其作品的大量检索和解读，运用材料分析、个案研究、比较研究等方法，论证韩国古代文人对《楚辞》的接受。最后，简述当代韩国对《楚辞》进行研究的现状。犹值一提的是，文智律在第一部分列出了韩国所藏《楚辞》版本的目录及提要，这让我们对韩国目前所藏各古注本的最早刊本有了了解，这其中包括《楚辞补注》，且在论文最后附录了近 50 年的有关中韩《楚辞》比较研究的论文，其中专论《楚辞补注》者极少。此外又有陈亮《欧美楚辞学论纲》(中华书局 2020 年版)一书，系统、全面梳理了《楚辞》在欧美的传播、研究的发展史，是目前国内首部对《楚辞》在欧美国家传播、研究的历史进行系统研究的专著。透过该书，依然无法详知《楚辞补注》最早传播到欧美的具体时间与传承脉络，也不见专论《楚辞补注》之专著或论文。

9.《楚辞补注》相关的其他研究(1991—2013)

(1)马建智：《洪兴祖评价屈原思想的卓识》，《西南民族大学学报》1991 年第 6 期。

(2)孙光：《〈楚辞补注〉对屈原形象的重新确立》，《北方论丛》2009 年第 6 期。

这两者应该都可划归为对洪兴祖思想的研究，前者认为洪兴祖能从"屈子之忧 忧世之优""屈原之怨 小弁之怨""屈子舍生 同姓之故""屈洪同轨 泽及后世"四个角度对屈原思想进行评价，推翻了宋以前对屈子"妙才""露才扬己""忧愁幽思"只因"履忠被谮"的错误和狭隘的评价。但与其说洪兴祖对屈原的思想有了正确的评价和揭露，毋宁说是洪兴祖将自己的文艺观念、政治思想和道学思想套在了屈原的身上，才有了对屈原"忧世非忧己"的带有鲜明的儒家道统观念的思想评价；后者则通过《补注》文本本身，指出洪兴祖注释出的屈原新形象，既有"忠君"思想，又有"爱国"精神，也有儒家推崇的坚贞节操，而在对节操的坚持中又体现出其个体的独立人格。在这个形象中体现着宋代独特的社会政治背景、文化氛围以及洪兴祖个人的精神风貌。

(3)刘洪波：《近 20 年〈楚辞补注〉研究综述》，《东北师大学报(哲学社会科学版)》2008 年第 3 期。

研究综述性文章，从文艺学、文献学、专著研究三个角度就 1988—2008 年所有关于洪兴祖及《楚辞补注》的研究成果进行了系统详细的综述，有较强的文献参考价值。

(4)汤洪：《洪兴祖〈楚辞补注〉所载〈离骚序〉作者再探寻》，《成都理工大学学报(社会科学版)》2009 年第 2 期。

该文从文献学的角度，广泛勾稽文史资料，就《楚辞补注》所载的，附于王逸《离骚后叙》后的《离骚序》作者提出了质疑，用新的证据证实了晁补之的怀疑，认为《离骚序》一文的真正作者并不如《补注》中所载为班固，而应当是贾逵。

(5)李娟：《洪兴祖〈楚辞补注〉对〈章句〉的批评》，《国学论衡》2013

年第 2 期。

该文立足于《补注》和《章句》的文本，从知识层面、经义层面、文学层面论述了洪兴祖《补注》对《章句》的批评，实际上已经涵盖了《补注》的训诂、音韵、考史、义理阐发以及洪兴祖的"道统"思想、文学思想、艺术观念等各方面的内容。从宋代理学重思辨的内质及宋代文士好议论的风尚影响出发，指出洪兴祖在《补注》中表现出的思想倾向和哲学思辨。

（二）国外

欧美（1920—2013）[1]

中西文化的交流，有着长期但并不连续的历史。在断断续续的交流史长河中，《楚辞》无疑曾作为重要的文化载体，起到过联系中西方文明的纽带作用。西方的楚辞研究，肇始于明末，当时在中国的西方传教士，为了便于中国的学者与民众接受西方的科学与文化，采用"格义"的方式，从中国传统典籍中寻找符合西方科学、文化及思想观念的内容，以西方的理论进行比附与阐释，通过与中国经典的对话实现传播西洋科学和宗教的目的，《楚辞》也不可避免地充当了这一传教工具。这一时期的《楚辞》研究以葡萄牙籍耶稣会士阳玛诺（Emmanuel Diaz Jr.，1574—1659）于万历四十三年（1615）出版于北京的《天问略》为代表，著名历史学家陈垣先生认为该书书名即本《楚辞·天问》而来[2]，与《天问》对自然、历史、社会、人生提出 170 多个问题但只问不答不同，《天问略》致力于介绍西洋天文历法与宗教知识，有问有答。该书两处化用《天问》成句，设问并回答问题。如问"天何所沓，九重焉分"，显然就是化用《天问》"天何所沓，十二焉分"（此处"十二"乃指十二辰，非指十二重天）一句提出的设问，在这一设问中，阳玛诺袭取了"九重天"的概念（实际上这是对以《天问》"圜则九重，孰营度之"为代表的中国传统"九重天"认知的认同；当然，西方本亦有"九重天"之说，参《明史·天文志》），并在回答中认为"两天之连，不

---

① 本部分之综述，囿于本人所见海外一手文献资料有限，主要在陈亮《欧美楚辞学论纲》（中华书局 2020 年版）、徐志啸《日本楚辞研究论纲》（福建人民出版社 2015 年版）、文智律《〈楚辞〉在韩国的传播与影响》（浙江大学 2012 年硕士学位论文）的基础上，梳理、归纳、总结相关材料，并参以自己所见其他一手材料，作出相对完整的关于海外楚辞及《楚辞补注》的研究综述。因原材料零碎琐屑，无法备注出处，故除引述原文及完整内容的转述，不一一备注页码，于此特予说明，读者识之。

② 陈垣：《从教外典籍见明末清初之天主教》，《陈垣全集》第 2 册，合肥：安徽大学出版社，2009 年，第 603 页。

容一物，又焉分哉"①，指出"九重天"的密不可分。同时，他又在问西方天文历法之设问中，回答西方天文学有"十二重天"之认识。② 而次年（1616）与阳玛诺关系密切的耶稣会士庞迪我（Diego de Pantoja，1571—1618）、熊三拔（Sabatino de Ursis，1575—1620）则通过上奏的方式，侧面证明了《天问略》与《楚辞·天问》的关系。③ 此外，二人不仅申明了"九重天"的学说中国古已有之，还认为"中西悬隔，其说不谋而同"④，当是结合阳玛诺申明之西方"九重天""十二重天"之说，认为其与中国传统的"九重天"说，都是基于"天外有天"的"多重天"的天文认知产生的结论。此后清代《楚辞》注家（如李陈玉、蒋骥等）多取西学诸说阐释《楚辞》，或当出自此书和此时西学传播的影响。

据上不难推知，欧洲学者研究楚辞迄今已有 400 多年历史。而根据学界目前的研究，迄今为止，"欧洲学者译介楚辞的文献资料有 200 余种，包括英语、法语、德语、拉丁语、意大利语、荷兰语、俄语、波兰语、匈牙利语、罗马尼亚语、捷克语在内的十几种文字"⑤。又可见《楚辞》在欧洲传播范围之广。欧洲楚辞学的发展，大致分为三个阶段，即引用词句与翻译介绍的早期研究阶段，时间约为 17 世纪初到 20 世纪以前；课程教学与学术争鸣的现代研究阶段，时间为 20 世纪上半叶；纪念活动与多样化研究的当代研究阶段，时间为 20 世纪下半叶至今。⑥ 第一阶段的主要成果有前举阳玛诺《天问略》、法国耶稣会士马若瑟（Joseph de Prémare，1666—1735）《汉语札记》、法国学者雷慕沙（Jean Pierre Abel Rémusat，1788—1832）《汉文启蒙》（以上为引用、化用《楚辞》词句，介绍西方科学、宗教，或据以学习汉语之例）、奥地利汉学家费兹迈尔（August Pfizmaier，1808—1887）德译本《离骚》和《九歌》、法国汉学家德理文（Marquis d'Hervey de Saint Denys，1823—1892）的法译本《离骚章句》、英国汉学家庄延龄（Edward Harper Parker，1849—1926）的英译本《离别之忧——离骚》（以上为翻译《楚辞》之例）、比利时学者哈力兹（Charles Joseph de

① [葡]阳玛诺：《天问略》，（明）李之藻编；黄曙辉点校：《天学初函·器编》中册，上海：上海交通大学出版社，2013 年，第 716 页。
② [葡]阳玛诺：《天问略》，（明）李之藻编；黄曙辉点校：《天学初函·器编》中册，上海：上海交通大学出版社，2013 年，第 714 页。
③ 陈亮：《欧美楚辞学纲》，北京：中华书局，2020 年，第 9 页。
④ [比]钟鸣旦等：《徐家汇藏书楼明清天主教文献》第 1 册，台北：方济出版社，1996 年，第 80 页。
⑤ 陈亮：《欧美楚辞学论纲》，北京：中华书局，2020 年，第 8 页。
⑥ 陈亮：《欧美楚辞学论纲》，北京：中华书局，2020 年，第 8~18 页。

Harlez de Deulin，1832—1899）的论文《中国诗歌》（此为翻译与介绍《楚辞》之例）等。第二阶段前期主要的《楚辞》研究成果，是出于欧洲大学汉学专业的学习需要而产生的教材或讲义，以及对学习成果进行检验而产生的博士学位论文，这以英国汉学家翟理斯（Herbert Allen Giles，1845—1935）与德国汉学家顾路柏（Wilhelm Grube，1855—1908）编著的《中国文学史》（翟氏从中国诗歌的发展源流脉络角度评骘《楚辞》的地位、价值与影响，顾氏则主要介绍屈原的生平与创作背景，译述《渔父》与《离骚》，并高度赞扬《楚辞》的文学性与可研究性）、法国学者马伯乐（Henri Maspéro，1883—1945）《古代中国》、德国学者孔好古（August Conrady，1864—1925）的 12 种关于《楚辞》的手稿（以上为教材或讲义），以及孔好古的学生何可思（Eduard Erkes，1891—1958）的《宋玉的〈招魂〉》、鲍润生（Franz Xaver Biallas，1878—1936）的《屈原的〈远游〉》（以上为博士学位论文，主要内容是对《招魂》与《远游》的译注）为代表。这一阶段后期的主要成果，则体现在各大学者对《楚辞》翻译、注释的学术争鸣上。如瑞典高本汉（Klas Bernhard Johannes Karlgren，1889—1978）、奥地利查赫（Erwin Ritter von Zach，1872—1942）、英国魏理（Arthur Waley，1889—1966）、德国卫德明（Hellmut Wilhelm，1905—1990）对孔好古遗著《中国艺术史上最古老的文献——〈天问〉》中翻译、注释的商榷，查赫对何可思《神女赋》《古代楚语》、鲍润生《屈原的生平及诗作》的批评，魏理与翟理斯关于《大招》翻译的争论等。[①] 值得一提的是，这一时期由于欧洲饱受两次世界大战的破坏，诸多学者因自身国破家亡、颠沛转徙的人生经历，对有着相同际遇的伟大的爱国主义诗人屈原，产生了强烈的认同与钦慕，由此迎来了欧美《楚辞》研究走向全面繁荣的发轫期，故此这一时期《国殇》《大招》一类表现战争伤亡的篇目，也更受学者们的关注。第三阶段的主要《楚辞》研究成果，首先体现在屈原被世界和平理事会推举为世界人民纪念的"四大文化名人"之一后，各欧洲国家纷纷召开的纪念屈原的研讨会，以及由此产生的对屈原及其作品的更为广泛的评介、对《楚辞》的多种语言的迻译上；其次体现在首次出现的霍克斯（David Hawkes，1923—2009）的英语全译本与雷米·马迪厄（Rémi Mathieu，1948—）的法语全译本《楚辞》上；再次体现在从民俗学、宗教学、神话学角度进行研究创新的专著和学位论文上，如魏理的《九歌：中国古代巫术研究》、奥地利施瓦茨（Ernst-Josef Schwarz，1916—2003）的博士论文《屈原问题研究》（探讨屈原的生平、楚

---

① 陈亮：《欧美楚辞学论纲》，北京：中华书局，2020 年，第 14～16 页。

国神话与端午节等问题)等；最后体现在从屈原存在的历史真实性、屈原创作个性、屈原诗歌分析、楚辞文化起源、楚辞与道家文化关系、楚辞的语言形式等方面进行的全方位的综合研究上。当然，这一时期欧洲学者们编写的中国古代文学史、作品选集、百科全书、报纸杂志等，也都或多或少涉及了对楚辞的评介与研究①，典型地体现着这一时期《楚辞》研究多样化和全面繁荣的特点。

美国的楚辞学虽然起步较晚(以 1847 年美国传教士裨雅各翻译法国耶稣会士马若瑟于 1728 年写成的《汉语札记》为肇端，该书有一节专以《楚辞》为例介绍汉语的隐喻修辞方法②)，但美洲大陆的发现，却为中西文化交流开辟了新的航路，更为楚辞西渐提供了新的交通要道，在中西文化传播交流的过程中，美国不可避免受到欧洲楚辞学的影响，学习、翻译欧洲楚辞学著作，并自觉为屈原作传(如女传教士费里雅 1865 年发表在《中日丛报》上的《屈原传》)，主动介绍《楚辞》这一文学作品(如 1883 年，汉学家卫三畏在《中国总论》的修订本中增加的对集部《楚辞》的介绍)。在进入 20 世纪上半叶后，美国开始转向对楚辞的汉语原典的翻译，但作品寥寥，亦多为节译，鲜见全本，目前学界考证出来的仅有芙洛伦丝·艾斯珂(Florence Wheelock Ayscough，1878—1942)译《楚辞·大招》、罗伯特·白英(Robert Payne，1911—1983)《白驹集：中国古今诗选》(1947 年出版，收录西南联大俞铭传、沈有鼎合译《离骚》《九章》《九歌》，本质上还算不得是本土学者翻译)二家③。二战以后的 20 世纪下半叶至今，美国楚辞学迅速发展，研究活动主要通过学术专著、博士学位论文、单篇学术论文的形式，从屈原作品翻译、屈原及其作品的影响研究、《楚辞》巫文化研究、《楚辞》语言学研究、《楚辞》再现学研究④五个角度进行，取得了令人瞩目的成绩。第一个方面的研究，主要成果有华兹生(Burton Watson，1925—2017)《哥伦比亚中国诗歌选集：从早期到十三世纪》(翻译《离骚》与《九歌》之《云中君》《河伯》《山鬼》《国殇》)、维克多·梅维恒(Victor H. Mair，1943—)《哥伦比亚传统中国文学选集》(翻译《天问》)、宇文所安(Stephen Owen，1946—)《中国文学选集：从初始阶段至 1911 年》(翻译《离骚》《九歌》)、戴维·亨顿(David Hinton，1954—)《中国古典诗歌选集》(缩译《离骚》)、杰拉·约翰逊(Jerah Johnson，1931—)《离骚：解除

---

① 陈亮：《欧美楚辞学论纲》，北京：中华书局，2020 年，第 18~22 页。
② 陈亮：《欧美楚辞学论纲》，北京：中华书局，2020 年，第 23 页。
③ 陈亮：《欧美楚辞学论纲》，北京：中华书局，2020 年，第 24 页。
④ 陈亮：《欧美楚辞学论纲》，北京：中华书局，2020 年，第 26~39 页。

痛苦的诗》、杰弗里·R. 沃斯特（Geoffrey R. Waters, 1948—2007）《楚歌三首：楚辞传统解释介绍》（翻译《九歌》之《东皇太一》《云中君》《湘君》）、田笠（Stephen Lee Field, 1951—）《天问：一部中国溯源之书》（翻译《天问》）。第二个方面的研究，主要成果有施耐德（Laurence A. Schneider）《楚国狂人屈原与中国政治神话》、曾珍珍（Tseng Chen-chen, 1954—2017）博士论文《神话的历史化：屈原的诗歌及其遗产》、马思清（Monica McLellan, 1983—）博士论文《翻译屈原的"来世"》。第三个方面的研究，主要成果有陈炳良（Chan Ping-leung, 1935—2018）博士论文《楚辞与中国古代巫术》、陈次云（Tze-yun Chen）博士论文《九歌：重新审视中国古代的巫术》、夏克胡（Gopal Sukhu）博士论文《吸引、颠倒和排斥：离骚绪论》（以上成果或认为《离骚》，或认为《九歌》，或认为《离骚》《九歌》《天问》《招魂》是巫祀文学，主张这些篇目作者的巫师身份，但巫师是否屈原则有不同意见）。第四个方面的研究，主要成果有吴伟克（Galal Leroy Walker, 1943—）博士论文《论楚辞形式的历史》、王莅文博士论文《楚辞中的叠字研究》。第五个方面的研究，主要成果有陈瑞昌（Rose Jui-Chang）博士论文《人类英雄与被逐之神：郭沫若〈屈原〉中的中国思想》、黛博拉·德尔·盖丝·穆勒（Deborah Del Gais Muller）的博士论文《李公麟的九歌图：宋元九歌手卷研究》。

　　综上不难窥见，欧美非汉字文化圈的地域属性，决定了其进行《楚辞》研究首要解决的重要问题，是对《楚辞》文本的准确释读与理解。因此欧美的《楚辞》研究以不断重译、重释《楚辞》篇目或全本为核心，兼以屈原的生平、地位、影响，《楚辞》的源流、语言艺术特色，屈原与《楚辞》的接受等宏观层面的研究。同时，欧美非译释类的《楚辞》研究，典型地呈现出从考据学、神话学、宗教学、民俗学、比较文化学的角度去探寻屈原的有无、屈原的真实身份，以及《楚辞》文本的本质属性与本真面目的研究倾向。可知欧美学界关注的都是《楚辞》一书整体的研究，而很少关注对古代某本《楚辞》注本的专门研究。但这并不意味着欧美楚辞学界对洪兴祖《楚辞补注》的忽略和遗忘，无论是在翻译，还是在系统研究《楚辞》的成果中，都包含了欧美学者对《楚辞补注》介绍、袭取和评骘的内容，体现了欧美学者对《楚辞补注》的长期研读与观照。

　　1.《楚辞》译著对《楚辞补注》的袭取

　　这以前举英国汉学家翟理斯为代表。翟理斯比较重视《楚辞补注》的学术价值，多取洪说以为其翻译之佐证，并以此为据，与其他汉学家展开争鸣。他曾于 1920 年 8 月在《新中国评论》发表《重译》一文，以商榷魏理 1919 年 5 月 13 日发表在《政治家》杂志上的《大招》译文。翟理斯在翻译 "四上竞气" 一句中 "四" 之所指时，不仅指出一般的学术观点认为 "四" 指代、秦、郑、卫四个国家，还指出有些中国古代注家认为 "四" 尚有其他含义：(代、秦、郑、卫) 四国的鸣竽、(伏羲的)《驾辩》、(楚国的)《劳商》、赵之箫。这其实即是洪兴祖《补注》的内容，洪兴祖解释 "四上" 为四种 "声之上者"，是指以上国家或古圣所擅的乐器或代表性的乐曲。另外，他在翻译 "青春受谢" 一句时，认为 "受谢" 应理解为 "来往" 的意思，因为 "谢" 本有辞去的意思，去可以代表 "往"，又认为《淮南子》在记载关于太阳到达和离开扶桑时，也使用了相同的 "受谢" 一词，认为太阳东升西落，到达和离开扶桑，就是一种往来，因此 "受" 可以解释为 "来" 的意思。故 "青春受谢" 指的是四季的变换，导致春天每年的到来和逝去，指的是人们对春天的迎来送往。以此反对魏理翻译中释 "受谢" 为 "交替" 之说。[①] 陈亮认为，洪兴祖《补注》在阐释这一句的时候，即引用了《淮南子·道应训》"扶桑受谢，日照宇宙。炤炤之光，辉烛四海"，翟氏此论，很显然也是受到了洪兴祖的影响而发。[②] 此外，翟理斯还曾译过《卜居》《渔父》《山鬼》《东皇太一》《云中君》《国殇》《礼魂》《天问》等篇目，其中亦不乏对《楚辞补注》的接受与袭取。如《礼魂》一篇，陈亮即认为，翟理斯将 "礼魂" 之 "礼" 翻译为 "葬礼"，显然是受到洪兴祖 "礼魂，谓以礼善终者" 这一解题的启发。[③]

2. 杰弗里·R. 沃特斯《楚歌三首：楚辞传统解释介绍》对《楚辞补注》的翻译

该书出版于 1985 年，翻译了《九歌》的《东皇太一》《云中君》《湘君》三篇作品，译释体例为逐句译释。每句先列汉字原始文本；次注音释字 (词)，在每句的汉字文本下分五行列出每个汉字的上古、中古、现代汉语拼音以及对应的英文单词或短语；次直译；次意译；次译王逸、五臣、洪兴祖及朱熹注；最后是评论。该书通过翻译并评论中国古代楚辞学者旧注的方式，探寻包括洪兴祖在内的中国古代学者阅读理解《楚辞》的方式

---

① 魏理认为 "受谢" 应该是 "接受某人腾出的职位" 的意思，是指冬天的去职 (谢) 与春天的履职 (受)，是指冬、春的交替轮换，引申为 "春天到来" 的意思，这显然比翟理斯的理解更为准确，因为在汉字体系中，"受" 无论如何是无法理解为 "来" 的。当然，翟理斯的商榷意见正确与否并不在本节的讨论范围，本节主要是谈翟理斯对《楚辞补注》的接受、理解以及在此基础上对《楚辞》的进一步阐释或发挥。
② 陈亮：《欧美楚辞学论纲》，北京：中华书局，2020 年，第 135 页。
③ 陈亮：《欧美楚辞学论纲》，北京：中华书局，2020 年，第 82 页。

或思想倾向，揭示他们如何将他们的理解运用于说教文学与政治表达中去。但该书逐字逐句译释词汇的机械处理，忽略汉语隐喻和典故的性质，往往导致翻译的词不达意、不知所云；而先入为主的"政治寓言诗"的认识，又使得对这三篇作品题旨的阐释全往政治讽喻上穿凿附会，尽失本真。①

3. 马思清《翻译屈原的"来世"》对《楚辞补注》阐释的历史性的研究

此成果为俄勒冈大学 2013 年博士学位论文。该成果主要研究德国哲学家瓦尔特·本雅明(Walter Benjamin)的文本重生理论对《离骚》翻译的适用。马思清认为，《离骚》意义的产生，是后代的读者与注家在漫长的历史长河中不断附加给它的。司马迁、王逸、洪兴祖、朱熹和郭沫若，都无一不是通过"翻译"《离骚》的方式，构建各自政治时代的屈原人物形象的。不论古代抑或近代，尽管注家们都受到各自历史环境的约束，但他们都行使了政治权力以赋予《离骚》文本"本来的含义"。② 这与前举刘洪波《阐释学视野下的〈楚辞补注〉研究》所提出的"洪兴祖的《楚辞补注》是再创造性的《楚辞》阐释性文本"的观点是不谋而合的，她在第三章"洪氏《楚辞》阐释的历史性"中，鲜明地指出："任何阐释者都是带着其自身历史情境中的'历史性'来进行文本阐释的，阐释是一种当下的介入阐释者主体意识的个体创造性行为。……洪兴祖的《楚辞补注》就体现了洪兴祖在进行文本阐释时个人的思想倾向和其所持态度。"③马思清所探究的，也是包含了洪兴祖在内的历代《楚辞》注家，在屈原形象建构、《离骚》文本阐释上的历史性。

此外，还有一些学者在其《楚辞》论著中，对洪兴祖的《楚辞补注》进行简单的评介。如丽达·坎多尔芙(德国法兰克福大学博士)在 1999 年出版的博士论文《〈楚辞〉中的神秘旅行：从当时哲学和诗的背景看屈原(前340—前278)的远游》，即在第三章中从整体上对王逸的《楚辞章句》系统的 17 篇(卷)作品进行了概述，胪列了历代的重要楚辞学著作，集中对王逸、洪兴祖、朱熹的注本进行了评介。

日本(1749—2021)：

2000 多年来，作为与中国一衣带水的近邻友邦，日本与中国有着从未间断的文化交流与传播活动。作为汉字文化圈的成员国，日本本国的政

---

① 陈亮：《欧美楚辞学论纲》，北京：中华书局，2020 年，第 29~34 页。
② 陈亮：《欧美楚辞学论纲》，北京：中华书局，2020 年，第 34 页。
③ 刘洪波：《阐释学视野下的〈楚辞补注〉研究》，北京：中国社会科学出版社，2016 年，第 123 页。

治、文化、思想等各方面广泛地受到中国的影响，中国卷帙浩繁的文学典籍，更是作为中国文化东渐最为重要的载体，受到日本本国统治者、学者、文人的普遍重视，《楚辞》更是其中不可或缺的一种。

徐志啸先生综合日本楚辞学界多位学者观点，指出：早在中国唐代，日本应该就有楚辞的传入了（公元604年制定的圣德太子《十七条宪法》已经出现了被认为是受到楚辞影响的句子和词汇，如"嫉妒""人皆有心，心各有执"等）。根据《大日本古文书》，在公元730年，《离骚》已传入日本。公元9世纪末，《日本国见在书目录》则明确载录了王逸注本的《楚辞》。《楚辞》的东渐，先以零散篇目的形式，或通过《史记》《文选》等其他典籍、选本的收录，或通过单篇独行的方式实现了早期的传入，然后以王逸注《楚辞》的形式，实现了全本的最终传入。无论是早期传入到最终传入的近三百年间，抑或是全本传入后近8个世纪的时间，根据目前的文献来看，日本的贵族、学者、文人，对楚辞采取的都是学习、袭取到化用的态度，长期关注的是其在创作方面的实用价值（如稻畑耕一郎所举日本汉诗集《怀风藻》中化用楚辞诗句之例①），并未认知到其学术研究价值，并对其进行具体或系统的研究。②

直到17世纪以后的江户时代，日本首次出现以和刻形式翻刻重要楚辞传本或注本，并在此基础上进行注释的研究活动，这一时期属于日本楚辞研究的早期阶段。这一时期主要产生了浅见炯斋（1652—1711）以朱熹《楚辞集注》为教材而撰成的讲义《楚辞师说》；最早以注释形式研究楚辞的芦东山（1696—1776）的《楚辞评园》；翻刻清林云铭《楚辞灯》、附录日文训读、多取屈复《楚辞新注》作旁注和眉批的秦鼎（1761—1831）的《楚辞灯校读》；仅就"屈原赋二十五篇"作注解，并更正旧注、从修辞角度提示楚辞文学技法特色的鬼井昭阳的《楚辞玦》等著作。③ 同时，这一时期首次出现了《楚辞补注》的和刻本，即宽延二年（1749）柳美启翻刻汲古阁本，该书题名"楚辞笺注"，删去毛表题识，补以王世贞《楚辞序》，并以题跋的形式，陈述了出版者柳美启对《楚辞补注》的初步研究与认识，柳美启认为洪补具有"拾遗纠谬，该综精核，穷致其力"的重要贡献，是以"逸注虽详，犹倚藉洪氏，然后可谓大备"，故"因即刊刻，以弘其传"④。同

---

① ［日］稻畑耕一郎：《日本楚辞研究前史述评》，《江汉论坛》1986年第7期。
② 徐志啸：《日本楚辞研究论纲》，福州：福建人民出版社，2015年，第11页。
③ 徐志啸：《日本楚辞研究论纲》，福州：福建人民出版社，2015年，第131~132页。
④ （后汉）王逸注；（宋）洪兴祖补注：《楚辞笺注》卷17，日本京都：皇都书林，1749年，第18页。

时，柳美启还指出当时朱熹《集注》已经在日本翻刻并广泛传播、为学者普遍研习的统治地位，诚然，江户时代是日本理学大盛以及程朱学被确立为官方意识形态的重要时期①，朱子《集注》之盛行自不难想见，但柳美启同时指出当时日本社会"逸注善本，固未易得，若其具洪兴祖之补，则绝无之也"②的现实，说明洪补之获得极为不易，这实际上昭示着日本学界对《楚辞补注》正式进行研究的肇始。

明治时期开始到 20 世纪前 50 年，应该算作日本楚辞研究的中期阶段。这一时期的楚辞研究，一方面继续传统学术中的楚辞注释活动，一方面又为了兼顾普通读者阅读、了解楚辞的需要，呈现出翻译、介绍类研究成果的出现并逐渐增多的状态。前一种研究活动的主要成果以冈松甕谷(1820—1895)的《楚辞考》与西村硕园(1865—1924)的《楚辞纂说》《楚辞集释》为代表；后一种研究成果主要以 19 世纪末 20 世纪初广泛涌现的各类中国文学史著作(如儿岛献吉郎《支那大文学史》《支那文学史纲要》等)与译本《楚辞》(如释青笻译《离骚》)为代表。需要说明的是，冈松甕谷的《楚辞考》取王逸、朱熹、洪兴祖、林云铭诸家之说注释楚辞，并以"考曰"表示己见、补正旧说；西村硕园更是在同治十一年金陵书局翻刻汲古阁本《楚辞补注》的基础上，作集解、考异并申说己见，惜乎未及完稿。这两种成果，体现的正是这一时期日本学界在《楚辞补注》研究上的进一步发展。

20 世纪后 50 年到现在为日本楚辞研究的繁荣阶段，呈现出研究范围广；成果形式与数量多；视角独特；选题重实际，较少纯谈义理；注重实证，以材料取胜，善于从细微中抉微发隐，不发或少发空论；名家辈出六大特点。③ 这一时期的楚辞研究，一方面继续对楚辞文本进行译注工作，一方面选取西方学术规范所规定的论著、论文等形式，从楚辞作品本身、屈原及其身世经历、楚国的历史与文化、屈原与楚辞对后代的影响、屈原与楚辞同之前之后作品或文人的比较、中国历代楚辞注本的介绍评述等方面进行进一步系统、细致的研究。这一时期日本学界在楚辞研究上最重要的贡献，主要体现在以下几个方面：一是在翻译层面，兼顾今译与训读。所谓今译，即就原始篇目作现代日语的阐释，并不拘泥原作的字数篇幅与格律形式，只求客观地将楚辞的句义翻译出来；训读则是全世界独一无二

---

① 朱谦之：《日本的朱子学》，北京：人民出版社，2000 年，第 131~132 页。
② (后汉)王逸注；(宋)洪兴祖补注：《楚辞笺注》卷 17，日本京都：皇都书林，1749 年，第 18 页。
③ 徐志啸：《日本楚辞研究论纲》，福州：福建人民出版社，2015 年，第 18 页。

的翻译模式——完全不改变原作形式的翻译，训读是一种将对应汉字回归日语原始读音，即使用该汉字之日本固有同义语汇的读音的注音方法。日本长期受到中华文化的熏染，衍生出一种用中国本土读音读汉字的方法，称之为音读，比如在"三人"这个词组中，"人"就发作"にん"（nin），这与古今吴语的发音是完全吻合的。但"人"这个字在日本本身的读音为"ひと"（hito），"ひと"（hito）也就是"人"的训读读音。因此训读的翻译方式，其实就是一种一字一句——对应的直译方式，因为使用的是与被翻译汉字同义的日本固有语汇的读音，因此在注音的时候，它兼具释义的功能，这样，它就能够使日本人回到自身固有的语言体系中，更为准确地以原汁原味的文学结构、文字篇幅来理解楚辞的文义。训读的翻译方式，自江户时代始，但在现代乃至当代，还能为日本学者沿用不辍，充分体现了这一时期日本学者扎实的汉学功底与本国语言文字的运用能力。二是善于进行学科综合研究，善用他山之石，在广阔的学科视野下，寻求楚辞研究的创新。如藤野岩友（1898—1984）《巫系文学论》即着重从民俗学、宗教学角度研究楚辞，对楚辞作品作巫系范畴内的认识与定位，具体划分了"设问（卜问系）""自序（祝辞系）""问答（占卜系）""神舞""招魂"五大类，所有的屈原作品都被划归在这五大类中，他甚至罗列了《九歌》十一篇所祭祀诸神的种类、祭者、信仰中心地以及神道角色与意义。星川清孝（1904—1993）即在此结论的基础上，进一步认为：楚辞原是祝和祝人或称为尸的神官所使用的辞，后逐渐发展成为一种专门的文学，而屈原则是将其发展成为精美文学的重要作者。① 又如赤塚忠（1914—1983）《楚辞研究》，即结合西方传统戏剧文学的理论与基本体例，分析《离骚》《九歌》的戏剧属性，认为二者都应是歌舞剧文学，而《离骚》更是歌舞剧形式的悲剧。再如竹治贞夫（1919—1995）《楚辞研究》，从中国传统诸子学的角度，创造性地指出《楚辞》当被称为《屈子》，屈原所作篇目类似《庄子·内篇》之庄子本人作品，以宋玉为代表的门流所作的篇目类似于《庄子·外篇》，汉代作者所作篇目则类似于《庄子·杂篇》。三是能够跳出中国学者楚辞研究传统的藩篱，多从细处着眼，往往有较为重要的新发现。古往今来，中国学者受到儒家"文以载道"观念的影响，往往集中对屈原的爱国主义，屈原作品的人民性，屈原的思想、人格与精神，楚辞的浪漫主义特色进行大量的同质重复研究。这一时期的日本学者却很少或根本不涉及这方面的内容，而善于从具体篇目的句法结构、文字内容客观展现出的形式或面貌

---

① 徐志啸：《日本楚辞研究论纲》，福州：福建人民出版社，2015年，第109页。

来推断诗篇的性质、作者、创作时间以及相互间模仿传承的关系。如冈村繁（1923—）《楚辞与屈原——论屈原形象与作者的区别》一文，通过细致地分析《离骚》《九章》《九辩》描写的具体内容、类似的句子、乱辞的有无与相似程度、诗句押韵的异同、题名的产生方法等情况，认为：《离骚》与《九章·哀郢》诗型最相近，是保留原始形态最多且问世最早的作品；《九章》的《涉江》《抽思》《怀沙》在诗型上稍有变化而时间上产生稍晚；《九章》的《惜诵》《思美人》《悲回风》以及《九辩》，则是产生时间更晚、性质上接近汉赋的作品。并指出《离骚》与《哀郢》诗型最为接近但类似句最少，这两篇作品应该出自风格不同的两位作者之手，以此佐证他在楚辞研究上最为核心的观点：历史上的屈原和以《离骚》为代表的楚辞作品的作者，不是同一个人，楚辞作品整体上应都是后人凭吊、纪念屈原的作品。四是用科学的方法编制便于检索利用的工具书。这以竹治贞夫《楚辞索引》作为代表，这是在整个日本汉学界普遍编制研究工具书的潮流的影响下必然产生的研究成果。该书在互联网络或计算机电子文档兴起之前，作出了造惠楚辞学界的重要贡献。值得一提的是，该索引载录《楚辞补注》全文，以利查找，足见竹氏对洪补校勘成果之重视，取其文本为楚辞文本之定本，以供检索查找。五是善于利用考古资料，为楚辞诸篇目的题旨、内容、篇数提供新证新说。石川三佐男（1945—）《楚辞新研究》结合长沙马王堆汉代帛画、长沙子弹库汉墓帛画、河南新野"天公行出镜"等诸多出土文物，论证《九歌》所反映出的战国扬子江流域丧葬祭祀文化及《九歌》何以十一篇而非九篇之原因，并大胆地提出，《离骚》《九章》《九歌》中的"美人"，其实质均为死者的灵魂，代表了阳气，而各篇作品的主人公，其实体是形魄，代表了阴气，诗篇所写，正是送死者之魂上路。其结论不一定能为学界所普遍认同，但其采取的，其实是王国维先生提倡并以《殷卜辞中所见先公先王考》（此文结合出土甲骨文字解决了《楚辞·天问》中"该秉季德，厥父是臧""恒秉季德，焉得夫朴牛"二句中"该""恒"究为何人近二千年来的聚讼）亲身实践的"二重证据法"，这无疑是科学且力求创新的，是值得我们肯定的。

在不算漫长的日本楚辞学史中，也产生了一定数量的研究《楚辞补注》的成果，上文已约略论及日本楚辞学史每个时期关于《楚辞补注》研究的代表作和典型特点，现将日本楚辞学史中，所有涉及《楚辞补注》的研究成果分类综述如下。

1. 对《楚辞补注》的接受与袭取

此以前举宽延二年（1749）柳美启翻刻汲古阁本《楚辞笺注》、冈松甕谷《楚辞考》(冈松参太郎 1910 年排印本)、星川清孝(1904—1993)《楚辞之研究》(奈良养德社 1961 年版)以及竹治贞夫《楚辞索引》(台湾中华书局 1972 年版)为代表。柳刻本《楚辞笺注》代表了《楚辞补注》在日本被接受、认同的开始。根据竹治贞夫的研究，冈松甕谷《楚辞考》实际上是以王逸《章句》为底本，参照洪兴祖《楚辞补注》中散见的《楚辞考异》的内容以及朱熹《集注》，根据个人喜好略作改动而成。星川清孝《楚辞之研究》书后的"主要参考书目"中列举了王逸、洪兴祖、朱熹、林云铭、蒋骥、戴震、王夫之等古代著名注家的代表性注本，说明星川清孝在其研究中仔细研读并参考了洪氏《补注》。竹治贞夫《楚辞索引》更是载录《楚辞补注》全文，以利查找，可见竹氏对洪补校勘成果之重视，取其文本为楚辞文本之定本，以供检索查找。后三者粗略呈现了《楚辞补注》在日本《楚辞》研究史中被广泛认同和参考、袭取的发展脉络。徐志啸先生亦认为，日本的诸多《楚辞》注释本中，《楚辞补注》实为日本学者主要参照之注本，[1] 亦可佐证《楚辞补注》在日本被接受、袭取之广泛。

2. 对《楚辞补注》的校正、补充阐释

此以西村硕园《楚辞集释》为代表，西村硕园名时彦，号硕园，为日本著名汉学家，终身致力于《楚辞》研究，著有多本楚辞研究专著，并藏有多部古代楚辞研究著作的善本。《楚辞集释》是他在同治十一年金陵书局翻刻汲古阁本《楚辞补注》的基础上，辑录其他注家注解，并加入自己见解的一部楚辞著作。全书分为三部分："集释""存异""私案"，以手批形式写于金陵书局本的页眉或页脚的空白处，对《楚辞补注》亦有沿袭和辩证，惜仅完成《离骚》到《九章》一小部分内容。详本书第二章第三节。此外，柳刻本《楚辞笺注》也对《楚辞补注》作了大量校勘工作。详本书第二章末所附异文对照表。

3. 对《楚辞补注》的评介、翻译与日传史研究

①对《楚辞补注》的评介。柳刻本《楚辞笺注》中柳美启跋文当为评介《楚辞补注》之始，具体评介内容详前文所述。嗣后又以日本现代著名《楚辞》研究学家竹治贞夫的《楚辞研究》(东京风间书房 1978 年版)为代表，该书不仅涉及了中国古代楚学著作的编集与章句(注释)，还对中国历代代表性楚辞注本，如王逸《楚辞章句》、洪兴祖《楚辞补注》、朱熹《楚辞集注》、林云铭《楚辞灯》，以及《楚辞释文》等，作了系统的介绍评述，包括它们的版本、音义、校勘、考异、佚文、异文以及撰者等，并着重介绍评

---

① 徐志啸：《日本楚辞研究论纲》，福州：福建人民出版社，2015 年，第 56 页。

述了这些中国注本的和刻本(此指日译本，与在日本翻刻或再版的和刻本概念有异)与和训本(日式注解)的情况①。此外又有桑山龙平《洪兴祖与〈楚辞补注〉》，亦为评述性文章，发表于 1955 年的《天理大学学报》第 19 期，惜暂未得见原稿，姑留阙存疑。

②对《楚辞补注》的翻译。此以《〈楚辞补注〉译注稿》为代表，为系列研究，自 1988 年开始，以每年一篇的形式，长期连载发表在国学院大学主办的辑刊《国学院中国学会报》上，该刊每年 12 月发行一辑②，最新成果为 2021 年 12 月发表在该刊第 67 辑上的《〈楚辞补注〉译注稿(34)》③，惜暂未寻得原刊，未能详知其撰人、译注体例、翻译进度及成就得失。

③《楚辞补注》的楚辞学史检讨

此以稻畑耕一郎《日本楚辞研究前史述评》(《江汉论坛》1986 年第 7 期)、石川三佐男《〈楚辞〉学术史论考》(《日本中国学会报》第 50 辑，1998 年 12 月)为代表。前者主要从日本楚辞学史的角度对《楚辞补注》进行了讨论，然于《补注》一书在日本之流布，只论及其于 1749 年以和刻本《楚辞笺注》形式的出现及其意义，关于冈松甕谷对《楚辞补注》的袭取，则一句话带过，其他具体的楚辞学者(如竹治贞夫等)，也仅从宏观层面讨论其《楚辞》研究的成就，而不具体谈其在《楚辞补注》方面的研究得失。后者则主要回顾了从西汉到现代的中国楚辞学史，把《楚辞补注》放在整个中国楚辞学史中谈论其成就、地位、影响等。

4. 对《楚辞补注》的专题研究

此以竹治贞夫的《楚辞释文》研究为代表，他商榷了中国学者游国恩、刘永济统计的《楚辞补注》中散附的《楚辞释文》条数，提出了 138 条的说法，并就《楚辞释文》作者问题自余嘉锡以来的"南唐王勉"定论提出了自己的意见，认为当是唐代之陆善经。这对《楚辞释文》乃至《补注》原貌的

---

① 徐志啸：《日本楚辞研究论纲》，福州：福建人民出版社，2015 年，第 81 页。

② 详参国学院大学官网中关于《国学院中国学会报》的过刊信息页，即『國學院中國學會報』バックナンバー"页，https：//www. kokugakuin. ac. jp/education/fd/letters/docl/about/p2/p3。

③ 详参早稻田大学图书馆官网关于该文的检索页，https：//waseda. primo. exlibrisgroup. com/discovery/fulldisplay? docid = cdi _ jndl _ porta _ oai _ iss _ ndl _ go _ jp _ R000000004 _ I032095222_00&context = PC&vid = 81SOKEI_WUNI：WINE&lang = ja&search_scope = MyInst_and_CI&adaptor = Primo% 20Central&tab = Everything&query = any，contains，% E3%80%88%E6%A5%9A%E8%BE%9E%E8%A1%A5%E6%B3%A8%E3%80%89%E8%AF%91%E6%B3%A8%E7%A8%BF&mode = basic&offset = 0。

研究具有较强的参考价值。这些观点分别来自他的《楚辞研究》(东京风间书房 1978 年版)、《关于〈楚辞释文〉的作者》(《日本中国学会报》第 18 辑、1966 年)以及《关于〈楚辞释文〉的内容》(《德岛大学学艺纪要·人文科学》第 18 卷,1968 年)等专著和论文。

韩国(？—1998 年):

与日本同为汉字文化圈重要成员国之一的韩国,因为半岛地理位置与中国的天然毗邻,自然也不可避免受到中华文化的深远影响。"箕子朝鲜"(前 1120—前 194,相传为商纣王叔父箕子为避祸佯狂逃至半岛建立的政权,一度于战国燕昭王时期归属燕国,高丽朝官修史书《三国史记》即取此说)与"卫氏朝鲜"(前 194—前 107,西汉时为燕国人卫满推翻箕氏朝鲜后所建立的政权,其领土曾被汉武帝分为汉朝四郡,见《史记·朝鲜列传》)二朝,证明了中韩二国在血缘与文化上较大程度的同源关系,而这也是为何朝鲜半岛能够长期作为中国藩属(如明与李氏朝鲜之关系)受到中国文化深刻影响的重要原因。此外,半岛还充当了中国文化东渐的交通中转枢纽,应该说,最早出现在日本列岛的外来移民或中华文化,多半是以朝鲜半岛作为中转而实现迁徙或传播的。日本著名汉学家内藤湖南(1866—1934)就曾经研究过日本京都近畿地方的神社,通过分析供奉的大大小小的神祇名的音读,认为这类神祇多来自外国,而非日本本土。这些神祇名,多数来自朝鲜半岛三国时期(前 57—668)的百济王朝,为百济王朝始祖或圣君名字的同音异字的转写[1],也有部分来自秦汉时代山东地区的地方神祇的演变(如供奉"八千矛神"的兵主神社,其源头就来自《史记·封禅书》记载的秦始皇巡游山东地区时,当地祭祀的"八神"之一"兵主")[2]。同时,内藤湖南还认为,初见日本统一国家雏形的政权,即东汉

---

[1] 如平野神社供奉的今木神,内藤湖南根据江户学者伴信友(1773—1846)《蕃神考》,认为平野神社为桓武天皇创建平安京时所带来,因平武天皇母家为百济王后裔,故今木神当为百济王家的神,即百济政权之圣明王。他又从语言学的角度指出,因"今木"之日语发音"いまき"(imaki)与另一日语词汇"今来"(意为"新来的")发音相同,故"今木神"应指从外国新来的神,非本土之神,是在后来传写的过程中才写成了同音的"今木"二字,此为伴信友的结论提供了旁证。此外,他又论证平野神社中久度神("くど",kudo)与《后周书》《隋书》《北史》记载的百济国开创者"仇台"同音,认为久度神当指"仇台王";论证平野神社中古开神之"古"(ふる,furu)字与朝鲜传说的远祖"沸流"或朝鲜古扶余国"夫娄王"同音,或古开神当指此二王。又认为"开"为开创之义,"古"音义不变,"古开神"或亦表示对百济国有肇创之功的"肖古王"(为"仇台王"前代王)。

[2] [日]内藤湖南:《近畿地区的神社》,[日]内藤湖南撰;刘克申译:《日本文化史研究》,北京:商务印书馆,2018 年,第 30~37 页。

初期的委奴国，实际上彼时已统一了日本列岛西部，并同时占有朝鲜南部①。并鲜明地指出，"经由朝鲜半岛渡海的中国移民也不断进入日本，开始了最早的交往，从而倭人百余国也与汉有了交往"②，更结合日本境内出土的铜镜等器物的形制变化，认为日本境内出土的东汉时期的铜镜，完成了鲜明的本土化改造，这一方面体现出战国末期就有的中日两国的交流，另一方面也引出了其"日本民族的一部分居住在朝鲜南部，他们对中华民族的器物不断加以改良，使其日本化，最后是在日本内地完成了更大的变化"的结论。③ 可见朝鲜半岛在中日文化交流中的重要中转作用，以及朝鲜与中日血缘、文化上同源的重要联系。

《楚辞》在朝鲜半岛的传播，最早应该可以追溯到卫满朝鲜时期。汉武帝将卫满朝鲜国土分为四郡，有大批中国官员与民众迁至彼处居住。此时，由于"汉武爱骚""淮南作传"（刘勰《文心雕龙·辨骚》），楚辞的传播、拟作与研究在中国本土一度处于勃兴之态势④，故此时入朝之官员与民众，应或有传播《楚辞》之功，但此时相关文献记载阙如，诚难考实。学界一般认为，《楚辞》在朝鲜半岛最早的传播，与日本一样是通过《史记·屈原贾生列传》以及《文选》实现的（此亦可说明朝鲜半岛在中日文化传播、交流中的重要纽带作用）。⑤《屈原贾生列传》中《怀沙赋》全篇与《渔父》的节录，《文选》收录的13篇楚辞作品成为4世纪至13世纪末韩国文人、学者接受、学习《楚辞》的重要文本来源，这一时期的文人学者对《楚辞》的研究，主要表现在熟读作品（为了出仕的现实目的）与对屈原的评述（为了自陈忠贞高洁的志向）上，如《三国史记·实兮列传》所载7世纪新罗王朝之实兮，在为嬖臣珍堤所谮后，人劝以直言自辨，实兮举"屈原孤直，为楚摈黜"，表达了"佞臣惑主，忠士被斥，古亦然也，何足

---

① ［日］内藤湖南：《日本远古时代的状态》，［日］内藤湖南撰；刘克申译：《日本文化史研究》，北京：商务印书馆，2018年，第19~20页。

② ［日］内藤湖南：《日本远古时代的状态》，［日］内藤湖南撰；刘克申译：《日本文化史研究》，北京：商务印书馆，2018年，第17页。

③ ［日］内藤湖南：《何谓日本文化（一）》，［日］内藤湖南撰；刘克申译：《日本文化史研究》，北京：商务印书馆，2018年，第5页。

④ 可参李大明《汉楚辞学史》第一章第四节《刘安及其宾客的楚辞研究》、第二章《武帝君臣与楚辞》相关论述，详见李大明：《汉楚辞学史》，成都：电子科技大学出版社，1994年，第58~142页。

⑤ 文智律：《〈楚辞〉在韩国的传播与影响》，杭州：浙江大学硕士学位论文，2012年，第3~6页。周建忠：《〈楚辞〉在韩国的传播与接受》，《文学遗产》2014年第6期。

悲乎"①的坦然。有研究指出，高丽朝(918—1392)后期，由于文臣安珦
(1243—1306)赴元出使，曾留元抄写《朱子全书》，当亦寓目朱熹《楚辞集
注》。故其于1290年回国后，亦当携《楚辞集注》返国。此时或当是全本
《楚辞》(虽然《集注》所选篇目与王逸传本系统有部分出入)传入韩国之肇
始(事实上，根据上文所述9世纪末《日本国见在书目录》已载录王逸注
《楚辞》，根据前述半岛与日本列岛的文化传播交流史，半岛《楚辞》全本
之传入当不至如此之晚)。② 然此说亦无直接之文献证据。直至《朝鲜王朝
实录·太宗》中太宗11年(1411)有司谏院的上诉记录，方始明确提到了
"《楚辞》"之名，而根据今存当时之传世刻本《楚辞》(庚子字本，即1420
年刻本)来看，当时所通行之《楚辞》亦确为朱熹《集注》。韩国的《楚辞》
古本主要有四个来源：中国刻本、日本刻本、韩国翻刻本、韩国抄录
本③，然而最能体现本土对《楚辞》重视程度的韩国翻刻本，却以《楚辞集
注》为主，"在朝鲜时期刊行了朱子著作共19种249次，其中《楚辞》刊行
了12次"④。可见在性理学说占统治地位的时期，半岛的《楚辞》文本传播
倾向。整个李氏朝鲜时期⑤(1392—1910)，半岛的《楚辞》研究一直停留
在对屈原与《楚辞》的评论、接受，以及在文学创作(包括汉文与韩文)中
对《楚辞》的袭取与化用上(即《楚辞》对汉、韩文文学作品创作发展的影
响)，此类例证实夥，可参前举郑日南《楚辞与朝鲜古代文学之关联研究》
(人民出版社2012年版)，文智律《〈楚辞〉在韩国的传播与影响》(浙江大
学2012年硕士学位论文)与徐毅等编《韩国古代楚辞资料汇编》(南京大学
出版社2017年版)，此不赘。需要指出的是，这一时期半岛的文人十分赞
许屈原的爱国主义精神，以及屈原的思想、人格与志向，故常于汉、韩诗
文中，将己身贬谪遭际寄寓在屈原身上，通过赞咏屈原，达到抒发己身侘
傺抑郁之情，申明己身拳拳忠心、高洁品性之目的，如徐居正(1420—
1488)《端午戏题寄崔吏部》、金时习(1435—1493)《壮志》《甘泉》诸诗。
而这一时期的涉屈、评屈诗歌的创作，也显著受到近邻中国同时期或上一

---

① ［高丽］金富轼撰；杨军校勘：《三国史记》下册，长春：吉林大学出版社，2015年，第
674~675页。
② 文智律：《〈楚辞〉在韩国的传播与影响》，杭州：浙江大学硕士学位论文，2012年，第
6~7页。
③ 周建忠：《〈楚辞〉在韩国的传播与接受》，《文学遗产》2014年第6期。
④ 文智律：《〈楚辞〉在韩国的传播与影响》，杭州：浙江大学硕士学位论文，2012年，第
7页。
⑤ 其实不止李氏朝鲜时期，在此前的新罗末期与高丽时期，也有少部分学者与文人，如崔
致远、李奎报、李齐贤，喜以诗文评屈评骚，并在文学创作中袭用、化用《楚辞》成句。

时期《楚辞》研究倾向的影响：孙巧云认为，元代《楚辞》研究的一大特色体现在屈原、陶渊明比较的兴盛上。① 高丽朝郑梦周（1337—1392）《菊磵卷子朴提学晋禄》一诗，即典型选取了屈原与陶渊明二人，借"篱东晋渊明，泽畔楚灵均。千载谁同调，于今见斯人"②四句，认为朴晋禄可比拟屈、陶二人，以此誉美朴晋禄之操行，足见郑梦周对屈、陶二人比而观之的兼许，事实上这与元代黄溍《龙潭山》诗"习隐未成陶令赋，行歌聊共屈原醒"一句从淡泊、高洁的角度将陶、屈二者并举③是相吻合的。徐居正《日休叙昨日江楼之会作诗以寄次韵》的第一首，则一方面借"常思杜甫江头醉，不学灵均泽畔醒"④，申明自己愿学迷醉于尘世中为官的杜甫，不愿学"众人皆醉我独醒"、独善其身的屈原，一方面又通过"万古知音陶处士，一生托契趣先生"⑤与"复记扶归斜日晚，白鸥青嶂画图明"⑥二句表达自己欲效法陶渊明归隐的志向，这显然与元郑光祖散曲《塞鸿秋》中"门前五柳侵江路，庄儿紧靠白苹渡。除彭泽县令无心做，渊明老子达时务""汨罗江空把三闾污"、曾瑞带过曲《快活三过朝天子·警世》中"有见识越大夫，无转理楚三闾，正当权觅个脱身术，那的是高才处"数句的扬陶抑屈倾向⑦是一脉相承的。

进入日据时期（1910—1945）后，朝鲜半岛开始出现了现代意义的大学以及相应的中文文学学科，第二次世界大战结束后至 20 世纪 90 年代，韩国各大学都普遍开设了中语中文学系，中语中文学系也逐渐发展成为热门学科。据研究，韩国现存的 202 所四年制大学中，有 120 多所开设了与中国有关的 140 多个学科，在中语中文学系的基础上进行了学科的拓宽与深化。故这一时期的《楚辞》研究，在这一学科背景下，能得到广大受过西方学术训练的学者群体的系统、全面的观照，呈现出研究多样化的特征。

文智律指出，韩国现代意义的《楚辞》研究是从 1950 年代末开始的，以丁来东 1958 年发表的论文《中国第一诗人屈原的生平与他的作品》作为代表。同时她指出，截至 20 世纪 50 年代，韩国现代意义的《楚辞》研究，

---

① 孙巧云：《元明清楚辞学史》，杭州：浙江工商大学出版社，2013 年，第 45、52~56 页。
② ［高丽］郑梦周：《圃隐集》，民族文化推进会编：《影印标点韩国文集丛刊》第 5 册，韩国首尔：景仁文化社，1991 年，第 589 页。
③ 孙巧云：《元明清楚辞学史》，杭州：浙江工商大学出版社，2013 年，第 56 页。
④ ［朝鲜］徐居正：《四佳集》第 4 册卷 9，东京：早稻田大学图书馆，第 14 页。
⑤ ［朝鲜］徐居正：《四佳集》第 4 册卷 9，东京：早稻田大学图书馆，第 14 页。
⑥ ［朝鲜］徐居正：《四佳集》第 4 册卷 9，东京：早稻田大学图书馆，第 14 页。
⑦ 孙巧云：《元明清楚辞学史》，杭州：浙江工商大学出版社，2013 年，第 55 页。

主要从以下几个角度展开：屈原及其作品研究、楚辞巫文化与神话研究、楚辞学研究、楚辞艺术性与语言艺术手法研究、楚辞比较研究。大体与前举中国、欧美、日本的现代研究方向相同。但值得注意的是这一时期的楚辞比较研究，冲破了欧美《楚辞》比较研究的藩篱。欧美与中国所处的相异的文化圈层，虽不无思想、观念相通之处，但一味进行"格义"之比附的比较研究，不回到中国本身的文化语境中去，则恐怕于《楚辞》之释读、翻译、研究，颇失其本真。著名历史学家陈寅恪先生在《与刘叔雅论国文试题书》一文中指出："即以今日中国文学系之中外文学比较一类之课程言，亦只能就白乐天等在中国及日本之文学上，或佛教故事在印度及中国文学上之影响及演变等问题，互相比较研究，方符合比较研究之真谛。盖此种比较研究方法，必须具有历史演变及系统异同之观念。否则古今中外，人天龙鬼，无一不可取以相与比较。荷马可比屈原，孔子可比歌德，穿凿附会，怪诞百出，莫可追诘，更无所谓研究之可言矣。"①这与其主张的，研究古人学说所应具备的"了解之同情"又是一脉相承的，他曾于《冯友兰〈中国哲学史〉上册审查报告》一文中指出："凡著中国古代哲学史者，其对于古人之学说，应具了解之同情，方可下笔。盖古人著书立说，皆有所为而发。故其所处之环境，所受之背景，非完全明了，则其学说不易评论，而古代哲学家去今数千年，其时代之真相，极难推知。吾人今日可依据之材料，仅为当时所遗存最小之一部，欲藉此残余断片，以窥测其全部结构，必须备艺术家欣赏古代绘画雕刻之眼光及精神，然后古人立说之用意与对象，始可以真了解。所谓真了解者，必神游冥想，与立说之古人，处于同一境界，而对于其持论所以不得不如是之苦心孤诣，表一种之同情，始能批评其学说之是非得失，而无隔阂肤廓之论。"②作为汉字文化圈重要成员国之一的韩国，在长时期的发展历史中，受到中国文化的浸润最多，其与中国在"历史演变及系统"的异同上，同者居多，且较欧美与中国在习俗、观念、思想等方面更为接近，这样，他们对于《楚辞》的理解与评骘，也更能回归《楚辞》的本真。这样的比较研究，显然更具备学术研究的求真价值。这一时期韩国的《楚辞》比较研究，主要探讨在同一文化熏染下的不同邦国的古代文士、古代歌辞的异同及产生异同的原因，多立足于古代半岛文人与屈原的比较，或古代半岛文人接受《楚辞》后的拟辞赋作品与《楚辞》的比较，如徐首生《松江的前后思美人曲之研究——特

---

① 陈寅恪：《金明馆丛稿二编》，上海：上海古籍出版社，1980年，第223~224页。
② 陈寅恪：《金明馆丛稿二编》，上海：上海古籍出版社，1980年，第247页。

与屈原楚辞相较》(《庆北大学论集》第 6 辑，1962)、金英兰《屈赋与郑澈歌辞之比较研究》(台湾师范大学 1981 年硕士学位论文)、宋政宪《屈原的渔父词与冶隐的山家序之比较研究》(《国语教育》第 44 辑，1983)、吴绍钆《屈原与韩国诗人金时习之比较》(《东疆学刊》，2003 年第 3 期)等。这一时期《楚辞》研究的另一重要特点是楚辞学研究中出现了对古代《楚辞》注本的专书研究，如孙正一《汪瑗的〈楚辞集解〉小考》(《中国语文学论集》第 8 辑，1996)、《戴东原的楚辞学——以〈屈原赋注〉和训诂为中心》(《中国语文学论集》第 12 辑，1999)、《蒋骥〈山带阁注楚辞〉考》(《中国语文学》第 12 辑，1999)，但这类专书研究，还偏于整体的概论或该专书某一专题的研究，尚未系统深入。

　　韩国的《楚辞》研究著作与论文较多，但专就《补注》一书进行研究的成果非常少。据笔者目前掌握的材料，在《楚辞补注》的传播研究上，仅能追溯到韩国奎章阁所藏清石版本《楚辞补注》，该本共六册，半页九行十五字，注双行，版高 20.5 厘米，宽 13.2 厘米，卷首镌有"汲古阁宋刻洪本"，卷末镌有"汲古后人毛表奏叔"字样，原为首尔大学英籍教授乔治·P. 任讷所藏①，此本未能寓目，不能详知其具体刊刻信息与优劣得失；在洪兴祖及其《楚辞补注》注骚特色的研究上，仅有朴永焕《洪兴祖的屈赋观考》(《中国语文学》第 32 期，1998 年)一文。以该刊为海外学术期刊，此文暂未得见，姑留阙存疑。但朴氏曾于北京大学求学，以《宋代楚辞学研究》获得博士学位，其博士论文亦涉洪兴祖之文艺与屈赋观(详前文)，此部内容当大体与其《洪兴祖的屈赋观考》一文雷同。故此文之核心结论，当亦与其学位论文中所指出的"洪兴祖的评骚论点基本上继承了儒家的文艺观"这一观点相埒。

　　综上可知，古代的《楚辞补注》研究，更倾向于从宏观的角度去评述其得失，多肯定《楚辞补注》的训诂成就，在阐发《楚辞》大义的成就方面，则有不同程度的批评。在《楚辞补注》中涉及的音韵问题，也只能从大的《楚辞》学角度去研究讨论，不单立足于《楚辞补注》一书。可以说，古代的《楚辞补注》研究，要么在其他的《楚辞》研究著作中以引述、分析、辨正等形式进行，要么在相应的《楚辞》研究著作中以述评的形式阐明对《楚辞补注》的研究结论。到民国时，一方面《楚辞补注》的校勘成就极大地引起了学者们的注意；另一方面戴之麟的《楚辞补注疏》一书也开启了洪兴

---

　　①　文智律：《〈楚辞〉在韩国的传播与影响》，杭州：浙江大学硕士学位论文，2012 年，第10~11 页。

祖《楚辞补注》专书研究的前绪(相对于西村时彦的《楚辞集释》,《楚辞补注疏》是完整意义上就《楚辞补注》全书作疏证的研究著作),对《楚辞补注》一书从各方面进行了补充或辨正。1949 年以后,《楚辞补注》的研究开始呈现出叶韵、训释特点、版本、阐释学、考据等角度的多元化和深化的面貌,对于《楚辞补注》的专书研究也陆续以硕博论文的形式呈现出来。国外的研究,有翻译形式的研究(《楚辞补注》译注稿),也有遵循传统的注疏方式的研究(西村时彦《楚辞集释》),更有从文献考据(竹治贞夫《楚辞研究》),文艺思想探讨(朴永焕《洪兴祖的屈赋观考》)的研究,但整体依然呈现出对《楚辞补注》本身的关注不足。

二、研究思路和方法

本书主要从学界未能解决、深究、涉及或存疑的关于洪兴祖及其《楚辞补注》的问题着手,采用文献研究法、比较研究法、数据分析法等具体方法,对洪兴祖的生平、著作、思想,以及《楚辞补注》的成书、版本、引书、异文等内容进行细致的勾稽考索,并对《楚辞补注》的成就、不足、影响等再作具体评价。现对本书的六个部分作详细说明:

绪论:通过全面列举和分析古今中外《楚辞补注》的研究情况,找到《楚辞补注》还可着手的研究点,从而确定本书的研究方法、研究步骤及研究重点。

第一章,洪兴祖的生平、著作及思想。学界对洪兴祖生平问题的讨论不算少,整体来说足以大致全面了解洪兴祖其人,但在其家族世系、岳家门第、交游对象、登科方式等诸多更为具体的生平问题上,还尚未得到更为详尽的结论、统一的认知和应有的关注。对于他思想的讨论仅仅停留在他《楚辞补注》中所表现出的文艺观和儒家思想的继承,未能兼及《楚辞补注》及其他史实或著作中反映出来的洪兴祖的思想观念。故本章旨在厘清学界目前尚未解决或关注到的关于洪兴祖家世、生平及交游中的诸多问题。并以《楚辞补注》为主,以洪兴祖的家世、生平交游以及著作的数量、特点和其中的具体内容为辅,作为讨论洪兴祖思想的基础,结合时人对洪兴祖的记载,洪兴祖散见的诗文,来讨论洪兴祖的思想观念。

第二章,《楚辞补注》的版本。本章的研究目的在于探求《楚辞补注》版本的发展演变,对各时期主要版本的具体面貌作一详尽的梳理,并对从古至今诸本的优劣作一个比较与判断,兼及对前人的某些版本判断的商榷。因此,本章首先讨论《楚辞补注》与《楚辞考异》的成书沿革,结合《楚辞补注》自序的亡佚和《楚辞考异》是否散附来讨论《楚辞补注》

的最初版本情况。其次，具体考辨清楚洪兴祖在撰著此二书时所参考的其他参校本的所有者(或作者)、内容及价值，并通过《楚辞补注》中王逸注异文的优劣比较与数据统计，探明《楚辞补注》与单行本《楚辞章句》的关系，以及其作为《楚辞章句》一种版本系统的校勘价值。再次，对学界论述《楚辞补注》版本时未能注意的某些具体问题予以阐发及辨明，对具体的前人的某些结论，提出新的商榷观点。最后，全面罗列并阐述笔者所能见到的所有古刻本《楚辞补注》的具体面貌，以此讨论《楚辞补注》在每个时期的发展情况；并为历代善本作一完整的异文对照表格，切实了解各本的优劣所在，进一步以此作为判断现当代点校本《楚辞补注》精善与否的依据。

第三章，《楚辞补注》引书考。"精于训诂""引书该博""留存佚说"是《楚辞补注》历来被称扬的重要成就。本章主要通过对《楚辞补注》暗引内容的条辨，结合明引的条目，对《楚辞补注》的引书数量、特点作详细分析，以此达到对"精于训诂""引书该博""留存佚说"等成就进行重估的目的。

第四章，出土文献与《楚辞补注》的校读。出土文献作为新材料，能为许多学科的众多问题提供新的研究方法，也可将许多旧问题的讨论进一步推进。本章依据甲骨、金文、简帛等出土文献，对《楚辞补注》定本的面貌、出示的异文进行条辨，以此判断《楚辞》的原貌或早期面貌是否多与《补注》相符，从而达到评价洪兴祖《楚辞补注》校勘成就的目的。

第五章，《楚辞补注》对后世的影响——以朱熹《楚辞集注》、戴之麟《楚辞补注疏》为中心。本章主要从《楚辞补注》在历代的价值地位，以及现当代《楚辞》研究者对《楚辞补注》的进一步阐发和辨正着手，讨论《楚辞补注》的影响。主要通过论析历代学者对《楚辞补注》的评价，详考朱熹《楚辞集注》对洪补各方面的袭取、民国学者戴之麟《楚辞补注疏》对《楚辞补注》具体内容的沿袭与是正，实现探求《楚辞补注》对后世的影响这一目的。

三、本研究的创新

学界的相关研究成果为本书的研究提供了条件，在此基础上，本书主要期望达到以下几个目的，这也是本书的创新之处：1. 对前人关注不多或不深入的洪兴祖及《楚辞补注》的相关问题，如洪兴祖的思想观念、生平、家族世系、交游问题，《楚辞补注》的成书原貌、早期传播、参校本的具体情况、历代版本(含善本)的详尽体例面貌等问题进行全面、系统、细致的研究；2. 用数据详尽分析《楚辞补注》引书的具体情况，以此判断《楚辞补注》的成就得失；3. 进一步运用新出土的简帛文献材料去判断洪兴祖《楚辞补注》一书的文献价值尤其是校勘价值，以此再次判断《楚辞补注》一书的成就得失；4. 结合民国期间专门针对《楚辞补注》进行补充研究的著作《楚辞补注疏》，对《楚辞补注》在后世的价值和影响进行审视。凡此种种，皆是在目前《楚辞补注》专书研究的宏观考查的大方向下，对洪兴祖及其《楚辞补注》一书的诸多细微问题进行考据索隐，并作系统归纳的相对深入、细化的研究。

第一章　洪兴祖的生平、著述及其思想

第一节　洪兴祖的生平

一、洪兴祖生平简介

洪兴祖（1090—1155），字庆善，号练塘，镇江丹阳荆林人。生于宋哲宗元祐五年（1090年），年少即颖悟过人、学业精进，《宋史》本传称其"少读《礼》至《中庸》，顿悟性命之理，绩文日进"①。于徽宗政和八年（1118）进士及第，任陈州（后升为淮宁府）商水主簿，试中教官，又除汾州教授，改越州，不赴。高宗建炎二年（1128）除湖州士曹，又改秩为湖州教授，又以治州学有功，迁为左宣教郎，为文散官。建炎三年（1129）春，高宗幸扬州，因"庶事草创"，急于"选人改秩"，故由军头司引见召试，拜太常博士。兴祖于时上疏，"乞收人心，纳谋策，安民情，壮国威"，认为"国家再造，一宜以艺祖为法"②，应以效法太祖为纲，为南渡后重整金瓯出谋献策，提出具体之举措。高宗绍兴二年（1132）十二月十二日，由左宣教郎除秘书省正字。绍兴三年（1133）为著作佐郎，又迁驾部员外郎。绍兴四年（1134），因"苏、湖地震"，故"应诏上疏，具言朝廷纪纲之失，为时宰所恶，主管太平观"③，罢驾部郎官之职。绍兴九年（1139），起知广德军，兴陂塘六百三十有四，以解广德军所隶二邑之旱忧④；又重建军学，确定从祀，为地方官学之凋敝振衰起废；又禁本地屠

---

① （元）脱脱等：《宋史》第37册，北京：中华书局，1977年，第12855页。
② （元）脱脱等：《宋史》第37册，北京：中华书局，1977年，第12856页。
③ （元）脱脱等：《宋史》第37册，北京：中华书局，1977年，第12856页。
④ （宋）刘宰撰；王勇、李金坤校证：《京口耆旧传校证》，镇江：江苏大学出版社，2016年，第135页。

牛祀神之俗①，确保农业生产不废。绍兴十一年(1141)，以宦绩除江东提刑。绍兴十七年(1147)，与秦桧论《周易》，解《坤》卦"上六"爻辞"阴疑于阳，必战"，谓"阴终不可胜阳，犹臣终不可胜君。嫌于无阳，恶夫干正者"②。桧怒以为讥己，以是开罪秦桧。绍兴十八年(1148)，知真州，兴学兴农，又请蠲州二年租，以与民休息，达到劝农目的。绍兴二十年(1150)，知饶州，废本地婚葬苛捐之劣政，次年充参详官。绍兴二十四年(1154)，主管台州崇道观，未几复知饶州。此时因尝于真州任上为程瑀《论语解》撰序，秦桧令右正言王珉批判此书"肆为臆说""全失解经之体""不无怨望之意"③，并污蔑洪兴祖与程瑀朋比为奸，又授意王珉进谗云："兴祖天资阴险，趋向不正，倾心附之，结为死党，如不痛惩，恐为乱阶。伏望圣断，将兴祖编置远方，以御魑魅。"④以王珉不称旨，复令董德元污劾之。终于同年十二月，获罪编管昭州(广西平乐县)，为程瑀刻板之魏安行亦发配钦州，《论语解》书版被毁弃。绍兴二十五年(1155)八月以忧惧卒，终年66岁。次年因子上告平反，特赠直敷文阁。⑤

二、洪兴祖的家世与交游

(一)洪兴祖的家世

关于洪兴祖的家世，可从南宋以来各类官私史料(如《宋史》《宋会要辑稿》《建炎以来系年要录》《至顺镇江志》等)及文士笔记或别集(如《清波杂志》《横塘集》《丹阳集》等)中窥见一二，但所涉人物，大抵是洪兴祖族中能称得上是显宦名士之人(如叔父洪拟)，最次也应是登科及第之族中子弟(如从兄洪造)，这对勾稽洪兴祖整个家族脉络源流，难有补益。而山西省社科院藏明崇祯元年刻本《丹阳洪氏宗谱》(明洪文道纂修，1628

---

① (宋)刘宰撰；王勇、李金坤校证：《京口耆旧传校证》，镇江：江苏大学出版社，2016年，第135页。

② (宋)刘宰撰；王勇、李金坤校证：《京口耆旧传校证》，镇江：江苏大学出版社，2016年，第136页。

③ (宋)李心传：《建炎以来系年要录》第4册，北京：中华书局，1988年，第2736页。

④ (宋)李心传：《建炎以来系年要录》第4册，北京：中华书局，1988年，第2737页。

⑤ 有关洪兴祖的详细生平经历，可参前引李温良《洪兴祖〈楚辞补注〉研究》的第三章第一节的第二小节，以及侯体健《士人身份与南宋诗文研究》(复旦大学出版社2018年版)的第三章第一节，或其《宋代学者洪兴祖生平事迹详考》(《新国学》第八辑，2010年)一文，前者于洪氏仕宦变迁之间的因果关系，以及所任官职的具体职责颇有发明，后二者实为洪兴祖年谱，举凡洪兴祖的家族、交游、仕历、著述等一切生平相关可考之事，俱以时间先后一一条陈，颇为精详，可资参考处亦夥。

年)及上海图书馆藏民国七年版《蛟西洪氏宗谱》(杜项斯纂修，1918 年木活字本)则为我们考定洪兴祖的家族世系提供了详实的资料。

《丹阳洪氏宗谱》载有洪兴祖的《丹阳洪氏源流考》一文，实乃同书之《丹阳洪氏姓源谱首》之撮述，该文细述了丹阳洪氏的来历：

> 按丹阳之洪，本姓弘，唐以避孝敬帝讳改洪。在春秋时，有曰演者，事卫懿公，狄人入卫，杀公，遗其肝，演自远使还，报命，盼肝，因自刺其腹，纳公之肝以死。齐侯闻之，遂救卫于楚丘，世称其忠。凡言弘者，自演始。

> 西汉有弘成子者，或遗文石，吞之，为时通儒。曰宏者，广陵江都人，汉末为江夏太守，避王莽，徙晋陵。吴孙权时有曰咨者，居曲阿，娶孙坚女，号知之，尝荐诸葛瑾于权。咨孙璆，仕吴，为五官中郎将，后除中书令、太子傅。曰讷者，仕晋，为尚书郎，论卞壸死事，宜崇赠典，有直声。曰升者，居晋陵，为安固令，娶西域①县侯副女修容。曰恭言，为扬州从事。曰初旸，为毗陵主簿。宏十八世孙曰文巘，仕陈，为桂阳王国侍郎。文巘生荣，仕唐，为雷州司马。荣生师袭，徙于江都。曰绰者，为四门助教。曰执恭、曰君举，执恭居晋陵，与君举皆以词学知名。曰察者，居毗陵，高宗时为监察御史，以谨正著称。师袭生孝威，与天台司马子为[物]外之友②，娶琅琊王氏，生含光，居茅山，号玄静先生。执恭之子孙与察皆避讳改洪氏，含光及刑部郎中曰播者又改姓李。刘子玄《史通》云：“今有弘氏者，以避国讳改为李氏，自汉以来，或居江都，或居曲阿。”

> 察生子舆，开耀二年擢进士第，神龙元年又中绝伦，自通直郎守著作佐郎，迁起居舍人，其制云：“雅淡不群，清慎自远。学探微旨，词造幽玄。立心有恒，常慕直臣之节。书法无隐，事称良史之才。但列轩墀，益光铅椠。”子舆生经纶，天宝十六载擢进士第，为谏议大夫。自察而上皆氏弘，自经纶而下皆氏洪，其世次之详，始得而考也。

> 绍兴三年十二月二十日孙左宣郎守尚书驾部员外兴祖谨序③

---

① “域”疑当为“城”之讹。
② 清洪昌纂修《江村洪氏家谱》(清雍正八年刻本)“物外之友”作“方外之友”。
③ (明)洪文道：《丹阳洪氏宗谱·源流考》，太原：山西省社科院，1628 年，第3~4 页。

根据落款之职官与时间，以及《丹阳洪氏宗谱》《蛟西洪氏宗谱》所附"丹阳荆村派"之世系中列洪文宪公洪拟为洪兴祖叔父，结合《宋史》本传著录之洪拟与洪兴祖之亲族关系、洪兴祖生平仕历来看，此洪兴祖即我们要讨论之著名学者洪兴祖。而从洪兴祖这段序文之考述来考察，结合《丹阳洪氏宗谱》《蛟西洪氏宗谱》俱列洪兴祖一脉之始祖为洪经纶同祖弟洪经时来看，洪兴祖应该是自认其先世之远源当自唐监察御史弘察而始的，且其洪姓当从弘姓避唐高宗李治之子李弘（后追赠为孝敬帝）之讳而来，但此说仍存一定疑义，如《蛟西洪氏宗谱》所载《姓源》一文：

> 洪氏之先出于共工氏。共工氏，帝鸿氏之后也。姬姓，尝霸有九州，后为骊朱国。尧时官共工者即其君也。至商为共国，《诗》所谓"侵阮徂共"者。周有共伯和，其后失国，子孙以国为氏。春秋时有共华，为晋左行，又有共赐，郑共仲、鲁共刘。楚汉之际，柱国共敖以击南郡，功封临江王。汉有共友，后汉有共普。是皆氏共者也。
>
> 三国时有洪矩者，为吴庐江太守，始以洪姓显。共之为洪，盖推本水德之绪也。或谓洪姓之共氏与共氏为异族，然自三国以前有共氏，无洪氏，三国以后有洪氏，无共氏，洪、共前后互见，其为一族何疑？唐有清河郡丞洪孝昌，即矩后也。孝昌生厚，为监察御史。自三国而南北朝而唐，洪氏之能有见于世者如此。至宋而大盛，大江以南，如饶州、鄱阳、建昌、金溪、豫章、婺源、晋江、於潜，莫不有洪氏焉，为其地之著姓。子姓之蕃衍，轩冕之仍袭，虽古所称崔卢甲族，未之能过，可谓盛矣！
>
> 惟独毗陵丹阳为别族。毗陵之洪显，自唐谏议大夫经纶。经纶之先，有监察御史察者，本姓弘氏，避孝敬讳改姓洪氏。察生起居舍人兴，兴生经纶。丹阳洪文宪公拟，亦本弘姓，其先有名璆者，为中书令。避南唐讳，改今姓。入宋复避宣祖庙讳，遂因之。
>
> 洪氏自元明以来，能以功业文章彪炳于一时者，又数十人。吾明州之洪，宋尚书咨夔为一望，尚书本籍於潜，及身迁临安，其子孙复迁鄞；兵部常为一望；忠节应科、孝义其度，又各为一望。周家垫洪氏，其先自睦州来，宋孝宗时有曰迁者知明州，其父尚书公光祖就养于子，遂家焉，是为慈溪汉塘之始迁祖。光祖十五世孙锃者，当明嘉靖时复由汉塘徙镇海周家垫，是为蛟西洪氏之始迁之祖。①

---

① （民国）杜项斯：《蛟西洪氏宗谱》第 1 卷《姓源》，上海：上海图书馆，1918 年，第 1~2 页。

此文不仅指出洪姓有共、弘氏之两大源流，更主张洪兴祖之先祖世系当自三国吴弘璆而始，则与洪兴祖最早追述到弘察又不相同。此又主张其先祖唐末宋初改弘氏洪，应是避南唐文献太子李弘冀及宋宣祖赵弘殷之讳，则又与弘察避孝敬帝讳不同。而弘察与弘璆之关系又不可考，故此《姓源》一文当是主张洪兴祖之先祖不应为弘察一系。《蛟西洪氏宗谱》所载录的另一篇《古睦州养村洪氏谱〈洪宏辨〉》则为此说法以及进一步怀疑洪兴祖之世系提供了佐证：

> 洪氏有二，一出于宏演，改宏为洪；一出于共普，益水为洪。厥后两族昌炽，子孙繁衍，无甚优劣。但人各有宗，宗各一祖，是宏氏之洪，不得冒乎共氏；而共氏之洪，岂可冒乎洪氏哉！
>
> 按宏与洪两相淆者，一由于村居，一由于避讳。宏氏世居丹阳，见于《吴志》。若洪氏之徙丹阳，实由稚公。永嘉不竞，中原陆沉，公乃随元帝渡江而南，寓居丹阳，京口宗族，随公而徙者二百余人，遂因官占籍丹阳。由是丹阳一村不独有宏氏，乃兼有洪氏矣。
>
> 迨至唐高宗太子名弘，为周武氏所害，反周为唐后，追复帝号，附祭太庙，天下通讳宏名。自此宏氏尽改为洪，而宏、洪二姓几无辨矣，况又同居丹阳哉！不知吾家旧谱云"晋永嘉中占籍丹阳"，晋与三国相去已久，在三国孙权时丹阳已有宏容，是占籍之洪氏非宏改为洪之洪氏也明矣！岂因同居丹阳，遂可混而同之哉！且唐开元中，有司奏罢宏庙，凡宏氏改洪者，不复讳宏，如会昌三年八月文帙有宏真之名，是唐时宏氏已复旧姓，即一真可见也。
>
> 故旧谱云我家"本居河内共城，汉武徙之燉煌，其后羌寇边陲，乃迁青州，自青州迁彭城、下邳，然后寓居丹阳"。迨夫绍公迁睦州，生八子：居木连村者，长子泰公之后；居钱村，舒、勋二公之后；居始新而复迁遂邑康塘者，第五子纂公之后；居徽州者，第八子犖公之后也。惟二子楷早世，至若容、诞二公，则随纂公仍居始新焉。是洪氏之与宏氏，判若霄壤，而观《吴志》文帙以至余家旧谱，又何彼此之足紊哉！①

按此文"弘"写作"宏"，当避清高宗弘历之讳。一方面，此文论证避

① （民国）杜项斯：《蛟西洪氏宗谱》第1卷《洪宏辨》，上海：上海图书馆，1918年，第1~2页。

孝敬帝之讳的弘氏在盛唐以后不复避讳，似可证洪兴祖之洪氏不当出弘察一脉。退一步讲，即便洪兴祖之先祖真为弘察一脉，其复姓后重新避讳改洪也绝不至于因孝敬帝，而是因为避南唐讳或宋讳；另一方面，此文辨丹阳洪氏非仅为弘改洪之宗族甚明，因之在事实上，这也就为洪兴祖真正之先祖源流打上了更深的问号：洪兴祖甚或有可能是共改洪之宗族支系。而《蛟西洪氏宗谱》所列诸多支派之谱系，似也可印证这一点。

根据上引《姓源》全文及《重修蛟西洪氏谱序》可知，周家垫即属今宁波镇海，亦即蛟西洪氏之地望，最早来源于睦州（即今杭州），后迁明州（即今宁波）慈溪之汉塘，再迁至镇海之周家垫，属于共氏演变之洪氏，汉塘、蛟西本同属一宗。而《蛟西洪氏宗谱》所附之睦州淳安养村派、新安婺源官坑派、江西饶城派、丹阳荆村派之谱系，俱列洪光祖为较早之世系，与汉塘、蛟西洪氏俱以洪光祖为始祖同，且汉塘、蛟西洪氏之《洪氏宗谱世系追远图》亦列洪兴祖为洪光祖从兄弟，与睦州淳安养村派及丹阳荆村派谱系相同。当然，此处各洪光祖、洪兴祖之字号、配偶及父、祖皆不尽相同，一个宗族纂修家谱，攀附历史文化名人，伪署世系，高远其族支之源流的做法古已有之，但若云上文所列之谱系俱为攀附，则亦恐不当。即如正史所载的历史人物，其名姓相同者绝不少见，更何况是民间之宗族谱系。而如果我们认为这一切都是同名同姓的历史巧合，再仔细考索各派谱系，就会发现应为"共氏"演变之汉塘、蛟西洪氏及睦州淳安养村派，俱以"祖"为同代取名之共字，有所谓绍祖、继祖、显祖者，与出自"弘氏"之丹阳荆村派完全一致。当然，根据丹阳共氏洪与弘氏洪杂居的特殊现象来看，不同宗族相互影响学习，选取同字作为后代取名之共字，亦无不可。但如从另一个角度来看，似也可推测南宋著名学者洪兴祖的先祖不仅不为弘察，甚至有可能其洪姓亦本自共姓而出，故与其他宗族有取名之共字。因为从修谱人的普遍心理来看，洪兴祖作《丹阳洪氏源流考》云丹阳洪氏出自洪经纶，恐怕亦不无高远其从来的私心；而细绎丹阳荆村派之谱系，其列所谓洪经纶同祖弟之洪经时为其直系始祖，似乎又可看作是洪兴祖故意模棱两可以免落人口实而做出的从权。

由于史料失载，宗谱之成于多人之手，关于洪兴祖世系之问题，宗谱诸说恐不免矛盾淆乱或错讹相因，故上述诸观点，仅据可见材料作合理辨析推断，以备发见新材料后更作续考。关于洪兴祖之世系，则仍取《丹阳洪氏宗谱》及《蛟西洪氏宗谱》所附之丹阳荆村派谱系作为准的，以讨论洪兴祖之家世问题。兹据二谱及《丹阳洪氏源流考》将洪兴祖之世系列表如表1-1，以便后文之考述。由于洪氏一族枝繁叶茂，族中诸人不能尽举，故此表之列遵循以下原则：(1)洪兴祖而上较远之世系，尽量详列，姓名失载者则略去，不作"佚名"或"洪某"；(2)洪兴祖而上较远之世系，如后世与洪兴祖一支太远，或并无仕宦或登科之人，则不再续列；(3)如洪兴祖而上较远之世系，后世与洪兴祖一支相近，且有仕宦与登科之人，则相近者尽量详列，登科者自其远系至登科者，历代直系相缀，不琐录其族人旁支；(4)涉及官私史料中与洪兴祖相关人物之存疑问题(含与洪兴祖之确切长幼次序及详细亲族关系等)，则予以详列，但亦以直系脉络贯穿，中代有其他派系亦不赘列；(5)洪兴祖直系祖父以下世系，仅列其亲父、亲叔，同辈兄弟及其以下一代(此三代有未仕宦登科者亦不赘列)。关于丹阳洪氏之详尽源流谱系，读者可自行参看《丹阳洪氏宗谱》之《丹阳荆村谱系》。

表 1-1　　　　　　　　　　　洪兴祖家族谱系表

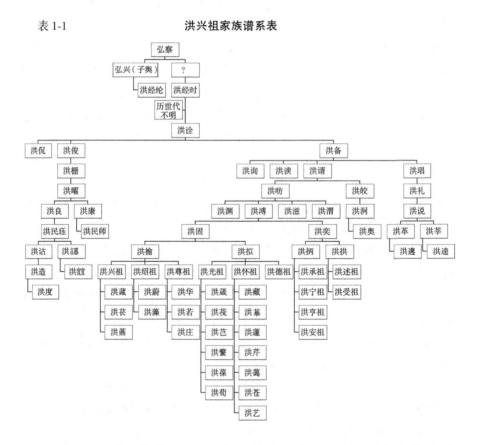

根据《丹阳洪氏宗谱》之《丹阳荆村谱系》可知，登科及第者有洪泂(庆历三年)、洪民师(嘉祐六年)、洪奥(治平四年)、洪拟(绍圣元年)、洪遵(崇宁三年)、洪蕙(政和三年)、洪造(政和五年)、洪造(政和七年)、

洪兴祖(政和七年)、洪𫲽(绍兴五年);仕宦为官者(含封赠)则有洪固(赠特进士)、洪莘(化州石龙令)、洪揄(赠朝奉郎)、洪拟(礼部尚书)、洪兴祖(秘书省中书正字)、洪尊祖(右迪功郎)、洪光祖(右朝奉郎)、洪怀祖(右迪功郎)、洪德祖(右承朝郎)、洪葳(寺丞)、洪度(将仕郎)。①

虽然有些人已与洪兴祖出于五服之外,但据此亦不难窥见丹阳洪氏家族之兴盛,与历代仕宦进学之优良家风。而洪兴祖直系宗族中,其亲祖父洪固,以贤德能文,教子有方,朝廷特赠为通奉大夫、右金紫光禄大夫,其妻邓氏亦获赠永宁郡夫人(详楼钥《洪子忱墓志铭》、程俱《给事中洪拟明堂大礼封赠父赠通议大夫固赠通奉大夫》、张扩《徽猷阁直学士左通议大夫提举亳州明道宫洪拟父固赠金紫光禄大夫制》《母邓氏赠永宁郡夫人制》诸文)。洪揄则获朝廷赠朝奉郎(亦详《蛟西洪氏宗谱》),这或许是因为他曾撰《太祖创业故事》的缘故(详刘兆祐《宋史艺文志史部佚籍考》)。洪拟则进士及第,又历国子博士、监察御史、礼部尚书等多职(详《宋史》本传)。据此也足窥见其直系亲族在家族内营造出的浓厚的出仕的氛围。日后洪兴祖及其远支子弟洪遭、洪遬、洪造都进士及第并入仕为官(详《至顺镇江志》卷十八、十九)恐怕也是在此家族氛围熏染下的必然。

在仕宦上,洪拟为官清廉,不以私乱公,洪拟曾任礼部尚书、吏部尚书、龙图阁学士,而其侄子洪兴祖于其时只能做秘书省正字、著作佐郎等无实权的文职人员,即可说明这一点。同时,洪拟不阿附王黼、蔡京等权臣,尝云:"唯之与阿,何以相远? 吾知中立而已!"②洪拟提出的治国之策亦因地制宜,至诚至公,他曾向宋高宗献弭盗之术称:"兵兴累年,馈饟悉出于民,无屋而责屋税,无丁而责丁税,不时之须,无名之敛,殆无虚日,民所以去而为盗。今闽中之盗不可急,急则变益大,宜讲所以消之;江表之盗不可缓,缓则势益张,宜求所以灭之。"③洪拟主张根据地方的具体情况制定不同的弭盗政策,同时又能从本质上追溯盗匪形成的根源,这又说明洪拟深谙民情,能谅民疾苦。洪造则于方腊之变中因抗贼而牺牲,追赠为通直郎,足见其高义。以上俱能考见入仕风气浸润出的忠君爱国、经世济民之理想在洪氏家族内的影响。而在文学上,洪拟颇亦具文采,《宋诗纪事补遗》曾录其诗作数首。

---

① 此全据《丹阳荆村谱系》,登第时间及职官与本书他处准确结论有抵牾者,亦不作更改。
② (宋)刘宰:《京口耆旧传》,《景印文渊阁四库全书》第451册,台北:台湾商务印书馆,1986年,第161页。
③ (宋)刘宰:《京口耆旧传》,《景印文渊阁四库全书》第451册,台北:台湾商务印书馆,1986年,第161页。

这都说明，洪兴祖出生于一个长者有德而少者有为，胸怀忠义仁孝、经世济民入仕理想的书香家庭。

附：洪兴祖的岳家

根据目前可见文献可知，洪兴祖有过两次婚姻：首娶丁氏，次娶葛氏。其岳家之门第、家风、学养，对洪兴祖的人生亦不无影响。

洪兴祖首任妻子丁氏，乃是"皇祐三先生"之一、永嘉学派的开创者之一丁昌期（世称经行先生）的孙女，其岳父即丁昌期之三子丁志夫（字刚巽）。许景衡《丁大夫墓志铭》云：

> 公世为温州永嘉人，更五代之乱，谱籍不存，然自高曾而下，积善有阴施，号为长者。至皇考始业儒，通经术，笃行著书，教授乡里。既没，乡人以"经行先生"易其名。三子曰宽夫、廉夫、志夫，皆好古博学，被服礼义，知名士大夫间。盖自宋兴，丁氏凡再显为公卿，其居毗陵吴兴，亦为东南望族。永嘉之丁虽后出，独能以学问承家，与汉名儒前后相望，君子于是知丁氏之世有人也。公字刚巽，经行之季子，自幼笃学，与父兄商论如朋友，不肯苟且，曰："此理天下所公共，不可为闺门屈也。"既冠，游太学，益务记览，其专勤不惰，至忘寝食。①

足见丁氏一族业儒时间虽短，但成果斐然，学养精深。又见丁志夫在其父亲炙之下的笃志好学。而洪妻丁氏虽在闺阁，在其父、祖之潜移默化的影响下，耳濡目染，亦工文翰，颇不让须眉。张纲《华阳集》收有《跋洪庆善先夫人丁氏诗文手墨》及《跋丁氏手简并刚巽诗卷》二文，盛称丁氏"字画劲丽，词致清婉，使人三复竦然"②，并指其"手帖真草累幅，皆闺房箴训，情致缱绻，若不能自已者"③，因之"知夫人笃于恩义，盖有似其先人云"④。又足见丁氏之文采、学养以及优良家风浸润出的淑德。虽张纲云丁氏"贤而有文"，乃是"得于庆善所作志铭之旧"，但其与乃夫切磋

---

① （宋）许景衡：《横塘集》，《景印文渊阁四库全书》第 1127 册，台北：台湾商务印书馆，1986 年，第 335 页。

② （宋）张纲：《华阳集》，《景印文渊阁四库全书》第 1131 册，台北：台湾商务印书馆，1986 年，第 205 页。

③ （宋）张纲：《华阳集》，《景印文渊阁四库全书》第 1131 册，台北：台湾商务印书馆，1986 年，第 205 页。

④ （宋）张纲：《华阳集》，《景印文渊阁四库全书》第 1131 册，台北：台湾商务印书馆，1986 年，第 205 页。

属文，互为师友，则实不难想见。

此外，洪兴祖岳父丁志夫尝举绍圣元年进士，又历官鄢陵主簿、国子监丞、朝请大夫诸职，宽柔治民，令名远播，朝野向称其宦绩；其子仲宁亦尝官修职郎管勾开封府架阁文字（以上皆据许景衡《丁大夫墓志铭》），可见其族虽不能"再显为公卿"，但仕宦之风亦于族内传承不衰。

洪兴祖第二任妻子葛氏，乃江阴望族葛师望之次女，与南宋著名学者、词人葛胜仲同为一族。据葛胜仲《朝奉郎累赠少师特谥清孝葛公（书思）行状》一文可知江阴葛氏之世系：

> 公讳书思，字进叔。姓葛氏，其先嬴姓，夏后封国于葛，后因氏焉。世籍广陵，唐天祐中有讳涛者，避孙、杨连兵之祸，徙江阴家之。其子彪，太宗时以高年有德，赐爵公士，为公高祖。公士生祥，高蹈不仕，娶焦氏，是生惟甫，累赠开府仪同三司、吏部尚书。尚书娶吴氏，封陈留郡太君，生公之考曰密，进士擢第，卒官承议郎，累赠通议大夫，公之母胡氏、后母陈氏封安定、颍阳二县君，以公升朝恩，加赠建德、怀仁二县太君，累赠硕人。[1]

葛胜仲即葛书思之子。又葛胜仲为葛师望所作之《中奉大夫葛公墓志铭》云葛师望"曾祖惟安"，考《江阴史事纵横》云葛惟明、葛惟甫、葛惟安俱为葛涛一系之第四代，而惟明、惟安是否尽出葛祥则不可详知，或当出自与葛祥同属第三代之葛诱，葛诱与葛祥之亲疏，亦难以详考。[2] 而葛师望之父曾"累赠太中大夫"，己身又历官平定令、中奉大夫诸职，其子提亦曾官右迪功郎、洺州永平丞，子祺曾官右从事郎、常州晋陵尉（以上皆据《中奉大夫葛公墓志铭》）。可见洪兴祖第二次联姻之家族，亦大家宦族，不负"葛氏五世登科第"之美誉。

不难想见，洪兴祖之岳族，亦对洪兴祖的宦途进取、精研学问起到了一定的推进作用。

（二）洪兴祖的交游

洪兴祖一生交游广泛，这为其作《楚辞补注》《韩文考异》等书提供了

---

① （宋）葛胜仲：《丹阳集》，《景印文渊阁四库全书》第 1127 册，台北：台湾商务印书馆，1986 年，第 546 页。

② 程以正：《江阴史事纵横》，上海：上海古籍出版社，2011 年，第 64~65 页。

很大的便利——部分参校本是洪兴祖从交游的名士处辗转得到的，如从柳展如处得东坡手校本《楚辞》；也给其仕途带来了不利的影响——因与交游的对象关系密切而被牵扯进入政治斗争，如为程瑀《论语解》作序，被王珉弹劾而贬至昭州。

《宋史》本传称洪兴祖"好古博学，自少至老，未尝一日去书"，因此洪兴祖的交游对象，有许多都是基于学术本位而与之交往的。如前文简介说的为程瑀《论语解》作序，就是通过《论语》的学术研究讨论而与程瑀进行交往。汪藻《户赠左通奉大夫程公瑀墓志铭》称："公酷嗜《论语》，研精覃思，随所见疏于册。练塘洪先生兴祖盖以是书从公析疑辨惑者二十年，晚得所说，即为序，冠其编首。"①洪兴祖因研究《论语》与程瑀讨论二十年，足见以学术为目的的交游对象在他交游中的重要性。陈振孙《直斋书录解题》称其从东坡甥柳展如手得东坡手校本《楚辞》，又从关子东、叶少协处得欧阳修、孙觉、苏颂本参校《楚辞》，洪兴祖作成《韩子年谱》后请孙傅商榷并修改刊刻(详洪兴祖《韩子年谱》载孙傅之《韩子年谱跋》)，这都是一种基于学术的交往。而洪兴祖为方勺《泊宅编》、苏庠《后湖集》、陈旉《农书》、葛胜仲《丹阳集》作序，不能说和他们的交游是完全出于学术性目的——比如和葛胜仲的交往，就带有更多的纯粹的友情性质(俱详后文之考论)，这从现存可见的与洪兴祖的19首唱和诗②，葛胜仲就占10首之多亦可见一斑——但为他书作序是一种对他书的评价性的介绍，多少带有一些学术讨论的意味，故与此数人的交往也有一定程度上的学术交流。

除此之外，洪兴祖的对外交游，还体现出文学性、政治性以及纯粹的友情性。例如与顾禧、洪皓、张守、葛立方等人的作诗唱和，就是一种文学上的切磋交流；为李亦作《天台县学记》及延请汪藻作《范文正公祠堂记》，与周煇臧否叶梦得③，可能就更多地带有官场上的政治交流的意味

---

① (明)程敏政：《新安文献志》，《景印文渊阁四库全书》第1376册，台北：台湾商务印书馆，1986年，第303页。

② 19首诗分别是顾禧《洪善庆兴祖借访升上人即景次韵》、《赠洪庆善兴祖和壁间沈□□韵》(上皆出顾禧《志道集》)，葛胜仲《送庆善赴广德军》(卢宪《嘉定镇江志》)、《次韵庆善九日二首》、《再和庆善》、《送庆善之江阴》、《庆善再和复和》、《次韵和庆善游圆觉寺归五首，时仆亦方自径山归》(上皆出葛胜仲《丹阳集》)，洪皓《洪庆善韩美成观所藏宣和殿书画庆善有诗次韵》(洪皓《鄱阳集》)，张守《洪庆善提刑罢官过建康惠诗和答》(张守《毗陵集》)，葛立方《九日庆善示诗次韵》、《次韵洪庆善同饮道祖家赏梅(四首)》(上皆出葛立方《归愚集》)。

③ 周煇《清波杂志》卷七云："叶少蕴云：'某五十后不生子，六十后不盖屋，七十后不作官。'然晚年以子舍之多，不免犯六十之戒，屋成而公死矣。二事得之于洪庆善。"

了；而为友人陈立方作墓志铭则应该是一种纯粹的友情了。

洪兴祖的交游，反映了他是一个热衷于学术交流，也喜好文学交流，带有真性情的一个政府官员。而在与他人交往的过程中表现出的政治倾向，如借与秦桧谈《易》讽秦桧(《京口耆旧传》卷四)，臧否人物等，对他的政治生涯以及著作的流布传世可能都产生了一定的影响，详后第二章第一节。

附：洪兴祖与张纲之关系

前文述洪兴祖之岳家丁氏，提到南宋名臣张纲《跋洪庆善先夫人丁氏诗文手墨》一文，按张纲亦籍丹阳，与洪兴祖为同乡，生活时期(1083—1166)亦与洪兴祖(1090—1155)约略相埒，据此二点推测，张纲与洪兴祖当有一定程度的交往。但并无直接直接证据考明二者平时交游的具体内容。但二人之关系，或可根据各类史料中的蛛丝马迹考见一二。

张纲《华阳集》附有《故资政殿学士左通议大夫丹阳郡开国公食邑二千二百户食实封一百户致仕赠左光禄大夫张公行状》(下简称《张公行状》)，备述张纲生平行履颇详。该文称张纲有子二人，长为堂，曾任右宣义郎，前公二十年卒；次为坚，以朝散大夫直宝文阁身份知泉州，曾历任御史、国子博士、太常寺主簿诸职①，同载《华阳集》之张纲《洪宅求婚书》《丁宅求婚书》《丁宅纳币书》，前者自注云"长子堂继娶"②，中者自注云"次子坚"③。虽几封求婚书、纳币书并未明言所求婚之洪氏、丁氏具体为谁家，但结合《跋洪庆善先夫人丁氏诗文手墨》"余虽姻家，不及一拜堂上"④及《跋丁氏手简并刚巽诗卷》"刚巽顷任国子监丞，余官太学，相从甚久。为人纯笃，雅重有前辈典型，今即世不知几年，一见遗墨，恍如对面，怆然久之。又得其女庆善先夫人所寄"⑤数语，不难推知此处求婚之丁氏、洪氏，当指洪兴祖之岳家丁志夫家及洪兴祖本家。又《张公行状》之作者落款为"乾道四年三月某日通直郎大理寺丞洪箴状"，此洪箴当即前表1-1所

① (宋)张纲：《华阳集》，《景印文渊阁四库全书》第1131册，台北：台湾商务印书馆，1986年，第254页。
② (宋)张纲：《华阳集》，《景印文渊阁四库全书》第1131册，台北：台湾商务印书馆，1986年，第206页。
③ (宋)张纲：《华阳集》，《景印文渊阁四库全书》第1131册，台北：台湾商务印书馆，1986年，第206页。
④ (宋)张纲：《华阳集》，《景印文渊阁四库全书》第1131册，台北：台湾商务印书馆，1986年，第205页。
⑤ (宋)张纲：《华阳集》，《景印文渊阁四库全书》第1131册，台北：台湾商务印书馆，1986年，第205页。

举之洪兴祖长子洪蒇，因为此处"大理寺丞"之职，正与《丹阳洪氏宗谱》中《丹阳荆村谱系》所注洪蒇之职官"寺丞"相合；又以"蒇""箴"类同来看，此状作者似又洪拟之子洪蒇。然不论为谁，其为洪兴祖族内子侄辈可知。又结合"余虽姻家"之说，直言与洪兴祖妻丁氏为姻家，则张纲与洪兴祖很可能为儿女亲家，其长子堂所娶当为洪兴祖之女。

此外，张纲还有一妹及一孙女分适丁氏，乃妹生一子丁伯升，此《张公行状》及张纲《安乐国序》述之甚详。据此，足见张、丁、洪三家望族之联姻不绝，宗族间关系之深厚，这仅从张纲亦不阿附蔡京、王黼(详《张公行状》)这一与洪拟相同的政治态度或即已能窥见一斑。张、洪之交，当涉及洪兴祖生平仕履的诸多方面，亦可复备后贤之详考。

三、洪兴祖生平存疑问题考索

关于洪兴祖生平的细绎，绪论已详论四篇文献之成就，尤其要指出的是，侯体健《宋代学者洪兴祖生平事迹详考》(又收入其《士大夫身份与南宋诗文研究》一书，复旦大学出版社 2018 年版，题名改作《洪兴祖生平行履与〈楚辞补注〉的成书》)一文汇集大成、纠谬补阙，已近详赡之年谱，对于洪兴祖生平诸多问题，多有笃见精论。但该文仍存在一些疏漏，遗留了一些未及辨明的问题。故此处不拟赘述其人牙慧，仅就前人及侯体健未能彻底弄明白的洪兴祖生平的诸问题再作一详细考论。

(一)洪兴祖的字、号问题

古人名字相关，字号一般用作名的补充或对名的阐释，此为学界共识，毋庸赘言。但前人学者论及洪兴祖之字号庆善、练塘，俱一笔带过，未尝深究其义涵及其与洪兴祖思想、学术、仕履之关系。今试就此问题作一简单讨论。

洪兴祖字庆善，应是取义于《周易·坤卦·文言传》中"积善之家，必有余庆；积不善之家，必有余殃"①一句，义乃与名"兴祖"相关：即当附有洪氏远绍祖德之积善，故家族代有余庆；洪氏应纂承家族之积善传统，以求代代兴盛之寓意。这一点考之丹阳荆村派之谱系，见其族中兄弟俱名绍祖、尊祖、光祖、怀祖、德祖亦可得证。值得指出的是，其堂弟洪光祖(叔父洪拟之子)字庆胤，尤能见此说之不诬：胤者，嗣也，统也，意指子孙之传承。结合光祖一名来看，当有光大祖德，纂承统绪以积善求余庆

---

① 徐子宏：《周易全译》，贵阳：贵州人民出版社，2009 年，第 20 页。

之义。实与洪兴祖之名、字寓意相近，符合同一家族为子嗣取名之惯例。

而洪兴祖号练塘，侯体健仅云"'练塘'为洪兴祖家乡丹阳地名(《元和郡县志》卷二六有载，又称练湖)，以籍贯地名为号乃古人通常之法"①，此则又只知其末而未循其本。《光绪丹阳县志》卷一《水》述练湖源流云："练湖，晋郗鉴所凿塘，练兵以备陈敏者也。故名练塘，一名开家湖，又名曲阿后湖"②，而《太平御览》卷六六引顾野王《舆地志》则云："练塘，陈敏所立，遏高陵水，以溪为后湖。"③又《元和郡县图志》卷二五述润州丹阳县云："练湖在县北百二十步，周回四十里。晋时陈敏为乱，据有江东，务修耕绩，令弟谐遏马林溪以溉云阳(即丹阳)，亦谓之练塘，溉田数百顷。"④但不论是郗鉴抑或是陈敏开凿练塘，其"练"字取义于"练兵"则无疑义。事实上练塘所属之丹阳，即今之镇江，亦古代诗文中常见之"京口"，陈敏练塘的开凿，为日后东晋郗鉴招募流民，练兵京口，抵御北方少数民族政权奠定了基础，著名之"北府兵"即郗鉴在京口所招安及练就之流民部队，乃东晋御北乃至图北以求光复国土之中流砥柱，田余庆先生于其代表作《东晋门阀政治》中论之甚详，此不赘述。而洪兴祖所生活之年代，恰处于北南宋之交，南宋之偏安一隅，靖康国耻之历历在目，皆不能不对洪兴祖这一世代业儒之学者产生巨大的情感冲击。长江流经镇江，镇江在南宋时，则与京口在东晋南朝之战略地位相当，应几近前线：其后著名词人辛弃疾《永遇乐·京口北固亭怀古》有"四十三年，望中犹记，烽火扬州路"之叹，彼时扬州路(即淮南东路)包含之今扬州、泰州俱与镇江仅一江之隔。因洪兴祖生活在历史与当下重合交汇之丹阳，其取义历史典故，以明儒者报国之志，应是情理中事。此当视作其号为练塘的最本质的动机。

(二)洪兴祖与洪遒、洪遵、洪遬之关系

此前由于文献之阙如，学界关于洪遒、洪遵、洪遬诸族内兄弟与洪兴祖之关系，往往不能下准确结论。如关于洪遒，《京口耆旧传》卷四称洪遒为洪兴祖从兄，《至顺镇江志》卷十九则称"兄兴祖"，李温良《洪兴祖

---

① 侯体健：《士人身份与南宋诗文研究》，上海：复旦大学出版社，2018年，第133页。
② (清)凌焯等：《光绪丹阳县志》，《中国地方志集成·江苏府县志辑》第31册，南京：凤凰出版社，2008年，第35页。
③ (宋)李昉等：《太平御览》，《景印文渊阁四库全书》第893册，台北：台湾商务印书馆，1986年，第672页。
④ (唐)李吉甫：《元和郡县志》，《景印文渊阁四库全书》第468册，台北：台湾商务印书馆，1986年，第431页。

〈楚辞补注〉研究》、昝亮《洪兴祖生平著述编年钩沉》并从《京口耆旧传》，指洪造为兄，侯体健则并载异说，不作判断。据表1-1即可发现，洪造与洪兴祖确为从兄弟之关系，则证《京口耆旧传》之不诬，而二人究竟孰为兄孰为弟，则文献阙如，实难判断。但根据洪造出自洪兴祖七世祖洪备之兄洪俊一系来看，古人大抵晚婚较少，代代相袭之下，属同辈之洪造或亦当为洪兴祖之兄；而洪遶、洪遭与洪造及洪兴祖之关系，《至顺镇江志》卷十八称洪遭"兴祖从弟。崇宁二年登进士第。兄造，政和八年亦登进士第"①，又称洪遶"遭弟，政和五年登进士第"②，据表1-1则可发现，洪遭、洪遶实乃洪兴祖之叔伯辈，二人于洪造亦叔伯辈，则洪造更不可能为洪遭之兄了。侯体健曾以理校的方式怀疑过二者的长幼之序："《钩沉》（即昝亮《洪兴祖生平著述编年钩沉》）疑《至顺镇江志》以'遭为兴祖从弟'为误，不言所据，若依年龄来看，十四岁或更小中进士科可能性不大，则《钩沉》所疑有理"③，但并未能根据家谱材料厘清二者真实的辈分层级。

（三）洪兴祖"上舍及第"抑或"进士及第"的问题

洪兴祖于政和八年（1118）登科，此前人考述备详，但登科之形式，各类史料表述简略含混，如《宋史》本传云"登政和上舍第"，《京口耆旧传》卷四云"政和八年擢进士第，赐上舍出身"，《至顺镇江志》卷十八云"政和八年，登进士第"，以此学界又有争讼：李温良《洪兴祖〈楚辞补注〉研究》认为洪兴祖是上舍生与辟雍贡士混合通考成新科进士，侯体健认为其说无据，审慎地认为洪兴祖乃仅殿试赐上舍出身④。

要理解二人阐述的内容具体指什么，并弄清楚孰是孰非，必须要明白洪兴祖登科时所实行的科举制度。根据张希清《中国科举制度通史·宋代卷》可知，宋初的科举制度是以地方贡举（即解送举人）赴省试的方法进行的，士人应举不需要任何学历，故虽有太学和部分府学存在，亦形同虚设，而州县也一直处于无学的状态。鉴于此，范仲淹首倡学校制度改革，庆历四年（1044）与宋祁、欧阳修诸人联合上奏，要求诸路州府军监以及县都要兴办学校，而地方在贡举学生参加省试前，学生必须在学校学习满一定的时限才有资格，这就是历史上著名的"庆历兴学"，但该政策施行不到八个月即告失败。到了熙宁二年（1069），王安石在变法过程中，把

① （元）俞希鲁：《至顺镇江志》，南京：江苏古籍出版社，1990年，第725页。
② （元）俞希鲁：《至顺镇江志》，南京：江苏古籍出版社，1990年，第727页。
③ 侯体健：《士人身份与南宋诗文研究》，上海：复旦大学出版社，2018年，第137页。
④ 侯体健：《士人身份与南宋诗文研究》，上海：复旦大学出版社，2018年，第138页。

此前就一直提倡的恢复高质量的正常学校教育以备国家选用人才的主张与科举考试制度结合，不仅大力兴建地方学校，扩大太学办学层次与规模，还提出了著名的"三舍法"。所谓"三舍法"，是指将太学生分为外舍、内舍、上舍三个等级的选拔人才制度。该法在所谓的"元丰二年（1079）学令"的颁行下渐趋完备，具体内容为：学生初入学要持籍贯所在州县的证明，参加入学考试，合格者即为太学外舍生。外舍生学习期间，有每月末的小考和每季度末的中考（俱称为"私试"），且有学谕等人记录其平时之品行与学习表现。如私试与平时考核的合格数积累到一定标准，外舍生即可参加每年终举行的一次升舍大考（亦即"公试"），通过者即可升入内舍，而内舍生如果在接下来的私试中三次不合格，亦会被降舍。每两年太学为内舍生举行一次上舍试，根据考试成绩和平时考核情况，通过上舍试的考生会分为三等。考到上舍上等的，等同于科举及第，可直接授官，赐"上舍及第、出身"；考到上舍中等的，继续学习，待每三年一次开科贡举时，免解试及省试，直接参加科举考试的最后一场殿试；考到上舍下等的，继续学习，待开科贡举时，免解试，直接参加省试。从崇宁三年（1104）朝廷拟全面禁止科举考试（此指取消解试与省试，殿试一直照旧；事实上到崇宁五年后解试与省试才全部取消）始，到宣和三年（1121）正式恢复科举考试止，短暂恢复科举考试的年份只有大观四年（1110）。而崇宁五年，蔡京亦全面施行了遍及县学、州学到太学的三舍法，这是元符二年（1099）开始，令各州县实行三舍法后的全面推进：从崇宁五年开始，规定每年考选县学上舍生，升入州学外舍；州学上舍生，每年秋季贡入辟雍，每年春季，太学生、辟雍生都参加公试。上等者，立即授官；中等者，参加皇帝主持的殿试策论，下等者补内舍生。此时还特别允许有官职在身之人继续参加贡试，其中选入上等者，升差遣二等，赐上舍出身；中等俟殿试，下等补内舍，不隶学，需再试。①

　　而进士一科，在宋初本与唐制相袭，为常科之一种，与常科其他科目及制科诸科目都列为士人应科举所可选取的科目之一。王安石熙宁变法后，常科诸科俱废，专以进士科取士。而制科作为特殊选拔考试，没有固定的考试时间。因此在宋代参加科举考试的举子，其所应基本都是进士科，走的是参与解试、省试到最后殿试的科举程序，最后都可获"进士及

---

① 此段为撮述张希清《中国科举制度通史·宋代卷》第十六章《宋朝科举的社会作用与影响》第一节《宋朝的科举取士与学校选士》的主要内容，详参张希清：《中国科举制度通史·宋代卷》下册，上海：上海人民出版社，2017年，第753~776页。后文除引述之原文，凡涉及宋代科举基础常识之论述，俱从此书概括得出，不复出注。

第"之殊荣。张希清云："（崇宁三年后）士人必须由县学升入州学，再由州学升入太学。太学岁试入上等者即可赐第授官；入中等者，则可参加三年举行一次的殿试，第其高下，赐第授官。"①这是说由太学、辟雍混合公试考中中等再参加殿试，也有赐"进士及第"之可能。张希清在统计《北宋徽宗朝进士贡士登科表》时，指出"从大观元年（1107）至宣和三年（1121），这十四年间，为罢州郡解试及省试，科场取士并由学校升贡时期。在此期间，每年皆有由贡士赐上舍及第、出身，每三年有由殿试赐进士及第、出身、同出身者"②，更证明了这一说法。这段材料又同时说明，由混合公试考中上等直接授官者，往往"赐上舍及第"，而由公试考中中等再历殿试合格而登科授官者，往往赐"进士及第"。

根据上文对宋代科举制度的发展及相关内容的简要概括，我们不难看出，洪兴祖及第的政和八年（1118），其实正是全面禁绝科举考试，仅以"三舍法"之"公试"选拔人才的时期，而制科在北宋自绍圣元年（1094）后即止，于南宋之乾道七年（1171）方始。因此洪兴祖只能以"三舍法"的方式寻求仕进。事实上，后来洪兴祖守广德军，曾求范仲淹遗像"绘而置之学宫，使学者世祀之"③，恐怕也与范仲淹首倡恢复学校教育，为后来三舍法的定型奠定基础，洪兴祖有机会登科入仕，而对范仲淹心怀感激不无关系。《京口耆旧传》说洪兴祖"赐上舍出身"，则只能是考中太学、辟雍混考的上等，方能有此殊荣；《至顺镇江志》云"登进士第"，则又只能是考中太学、辟雍混考的中等后参加殿试，才能获此殊荣。而洪兴祖登科的政和八年（1118），正逢三年一次的殿试，此时辟雍与太学之混合公试又每年一次，故不可能据年份遽断其为"上舍"抑或"进士"及第。但根据《北宋徽宗朝进士贡士登科表》，我们不难发现，政和八年时，进士及第者多达783人，贡士及第者则无一人，则当以《至顺镇江志》为是。事实上，李温良所谓"上舍生与辟雍贡士混合通考"可能就是指这一时期的选拔人才制度，因为此时的最终选拔，只能是通过辟雍、太学一起公试达成，故云混考，此或李氏将"太学"误作"上舍生"，因为此时考中下等只能补太学内舍生再参加混考，不可能再如此前一样入上舍下等等待省试，故洪兴祖不可能以上舍生的身份参加公试；而如他一开始即已是太学生之身份，自亦不可能以上舍生之身份去参加考试，故此上舍生或是指洪兴祖在州学

① 张希清：《中国科举制度通史·宋代卷》上册，上海：上海人民出版社，2017年，第112页。
② 张希清：《中国科举制度通史·宋代卷》下册，上海：上海人民出版社，2017年，第769页。
③ （宋）汪藻：《范文正公祠堂记》，《浮溪集》，《景印文渊阁四库全书》第1128册，台北：台湾商务印书馆，1986年，第159页。

之上舍生身份，已不可详考。李温良又云"进士及第"，则是主张洪兴祖混考考上中等而经殿试及第。而侯体健所谓"殿试赐上舍出身"，有两种理解，一种是侯体健认为洪兴祖走的是正常科举考试的流程，即解试、省试、殿试，但前已辨明，此时科举解试、省试已全面禁绝，仅留殿试以供考核辟雍、太学混合公试的中等生，故此理解不能成立；另一种是洪兴祖以公试中等的身份参加三年一次的殿试，获"赐上舍出身"之殊荣，但据前文亦不难看出，"赐上舍出身"仅对应公试之上等，故照此理解，亦不确。由是观之，李温良之结论，则更接近其本真。侯体健云洪兴祖殿试登科虽不误，但云上舍第则实有问题，此或侯氏为调和正史本传说法做出的从权。

综上，洪兴祖实以太学、辟雍混合公考之中等成绩，经政和八年的殿试而进士及第。

（四）洪兴祖与葛氏父子唱和之问题

洪兴祖与丹阳名贤葛胜仲、葛立方父子交游甚密，前已约略论及。此详考洪兴祖与葛氏父子唱和活动及相关诗文作品作成的具体时间与地点，兼及与顾禧唱和活动的考查。

按洪兴祖所作诗文，今多已不传，其赠与葛氏父子之诗亦佚而不见，今仅存葛氏父子赠与洪氏之诗，共 15 首（《次韵洪庆善同饮道祖家赏梅》之四首，其一、三首同韵字，二、四首同韵字，似一、二首为洪兴祖原玉，三、四首为和作；但亦有可能是葛立方各韵各次二首，不能遽断，姑仍视作四首），前已详列其名及出处，此不赘。侯体健袭取昝亮《洪兴祖生平著述编年钩沉》的说法，将此 15 首诗俱归于葛胜仲之卒年绍兴十四年（1144）之下，云葛胜仲之诗之作时不得晚于此年，而云葛立方之诗则早于或晚于此年，则失之粗疏。其实细绎史料，部分诗作是可以考见洪兴祖在某一特定时间的行迹与文学活动的，今考论如下。

葛胜仲《跋洪庆善所藏本朝韩范诸公帖》（收于其《丹阳集》）之落款为"绍兴甲寅十一月己亥谨书，时与洪庆善同寓宝溪"，故王兆鹏将《送庆善之江阴》《次韵庆善九日二首》《再和庆善》《庆善再和复和》《次韵和庆善游圆觉寺四首时仆亦方自径山归》全系于绍兴四年（详王兆鹏《两宋词人年谱》之《葛胜仲、葛立方年谱》①），这又失于绝对。绍兴甲寅为绍兴四年

---

① 此后但言葛胜仲之行履者，俱依王兆鹏：《两宋词人年谱》，台北：文津出版社，1994年。除引用原文内容外，不复出注。

(1134)，此时正是洪兴祖因苏州、湖州地震而上疏言朝廷得失，被罢驾部员外郎之时期(详《宋史》本传)，据《建炎以来系年要录》可知，洪兴祖被罢官在二月十一日，而直至绍兴九年(1139)洪兴祖被重新启用守广德军为止，其都处于赋闲之状态(此据侯体健《洪兴祖生平行履与〈楚辞补注〉的成书》①)，故洪兴祖是有可能在绍兴四年的十一月与葛胜仲同在宝溪共同学习观摩书帖的。事实上，此时葛胜仲已经致仕退休(1131年十月即奉祠退隐)，其致仕之地，即其两次为官之湖州，而早在被第二次启用知湖州(1130)前的建炎二年(1128)，他就因靖康变之后兵乱频仍而长期隐居湖州，直至去世(1144)。葛胜仲也曾于《与胡学士书》中自述云："避地吴兴，依薄业以糊口，今四年矣，所居号宝溪"②，吴兴历属湖州，故此宝溪实为湖州之宝溪。侯体健不审，误以为龙泉(今属浙江丽水)之宝溪，故不敢遽断诸诗之创作地点与时间。

而再考10首诗作的具体题名与内容，恐怕这10首诗或当出于同一时期。首先从题名来看，部分诗作反映了葛、洪二人唱和往来之密集与频繁，如《次韵庆善九日》即有二首，又有所谓《再和庆善》《庆善再和复和》，恐怕只有在两人长期相处于同一地点，方才有此频率之唱和往来，而事实上，这几首诗也确实作于同一时间(详后文述葛立方诗之论证)；而从诗歌所反映的内容来看，大多数诗歌都为山水田园诗，多以纵情山水隐逸为旨趣，如《次韵和庆善游圆觉寺归四首时仆亦方自径山归》中的"云伴渊明出，风随曾点归""归来聊自赋，隐去谢人呼。宦路分夷险，平生谁识途"，《次韵庆善九日》中的"竹根拼醉卧，菊蕊正牵情。杜曲酬佳节，陶翁爱此名"，另一首《次韵庆善九日》的"湖海浮家作寓公，醉醒幸与骚人同。一座尽倾尘表物，不须举扇障西风"，都无不如是，而"宦路分夷险，平生谁识途"这种近乎对人生的总结，尤其容易令人推测这些诗都作成于其退休致仕之后。结合洪兴祖长期赋闲的时间(1134—1139)和葛胜仲退休的时间(1131)来看，这些诗极有可能是作于绍兴四年至绍兴九年之间的。事实上，《送庆善赴广德军》一首已经又从侧面证明了这一点，因为洪兴祖守广德军正如前文所述，在绍兴九年。而作成之地，即当在湖州。

另一方面，建炎二年(1128)洪兴祖正在湖州任司士曹、湖州教授诸

---

① 此后但言洪兴祖之行履者，俱依侯体健此文，除原文引用内容外，不复出注。
② (宋)葛胜仲：《丹阳集》，《景印文渊阁四库全书》第1127册，台北：台湾商务印书馆，1986年，第434页。

职，葛、洪二人或当于此时建立深厚之友情，因洪兴祖与葛氏之联姻，只能发生在洪兴祖首任妻子丁氏卒于洪兴祖的湖州任上以后（详洪迈《夷坚志》卷十一），据此大胆推断，恐怕正是因为洪兴祖与葛胜仲的密切交往，故在湖州任上时，因妻子去世，而得以通过葛胜仲结识其岳家葛师望并获娶第二任妻子葛氏。而前云洪兴祖因苏州、湖州地震而上疏言朝廷得失，被罢驾部员外郎，恐怕也是出于曾于湖州为官，又与葛胜仲有过交往之私情。葛胜仲更是直言"君今舍我那遽反，落寞何用伸吾眉"（《送庆善之江阴》），足见二人友情之款款。而葛胜仲于此时隐居于菁山寺，亦多寄情山水、笃志隐居之作，如《春日野步》《中散兄罢郡有诗次韵即寄》等，恐怕其仅存之十首与洪兴祖之唱和诗，亦不无此时作品。事实上，洪兴祖最迟不得晚于建炎三年拜太常博士，故即便有此时之唱和作品，亦当集中于建炎二年与三年之间（1128—1129）。

下面具体讨论可考具体创作时间与地点的诗作。《送庆善之江阴》一首，有"四年遵路俱六月，叩门急义非君谁"一句，《宋会要辑稿·崇儒二》之三二又载："（绍兴三年四月）十日诏：'建炎二年六月内复置教授处共四十三州，至建炎三年六月内并罢，任满更不差人，今将建炎二年复置教授窠阙并行存留。'从给事中黄叔敖之请也。"①可知洪兴祖任湖州司士曹及州学教授职当在建炎二年六月至建炎三年六月之间，故建炎二年任官在六月，建炎三年去官也在六月，去官后又要新授官（或即太常博士），任官去官皆需行路，故云"遵路俱六月"，此处又云"四年"，从建炎二年下推四年，正是在绍兴二年（1132），而本年正是洪兴祖岳父葛师望去世的年份，而去世之月份也正当五月，古人音书太慢，五月即世，等消息传达到再准备动身去奔丧，或当已到六月，故有"四年遵路俱六月"之说。前已论述其岳父乃江阴葛氏，故此诗恐怕正是洪兴祖去江阴奔丧前，葛胜仲作而赠之。王兆鹏将此诗系于绍兴四年，当是误把四年的总时间当做了"绍兴四年"。本年葛胜仲在湖州，则此诗当作于湖州无疑。但洪兴祖此时正在丁父忧中，至十二月方始服除，并授秘书省正字（《送庆善之江阴》诗中"大恐尺一亟招选，径从儴道趋天墀"一句果然一语应验），不知洪兴祖又以何故曾至湖州。事实上，古人守制并不那么严格，此或洪兴祖守制期间，四处游历，又回到湖州见老朋友，又遇岳父去世，故转赴江阴，亦未可知。又《次韵和庆善游圆觉寺四首时仆亦方自径山归》一首，径山乃位于浙江临安县（今杭州）北，考葛胜仲生平行迹，其曾于元符二年

① （清）徐松：《宋会要辑稿》第3册，北京：中华书局，1957年，第2203页。

（1099）调杭州右司理参军，然此时洪兴祖为 9 岁，自不能与之唱和，又葛胜仲游览临安及径山，亦多有诗作（如《游径山蕴常上人字无可以山中秋日十诗求和因次韵》《癸巳次古浮山普德寺》等），自不可能是一日之功。又圆觉寺，或即指杭州之径山寺，宋元间，中日佛教界交流频繁，日僧多次赴杭州学习，杭州亦频频向日本派遣僧侣开宗立派，日本禅宗之开创，即与此时之交流大有关系。一说日本的圆觉寺即是全部仿照杭州径山寺的式样和规模兴建①，葛胜仲又云"亦自径山"，恐洪兴祖所由圆觉寺或即径山寺耶？此说难于详考，姑附于此，留俟后贤。如圆觉寺确为杭州之径山寺，通过考查洪兴祖之生平，洪兴祖能与杭州建立联系者，当多为宋廷南渡后之时日，即建炎以后，因须接受中央升降调动官职的命令，故多要往返杭州辗转，结合洪兴祖与葛胜仲相识的时间，此或当其准备任太常博士时、或授秘书省正字时所作，因为太常博士、秘书省正字都为中央之官职，而从建炎二年开始，到葛胜仲去世之绍兴十四年（1144），洪兴祖除了太常博士（马上因丁父忧而去官）及秘书省正字外，所任无非都是守广德军、提点江东刑狱等地方官职，此类官职可奉朝廷命令后直接赴任，仅需写作到任之谢启上奏朝廷，无需亲至京城，只有太常博士、秘书省正字是需要亲到京城的。而事实上，南宋高宗虽然绍兴八年（1138）才正式定都杭州，且于南宋早期长于应天府（河南商丘）、扬州、杭州、绍兴诸地辗转逃窜，但他早在建炎三年（1129）即升杭州为临安府，称为"行在"，且于绍兴二年迁往临安，开始修筑临安城，且长期驻跸在临安（详《宋史·高宗纪》），洪兴祖是有可能于授太常博士之建炎三年（1129）及授秘书省正字的绍兴二年（1132）到杭州的，但此四首诗歌内容多言夏秋之景（菱蒲、芰、鸿），又言代表菊花或隐逸的渊明等，洪兴祖除秘书省正字在十二月，若是绍兴二年往杭州的话，则该诗只能系于 1133 年 7 月及以后。此或二人同在杭州游览时所作。

再说葛立方的五首诗。《九日庆善示诗次韵》，当与葛胜仲《次韵庆善九日》作于同时，并记同事，因《次韵庆善九日》有"二九依辰至"之说，又多言菊花与陶渊明，可知此三首诗都当作于重阳节，而《庆善再和复和》又云"异县逢佳节"，且紧附于《次韵庆善九日》（"二九逢辰至"）之后，又《庆善再和复和》与《次韵庆善九日》（"二九逢辰至"）《九日庆善示诗次韵》韵字完全相同（生、情、名、英），可见此数首肯定作于同时。而事实上，

---

① 李燕：《古代中国的港口——经济、文化与空间嬗变》，广州：广东经济出版社，2014年，第 129 页。

葛立方于建炎二年(1128)方始奉父居湖州，结合洪兴祖的授官时间，此数首诗必当作于1128年6月之后，不可能于此以前。又《次韵洪庆善同饮道祖家赏梅》四首，章道祖乃葛胜仲之女婿章倧(《丹阳集》有《次韵章壻道祖倧山居》诗)，权相章惇之孙，章倧行迹不可详考，以章惇晚年贬死湖州来看，当出生在湖州，章倧在《宋左宣奉大夫显谟阁待制致仕赠特进谥文康葛公行状》里称："惟公始为吴兴，倧时方冠，拜公于稠人中，一见蒙器遇，遂归以季女，获从公游二十余年"①，即从葛胜仲宣和四年(1122)首次知湖州开始，章倧便从游二十余年，以此观之。此诗之作，亦当以葛立方到湖州之时间上限及洪兴祖在湖州之时间为准绳来考查，故此诗最早也不得早于1128年6月，又以赏梅当在冬日，故此诗之作，也只能约略是在1128年12月至1129年1月左右及以后了。

故此，除《送庆善之江阴》《送庆善赴广德军》可分别确定作于绍兴二年(1132)及绍兴九年(1139)，且都作于湖州外，其他诗作则大致可以归于在湖州所作，或成于1128—1129年，或成于1134—1139年，而《次韵和庆善游圆觉寺四首时仆亦方自径山归》可能作于杭州，或当作于建炎三年(1129)之7—9月，或当作于绍兴三年(1133)的7月及以后。

最后考顾禧与之唱和之诗。今仅知顾禧乃处士，吴县(今苏州)人，绍兴年间"郡以遗逸荐，闲居五十年不出，名重乡里"②，而洪兴祖于绍兴二十六年(1156)即已去世，又见其二首俱云高洁隐逸，或亦与洪兴祖长居湖州之时有关？不能详考，姑附于建炎二年(1128)至绍兴九年(1139)之间，以备后贤。

(五)洪兴祖入梁企道幕府之问题

周煇《清波杂志》卷五《修敬祠堂》条云："洪庆善尝入梁企道阁学幕府，后守番阳，企道夫人尚在，岁时亦以大状称'门生'以展贺。士夫并为美谈。"③不难看出其对洪兴祖不忘故主知遇之恩，"事死如事生，事亡如事存"的行为及品德的高度赞扬。但这里同时又留下了几个疑问：即梁企道为何人，洪兴祖何时入梁企道幕府，以及洪兴祖于何时展贺梁

---

① (宋)葛胜仲：《丹阳集》，《景印文渊阁四库全书》第1127册，台北：台湾商务印书馆，1986年，第665页。
② (宋)范成大：《吴郡志》，《景印文渊阁四库全书》第485册，台北：台湾商务印书馆，1986年，第163页。
③ (宋)袁裒、周煇撰；尚成、秦克校点：《枫窗小牍·清波杂志》，上海：上海古籍出版社，2012年，第93页。

企道寡妻。凡此种种，关乎到洪兴祖生平仕履的准确系年，故此具论如下。

首先梁企道为何人，《挥麈后录》卷十一载："马子约纯绍兴中为江西漕时，梁企道扬祖为帅，每强盗敕下贷命，必配潮州，喻部吏至郊外即投之江中，如此者屡矣。子约云：'使其合死，则自正刑典。以其罪止于流，故赦其生，犹或自新。既断之后，即平人尔。倘如此，与杀无罪之人何以异乎？'二公由此不咸。"①以是可知，此处梁企道扬祖当为一人，企道、扬祖并非为二帅，当各为名与字。考《宋史》，有梁歜者，扬祖乃其字，其人曾任宝文阁学士、兵部侍郎诸职，与《清波杂志》谓梁企道为"阁学"相合，又《夷坚志》之《王彦谟妻》条云"绍兴癸亥，梁企道侍郎寓居鄱阳妙果寺"②，又与梁扬祖任兵部侍郎合。据此，则梁企道当即梁扬祖，企道或为其号，已不能详考。而梁扬祖此人，乃是高宗政治集团的核心人物：靖康元年(1126)，康王赵构被钦宗封为河北兵马大元帅，开大元帅府，钦宗希望其起兵勤王，梁扬祖以信德府守率军投效，成为康王集团的主要成员，官至康王集团中的随军转运使，领措置财用。后又于建炎元年(1127)提领措置东南茶盐公事，在真州设置署衙办公，提高了茶盐的财政税收，政绩斐然，为支援前线的抗金斗争提供了经济基础。因此建炎二年(1128)他又被任提领东南制置使一职(以上整合并撮述《宋史·高宗纪》《中兴小纪》《建炎以来系年要录》诸内容，为求行文简洁，不一一备注文献出处)。但其在江西任帅之时间跨度则不能详考。

再看洪兴祖展贺梁企道寡妻的时间问题，侯体健将此事系于洪兴祖任江东提刑任的第二年，即绍兴十二年(1142)。然前举《夷坚志》之《王彦谟妻》条已说明，绍兴癸亥年(即绍兴十三年，1143)梁企道尚未即世，洪兴祖何得以前一年展贺其尚在之寡妻呢？侯体健认为江东提刑的治所在番阳(即鄱阳)，故当系于洪兴祖任江东提刑的第二年，但我们要看到宋时所谓饶州其实亦即番阳，洪兴祖在江东提刑任满后被遣知饶州，但以丁母忧未赴任，后又于绍兴二十年(1150)复知饶州，直至卒前一年(1154)。又考梁扬祖实卒于绍兴二十一年(1151)(详《建炎以来系年要录》卷一百六十二)，洪兴祖如要展贺其寡妻，则必当在饶州任上。故洪兴祖展贺梁企道之寡妻之时间则当系于梁扬祖卒后到洪兴祖卸任饶州知州前的1152—

---

① (宋)王明清撰；田松青校点：《挥麈录》，上海：上海古籍出版社，2012年，第139～140页。
② (宋)洪迈撰；何卓点校：《夷坚志》第3册，北京：中华书局，1981年，第1062页。

1154 年。

最后我们来看洪兴祖入梁企道幕府的时间问题。首先宋代有所谓开府仪同三司之高级荣誉官位，所谓开府乃指开幕府并招致幕僚部属，仪同三司是指开设之幕府等级等同于三司（即三公三师）仪仗的级别。所以高宗赵构被任命为河北兵马大元帅，允许设置元帅府，其实本质就是"开府"，但其级别不可考。又有云使相（即节度使）兼开府仪同三司的，有学者认为开府仪同三司在元丰后乃是专以易三省长官（尚书令、中书令、侍中）的虚衔。又《夷坚志》之《向仲堪》条云："乐平向仲堪，字符伸，绍兴十一年通判洪州府，帅梁扬祖侍郎峻于治"①，结合前引《挥麈后录》亦云梁企道在江西为帅及前述高宗以河北兵马大元帅开元帅府来看，梁扬祖能够开府招置幕僚或只能在江西为帅之时。因梁扬祖以转运使、制置使之职，当皆无开府权限。绍兴十一年洪兴祖刚到江东提刑任，前又云绍兴十三年"梁企道侍郎寓居鄱阳妙果寺"，如此时梁企道不曾去帅职，或正因寓居鄱阳得以与在提刑任上的洪兴祖结识，招其入其洪州之幕府；如果此时梁企道已经不再任帅，或当是绍兴十一年时洪兴祖即已入其幕府。又以周煇云"尝入梁企道阁学幕府，后守番阳，企道夫人尚在"，一"尝"一"后"一"尚在"，其入幕与展贺当有一定的时间间隔，故不太可能是在知饶州任上入其幕府马上又遇其去世因之展贺其寡妻。综上，洪兴祖入梁企道幕府当系于绍兴十一年（1141）或十三年（1143）较为稳妥。

第二节　洪兴祖的著述

洪适曾作《贺饶州洪郎中启》，称洪兴祖"超卓见闻，束《春秋》之五传；增多训故，说《离骚》之一经。网罗阙里之蝉嫣，是正昌黎之鱼鲁。沛然学问，藉甚声名"②，这是对洪兴祖一生学术著述成就的肯定。张纲有挽诗称赞洪兴祖云："画省真郎选，朱幡老郡侯。名归时论重，行向古人求。嗜学千鸡跖，修文五凤楼。秋风忽惊梦，怀旧涕交流。"③也肯定了洪兴祖好学的本质。葛立方作挽诗称他"麟经旨妙传洙泗，骚学词明慰汨

① （宋）洪迈撰；何卓点校：《夷坚志》第 3 册，北京：中华书局，1981 年，第 963 页。
② （宋）洪适：《盘洲文集》，《景印文渊阁四库全书》第 1158 册，台北：台湾商务印书馆，1986 年，第 593 页。
③ （宋）张纲：《华阳集》，《景印文渊阁四库全书》第 1131 册，台北：台湾商务印书馆，1986 年，第 234 页。

罗。六度有为超梵业，一心无累证禅那"①，说明洪兴祖不仅好学，所学涉猎亦颇广。洪兴祖对学问的孜孜以求，造就了他一生颇为丰富的著述。而这些著述中，或多或少都表现出了洪兴祖在政治、教育、学术、文艺、佛道等方面的思想观念。

洪兴祖一生著述宏富，仅《宋史·艺文志》记载的就有《易古经考异释疑》一卷、《口义发题》一卷、《论语说》十卷、《续史馆故事录》一卷、《韩子年谱》一卷、《韩愈年谱》一卷、《圣贤眼目》一卷、《语林》五卷、《补注楚辞》十七卷、《楚辞考异》一卷、《韩文年谱》一卷、《韩文辨证》一卷、《杜诗辨证》二卷。根据《宋史·洪兴祖传》又知其有《周易通义》不明卷数、《系词要旨》一卷、《老庄本旨》不明卷数、《古文孝经赞序》不明卷数。据《京口耆旧传》卷四知其又有《古易考异》十卷、《古今易总志》三卷、《左氏通解》十卷、《注黄庭内外经》二卷，且曾订补、刊行《阙里谱系》。《郡斋读书志》又著录洪兴祖《杜诗年谱》一书，于《杜诗辨证》下云"《年谱》列于前"，或与《辨证》合编刊行。此外，《丹阳洪氏宗谱》还载有洪兴祖《丹阳洪氏源流考》一篇，《至顺镇江志》卷七载洪兴祖有《华阳抚掌泉诗》一首收于《京口集》。现将洪氏所著，除去《楚辞补注》及《楚辞考异》，按经史子集四部分类法介绍如下。

一、经部著述

(一)《口义发题》

《宋史·艺文志》："洪兴祖《口义发题》一卷。"此列于尚书类中，故朱彝尊《经义考》卷八十将之著录为"《尚书口义发题》"。"口义"是指唐代科举明经科试士的一种考查方式，要求考生口头答述经义；"发题"是指阐发题意。"口义"是为了补救"帖经"只令记诵，难穷旨趣的弊端而产生的，它要求考生融会贯通义理并阐发。宋时"口义"的考试方法被取消，洪兴祖应该是取其阐发义理这一内涵用作题名，则此书应为发挥《尚书》大旨的著作。今已亡佚，不能详其具体面貌。

(二)《系词要旨》

《宋史·洪兴祖传》："兴祖好古博学，自少至老，未尝一日去书。著

---

① (宋)葛立方：《侍郎葛公归愚集》，《续修四库全书》第 1317 册，上海：上海古籍出版社，2002 年，第 521 页。

《老庄本旨》《周易通义》《系辞要旨》《古文孝经序赞》《离骚楚词考异》行于世。"①《宋史·艺文一》中著录《系词要旨》一卷，但云不知作者，与《洪兴祖传》参证，当为洪兴祖撰。此书应为阐发《周易·系辞传》义理的著作，今已佚，不能详其具体面貌。

(三)《易古经考异释疑》

《宋史·艺文志》:"洪兴祖《易古经考异释疑》一卷。"《玉海》卷三六:"洪兴祖谓汉以来诸儒之所传，各有师承;唐陆德明著《音义》，兼存别本。诸儒各以所见去取，今以一行所纂古子夏《传》为正，而以诸书附其下，为《易古经考异释疑》一卷。"②根据王应麟的著录，此书当是以所谓子夏所传之古本《易传》(当经过唐代僧人一行的整理)为底本，参校其他诸儒传本，注明文字异同，并加阐释的考订类著作。此书今佚，不能详其具体面貌。

(四)《周易通义》

除去《洪兴祖传》的著录(详上《系词要旨》引《宋史·洪兴祖传》部分)，《京口耆旧传》卷四亦云:"兴祖经学明甚，议者谓其早以此名誉，晚以此贾奇祸。更化之后，其子上书讼冤，始加恤典。平生论著最多，有《春秋本旨》二十卷、《周易义》二十卷、《古易考异》十卷、《古今易总志》三卷、《论语说》十卷、《左氏通解》十卷、《孝经序赞》一卷、《圣贤眼目》一卷、《补注楚词》十七卷、《韩文辨证》、《年谱》各一卷、注《黄庭内外经》二卷、编次《阙里谱裔》一卷。其说《论语》、注《楚辞》，近世侍讲朱熹多采用之。"③《周易义》当与《周易通义》为同一书，是洪兴祖阐发《周易》义理的著作。此书今佚，不能详其具体面貌。

(五)《古今易总志》

见录于《京口耆旧传》卷四，三卷。详上《周易通义》引《京口耆旧传》内容。以名字望文生义，或为介绍古今易学相关书籍(或综兼古今文经学之易学著作)的目录类书，若是应归于史部。此书今佚，不能详其具体面

---

① (元)脱脱等:《宋史》第37册，北京:中华书局，1977年，第12856页。
② (宋)王应麟:《玉海》，《景印文渊阁四库全书》第944册，台北:台湾商务印书馆，1986年，第44页。
③ (宋)刘宰撰;王勇、李金坤校证:《京口耆旧传校证》，镇江:江苏大学出版社，2016年，第136~137页。

貌，以其谈易，姑附于经部。

（六）《左氏通解》

见录于《京口耆旧传》卷四，十卷。详上《周易通义》引《京口耆旧传》内容。此书应为注解《左传》文义的著作，既名通解，或又有集众家之注，予以疏通之意。今佚，不能详其具体面貌。

又，明宋濂《文宪集》有《孔子生卒岁月辩》一文，谓"洪兴祖主《穀梁》，而谓周家改月，十月二十一日庚子，即夏之八月二十一日"①。是谓洪兴祖赞同《穀梁传》对孔子的生卒年月的考定，即"十月二十一日庚子"，但指出周用周正，即周历以建子之月（即夏正之十一月）为岁首正月，故周历之十月，则应为古代通行的夏历八月。以宋濂此文涉及"春秋三传"及其注疏对孔子生卒之界定，又引洪兴祖说对之进行辩驳，或所引此说即出自洪兴祖《左氏通解》，又或出自《春秋本旨》（详下条）。又以此处论孔子，抑或出自洪兴祖《论语说》或《阙里谱系》（详本小节第八条与史部第二条），文献信息阙如，实不能详辨。

（七）《春秋本旨》

《宋史·艺文志》："《春秋本旨》五卷。"不题撰人。《京口耆旧传》卷四归为洪兴祖撰（详上《周易通义》引《京口耆旧传》内容）。《玉海》卷四十："洪兴祖《春秋本旨》二十卷。"《直斋书录解题》卷三："《春秋本旨》二十卷，知饶州丹阳洪兴祖庆善撰。其序言三代各立一王之法，其末皆有弊；《春秋》，经世之大法，通万世而无弊。又言《春秋》本无例，学者因行事之迹以为例，犹天本无度，历者即周天之数以为度。又言属辞比事，《春秋》教也。学者独求于义，则其失迂而凿；独求于例，则其失拘而浅。若此类多先儒所未发，其解经义精而通矣。"②洪兴祖认为，前人注解《春秋》，或求其微言大义，则失于迂阔而穿凿；或求其体例，则失于拘泥而浅薄。事实上，明古书体例以便阐释，是古今文经学家皆惯常采用之方法，但今文经学家将此发挥到极致，往往根据体例死扣字眼，以明"春秋笔法"或微言大义。探求义理、明其体例都应该为史书的本质作用"属辞比事"（即记载连缀历史事实）服务，而不能专以义理或体例为务，过分放

---

① （明）宋濂：《文宪集》，《景印文渊阁四库全书》第 1224 册，台北：台湾商务印书馆，1986 年，第 406 页。
② （宋）陈振孙撰，徐小蛮、顾美华点校：《直斋书录解题》，上海：上海古籍出版社，1987 年，第 64 页。

大其作用，舍本逐末。展现出较强的古文经学倾向，据此也不难看出其《楚辞补注》一书之阐释以校勘、训诂为主的原因。也正是因为此，洪兴祖《补注》此书才能有所创见和新意。

（八）《论语说》

《宋史·艺文志》："洪兴祖《论语说》十卷。"《玉海》卷四十一："《论语说》：洪兴祖说，谓此书始于'不愠'，终于'知命'，盖君子儒。"①当为洪兴祖祖述《论语》诸篇要义的著作。朱彝尊《经义考》卷二百十六《论语六》引《中兴艺文志》云"其说多可采"②。洪兴祖在本书中多有创获，汪藻《户赠左通奉大夫程公瑀墓志铭》也称："公酷嗜《论语》，研精覃思，随所见疏于册。练塘洪先生兴祖备以是书从公析疑辨惑者二十年，晚得所说，即为序，冠其编首。"③说明洪兴祖与程瑀探讨《论语》有许多新的发明，这些创见很可能用之于《论语说》中，如《子路》中"子曰：'君子易事而难说也。说之不以道，不说也；及其使人也，器之。小人难事而易说也。说之虽不以道，说也；及其使人也，求备焉。'"④洪氏曰："君子任理，小人任情，君子不以己之有余而责人，小人不以己之不足而自责。"⑤洪兴祖认为：君子与小人的差别在于据理还是据情，君子不会用自己的优点责备人，小人不会因为自己的不足而自我责备。这是一种新的阐释，是一种发微。该书今不见，散佚于《论语章句集注》《论语集注大全》《论语通》《论语或问》《论语集说》《经典稽疑》诸书中。

（九）《古文孝经序赞》

见录于《宋史·洪兴祖传》及《京口耆旧传》卷四，一卷。详上《系词要旨》及《周易通义》部分引《宋史》及《京口耆旧传》内容。《古文孝经序》为汉孔安国所撰，洪兴祖为之作"赞"，应是对该文肯定性的评价著作。此书今佚，不能详其具体面貌。

---

① （宋）王应麟：《玉海》，《景印文渊阁四库全书》第 944 册，台北：台湾商务印书馆，1986 年，第 143 页。

② （明）朱彝尊：《经义考》，《景印文渊阁四库全书》第 679 册，台北：台湾商务印书馆，1986 年，第 795 页。

③ （明）程敏政：《新安文献志》，《景印文渊阁四库全书》第 1376 册，台北：台湾商务印书馆，1986 年，第 303 页。

④ （宋）朱熹：《四书章句集注》，北京：中华书局，1983 年，第 148 页。

⑤ （宋）朱熹：《四书或问》，《景印文渊阁四库全书》第 197 册，台北：台湾商务印书馆，1986 年，第 449 页。

二、史部著述

(一)《续史馆故事》

《宋史·艺文志》:"洪兴祖《续史馆故事录》一卷。"尤袤《遂初堂书目》亦载此书,不云著者及卷数。《直斋书录解题》卷六:"《续史馆故事》一卷,著作郎曲阿洪兴祖庆善撰,记国朝史馆事迹,以续旧编。"①如前文所言,洪兴祖曾任秘书省正字,能接触到典籍、国史、档案等图书资料,因此整理相关材料作成此书,以记述国史馆相关的各类事迹。此前已有《史馆故事录》,同见于《直斋书录解题》卷六,故陈振孙云"以续旧编"。《史馆故事录》分六门:叙事、史例、编修、直笔、曲笔、杂录。陈振孙称"以续旧编",或洪兴祖《续史馆故事》体例亦同此。

(二)《阙里谱系》

见录于《京口耆旧传》卷四,一卷。详《周易通义》部分引《京口耆旧传》内容。民国孔德成《孔子世家谱》收洪兴祖《修阙里谱系序》一文,可从中窥其修撰始末。晁公武《郡斋读书志》著录有《阙里世系》一书,云:"右皇朝孔宗翰重修孔子家谱也,《唐·艺文志》有《孔子系叶传》,今亡。其家所藏谱虽曰古本,止叙承袭者一人,故多疏略。宗翰元丰末知洪州,刊于牒。绍兴中,端朝者续之,止于四十九代。洪兴祖又以《史记》并孔光、孔僖传及太子贤《注》,与《唐·宰相世系》诸家校正,且作年谱,列于卷首。"②当即洪兴祖《阙里谱系》,据此可知洪兴祖在孔宗翰、孔端朝基础上补集了别本的孔子家谱相关材料,作成此书,并作年谱。洪兴祖《修阙里谱系序》称:"今得旧谱于孔氏,虽号古本,行谬颇多,因以历代史、诸家书、前世石刻,互相参考。缺者补之,误者正之,疑似者两存焉。又求《左传》《史记》作先圣年谱列于卷首。"③洪兴祖广泛收集不同史书、家谱、石刻,力求还原一个本真的孔子世系面貌,有不能断定的,则两出存疑。此书今佚,然仍可从《郡斋读书志》《修阙里谱系序》一书中窥见大概。

---

① (宋)陈振孙撰;徐小蛮,顾美华点校:《直斋书录解题》,上海:上海古籍出版社,1987年,第178页。
② (宋)晁公武撰;孙猛校证:《郡斋读书志校证》上册,上海:上海古籍出版社,1990年,第398页。
③ 衢州市政协文史资料委员会:《南孔研究》,北京:中国戏剧出版社,2001年,第76页。

(三)《丹阳洪氏源流考》

山西省社科院藏《丹阳洪氏宗谱》载有洪兴祖《丹阳洪氏源流考》一文。此文先明洪氏本姓弘，以避唐孝敬帝讳改作洪。次述春秋以来至唐时弘姓历史名人如弘演、弘咨等人的生平事迹。最后陈述弘姓自汉以来或居晋陵、或居曲阿的历史经过，并详述了唐天宝十六年，其远祖弘经纶已改姓洪的历史事实，详参上文关于洪兴祖家世之介绍。这应该是洪兴祖作为洪氏家族中较为有声望的学者，而参与宗谱修订时所作之文。

三、子部著述

(一)《老庄本旨》

见录于《宋史·洪兴祖传》，不明卷数。详上《系词要旨》部分引《宋史》内容。此书应该与《春秋本旨》类似，为阐发《老子》《庄子》二书中本旨大义、申述读书心得之作。洪迈《容斋续笔》卷七"灵台有持"条云："《庄子·庚桑楚》篇云：'灵台者，有持而不知其所持，而不可持者也。'郭象云：'有持者，谓不动于物耳，其实非持。若知其所持而持之，持则失也。'陈碧虚云：'真宰存焉，随其成心而师之。'予谓是皆置论于言意之表，玄之又玄，复采《庄子》之语以为说，而于本旨殆不然也。尝记洪庆善云：'此一章谓持心有道，苟为不知其所以持之，则不复可持矣。'盖前二人解释者，为两'而'字所惑，故从而为之辞。"[1]此处洪迈或即引洪兴祖《老庄本旨》，以郭象持论，实为申说"但当自然而持，而不可有意执持之"之义，陈碧虚亦主"成心"(即无心、无意识)，洪兴祖之说，则正与之相反，即一定要明白自己持心之底层根据(道)所在，否则则"不复可持"，洪迈认可洪说。试以一斑窥全豹，或洪氏此书，确为突破魏晋以来旧注之作，体现出典型的"疏可破注"的宋学倾向。此书今佚，不能详其具体面貌。

(二)《黄庭内外经注》

见录于《京口耆旧传》卷四，二卷。详上《周易通义》部分引《京口耆旧传》内容。《郡斋读书志》载有《黄庭内景经》《黄庭外景经》各一卷，云：

---

① (宋)洪迈撰；孔凡礼点校：《容斋随笔》上册，北京：中华书局，2005 年，第 304 页。

　　《黄庭内景经》一卷

　　右题《大帝内书》，藏旸谷阴，三十六章，皆七言韵语。梁丘子叙云："扶桑大帝命旸谷神王传魏夫人，一名《东华玉篇》。黄者，中央之色，庭者，四方之中。外指事，即天、人、地中；内指事，即脑、心、脾中，故曰'黄庭'。"①

　　《黄庭外景经》一卷

　　右叙谓老子所作，与《法帖》所载晋王羲之所书本正同，而文句颇异。其首有"老子闲居，作七言解说身形及诸神"两句，其末有"吾言毕矣勿妄陈"一句，且改"渊"为"泉"，改"治"为"理"，疑唐人诞者附益之。《崇文总目》云"记天皇氏至帝喾受道得仙事"，此本则无之。②

　　《苕溪渔隐丛话》曾载："洪庆善顷知宪江左，以《黄庭经》《乐毅论》见遗，残缺过半，云得之鄱阳。余观秘阁旷帖，有此二刻，皆完好无一字残缺，则知此为旧本矣。"③知洪兴祖收藏有名贵的、不同于秘阁的旧法帖本《黄庭经》，即此则不难想象，洪兴祖对《黄庭经》当有长期研读。洪兴祖此注，或即其收藏之法帖而作。今其注已佚，不能详其具体面貌。《黄庭内景经》《黄庭外景经》皆属神仙方术之书，说明洪兴祖曾涉猎神仙学道之术。

　　(三)《圣贤眼目》

　　《宋史·艺文志》："洪兴祖《圣贤眼目》一卷。"《直斋书录解题》："《圣贤眼目》一卷，曲阿洪兴祖庆善撰。摘取经子数十条，以己见发明之。"④可见洪兴祖此书受宋代义理之学的影响，阐发先贤经、子之书中的微言大义，多有创见和发明。此书今佚，不能详其具体面貌。

---

① (宋)晁公武撰；孙猛校证：《郡斋读书志校证》下册，上海：上海古籍出版社，1990年，第740页。
② (宋)晁公武撰；孙猛校证：《郡斋读书志校证》下册，上海：上海古籍出版社，1990年，第741~742页。
③ (宋)胡仔纂集；廖德明校点；周本淳重订：《苕溪渔隐丛话》，北京：人民文学出版社，1993年，第214页。
④ (宋)陈振孙撰；徐小蛮，顾美华点校：《直斋书录解题》，上海：上海古籍出版社，1987年，第311页。

（四）《语林》

《宋史·艺文志》"洪兴祖《圣贤眼目》一卷"句下云："又《语林》五卷。"《郡斋读书志》卷十三云："效《世说》体分门，记唐世名言，新增嗜好等十七门，余皆仍旧。"①《唐语林》为效仿《世说新语》，分门类记载唐时士大夫言行及文学家佚事等内容的著作，洪兴祖《语林》或与此同。此书今佚，不能详其具体面貌。

四、集部著述

（一）《韩子年谱》②

《宋史·艺文志》有洪兴祖《韩子年谱》《韩愈年谱》《韩文年谱》各一卷，疑当即一书。此书今存，唯不见单行传本，宋时魏仲举《韩文类谱》十卷收此书，将之分为四卷，现可见。其书始撰于徽宗宣和四年（1122），宣和七年（1125）又加修订定稿，前有洪兴祖自序，后有孙傅跋。洪兴祖自序云："颜之推云：'观天下书未遍，不得妄下雌黄。'信哉斯言！予校韩文以唐本、监本、柳开、刘烨、朱台符、吕夏卿、宋景文、欧阳公、宋宣献、王仲至、孙元忠、鲍钦止，及近世所行诸本参定，不敢以私意改易，凡诸本异同兼存之。考岁月之先后，验前史之是非，作《年谱》一卷。"③这说明洪兴祖此书是充分注意校勘的，这也是此书是现存宋人所作韩愈年谱中最为详细的一种的原因之一。

（二）《韩文辨证》

洪兴祖《韩子年谱序》云："考岁月之先后，验前史之是非，作《年谱》一卷。其不可以岁月系者，作《辨证》一卷。所不知者，阙之。"④洪兴祖对韩文有无法系年的部分，专辟一书论述，足见对学术的研究的严谨。此书今佚，散见于魏仲举《五百家注昌黎文集》、朱熹《韩文考异》等书，宋

---

① （宋）晁公武撰；孙猛校证：《郡斋读书志校证》上册，上海：上海古籍出版社，1990年，第559页。
② 此处《韩子年谱》与《杜诗年谱》本应俱归史部，但以二书与《韩文辨证》《杜诗辨证》相配刊行，姑附于此。
③ （宋）魏仲举：《韩文类谱》，《续修四库全书》第552册，上海：上海古籍出版社，2002年，第41页。
④ （宋）魏仲举：《韩文类谱》，《续修四库全书》第552册，上海：上海古籍出版社，2002年，第41页。

人笔记中也多有存录。从散佚的条目（详本书附录）来看，洪兴祖此书以训诂为主，偶或兼及义理，主要针对韩愈诗文中异文、或存疑不能详的问题进行考辨和判定。

（三）《杜诗年谱》

《郡斋读书附志》卷一：“《杜诗辨证》一卷。右洪兴祖所纂也，《年谱》列于前。兴祖，字庆善，镇之丹阳人也。张釜刻于兴国。”①以晁公武言观之，《杜诗年谱》应与《杜诗辨证》合刊，很可能如《韩子年谱》与《韩文辨证》一样，为洪兴祖广泛参考各家版本，将杜诗考岁月先后，验前史是非，作成《杜诗年谱》，而不可以岁月系者、异文以及存疑不能详者，则作成《杜诗辨证》。此书今佚，不能详其具体面貌。

（四）《杜诗辨证》

《宋史·艺文志》：“洪兴祖《杜诗辨证》二卷。”《郡斋读书志》作一卷。此书应如《韩文辨证》一样，是就杜甫诗文中存疑不能详的问题进行考辨的著作。如姚宽《西溪丛语》卷上云：“老杜《送孔巢父》‘几岁寄我空中书’，用史宗引小儿腾空，觉脚下有波涛寄书事，乃蓬莱仙人也。洪庆善云：‘空中书，乃雁足书。’非也。”②此处所引以辩驳之洪庆善说，或即出自洪氏《杜诗辨证》。又叶寘《爱日斋丛抄》卷一云：“又观洪庆善《辨证》亦以结网与间屏，谓罘罳有二，杜诗盖指殿檐间罘罳。”③此则明言援引洪兴祖《杜诗辨证》之说（杜甫《大云寺赞公房四首》《奉送郭中丞兼太仆卿充陇右节度使三十韵》俱用“罘罳”一词），以证己身对“罘罳”这一常见古诗意象的二义的考证。又卷五云：“予观洪庆善《杜诗辨证》载《文宗备问》云：‘南齐废帝东昏侯好鬼神之术，剪纸为钱，以代束帛，至唐盛行其事，云有益幽冥。又牛僧孺云：“楮钱，唐初剪纸为之。”此足以补《事林广记》之未及。’”④此又借洪兴祖《杜诗辨证》中所引《文宗备问》的记载（杜甫《彭衙行》有“剪纸招我魂”之句），辩驳《事林广记》中提出的，“祷神用

① （宋）晁公武撰；孙猛校证：《郡斋读书志校证》下册，上海：上海古籍出版社，1990年，第1171页。
② （宋）姚宽：《西溪丛语》，《丛书集成初编》第287册，上海：商务印书馆，1939年，第7页。
③ （宋）叶寘、（宋）周密、（宋）陈世崇撰；孔凡礼点校：《爱日斋丛抄·浩然斋雅谈·随隐漫录》，北京：中华书局，2010年，第7页。
④ （宋）叶寘、（宋）周密、（宋）陈世崇撰；孔凡礼点校：《爱日斋丛抄·浩然斋雅谈·随隐漫录》，北京：中华书局，2010年，第113页。

寓钱(即纸钱)自盛唐王玙始"的说法。可见《杜诗辨证》一书，当为多即杜诗中名物作具体考据之书，然此书全本今佚，不能详其具体面貌。

此外，洪兴祖还有一些散佚诗文，或篇幅短小，或非完帙，皆不单列，于后文论述中会间或引用。洪兴祖著述以经部居多，是一个偏重于经学研究的学者，符合《京口耆旧传》卷四中"兴祖经学明甚"之论断，《楚辞补注》中引书以经部最多也可作为旁证。而洪兴祖既有求真求实、属辞比事的著作《韩文考异》《易古经考异释疑》，又有顺应宋代学术风气、阐发微言大义的著作《圣贤眼目》《老庄本旨》，足见其治学虽以训诂(见前绪论所述)、考异见长，又能兼通发微一端。陆游云："某儿童时，以先少师之命，获给扫洒丹阳先生之门。退与子威讲学，则兄弟如也。每见子威言洪成季、庆善学行，然皆不及识。"①洪兴祖身后仍以治学为后人敬仰，正见其成就之斐然。

第三节 洪兴祖的思想

《宋史》将洪兴祖划入《儒林传》，足见洪兴祖应该是作为一个硕儒或儒家治经学者存在于两宋时期的。这从其叔父洪拟以《春秋》科举仕(详《宋史·洪拟传》)以及上文中列举的洪兴祖生平著作即可看出一斑。这充分说明洪兴祖自小接受的是儒家的思想教育，他的著述中即便是《楚辞补注》、《韩文辨证》这类集部作品的研究著作，也会受到儒家思想的影响，而在书中有所表现。洪兴祖的著作、散见的诗文，以及他人对洪兴祖生平的记述中表现出的思想主要有文艺、政治、道统、佛道等几个方面。

一、文艺思想

(一)"比兴"与"讽谏"的《楚辞》观

易重廉认为："洪兴祖继承王逸首创的'比兴说''讽谏说'，当然也就是遵循儒家的文艺观。"②

在王逸之前，刘安、司马迁就看到了《楚辞》相同于《诗经》"举类迩而

---

① (宋)陆游：《渭南文集》，《景印文渊阁四库全书》第 1163 册，台北：台湾商务印书馆，1986 年，第 534 页。

② 易重廉：《中国楚辞学史》，长沙：湖南出版社，1991 年，第 278 页。

见义远"的比兴表现手法。王逸继承了这一观点，在《离骚序》中，作了十分充分的阐发："《离骚》之文，依诗取兴，引类譬喻，故善鸟香草以配忠贞，恶禽臭物以比谗佞，灵修美人以媲于君，宓妃佚女以譬贤臣。虬龙鸾凤，以托君子，飘风云霓，以为小人。"①此后历代都基本认同《楚辞》的比兴表现手法，南朝梁刘勰《文心雕龙·比兴》称："楚襄信谗，而三闾忠烈，依《诗》制《骚》，讽兼比兴。"②白居易《与元九书》云："然去诗未远，梗概尚存。故兴离别，则以双凫一雁为喻，讽君子小人，则以香草恶鸟为比。"③比兴在《楚辞补注》中十分常见，洪兴祖动则言某喻某，如《离骚》"欲少留此灵琐兮"句下云："上文言夕余至乎县圃，则灵琐，神之所在也。神之所在，以喻君也。"④十分鲜明地继承了王逸对《楚辞》艺术表现手法的认识。比兴之例，《楚辞补注》一书中俯拾皆是，此不赘述。

王逸《离骚叙》云："屈原履忠被谮，忧悲愁思，独依诗人之义而作《离骚》，上以讽谏，下以自慰。"⑤又云："且诗人怨主刺上，曰'呜呼小子，未知臧否，匪面命之，言提其耳'，风谏之语，于斯为切。"⑥洪兴祖很大程度上也继承了王逸的这种怨刺讽谏的楚辞观，这可能是因为洪兴祖将《离骚》看成《诗》的余绪，故将《离骚》视为与《诗》一样，带有讽谏劝正的寓意。这和孟子"《诗》亡然后《春秋》作"的观点非常相似。孟子尝云："王者之迹熄而《诗》亡，《诗》亡然后《春秋》作。"（《孟子·离娄下》）马银琴就此认为："周室寝微，政由方伯，公卿列士献诗讽谏制度荡然不存，讽谏劝正之辞不再被陈于王廷而并因此走向衰亡；讽谏之诗衰亡了，以微言立大旨、寓贬损之义于其中的《春秋》便随之产生了。"⑦这可以看出以孟子为首的儒家学者对礼乐文化逝去的一种哀叹——对寓意讽谏的《诗》的衰落的惋惜，而本作为纯粹史册的《春秋》，只好担负起《诗》的职责，以微言寓含大义，用作讽谏。

洪兴祖在《楚辞补注·离骚经后序》中称屈原"故虽身被放逐，犹徘徊

---

① （宋）洪兴祖撰；白化文等点校：《楚辞补注》，北京：中华书局，1983 年，第 2~3 页。
② （南朝梁）刘勰撰；范文澜注：《文心雕龙注》下册，北京：人民文学出版社，1958 年，第 602 页。
③ （唐）白居易撰；朱金城笺校：《白居易集笺校》第 5 册，上海：上海古籍出版社，1988 年，第 2790~2791 页。
④ （宋）洪兴祖撰；白化文等点校：《楚辞补注》，北京：中华书局，1983 年，第 26~27 页。
⑤ （宋）洪兴祖撰；白化文等点校：《楚辞补注》，北京：中华书局，1983 年，第 48 页。
⑥ （宋）洪兴祖撰；白化文等点校：《楚辞补注》，北京：中华书局，1983 年，第 49 页。
⑦ 马银琴：《孟子"〈诗〉亡然后〈春秋〉作"重诂》，《上海师范大学学报（社会科学版）》2002 年第 3 期。

而不忍去。生不得力争而强谏，死犹冀其感发而改行，使百世之下，闻其风者，虽流放废斥，犹知爱其君，眷眷而不忘，臣子之义尽矣。"①又在《渔父》"遂去，不复与言"句下注云："自汉以来，靡丽之赋，劝百而讽一，无复恻隐古诗之义。故子云有曲终奏雅之讥，而统乃以屈子与后世词人同日论，其识如此，则其文可知矣。"②

洪兴祖认为，怀王信馋远贤，对屈原不予任用，屈原劝谏之词亦不能直陈，只能含蓄地以微言诉大旨（"生不得力争而强谏"）。这实际上就是一种讽谏。而对于《楚辞》这类的赋体作品，他认为是应该如《诗经》一样带有劝讽意义的，屈原赋二十五篇，篇篇如此，后人妄加增删，甚至在仿屈原作赋时，也抛却了应有的讽谏内涵，以至于"劝百而讽一"。而洪兴祖在理解"怨灵修之浩荡兮"时，以《诗经·小弁》之怨阐释屈原之怨，并把屈原之怨与孔子的"诗可以怨"和孟子的"《小弁》之怨，亲亲也"联系起来，认为屈原之怨也是一种亲亲忠君的方式。《论语正义》注"诗可以怨"称："郑注云：'怨谓刺上政。'此伪孔所本。《广雅·释诂》曰：'讥谏，怨也。''谏''刺'同。凡君亲有过，谏之不从，不能无怨，孟子所谓'亲亲之义'也。"③这说明"怨"即"讽谏"义，洪兴祖既然以屈原之怨为《小弁》之怨，自然也是带有"讽谏"的《楚辞》观的。

"比兴"也是为了"讽谏"服务的，含蓄地以香草美人比喻贤人君子，也正是为了表达屈原的劝谏之意。因此，"比兴"与"讽谏"这两种《楚辞》观同时出现在洪兴祖身上，也就不足为奇了。

（二）"诗赋一体""讽诗正宗"的诗赋观

"诗""文"的分离有一个历史过程。朱自清先生认为，先秦的"文"，包括"诗""史""语""言""辞"等，但这些体裁却没有明确的界限，往往相互混杂；汉代所谓的"文"是指赋而言，乐府是诗，赋也可以说是诗；魏晋南北朝"文"的范畴有所缩小，纯粹的散体文被归于"笔"，带有韵语等"诗"的特性的散文（骈文、赋等）和诗本身，也还是被归于"文"的。刘勰《文心雕龙·总术》就说："今之常言，有'文'有'笔'，以为无韵者'笔'也，有韵者'文'也。"这从收录了许多魏晋诗作的《文选》冠以"文"字也可看出一斑；唐代以骈体文为"文"的正宗，韩愈开展古文运动，就是想将

---

① （宋）洪兴祖撰；白化文等点校：《楚辞补注》，北京：中华书局，1983年，第50页。
② （宋）洪兴祖撰；白化文等点校：《楚辞补注》，北京：中华书局，1983年，第181页。
③ （清）刘宝楠撰；高流水点校：《论语正义》下册，北京：中华书局，1990年，第690页。

散体文再划归到"文"的序列；直到宋代，散体文成了"文"的正宗，带有"诗"性质的其他散文（骈体、赋）虽然还是"文"，纯粹的"诗"就不再适合放进"文"的序列了。但要注意，此时的赋也有散体化的倾向，如以欧阳修《秋声赋》为代表的文赋；诗也有另一种发展倾向，即受韩愈"以文为诗"（宋陈师道《后山诗话》）风格的影响，作诗"如说话""重说理"，显著地表现出宋代诗歌语言质朴、口语化的类似于散体文的文体特性。沈括曾就"退之以文为诗"一说指出："退之诗，押韵之文耳，虽健美富赡，然终不是诗。"既可视作对韩愈的批评，也可视作对受到"以文为诗"的影响而表现出"重说理""如说话"的主流宋诗的不满。而"诗"独立于文的倾向，或许是因为部分宋人"风诗正宗"的观念，所谓"风诗"，指《国风》及部分《小雅》中以含蓄蕴藉为主旨的抒情诗，即契合《诗大序》"吟咏性情"的诗，这是对诗歌回归"诗言志"传统的提倡，也是对主流宋诗"重说理"的反动，这种观念的影响，似乎是"韵文"形式的诗（尤其是含蓄蕴藉的抒情诗）不得不从以散体为正宗的"文"中独立的一种助推力。① 以上撮述的内容说明，汉赋从一开始就和诗是属于同一文体的。本来散文中的骈体文和赋一则押韵，一则带有诗的特征，故诗从宋以前都被列于文的序列，但宋代散体文成了文的正宗，诗就不再适合列于文的序列了。

然而洪兴祖似乎并没有因袭宋代的文体观，这在《楚辞补注》中有显著的表现，他在《渔父》"遂去，不复与言"句下注云：

> 《艺文志》云：屈原赋二十五篇。然则自《骚经》至《渔父》，皆赋也。后之作者苟得其一体，可以名家矣。而梁萧统作《文选》，自《骚经》《卜居》《渔父》之外，《九歌》去其五，《九章》去其八。然司马相如《大人赋》率用《远游》之语，《史记·屈原传》独载《怀沙》之赋，扬雄作《伴牢愁》，亦旁《惜诵》至《怀沙》。统所去取，未必当也。自汉以来，靡丽之赋，劝百而讽一，无复恻隐古诗之义。故子云有曲终奏雅之讥，而统乃以屈子与后世词人同日论，其识如此，则其文可知矣。②

说汉以来的辞赋"无复恻隐古诗之义"，是已经将赋视为诗的文体序

① 参见朱自清：《论"以文为诗"》，《朱自清古典文学论文集》上册，上海：上海古籍出版社，2009 年，第 91～96 页。
② （宋）洪兴祖撰；白化文等点校：《楚辞补注》，北京：中华书局，1983 年，第 181 页。

列了，这事实上是对班固《两都赋序》"赋者，古诗之流也"的说法的张目，然而宋代诗、赋已经分立，甚至于赋本身也被文人改造成散体的形式，洪兴祖这样论述，是典型的不主张诗赋的分离，认为诗赋都依然属于"文"的序列，这是对宋代主流文体观的不因循。

另外，《诗经》的讽谏说是从毛诗开始的，在中国历代学界都占有重要地位，白居易就曾提出过"文章合为时而著，歌诗合为事而作"的诗歌理论，认为诗的作用就是借"讽喻"以"补察时政"[①]，可以说讽谏是中国古代学者论诗的一个标志性特点。洪兴祖似乎因此把讽谏作为了诗歌定义中的一个方面，前文已经提到，洪兴祖是抱有"比兴"和"讽谏"的楚辞观的，汉赋作为骚体的延续，也应承载屈骚的"讽谏"功能。因此，他才说"自汉以来，靡丽之赋，劝百而讽一，无复恻隐古诗之义"。从"劝百而讽一"的感慨来看，这反映了他"讽诗正宗"的诗赋观，即"诗赋"只有讽谏、讽刺才是"正宗"。

二、政治思想

（一）"礼治""德治""人治"并重的政治思想

儒家的政治理想即"礼治""德治""人治"。"礼治"的本质是"异"，是指不同社会地位、等级的人各居其位，各守自己那一地位的行为规范。国家的治乱，就取决于这种等级秩序的稳定与否。"德治"是指以道德感化教育人。"人治"是贤人政治，即有德行，能施德化的人去从事政治活动。"德治"和"人治"有很大联系，但前者注重行为，后者注重行为主体。

作为儒家学者，洪兴祖的政治思想多少带有一点儒家的思想倾向在里面，这三种政治理想在《楚辞补注》也有明显的表现。如礼治：《离骚》"将往观乎四荒"句下注："礼失而求诸野，当是时，国无人莫我知者，故欲观乎四荒，以求同志，此孔子浮海居夷之意。"[②]《九歌·东皇太一》"君欣欣兮乐康"句下注："此章以东皇喻君。言人臣陈德义礼乐以事上，则其君乐康无忧患也。"[③]德治：《离骚》"就重华而陈词"句下注云："天下明德，皆自虞帝始，其于君臣之际详矣。故原欲就之而陈词也。"[④]《九歌·

① （唐）白居易撰；朱金城笺校：《白居易集笺校》第5册，上海：上海古籍出版社，1988年，第2792、2790页。
② （宋）洪兴祖撰；白化文等点校：《楚辞补注》，北京：中华书局，1983年，第18页。
③ （宋）洪兴祖撰；白化文等点校：《楚辞补注》，北京：中华书局，1983年，第57页。
④ （宋）洪兴祖撰；白化文等点校：《楚辞补注》，北京：中华书局，1983年，第21页。

云中君》"极劳心兮忡忡"句下注云："此章以云神喻君，言君德与日月同明，故能周览天下，横被六合，而怀王不能如此，故心忧也。"①《九歌·东君》"观者憺兮忘归"句下注云："以喻人君有明德，则百姓皆注其耳目也。"②人治：《离骚》"岂维纫夫蕙茝"句下注："椒与菌桂木类也，蕙茝草类也。以言贤无小大，皆在所用。"③《九歌·少司命》"竦长剑兮拥幼艾"句下注："此言人君当遏恶扬善，佑贤辅德也。"④

这都说明，洪兴祖是认同儒家的"礼治""德治""人治"思想的，而这三种政治倾向在《楚辞补注》中的同时出现，说明洪兴祖是将这三种思想并重的。

(二)重农恤民的政治思想

中国作为一个农业文明大国，对于农业的重视程度不言而喻，但这往往体现在政治制度上的重视，而非圣哲思想家所思考的范畴，故农家典籍常常被列入杂家不受重视。孔子曾就"樊迟问稼"进行了鄙薄，虽然这样只是针对当时特殊的语言环境和作为樊迟这样的士大夫的特殊身份群体而发，但多少表现出了孔子对稼穑农业的不关注。洪兴祖作为儒家学者，同时作为一个曾在地方任职的政府官员，很大程度上继承儒家的传统思想和教育观念，但在政治层面却不能脱离对农业及农业生产的重视。在此层面他并未流于士大夫阶层的思想空谈，更多地表现出一种经世致用的思想倾向。如其在知真州时，就屡次请免农租税费，又多次发动乡民垦荒种田。《宋史·洪兴祖传》："知真州。州当兵冲，疮痍未瘳。兴祖始至，请复一年租，从之。明年再请，又从之。自是流民复业，垦辟荒田至七万余亩。"⑤足见其对农业生产之重视。

这种对农业的重视也融入了其诗文之中，如其曾作《拂云亭》诗称："黄云收尽绿针齐，江北江南水拍隄。野老扶携相告语，儿童今始识锄犁。"又在为陈旉《农书》作序时称：

> (陈旉)平生读书，不求仕进，所至即种药治圃以自给。绍兴己巳，自西山来访予于仪真，时年七十四。出所著《农书》三卷，曰：

① (宋)洪兴祖撰；白化文等点校：《楚辞补注》，北京：中华书局，1983年，第59页。
② (宋)洪兴祖撰；白化文等点校：《楚辞补注》，北京：中华书局，1983年，第75页。
③ (宋)洪兴祖撰；白化文等点校：《楚辞补注》，北京：中华书局，1983年，第8页。
④ (宋)洪兴祖撰；白化文等点校：《楚辞补注》，北京：中华书局，1983年，第73页。
⑤ (元)脱脱等：《宋史》第37册，北京：中华书局，1977年，第12856页。

"此吾闲中事业，不足拈出，然使沮溺耦耕之徒见之，必有忻然相契处。樊迟请学稼，子曰'吾不如老农'。先圣之言，吾志也；樊迟之学，吾事也。是或一道也。"仆喜其言，取其书读之三复，曰："如居士者可谓士矣。"因以仪真《劝农文》附其后，俾属邑刻而传之。①

我们知道，宋代的出版体制包括州、军、郡、府刻本(详叶德辉《书林清话》)。这种出版体制存在着一个比较显著的特点，即可以按地方行政长官的思想意志去决定刊刻哪些书，甚至可以利用官帑刊刻这些地方行政长官自己撰著的书籍，更多地体现了一些个人意志与地方意志，这从朱熹以官帑刊刻其《四书章句集注》颁行漳州即可看出一斑。即是说，地方长官所刊刻之图书，往往体现了其本身的教化倾向和思想观念。从洪兴祖所作后序来看，他认为陈旉此人做到了经世致用，还做到了知行合一，即将儒家的重思想重道德教化与实际的稼穑生产结合起来了，认为它们各为道之一端(先圣之言，吾志也；樊迟之学，吾事也。是或一道也)，故而"喜其言"。最重要的是，陈旉的《农书》契合了洪兴祖在真州(即仪真)地方为官的政治目的——大力恢复发展农业生产，因为当时真州的实际情况是连年兵灾，民不聊生，故而恢复农业生产才是当务大急。故《拂云亭》诗及刊刻《农书》也从侧面表现出了洪兴祖重农恤民的政治思想。

这一政治思想在其《楚辞补注》中也有所体现。如《天问》"地方九则，何以坟之"一句，王逸仅云"谓九州之地，凡有九品，禹何以能分别之乎"②，洪兴祖则首引班固《汉书·叙传》，取其提要《汉书·地理志》的第一句"坤作地势，高下九则"③，证明王逸"九品"之说不诬；次引颜师古《汉书注》中所载刘德注"九则，九州土田上中下九等也"④，进一步说明"九品"为"上中下"(上上、上中、上下；中上、中中、中下；下上、下中、下下)九等；最后引柳宗元《天对》"从民之宜，乃九于野，坟厥贡艺，而有上中下"⑤一句，把土地的"九等"划分与劳动人民的实际生产需要结合起来(从民之宜)，与不同的实际应用形式结合起来(贡艺，其中艺指种

---

① 曾枣庄、刘琳：《全宋文》第 182 册，上海、合肥：上海辞书出版社、安徽教育出版社，2006 年，第 121 页。

② (宋)洪兴祖撰；白化文等点校：《楚辞补注》，北京：中华书局，1983 年，第 90~91 页。

③ (宋)洪兴祖撰；白化文等点校：《楚辞补注》，北京：中华书局，1983 年，第 91 页。

④ (宋)洪兴祖撰；白化文等点校：《楚辞补注》，北京：中华书局，1983 年，第 91 页。

⑤ (宋)洪兴祖撰；白化文等点校：《楚辞补注》，北京：中华书局，1983 年，第 91 页种

植，可泛指农业生产；贡又指田赋田租，实亦与农事生产相关联）。又如同篇"何后益作革，而禹播降"一句，王逸注云："言启所以能变更益，而代益为君者，以禹平治水土，百姓得下种百谷，故思归启也。"①洪兴祖补云："禹之播降，待益作革，然后能成功。特天与子则与子，故益不有天下耳。焚山泽，奏鲜食，所谓作革也。稷降播种而曰禹播降者，水土平然后嘉谷可殖故也。……《天对》云：'益革民艰，咸粲厥粒。惟禹授以土，爰稼万亿。'"②王逸认为古代圣人之所以得民心，正在于能提供给民众优质的土地与稳定的农业生产环境，是以大禹平治水土，百姓得以播植百谷，安居乐业，正因大禹之治绩，民众才拥戴其子启而不是大禹指定的接班人益。洪氏则认为"作革"不当解释为益被启取代，而应是指益的实际改革政绩，"焚山泽"即该政绩的一部分，其本质也是平治水土，提供稳定的农业生产环境给民众，而益之"作革"，也是禹之"播降"得以成功的重要前提。更为重要的是，洪兴祖认为，后稷作为传说或古史中教民农耕的第一人，《天问》中却不说"而稷播降"，而说"而禹播降"，正是因为大禹平治水土给谷物顺利生长提供了良好的自然环境的缘故。此极言统治者的施政举措、稳定的环境、肥沃的土地与农业生产的重要联系。再如《招魂》"人有所极，同心赋些"一句，王逸解"赋"为诵，谓："众坐之人，各欲尽情，与己同心者，独诵忠信与道德也。"③洪氏引五臣注，五臣云"赋"为"聚"，解此句为："贤人尽至，则同心相聚，君可选也。"④洪氏又于"补曰"分别补释二家之解，称五臣以"聚"解"赋"，当取其"赋敛"之义而引申。结合上下文来说，王注似更为合理，五臣注之解更为曲折，先秦典籍也几不见以"聚"解"赋"者，但洪氏依旧即五臣注为之阐明原因，这一方面体现洪氏广征博引，兼出多家旧注之长；另一方面，也自是洪氏长时间关注赋敛与民生之关系，而于《补注》中下意识地对此说进行择取与详释。以上三条例证可见，洪兴祖长期关注土地及土地赋税与民生之关系，关心农业生产，体恤民生疾苦。例证反映出的思想倾向正与洪兴祖在真州请求朝廷减免当地租税，以及在广德军兴陂塘解旱忧之实际政治举措（详本章第一节）是相印证的。

　　此外，前文综述已论古代注家多批判洪补训诂名物详尽而阐发义理不足。其于名物训诂极尽详赡，一方面与洪兴祖自身博闻强识并秉持竭泽而

①　(宋)洪兴祖撰；白化文等点校：《楚辞补注》，北京：中华书局，1983年，第98页。
②　(宋)洪兴祖撰；白化文等点校：《楚辞补注》，北京：中华书局，1983年，第98页。
③　(宋)洪兴祖撰；白化文等点校：《楚辞补注》，北京：中华书局，1983年，第213页。
④　(宋)洪兴祖撰；白化文等点校：《楚辞补注》，北京：中华书局，1983年，第213页。

渔的严谨的学术态度有关；另一方面恐怕亦与其长期关注、重视农事生产有关，正因为其长期的关注与重视，才会不自觉对《楚辞》中香草、农作物等植物作详尽甚至略显枝蔓之训释。

（三）重视地方教育的政治思想

前文已论宋代官学之设立与科举以及三舍法之重要关系。故庆历兴学后，因宋代士人仕进之现实需要，宋代地方官学遂逐渐发展至全盛，而从中央到地方，官方也表现出对兴办地方教育的极度重视。洪兴祖作为一个经常在地方为官的从政者，自不免受到有宋一代普遍施教措施的影响，对地方教育表现出十足重视的姿态。

前文我们已经了解到，真州因为屡遭兵燹，满目疮痍，百废待兴。故洪兴祖在知真州时，致力于恢复生产发展，并因恤悯当地民众，向朝廷请免当地两年租税。同样，当地的教育机构也会因为时局的动乱，而受到毁灭性的打击。洪兴祖因此重建真州的地方官学。沈立方有《宋真州重建学记》盛赞他称：

> 嗟夫！道者，天下之至公，不及私而有也。侯之怀印拜州也，以己所有，欲人之能，而不示以言说。独缀意于学校，是欲使游于斯者，蚤夜覃思，反身践行。而明月宝璐，人人服之以为冠冕，佩之以为珩璜也。侯之所期于人，岂不大哉！①

沈立方认为，洪兴祖重建地方官学，是有助于移风易俗、教化民众的；洪兴祖也是期望人们通过学校，将"道"视为"明月宝璐"，人人服之以为冠冕，佩之以为珩璜的。这说明洪兴祖十分重视地方官学的兴办，因为他知道地方官学在教化方面的重要作用。此外，洪兴祖在知广德军时，因感慕曾同知广德军的范仲淹在广德地方教育上所作的贡献②，为之绘像置于学宫从祀，并延请汪藻作《广德军范文正公祠堂记》。又为李亦作《天台县学记》，肯定了李亦在地方教育上的突出贡献，即："是岁（绍兴十七

---

① 曾枣庄、刘琳：《全宋文》第 200 册，上海：上海辞书出版社；合肥：安徽教育出版社，2006 年，第 369 页。
② 汪藻《广德军范文正公祠堂记》称："初广德人未知学，公得名士三人为之师，于是郡人之擢进士第者相继。"见（明）程敏政：《新安文献志》，《景印文渊阁四库全书》第 1375 册，台北：台湾商务印书馆，1986 年，第 187 页。

年)贡于礼部者五人，齿于乡饮者数百人，文质彬彬，有邹鲁之风焉。"①
又云："所谓俊伟不群之士既出，而为之师，且与其长论达才而善俗
者。"②说明洪兴祖认识到地方教育的作用是"达才"和"善俗"，即培养人
才和移风易俗。洪兴祖在最后提出"学者不可一日无师，模不模，范不
范，扬子云非之"③，更表现了他对地方教育的大力兴办的一种迫切愿望。
这都说明了洪兴祖是一个非常重视地方教育的行政长官。

三、道统思想

所谓道统，是指儒家传道的脉络和系统。"道""统"合称始于朱熹，
但其源流应追溯到韩愈。韩愈在《原道》中首先界定了儒家"道"的内涵，
然后提出了道的传承应有一个系统，这个系统中最重要的是孟子。他认为
在孔子以前都是帝王，而孔子以后则是平民。也就是说从孔子起，王统和
道统就开始分离了，从此所谓的大"道"就靠儒者们来传承，而道统也应
高于王统。而道统的恢复，不仅要求道统高于王统，还需要消除汉末以来
佛教、魏晋南北朝以来民族观念的影响。并且道统还需要影响到文学，不
仅要回归到贤圣的道统，还要回归到贤圣的文统。这表现出韩愈强烈的重
建国家权威和思想秩序的愿望。道统思想对后代产生了重要的影响，宋儒
完全接受了韩愈确立的从尧到孟子的道统序列，并在其观点上有了新的发
展，洪兴祖也不例外。

(一)"心传"的道统传受观

心传一词，本自佛教禅宗，禅宗提倡不立文字，不依经卷，唯以师徒
心心相印，悟解契合，递相授受。《黄檗断际禅师传心法要》云："故学道
人直下无心，默契而已，拟心即差，以心传心，此为正见。"④因此心传是
一种主张顿悟的意会而不能言传的传道方式。宋儒为宣扬道统，将"心
传"借指圣人以心性精义相传，称《书·大禹谟》"人心惟危，道心惟微，
惟精惟一，允执厥中"十六字为尧、舜、禹递相传授的心法，谓之为"十
六字心传"。理学家们认为，道统传承的本质即是心法相授。程颢云：

---

① (宋)林表民，(明)谢铎辑；徐三见点校：《赤城集·赤城后集》，北京：中国文史出版
　社，2007年，第92页。
② (宋)林表民，(明)谢铎辑；徐三见点校：《赤城集·赤城后集》，北京：中国文史出版
　社，2007年，第92页。
③ (宋)林表民，(明)谢铎辑；徐三见点校：《赤城集·赤城后集》，北京：中国文史出版
　社，2007年，第92页。
④ (唐)裴休：《黄檗断际禅师传心法要》，台北：台湾商务印书馆，1983年，第9页。

"先圣后圣，若合符节，非传圣人之道，传圣人之心也"①，二程又云"若于言下即悟，何啻读十年书"②，后来的陆九渊甚至更是主张摒弃就文字经典分析义理，只要做到意会心传而直悟义理③。这显然又是禅宗"顿悟"之法，禅宗与理学在宋代之合流，恐怕即是因此而产生联系。综上，"道"在传授过程中，是可以通过心传的方式使道统得以延续的。

这种心传的观念，在洪兴祖的《楚辞补注》中也有明显的表现。如《远游》"道可受兮，不可传"一句，王逸未作解释，洪兴祖径云："谓可受以心，不可传以言语也。《庄子》曰：道可传而不可受。谓可传以心，不可受以量数也。"④虽屈原在后面云"其小无内兮，其大无垠"，固然是说"道"之玄渺，但一则可能并非儒家所谓"道"，二则也并未明言"道"的可受不可传是心受语传，这显然不是按屈原原意的理解，而是洪兴祖的发微了。或许是洪兴祖将"其小无内兮，其大无垠"的道与《中庸》的"君子之道"等同了，因为"君子之道费而隐。夫妇之愚，可以与知焉，及其至也，虽圣人亦有所不知焉；夫妇之不肖，可以能行焉，及其至也，虽圣人亦有所不能焉。天地之大也，人犹有所憾。故君子语大，天下莫能载焉；语小，天下莫能破焉"⑤。这也侧面证明了洪兴祖有时候是抱着儒家思想去阐释屈原乃至于《楚辞》的。正是洪兴祖此处将"道"与儒家的"道"等同，才进一步将"可受不可传"引申为道统观中的"心传"。洪兴祖此处解为"可受以心，不可传以言语"，显然是受到宋代理学"心传"说的影响，是承袭韩愈道统观而发展起来的。

(二)"原学"的学统观建立

韩愈道统观念的建立，对宋代理学的形成产生了巨大影响。汉唐注疏，往往重章句而不重义理，而安史之乱后的中唐政坛与文坛，中兴之愿望，充斥在士人与文人群体中间，"与强烈的中兴愿望相伴而来的，是复兴儒学的思潮""随着社会形势的急剧变化，儒学开始出现一种新倾向，就是重大义而轻章句""韩愈、柳宗元将复兴儒学思潮推向高峰"⑥，韩愈

① (宋)朱熹：《晦庵集》，《景印文渊阁四库全书》第 1145 册，台北：台湾商务印书馆，1986 年，第 397 页。
② (宋)程颐、程颢撰；(宋)朱熹辑：《二程遗书》，《景印文渊阁四库全书》第 698 册，台北：台湾商务印书馆，1986 年，第 157 页。
③ 孙钦善：《中国古文献学史(修订本)》上册，北京：中华书局，2015 年，第 506 页。
④ (宋)洪兴祖撰；白化文等点校：《楚辞补注》，北京：中华书局，1983 年，第 167 页。
⑤ (宋)朱熹：《四书章句集注》，北京：中华书局，1983 年，第 22 页。
⑥ 袁行霈：《中国文学史(第三版)》第 2 卷，北京：高等教育出版社，2018 年，第 300 页。

首创道统之说，且其弘扬道统的基本着眼点，"在于'适于时，救其弊'，解救现实危难"①，这显然是追求通经致用而对儒家经典进行义理的探求，展现出与所处时代儒学思潮变化的符契。而有宋终其一代，皆未能收回后晋石敬瑭为求契丹之扶植，割让的燕云十六州，彼时与少数民族政权的长年的边境争端与遭受到的军事威胁，收复失地的雄心壮志与迫切愿望，自然使得有宋一代的思想风气，显著地受到韩愈道统观中"尊王攘夷"思想的影响，并在此基础上，又不自觉地对韩愈的文学主张、学术倾向有所袭取，而产生著名的"唐宋八大家"之宋六家，并在思想的发展上，也尊崇韩愈"道统"对义理的探寻，最终导致宋代理学之确立。韩愈道统观念对有宋一代的学术影响，一方面体现在对儒家经典的系统重注与辨伪，如王安石《三经新义》与朱熹对《毛诗》大小序真伪及作者之辨正；另一方面则体现在对其他各类典籍的训释，多以儒家学统为准的而频取儒家学说，或多从义理角度加以诠释。洪兴祖曾有《原学示》一文：

> 洙泗之上，其徒三千。孰不嗜学？独称颜渊。言语文字，举世莫传。箪瓢陋巷，乐以忘年。人之所欲，我以为怨；人之所忽，我以为先。于过不二，于怒不迁。以信为禾，以心为田。以诚为舟，以道为传。隆师由礼，既约且专。求仁得仁，既大且全。语之不惰，瞻之在前。回坐忘矣，人貌而天。用舍行藏，与立与权。禹稷同道，孔孟是贤。请循其本，夫孰能然？不善必得，得善拳拳。比之牧羊，视后以鞭。勤而行之，交臂比肩。毋曰道远，半途而还；毋曰事难，几成而捐。莫近于学，如鱼在筌；莫易于学，如井出泉。资深逢原，乐莫大焉。有发必中，如鞲遂弦。《大学》之道，《中庸》之篇。勉哉士子，毋怠益虔。②

名《原学示》，或有效仿韩愈《原道》的意思。所谓原道，即探求道之本源，韩愈所认为道之本源，即孟子提出之仁义道德四端。同理，《原学示》亦以劝学文之形式，探寻为学之本源与正统脉络。该文通过"莫近于学，如鱼在筌；莫易于学，如井出泉"几句，强调为学如以筌捕鱼、掘井出泉般简单，颇有孔子所谓"道不远人"（《中庸》）之意味，但又通过"勤

---

① 袁行霈：《中国文学史（第三版）》第 2 卷，北京：高等教育出版社，2018 年，第 300 页。

② 曾枣庄、刘琳：《全宋文》第 182 册，上海：上海辞书出版社；合肥：安徽教育出版社，2006 年，第 125 页。

而行之，交臂比肩。毋曰道远，半途而还；毋曰事难，几成而捐"几句，示知为学的持之以恒之难，以此劝诫后学对学习要笃行和坚持，不可中道而废。全篇所立榜样，所举书篇，都是儒家典型。如以大半篇幅叙写的"闻一以知十"的好学的颜回，二程极力推崇、朱子定为四书之二的《大学》《中庸》。所劝学者，也是"于过不二，于怒不迁"等儒家在德行方面的要求，颇有以儒家为正宗之意。本文所述应师法学习之圣贤也自孟子而止（孔孟是贤），正与韩愈主张的道统自孟子而绝吻合。

又盛赞颜渊"以诚为舟，以道为传"一句。"以诚为舟"之"诚"可能有两个方面的意思，一是取意于后来朱子归纳的《大学》的"八目"之一——"诚意"，《原道》一篇，正引《大学》"古之欲明明德于天下者"至"先诚其意"一段；二是取意于《中庸》"自诚明，谓之性。自明诚，谓之教"一句，《中庸》同篇又有"天命之谓性"一句，《中庸》显然是从道德先验论出发，把"诚"这一德性当作先于"人"而存在的宇宙之本体（即天），其投射在人间的投影即人之"性"。宋儒在此基础上进行了十足的发挥，如王安石之子王雱曾云："天之生人也，均委之气而同受之命，非有私于圣贤而恶于凡常，盖圣贤能全其当全，正其所正，故命之所以至而德之所以充，凡常不知其然而疑圣贤有异于人也。"①认为圣贤与凡人之区别，在于圣贤能够全天命之本性，这与《中庸》"自明诚，谓之教"是一致的，但并未指出是否通过与《中庸》一致的教化方式来实现。朱熹在《大学章句序》中也说道："盖自天降生民，则既莫不与之以仁义礼智之性矣。然其气质之禀或不能齐，是以不能皆有以知其性之所有而全之也。"②继承了王雱全天命之性的说法，并把"天命之性"是否可全，与"气质之禀"是否能齐挂钩，此外，朱子还把天命之性具体指向孟子提出的仁义道德四端。朱子又曾指出"天命之性"与"气质之禀"的具体联系：首先，其整合了程颐"在天曰命，在人曰性，循性曰道"与"在物为理，处物为义"（俱见《二程粹言》卷上）二说，创造性地提出了"在天曰命，在人曰性，在物为理"（《朱子语类》卷九十五），又继承张载人性学说，把人性分为"天地之性"与"气质之性"，又吸收程颐的"性即理"的理论，认为性为得之于天之理，"天地之性"（即朱子所谓"天命之性"）是从世界本体"天理"得来的本性（亦即程颢的"生之谓性"），"气质之性"则是与各人不同的身体特点、生理条件、生活欲望

---

① （宋）王雱撰；尹志华等整理：《南华真经新传》，王水照主编：《王安石全集》第9册外编，上海：复旦大学出版社，2017年，第262页。

② （宋）朱熹：《四书章句集注》，北京：中华书局，1983年，第1页。

结合起来的本性。人是理与气的结合，其所禀受的理，就是"天地之性"，禀受的气，则形成"气质之性"（所以程颢以为"性即气也"）。因为天命之性无不善，气质之性有善有恶，故受气质之性的影响，人又表现出先天的性善或性恶的面貌，张子、程子、朱子皆据此调和性善与性恶之论的争端。① 显然，朱熹也是把人作为道德先验的天命本体在世间的投射载体来看待的。孔子罕言性与天道，至宋儒则性理学说大盛，洪氏自亦不免在这一风气的影响下对此有不自觉的思考，故赞颜回"以诚为舟"，或亦从性理学说的角度，对颜渊所禀受的天命之性，大加褒扬。而曰"以道为传"，就更明显地表现出自韩愈以来的，将儒者视为道统的传承者的思想倾向。

综上，洪兴祖显然受到北宋学术风气的影响（张载所属的北宋五子，二程等大儒，无不倡导道统观，张载所定统绪有所变化，且仅至孔子而止，其余则都取袭取韩愈之说，即尧、舜、禹、汤、文、武、周公、孔、孟，且二程也被朱子归入道统中，视为孟子后第一人），而对韩愈道统观有不自觉之观照，将儒家孔孟一宗的一切道德行为准则视为万世不易的学习守则，而将其学术也奉为学之本原正宗。应该说，洪兴祖所确立之学统，是道统观念加之于为学一途之上的表现，是道统的有机组成部分。

虽洪兴祖绝大多数著作已经亡佚，但我们依然可以从"本旨"之类的命名，看出洪氏或亦从义理阐发的角度，恪守儒家道统、学统，以从事著述或研究。此外，《楚辞补注》的训释中，也有较多例证可说明洪兴祖对学统的恪守。较为典型的一个表现是，洪兴祖在没有王注注解的前提下，对诸多名物、人物的隐喻，辞句的寓意，都从韩愈所认定的"仁义道德"的道之本源出发，予以解释，完全表现出个人对义理之发挥。需要指出的是，韩愈本身对仁义道德也有一具体界定："博爱之谓仁，行而宜之之谓义，由是而之焉之谓道，足乎己而无待于外之谓德。仁与义为定名，道与德为虚位。故道有君子小人，而德有凶有吉。"②对四字的具体界定非常清楚，但却认为仁、义为至善，而道、德则有吉凶好坏之分。当然，韩愈如此界定，有其"排斥佛老"的考虑，因为道家以"煦煦为仁""孑孑为义"，故其仁义为眼界狭隘坐井观天之"小仁义"，而非儒家"泛爱众""行而宜之"的大仁义。职此之故，道、德才有了吉凶。但此实与学术争端相关，无害于学者对"道""德"二字的普遍理解：即若不加具体定语或作具体说

---

① 裴大洋：《中国哲学史便览》，西宁：青海人民出版社，1988 年，第 398~399 页。

② （唐）韩愈撰；刘真伦、岳珍校注：《韩愈文集汇校笺注》第 1 册，北京：中华书局，2010 年，第 1 页。

明，皆默认"道""德"为善道或善德，甚至至善与至德(如谓人有德，则自是谓人有善德，而不会用来指有恶德)。故我们取韩愈对这四字的定义，结合宋儒性理学说以及先秦孔孟一宗的各类思想，考察洪兴祖在《楚辞补注》中对道统、学统的坚守。

1. 关于"仁"之申发

《天问》"迁藏就岐，何能依"一句，王逸认为指周太王迁于岐山之事，亦即《诗经·大雅·绵》所谓"古公亶父，来朝走马。率西水浒，至于岐下"一事。洪兴祖赞同此说，但又引柳宗元《天对》"逾梁橐囊，羶仁蚁萃"一句，以说明百姓所以愿随太王迁居岐山下，正在于太王之仁，民众好仁而甘于受太王领导，依附在太王周围，正如蚂蚁好羊肉之腥膻而萃集那样，回答了屈原提出的"太王何以使人民皆甘心从迁依附"(即"何能依")的问题。而这里"仁"的意义，可根据《史记·周本纪》的记载考见：周人迁豳后，太王复修后稷、公刘等先祖之善政，受到国人爱戴，后来因为戎狄的一支薰育族的长期骚扰，太王在予财求和后，又被提出得寸进尺的无理要求——欲地与民，民欲战，太王则止之，以为民之在我与在彼无异，而如果人民为之而战，势必流血伤亡，此无异于杀人民之父兄子弟，"杀人父子"而为其君，是其所不为。可见其宽广博爱之胸怀。故太王与家众偷偷迁居至岐山，而豳人则举国同迁，旁国之人闻太王之仁，亦影从而归之。① 此见洪兴祖对韩愈的"博爱之谓仁"的观念是有所认同、吸取并表达的。

《九章·哀郢》"鸟飞反故乡兮，狐死必首丘"一句，王逸云"思故巢""念旧居"，仅把动物提升到与人类共情之角度予以解释。洪氏则引《礼记·檀弓》云："'乐，乐其所自生，礼不忘其本。'古人有言曰：'狐死正丘首，仁也。'"②则把动物提升到与人类有共同道德的高度予以申说。可见洪氏把"礼不忘本"视作是"仁"，不忘其本是符合礼的，符合礼之规定的行为即为仁，这正与孔子所谓"克己复礼为仁"(《论语·颜渊》)相吻合。狐狸濒死则首丘，至死不忘其本，是符合"礼不忘本"之要求的，故洪氏视其为"仁"。说明洪兴祖对"仁"之理解，既在韩愈之界定中，也不脱离道统统绪中其他诸家的解释。

2. 关于"义"之申发

---

① (汉)司马迁撰；(南朝宋)裴骃集解；(唐)司马贞索隐；(唐)张守节正义：《史记》第 1 册，北京：中华书局，1963 年，第 112~114 页。

② (宋)洪兴祖撰；白化文等点校：《楚辞补注》，北京：中华书局，1983 年，第 136 页。

《九辩》"凤亦不贪馁而妄食"一句，洪氏据司马光注本《扬子法言》所引佚名《法言音义》之内容，云"说者曰：'非义不妄食。'引此为证。"①可见此处之"义"，实与韩愈"行而宜之之谓义"是相吻合的。孔子曾说"不义而富且贵，于我如浮云"，又说"富而可求也，虽执鞭之士，吾亦为之。如不可求，从吾所好"（上二句俱见《论语·述而》），可见富贵之取得，皆需符合"行而宜之"之义方可。

3. 关于"道"之申发

《天问》"有扈牧竖，云何而逢"一句，洪补云："此言启灭有扈之国，其后子孙遂为民庶，牧夫牛羊，其初以何道而得进为诸侯也"②，与韩愈所定义的"由是而之焉"，解释为"方法""路径"的"道"是吻合的。又《九歌·湘君》"吹参差兮谁思"一句，洪补先引五臣注，释此句为吹箫而思舜，又引《洞箫赋》"吹参差而入道德"，即把舜视为"道德"之代表，吹箫而思舜，由此效仿学习舜，即可入于道德之门。此处"道德"，当为偏义词，其义偏在"德"，或"道"与"德"互文为训，"道"亦同于"德"，为内在之禀性，与韩愈对"德"之定义"足乎己而无待于外"是相符的。又《七谏·谬谏》"龙举而景云往"一句，其引《管辂别传》之管辂语"嘘吸之间，烟景以集，自然之道"，以解释"龙举而景云往"符合自然的运行规律，而《离骚》"巫咸将夕降兮"一句，洪补引《山海经注》"巫咸知天道，明吉凶"，这里的"天道"除了自然规律，可能也带一点道德先验的宇宙本原的意味，但尚未达到宋儒"天命本体向下落"的地步。

4. 关于"德"之申发

《离骚》"吾令凤鸟飞腾兮，继之以日夜"一句，洪补注云："此云凤鸟，以喻贤人之全德者，故令飞腾，以求同志也。"③此云"全德"，则与前述宋代学者普遍主张的全"天命之性"是一致的，尤其与王雱主张的"圣贤与凡人的区别，正在于是否能全天命之性"相吻合。说明洪氏把"德"视为上天赋予的与生俱来的本然之性，后来朱熹注《大学》，即亦认为"明德"乃是"人之所得乎天""但为气禀所拘，人欲所蔽""故学者当因其所发而遂明之，以复其初也"④，把他所归纳的《大学》的三纲之一的"明明德"，解释为"全天命之性"，较之其《大学章句序》中总结的"仁义礼智"四端，又开拓了"天命之性"的内容。而"德"作为"天命之性"，则自是内

---

① （宋）洪兴祖撰；白化文等点校：《楚辞补注》，北京：中华书局，1983 年，第 190 页。
② （宋）洪兴祖撰；白化文等点校：《楚辞补注》，北京：中华书局，1983 年，第 107 页。
③ （宋）洪兴祖撰；白化文等点校：《楚辞补注》，北京：中华书局，1983 年，第 29 页。
④ （宋）朱熹：《四书章句集注》，北京：中华书局，1983 年，第 3 页。

于人而存在的，与韩愈界定的"足乎己而无待于外"又是不相抵牾的。

此外，《补注》又凡四见"明德"一词，有三例为引述典籍而使用，一例为阐明篇目喻意而使用，但皆不同其"全德"或后来朱子"明德"之说，仅取"善德""美德"甚或"至德"之义，但在洪补全部内容中，不论是"明德"的这四例，抑或是其他单用"德"字、使用词组中出现之"德"字，洪氏皆视"德"为"足乎己而无待于外"之内在品质，而不超出韩愈之界定。

5. 对儒家其他思想观念的申发

《九歌·东皇太一》一篇，王逸认为仅客观地在描绘祭祀东皇太一神的活动，认为该篇交代了祭祀的时地、流程及想象的神受祭后的喜乐貌，故其也从此角度客观地对名物予以训释或对祭祀程序步骤加以说明，洪兴祖则偏解为："此章以东皇喻君。言人臣陈德义礼乐以事上，则其君乐康无忧也。"[1]从韩愈指出的道统本原之二的德、义，以及先秦儒家礼乐思想中的君臣等级伦理出发，予以义理的发微。

《天问》"何变化以作诈，后嗣而逢长"一句，王逸谓此指舜弟象屡欲杀舜，舜不怨不怒，亲爱如故，后舜为天子，尚封象为诸侯，并世袭多代，洪补则引《孟子·万章上》"仁人之于弟，不藏怒，不宿怨"以作评价，说明洪氏是接受并袭取先秦儒家"等差之爱"和"亲亲为仁"的观念的，如《中庸》即说："仁者，人也，亲亲为大"，孟子也曾说："亲亲，仁也"（《孟子·尽心上》）。

此外，《补注》中还多见此四字之合举或互文之用法，然或为上述用法重复之例证，或别有他解，而与本节所论无涉，故不作赘举。而仅就上举诸例已可考见，洪氏补充阐释的内容，对于韩愈所指出的道统本源的四个要素，都有一定程度的涉及，而《补注》中涉及的这四个要素，对韩愈的定义以及宋儒的性理学说，都有一定程度的吻合；另外，《补注》中对先秦儒家的核心价值观念与理论思想，也有一定的袭取。凡此皆可见出，洪兴祖在韩愈道统观以及受到道统观影响的宋代儒学思潮的影响下，遵循儒家学统，贯彻儒家思想理念，恪守道统脉络，这都深刻地体现在他以《楚辞补注》为代表的著作中。

四、佛道思想

根据前文我们知道，洪兴祖对韩愈以来的道统观念是有一定程度继承和发展的，而韩愈的道统思想中的一个核心内涵就是，道统的建立，应消

---

[1] （宋）洪兴祖撰；白化文等点校：《楚辞补注》，北京：中华书局，1983 年，第 57 页。

除汉末以来佛教、魏晋南北朝以来民族观念的影响，即通过"尊王攘夷"来实现儒家之"道"的正统。韩愈甚至对本土的道家也有一定程度的排斥，这从他的《双鸟诗》即可看出一斑。不过洪兴祖对于佛道两家的思想，似乎都没有排斥的态度，甚至有一定程度的学习，这可能是受到宋代"三教合一"的思想倾向的影响。

（一）洪兴祖与道教

道教对有宋一代的巨大影响主要体现在宋真宗以及宋徽宗时期的崇道闹剧，中国第一部有刊版的道藏《万寿道藏》就刊刻于徽宗政和年间。不仅如此，徽宗在位的这段时期内，由于皇帝的崇道抑佛，造成了当时诸多劳民伤财之役，如建上清宝篆宫、铸九鼎等。这一方面通过实际的运用行政权力为道教大开方便之门，实现了对政治的影响；另一方面则由于徽宗表现出的崇道倾向，使整个朝野多数政治家嗅到了政治投机的机遇，对当时的政治走向起到了不好的导引作用，蔡京父子即依靠道教而获宠。蔡京最初就是依附道士徐知常而进书画讨徽宗欢心的，后来蔡氏父子屡荐道教方士以媚上。吕锡琛甚至认为，徽宗的崇道行为，直接加剧了靖康之变这一政治局面的走向。① 洪兴祖虽然并没有通过崇道进行政治投机行为，但在整个社会崇道时风的浸染下，洪兴祖思想还是明显受到道教的影响，并对道教的学术有一定程度的研究，这从洪兴祖著有《黄庭内外经注》一书即可看出一斑——《黄庭内景经》及《黄庭外景经》为道教上清派著作，《正统道藏》将之收于洞玄部。

洪迈的《夷坚志》中有《梅先遇人》与《林灵素》二则故事：

> 予宗人庆善郎中兴祖，绍兴十二年为江东提刑，治所在鄱阳。王元量尚书鼎从，假二卒往夔峡，既回，拜于廷。其一梅先者，独着道服，拜至十数不已。庆善讶之，答曰："伺郎中治事退，当请间以白。"少顷，庆善坐书室，梅复至，曰："初至夔州数日，有道者历问所从来，令某随之去。某应曰：'诺。'道者曰：'汝当有妻孥，安能舍而从我？'某曰：'惟一妻一子，今得从先生，视彼如涕唾耳。'道者甚喜，曰：'汝能若此，良可教。吾将试汝。'即于粪壤中拾人所弃败履令食。初极臭秽，强啮，不能进。道者笑，自取啖之，曰：'如我

---

① 参吕锡琛：《道家道教与中国古代政治》，长沙：湖南人民出版社，2002 年，第 406~410 页。

法以食。'历数日，觉不复臭，而味益甘软。又问：'所以来此为何事？'答曰：'奉主公命，为王尚书取租入。'曰：'如是，当归毕之。此公家钱，如未了，不可从我，他日未晚也。'某曰：'家在江东，相距数千里，岂能再来？'曰：'汝思我，我即至矣。'又授药方三道，曰：'若乏用时，可合此药货，视一日所用留之，有余，弃诸道上，以惠贫婆。或无食，则茹草履。人与酒食，但享之，特不可作意，大抵无心乃得道耳。'某拜之数十。又与某道服，曰：'汝归见主公时，拜之如拜我，但着此衣，勿易也。'"庆善曰："果如此，勿复为走卒。"命直书阁以自近。尝召使坐，取草履试之，梅展足据地坐，净涤履而食。每数口，即饮水少许，久之，吐其滓，莹滑如碧玉。以示庆善，庆善复还之。梅径取投口中，食履尽乃已。时方二十四岁，即与妻异榻，曰："人世只尔，殊可厌恶，汝盍同我学道，不然，随汝所之。"妻始犹勉从，不一年，竟改嫁。庆善后予告，令往丹阳茅山预三月鹤会。山有洞，常人欲入须秉烛，然极不过数十步即止。梅索手而入，无所碍，闻石壁中若人叩齿行持者。至最深处，得一涧，涧中水数尺，细视有书数轴，取得之，才沾渍其半，乃元祐中刘法师所受法箓也。后送庆善还丹阳。庆善有外兄病，每食辄吐。梅曰："瓢中药正尔治此。"取数粒与服，一日即思食，旬时，病尽失去。庆善寓讯代者，为除兵籍，即得文书，遂辞去。后数年，曾一归乡里，今不知所之。（《夷坚甲志》卷十一《梅先遇人》）①

林灵素传役使五雷之术。京师尝苦热，弥月不雨，诏使施法焉。对曰："天意未欲雨，四海百川水源皆已封锢，非有上帝命，不许取。独黄河弗禁，而不可用也。"上曰："人方在焚灼中，但得甘泽一洗之，虽浊何害！"林奉命，即往上清宫，敕翰林学士宇文粹中莅其事。林取水一盂，仗剑禹步，诵咒数通，谓宇文曰："内翰可去，稍缓或窘雨。"宇文出门上马，有云如扇大起空中，顷之如盖，震声从地起。马惊而驰，仅及家，雨大至，迅雷奔霆，逾两时乃止。人家瓦沟皆泥满其中，水积于地尺余，黄浊不可饮，于禾稼殊无所益也。洪庆善说。（《夷坚丙志》卷十八《林灵素》）②

---

① （宋）洪迈撰；何卓点校：《夷坚志》第1册，北京：中华书局，1981年，第91~92页。
② （宋）洪迈撰；何卓点校：《夷坚志》第2册，北京：中华书局，1981年，第518页。

前者是说洪兴祖提刑江东时，王元量尚书手下一名小吏梅先，某天神秘拜见洪兴祖，称自己往夔州公干时遇到得道高人，并从之学道，又给洪兴祖表演了一些道教的秘术（以履为食，吐涬如玉），洪兴祖又曾随其至茅山参与每年三月举办的斋醮祀神的庙会"鹤会"①，又在机缘巧合下于某一山洞得窥"元祐年间刘法师所受法箓"，洪兴祖甚至还得其赠药治愈外兄之病，洪兴祖受其恩惠，并为其秘术所惑，听信其从高人学道之言，为其解去军籍，还其自由之身，该小吏后来偶见一次返乡，则再不见踪影。这名小吏或许是因为受到宋代崇道风气的影响，认为谎称会道欺骗迷信之长官，很可能为自己谋得自由之身，故使了某些戏法欺骗洪兴祖。后一则故事则是洪迈录存洪兴祖所述的关于林灵素作法降雨的故事，这说明洪兴祖对道教法术也是半信半疑的。但既然梅先找到洪兴祖而不是其他官员，洪兴祖也欣然接受其药，又将林灵素作法降雨成功的事牢记并转述，说明洪兴祖对道教的神仙方术并不是一味斥为荒诞不可信。洪兴祖在《韩文辨证》中，屡次对韩愈不信甚至不敬神仙方术表示了诧异和无奈。如为《华山女》一诗解题云："《记梦》云'安能从汝巢神仙'，《谢自然》云'童騃无所识'，《谁氏子》云'不从而诛未晚耳'，《桃源》云'神仙有无何茫茫'，退之倔强如此。"②又为《读东方朔杂事》一文解题云："退之不喜神仙，此诗讥弄权挟恩者耳。"③这说明洪兴祖本人最起码对道教神怪之说是不排斥的，才会对韩愈的不信甚至不敬特意加以论述。这些都可以从侧面证明，洪兴祖应该对道教的思想和方术，是有一些相信的，最起码是半信半疑的态度。

综上，洪兴祖就道教著作《黄庭内外景经》作注，其同时之学者又记载有关其迷信道教神仙方术之佚事，可见洪兴祖显然有一些道教理论修养，并对道教有一定程度信仰。

（二）洪兴祖与佛教

洪兴祖守广德军时为方勺《泊宅编》作序：

---

① 《茅山志·楼观部》载："清真观，在大罗源。政和中，道人吴德清结庵以待云水之众，徽宗赐以观额。每岁三月十八日，四方道人毕集，礼谒茅君。斋时，多有白鹤翔绕，因传谓'鹤会'焉。"详参（明）刘大彬编；（明）江永年增补；王岗点校：《茅山志》上册，上海：上海古籍出版社，2016年，第270页。

② （宋）魏仲举：《五百家注昌黎文集》，《景印文渊阁四库全书》第1074册，台北：台湾商务印书馆，1986年，第133页。

③ （宋）魏仲举：《五百家注昌黎文集》，《景印文渊阁四库全书》第1074册，台北：台湾商务印书馆，1986年，第150页。

泊宅翁学博而志刚，少时谓功名可力取，不肯与世俯仰。晚得一官，益龃龉不合，慨然叹曰："大丈夫不为人则为己。先圣有言，朝闻道，夕死可矣!"乃取浮图、老子性命之说，参合其要，以治心养气，反约而致柔，年老而志不衰。酒后耳热，抵掌剧谈，道古今理乱、人物成败，使人听之竦然忘倦。时出句律，意匠则到。扁舟苔、雪之上，侣婵娟，弄明月，兴之所至，辄悠然忘归。使翁少而遇合，未必如岁晚所得之多也。一日过予于桐汭，出所著《泊宅编》示予。予曰："此翁笔端游戏三昧耳，胸中不传之妙。盍为我道其崖略。"翁默然无言，予因书以序之。丹阳洪兴祖庆善。①

洪兴祖既知方勺"取浮图、老子性命之说"，仍为之作序，说明洪兴祖对于佛教应该是没有排斥态度的。如洪兴祖确实斥释老，当不至为方勺作序，即便作序，也不会将该书"以浮图、老子为说"这一点摘出作说明。且兴祖既知使用佛教用语"游戏三昧"一词，也不当视作其持有排斥态度。葛立方曾作《洪庆善郎中兴祖挽诗四首》，其一赞兴祖"六度有为超梵业，一心无累证禅那"②，六度即菩萨所修六种法门，又称波罗蜜，包括布施、持戒、忍辱、精进、禅定(止观)、智慧。这说明洪兴祖不仅不排斥佛教，甚至还参加佛教的修行。他在佛教要求的六种修行行为上都有所秉持，而在这六种行为中，他尤其精通参禅。《云卧纪谭》卷上曾载洪兴祖向池州梅山愚丘宗禅师问道一事：

池州梅山愚丘宗禅师，因练塘居士洪庆善持江东使节夜宿山间，相与夜话。洪问以："饭僧见于何经，其旨安在?"宗曰："《四十二章经》有云：'饭恶人百，不如饭一善人'，乃至'饭千亿三世诸佛，不如饭一无住、无作、无证之者'，其无修证则是正念独脱，能饭斯人则功超诸佛，然前辈知此旨者多矣。"洪曰："其为谁乎?"宗曰："且以近说，如秦少游，滕州贬所，自作挽章，有'谁为饭黄缁'之句。东坡既闻秦讣，以书送银五两，嘱范元长为秦饭僧。及东坡北归至毗陵，以疾不起，太学生哀钱于东京慧林饭僧，苏黄门撰东坡墓志首载

① (宋)方勺：《泊宅编》，北京：中华书局，1983 年，第 1 页。
② (宋)葛立方：《侍郎葛公归愚集》，《续修四库全书》第 1317 册，上海：上海古籍出版社，2002 年，第 521 页。

之。"洪曰："嚫金有据乎？"宗曰："公岂不见《毛诗·小雅·鹿鸣》：'燕群臣嘉宾也。既饮食之，又实币帛筐筐以将其厚意'，盖饮食不足以尽敬，而加赠遗以致殷勤也。"于是乃诵《丁晋公斋僧疏》曰："佛垂遍智，道育群生。凡欲救于倾危，必预形于景贶。……正当烦恼之身，忽接清凉之众。方知富贵难保始终，直饶鼎食之荣。岂若盂羹之美，特形归命。恭发精诚，虔施白金，充修净供，饭荭荮之高德，答懒瓒之深慈。冀保此行，乞无他恙。伏愿天回南眷，泽赐下临。免置边夷，白日便同于鬼趣；归赐中夏，黄泉再感于天恩。虔馨丹诚，永繫法力。"洪曰："向读《名臣传》，只见补仲山衮、和傅说羹一联而已，今获全闻。其精祷若此。"①

"饭僧"是指对僧众以饭食的形式布施，与僧众主动化缘施主被动给予不同，这里的"饭僧"往往是一种施主的主动行为，而且这种行为往往与某些信徒积累功德的动机相关。洪兴祖可能并未系统读过佛教经典，是以并不清楚为何要主动"饭僧"，故以此相询其出处及意义。宗禅师指出《四十二章经》的出处，并具体根据《四十二章经》提到：对不同对象进行饭食布施，所积累的福德是不一样的，并指出此前著名的文人、学者、官员都知道这个道理。洪兴祖则直接问"其为谁乎"，显然他对宗禅师引经据典时所涉及的"无住""无作""无证"等佛教术语或概念是没有什么疑问的，宗禅师答以秦观、苏轼。后面洪兴祖提到"嚫金"，因"嚫金"指以金银财宝布施，钱财又为出家人身外之物，洪兴祖于此实在不明。宗禅师举儒家经典《诗经·小雅·鹿鸣》中毛诗小序的解题，认为周天子燕饮群臣，一方面供给酒食，一方面也恩赐财物。故对僧众的财饭并施，也是这个道理。"将嚫施与中国传统的待客礼仪汇通起来"②。又念了一篇北宋名臣丁谓的《丁晋公斋僧疏》，其中即涉及饭施与财施并行之重要性。洪兴祖由此感叹，此前读《名臣传》时，只能了解到丁谓作为北宋名臣，其治国才能堪比仲山甫和傅说，而不及了解其在礼佛上的虔诚，在布施观念上的认知，今天才算完整了解了此人，盛赞其在奉佛信佛方面"精祷若此"。而饭僧、嚫金，皆指布施，布施为六度之一，与葛立方赞扬洪兴祖的"六度有为超梵业"一句是吻合的。这说明洪兴祖对佛教的理论是有一

① （宋）晓莹：《云卧纪谭》，《万续藏》第 148 册，台北：台湾新文丰出版公司，1995 年，第 12 页。
② 王大伟：《宋元禅宗清规研究》，北京：宗教文化出版社，2013 年，第 234 页。

些了解的。

这都说明，洪兴祖是一个既不对佛教进行排斥，又对佛教理论有所了解，也愿意向高僧大德请教，甚至还秉持佛教修行的一些基本行为准则的学者。他很有可能对佛教也有一定程度的信仰。但这类佛教理论知识或信仰，可能多从民间汲取，而并非通过系统阅读佛教经典而获得。

(三)兼容并蓄的佛道观

洪兴祖《跋天隐子》云：

> 吴筠尝作《明真辨伪》《辅正除邪》《辨方正惑》三论，诋释氏以尊道家之说。使筠而知道，则此书不作矣。司马子微得天隐子之学，其著《坐忘论》云："惟灭动心，不灭照心。不依一物，而心常住。有事无事，常若无心，此谓真定。定不求慧，而慧自生，此谓真慧。慧而不用，心与道冥。行而久之，自然得道。"其所造如此，岂复较同异于名字之间耶？①

洪兴祖就吴筠"作《明真辨伪》《辅正除邪》《辨方正惑》三论，诋释氏以尊道家之说"进行了拨乱反正，这说明洪兴祖对佛教思想是持并包的态度的。并且他指出"使筠而知道，则此书不作"，又说"其所造如此，岂复较同异于名字之间耶"，说明他对佛道两家的哲学理论是有充分了解的，才会引司马承祯《坐忘论》中调和佛道的说法，认为"静坐"这一修行方式在佛道二教中只是名字不同(佛教谓禅定)，而并非思想内涵的不同，其最终目的都是为了达到物我两忘的人与道的自然合一的"坐忘"境界：以禅定求得无心，其实就是把我的执念从客观事物这一"假有"中抽离，而回到宇宙的本原"真空"中去，把我抽离"假有"，回归"真空"，达到"涅槃"的寂灭状态，其实就是实现了我与宇宙或道的统一(心与道冥)，这与道家或道教的"坐忘"是一样的，只不过道教主张的宇宙本原道生发出的事物是客观存在的，佛教则认为宇宙本原"真空"生发出的事物，都只不过是投射出的"假有"的幻影罢了。

其对佛道兼容并包的思想态度，也一定程度反映在其相关著作中。《楚辞补注》一书，由于涉及的《楚辞》篇目多为先秦及汉初之作品，此时佛教尚未传入，真正意义上的道教(五斗米道)也尚未确立，故洪氏并未

---

①　(宋)吴曾：《能改斋漫录》第1册，北京：中华书局，1985年，第113~114页。

过多使用佛道思想对其进行训释。但《楚辞》中多涉上古神话、历史，其《远游》一篇，也多游仙思想，为后世游仙诗之远源①，则洪氏在阐释这类内容时，自不免会涉及道教神仙思想。而《楚辞补注》又是在《楚辞章句》基础上的补充，《章句》作者王逸，为东汉安帝至顺帝年间人（详《后汉书·文苑列传》王逸本传），一般认为，佛教传入中国在东汉明帝永平年间②，王逸是有可能受到佛教思想的影响而在《章句》中不自觉表达，又为洪兴祖所袭取并发挥的。虽然这类例证非常少，但也并非不存在，我们依然可以通过细致分析王、洪二氏的注释或引述内容，探寻洪兴祖对其所接受的佛道观念的兼用。

1. 道教思想

《离骚》"夕餐秋菊之落英"一句，王逸注仅从秋菊为香净芳草，屈原餐之以"自润泽"的角度为解，洪补所引五臣注也仅从香草美人之托喻角度，称该句为"取其香洁以合己之德" ③，惟洪兴祖补注特引曹丕《与钟繇书》一文中"芳菊含乾坤之纯合，体芬芳之淑气。故屈原悲冉冉之将老，思餐秋菊之落英，辅体延年，莫斯之贵"一句④，从延年益寿角度解释屈原餐菊之原因，以与前文屈原悲慨"老冉冉其将至兮"产生逻辑联系。诚然，菊之"延年"功效，最早可见于《神农本草经》（见尚志钧辑校本陶弘景《本草经集注》卷三），而一般认为，《本草经》托名神农，而实兼综战国至汉以来本草学成果，最终成于东汉末年，这从《汉书·艺文志》不见著录，而首见载于南朝梁阮孝绪《七录》⑤可见一斑，即此可知，曹丕或有机缘得窥《神农本草经》，故其称扬菊之"延年"功效，实有从医学角度申发之意义。但我们也要知道曹魏之际的社会环境的动荡与文学思潮的变化之间的关系。一般的文学史认为，魏晋六朝文学，是典型的乱世文学，

①　袁行霈：《中国文学史（第三版）》第 2 卷，北京：高等教育出版社，2018 年，第 49 页。

②　汤用彤：《汉魏两晋南北朝佛教史》上册，北京：中华书局，1983 年，第 20 页。

③　（宋）洪兴祖撰；白化文等点校：《楚辞补注》，北京：中华书局，1983 年，第 12 页。

④　（宋）洪兴祖撰；白化文等点校：《楚辞补注》，北京：中华书局，1983 年，第 12 页。

⑤　王应麟《玉海》卷七记载唐高宗与于志宁、李勣关于二人所修《唐本草图》之问对，高宗问已经合并在陶弘景《本草经集注》中的《本草经》《别录》为什么本是二书，其分合源流和原因是什么，二人则对曰："班固记《黄帝内外经》，不载《本草》。至齐《七录》乃称之，世谓神农氏尝药以拯含气，而黄帝以前文字不传，以识相付。至桐、雷，乃载篇册。然所载郡县多是汉时，疑张仲景、华佗所记。其《别录》者，魏晋以来吴普、李谱之所记，其言华叶形色，佐使相须，附经为说，故弘景合而录之。"可知于、李关于《神农本草经》首见文献之陈述，及其《神农本草经》成于汉末医家之主张。详参（宋）王应麟：《玉海》，《景印文渊阁四库全书》第 944 册，台北：台湾商务印书馆，1986 年，第 647~648 页。

由于在"战乱中最容易感受人生的短促，生命的脆弱，命运的难卜，祸福的无常，以及个人的无能为力"，使这一时期的文学往往表现出很强的悲剧性基调和独立的生命意识，并在文学创作中形成一些共同的主题，即生死主题、游仙主题、隐逸主题，其中生死主题表现出四种对待人生的态度：一是提高生命的质量，及时勉励建功立业，如《古诗十九首·今日良宴会》，曹植《白马篇》等；二是增加生命的长度，服食求仙，如曹植的《游仙》《仙人篇》，曹丕《折杨柳行》（虽然该诗最后转向了"提高生命的质量，及时勉励建功立业"的生死主题）等；三是增加生命的密度，及时行乐，如曹丕的《与吴质书》："少壮真当努力，年一过往，何可攀援？古人思秉烛夜游，良有以也"；四是陶渊明的不以生死为念的顺应自然的态度。① 可见曹丕的文学作品很鲜明地带有强烈的生命意识，并主动地表现生死主题：其在增加生命的密度以外，也有增加生命长度之思考，而其《与钟繇书》中这一段关于"菊"之辅体延年的说法之后，又有"谨奉一束，以助彭祖之术"一句，可见其本身即是从服食导引、长生久视之角度出发的，此句本是其服食求仙，以求增加生命的长度的思想的体现。

　　另外，从洪兴祖的注本身来说，其引曹丕《与钟繇书》也并不是随手而引，这是因为《楚辞》中诸多篇目本身就有服食求仙之主题，那么其对于《离骚》之训释，可能也是不自觉受《楚辞》其他篇目影响，而往服食长生这一层面靠拢，故引述曹丕此论以作解。如《天问》"受寿永多，夫何久长"一句，王逸结合上一句"彭铿斟雉，帝何飨"，仅云彭祖善庖厨，能烹雉羹以事尧，尧则以之飨彭祖而彭祖得以全寿考，洪兴祖则一方面引《神仙传》彭祖"善调鼎"之说（但不云其长寿与之相关），一方面又引《庄子·外篇·刻意》云："吹呴呼吸，吐故纳新，熊经鸟伸，为寿而已矣。此道引之士，养形之人，彭祖寿考者之所好也"②，则把彭祖"受寿永多"之原因，从王逸的善烹饪以食疗，转而归结为其善于导引呼吸之神仙方术。再如《远游》一篇，则有"餐六气而饮沆瀣兮，漱正阳而含朝霞"一句，明举"餐霞饮露"之道家养生服食之术，而其前一句"吾将从王乔而娱戏"，洪氏专引《淮南子·泰族训》云"王乔、赤松，去尘埃之间，离群慝之纷，吸阴阳之和，食天地之精，呼而出之，吸而求新，蹀虚轻举，乘云游雾，可

① 袁行霈：《中国文学史（第三版）》第 2 卷，北京：高等教育出版社，2018 年，第 7～8 页。

② （宋）洪兴祖撰；白化文等点校：《楚辞补注》，北京：中华书局，1983 年，第 116 页。

谓养性矣"①，可见其受《楚辞》篇目文本本身之影响，对篇目中可能涉及神仙方术之处，予以道教之解读。洪氏所处时代，已将诸多思想兼纳于道教中，结合上文对洪兴祖道教迷信的探讨，这里应看作洪氏受道教思想的影响而发。

又前已述及《离骚》《远游》对后世文学"游仙"主题的开创，关于《远游》之篇旨，洪兴祖于班固《离骚序》后所作训释，屡引《远游》原文，其中所引"无滑滑而魂兮，彼将自然""虚以待之兮，无为之先"则显著表现了洪兴祖所吸收和认同的关于道家或道教的清静无为、顺应自然的思想；又《楚辞》具体篇目之神怪灵异之说，洪氏亦屡以后世道教尊为经典之《列仙传》《穆天子传》等为之说，如《远游》"吾将从王乔而娱戏"一句，即取《列仙传》之记载以释王乔；而以《离骚》为代表的《楚辞》篇目，又频繁反映了屈原仕与隐的政治纠结，洪氏在训释此类屈旨时，则又不可避免结合道家甚或道教隐逸思想以为之说。此数类例证，全篇频见，俯拾皆是，此不赘举。

2. 佛教思想

《补注》全篇，除卷首介绍隋僧释道骞善楚音，能以楚声读《楚辞》外，不见直接言僧侣、佛教及佛教教义、思想的内容。但我们依然可以从洪兴祖训释的思想倾向，以及对王逸训释思想倾向的袭取、继承，约略考见其中隐微的佛教思想的表达。

前文论述洪兴祖之道统思想，论及其"心传"之道统传承观，指出本观念与宋儒理学和禅宗思想之合流大相关联。前举《远游》中"道可受兮，不可传"一句之训释，洪氏以"心传"观念为解，又引《庄子·大宗师》为证，可知洪氏所受宋代三教合流思想倾向的影响。从前举洪兴祖向宗禅师问道之逸事可知，洪兴祖于佛教思想，有一定程度之了解，故其"心传"观念，虽然表现出三教思想融合之倾向，但也能在一定程度看出，洪兴祖在日常所接受的佛教思想，因"心传"之本源乃是禅宗，洪兴祖若不能接受此观点，亦断不会接受理学中这一思想，更不会引道家典籍以为佐证。

《离骚》"诏西皇使涉予"，王注云："言我乃麾蛟龙，以桥西海，使少皞来渡我，动与神兽圣帝相接，言能渡万民之厄也。"②结合上下文看，此句乃屈原最终将要抵达理想中的昆仑仙境（即其理想中的政治国度的托

---

① （宋）洪兴祖撰；白化文等点校：《楚辞补注》，北京：中华书局，1983年，第166页。
② （宋）洪兴祖撰；白化文等点校：《楚辞补注》，北京：中华书局，1983年，第45页。

喻),故令"西皇"助其渡越西海之路阻,但王逸此处解"渡"为"度",称此句有度尘世万民之厄之义,实显突兀。这可能与王逸平时受到神仙灵异思想的影响有关,而不自觉表达于此。而度厄一说,佛教中常见,如《心经》"度一切苦厄",实人尽皆知;但度厄亦属汉语固有词汇,如汉代纬书《易纬·乾凿度》即有"消灾度厄"一词,众所周知,谶纬之书,实为"宣扬天命迷信的预言、秘籍"①以及"被方术神化了的经学典籍"②,纬书之兴起,实与今文学家"天人感应说"相关。可见,佛教中"度厄"之思想,应是佛教传入中国后,出于"格义"之比附,而袭取中国传统词汇形成的。而此时道教未兴(虽然道教也有如《太上灵宝天尊说禳灾度厄经》之经典),故王氏之说,可能与佛教或谶纬学相关。然洪兴祖所处之时代,对"度厄"之认知,则更多是对佛教之禳灾避祸之方法的认知。洪氏对王逸之解不作辨正,证明其接受王逸"度万民之厄"之说,正如前文所述,"阐释是一种当下的介入阐释者主体意识的个体创造性行为",故此种接受,必然又带有洪氏所处时代的先验的思想的认知,而不完全是从王逸时代的思想角度申发的。从这一点来看,或许洪氏之首肯王注,又包含了一定程度的对佛教普度众生之厄的思想观念的接受与表达。

综上,洪兴祖对道教、佛教都有一定程度的了解和信仰,又在《跋天隐子》里将两者等量齐观,并在其代表性著作《楚辞补注》里都予以申发和表达,说明洪兴祖是持有兼容并蓄的佛道观的,而这种观点,很大程度上和宋代的"三教合一"思想倾向有关:洪兴祖虽然对韩愈的道统思想有所承袭,但同样也随着时代的发展而发生了变化。宋代的理学已经在韩愈的道统基础上开始逐步摒弃"尊王攘夷"的思想,实现了三教思想的合流,也在一定程度上促进了三教实际的融合(如王重阳的全真教)。"三教合一"的思想,也同样对洪兴祖产生了影响,使其对佛道表现出一种兼容并包的思想态度。

五、其他思想

(一)"同姓不可去,有死而已"的君臣之义

洪兴祖解释屈原在楚国当时政局那么混乱,丝毫得不到怀王和顷襄王信任,仍然不肯去国他就,宁愿效仿彭咸自沉江流的原因时,一反前人对

---

① 孙钦善:《中国古文献学史(修订本)》上册,北京:中华书局,2015年,第77页。
② 孙钦善:《中国古文献学史(修订本)》上册,北京:中华书局,2015年,第79页。

屈原不知天命，不能急流勇退的不明智的评价。他在注释王逸《离骚经后序》时指出："屈原，楚同姓也。为人臣者，三谏不从则去之。同姓无可去之义，有死而已。"①在王逸"同姓无相去之义"②（《离骚》"及行迷之未远"句下注）、"人臣之义，以忠正为高，以伏节为贤。故有危言以存国，杀身以成仁"③（王逸《离骚经后序》）④的基础上，创造性地提出了"同姓无可去之义，有死而已"的说法，认为同姓之臣不仅不可去国，还必须在不为所用、三谏不从（三谏应为虚指，当指频次之高）的情况下，死国捐躯。怀、襄频为谗邪所蔽，屈原不为所用，则谏；谏不从，同姓不可去国，则死。这也是对颜之推"屈原露才扬己，显暴君过"一说的有力反驳，因所谏者，政之弊也，频谏必显暴君之过错，但屈原无可去之义，必然只能留国坚持进谏，此乃其本分，非有意显暴君过。

据上可知，之所以说洪氏创造性地提出"同姓无可去之义，有死而已"之说，正在于其对王氏之说的整合与深入发挥，因为王氏所言，仅言人臣之不可去，不言死国，而人臣义，虽以"忠正""伏节"为最高最贤，但这并不是对所有人臣的必然要求，故其仅云"有杀身成仁"，不云"皆杀身成仁"，说明这类有最高的君臣之义的臣下，仅在少数，而不是人人必须如此。而洪氏则把这一命题绝对化，认为同姓之臣必须为国服务，不为所用亦不应去国，应频谏君过，与奸佞周旋，以尽臣之本分，君不听谏，则有死而已。故其又说："况同姓，兼恩与义，而可以不死乎？"⑤虽其举微子、比干为例，认为微子同姓去国，在于商朝还有比干这样的同姓忠臣，故可去国。而屈原所处的时代，楚国已再无同姓之忠臣，故屈原必不可去国，只能"力争而强谏"，若不得，则"死犹冀其感发而改行"，此看似在说屈原出于不得已而死国，但洪氏之持论，实应为了凸显屈原死国的重要意义，并树立屈原作为楚国最后的贤臣忠臣，仍然不肯去国他就，力图挽狂澜于既倒，为国家竭忠尽智到最后一刻的伟岸形象。故洪兴祖事实上是把同姓之臣的命运往"有死而已"这一最高的"自我实现"的道德要求上去规定的。

① （宋）洪兴祖撰；白化文等点校：《楚辞补注》，北京：中华书局，1983年，第50页。
② （宋）洪兴祖撰；白化文等点校：《楚辞补注》，北京：中华书局，1983年，第17页。
③ （宋）洪兴祖撰；白化文等点校：《楚辞补注》，北京：中华书局，1983年，第48页。
④ 当然，王氏之说，亦有所本。"杀身以成仁"（《论语·卫灵公》）固是先秦儒家之重要思想，"同姓无可去之义"则显是汉儒之发挥：王逸稍后之汉末大儒郑玄，著有批驳今文公羊学家何休《左氏膏肓》之书《箴膏肓》，于此书中指出"楚鬻拳同姓，有不去之恩"，可见此说当为汉代（或东汉）较为通行之说。
⑤ （宋）洪兴祖撰；白化文等点校：《楚辞补注》，北京：中华书局，1983年，第50页。

但按照传统的儒家的看法，对于为政与否，应该是根据实际情况来看的。如孔子就曾说"邦有道，危言危行；邦无道，危行言孙"（《论语·宪问》），又说"道不行，乘桴浮于海"（《论语·公冶长》），并称赞宁武子在邦无道时大智若愚，言"其愚不可及也"。孟子又曾说："（伯夷、伊尹）不同道。非其君不事，非其民不使；治则进，乱则退，伯夷也。何事非君，何使非民；治亦进，乱亦进，伊尹也。可以仕则仕，可以止则止，可以久则久，可以速则速，孔子也。皆古圣人也，吾未能有行焉；乃所愿，则学孔子也。"（《孟子·公孙丑上》）并在实际的仕进行为上作出了自己的回答，他在离开齐国时曾就尹士批评他向高子作了辩解，在这段对话中他指出："予三宿而出昼，于予心犹以为速。王庶几改之。王如改诸，则必反予。夫出昼而王不予追也，予然后有归志。"（《孟子·公孙丑下》）

可以看到，儒家向来对于仕进与否是抱有视实际情况而动的思想倾向的，并不抱有愚忠。班固和颜之推等人正因此就屈原不能明哲保身，死抱愚忠不肯去国大加诟病。但洪兴祖作为一个儒家学者，却并没有完全从这一立场上指责屈原的行为，反而创造性地提出了"同姓无可去之义，有死而已"（其远源也出于儒家）的看法，在一定程度上合理解释了屈原这一行为。但春秋弑君叛国风气大盛，光以同姓去国弑君者于楚国就大有人在。太史公云："春秋之中，弑君三十六、亡国五十二，诸侯奔走，不得保其社稷者，不可胜数。"（《史记·太史公自序》）行弑君之行者，同姓亦不可胜数，仅楚国即有楚武王熊通、楚穆王商臣、楚令尹公子围等人，皆以人臣事君，却寡仁少恩，毫不见同姓之义。而另一位忝列王族三姓的巫臣（即屈巫），竟图陈国夏姬之美色而弃楚奔晋，何见其不可去之义？洪氏饱读诗书，自不会不知这些历史典故。因此，这种"同姓无可去之义，有死而已"确乎是洪兴祖在王逸基础上提出的原创性理解，它更多的带有洪兴祖自身的对君臣之义的思考在其中。

这种"同姓无可去之义，有死而已"的思想，在洪兴祖付诸政治实践时就更多的表现出一种"治亦进，乱亦进"的行为准则，这从其晚年不惜以谈《易》暗讽秦桧（见《京口耆旧传》卷四，详后第二章第一节引《京口耆旧传》原文）即可看出一斑，又为程瑀《论语解》作序，甚至还公然刊刻其《楚辞补注》宣扬元祐党派的学术成果（详后第二章第一节论述），足见这种对谗佞邪小的决不妥协。周煇评价洪兴祖的政治生涯称："'禄岂须多，防满则退；年不待暮，有疾便辞。'仕者若守此戒，则不殆不辱，可全始终进退之节。顷见洪庆善书此语于座屏，然晚有南荒之谪，盖亦昧于勇退。士大夫能明哲保身，以全终始者寡矣。"①确乎是对这种"治亦进，乱亦进"政治行为的准确概括。根据周煇的记载，我们看到洪兴祖也曾有过让自己的政治生涯全始终进退之节的想法，但真正遇到需要为国分忧、提供政治建议甚至与打压自己的政敌斗争时，是绝对当仁不让的，这是作为臣子向国家、君主所必须尽到的义务。

（二）"有教无类"的教育观

洪兴祖在其为李亦所作《天台县学记》中称：

> 所谓俊伟不群之士，既出而为之师，且与其长论所谓达才而善俗者。……抑尝闻之，士而怀居，不足以为士矣。孔子盖辙环天下，而七十子之徒不皆生于鲁而老于鲁也。古有分土无分民，比闾族党非一方之民，则庠序学校非一乡之士。周家德行道艺之举，盖取天下之善士，岂求于一乡一国而已也耶？成均古制也，郡邑之学必占籍乃得肄业，非古也。乡使是邑无所谓俊伟不群者，则如之何？学者不可一日无师，模不模，范不范，扬子云非之。②

我们可以看到，洪兴祖举孔子七十二门徒"不皆生于鲁而老于鲁"为例，在教育对象上，否定了"占籍乃得肄业"的框定于户籍的教育方法，认为庠序学校所教应"非一乡之士"。作为老师，则更应该多聚俊伟不群之士，亦师亦友地教育他们，而不应择其出身地域，不然若本邑无贤俊之才，岂非空设学宫？洪兴祖的这种教育观念很大程度上是对孔子"有教无类"（《论语·卫灵公》）教育观的继承和延伸，即将"有教无类"的思想内涵作为具体的"不择籍而教"形式表现出来。

（三）求真的史学观

根据本章第二节《春秋本旨》部分的介绍，我们知道，洪兴祖认为，《春秋》中的属辞比事，即按年、时、月、日的顺序排比事实是更为重要的，而《春秋》中可能蕴含刺讽意味的"春秋笔法"，虽也应注意并阐发，但并不能过分探求，不然就会陷于迂回和穿凿附会。也就是说，洪兴祖更

---

① （宋）周煇：《清波杂志》，《宋元笔记小说大观》第5册，上海：上海古籍出版社，2001年，第5107页。
② 曾枣庄、刘琳：《全宋文》第182册，上海：上海辞书出版社；合肥：安徽教育出版社，2006年，第124页。

注重弄清历史事实的本真面目，而不是探求《春秋》的微言大义。洪兴祖还认为，对于《春秋》义例的探求，就如同对天文规律的探求一样：因为天候的周而复始，人们有了四时年岁的说法，这是一种主观上的意见；《春秋》是本无例的，对《春秋》义例的探求，也是一种主观上的判断，因此不能过分，否则就会陷入浅薄。皮锡瑞曾就此观点反驳说："圣人作《春秋》，当时尝自定例与否，诚未可知，而学者观圣人之书，譬如观天，仁者见仁，知者见知，各成义例，皆有可通，治历者因周天之数以为度，不得以为非天之度，学者因行事之迹以为例，岂得以为非《春秋》之例乎？"①虽然洪兴祖对于《春秋》义例的看法并不一定正确，但起码说明了洪兴祖是非常注重于追求事实的客观性的，即不能太过注重用主观意见去阐发可能蕴含在文本中的一些内容。这种求真的史学观一方面在《楚辞补注》《厥里谱系》中以多闻阙疑的审慎态度表现出来：

> 《列子》曰：伊尹生乎空桑。注云：伊尹母居伊水之上，既孕，梦有神告之曰："臼水出而东走，无顾。"明日，视臼水出，告其邻，东走十里，而顾视其邑，尽为水，身因化为空桑。有莘氏女子采桑，得婴儿于空桑之中，故命之曰伊尹，而献其君，令庖人养之。长而贤，为殷汤相。与注说小异，故并录之。（《楚辞补注·天问》）②

> 刘向《新序》云：荆人卞和，得玉璞而献之荆厉王，使王尹相之，曰：石也。王以和为谩，而断其左足。厉王薨，武王即位，和复奉玉璞而献之武王，王使王尹相之，曰：石也。又以为谩，而断其右足。武王薨，共王即位，和乃奉玉璞而哭于荆山中，三日三夜，泣尽而继之以血。共王闻之，乃使人理其璞而得宝焉。又《淮南子》注云：楚人卞和，得美玉璞于荆山之下，以献武王，王以示玉人，玉人以为石，刖其左足。文王即位，复献，以为石，刖其右足。抱璞不释而泣血。及成王即位，又献之，成王曰：先君轻刖而重剖石。遂剖视之，果得美玉，以为璧，盖纯白夜光，故曰和氏之璧。又《琴操》曰：卞和得玉璞，以献楚怀王，使乐正子占之，言非玉，以其欺谩，斩其一足。怀王死，子平王立，和复抱其璞而献之。平王复以为欺，斩其一

---

① （清）皮锡瑞：《经学通论》，北京：中华书局，1954年，《春秋》部分第55页。

② （宋）洪兴祖撰；白化文等点校：《楚辞补注》，北京：中华书局，1983年，第108页。

足。平王死，和欲献，恐复见断，乃抱其玉而哭荆山之中。诸说不同。按《史记·楚世家》：武王卒，子文王立。文王卒，子熊囏立，是为杜敖。其弟弑杜敖自立，是为成王。则《淮南子》注为是。《新序》之说与朔同，然与《史记》不合，今并存之。(《楚辞补注·七谏·怨世》)①

太史公作《孔子世家》，序防叔以来至欢而止；《前汉·孔光传》，序孔鲤以来至均而止；《后汉·孔僖》，序均以来至完而止；太子贤《注》，序羡以来至德伦而止；《唐·宰相世系表》序征仲以来，至昭俭而止；《孔宗翰家谱》，序仲尼以来至若蒙而止；《唐·艺文志》，有《孔子系叶传》一卷，其书今亡。今得旧谱于孔氏，虽号古本，行谬颇多，因以历代史、诸家书、前世石刻，互相参考。缺者补之，误者正之，疑似者两存焉。又求《左传》、《史记》作先圣年谱列于卷首。(《阙里谱系序》)②

另一方面在其著述《续史馆故事》本身表现出来，张舜徽先生曾指出："宋代史学的最大特色，便是详于当代史迹的记述，能够及时地把现实的社会变化和政治得失编写成书。"③因此，宋代《太祖实录》《三朝国史》等记载当代国史的史籍非常多。根据本章第二节《续史馆故事》部分所引陈振孙的著录，《续史馆故事》应是一本董理史馆编修实录与史传重要始末的记录宋朝国史的史籍。对本朝国史的及时实录，就是有恐年久之后，后人修史失却本真面貌，这反映的正是一种求实的史学态度。

小　结

洪兴祖作为儒家治经学者，在文艺观、教育观、政治观上都多少沿袭了儒家的思想，并对韩愈以来的道统思想有所继承。但作为宋代理学发展

---

①　(宋)洪兴祖撰；白化文等点校：《楚辞补注》，北京：中华书局，1983年，第245~246页。

②　衢州市政协文史资料委员会：《南孔研究》，北京：中国戏剧出版社，2001年，第76页。

③　张舜徽：《讱庵学术讲论集》，长沙：岳麓书社，1992年，第282页。

的一环，或者说作为道统在传承中演变的一环，洪兴祖也多少对道统的思想进行了修正和扬弃，这表现在与韩愈对佛、道二家截然不同的思想态度上。如果说"比兴""讽谏"的楚辞观和"礼治""德治""人治"并重的政治观表现了他对儒家文艺观和政治观的继承，"讽诗正宗""同姓无可去之义"就表现了他在文艺观、君臣之义上的创见。因此，洪兴祖是一个大体沿袭了儒家思想倾向，又能跟上时代思潮步伐，在思想上有所创新的饱学之士。

第二章 《楚辞补注》的版本

《楚辞补注》一书，在宋代曾有短期的流传，然因朱熹《楚辞集注》的出现，流传渐受影响而式微。毛表云："今世所行《楚辞》，率皆紫阳注本，而洪氏《补注》绝不复见。"①是其明证。李温良亦云："顾自朱熹重注《楚辞》，并作《辩证》《后语》以探抉幽隐，其声势遂盛过洪书。且因洪书于宋末之际为人所改，其条理组织诚有未尽完整之处，是以流传渐受影响。"②正是这样，洪兴祖的《楚辞补注》一书，宋本已然不能复见，今所见最早者亦不过明翻宋本，且仅见一种，清代版本渐多，然皆据清初汲古阁毛表覆宋本翻刻，而在翻刻时由于精校的原因，又产生了三种善本，即汲古阁宝翰楼印本、日本宽延二年柳美启翻汲古阁本及清同治十一年金陵书局重刊汲古阁本。《楚辞补注》一书之版本系统，从本质上来说，只有两种。

第一节 《楚辞补注》的早期面貌、版本和传播

一、《楚辞补注》与《楚辞考异》的成书

（一）《楚辞补注》的成书

1. 初成时间

陈振孙《直斋书录解题》著录《楚辞补注》题"知饶州曲阿洪兴祖补注"，《楚辞补注》很有可能是在洪兴祖知饶州期间（1150—1154）刊刻的。但《楚辞补注》是否在知饶州期间成书呢？《直斋书录解题》著录洪兴祖《楚

---

① （宋）洪兴祖撰；白化文等点校：《楚辞补注》，北京：中华书局，1983年，第328页。
② 李温良：《洪兴祖〈楚辞补注〉研究》，新北：花木兰文化出版社，2011年，第78页。

辞考异》称洪兴祖少时从东坡甥柳展如手得东坡手校《楚辞》一卷，古人二十及冠，洪兴祖少时很可能是15岁到20岁之间，这说明洪兴祖可能很早就开始注意《楚辞》或从事《楚辞》的相关研究了。而洪兴祖卒于公元1155年，很可能是在饶州任上将其以前未及刊刻的著作重新修改刊刻出来，而不一定是在饶州任上才作《楚辞补注》一书。

洪兴祖著有《韩文辨证》一书，今已佚，其文散见于魏仲举《五百家注昌黎文集》及朱熹《韩文考异》中。其中有一条是就《衢州徐偃王庙碑》所作的解题，称："徐偃王事见《史记》《后汉书》《博物志》《元和姓纂》。然《后汉书》云：'楚文王灭之。'《楚词》亦云：'荆文祖寐而徐亡。'按周穆王时无楚文王，春秋时无徐偃王，予尝辨于《楚辞补注》中。"①这说明洪兴祖在作《韩文辨证》时很可能已经完成了《楚辞补注》并出版，不然在另一本书里提及一本未及公开出版的手稿会很突兀。知饶州时可能只是洪兴祖将早年的书再作复刻。洪兴祖另有一书《韩子年谱》，今存。其自序云："考岁月之先后，验前史之是非，作《年谱》一卷，其不可以岁月系者，作《辨证》一卷。所不知者阙之。"②落款日期为"宣和乙巳夏四月四日荆林东斋洪兴祖"，《后记》又称："乙巳岁再加考正而增广之。"是知宣和七年（1125）其《韩子年谱》及《韩文辨证》皆已撰成。那么在宣和七年之前很可能《楚辞补注》就已经问世了。昝亮的《洪兴祖生平著述编年钩沉》将《楚辞补注》的成书系于宣和五年（1123），侯体健《宋代学者洪兴祖生平事迹详考》则认为在宣和三年（1121）时洪兴祖可能大致完成了《楚辞补注》的初稿，谁对呢？

侯体健可能是根据孙傅的《韩子年谱跋》中"右洪庆善所次《昌黎年谱》，宣和壬寅夏得于其叔成季"③一句，认为既然《年谱》被孙傅在宣和四年（1122）得到，而《韩文辨证》又是和《年谱》一起刊刻的，《韩文辨证》既然提到《楚辞补注》，那么很可能在宣和四年之前《楚辞补注》就成书了，最起码初稿应该出来了。而从洪兴祖自序及其《后记》看，洪兴祖显然是在宣和七年将二书同时刊刻，但是并不意味着两书是同时完成的。有可能《韩子年谱》完成在前，大约为宣和四年完成初稿，交予孙傅商榷，而《韩

---

① （宋）魏仲举：《五百家注昌黎文集》，《景印文渊阁四库全书》第1074册，台北：台湾商务印书馆，1986年，第421页。

② （宋）魏仲举辑：《韩文类谱》，《续修四库全书》第552册，上海：上海古籍出版社，2002年，第41页。

③ （宋）魏仲举辑：《韩文类谱》，《续修四库全书》第552册，上海：上海古籍出版社，2002年，第86页。

文辨证》在后，最后在吸取了孙傅的意见增广《韩子年谱》后，将二书一同刊刻。即便《韩文辨证》和《韩子年谱》一起初成于宣和四年，也难保洪兴祖不在增广《年谱》时也对《楚辞补注》作修改，恰好增入关于徐偃王的史实的辨正，再在修改《韩文辨证》的内容(因为《韩文辨证》是《韩子年谱》中"不可以岁月系者"，修改《韩子年谱》必然也涉及《韩文辨证》的修改)时提及《楚辞补注》中增入的徐偃王之事，谁也不能保证"徐偃王"的内容一定就是《楚辞补注》初成时就有的。因此，出于谨慎的态度，将成书时间系于宣和七年的前一年(1124)或比较妥当。侯体健、昝亮可能都把成书时间定得太早。

2. 知饶州刊本的刊刻时间

侯体健认为洪兴祖此时刊刻《楚辞补注》的确切时间不能详，将之附于绍兴二十二年(1152)。昝亮则将之附于绍兴二十年(1150)，当是据《建炎以来系年要录》推断出其知饶州时间为绍兴十九年九月至绍兴二十四年七月间，而作出的一种推断。姚宽《西溪丛语》中引《楚辞补注》云："洪兴祖《补注楚辞》云：'秋花无自落者，读如我落其实，而取其华之落。'"又于自序中落款云"绍兴昭阳作噩仲春望日"，则该书刊刻于绍兴癸酉年(1153)，那么《楚辞补注》必然在此年之前刊出。综合上述材料，或当将此本成书时间系于绍兴二十年(1150)至绍兴二十二年(1152)间，以后文论证《楚辞考异》成书于1150年(详下)，而二书当刊刻于同时，则将知饶州刊本《楚辞补注》成书系于绍兴二十年(1150)更为合适。

3. 成书次数

昝亮《洪兴祖生平著述编年钩沉》根据《韩子年谱序》及陈振孙《直斋书录解题》认为洪兴祖的《楚辞补注》可能经历了两次成书，第一次为《楚辞补注》，第二次为《楚辞补注》及《楚辞考异》，其依据很可能是《直斋书录解题》里"得洪玉父而下本十四五家参校，遂为定本，始补王逸章句之未备者；书成，又得姚廷辉本，作《考异》，附古本《楚辞释文》之后，其末又得欧阳永叔、孙莘老、苏子容本于关子东、叶少协，校正以补《考异》之遗"的介绍。认为在知饶州的时候洪兴祖将修改后的《楚辞补注》和后成的《楚辞考异》一起刊刻。侯体健《宋代学者洪兴祖生平事迹详考》也从其说。

《楚辞补注》一书可能确实经历过数次成书。洪迈《容斋续笔》卷一五称："洪庆善注《楚辞·九歌·东君》篇'緪瑟兮交鼓，箫钟兮瑶簴'，引《仪礼·乡饮酒》章'闲歌《鱼丽》，笙《由庚》。歌《南有嘉鱼》，笙《崇邱》'为比，云：'箫钟者，取二乐声之相应者互奏之。'既镂板，置于坟庵，一蜀客过而见之曰：'一本箫作摭，《广韵》训为击也。盖是击钟，正与縆瑟为对耳。'庆善谢而亟改之。"①但今本《楚辞补注》云"箫，一作萧"，又云："《仪礼》有笙磬、笙钟。《周礼》笙师共其钟笙之乐。注云：钟笙，与钟声相应之笙。然则箫钟，与箫声相应之钟欤？"既不作改从蜀客貌，也与洪迈所引述内容不同。这说明，《楚辞补注》很可能有三种面貌。即从洪迈引文及从"箫，一作萧"；从洪迈引文和蜀客意见；从今本。即使认为洪迈是在用自己的语言转述洪兴祖的《补注》大义，但今本中完全不见蜀客所云"击钟，正与縆瑟为对"的意思，也不见出示"箫，一作摭"之异文，那么《楚辞补注》也应有两种面貌，即今本或与洪兴祖改从蜀客之前的那个版本完全相同。《容斋续笔》成于绍熙三年（1192），此时洪兴祖早卒，不能遽断文中镂版是作成《韩子年谱》时还是知饶州时。但根据洪迈这段文字中的其他信息我们还可以对此镂版的时间作一推断。

洪迈云洪兴祖将镂版置于坟庵，而坟庵是指设于墓地的庙庵，宋三平指出："宋人在家族成员去世入土安葬之后，往往在坟墓旁兴建坟庵，选聘僧侣，以僧住持，使之诵经祈福。"②以《宋史》称洪兴祖"少读《礼》至《中庸》，顿悟性命之理"来看，洪兴祖应该不会轻易到其他家族的坟庵中摆放书籍镂版。宋三平认为坟庵还有族人扫墓时祭祀和休息的场所的作用，但扫墓祭祖往往持续时间不会太长，洪兴祖不至于将笨重的书版带回坟庵所在地（很可能是洪兴祖老家丹阳），这说明洪兴祖应该是需要长期待在坟庵中。因此，很可能是洪兴祖在服中，为某位族亲守丧。则此时或许是洪兴祖岳父丁志夫患瘟疫而亡时（侯体健《宋代学者洪兴祖生平事迹详考》定为宣和二年）或岳父葛师望亡故时（侯体健定为绍兴二年），或丁父忧（侯体健定为建炎四年）、丁母忧时（侯体健定为绍兴十四年）。但许景衡为洪兴祖岳父丁志夫撰写墓志铭时称其"斥佛事不用"（《横塘集》卷十九《丁大夫墓志铭》），且岳父对洪兴祖来说是外家，应不可能为之建坟庵。则此时很有可能是在建炎四年到绍兴二年（1130—1132）或绍兴十四年到绍兴十六年（1144—1146）间。可能正是因为丁忧期间时间充足，洪兴祖才一边守丧一边修改已刊刻的《楚辞补注》。如果我们把洪迈所引"箫钟者，取二乐声之相应者互奏之"视作此时已经刻板出版的《楚辞补注》的原文，则今传本《楚辞补注》很显然是知饶州的最终定本，如果洪兴祖在

---

① （宋）洪迈撰；孔凡礼点校：《容斋随笔》上册，北京：中华书局，2005年，第401~402页。

② 宋三平：《宋代的坟庵与封建家族》，《中国社会经济史研究》1995年第1期。

坟庵真的按照蜀客意见"谢而亟改之"并且又重新刊刻,则《楚辞补注》或有三个版本,经历了三次成书,且第二次成书应当在1130—1132年,或1144—1146年间;即便认为洪迈是撮述洪兴祖原文,也可能最终知饶州又改从此时已经刊刻镂版的版本,但如果确乎依蜀客的意见作了修改,则依然不当完全否认三次成书的可能。

又晁公武《郡斋读书志》介绍《楚辞补注》云:"未详撰人,凡王逸《章句》有未尽者补之,自序云以欧阳永叔、苏子瞻、晁文元、宋景文家本参校之,遂为定本,又得姚廷辉本,作《考异》。"①宋祁乃宋初名臣,世所共知。其著述颇夥,尤以与欧阳修同修之《新唐书》为人所熟知。宋祁修《新唐书》之缘起,乃仁宗时三馆(昭文馆、集贤院、史馆)典籍散佚,故命宋祁和翰林学士张观、知制诰李淑等人,审查定勘馆阁正副样本,定其存废,有错误重复的地方则删去,里面有残缺不全的地方,予以补写校正,仿唐《开元四部书目》的书体,著为目录,名《崇文总目》②。今考《文渊阁四库全书》本《崇文总目》总集类收有《楚辞》十七卷,以卷帙看,当即王逸《楚辞章句》。而其本自出自官方收藏,当为精善之本。所谓宋景文本,或即指此。欧阳修本,或亦因与宋祁共事而同出自于国家藏书,此已不可详考。又洪兴祖曾任秘书省正字与著作佐郎之职,此二职执掌编纂国史、管理国家藏书诸务,故洪兴祖或因此有机会获所谓宋景文本(即国家官方藏本)。而此二职之任,在绍兴二年与三年(1132—1133)(详侯体健《宋代学者洪兴祖生平事迹详考》),正与洪兴祖丁父忧之绍兴二年吻合,晁公武又云得"欧阳永叔、苏子瞻、晁文元、宋景文"诸家本后,即成定本,则此时所定必已成书。此似颇可证《楚辞补注》三次成书之不诬。

综上,《楚辞补注》之成书,或当定为三次,其成书时日则应分别系于宣和六年(1124)、绍兴二年(1132)至绍兴三年(1133)、绍兴二十年(1150)。

(二)《楚辞考异》的成书

现可见最早的对《楚辞考异》具体面貌及成书经过的介绍是陈振孙在《直斋书录解题》里所作的提要:

---

① (宋)晁公武撰;孙猛校证:《郡斋读书志校证》下册,上海:上海古籍出版社,1990年,第806页。
② 李玉安、陈传艺:《中国藏书家辞典》,武汉:湖北教育出版社,1989年,第65页。

《楚辞考异》一卷

　　洪兴祖撰，兴祖少时从柳展如得东坡手校《楚辞》十卷，凡诸本异同，皆两出之，后又得洪玉父而下本十四五家参校，遂为定本，始补王逸章句之未备者；书成，又得姚廷辉本，作《考异》，附古本《楚辞释文》之后，其末又得欧阳永叔、孙莘老、苏子容本于关子东、叶少协，校正以补《考异》之遗。洪于是书，用力亦以勤矣。①

　　根据陈振孙的描述，洪兴祖最开始从柳展如手中得到苏轼手校本《楚辞》，就开始了《楚辞补注》的撰作及《楚辞》文本的校勘工作。可能开始的参校本并不多，但也已经将异文一一列出，后来又得到洪炎本等十四五种《楚辞》的版本用以参考，于是将《楚辞补注》定稿，"始补王逸章句之未备者"。其后又得到姚廷辉本，于是结合之前的异文和参校本作成《楚辞考异》一书。最后又得到欧阳修、孙觉等人的本子用来修改和增补《楚辞考异》。

　　这说明，《楚辞考异》的成书及刊刻，可能经历了一个漫长的过程。和洪兴祖同时的晁公武将《楚辞补注》与《楚辞考异》并列在一条中，称：

《补注楚辞》十七卷《考异》一卷

　　未详撰人，凡王逸《章句》有未尽者补之，自序云以欧阳永叔、苏子瞻、晁文元、宋景文家本参校之，遂为定本，又得姚廷辉本，作《考异》，且言《辨骚》非《楚辞》本书，不当录。②

　　从两人著录的情况来看，晁公武仅云洪兴祖得姚廷辉本即成《考异》，陈振孙云洪兴祖后又增补《考异》来看，似乎两人著录的并不是同一版本。

　　姚廷辉即姚舜明，字廷辉。姚舜明《宋史》无传，《宋史》之《梅执礼传》《韩世忠传》及《中兴小纪》《建炎以来系年要录》诸书有其事迹之零星记录，于其家族世系则无载。今据 1984 年浙江诸暨出土之姚舜明墓志可观其家世生平大略：

宋左中大夫徽猷阁待制提举江州太平观文安县开国男食邑三百户

---

① （宋）陈振孙撰；徐小蛮、顾美华点校：《直斋书录解题》，上海：上海古籍出版社，2006 年，第 434 页。
② （宋）晁公武撰；孙猛校证：《郡斋读书志校证》下册，上海：上海古籍出版社，1990 年，第 806 页。

赐紫金鱼袋姚公墓

　　公讳舜明，字廷辉，姓姚氏，会稽剡人。登绍兴丁丑进士第，仕至左中大夫、尚书户部侍郎。引疾丐闲，以徽猷阁待制提举太平观。逾年，上章挂冠，有旨从其请，而增秩焉，甫及授命。当绍兴五年九月十三日疾革而薨，享年六十有五。有旨赠官四等。娶张氏，故太仆寺丞逈之女。子，男四人，宏、宽、寓、宪；女六人，归莫伯镕、黄师信、叶春、毛叔度、张云，壹未行。以六年七月六日葬于诸暨县长宁乡左溪。原家有石枕，宗党刻记，纳之椁中。若夫盛德至善，立朝大节，详具于志铭。①

　　《嘉泰会稽志》卷十五《相辅》载姚舜明本传，备述姚舜明之生平甚详，但不涉其著述，又云"子宏、宽皆博学""子宪参政事，赠舜明太师"②。又《宝庆会稽续志》卷五《人物》有姚宽本传，云"以父舜明任补官"，又云"有《补注战国策》卅一卷，《五行秘记》一卷，《西溪丛语》一卷。"③。又《万历绍兴府志》卷四十《人物志六·乡贤之一》所载之姚舜明本传云："（姚舜明）所著有诗文十卷，奏章三卷，《补楚辞》一卷。"④据邓廷爵《关于〈战国策〉研究中的一些问题——读〈四库全书总目提要〉》一文中论证姚宏、姚宽当都曾补注《战国策》时，亦采《宝庆会稽续志》中姚宽本传的这几句材料可知⑤，姚舜明实为著名的补注《战国策》的学者姚宏之父，姚宏校勘、补注本《战国策》是目前可见的《战国策》的最早传本，乃是其在孙元忠所校本的基础上荟萃诸本而成，是对汉高诱注的延续和补充，其本之善，版本学价值之高，为学界所共知，此不赘述。据上引诸材料可知，洪兴祖所得姚廷辉本即其《补楚辞》一卷，以姚宏补注《战国策》之荟萃诸本，或又可类推乃父姚廷辉《补楚辞》亦勤于校勘，且广集众本、旁征博引，当亦为洪兴祖校定《楚辞》文本作出不少贡献，以晁公武云"又得姚廷辉本，作《考异》"，此言当不诬。

---

① 转引自宋美英：《宋代姚舜明墓志考》，《东方博物》2009 年第 1 期。
② （宋）沈作宾修；（宋）施宿等纂：《嘉泰会稽志》，《宋元方志丛刊》第 7 册，北京：中华书局，1990 年，第 6995~6996 页。
③ （宋）张淏纂修：《宝庆会稽续志》，《宋元方志丛刊》第 7 册，北京：中华书局，1990 年，第 7150 页。
④ （明）萧良幹修；（明）张元忭、孙鑛纂；李能成点校：《万历〈绍兴府志〉点校本》，宁波：宁波出版社，2012 年，第 770 页。
⑤ 张舜徽主编；中国历史文献研究会、华中师范大学历史文献研究所编：《中国历史文献研究（二）》，武汉：华中师范大学出版社，1988 年，第 68~71 页。

又姚宽《西溪丛语》尝辨洪兴祖《杜诗辨证》之误（详《西溪丛语》卷上论杜甫《送孔巢父》"几岁寄我空中书"句条），则洪兴祖或与姚宽有过从往来。又姚舜明曾知江州，旋又提举江州太平观，据诸方志中其本传推知任此二职之年月当建炎三年（1129）至绍兴四年（1134）年间，又据其寿数与卒年，可推知其生卒为公元1071—1135年，以江州、番阳、饶州俱属今之江西，则或洪兴祖于江东提刑或饶州任上得其《补楚辞》于其子姚宽，又姚宽曾在吕颐浩帅江东之幕府（详《宝庆会稽续志》卷五姚宽本传），吕颐浩于建炎四年（1130）除镇南军节度、开府仪同三司，绍兴二年（1132）都督江淮荆浙诸军事（详《宋史》本传），开幕府于镇江，绍兴三年（1133）又罢为镇南军节度使，开府仪同三司（详《宋史》本传，《建炎以来系年要录》卷六十八），镇江为洪兴祖老家，建炎四年（1130）至绍兴二年（1132）十二月之前又是洪兴祖丁父忧应当在家之时，则又或在此时得于姚宽？已不可详考。

陈振孙又云欧阳修、孙觉、苏颂本得自关子东、叶少协。关子东当即关注，《咸淳临安志》卷六十七《人物八》有传：

> 字子东，世为钱塘人。登绍兴五年进士第，尝教授湖州，与胡瑗之孙涤哀瑗遗书，得《易解》《中庸义》，藏之学官。又录瑗言行为一帙，汪藻为之序，称注之意在于美风俗、新人材。官至太学博士，卒。注自号香岩居士。有《关博学集》二十卷。①

又汪藻《胡先生言行录序》云：

> 绍兴八年，钱塘关注子东主吴兴学，而先生之孙涤在焉，相与哀先生遗书，将以布之天下，慰学者之思。得先生《易》书若干篇，《中庸义》若干篇，既藏之学官矣。②

据此，关注在绍兴八年（1138）年任湖州教授，绍兴八年洪兴祖正在湖州赋闲，与葛胜仲唱和，前已论及，关注又任湖州教授，乃洪兴祖后任，则洪兴祖或即此时自其手得以上诸本，洪兴祖绍兴九年（1139）守广

---

① （宋）潜说友：《咸淳临安志》，《景印文渊阁四库全书》第490册，台北：台湾商务印书馆，1986年，第695页。

② （宋）汪藻：《浮溪集》，《景印文渊阁四库全书》第1128册，台北：台湾商务印书馆，1986年，第154页。

德军邀请汪藻为其作《范文正公祠堂记》则可证明绍兴八年时，洪兴祖当已与关注结识，而洪兴祖所以有临安之游，或亦与关子东有关邪？则洪兴祖得诸本于关子东手，或当是绍兴八年时（1138）。

又叶少协，葛胜仲《丹阳集》有《次韵叶少协梦龄》一诗，宋赵鼎臣又有《次韵李萧远送叶少协赴官陈州》，题下自注云"叶梦龄"，可知叶少协即叶梦龄。考清叶德辉宣统三年续修《吴中叶氏族谱》卷五之《世系图·总图》可知，叶梦龄乃叶梦得亲叔父叶效之子，乃其堂弟①。又葛胜仲与叶梦得有深交，唱和往来颇为频繁，叶梦得之婿乃章茂深，亦章惇孙②，与葛胜仲同联姻于章家，于此可见二人之交。又《叶梦得年谱》指晁端友为叶梦得外祖父③，据刘焕阳《晁补之世系考辨》，晁端友为晁补之之父，则晁补之当为叶梦得之舅④。晁补之有《重编楚辞》《续楚辞》《变离骚》《后招魂赋》诸书，于《楚辞》用功极勤，叶梦得或从其舅习《楚辞》颇深，又叶梦得号石林，陈振孙《直斋书录解题》叙录叶梦得《石林总集》一百卷，《年谱》一卷时云："'石林'二字，本出《楚辞·天问》"⑤，当是指《天问》"焉有石林，何兽能言"一句。可能正是因为叶梦龄为叶梦得亲堂弟，故亦与葛胜仲有一定程度交往，而洪兴祖与葛胜仲之交往，前已详述，洪兴祖或亦于湖州与此二人相识，故于叶少协手中得诸本，订正《楚辞考异》。考邱世芬《叶梦得年谱》，叶梦得政和二年（1112）因葬父丁忧始居湖州卞山，又于宣和五年（1123）卜居湖州卞山，且与葛胜仲等人游玲珑山、泛舟出游，绍兴二年（1132）归卞山，此后长年居于卞山，至绍兴八年（1138）因迁官至建康。此后绍兴十六年（1146）正式致仕，归居卞山，直至去世（绍兴十八年，1148）⑥。然叶梦龄之行迹不可详考，以其与葛胜仲亦有唱和之作，或亦尝居湖州，结合前证洪兴祖居湖州时间与葛胜仲居湖州时间，以及关子东任职湖州的时间，洪兴祖或当即绍兴四年（1134）至绍兴八年（1138）得之于叶少协？亦不能详考。如此推论不差，根据晁公武和陈振孙的记载，《楚辞考异》成于得姚廷辉本，后又得诸本改定《楚辞考异》，则得姚廷辉本或当在建炎四年（1130）至绍兴三年（1133）左右，然后得诸

---

① （清）叶德辉等：《吴中叶氏族谱》，美国盐湖城：犹他州家谱学会，1911 年，《世系图·总图》第 1~3 页。

② 邱世芬：《叶梦得年谱》，新北：花木兰文化出版社，2012 年，第 10 页。

③ 邱世芬：《叶梦得年谱》，新北：花木兰文化出版社，2012 年，第 7 页。

④ 刘焕阳：《晁补之世系考辨》，《烟台师范学院学报（哲学社会科学版）》1988 年第 1 期。

⑤ （宋）陈振孙撰，徐小蛮，顾美华点校：《直斋书录解题》，上海：上海古籍出版社，2006 年，第 525 页。

⑥ 邱世芬：《叶梦得年谱》，新北：花木兰文化出版社，2012 年，第 11~96 页。

本当在绍兴八年(1138 年)，在此结论下，因为根据《韩子年谱》的自序和后记，《楚辞补注》第一次成书于 1124 年左右，陈振孙又说得到洪炎本后《楚辞补注》方为定本，后才得姚廷辉本作成《考异》，洪炎卒于绍兴三年(1133)(详《建炎以来系年要录》卷七十)，则洪兴祖得洪炎本不能晚于 1133 年。无明确证据证明洪兴祖与洪炎有何交往，而以洪炎在世之时，其所藏之本或不至轻易送人，则洪兴祖于洪炎卒后得其本或当符合真实情况。则洪兴祖最早也应得之于 1133 年，正与前文定《楚辞补注》第二次成书在 1132—1133 年间吻合，而此时遂为定本，肯定不是 1124 年那个版本了，后知饶州又刊刻一本，则此又可证《楚辞补注》三次成书不诬矣。

因此，《楚辞考异》的成书经历了较为漫长的过程，其雏形应该是洪兴祖作《楚辞补注》时两出的异文，但未及刊刻出版，在得到洪炎等十四五家参校本《楚辞补注》遂为定本，后又得到姚廷辉本，故使《楚辞考异》初成，最后又得到欧阳修、孙觉等人的本子进行修改增补，使《楚辞考异》成为定本。《楚辞考异》各次的具体成书时间，据上可大略推断为绍兴三年(1133)及绍兴八年(1138)，最后于知饶州任上与《楚辞补注》一同刊刻，据晁公武《郡斋读书志》的初成时间为绍兴二十一年(1151)，则《楚辞考异》第三次于饶州刊刻不得晚于 1150 年。

二、洪兴祖《楚辞补注》自序的亡佚

最早著录洪兴祖《楚辞补注》一书的当为晁公武《郡斋读书志》，原文如下：

> 《补注楚辞》十七卷《考异》一卷
> 未详撰人，凡王逸《章句》有未尽者补之，自序云以欧阳永叔、苏子瞻、晁文元、宋景文家本参校之，遂为定本，又得姚廷辉本，作《考异》，且言《辨骚》非《楚辞》本书，不当录。①

中华书局 1983 年点校本《楚辞补注》的《出版说明》也说："原书有序，已经阙佚。"由此知道，《楚辞补注》的最初面貌是带有自序的，结果后来亡佚了。而自序的亡佚，也正说明了《楚辞补注》在早期传播的曲折。现论证如下。

---

① (宋)晁公武著；孙猛校证：《郡斋读书志校证》下册，上海：上海古籍出版社，1990 年，第 806 页。

　　历来对洪兴祖自序不见著录的原因归咎于被编管时因为惧祸而删去①，在这一点上周俊勋和初亮都表示赞同。周俊勋根据《宋史·洪兴祖传》中"兴祖坐尝作故龙图阁学士程瑀《论语解序》，语涉怨望，编管昭州"句，认为自序是洪兴祖得罪秦桧而被删掉的；初亮则进一步说明晁公武虽然"未详撰人"，却能知自序内容的原因："因为洪曾得罪秦桧的缘故，晁公武不敢著录作者姓名，而晁曾见到的书序也是由于这一原因被人删除。"②则晁公武并非不知撰人而是故意瞒去不著录。而根据《京口耆旧传》卷四的记载：

　　　　绍兴十七年，秦桧当国，兴祖见之私第，坐间论《乾》《坤》二卦，至《坤》上六"阴疑于阳，必战"，兴祖谓"阴终不可胜阳"，恶夫干正者。秦桧以为讥己，大怒，谓兴祖曰："前辈自有成说，今后不须著书。"闻者知其必重得罪而兴祖自视无愧，处之恬然。③

　　洪兴祖早在编管昭州（绍兴二十四年，1154）之前的绍兴十七年（1147）就已经重重开罪秦桧，而和洪兴祖同时代的晁公武"未详撰人"，稍晚于洪兴祖的陈振孙则于《直斋书录解题》中直接题"知饶州曲阿洪兴祖庆善补注"，似乎都能说明洪兴祖确因得罪秦桧而被删去自序。但如确实只因开罪秦桧，删去作者姓名并对自序做些更改即可，何至于将自序一并删除？根据晁公武对自序的转述以及陈振孙对《楚辞补注》所作的提要，我们可以挖掘出自序不得不被删去的原因，现就该原因作一番论证。

　　学界对洪兴祖生卒年较为统一的认识为宋哲宗元祐五年（1090）至宋高宗绍兴二十五年（1155），这段时间的时代背景李温良将其概括为三个方面：第一，党争迭起，和战未决；第二，财用趋紧，民生日绌；第三，佛道流行，安逸成习。④ 这其中党争几乎贯穿了整个有宋一代，而不仅仅限于洪兴祖生活的年代。王桐龄在《中国历代党争史》中指出：

　　　　宋室朋党之祸，虽极于元祐、绍圣以后，而实滥觞于仁宗、英宗二朝。……惟宋之党祸不然，其性质复杂而极不分明，无智愚贤不

---

① 按：见白化文 1983 年中华书局点校本《楚辞补注》的《出版说明》。
② 参见初亮：《论洪兴祖〈楚辞补注〉》，杭州大学硕士学位论文，1996 年，第 3 页。
③ （宋）刘宰：《京口耆旧传》，《景印文渊阁四库全书》第 451 册，台北：台湾商务印书馆，1986 年，第 162 页。
④ 李温良：《洪兴祖〈楚辞补注〉研究》，新北：花木兰文化出版社，2011 年，第 6~11 页。

肖，悉自投于蜩螗沸羹之中。一言以蔽之，曰士大夫以意气相竞而已。

政治上有党祸，学术上亦有党祸。学术上之党祸，时常随政治上之党祸为转移。……以政治上之实力左右学术，崇拜其人者，并其学术而提倡之；鄙弃其人者，并其学术而禁锢之。……而南宋以弱，学术上之党祸，始于蔡京排斥元祐诸贤。禁其学说，甚于秦桧之禁绝程学。及韩侂胄当国，反对朱子，并其门人与私淑弟子一同禁锢之，号为伪学，而其祸极矣。①

这确实是对整个有宋一代党争及南宋学术争端较为精炼的概述。据此我们可以知道宋代党争在元祐（1086—1094）、绍圣（1094—1098）演变到最为激烈的程度，且宋代党争仅因意气或政见不合就互相倾轧，而置是非于不顾。元祐、绍圣党争之激烈，表现在从纯粹的政治斗争转向学术斗争和学术打压。士大夫的罔顾是非正义的"意气相竞"，正是这种学术斗争的巨大助力。而洪兴祖本人，确实是和这种由政治斗争演变而来的学术斗争有莫大联系的。

为方便下文及第二部分的论述，根据王桐龄《中国历代党争史》及黄宗羲《宋元学案》，将宋时元祐党争所引发的学术争端之渊源及延续按时间先后顺序列表如表 2-1 所示。

表 2-1　　　　　　　　　　洪兴祖生活年代学术争端一览表

时间	事件
神宗时（1067—1085）	神宗笃意儒学，王安石议罢诗赋及明经诸科，从之。安石又与其子雱及吕惠卿作《三经新义》，用以取士，废先儒一切传注。又罢《春秋》，不列于学官，并作《字说》穿凿附会。此为以国力推行王学之始。
哲宗元祐时（1086—1094）	旧党内阁成立，罢新法，立十科取士法，置春秋博士。科举禁引王安石《字说》及佛老之书。复诸儒之说以解经，不再取王说。复诗赋，与经义并行为两科。
哲宗绍圣时（1094—1098）	绍述论起，罢十科举士法，复高太后临朝所废新法。再罢诗赋及《春秋》科，仅习经义，解《字说》之禁。王学复盛。

① 王桐龄：《中国历代党争史》，上海：上海书店出版社，2012 年，第 59~60、112 页。

续表

时　间	事　　件
徽宗崇宁时（1102—1106）	再倡绍述，此时蔡京当国，斥元祐党人为奸党，禁其学术。毁范祖禹、三苏、黄庭坚及秦观文集。始以国力排斥程学。以王安石配享孔子，其子雱从祀孔庙。
徽宗宣和时（1119—1125）	再禁元祐学术，举人有传习元祐党人学术者以违制论。尝诏毁闽人所刻司马光等文集，并焚毁民间收藏习用苏黄之文。
钦宗靖康时（1126—1127）	除元祐党人学禁，复置《春秋》博士，禁王安石《字说》并罢其配享，降至从祀。
高宗建炎初（1127）至高宗绍兴十一年（1141）	科举兼用经义诗赋，复十科举士法，王学程学并行于朝野。时吏部员外郎陈公辅不喜专门之学，并讥王学与程学，胡安国与之论战。程学传人尹焞、胡安国由是并遭贬职。
高宗绍兴十一年（1141）至绍兴二十五年（1155）	宋金和议后，秦桧恶士论不服己，遂从右正言何若上书诬程颐、张载遗书为专门曲学之言，戒之于内外师儒之官，力加禁绝。程学由是为世所禁达十余年之久，至桧死方解。

（一）洪氏家学渊源与洪拟的连坐

洪拟，字成季，一字逸叟，世称净智先生。为洪兴祖叔父。历任国子博士、礼部尚书、龙图阁待诏等职。著有《净智先生集》十六卷，《注杜甫诗》二十卷，均已亡佚。考诸《宋史》本传、《咸淳毗陵志》以及《京口耆旧传》，知洪拟约于元祐九年、绍圣元年间进士及第。《京口耆旧传》云其"应上庠及选试南宫皆为《春秋》第一"①，如上表可知此时正是旧党内阁成立，罢除王安石新法，再置春秋博士时期。《春秋》科正是之前王安石新党所罢。根据《玉海》及《直斋书录解题》知洪兴祖著有《春秋本旨》二十卷，洪兴祖对其叔父之学有一定程度上的继承，是毫无疑问的。

《宋史·洪拟传》云："时王黼、蔡京更用事，拟中立无所附会。殿中侍御史许景衡罢，拟亦坐送吏部，知桂阳军，改海州。"②《宋史·许景衡传》云："会知洋州吴岩夫以私书抵执政子，道景衡之贤。因从子塈符宝

① （宋）刘宰：《京口耆旧传》，《景印文渊阁四库全书》第451册，台北：台湾商务印书馆，1986年，第160页。
② （元）脱脱等：《宋史》第34册，北京：中华书局，1977年，第11749页。

郎周离亨以达，离亨缪以其书误致王黼，黼用是中景衡，逐之。"①《建炎以来系年要录》卷三十五更称"朝请大夫洪拟为起居郎兼权中书舍人。宣和中，尝为侍御史，为王黼所逐，至是（建炎四年，1130）复用之。"②由是可知，洪拟和许景衡有一定程度交往，且由于许景衡曾得罪王黼，洪拟亦于宣和间连坐被贬职。考黄宗羲《宋元学案》，知许景衡实属元祐党籍，而王桐龄则指出"宣和中，再禁元祐学术。举人传习者以违制论"③。王黼向来阿奉蔡京，宣和年间也正是王黼蔡京交替为相的时期，蔡京对元祐党人学术之倾轧于表 2-1 已知，而洪拟以之举仕《春秋》一科，正是蔡京所倡王学一系所禁所废。

元祐党是指以司马光为首的，反对王安石变法的守旧派，因此被称为旧党。洪拟以旧党所置《春秋》科举士，又与旧党党籍的许景衡有交往，本身很可能也是旧党一系，因此遭到连坐而知桂阳军。以此观之，洪兴祖在家学渊源上，以及叔父洪拟的人际交往上，都能和元祐以来党争引起的学术倾轧产生一定的联系。

（二）洪兴祖著作所参考之书

陈振孙《直斋书录解题》云：

> 《楚辞考异》一卷
> 洪兴祖撰，兴祖少时从柳展如得东坡手校《楚辞》十卷，凡诸本异同，皆两出之，后又得洪玉父而下本十四五家参校，遂为定本，始补王逸章句之未备者；书成，又得姚廷辉本，作《考异》，附古本《楚辞释文》之后，其末又得欧阳永叔、孙莘老、苏子容本于关子东、叶少协，校正以补《考异》之遗。洪于是书，用力亦以勤矣。④

洪兴祖于《韩子年谱序》中又云：

> 予校韩文以唐本、监本、柳开、刘烨、朱台符、吕夏卿、宋景文、欧阳公、宋宣献、王仲至、孙元忠、鲍钦止，及近世所行诸本参

---

① （元）脱脱等：《宋史》第 32 册，北京：中华书局，1977 年，第 11345 页。
② （宋）李心传：《建炎以来系年要录》第 1 册，北京：中华书局，1988 年，第 683 页。
③ 王桐龄：《中国历代党争史》，上海：上海书店出版社，2012 年，第 113 页。
④ （宋）陈振孙撰；徐小蛮、顾美华点校：《直斋书录解题》，上海：上海古籍出版社，2006 年，第 434 页。

定，不敢以私意改易。①

考之黄宗羲《宋元学案》，苏轼(子瞻)、孙觉(莘老)及王钦臣(仲至)皆为元祐党籍，而如表2-1所举，元祐党人受到倾轧之严，直到毁其文集并不得传习的地步("尝诏毁闽人所刻司马光等文集，并焚毁民间收藏习用苏黄之文")，洪氏在撰著《补注》及《年谱》时不仅参考元祐党人之书，还公然将其列举，是必然会触怒蔡京乃至后来秦桧一系王学党的。

(三)洪兴祖的人际交往与对时人的评论

洪兴祖本人与许景衡有一定程度的直接交往，这于许景衡《横塘集》所录《丁大夫墓志铭》提到洪兴祖即可窥见一斑。与柳闳(展如)亦有往来，陈振孙于《直斋书录解题》已指出。又《至顺镇江志》卷十九载："柳闳，字展如，东坡之甥，居北固山下，有诗见《京口集》。"②则洪兴祖通过柳展如间接和元祐党人的苏轼有关系。宋陈长方《唯室集》卷五载有洪兴祖《祭陈唯室文》，是洪兴祖与陈长方有交往之明证。陈长方此人，《宋元学案》将其归于震泽学派，该学派由两宋之交的"震泽先生"王萍创立。王萍是安定学派胡瑗、濂溪学派周敦颐的再传弟子，伊川学派程颐的门人，年辈较杨时等人稍后，然其学识却深得前辈师长们赞许，认为"师门后来成就者，惟信伯(王萍)也"③。南宋初，传"洛学"于吴中。学者纷纷前来求教，因此形成"震泽学派"。可见陈长方之学术实亦为程学一系。元祐党是对司马光为首的守旧派的统称，其中包括洛党的程颐。因此，程学也是被视为元祐学术而被新党一派列为打压对象的。洪兴祖与此数人之交游是必然会受到王学一派学术倾轧影响的。

而洪兴祖对新党一系的批驳，不仅表现在其忤逆和讥讽秦桧上，亦有对蔡京门客的直接批驳。周辉曾于其《清波杂志》卷七中载："叶少蕴云：'某五十后不生子，六十后不盖屋，七十后不作官。'然晚年以子舍之多，不免犯六十之戒，屋成而公死矣。二事得之于洪庆善。"④叶梦得此人，黄宗羲云其"为蔡京客"，并将其划归"攻元祐之学者"⑤。洪兴祖对其人品

---

① (宋)魏仲举：《韩文类谱》，《续修四库全书》第552册，上海：上海古籍出版社，2002年，第41页。
② (元)俞希鲁：《至顺镇江志》，南京：江苏古籍出版社，1999年，第791页。
③ (清)黄宗羲：《宋元学案》第2册，北京：中华书局，2009年，第1047页。
④ (宋)周辉撰；刘永翔校注：《清波杂志校注》，北京：中华书局，1997年，第301页。
⑤ (清)黄宗羲：《宋元学案》第4册，北京：中华书局，2009年，第3189页。

言行显然是不值一哂的。

综合以上三点我们发现，洪兴祖无论是在家学渊源、平时交游还是著书立说上，都更倾向于元祐党一系，且和元祐党人保有密切联系，对以蔡京秦桧为首的新党一系亦有批评指责。那么很显然，相对于当权派的蔡秦一系，洪兴祖的学术必然是受到限制的。

回过头来我们再看《楚辞补注》一书。前面我们已经谈论过，洪兴祖《楚辞补注》有三次成书，第一次约成书于公元1124年，第三次是他在知饶州任上刊刻，约为公元1150年时。根据表2-1，公元1124年处于再禁元祐学术的时候，并且"举人有传习元祐党人学术者以违制论。尝诏毁闽人所刻司马光等文集，并焚毁民间收藏习用苏黄之文"。知饶州一事侯体健将其定为绍兴二十年（1150）至绍兴二十三年（1153）间，又于绍兴二十四年（1154）短暂去职和复职①，秦桧与洪兴祖生卒相同，根据王桐龄"右正言何若希桧旨，上书指程颐、张载遗书为专门曲学，请戒内外师儒之官，力加禁绝。桧从之。自是程学为世大禁者十余年，及桧死，始解"②的说法，我们可以知道，在洪兴祖知饶州之时，正是程学为世大禁者十余年的时候。因此，《楚辞补注》有两次成书都遇上了元祐学术被禁的时期。

根据之前洪兴祖为之作序的程瑀《论语解》一书，就曾被毁版不得刊行来看（见第一章第一节"洪兴祖生平简介"部分），洪兴祖固然敢于与权奸抗争而将其《楚辞补注》《楚辞考异》刊刻出版，但出版后也难保不被禁毁，从权的方法只有将作者信息删去。设若洪兴祖于自序中并未自露身份，根据晁公武所透露出自序中参考元祐党籍诸人书目的信息，蔡、秦一系学党也难保不将此书视为学习、承袭程学或元祐党籍诸人之学的书籍，而将其禁毁。因此，应是断断续续从神宗时到高宗绍兴末的新党学派与旧党学派的反复互相倾轧，使得洪氏此书在刻印发行之时，不得不删去其自序而确保能顺利传世。

三、《楚辞考异》的单行与散附

洪兴祖于《楚辞补注》外，又撰有《楚辞考异》，曾一同刊行。《考异》后亡佚，学界多认为《考异》被散附于今本《补注》，《补注》已非原貌。但《补注》的原貌是否就是与《考异》泾渭分明的样子呢？

瞿镛曾于其《铁琴铜剑楼书目》中就明翻宋本《楚辞补注》指出：

---

① 侯体健：《宋代学者洪兴祖生平事迹详考》，《新国学》第八辑，2010年，第392页。
② 王桐龄：《中国历代党争史》，上海：上海书店出版社，2012年，第115页。

　　　　题校书郎王逸上，曲阿洪兴祖补注。按陈氏《书录》，附《考异》
　　　　一卷，本别为一书，此乃散入各句下，非洪氏原本之旧。然犹是明翻
　　　　宋刻，讳字具减笔，知此书在宋时已窜乱矣。①

　　认为洪兴祖《补注》一书在宋代时就已经成为今传本散附的样子，而
姜亮夫则认为"洪氏《补注》及《考异》，但见明人传本。明代刊书，多任意
损益，不尽不实之端，时时见之"，又云"洪氏考异之文，明人刊书散入
洪书注中者"②。是断定《考异》一书到明时才散附《补注》中，而其根据当
是焦竑《国史经籍志》仍有对《楚辞考异》一卷单行本之著录。但无论《楚辞
补注》是在宋代还是在明代变成今本的样子，前贤学者都将《楚辞考异》视
作散附于《楚辞补注》。这种说法到底能不能成立呢？

　　在今本《楚辞补注》中，夹杂有两类异文，一类以"某，一作某""一
本""一云""一作"的形式出示，一类以"《释文》作某"的形式出示。李温
良即认为，前一类形式，都属《楚辞考异》之文字。③ 但一般认为，《楚辞
补注》中只有"补曰"二字后面的内容，才是洪氏所作《补注》，而第一类形
式的异文，却基本只出现在王注后与"补曰"前，那么这只能是《楚辞异
文》被后来的好事者所散附进《补注》一书。而后一类形式，则一般也被视
为是《楚辞考异》之内容。游国恩曾于《楚辞讲录》中说"《楚辞释文》今虽
失传，但洪兴祖的《楚辞考异》常常引到它"④，姜亮夫则把"《释文》作某"
与"《释文》音某"都视作是《楚辞考异》的内容⑤，李温良举实例指出，
"《释文》音某"有部分与同句所出异文不相关联，则其中有部分应不属于
《楚辞考异》，但整体而言，都认同"《释文》作某"为《楚辞考异》之内容。
但"《释文》作某"的情况，既多出现在王注、洪补之间，也偶尔出现在洪
补之后，如《离骚》"何桀纣之猖披兮"句，王注下和"补曰"上云："猖，
一作昌，《释文》作倡。披，一作被。"《离骚》"夕揽洲之宿莽"句下，洪兴
祖"补曰"云："忽，《释文》作曶。"既然"《释文》作某"时而出现在王注下
"补曰"上，时而出现在"补曰"下，即此也能推断《考异》是被散附进《补

① 转引自姜亮夫：《楚辞书目五种》，上海：上海古籍出版社，1993 年，第 32 页。
② 姜亮夫：《洪庆善〈楚辞补注〉所引〈释文〉考》，《姜亮夫全集》第 8 册，昆明：云南人民
　　出版社，2002 年，第 379、408 页。
③ 李温良：《洪兴祖〈楚辞补注〉研究》，新北：花木兰文化出版社，2011 年，第 63 页。
④ 游国恩：《楚辞讲录》，《游国恩学术论文集》上编，北京：中华书局，1999 年，第 264
　　页。
⑤ 姜亮夫：《洪庆善〈楚辞补注〉所引〈释文〉考》，《楚辞学论文集》，上海：上海古籍出版
　　社，1984 年，第 402、421 页。

注》了。

据上可知，学界判断《楚辞考异》散附的基础，是基于对晁公武著录的"《楚辞考异》一卷"以及陈振孙的"附古本《楚辞释文》之后"二句的综合理解之上，即都认为是把《楚辞考异》完整的一卷书内容附录于《楚辞释文》完整的一本书后，且《补注》《释文》《考异》是以三本书合刊的形式出现的，故往往对《考异》与《补注》的内容，产生泾渭分明、决然不同的判断与认知①。根据前引晁公武《郡斋读书志》、陈振孙《直斋书录解题》的内容，以及前文之论证可知，在洪兴祖完成《楚辞考异》之前，即已经完成《楚辞补注》之书，并且广参众本，才写成定本，且其曾将与苏轼本校定的异文两出之，其两出之异文，及其与其他诸家本参校发现的异文，仅仅作为别行之草稿，而不反映在《楚辞补注》中，最后才结集为《楚辞考异》，断难令人相信。且其得到《楚辞释文》后，虽订补了《楚辞考异》，但也应以之修订了其《补注》一书，这从其《楚辞目录》中将《楚辞释文》的不同篇目顺序附于其下即可看出。而《考异》作为洪兴祖校勘《楚辞》文本集大成者，不吸收《楚辞补注》中本来就存在的两出或多出的（含引自《楚辞释文》的）异文，自亦不可能。故从书目记载与情理上讲，《补注》与《考异》应本都具备相同的出示异文的内容，而这从《楚辞补注》本书也可以找到充分的内证。

如《离骚》"溘吾游此春宫兮"，王注与"补曰"间出异文曰"溘，一作壒"，"补曰"则云"壒，尘也，无奄忽义"。② 仅针对异文"壒"释义与辨

---

① 李温良甚至举朱熹《韩集考异》、司马光《资治通鉴考异》，说明洪兴祖同代之人，以"考异"名篇之书，往往独立于本书之外，故以此类推洪兴祖《韩文考异》与《楚辞考异》之独立于本书外的体例，又举朱熹《楚辞集注》中所引洪本所载欧阳修、苏颂、孙觉三本的内容，认为其不见于今本《补注》，当即为《考异》内容，又认为朱子转述洪本这三家之异文或训释内容，使用的"多艰""夕替"二词，即为洪氏《考异》原貌，这种不出示完整句子的省称做法，与一般以"考异"名篇的著作的处理方式相同，故其《楚辞考异》一定也是独立于本书之外的。此外，其又举洪兴祖之后的李焘《续资治通鉴长编》与李心传《建炎以来系年要录》，根据二者的考异文字，散附于原句之下，说明宋末有散附异文的普遍做法，故《楚辞考异》一定是南宋末理宗端平以后，被散附在《楚辞补注》中的。详参李温良：《洪兴祖〈楚辞补注〉研究》，新北：花木兰文化出版社，2011 年，第 61~62 页。这种类推之考据方法，有一定之道理，但其出发点依然是在《补注》与《考异》完全不相雷同的泾渭分明的基础上；另外，其对朱子转述的内容，所作判断的证据似亦不足，因简省之称呼，亦可看作是朱熹本人为求行文简便而作出的处理；再次，这段内容也可能是《补注》中所有，谓其为后世翻刻所阙漏亦无不可，因所举欧阳修、苏颂、孙觉三家本，虽陈振孙认为据此三本补订《考异》，晁公武则认为洪兴祖据欧阳修本作《楚辞补注》定本，可见朱熹所转引内容也并不能完全视为属于《楚辞考异》；最后，朱熹也并未明言《楚辞考异》，仅言"洪本"。

② （宋）洪兴祖撰；白化文等点校：《楚辞补注》，北京：中华书局，1983 年，第 30 页。

正。《九思·逢尤》中"悠怅立兮涕滂沱"句，王注与"补曰"中间有异文："悠，一作憂，一作惆，一作怊。""补曰"下不仅有对异文憂的反切注音，还有对此字的解释，而没有对整句的释义。① 又如《九辩》中"老冉冉而愈弛"句也是王注与"补曰"中间出异文"俞"与"施"，其中"施"，写作"《释文》弛作施"，"补曰"则云"俞与愈同。施与弛同"②，完全解释异文。又《九怀·陶壅》"意晓阳兮燎寤"一句，王注与洪补间出异文曰"《释文》作憭"，洪补则仅云"憭音了"③。以上所据，皆为整段"补曰"部分仅针对异文而作的情况，这一情况的存在，说明"补曰"中本应该是有异文或《考异》内容的，而为了割裂散附《考异》内容生造一段"补曰"，断难令人相信。《补注》的原貌极有可能就是在"补曰"后出异文，并作音切、释义与辨正的（甚至就是在王注后出异文并于"补曰"后作释音释义或辨正的）。又李温良认为，"其（洪兴祖）作《楚辞考异》……实亦可能于异文之外，辅之以音义以求允妥"④，如此说不诬，则洪补所云"俞与愈同。施与弛同""憭音了"恰可视为《楚辞考异》之内容，而其也正是附于"《释文》弛作施""《释文》作憭"之类《楚辞释文》内容之后的，与陈氏所谓"附古本《楚辞释文》之后"是恰好吻合的。

学界在讨论《补注》与《考异》关系问题的时候，似乎总会不自觉走入《补注》与《考异》本来应是泾渭分明的两本不同书的误区，而没有考虑到两本书原应该是有相同内容的，《考异》一书的亡佚，或许就是这种说法最大的助力。而今本《楚辞补注》一书中散乱的内容，也应为本身内容在翻刻时的误置。

四、《楚辞补注》的早期版本

宋代的具体版本情况已不可得知，今将各代对宋版的著录抄录于下：

（一）晁公武《郡斋读书志》

　　《补注楚辞》十七卷《考异》一卷
　　未详撰人，凡王逸《章句》有未尽者补之，自序云以欧阳永叔、苏子瞻、晁文元、宋景文家本参校之，遂为定本，又得姚廷辉本，作

---

① （宋）洪兴祖撰；白化文等点校：《楚辞补注》，北京：中华书局，1983年，第315页。
② （宋）洪兴祖撰；白化文等点校：《楚辞补注》，北京：中华书局，1983年，第192页。
③ （宋）洪兴祖撰；白化文等点校：《楚辞补注》，北京：中华书局，1983年，第278页。
④ 李温良：《洪兴祖〈楚辞补注〉研究》，新北：花木兰文化出版社，2011年，第78页。

《考异》，且言《辨骚》非《楚辞》本书，不当录。①

按：此与陈振孙《直斋书录解题》比而观之，显即洪兴祖之《楚辞补注》，言"未详撰人"，前已明言其故。据此可略推洪氏撰著《补注》《考异》二书所详参之各家及各书，以见洪氏校勘之精详，《补注》文本之可信可据。现备述如下。

1. 欧阳永叔本：此本今不能详考，以欧阳修善辞赋，又对辞赋加以散文化之改造，有"文赋"之开创，又欧阳修于《梅圣俞诗集序》中从《楚辞·抽思》化用"发愤以抒情"，提出"诗穷而后工"的文学主张②，则欧阳修必然对《楚辞》及其余绪辞赋有较深之研究，其校定《楚辞》文本，当为理之必然。又此本或为欧阳修抄出之国家官方藏本，详前文论证《楚辞补注》成书次数之部分。

2. 苏子瞻本：陈振孙称"兴祖少时从柳展如得东坡手校《楚辞》十卷，凡诸本异同，皆两出之"（《直斋书录解题》卷十五），不能详考为何本。又明郁逢庆《续书画题跋记》著录有《东坡先生书〈九歌〉卷》，有宣和四年刘沔之题跋，云："东坡先生书《楚辞》，乃黄州时书。世人多购晚年书。先生晚年字画，老劲雄放。元丰作字，华丽工妙，后生不见前作，往往便谓赝本。先生昔与犹子书，论作文，教其师注应制时文章，且曰：'至于字书，亦然也。'松年自早岁尊慕先生，家藏先生之文甚富，近年购先生之书尤多。独此乃先生旧所书耳，信可宝也。"③可见苏轼对《楚辞》当有一定程度的研究，且毕生都曾手书《楚辞》之文，但是否作成完帙则不可考。又同书收有《东坡先生书〈离骚〉〈九辩〉卷》，但所书内容仅限于《九辩》。以洪兴祖对书画帖卷之喜好，当有获苏轼手书《楚辞》之可能。前文已举葛胜仲《跋洪庆善所藏本朝韩范诸公帖》一文；又清倪涛《六艺之一录》著录有葛立方跋洪兴祖藏本《兰亭序》；又洪皓有《洪庆善韩美成观所藏宣和殿书画庆善有诗次韵》诗（详洪皓《鄱阳集》）；又洪兴祖曾于绍兴十三年欲上石碑（详侯体健《洪兴祖生平行履与〈楚辞补注〉的成书》），以宋人董更《书录》亦载此事，则此处石碑当指碑刻书法。综上，洪兴祖对书画帖卷

① （宋）晁公武著；孙猛校证：《郡斋读书志校证》下册，上海：上海古籍出版社，1990年，第806页。

② （宋）欧阳修撰；李逸安点校：《欧阳修全集》第2册，北京：中华书局，2001年，第612~613页。

③ （明）郁逢庆：《续书画题跋记》，《景印文渊阁四库全书》第816册，台北：台湾商务印书馆，1986年，第865~866页。

确有相当之喜好，也应有一定程度的收藏。又《跋洪庆善所藏本朝韩范诸公帖》中"韩范"向指韩琦与范仲淹之合称，可见洪兴祖对本朝人手迹的收集还是相当容易的。颇疑洪兴祖亦曾收藏苏轼所书《楚辞》手帖，然其与苏轼手校且详出异文之十卷本《楚辞》之关系，则难于详考。

3. 晁文元本：晁文元此人，晁公武《郡斋读书志》著录其《道院别集》十五卷，《法藏碎金录》一十卷，称晁文元乃其五世祖，字明远，谥文元。① 以是知晁文元即著名藏书家晁迥(详《宋史》晁迥本传)，又《郡斋读书志·自序》言："然则二三子所以能博闻者，盖自少时已得先达所藏故也。公武家自文元公来，以翰墨为业者七世，故家多书，至于是正之功，世无与让焉。"②可知晁家藏书之富，自晁迥已始。以晁迥生卒为公元951—1034年(此据刘焕阳《宋代晁氏家族及其文献研究》，齐鲁书社 2004年版)，则其所藏本或当有较早之唐写本或五代刻本。据刘焕阳之考证，著名学者、苏门四学士之一的晁补之，即晁迥弟晁迪之五世孙③，晁补之著有《重编楚辞》《续楚辞》《变离骚》《后招魂赋》诸书，其中尤以《重编楚辞》为世所重，亦楚辞学史上之重要著作。晁补之之成就，或即家族藏书之富而取得。前云苏轼手书《楚辞》篇目及手校《楚辞》十卷，或即与晁补之亦师亦友，相商相磋之成果。今晁公武云洪兴祖得晁文元本，更可见洪兴祖《楚辞补注》所依文本之有据，校勘之有得。

4. 宋景文本：或即《崇文总目》著录之《楚辞》十七卷，详前文论述《楚辞补注》成书次数之部分，此不赘。

5. 姚廷辉本：即姚廷辉《补楚辞》一卷，详前文论述《楚辞考异》成书之部分，此不赘。

(二)郑樵《通志·艺文略》

　　　　《离骚章句》十七卷。④

按：郑氏不题撰者，不作提要。姜亮夫云："郑氏不著撰人。《离骚》

---

① (宋)晁公武著；孙猛校证：《郡斋读书志校证》下册，上海：上海古籍出版社，1990 年，第 963~964 页。
② (宋)晁公武著；孙猛校证：《郡斋读书志校证》上册，上海：上海古籍出版社，1990 年，第 15 页。
③ 刘焕阳：《晁补之世系考辨》，《烟台师范学院学报(哲学社会科学版)》1988 年第 1 期。
④ (宋)郑樵撰；王树民点校：《通志二十略》下册，北京：中华书局，1995 年，第 1735页。

无十七卷之多，十七卷必王逸本无疑。然本书已别有王逸注，汉以来别无人为《离骚章句》，其次在刘杳《草木虫鱼疏》后，则时代不宜前于宋也。考晁《志》亦云：'未详撰人，凡王逸《章句》有未尽者补之。'则洪书初刻，或仅题《章句》，而未用兴祖之名也。"①

（三）尤袤《遂初堂书目》

洪氏补注《楚辞》。②

按：尤袤不题卷数，不作提要。

（四）陈振孙《直斋书录解题》

《楚辞》十七卷

汉护左都水使者光禄大夫刘向集、后汉校书郎南郡王逸叔师注、知饶州曲阿洪兴祖庆善补注。逸之注虽未能尽善，而自淮南王安以下为训传者，今不复存，其目仅见于隋唐《志》，独逸注幸而尚传，兴祖从而补之，于是训诂名物详矣。③

《楚辞考异》一卷

洪兴祖撰，兴祖少时从柳展如得东坡手校《楚辞》十卷，凡诸本异同，皆两出之，得洪玉父而下本十四五家参校，遂为定本，始补王逸章句之未备者；书成，又得姚廷辉本，作《考异》，附古本《楚辞释文》之后，其末又得欧阳永叔、孙莘老、苏子容本于关子东、叶少协，校正以补《考异》之遗。洪于是书，用力亦以勤矣。④

按：此补述洪兴祖作《楚辞补注》时所参校诸家版本，据此可续推洪氏撰著《补注》《考异》二书所详参之各家及各书，以见洪氏校勘之精详，

① 姜亮夫：《楚辞书目五种》，上海：上海古籍出版社，1993年，第32页。
② （宋）尤袤：《遂初堂书目》，《景印文渊阁四库全书》第674册，台北：台湾商务印书馆，1986年，第486页。
③ （宋）陈振孙撰；徐小蛮、顾美华点校：《直斋书录解题》，上海：上海古籍出版社，2006年，第433页。
④ （宋）陈振孙撰；徐小蛮、顾美华点校：《直斋书录解题》，上海：上海古籍出版社，2006年，第434页。

《补注》文本之可信可据。现备述如下。

1. 柳展如传苏子瞻本：苏子瞻本已详前文。据孔凡礼《苏轼年谱》可知，柳展如即柳闳，为苏轼堂妹（苏轼伯父苏涣第四女，适宣德郎柳子文）之子①。其祖柳子玉（柳瑾）②，其父柳子文（柳仲远），皆与三苏交好，多有诗文唱和往来。柳子玉、柳闳并擅书法，《御定佩文斋书画谱》《六艺之一录》并载柳子玉与柳闳于宋书家传与宋书家谱中。《梁溪漫志》卷四有《柳展如论东坡文》一条，云："东坡归自海南，遇其甥柳展如闳，出文一卷示之曰：'此吾在岭南所作也，甥试次第之。'展如曰：'《天庆观乳泉赋》，词意高妙，当在第一；《钟子翼哀词》，别出新格，次之；他文称是。舅老笔，甥敢优劣邪？'坡叹息，以为知言。展如后举似洪庆善，庆善跋东坡帖，具载其语。"③据此可知，此时柳展如从东坡观览评骘其手稿，或亦得苏轼手书《楚辞》篇目或手校《楚辞》十卷，后又以示洪兴祖。又云"庆善跋东坡帖"，则此时所得之东坡手校十卷《楚辞》，或即手书之《楚辞》篇目邪？因书画装裱形式多卷轴装，亦可称卷。然今不能详，故两出之。侯体健据《苏轼年谱》将此事定在建中靖国元年（1101），又引《嘉定镇江志》云柳闳居京口北固山下（详侯体健《洪兴祖生平行履与〈楚辞补注〉的成书》），北固山或为其定居之所，京口即镇江即丹阳，前论洪兴祖字号时已备述，建中靖国元年（1101）洪兴祖方十一岁，当尚在家乡学习生活，柳闳可能即此时之稍后结识洪兴祖。侯体健又谓陈振孙所谓"兴祖少时"，当在及冠之前，将其得东坡手校本《楚辞》系于大观元年（1107）洪兴祖十七八岁时，其说可从。而洪兴祖之所以喜好书画卷帖，或又因与柳展如交游之影响。

2. 洪玉父本：洪炎本不能详其具体面貌，然以洪炎为黄庭坚之外甥（详黄庭坚《山谷集·答陈季常书二》），又以洪炎编定的黄庭坚之《豫章黄先生文集》专有"楚辞"一类，专门写作骚体辞赋，可想见黄庭坚《楚辞》研究之水平，则洪炎或从其舅研读《楚辞》颇为精审，又以人所悉知的黄庭坚与苏轼之关系，洪炎亦有从苏轼学习其手校《楚辞》十卷之可能，故其本之优，即此或亦可窥见一斑。

---

① 孔凡礼：《苏轼年谱》，北京：中华书局，1998年，上册第8页，下册第1409页。

② **按**：苏轼有《祭柳子玉文》，云"子有令子，将大子后。顾然二孙，则谓我舅"，又《御定佩文斋书画谱》载苏轼《跋柳闳〈楞严经〉后》，云"吾甥柳闳，孝弟凤成，自童子能为文，不幸短命，其兄闿为手写此经"，二甥柳闿与柳闳正与"二孙"相合，又据《苏轼年谱》考苏轼之姻亲，姓柳者仅柳子文，则柳子玉必当柳子文之父，柳闳、柳闿之祖父无疑。

③ （宋）费衮撰；金圆校点：《梁溪漫志》，上海：上海古籍出版社，1985年，第45页。

3. 孙莘老本：孙觉本不能详其具体面貌。又孙觉乃胡瑗之学生，并曾任湖州知州(详《宋史》本传)，前云关子东曾于湖州任教授，与胡瑗之子共同校理胡瑗遗著，则此孙觉本《楚辞》或孙觉遗其师者，或遗留在湖州官署者，已不能详辨。又陈振孙云"得欧阳永叔、孙莘老、苏子容本于关子东、叶少协"，则此本之传，或由关子东与胡瑗子整理遗书得之，或关子东于官署得之，再转致洪兴祖。又《宋史·孙觉传》云："瑗之弟子千数，别其老成者为经社，觉年最少，俨然居其间，众皆推服。"①亦可想见此本之优。

4. 苏子容本：苏颂本不能详其具体面貌。《嘉定镇江志》卷二十一《杂录·文事》载：

> 苏丞相颂家藏书万卷，秘阁所传居多。颂自维扬拜中太一官，使归乡里。时叶梦得为丹徒尉，颇许其假借传写，梦得每对士大夫言亲炙之幸，其所传遂为叶氏藏书之祖。②

可知苏颂藏书颇丰，且多秘阁传本，则其中或当有《楚辞》之精善旧本。又苏颂著有著名的《图经本草》，《楚辞》"芳草美人"的比兴传统，前已详述，故《楚辞》中涉及大量不同种类的植物。本草学的发展往往与典籍中的植物训诂成就有很大关系，如陆玑《毛诗草木鸟兽虫鱼疏》，陶弘景《神农本草经集注》即常引述之(洪兴祖《楚辞补注》亦多引之)，南朝梁刘杳又有《楚辞草木疏》，后南宋学者吴仁杰仿此又有《离骚草木疏》一书。不难想见，苏颂作成《图经本草》，很可能也从手中精善之旧注本《楚辞》(以其家藏书之富，又多得自秘府，当不少此类详解《诗经》《楚辞》草木之专著)得到了参考。以上述二点观之，或亦可推测洪兴祖所参之苏颂本《楚辞》之优良。

附：鲍钦止本、林德祖本

陈振孙云洪兴祖校对《楚辞》，作《楚辞补注》，得洪玉父而下本十四五家，未明言具体是哪十四五家，洪兴祖于《韩子年谱序》中称："予校韩文以唐本、监本、柳开、刘烨、朱台符、吕夏卿、宋景文、欧阳公、宋宣

---

① (元)脱脱等：《宋史》第31册，北京：中华书局，1977年，第10925页。
② (宋)卢宪：《嘉定镇江志》，《中国方志丛书》，台北：成文出版社，1983年，《华中地方》第429号3041页。

献、王仲至、孙元忠、鲍钦止，及近世所行诸本参定，不敢以私意改易，凡诸本异同兼存之。考岁月之先后，验前史之是非，作《年谱》一卷。"①而前已备述作《楚辞补注》所参校之欧阳修本、宋祁本等，可推知其作《韩子年谱》时，参考之诸名家应有与《楚辞补注》雷同者，《楚辞补注》出现过"林德祖本""鲍钦止云"，如《九章·悲回风》"草苴比而不芳"下补注："鲍钦止本云：七间、子旅二切。林德祖本云：反贾、士加二切。"以及"鲍慎思云"，如《谬谏》下洪兴祖之解题："鲍慎思云：'篇目当在乱曰之后。'"②据此仅鲍钦止与之雷同，故不敢遽断此诸家俱与作《楚辞补注》参考之十四五家者雷同。仅就此极可能属于十四五家的三本作一考索。

1. 鲍钦止当即鲍慎思，鲍慎思乃鲍慎由之误，或亦作鲍由。《直斋书录解题》卷十七著录《夷白堂小集》二十卷，《别集》三卷时云："考功员外郎括苍鲍慎由钦止撰"③，宋林表民《天台续集》，金元好问《中州集》，元马端临《文献通考》，明董斯张《吴兴备志》俱从之，葛胜仲《丹阳集》卷二十一又有《赠鲍钦止慎由二首》，可见不诬。又《宋史》有鲍由本传，亦云鲍由字钦止，且其生平事迹、籍贯亦与之相合，又《钦定续通志》《广西通志》俱同《宋史》，当即一人，或传写中漏一"慎"字，已不可考。而鲍慎由之所以在《楚辞补注》中讹作鲍慎思，或誊抄手稿时，以"云"与"心"草写相似，而误将"由"（"由"字上部出头不明显或被磨损）与"云"误合为"思"字而致，后又衍一"云"字，故成今本面貌。遍考文献，未见鲍慎思此人，仅《楚辞补注》洪兴祖注中出现一例，鲍慎思当必鲍慎由之讹无疑。

鲍钦止本今已不能详其具体面貌，但晁公武《郡斋读书志》之《后志》卷一著录《吕夏卿兵志》时云："鲍钦止吏部好藏书，苦求得之"④，可见鲍钦止亦藏书颇富之藏书家，其《楚辞》藏本，亦当精善之旧本，故为洪兴祖所采。以他家参校本之姓名几乎不见出现在《楚辞补注》中，鲍钦止却出现数次（含鲍慎思），亦可见此本之价值。

2. 林德祖本，即林虑本，陈振孙《直斋书录解题》卷十五明言洪兴祖从林虑德祖得古本《楚辞释文》，此或即指《楚辞释文》，又或是林德祖即《楚辞释文》作出的评注与阐释，抑或林德祖又别有他本，实难详考。但

① （宋）魏仲举：《韩文类谱》，《续修四库全书》第 552 册，上海：上海古籍出版社，2002年，第 41 页。
② （宋）洪兴祖撰；白化文等点校：《楚辞补注》，北京：中华书局，1983 年，第 257 页。
③ （宋）陈振孙撰；徐小蛮，顾美华点校：《直斋书录解题》，上海：上海古籍出版社，2006 年，第 520 页。
④ （宋）晁公武著；孙猛校证：《郡斋读书志校证》上册，上海：上海古籍出版社，1990 年，第 261 页。

　　既然《楚辞补注》于目录中标注相关篇目在古本《楚辞释文》中的次序，明言"释文"二字，则"林德祖本"应当不是指《楚辞释文》，或是林德祖在《释文》文字下所作评注或补充阐释，或林所作别本之《楚辞》著作，以其称"本"，今姑视为后者。

　　又林虑此人，《宋史》无传，宋梁克家《淳熙三山志》卷二十七《人物类二·科名》、范成大《吴郡志》卷二十六《人物》并载其人，皆指其为林旦之子，字德祖①。又元陆友仁《研北杂志》卷上云："林虑字德祖，其先福州福清人，今为吴县人。祖槩，集贤校理；父旦，直秘阁；……伯父希尝携古鉴。"②而朱子之门人林至（《江南通志》卷一百六十六《人物志·文苑二》云"为朱子门人"③），学界知之甚详，此人在《楚辞》方面，著作颇丰，有《楚辞故训传》六卷、《楚辞草木疏》一卷、《楚辞补音》一卷（此据姜亮夫《楚辞书目五种》，上海古籍出版社 1993 年版）、《释骚》不明卷数（《江南通志》卷一百六十六《人物志·文苑二》云"著《释骚》"④），《宋史》卷二百二《艺文一》著录有林至《易裨传》一卷，四库馆臣为该书作提要称："宋林至撰，至字德久，松江人。……淳熙中登进士第，官至秘书省正字。朱子有《答林德久书》，即其人也。"⑤又清《浙江通志》卷一百二十六《选举四》著录淳熙十六年己酉榜有林至之名，云其为"嘉兴人，上舍释褐"⑥，又清《江南通志》卷一百二十《选举志·进士二》载林至，云"华亭人"⑦。事实上，南宋时期，华亭县属于嘉兴府（《南宋馆阁续录》卷八《官联二》云其"嘉兴府华亭人"⑧），清顺治时，析华亭县西北部建娄县，隶松江府（《大清一统志》卷五十八松江府条下有华亭县），其实说的都是一人。观林虑

① （宋）梁克家：《淳熙三山志》，《景印文渊阁四库全书》第 484 册，台北：台湾商务印书馆，1986 年，第 366 页；（宋）范成大：《吴郡志》，《景印文渊阁四库全书》第 485 册，台北：台湾商务印书馆，1986 年，第 195 页。

② （元）陆友仁：《研北杂志》，《景印文渊阁四库全书》第 866 册，台北：台湾商务印书馆，1986 年，第 574 页。

③ （清）赵弘恩等监修；（清）黄之隽等编纂：《江南通志》，《景印文渊阁四库全书》第 511 册，台北：台湾商务印书馆，1986 年，第 759 页。

④ （清）赵弘恩等监修；（清）黄之隽等编纂：《江南通志》，《景印文渊阁四库全书》第 511 册，台北：台湾商务印书馆，1986 年，第 759 页。

⑤ （清）永瑢等：《四库全书总目》，北京：中华书局，1965 年，第 15 页。

⑥ （清）嵇曾筠等监修；（清）沈翼机等编纂：《浙江通志》，《景印文渊阁四库全书》第 522 册，台北：台湾商务印书馆，1986 年，第 337 页。

⑦ （清）赵弘恩等监修；（清）黄之隽等编纂：《江南通志》，《景印文渊阁四库全书》第 510 册，台北：台湾商务印书馆，1986 年，第 552 页。

⑧ （宋）陈骙撰；佚名撰：《南宋馆阁录·续录》，《景印文渊阁四库全书》第 595 册，台北：台湾商务印书馆，1986 年，第 517 页。

字德祖，林至字德久，二人极可能是同宗之从兄弟。但林虑之先为福建福清人，林至为松江华亭人，籍贯又相去甚远。至林虑已寓居苏州吴县，距离松江较近，又范成大《吴郡志》卷二十八《进士题名》著录林虑为绍圣四年(1097)登第，林至又为淳熙十六年(1189)登第，登第时间相去近百年，如二人确为同宗，则林至可能是小宗之同辈，而其之所以籍贯变成了松江华亭，或祖辈已随林虑家族迁至吴县，再迁华亭，已不可详考。若林虑确与林至同宗，则可能正是因为受到家族中林虑对《楚辞》乃至《楚辞释文》研究的成果的影响，林至才能在此基础上，同时受其师朱子《楚辞集注》《楚辞辩证》的影响与激励，发愤著述，因而有《楚辞故训传》《楚辞草木疏》《楚辞补音》《释骚》四书之成就。又抑或林虑与林至同以"德"为取字之共字，仅为巧合，姑附于此，以俟后贤。

(五)马端临《文献通考》

　　《楚辞补注》十七卷，《考异》一卷。
　　晁氏曰："未详撰人，凡王逸《章句》有未尽者补之，自序云以欧阳永叔、苏子瞻、晁文元、宋景文家本参校之，遂为定本，又得姚廷辉本，作《考异》，且言《辨骚》非《楚辞》本书，不当录。"陈氏曰："洪兴祖撰，兴祖少时从柳展如得东坡手校《楚辞》十卷，凡诸本异同，皆两出之，得洪玉父而下本十四五家参校，遂为定本，始补王逸章句之未备者；书成，又得姚廷辉本，作《考异》，附古本《楚辞释文》之后，其末又得欧阳永叔、孙莘老、苏子容本于关子东、叶少协，校正以补《考异》之遗。洪于是书，用力亦以勤矣。"①

　　按：此虽为转抄晁公武及陈振孙说，然所录亦为宋本，姑附于此。
　　从上面的论证我们发现，晁公武和陈振孙都知洪氏自序内容，然而晁公武云"未详撰人"，陈振孙却题"洪兴祖撰"。晁公武《昭德先生郡斋读书志序》自题"绍兴二十一(1151)年元日"，正是洪兴祖该书遭禁之时；陈振孙生活于宋宁宗、理宗之时，去高宗时代早远，洪氏之书又得传播，故不讳言"洪兴祖撰"。除此之外，《楚辞补注》一书，在宋代的传播应该是较为混乱和曲折的，这从宋人对该书的著录也可看出一斑：晁公武《郡斋读书志》、尤袤《遂初堂书目》皆题作"《补注楚辞》"，陈振孙仅题"《楚辞》"，

郑樵《通志·艺文略》题作"《离骚章句》"，马端临《文献通考》则题作"《楚辞补注》"。洪兴祖在注韩愈《衢州徐偃王庙碑》一文时云："徐偃王事见《史记》《后汉书》《博物志》《元和姓纂》。然《后汉书》云：'楚文王灭之。'《楚词》亦云：'荆文寤而徐亡。'按周穆王时无楚文王，春秋时无徐偃王，予尝辨于《楚辞补注》中。"①此即其《韩文辨证》之佚文，为魏仲举所引而得存。是洪兴祖明确说明其书名作《楚辞补注》。洪兴祖《韩子年谱序》云："考岁月之先后，验前史之是非，作《年谱》一卷，其不可以岁月系者，作《辨证》一卷。所不知者阙之。"②孙傅《韩子年谱跋》云："右洪庆善所次《昌黎年谱》，宣和壬寅夏得于其叔成季。"③是知宣和四年（1122）其《韩子年谱》及《韩文辨证》皆已撰成。又《韩文辨证》中提及《楚辞补注》，徐偃王之辨证在《楚辞补注》卷十三《七谏》中，已近《楚辞补注》之尾。侯体健据此认为《楚辞补注》有两次成书，且首次成书当在宣和三年（1121）近尾声。本书则认为有三次，但不论几次，也可发现第一次成书时洪兴祖书名已作《楚辞补注》，后来则各作他名，或因著录者仅根据内容记其大略，或因不同出版商因版权问题盗版改名（宋代出版业发达，坊本多射利盗版之作，叶德辉《书林清话》已详，亦为学界共识），已不能尽详，若为后者，则足证宋时《楚辞补注》版本系统繁乱。

综上所述，洪兴祖的《楚辞补注》与《楚辞考异》应该都有三次成书，其中《楚辞补注》的第二次成书与《楚辞考异》的第二次成书相去不远，第三次成书都在洪兴祖知饶州任上，而《楚辞补注》的第三次成书应该是含有《考异》内容的。又因为党争的倾轧，出于顺利刊行的考虑，不得不删去自序确保顺利梓传。然饶是如此，该书传播较为曲折，从各家著录中或题名不同、或云不知作者即可窥见一斑。

附：《楚辞补注》与《楚辞章句》单行本、《文选》本王逸注之关系

虽然我们不能完全弄清楚宋本《楚辞补注》的版本数量与版本系统，只能通过零星的书目记载，结合其他文史资料，对洪兴祖《楚辞补注》的大略面貌，以及作《楚辞补注》时涉及的参校本题名、作者、内容、价值等作推断与考据，但洪兴祖《楚辞补注》乃是就王逸《楚辞章句》所作补充

---

① （宋）魏仲举：《五百家注昌黎文集》，《景印文渊阁四库全书》第1074册，台北：台湾商务印书馆，1986年，第421页。

② （宋）魏仲举辑：《韩文类谱》，《续修四库全书》第552册，上海：上海古籍出版社，2002年，第41页。

③ （宋）魏仲举辑：《韩文类谱》，《续修四库全书》第552册，上海：上海古籍出版社，2002年，第86页。

阐释，我们或可通过厘清传世本《章句》版本系统，并结合前辈学者对《补注》与《章句》的校勘成果，约略考察《楚辞补注》更为清晰的宋代版本面貌。

学界普遍认为，《楚辞章句》的传世版本，总分为三大系统：即单行本、《文选》本、《补注》本。三者在传承的过程中，相互融合、袭取，呈现出极为复杂的面貌，因此，对三大版本系统以及系统内各版本进行全面、详细的比勘，是有助于我们厘清各版本系统与各版本之间源流脉络的。这一卷帙浩繁的工作，已有较多学者做出了大量的前期成果，其中以黄灵庚先生《楚辞章句疏证》（中华书局 2007 年版，上海古籍出版社 2018 年增订版）、《楚辞文献丛考》（国家图书馆出版社 2017 年版）以及葛亚杰《王逸〈楚辞章句〉版本流传研究》（浙江大学 2016 年博士学位论文）为主要代表。故此本小节拟结合前人的成果与自己的发现，探究《楚辞补注》与其他《章句》版本系统的关系，以期考见更为清晰的《楚辞补注》的宋本面貌。

1.《楚辞补注》与《楚辞章句》单行本的关系

《楚辞补注》现存可见最早的版本为明翻宋本，然其受明代空疏学风、好妄改古书风气的影响，实多错讹，其所反映之文字内容面貌，当非宋本之旧。又次早之版本为清康熙间汲古阁翻刻宋本，其质量与学术价值较高。该本及其相关衍生本，实为清初至今最为通行之古本。（以上俱详本章后二节的论述与本章末表 2-2）若毛表于该本末所作题识所述"宋刻洪本"之说不诬，则据此本实可考见部分宋本之旧貌。

《楚辞章句》之单行本系统，又可细分为黄省曾本系统、冯绍祖本系统、俞初本系统、庄允益本系统四类①。其中黄省曾本系统中的正德十三年高第、黄省曾刻本为现存可见最早的单行本《楚辞章句》。而同属黄省曾本系统的隆庆五年朱多煃夫容馆本，其目录页后有"隆庆辛未岁豫章夫容馆宋板重雕"数字，该本南京图书馆藏本第一份目录末页下半页有"熙宁辛亥夔州官舍镂版"，版本学家叶德辉在考辨讳字的基础上，发现宋钦宗赵桓"桓"字之讳在该本中避讳形式最为多样，认为该本应翻刻自靖康本，李大明先生在此结论的基础上，结合所见南图本面貌，认为该本应翻刻自靖康本，而靖康本的底本则应是熙宁本。② 知该本之远源当可上溯至

---

① 葛亚杰：《王逸〈楚辞章句〉版本流传研究》，杭州：浙江大学博士学位论文，2016 年，第 11~19 页。

② 李大明：《宋本〈楚辞章句〉考证》，《四川师范大学学报（社会科学版）》1995 年第 1 期。

北宋前期，而其内容，也应能在一定程度上客观反映宋本面貌。既然夫容馆本为翻宋本，与之属同一版本系统的黄省曾本，其远源亦应是宋本。这可以从几个方面证明：①王国维曾得此本，谓"行款古雅，实出宋椠"，又谓"其余犹宋本旧式也"①，可知其乃是从图书版式角度进行的版本鉴别，考该本之版本面貌(详见图 2-1)，实与下节所举《楚辞补注》之明翻宋本(详见下节明翻宋本之书影，即图 2-3)相近：二者在字体上，皆用颜楷，与现存南宋尤袤刻李善注《文选》字体(详见图 2-2)极为相近，仅笔画略瘦。后闻一多先生作《楚辞校补》，取此书以为参校本，亦径云"黄省曾校刊宋本"，黄灵庚先生亦据此断此本为翻宋本，并于其《楚辞文献丛考》、上海古籍出版社新点校本《楚辞章句》的前言中反复申说这一结论；②单行本又有朱燮元、朱一龙万历十五年刊本，据叶德辉考证，该本系据隆庆五年夫容馆本翻刻，黄灵庚先生取此说。而该本所附申时行序又云："是书梓于郡中，少傅文恪公为之序。岁久漫漶，习者病焉。郡守朱侯燮和、司理朱侯官虞，以听政之暇，手自雠校，重付剞劂，以公诸同好者。"②文恪公即为黄省曾本作序之王鏊，文恪乃其谥号，本，可知夫容馆本与黄省曾本当有相同之版本远源，夫容馆本既为翻宋本，黄省曾本自亦应为翻宋本；③葛亚杰曾将黄省曾本与夫容馆本进行对校，发现黄省曾本在正文与王逸注之间的校语与反切注音，共有 352 处，夫容馆本只有一处

图 2-1　明正德十三年高第、黄省曾刻王逸《楚辞章句》

---

① 王国维撰；彭林整理：《观堂集林(外二种)》，石家庄：河北教育出版社，2003 年，第678 页。

② (汉)王逸撰；黄灵庚点校：《楚辞章句》，上海：上海古籍出版社，2017 年，第 393 页。

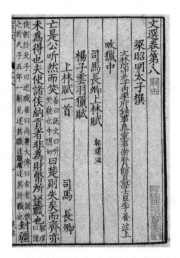

图 2-2 南宋淳熙八年尤袤刻李善注《文选》

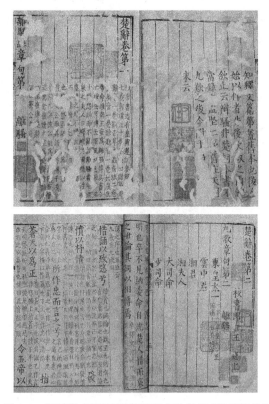

图 2-3 浙江图书馆旧藏明翻宋本洪兴祖《楚辞补注》

与之不同，而不同处也仅仅是异体字之关系；可知朱燮元、朱一龙是在黄省曾本的基础上重新校刊成此本的，而此本又为叶德辉判定为翻刻夫容馆又黄省曾本与夫容馆本往往有二者共有而他本皆无之错误。① 但二者又存在部分王注的异文差异。据此，葛亚杰认为，黄省曾本所翻刻之版本与夫容馆本所翻刻之版本极为相近，是以二本极为相近而又略有不同。② 既然夫容馆本自宋椠翻刻而来，那么黄省曾本也极有可能是翻刻自宋本。综合以上三点，我们对于黄省曾本之翻刻底本，实为宋椠，应可下一个大致的肯定结论。

那么，通过比较《章句》与《补注》最早版本的区别，应可考见部分《补注》宋本的面貌。事实上，今存任何一种明翻宋本《章句》的原始宋椠，都不可能是《补注》的工作底本。李大明先生从以下几个方面说明了原因：①《楚辞目录》下之题署。清康熙间汲古阁翻刻宋本《楚辞补注》③有"汉护左都水使者光禄大夫臣刘向集""后汉校书郎臣王逸章句"二种，黄省曾本、夫容馆本皆无，洪兴祖《楚辞考异》又云"一本云：校书郎中"，可见宋代《章句》于《楚辞目录》下当普遍有题署，今存明翻宋本《章句》既无，则当与《补注》所据底本不同。②《楚辞》各卷题篇之体例。《补注》自第一卷至第七卷，于正题下题"离骚"二字，第八卷至第十七卷，于正题下题"楚辞"二字。黄省曾本、夫容馆本皆无，可见与其版本系统亦有异。根据晁补之《重编楚辞》中的说法，当时文人普遍认为《离骚》为经，屈原的其他作品为就《离骚经》所作的"传"，故屈原的作品都属于《离骚》的范围，正如《春秋经》有"三传"，其《春秋经》与三传，都属于春秋学的范畴。这是用经学的思想对《楚辞》中屈原的作品的归类，也符合学界普遍认同的王逸"以经解骚"的思想倾向。而其他非屈原的作品，则一概被视为大的"楚辞"的范围，故题作"楚辞"。而传统经学中题篇的方式正是如此，呈现出上小题，下大题的面貌，如《毛诗诂训传》中《周南》第一篇《关雎》前，则上题正题"周南关雎诂训传第一"，下题"毛诗国风"，这说明洪兴祖所据底本，保存了宋代以前的编排体例，其底本应更为古奥，而黄省曾本与夫容馆本，则显然失却了这一古貌，此当与宋代的新的编排习惯有

① 葛亚杰：《王逸〈楚辞章句〉版本流传研究》，杭州：浙江大学博士学位论文，2016年，第13页。

② 葛亚杰：《王逸〈楚辞章句〉版本流传研究》，杭州：浙江大学博士学位论文，2016年，第14页。

③ 此例及其下举证二者底本不同之诸例，涉及的内容各版本之《楚辞补注》皆同，故省称"《补注》"，不再标注是否为翻宋本。

关。据此可知,《补注》与今存明翻宋本《章句》底本之不同。③正文每卷卷首右下角题署。《补注》题"校书郎臣王逸上",黄省曾本则题"汉刘向子政编集"与"王逸叔师章句",夫容馆本则题"汉刘向编集"与"王逸章句",亦见与《补注》版本系统之不同。①

　　此外,这一结论还可从另外的版本面貌差异得以考见:①洪兴祖《补注》于《楚辞目录》中曾作说明云:"鲍钦止云:'《辨骚》非楚词本书,不当录。班孟坚二序,旧在《天问》《九叹》之后,今附于第一通之末云。'"②《补注》收有《辨骚》,班固二序亦在《离骚》后,可见洪本当是以鲍本为工作底本的。但洪氏在鲍本的基础上又作了一些调整:《补注》将《辨骚》附于《离骚》末班固《离骚赞序》之后,这应该是洪兴祖自己的重新编排,因为鲍钦止先言《辨骚》,后言班固二序,应与其所定《章句》将此二者排列的客观先后顺序相应。因此,《辨骚》可能本在班固《离骚序》之前。值得注意的是,班固《离骚序》在《补注》中是被包含在洪兴祖训释王逸《离骚经后序》的内容中的,并非单独成篇,与鲍钦止所述不符,这可能是洪兴祖出于训释王逸《离骚经后序》的需要,为了进一步申发王逸反对班固、赞扬屈原的观点,不得不把班固原序完整陈列出来,而一一对其贬屈的观点予以辩驳,故将班固《离骚序》与自身的训释相结合,正是这个原因,洪兴祖才不得不把《辨骚》挪到班固第二篇序《离骚赞序》之后(因为洪兴祖的训释内容要紧贴在王逸《离骚经后序》之后)。考之夫容馆本,其编排顺序为首《史记·屈原列传》,次班固《离骚序》,次《辨骚》,次正文。可见其面貌与洪氏《补注》以及鲍钦止本《章句》完全不吻合。复考黄省曾本,其编排顺序为首王鏊序,次《楚辞目录》,再次《辨骚》,再次正文,所谓班固二序,分见《天问》与《九叹》末,与鲍钦止所云相合。可见《辨骚》也有可能列于正文之前,因为这样也符合鲍钦止的叙述顺序。但即便《辨骚》在鲍本中如黄省曾本中一样,置于正文之前,根据上举诸体例差异,亦不能说明洪兴祖所据鲍氏底本与黄省曾本的宋本底本相同或相近。②《九叹》一卷,《补注》所录九篇依次为《逢纷》《离世》《怨思》《远逝》《惜贤》《忧苦》《愍命》《思古》《远游》,黄省曾本、夫容馆本《章句》所录九篇依次为《逢纷》《灵怀》《离世》《怨思》《远逝》《惜贤》《忧苦》《愍命》《思古》。这其中,除《逢纷》《惜贤》《忧苦》《愍命》《思古》诸篇题名与内容一致外,其

---

①　李大明:《宋本〈楚辞章句〉考证》,《四川师范大学学报(社会科学版)》1995 年第 1 期。

②　(宋)洪兴祖撰;白化文等点校:《楚辞补注》,北京:中华书局,1983 年,《楚辞目录》第 3 页。

他的题名与内容有如下对应关系：《补注》的《离世》即《章句》的《灵怀》，《补注》的《怨思》即《章句》的《离世》，《补注》的《远逝》即《章句》的《怨思》，《补注》的《远游》即《章句》的《远逝》。洪兴祖于卷首目录"离世"二字下注云："一作《灵怀》，与诸本异。又以《怨思》为《离世》，《远逝》为《怨思》，移《远游》在第五，皆非是。"又于"远游"二字下注云："游，一作逝。"①可知洪兴祖见过与《章句》面貌完全吻合之本，且其并不认为该面貌为正确之本，又云"与诸本异"，亦认为其非通行之本。即此又可见《补注》与明翻宋本《章句》的版本源流的不同。

虽然《补注》与现存单行本《章句》并无相同底本，但《补注》所用的参校本当与现存《章句》的单行本的底本相近或同源。首先，《补注》与现存《章句》单行本在篇目上的主要差异，即体现在《九叹》诸篇的篇名与内容，上举《九叹》之例，已证洪兴祖见过与现存《章句》所呈现出的篇名、内容的差异完全吻合的版本；其次，王国维曾对校黄省曾本与《楚辞补注》内容达三卷之多，称"此本全与洪氏《考异》所称一本合"②，黄灵庚先生则就屈原赋二十五篇，校出黄省曾本《楚辞》原文与洪兴祖《考异》"一本"相合者28条③；再次，李大明先生曾举夫容馆本、黄省曾本《离骚》"余忍而不能舍也"一句，指出"余"字下出异文称"一本无"，《补注》正无"余"字，且出异文云"一本忍上有余字"，与《章句》单行本相合，此条黄灵庚先生未校出④。据此可证，《补注》之参校本定与今存明翻宋本《章句》之底本有较为相近的关系。如果再大胆一点，我们也可以推测，《补注》甚至就参考了今存明翻宋本《章句》的底本，只不过只选取了部分内容，且《章句》的底本在传承和被翻刻的过程中，也必然会经历后世的修订与校勘，是以《补注》所出异文，不能完全与今存明翻宋本《章句》面貌相吻合。

最后，关于《补注》在留存《章句》旧貌方面的价值，拟在此作一浅显的探讨。黄灵庚先生曾将黄省曾本《章句》取《楚辞补注》进行对校，对屈原赋二十五篇的异同进行考查。从正文异文、王逸注的有无、王逸注异文三个方面，辑出优于《补注》者24例，劣于《补注》者7例，并认为黄省曾本《章句》优于《补注》之处"举不胜举"。⑤ 又从单刻本《楚辞章句》的整个

---

① （宋）洪兴祖撰；白化文等点校：《楚辞补注》，北京：中华书局，1983年，第281页。

② 王国维撰；彭林整理：《观堂集林（外二种）》，石家庄：河北教育出版社，2003年，第678页。

③ 黄灵庚：《楚辞文献丛考》上册，北京：国家图书馆出版社，2017年，第16~17页。

④ 李大明：《宋本〈楚辞章句〉考证》，《四川师范大学学报（社会科学版）》1995年第1期。

⑤ 黄灵庚：《楚辞文献丛考》上册，北京：国家图书馆出版社，2017年，第18~21页。

版本系统出发，略举出《补注》在正文异文上优于单刻本《楚辞章句》者16例，在王逸注异文上优于单刻本《楚辞章句》者9例（与上举7例中重复2例），并称"若此类者，他篇俯拾皆是。知《补注》本所存王逸《章句》多存其旧也"①。综上可知，今存明翻宋本《楚辞章句》与《楚辞补注》在保存王逸《楚辞章句》旧貌上，可谓各有所长，又各有疏漏，难于轩轾。从优于彼此的条目数量来考量，笔者暂时还难于作出全面完整的辨别与统计工作。但综合来说，一者如前文所云，"洪兴祖所据底本，保存了宋代以前的编排体例，其底本应更为古奥"；二者洪兴祖所参校的二十多家本面貌，洪兴祖都通过出示异文的方式反映在《补注》中，并且其异文反映的面貌也很有一部分与单行本《章句》的面貌吻合。可知洪兴祖《补注》相比黄省曾本《楚辞章句》，其结构、框架、体例更为古奥，其可能反映出的王逸《楚辞章句》旧貌，覆盖面更广，更为全面，据此《补注》当比现存单刻本《章句》更能存《章句》之旧，这应该也是清代《补注》大规模刻印后《章句》不显的一大原因。

2.《楚辞补注》与《文选》本王逸注的关系

《文选》作为我国存世的第一部文学总集，收录了《楚辞》作品十三篇，包括《离骚》一篇、《九歌》六篇（《东皇太一》《云中君》《湘君》《湘夫人》《少司命》《山鬼》）、《九章》一篇（《涉江》）、《卜居》《渔父》各一篇，《九辩》五首（自"悲哉秋之为气也"至"冯郁郁其何极"五章，此处本文按后世分法算作一篇），《招魂》《招隐士》各一篇。隋唐之际萧该作《文选音》，开《文选》研究之先河，自唐初曹宪于江淮间讲授《文选》，《文选》研究始成一专门学问。其后曹宪弟子李善、许淹、公孙罗、魏模等人传承师业，使"《文选》学"大兴于代。李善所作《文选注》六十卷，为我国古代"《文选》学"最重要的代表性著作。该书在为《文选》所收录的十三篇《楚辞》作品作注时，全取王逸《楚辞章句》之注，仅一处下以己见，以"善曰"别之。故此，学界往往认为，《楚辞》及王逸注之存于今者，当以《文选》本为最早。②

李善注所引王逸的《章句》内容，并不是完整载录，而是作了一定程度的删节。这从李善注引王逸《离骚序》即可窥见一斑：该本仅69字，黄省曾本《楚辞章句》则376字③，据此，曾有学者怀疑李善本可能为《章

---

① 黄灵庚：《楚辞文献丛考》上册，北京：国家图书馆出版社，2017年，第194~197页。
② 目前王逸《章句》的最早面貌，可从南朝宋裴骃《史记集解》中略窥一二，以《史记·屈原贾生列传》中载录屈原《怀沙》《渔父》二作，前引王注以资训释，其后又有隋虞世南《北堂书钞》、唐欧阳询《艺文类聚》载录有王逸注，皆早于李善注，但其所载录，俱是零散的条目。故真正成体系的载录王逸注的典籍，应依然以《文选》注本为是。
③ 读者可自行参看，不赘引。

句》的原始面貌，《章句》的单行本为后来所增。但日本金泽文库藏有古抄《文选集注》残本二十四卷，该本学界多认为是晚唐时由中国人纂集，后流传至日本而于国内失传。① 该本汇集了目前已经亡佚的《文选抄》《文选音决》及陆善经注本的内容，具有较高的文献价值。其中收录的陆善经注，于注《楚辞》篇目时亦引王逸《章句》，注中所载王逸《离骚序》，与黄省曾本《章句》有 25 处文字差异，其中异文 9 处（诸-谱②、宕-害、流-疏、己-以、道-直、诵-谏、艸-山、与-兴、明-朗），古今字、俗体字或异体字 12 处（職-职、属-屬、圖-图、乏-定、羣-群、珎-珍、脩-修、邪-衺、辟-譬、辞-词、暾-皎、愍-闵），阙字 4 处（屈原、也、楚、而）。古今字、俗体字与异体字之属，两者意皆可通。阙字之属，则是由于上下文有重复字词而致阙，或所阙多是不影响文义之虚词。而事实上，纯异文之属，也多为《文选集注》因形近、音近致讹，仅流-疏、艸-山、明-朗为皆可通之例。故严格说来，《文选集注》与《章句》本当只有 3 处差别。陆善经此人，主要活动在盛唐开元天宝年间，曾于开元二十年（732）与王智明、李玄成共受命注《文选》，史载其书未能完成，但据《文选集注》残本面貌，陆善经注又通篇存在，向宗鲁先生据此认为，官方的编纂虽然中断，但陆善经可能后来以一己之力，完成了注释③，故能为《文选集注》所收。此时去李善卒年（689）仅四十多年，陆善经当不至能将该序从 69 字敷衍至 376 字，而较原序多四倍有余。其余篇目的王逸序，李善所引内容亦大量少于《章句》本，当亦是李善作删节处理之结果。又正文中，《离骚》"帝高阳之苗裔兮"句，李善引王逸注较今本《章句》少"德合天地称帝"六字；《九歌·东皇太一》"璆锵鸣兮琳琅"句，李善引王逸注较今本《章句》少"《尔雅》曰：'有璆、琳、琅玕焉。'或曰：纠锵鸣兮琳琅。纠，错也"二十字；《招魂》"土伯九约，其角觺觺些"，今本《章句》有"觺觺，犹狺狺，角利貌也"一句，李善仅引作"觺觺，角利貌也"。凡此种种，在其他篇目中亦所在多有，不暇赘举。据此亦可见李善注引王逸《章句》应多作删节。

但删节并不影响《文选》王逸注的文献校勘价值，我们依然可以将《补注》《章句》与《文选》的《楚辞》正文及王逸注进行比勘与考辨，窥见洪兴祖所据《章句》底本及参校本的面貌，考查《补注》留存古本王逸《楚辞章句》正文及注释旧貌的重要价值。

---

① 王翠红：《〈文选集注〉研究》，上海：上海古籍出版社，2019 年，第 23 页。
② 前字为《文选集注》，后字为黄省曾本《楚辞章句》，下皆同此。
③ 向宗鲁：《书陆善经事——题〈文选集注〉后》，俞绍初、许逸民编：《中外学者文选学论集》上册，北京：中华书局，1998 年，第 73~74 页。

　　较之《文选》注本，《补注》当与《章句》更为接近，这是因为二者皆发源于宋刻本《章句》（虽然二者的宋刻底本并不相同），而《文选》王逸注则多本唐本之旧的缘故，这也可以举出具体的例证与数据予以证明：①今存本《章句》《补注》于《离骚》一篇中，俱见"曰黄昏以为期兮，羌中道而改路"一句，洪兴祖曾即此考据云："一本有此二句，王逸无注；至下文'羌内恕己以量人'，始释羌义，疑此二句后人所增耳。《九章》曰：'昔君与我诚言兮，曰黄昏以为期。羌中道而回畔兮，反既有此他志。'与此语同。"①这一结论，得到后世学者与目前学界的普遍认同。洪云"一本有此二句"，可知洪兴祖曾见无此二句之本，但《补注》的面貌依然有此二句，则推知有此二句的情况应频见于当时普遍通行的各版本中，故此洪兴祖才会以遵从当时的通行诸本面貌，录此二句，但作考据说明以辨《离骚》面貌之本真。考之《文选》，各版所录《离骚》不见此二句。②葛亚杰曾以清同治十一年金陵书局刻本《楚辞补注》作为底本，尽可能全面地搜集现存的《楚辞章句》单行诸本，以及现存的《文选》诸注本，就其中王逸注进行全面系统的对勘，考见各本的版本与校勘价值。根据葛亚杰的比勘与条辨，我们发现，就《章句》单行本整个版本系统来说，与《补注》存在 317 处文字差异，其中可据以改《补注》之误者有 29 处；就《文选》王逸注整个版本系统来说，与《补注》存在 231 处文字差异，可据以改《补注》之误者有 4 处。而从《章句》现存最早的黄省曾本来看，其与《补注》存在 44 处文字差异，可据以改正《补注》之误者 6 处；从《文选》现存最早的《文选集注》本来看，其与《补注》存在 92 处文字差异，可据以改正《补注》之误者 4 处。首先从文字差异来看，《文选》王逸注仅选《楚辞》作品 13 篇，而《章句》共 65 篇，《文选》王逸注的《楚辞》篇目仅为《章句》的 20%，但从整个版本系统上考察，《文选》与《补注》的文字差异数量，却为《章句》与《补注》的文字差异数量的 72.87%；《文选集注》与《补注》的文字差异数量，却为黄省曾本《章句》与《补注》的文字差异数量的 209%，可见《文选》本王逸注与《补注》的差异，要远远大于《章句》本王逸注与《补注》的差异。其次从可资正误的条目来说，从整个版本系统来看，《文选》本王逸注中可据以改《补注》之误者有 4 条，仅占与《补注》文字差异的 1.73%，《章句》本王逸注中可据以改《补注》之误者有 29 条，占与《补注》文字差异的 9.15%；从现存最早的版本来看，《文选》本王逸注中可据以改《补注》之误者有 4 条，仅占与《补注》文字差异的 4.35%，《章句》本王逸注中可

---

① （宋）洪兴祖撰；白化文等点校：《楚辞补注》，北京：中华书局，1983 年，第 10 页。

据以改《补注》之误者有 6 条，占与《补注》文字差异的 13.64%。从这一角度来看，《补注》与《章句》的差异，似乎要比与《文选》的差异要大。但《文选》所选篇目及引王逸注非为全帙，并不能完整考见可资正误的条目数量与占比。根据前文所举，非全帙的情况下，《文选》王逸注与《补注》的文字差异，占《章句》单行本与《补注》的文字差异的极大比例，甚至在今存最早的版本中，非全帙的《文选》王逸注，其与《补注》的文字差异，超《章句》与《补注》的文字差异二倍有余。不难推知，《文选》王逸注若录全帙，则其可资校改《补注》之条目当远超《章句》，此亦可见出《补注》与《文选》王逸注的差别要大于与《章句》的差别。

不过《补注》的底本或参校本，其与《文选》王逸注所据的《章句》底本的关系，也有相较于其与单行本《章句》底本关系更近之处。这也可以从具体的例证予以说明：从今存最早的《文选集注》来看。通过与李善注的比勘，发现其在对《楚辞》部分进行训释时，则全列李善注本中的王逸注，以“王逸曰”别之，再列陆善经的补注，以“陆善经曰”别之，其补注内容，多节引“王逸曰”内容，或作简略释义与疏通。唯独在《离骚经》下，该书先列李善删节之王逸序，又举陆善经所引完整的王逸序。而根据这一时期王逸序的全貌，我们发现其与黄省曾本《章句》有 25 处文字差异，其与清康熙间汲古阁本《补注》的文字差异亦大略相同，所不同者，一为康熙间汲古阁本《补注》有五处同于《文选集注》而不同于黄省曾本《楚辞章句》“屈原放在草野”一句，径与《文选集注》同，而不同于《章句》本作“放在山野”，此句下洪兴祖《楚辞考异》出异文曰“一作山”。又“愍其志焉”，径与《文选集注》同，而不同于《章句》本作“闵”，此句下洪兴祖《楚辞考异》出异文曰“一作闵”。又“监察羣下”，径与《文选集注》同，而不同于《章句》本作“群”。又“谋行职脩”，径与《文选集注》同，而不同于《章句》本作“修”。又“屈原放在草野”，径与《文选集注》同，而不同于《章句》本“屈原”上多一“而”字；二为有 1 处既不同于《文选集注》，又不同于黄省曾本《章句》：“犹依道径”，《楚辞考异》出异文“一云陈直径，一云陈道径”，则异文一与黄省曾本《章句》相合，一与《文选集注》相合。不过，汲古阁本《楚辞补注》中也有同于《章句》而异于《文选集注》，而其所出异文又与《文选集注》相合者：“其义皎而朗”，《楚辞考异》出异文“一作明”，此处异文又与《文选集注》相合。而从整个《文选》版本系统来看，亦有部分零星条目，可证汲古阁本《补注》所据参校本有与《文选》王逸注所据底本相近。如《九辩》“然歁傺而沉藏”句，《文选》本“歁”作“坎”，洪兴祖《楚辞考异》云：“歁，本多作坎。”又补注云：“歁，与坎同。”可见洪兴祖见过作"坎"与《文选》相合之版本。综上可知，汲古阁本《补注》之底本或参校本都有与《文选集注》或今存可见《文选》诸本底本相近之处。

综上所述，《楚辞补注》的宋本面貌虽不能详知，但我们可以从版式、字体、文字差异等诸多层面，结合前人的校勘条辨成果，统计、分析数据，对《补注》所据宋本留存《章句》旧貌的价值有以下具体结论：《补注》所据宋本，较之今存最早的单行本《章句》所据宋本，更能见《章句》之旧貌。而《补注》底本与参校本虽有与《文选》本王逸注所据唐本《章句》相合处，仍与其唐本旧貌相去甚远，而与今存最早的单行本《章句》所据宋本相近。

第二节　《楚辞补注》的元、明版本

《楚辞补注》不见元代刊本。元脱脱撰《宋史》尝著录洪兴祖《补注楚辞》十七卷，《考异》一卷。李温良云："《宋志》所据之资料除《三朝国史》《两朝国史》《四朝国史》外，尚包括《中兴馆阁书目》《续书目》及《中兴国史艺文志》等，而后三者乃兴祖书成之后始修撰，故脱脱所援引者当即源于此。"①是脱脱所著录也不过为转引宋人著录的宋刊本。元马端临《文献通考·经籍考》云："《楚辞补注》十七卷，《考异》一卷。晁氏曰：'未详撰人，凡王逸《章句》……'陈氏曰：'洪兴祖撰，兴祖少时从柳展如……亦以勤矣。'"②这显为马端临抄撮晁、陈二人的著录，亦未亲见《楚辞补注》一书。明焦竑《国史经籍志》著录《楚辞》十七卷，《楚辞考异》一卷，云洪兴祖补、王逸注。焦氏之著录，与前举宋代目录书面貌相符，然不能遽断其所见为宋本或元翻刻宋本。又四库馆臣曾评价《国史经籍志》云："丛抄旧目，无所考核，不论存亡，率尔滥载。古来目录，惟是书最不足凭。"③又称其驳正"郑樵《艺文略》、马端临《经籍考》、晁公武《读书志》诸家分门之误"④，则焦竑之著录，亦或抄撮宋人著录而已。

根据《中国古籍善本书录》，明代《楚辞补注》的版本有三种，前两种为刻本，后一种为抄本。前两者刻本相同，一旧藏浙江图书馆，一本为清

① 李温良：《洪兴祖〈楚辞补注〉研究》，新北：花木兰文化出版社，2011年，第80页。
② （元）马端临：《文献通考》，《景印文渊阁四库全书》第614册，台北：台湾商务印书馆，1986年，第721~722页。
③ （清）永瑢等：《四库全书总目》，北京：中华书局，1965年，第744页。
④ （清）永瑢等：《四库全书总目》，北京：中华书局，1965年，第744页。

末藏书家丁丙所藏,后售予江南图书馆即今南京图书馆收藏。刻本在上海图书馆、复旦大学图书馆、天津图书馆、台北"中央图书馆"、傅斯年图书馆及台北故宫博物院等处也有收藏,一般被称为明翻宋本。抄本藏在上海图书馆,然以崔富章的亲见及考辨,此书当为清抄本(详下节清抄本部分)。因此,明代的《楚辞补注》版本,应只有明翻宋本一种。

(一)浙江图书馆及南京图书馆藏本

姜亮夫①云:

> 明翻刻宋本。《结一庐目》。《故宫天禄现存目》(阙卷九至十一,凡三卷,存七册。)
>
> 按,《铁琴铜剑楼书目》:"《楚辞补注》十七卷,明刊本。"瞿子雍题识云:"题校书郎王逸上,曲阿洪兴祖补注。按陈氏《书录》,附《考异》一卷,本别为一书,此乃散入各句下,非洪氏原本之旧。然犹是明翻宋刻,讳字具减笔,知此书在宋时已串乱矣。"云云。瞿氏所记,可考者三事:一为《考异》附本文下,一为宋讳缺笔,一为题衔。此三事与浙馆新度余绍宋越园所藏一本全同。此即钱塘丁氏旧庋,后归江南图书馆,而为商务印书馆《四部丛刊》所据以影印之一本也。然余所见,则以浙馆一本印刷最早。刀锋犹存,劲健有力,墨亦醑透。视江南一本之肥重者为尤可宝,惜蠹蚀稍多。今即据此本叙录如下:首题"楚辞目录"下有夹行小序,引班孟坚述自屈原以来《楚辞》诸家作者。别行题"汉护左都水使者光禄大夫臣刘向集""后汉校书郎臣王逸章句"二行。继以"目录",起"离骚经第一",至"九思第十七"止。每目下引《释文》各篇次第。目录后有序目一节。
>
> 本书大题"楚辞卷第一",下有小注。另行小题"离骚经章句第一",空一格题"离骚"。别行题"校书郎臣王逸上""曲阿洪兴祖补注"二行。正文前有王逸序。此后各篇皆同。序后即接《离骚经》正文。
>
> "楚辞卷第二"下题"校书郎臣王逸上"一行,即为"九歌章句第二离骚",不更出洪氏补注题衔。下继以"九歌目录"。以下至"渔父章

① 关于《补注》的版本,姜亮夫先生《楚辞书目五种》与崔富章先生《楚辞书目五种续编》已作了大量的研究工作,载录《补注》的诸版本较为全面,评骘各版本亦多有笃见,二书作为工具书,造惠学界良多,为学界广资参用。然二书对于《补注》之版本,亦有失收者,或有判断、评骘不允当之处。故本章第二、三节先录姜、崔二先生旧文,复以按语作补遗、考据与辨正。

句第七", 款式皆同。"楚辞卷第八"题下"校书郎臣王逸上", 与前数卷同, 惟小题"九辩章句第八"下题"楚辞", 而不题"离骚"。至"九歌章句第十六"皆同。卷十七下题"汉侍中南郡王逸叔师作", 小题下仍题"楚辞"。

全书正文, 分句录王逸《章句》, 次之以各本异文、音释, 当即洪氏《考异》一书之原文, 刻者散入正文中者也。再次则加"补曰"二字以申王义。《离骚》篇后, 且全录班固叙文。

全书书题在白下鱼尾处。下有页数。

全书每半页九行, 每行十五字。双行夹注, 每行小字二十字。

宋讳缺笔。分订八册。书首有"古湘南袁氏藏书画印""彰赐堂""寒柯堂劫后所得书籍""余绍宋""龙游余氏越园藏书"等印记, 盖余氏任馆职后入藏者, 与商务印书馆《四部丛刊》所用南京图书馆所藏为同版片之书。但浙馆一种, 为最早印本。①

崔富章云:

> 明翻刻宋本。
>
> 南京图书馆藏本, 有丁丙跋。是丁氏八千卷楼旧藏, 后售与江南图书馆, 而为涵芬楼《四部丛刊》所据以影印者。《善本书室藏书志》卷二十三著录云:"目录前题'汉护都水使者光禄大夫臣刘向集'一行, 末有二序。逸之注释, 采自淮南王安以下, 著为训传。安与班固、贾逵之书皆不传, 惟赖此以存焉。至宋洪兴祖, 又以诸本异同, 重加参校, 补逸之未备。当时分行, 今则合为一编矣。此仿宋刊本, 宋讳阙笔, 犹存旧时典型。"
>
> 浙江图书馆藏本, 余绍宋先生旧藏, 与南京馆藏本为同版, 惟印刷稍早, 刀锋犹存, 劲健有力。钤"本与""三余堂珍藏""右任""鸳鸯"诸印。②

今按: 浙图本开本敞阔, 金镶玉八册装帧。品相保存完好, 惜卷一首页略有残损(如图 2-3 所示)。此书为余绍宋珍爱之本, 书内余氏鉴赏章满目, 民国时曾归于右任收藏, 后归还余家。"文革"时曾归浙江省图书馆

---

① 姜亮夫:《楚辞书目五种》, 上海: 上海古籍出版社, 1993 年, 第 32~34 页。
② 崔富章:《楚辞书目五种续编》, 上海: 上海古籍出版社, 1993 年, 第 39~40 页。

藏，定为甲等文物，后落实政策归还。以该书藏书印观之，"寒柯堂劫后
所得书籍""余绍宋""龙游余氏越园藏书"皆余绍宋藏书印，以余绍宋名其
书斋为寒柯堂，又字越园故；"右任"显为于右任之藏书印，"鸳鸯"亦当
其印，以于右任尝名其书斋为"鸳鸯七志斋"故；"古湘南袁氏藏书画印"
为清藏书家袁芳瑛（1814—1859）藏书印；"本与""彰赐堂"则不知何人之
印；"三余堂珍藏"或清三余草堂之藏书印，然明清来号书斋为"三余堂"
者众，如清理学家陆陇其（1630—1692），"三余堂"即其藏书室，而刻"三
余堂"印章者亦有之，如明末清初画家丁元公即有"三余堂"一印，不可遽
断。

　　南京图书馆藏《楚辞补注》（如图 2-4 所示），书首题名为"楚辞"，版
高 23 厘米，宽 15.6 厘米。白口，单鱼尾，左右双边。鱼尾内上题"楚辞
卷某"，下作页数。每半页九行，正文每行十五字，小字夹注双行，每行
二十字。全书计一函八册。本书避讳并不严谨，宋讳的恒、桓、敬、征、
贞等字阙末笔，匡、弘、敦、慎、让则不避讳，应为南宋晚期的刊本。又
卷一第五页"纫秋兰以为佩"的"纫"作"纷"；卷三首页"琦玮俪傀"句，
"琦"字下夹注"一作瑰"的"瑰"字涂作墨丁；卷三末页"既有解词"的
"解"，"乃复连蹇其文"下的夹注"一云乃复支连其文"，都被涂成墨丁。[①]
又丁丙所谓"目录前题'汉护都水使者光禄大夫臣刘向集'一行"，实题为
"汉护左都水使者光禄大夫臣刘向集"。南图本实讹误甚多，如《离骚》"五
子用失乎家巷"句下注"厥弟五人"，南图本"弟"误作"第"；《离骚》"吕望
之鼓刀兮"下注"或言吕望太公"的"或言"作"武言"；《天问》"何以识之"
句下引《淮南子》"天地未形"的"未"误作"朱"；《九章·涉江》"芳不得薄
兮"句下"下文'忽翱翔之焉薄'"中"翔"误作"郛"等。然此本仍有其独特
的参校价值，如《天问》"夫焉取九子"句下注"岐灵而子，焉以夫为"，此
本后多一"怪"字，他本皆无。观汲古阁本及其衍生诸本该句下小注，皆
无"怪"字，然末留二字之空白，若"为"后无字，小字夹注当正好左右双
行对齐，可见"为"后应确有一字。南图本后作"怪"虽不一定为是，然足
资参考。又如《天问》"桀伐蒙山，何所得焉"下"有施人以末嬉女焉"，他
本皆作"末嬉"，据后文"妹嬉何肆，汤何殛焉"句下注"妹，一作末"，知
当作"末"而非"未"；《九思·悼乱》"遂踢达兮邪造"句下"踢，音惕"，他
本皆作"踢，音汤"，显他本皆非，乃形近致讹。虽该本讹误较多，但因

---

　　① 李温良：《洪兴祖〈楚辞补注〉研究》，新北：花木兰文化出版社，2011 年，第 83~84
页。

其为今存可见年代最早之本，故学界亦有视其为善本之观点。

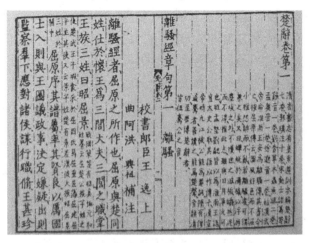

图 2-4　南京图书馆藏明翻宋本洪兴祖《楚辞补注》

(二)"中央图书馆"、傅斯年图书馆、台北故宫博物院藏本

明翻宋本在台湾地区亦有馆藏，主要分布在"中央图书馆"、傅斯年图书馆(全称为"中央研究院傅斯年图书馆")、台北故宫博物院三处。"中央图书馆"本收于其善本书室，胶卷编号为 09306 号，分订八册，封面题"楚辞"，卷一第五页"纷秋兰以为佩"，"纷"字作"紛"，似为后人剜去二点，第三十页不知何故而阙；在每册首页钤有"泽甫"及"四明卢氏抱经楼藏书印"等印章。馆内还藏有一部，卷帙不全，存六册十二卷，缺卷十三至卷十七，页中钤有"子史""百仲之印""伊南逸史"等印。傅斯年图书馆藏本分订六册，封面亦题"楚辞"，其中卷一第一页脱"曲阿洪兴祖补注"一行，第二页右半则以毛笔抄补而成，不知何人所为；第五页"纷秋兰以为佩"的"纷"字，先被剜去二点成"紛"字，又以毛笔添作"紛"；卷三首、末页有与南图本浙图本一样的墨丁，分别以朱笔注明为"一作瑰""既有解说""一云乃复支连其文"等注语。此本缕经庋藏，卷首目录下钤有"福海菅口之署""怀氏铁松家藏图书""玉堂外史""江南王氏珍秘家藏""穉农""汉鹿斋藏书印""墨精子秋农印""季振宜藏书"等印记，卷一下钤有"德福寿安宁署周氏珍藏""东皋祝三鉴赏"等印，卷八下有"玉兰堂""沧韦"等印，书末则钤有"鸿宝校书记""怀氏铁松家藏图书"等印。台北故宫博物院藏本今存七册，缺卷九至卷十一，封面仍题为"楚辞"，

卷一第五页"纷秋兰以为佩"的"纷"字作"糿",与"中央图书馆"、傅斯年图书馆二本同。每册的首页钤有"五福五代堂古稀天子宝""八征耄念之宝""太上皇帝之宝"等三大印,另有"天禄续鉴""谦牧堂书画记""五代司马""乾隆御览之宝"等印,末页则益以"天禄琳琅"及"兼牧堂书画记"诸印。①

此三本与南图本皆题为"楚辞",不作"楚辞补注"。南图本与傅斯年图书馆藏本墨丁处同,又南图本作"纷秋兰以为佩"、傅斯年图书馆本将纷字改作"糿","中央图书馆"及台北故宫博物院则皆作"糿"。据此观之,有墨丁并作"纷秋兰以为佩"当为明翻宋本所据宋本之原貌,不然南图本与傅斯年图书馆本不可能墨丁处完全一致。且傅斯年图书馆本有明显改剜之痕迹,"中央图书馆"及台北故宫博物院本则据李温良所述,仅云似剜去作"糿",实应傅斯年图书馆本剜去作"糿","中央图书馆"本和台北故宫博物院本据此翻印,否则以此三本递藏之人、馆皆不同,何以皆剜字作"糿"?若云此三本出自同一刻印地点的同一批书,而作了统一的剜改,则何以傅斯年图书馆本留有墨丁,而其余二本无墨丁?且据书影(见图2-5与图2-6)来看,"中央图书馆"及台北故宫博物院本显不为同一批印本。故傅斯年图书馆本和南图本实应为初本原貌,"中央图书馆"本和台北故宫博物院据其改貌而刊印。此说之旁证见于傅斯年图书馆本所钤之印章。

傅馆本钤有"季振宜藏书""怀氏铁松家藏图书"二印,季振宜为明末清初之藏书家,怀铁松见录于明李日华《六研斋笔记》、明魏骥《诗家一指序》。李日华云宋赵宗汉《雁山图》"旧为吾禾怀铁松所藏,今不知落谁手矣"②,魏骥则云"嘉禾怀氏用和号铁松者,以书抵余,自言近得诗法一编,乃盛唐诸贤之作,择其精粹,订为诗格,名之曰《诗家一指》"③,足证怀铁松确为明代的书画收藏家。李日华(1565—1635)生活于明嘉靖到崇祯年间,魏骥(1373—1471)生活于明洪武到成化年间,则怀铁松最晚也应与魏骥大致同时。《明史·艺文志》著录有怀悦《诗家一指》一卷,《千顷堂书目》著录怀悦《铁松集》,是怀铁松名怀悦。《四库全书总目》云:

---

① 李温良:《洪兴祖〈楚辞补注〉研究》,新北:花木兰文化出版社,2011年,第84~85页。

② (明)李日华:《六研斋笔记·紫桃轩杂缀》,南京:凤凰出版社,2010年,第90页。

③ 转引自祖保泉:《〈二十四诗品〉是明人怀悦所作吗?》,《安徽师大学报(哲学社会科学版)》1997年第1期。

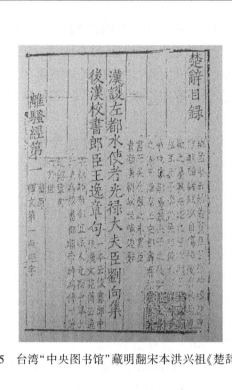

图 2-5　台湾"中央图书馆"藏明翻宋本洪兴祖《楚辞补注》

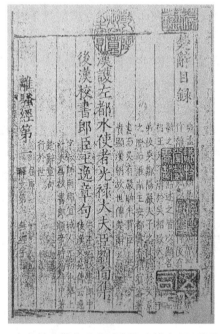

图 2-6　台北故宫博物院藏明翻宋本洪兴祖《楚辞补注》

"《士林诗选》一卷。明怀悦编。悦字用和，嘉兴人。永乐中以纳粟官通判。是集所载皆一时友朋之作，近体最多持择，亦未精审。"①嘉禾为嘉兴之旧称，实一人也。陈尚君《司空图〈二十四诗品〉辨伪》一文，已指出《四库总目》定怀悦生活年代失之过早，又考证出怀悦大致永乐元年（1403）到天顺八年（1464）在世。据《诗家一指》后怀悦序的落款日期成化二年（1466）看，怀悦于此时仍在世。不过纵然如此，怀悦也不应该能活到56年后的嘉靖元年。以此观之，其成书时间最晚亦应当在成化年间，此已足证傅斯年图书馆本之早。据傅斯年图书馆古籍部工作人员称，该馆藏本大陆已有通行普通版本，不予示看，又出示《楚辞文献集成》卷二所收之影印南图本《楚辞补注》以作说明，证傅斯年图书馆本与南图本同。则崔富章云明翻宋本"从版式风貌观察，估计是嘉靖时期的翻刻本"②当不准确。又云《天禄琳琅书目后编》著录的宋版《楚辞补注》"原项元汴家藏而入内府者，今不知归何所"③，以项元汴亦嘉兴人，生活于嘉靖到万历年间，颇疑项元汴据有之所谓宋本，实亦怀铁松之翻宋本。

台北故宫博物院藏本钤有"天禄续鉴""谦牧堂书画记""五代司马""乾隆御览之宝""五福五代堂古稀天子宝""八征耄念之宝""太上皇帝之宝"诸印，显为乾隆之内府藏书。"八征耄念之宝"是1790年乾隆皇帝纪念在位55年并庆祝80寿辰而刻制。而《天禄琳琅书目》及其后编分别由于敏中、彭元端编于乾隆四十年（1775）和嘉庆二年（1797），考此二书，《天禄琳琅书目》不著录《楚辞补注》，《后编》有宋版《楚辞补注》及明版《楚辞章句》，不见明翻宋本《楚辞补注》。即便乾隆皇帝在于敏中编出《天禄琳琅书目》后方得到此本，亦不可能不见录于《后编》之中，以"八征耄念之宝"藏书印早于《后编》成书时间故。且藏书印又有"天禄续鉴"，显是收于《后编》中。则台北故宫博物院藏明翻宋本实应《后编》所谓宋本，此又可作项元汴本与怀铁松本相同之互证。台北故宫博物院此本函封本题"宋版　楚辞补注"，后改题"明覆宋本　楚辞补注"④亦可证此。因此，姜亮夫和崔富章于《楚辞书目五种》及《楚辞书目五种续编》据《天禄琳琅书目续编》著录的宋大字本实际上是不存在的。

①　（清）永瑢等：《四库全书总目》，北京：中华书局，1965年，第1740页。

②　崔富章：《汲古阁刻本及其衍生诸本——竹治贞夫等四家误判辨析》，《中国楚辞学（第18辑）：2010年江苏南通屈原与楚辞学国际学术研讨会论文集》，北京：学苑出版社，2011年，第189页。

③　崔富章：《楚辞书目五种续编》，上海：上海古籍出版社，1993年，第39页。

④　此说据李温良：《洪兴祖〈楚辞补注〉研究》，新北：花木兰文化出版社，2011年，第83页注84。

又"中央图书馆"本递藏历史仅从"四明卢氏抱经楼藏书印"知其尝为卢址(1725—1794)抱经楼所藏,余者"泽甫""子史""百仲之印""伊南逸史"不知何人印章。傅斯年图书馆本"稑农""汉鹿斋藏书印""东皋祝三鉴赏"皆近代祝寿慈藏书印;"沧韦"亦季振宜印;"玉堂外史""江南王氏珍秘家藏""墨精子秋农印""玉兰堂"皆不知何人藏书印,清人姚文田(1758—1827)字秋农,或"墨精子秋农印"即其印,又江苏镇江地区王姓所据清光绪十九年(1893)双柏堂木活字本《京口顺江王氏家乘》,署名为清王秋农重修,据此观之,似"墨精子秋农印""江南王氏珍秘家藏"应为王秋农所刻;以清董邦达(1699—1769)《苍松图》钤"福海春畏之署""德福寿安宁署周氏珍藏"二印,红安冯永轩(1897—1979)旧藏清乾隆二十一年卢氏雅雨堂刊《北梦琐言》亦钤"德福寿安宁署周氏珍藏""福海春畏之署""鸿宝校书记"三印,且书末有道光三年(1823)、民国六年(1917)购书人题识来看,"德福寿安宁署周氏珍藏""福海春畏之署""鸿宝校书记"或皆为此德福周氏藏书者之印,而其生活年代最早亦应大致为18世纪末期到19世纪前中期。

(三)北京图书馆藏本

崔富章云:

> 北京图书馆藏本,六册。每半页九行,行十五或十六字,小字双行二十或二十一字,白口,左右双边。①

(四)天津图书馆藏本

崔富章云:

> 明刻本
> 天津图书馆藏本,七册。存十二卷(卷一至八、十一至十二、十七)。每半页九行,行十七字,小字双行二十一字。白口,左右双边。有张大方题识。②

---

① 崔富章:《楚辞书目五种续编》,上海:上海古籍出版社,1993年,第40页。
② 崔富章:《楚辞书目五种续编》,上海:上海古籍出版社,1993年,第40页。

今按：天津图书馆藏本，题名"楚辞"，一函七册。版高 22.5 厘米，宽 14.5 厘米。存十二卷（卷一至八、十一至十三、十七），崔富章云"十一至十二"误也。又题识者为方尔谦，字地山，又字无隅，别署大方，实为"方大方"，崔富章误。若作张大方者，为北宋张肃之曾孙，晁补之《金乡张氏重修园亭记》云："张氏其甲也，其先世丰人，太宗时侍御史肃，字穆之……而其孙大方从余游，久乃语之。"[1]此崔富章本将之作明刻本，与明翻宋本区分开来，亦非。天津图书馆检索记录标签称"版本据《中国古籍善本书目》集部（上）P3"，考《中国古籍善本书目》，著录《楚辞章句》十七卷，下题"汉王逸撰，宋洪兴祖补注，明刻本"，查其对应藏馆，有上海图书馆、复旦大学图书馆、天津图书馆、浙江图书馆、天一阁文物保管所、云南大学图书馆等。此条后著录《楚辞章句》十七卷，下题"汉王逸撰，宋洪兴祖补注，明刻本，清丁丙跋"，查其藏馆仅有南京图书馆。此条后著录《楚辞》十七卷，下题"汉王逸撰，宋洪兴祖补注，明抄本"，其对应藏馆为上海图书馆。因此，《中国古籍善本书目》只将明代版本分为刻本与抄本，并没有指出刻本中是否分为翻宋本与非翻宋本两种版本。崔富章此处将天津图书馆藏本单列为明刻本，显然是将此视为与明翻宋本不同的版本。而崔富章在著录明翻宋本时云："天一阁、复旦大学、云南大学、吉林大学、上海图书馆并有收藏。"[2]检索上海图书馆、复旦大学图书馆以及云南大学图书馆馆藏目录，其收录之明刻本楚辞皆题翻宋本。这都与《中国古籍善本书目》的著录吻合。浙图本显为明翻宋本，前文已述明。天津图书馆既云"版本据《中国古籍善本书目》集部（上）P3"，若谓据丁丙题跋之南图本，则为翻宋本无疑；若谓多馆收藏之本，既多馆收藏皆为翻宋本，当不至天津图书馆所藏独为非翻宋本，应与之皆同。崔富章恐是见此本多方尔谦之题识，故云为明刻本，而不云明翻宋本。

第三节　《楚辞补注》的清代版本

莫友芝《郘亭知见传本书目》著录《楚辞补注》的清代版本有汲古阁毛表重刊宋本、惜阴轩丛书本。傅增湘《藏园补订郘亭知见传本书目》增补

① 曾枣庄、刘琳：《全宋文》第 127 册，上海：上海辞书出版社；合肥：安徽教育出版社，2006 年，第 23~24 页。

② 崔富章：《楚辞书目五种续编》，上海：上海古籍出版社，1993 年，第 40 页。

《楚辞补注》的清代版本有清同治间金陵书局刊本，并称其"从汲古阁本出"。朱学勤《结一庐书目》中又著录清吴郡宝翰楼覆刻汲古阁本。姜亮夫《楚辞书目五种》中著录有日本宽延二年柳美启翻刻汲古阁本。这几个本子是清代的几种善本，但都属于汲古阁本体系。此外，姜亮夫《楚辞书目五种》还有清光绪二十一年昭陵畲经主人重刊本，崔富章《楚辞书目五种续编》还著录有清初毛氏汲古阁原刻三乐斋翻印本、清初毛氏汲古阁原刻天德堂翻印本、清素位堂翻印汲古阁本、清光绪九年十月长沙书堂山馆刊本等小书坊刻本。笔者还分别在四川大学图书馆和西北师范大学图书馆发现了清光绪十一年汗青簃重刊金陵书局本和清抄本。这些本子，或翻印金陵书局本，或直接翻印汲古阁本，都属于汲古阁体系。

因此，《楚辞补注》的清代版本自毛表始，毛表跋《楚辞补注》云：

> 今世所行《楚辞》，率皆紫阳注本，而洪氏《补注》，绝不复见。紫阳原本六义，比事属辞，如堂观庭，如掌见指，固已探古人之珠囊，为来学之金镜矣。然庆善少时，即得诸家善本，参较异同，后乃补王叔师《章句》之未备者而成书。其援据该博，考证详审。名物训诂，条析无遗。虽紫阳病其未能尽善，而当时欧阳永叔、苏子瞻、孙莘老诸君子之是正，庆善师承其说，必无刺谬。表方舞勺，先人手《离骚》一篇教表曰："此楚大夫屈原所作，其言发于忠正，为百代词章之祖。昔人有言：'国风好色而不淫，小雅怨诽而不乱，若《离骚》者，可谓兼之。'我之从事铅椠，自此书昉也。小子识之。"壬寅秋，从友人斋见宋刻洪本。黯然于先人之绪言，遂借归付梓。其《九思》一篇，晁补之以为不类前人诸作，改入《续楚辞》。而紫阳并谓《七谏》《九叹》《九怀》《九思》平缓而不深切，尽删去之，特增贾长沙二赋，则非复旧观矣。洪氏合新旧本为篇第，一无去取。学者得紫阳而究其意指，更得洪氏而溯其源流。其于是书，庶无遗憾。汲古后人毛表奏叔识。①

是毛表亦以宋本作底本，然毛表是否在该宋版基础上重排版式、更作校勘，又该宋版是否即明代所传之覆宋本，皆不得而知。今仅可从毛表该本之初刻本作些许判断。

---

① （宋）洪兴祖撰；白化文点校：《楚辞补注》，北京：中华书局，1983 年，第 328 页。

一、清康熙间汲古阁毛表重刊宋本

（一）北京国家图书馆藏本

姜亮夫云：

> 北京图书馆藏本，有王念孙校笔。每卷首尾板心有"汲古阁"字样，半页九行，行十五字。注双行，行二十字。毛表有跋文。《四库提要》云："此本每卷之末，有汲古后人毛表字奏叔依古本是正印记。"①

崔富章云：

> 北京图书馆藏本，六册。清王念孙校，残存前五卷，封面有陈垣题签"王怀祖先生校藏《楚辞》残本"，眉间偶有校注。如："昔三后之纯粹兮"，眉间墨笔："张载《魏都赋注》引班固曰：'不变曰纯，不杂曰粹。'"亦有加"念孙案"三字者。又一部，王静安（国维）先生校，八册。卷二末题记："丁巳除夕，以正德黄勉之刊《章句》本校此二卷。国维。"卷三题记："丁巳除夕二鼓，复校此一卷。"卷四无题记。卷五以后无校字。校语在眉间。如："岂余身之惮殃兮"，眉间校云："黄本'身之殚大旦反'五字占四格，盖本无'身'字，后剜补。"②

今按：王念孙校本（如图2-7所示）存卷一至卷五，封面题为"楚辞"，卷前有庄严"王怀祖先生手校楚辞"的题识。版高17、5厘米，宽12.5厘米，白口双鱼尾，左右双边。鱼尾内上部作"楚辞卷几"，下部标明页数，在每卷的首尾页处鱼尾内"楚辞卷几"则改题"汲古阁"三字。此版每半页九行，行十五字，夹注在一大行内分作双行，行二十字。又该本卷前目录的形式一如明翻宋本，卷三末页"既有解词"的"解"下小字夹注"一作鲜"，被涂为墨丁。该本不避宋讳，在每卷首页都有"北平庄严考藏善本""国立北平图书馆收藏"印；每卷末则有"汲古后人毛表字奏叔依古本是正"的双行印记。③

---

① 姜亮夫：《楚辞书目五种》，上海：上海古籍出版社，1993年，第34页。
② 崔富章：《楚辞书目五种续编》，上海：上海古籍出版社，1993年，第40~41页。
③ 李温良：《洪兴祖〈楚辞补注〉研究》，新北：花木兰文化出版社，2011年，第86页。

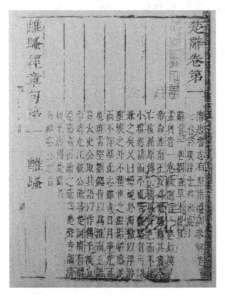

图 2-7　清毛表汲古阁重刊宋本王念孙校本

王国维校本(如图 2-8 所示)分作八册，惟版高 15 厘米，宽 10.5 厘米，其余题名版式都与王念孙校本同。该本《楚辞目录》下有"北京图书馆""王国维"等印记。目录下有数行小字夹注洇墨而不可辨认，第十七卷多有残破不可辨认处。目录附记的后面又有王国维的按语："按《九辨》《九歌》皆古之遗声，《离骚》云：'启《九辨》与《九歌》兮，夏康娱以自纵。'《大荒西经》云：'夏后开上三嫔于天，得《九辨》与《九歌》以下。'故旧本《九辨》第二，《九歌》第三，后人以撰人时代次之，乃退《九辨》于第八耳。"该本多与明正德十三年黄省曾刻本《楚辞章句》互校，如《离骚》后班固《离骚赞序》页眉上按云"赞序黄本失载"；《离骚》"扈江离与辟芷兮"句下王逸注"辟，幽也"，王国维页眉加按语云"黄本'辟'下有'匹亦反'三小字"。又该本在正文内容中多夹注释字句音义，如《离骚》"余虽好修姱以鞿羁兮"即在"姱"下手书"口瓜反"三字；《离骚》"申申其詈予"句"詈"旁手书"骂"以释"詈"义。王国维有些校改颇足资参考，如《离骚》"欲远集而无所止兮，聊浮游以逍遥"句下王逸注"欲远集他方，又无所之，故且游戏观望以忘忧，用以自适也"，王国维将"用以自适"移至"远集他方"之后，作"欲远集他方用以自适，又无所之，故且游戏观望以忘忧也"。

汲古阁较之明翻宋本，错误要少很多。犹足可贵的是汲古阁本在疑似

图 2-8　清毛表汲古阁重刊宋本王国维校本

屡入内容的处理上，甚见其严谨与果断。如《渔父》"世人皆浊"下，南图本下小注作"一作举世皆浊，《史记》云：举世混浊"，汲古阁本下无小注，空约六个大字的空间，柳美启重刊汲古阁本从之，他本则皆作"人贪婪也。一作举世皆浊，《史记》云：举世混浊"。崔富章认为："毛表目睹的那个'宋刻洪本'（当然不是洪兴祖原刊本，而是洪氏身后由书坊将《补注》十七卷、《考异》一卷、《古本楚辞释文》一卷等三种合纂重编重刊本），在'世人皆浊'四大字之下原有双行小字注文，汲古阁刻工照样刊版完毕后，按程式印出初样，作末校之用。挖补或修正后之改样，再校，方成定样付印。当末校、再校之间，校刊责任人将'世人皆浊'下的双行小字注文删掉（版面相应位置铲平），致使印成的书籍中留下空白。删除的理由很简单，内容重复。'世人皆浊'跟上文'举世皆浊'同义，王逸无须重注，洪兴祖更无庸重复作考异，显然是书坊无识者所添加，毛氏汲古阁校刊人毅然删除，可谓有识有胆，值得称许。"①但汲古阁本仍存在与明翻宋本相同甚至明翻宋本没有的讹误。如《九歌·河伯》"心飞扬兮浩荡"句下注"浩

---

① 崔富章：《汲古阁刻本及其衍生诸本——竹治贞夫等四家误判辨析》，《中国楚辞学（第18辑）：2010 年江苏南通屈原与楚辞学国际学术研讨会论文集》，北京：学苑出版社，2011 年，第 191~192 页。

荡，志放貌"，明翻宋本与汲古阁本皆误作"忠放貌"；《九章·惜诵》"繫申椒以为粮"句下注引《说文》"粝米一斛舂九斗"，明翻宋本与汲古阁本皆将"舂"误作"春"；《远游》"野寂漠其无人"句下注"寂，一作寂。漠，一作寞"，汲古阁本将"寂"误作"寂"等。

(二)浙江大学图书馆藏本

浙江大学图书馆藏本(如图 2-9 所示)本分订六册，版高 17.9 厘米，宽13.2 厘米。题名版式皆与北图二本同。各卷末牌记镌"汲古后人毛表字奏叔依古本是正"，每卷首末两页版心亦镌"汲古阁"三字。是书不避清讳。首页钤"瑞安孙仲容珍藏书画文籍印""陈英珍藏"二印。是该书初为孙诒让(1848—1908)所收藏。书内又钤"弢斋藏书记"一印，是该书又尝为徐世昌(1855—1939)所藏。

图 2-9 浙江大学图书馆藏清毛表汲古阁重刊宋本

(三)山东博物馆藏本

崔富章云：

> 山东博物馆藏本，三册。清王筠批校。存九卷(卷二至十)。王

筠，安丘人，道光举人。①

（四）清华大学图书馆藏本

一函六册，具体面貌不详。

（五）复旦大学图书馆藏本

今参黄灵庚《楚辞文献丛刊》影印复旦大学藏汲古阁本。封面左题"楚辞笺注"，右题"汲古阁板"。扉页镌"楚辞笺注"，右题"汲古阁校"，左署"常熟毛氏藏板"。《楚辞目录》页钤有"王氏二十八宿砚斋藏书之印""秀水王大隆印""复旦大学图书馆藏"诸印。正文首页钤"学礼斋藏书印"。"王氏二十八宿砚斋藏书之印"为清末藏书家王祖询（1869—?）藏书印，王大隆（1901—1966）即其子，学礼斋为王大隆书斋。书尾有题识，署"道光十有五年八月王引之识于秦邮研经堂之北窗"，又扉页左署"常熟毛氏藏板"，故黄灵庚误将之定为王引之评清康熙毛氏汲古阁刻本，实非也。因该书题识后又有王大隆三跋，分作：

> 己亥四月借涵芬楼藏高邮王文简公手评本，用硃笔照临于常熟瞿氏沪上寄庐。欣夫王大隆记。
>
> 原本藏涵芬楼，据其书录谓王文简手评，然细审不合王氏家法，恐是后人伪托，或别出他手，而鉴之未确也。三十八年五月廿九日，坐而无聊，偶检一过，欣夫并志。
>
> 案汤金钊楔《文简墓志铭》，云道光十四年十一月二十四日卒于位，安得十五年八月尚在秦邮校此书耶？亦可谓不善于作伪矣。有此铁证，可纠《涵芬楼烬余书录》之误，余别有长跋。一九六十年十月廿一日欣夫又记。②

则该书实为王大隆照临涵芬楼藏王引之评点本《楚辞》，而根据落款与王引之卒年之抵牾，又知涵芬楼藏王引之评点本《楚辞》亦当为后人伪托，非王引之评本也。又今人陈鸿图撰有《王引之〈楚辞〉评点辨伪——兼

---

① 崔富章：《楚辞书目五种续编》，上海：上海古籍出版社，1993年，第41页。
② （宋）洪兴祖撰；佚名评：《楚辞补注》，黄灵庚主编：《楚辞文献丛刊》第12册，北京：国家图书馆出版社，2014年，第292~293页。

论清末时期善本观念的转变》一文，通过详尽的考据论证，已证该本实为书贾于明陆时雍《楚辞榷》的基础上，抄录朱熹《楚辞集注》《楚辞辩证》《楚辞后语》，以及明凌毓枬校刊本《楚辞》中收录的诸家评语，托名王引之而成。① 其说可参。又崔富章云：

> 柳美启校刊底本乃是汲古阁本，如《渔父》“世人皆浊，何不掘其泥而扬其波?”二句，“世人皆浊”四字之下，汲古阁刊本无注，留空白(约六个大字空间)，柳美启本亦无注，留空白，与汲古阁本相同，而宝翰楼本有注“人贪婪也。一作举世皆浊。《史记》云：举世混浊。”按《渔父》此句之前有“举世皆浊我独清”，王逸注：“众贪鄙也。”洪兴祖考异：“一作世人皆浊。《史记》作‘举世混浊而我独清，众人皆醉而我独醒’。”有此王逸注、洪兴祖考异，则在其后的“世人皆浊”可不再出注，亦无须再作考异，汲古阁校刊本的处置是恰当的，之所以留有空白，或底本有注、考异(书坊误增)，或别本有之(如明翻宋本《楚辞章句补注》十七卷)，汲古阁故留此标识以存底本(或别本)状貌耳。吴郡宝翰楼本补刻注文、考异，可谓无识。②

细绎黄灵庚《楚辞文献丛刊》影印此本，《渔父》“世人皆浊”四字下，确有“人贪婪也。一作举世皆浊。《史记》云：举世混浊”一句，而同书影印王国维校清康熙毛氏汲古阁刻本“世人皆浊”则作空白。封面题作“楚辞笺注”，汲古阁本题作“楚辞”，而宝翰楼本亦题“楚辞笺注”。此书尾有王大隆三跋，崔富章《楚辞书目五种续编》著录复旦大学藏宝翰楼印本亦曰有王大隆三跋。以是观之，此本确与宝翰楼本有相同之处，然又不全与之同，如扉页左署“常熟毛氏藏板”而非“吴郡宝翰楼”，且相较宝翰楼本，多有互异之文字。则此本既非王引之评点，亦非汲古阁本之原刻。

此本几与汲古阁本同，除《渔父》“举世皆浊”句下羼入小注；《离骚》“齐桓闻以该辅”句“桓”字不似汲古阁本作阙笔；《天问》“何以寘之”句下引《洪范》，汲古阁本作“然后夷于土”，此本作“然后夷于上”；《九章·悲回风》“重任石之何益”句下注“禾黍一秳”，“秳”误作“栝”数处小异外，余皆与汲古阁本同。

---

① 陈鸿图：《王引之〈楚辞〉评点辨伪——兼论清末时期善本观念的转变》，张宏生主编：《人文中国学报(第28期)》，上海：上海古籍出版社，2019年，第181~222页。

② 崔富章：《大阪大学藏楚辞类稿本、稀见本经眼录》，《文献》2004年第2期。

　　检索复旦大学图书馆馆藏，《楚辞补注》有四种古籍善本，一为明翻宋本，余四者皆题毛表汲古阁本，其中一分十二册，一分十册，一分四册。黄灵庚据之影印此本，亦分作四册。十二册本或十册本或即崔富章所谓宝翰楼印本，今不得见，不能遽断。

　　据上论述，复旦大学藏此四册"汲古阁本"或当为介于汲古阁原刻与宝翰楼印本之间之一本，以此本与汲古阁本异文较少，宝翰楼本与汲古阁本异文为多（详后表2-2），而此本又与宝翰楼印本皆羼入衍文、且皆改题为"楚辞笺注"之故。宝翰楼本或据此本为底本作校勘而成，以其内封板式相类似也。参图2-10及图2-11。

图 2-10　复旦大学图书馆藏清初毛氏汲古阁刻本

　　该本卷十一、卷十三至卷十七无评点，余十一卷每卷皆有评点。如《离骚》"字余曰灵均"句上页眉处云"作者自叙其流出于中古。《离骚经》首章上陈氏族，下列祖考，先述厥生，次显名字，自叙丛迹，实基于此。

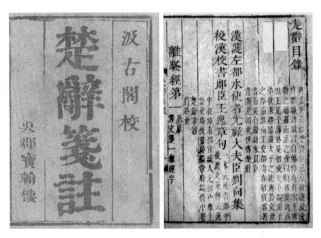

图 2-11　清初毛氏汲古阁原刻宝翰楼印本

降及司马相如，始以自叙之篇，实烦于代"；《九歌·山鬼》题头上页眉处云"此篇叙殇鬼交兵挫北之迹甚奇，而词亦凄楚"等。

二、翻刻汲古阁本

（一）清初毛氏汲古阁原刻宝翰楼印本

崔富章云：

> 复旦大学藏本，扉页镌"楚辞笺注"，右题"汲古阁校"，左署"吴郡宝翰楼"。有王大隆传录失名录宋□□评点，王大隆跋、再跋、三跋。
>
> 福建图书馆藏本，四册。清谢章铤校跋。谢氏，长乐人，光绪进士，先后主漳州、龙岩、陕西同川、江西白鹿洞各书院。晚归，掌教致用书院凡十六年。
>
> 浙江图书馆藏本，八册。①

今按：西北师范大学及北京师范大学图书馆亦藏此本。西北师范大学藏本（如图 2-12 所示）一函六册，版高 18.5 厘米，宽 13 厘米。白口双鱼尾，左右双边。半页九行，行大字 15 字，小字夹注 20 字，小字双行。内封面自右往左题"汲古阁校""楚辞笺注""吴郡宝翰楼"。首为目录，每卷

---

① 崔富章：《楚辞书目五种续编》，上海：上海古籍出版社，1993 年，第 41~42 页。

末版心均镌"汲古阁"，并有"汲古后人毛表字奏叔依古本是正"双行印记。钤有"且还读书"白文方章及"宝翰楼藏书记"朱文方章。北京师范大学藏本(如图 2-13 所示)与西北师范大学藏本同，亦分订六册。版高 18.3 厘米，宽 13.4 厘米，实一也。

图 2-12 西北师范大学图书馆藏清初毛氏汲古阁原刻宝翰楼印本

图 2-13 北京师范大学图书馆藏清初毛氏汲古阁原刻宝翰楼印本

宝翰楼本大致与汲古阁原刻同，但仍有少量异文及错误。如《渔父》"舖其糟"句下注"舖，布乎切"，"切"字误作"初"；《七谏·初放》"数言便事兮"句下注"一作数谏便事"之"一"字阙；《七谏·沉江》"赴湘沅之流澌兮"句下注引《说文》"澌，流冰也"，"冰"误作"水"；《七谏·沉江》"将方舟而下流兮"句下注"大夫方舟，士特舟"，"特"误作"持"；《哀时命》"陇廉与孟娵同宫"句下注"乃以甄窒之土杂厕圭玉"，"土"误作"上"等。

(二)三乐斋翻印本

崔富章云：

> 清华大学藏本，四册。扉页题："楚辞笺注　汲古阁校　三乐斋梓"，钤"三乐斋图书"四方大硃印。①

(三)天德堂翻印本

崔富章云：

> 清华大学藏本，十册。扉页题："楚辞笺注　汲古阁校　天德堂藏板"。无序跋。跟三乐斋本对比，的系出自一版，但此部栏线条细小，印刷一般；前者栏线条较粗，印制清楚。
> 浙江图书馆藏本，四册。②

今按：厦门大学亦藏此本(如图2-14所示)，一函四册，与浙江图书馆藏本同。版高18.5厘米，宽12.9厘米。白口双鱼尾，左右双边，半页九行。行大字15字，小字夹注20字，小字双行。扉页自右至左题"汲古阁校　楚辞笺注　天德堂藏板"，该本不避乾隆讳之"历"字。

(四)素位堂翻印本

崔富章云：

> 清素位堂翻印汲古阁本

① 崔富章：《楚辞书目五种续编》，上海：上海古籍出版社，1993年，第41页。
② 崔富章：《楚辞书目五种续编》，上海：上海古籍出版社，1993年，第41页。

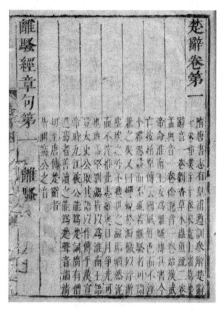

图 2-14　厦门大学图书馆藏清初毛氏汲古阁原刻天德堂翻印本

　　北京图书馆藏本,六册。扉页镌:"汲古阁校　楚辞笺注　素位堂藏板"。玄、历不缺笔。有断板、漫漶迹象。①

　　今按:中国人民大学图书馆亦藏此本(如图 2-15 所示)。分订四册,版高 17.9 厘米,宽 13.3 厘米。白口双鱼尾,左右双边,半页九行。行大字 15 或 16 字,小字夹注 20 字,小字双行。扉页自右至左题"汲古阁校　楚辞笺注　素位堂藏板"。正文首页钤"上元黄氏藏书"印,考《吴让之手批印存》第八三条,当为清黄潞藏书印,潞字菫浦,另有"世洛"一印。此本不避清讳。

　　(五)日本宽延二年(清乾隆十四年)柳美启翻刻汲古阁本

　　崔富章云:

　　题《楚辞笺注》,五册。首王世贞《楚辞序》,次《目录》,次入正文(半页九行,行二十字,正文和注皆加标点),卷末附柳美启识语,

①　崔富章:《楚辞书目五种续编》,上海:上海古籍出版社,1993 年,第 42 页。

图 2-15　中国人民大学图书馆藏清初毛氏汲古阁原刻素位堂翻印本

有刊记"元文四年己未九月御免　宽延二年己巳十一月发行　皇都书
肆　中村治郎兵卫"等九人署名。汲古阁原版题《楚辞》，后版片易
主，由三乐斋、天德堂、宝翰楼、素位堂相继重印，扉页率改题"楚
辞笺注　汲古阁校　×××藏板"，而删卷末毛表跋。柳本源出于
此，而增王世贞序为妄举。毛氏汲古阁据宋本校刊，优于明嘉靖间佚
名刻覆宋本(四部丛刊影印)，如："纷秋兰以为佩"(毛本改"纷"为
"纫")；"□余佩兮醴浦"(毛本补"遗"字)；"陈竿瑟兮浩倡"(毛本
改"竿"为"竽")；"□南渡之焉如"(毛本补"淼"字)；"塞侘傺而舍
感"(毛本改"舍"为"含")等，都是准确的。而柳本又订正了汲古阁
本某些明显的误字，如："子既滋兰之九畹"(改"子"为"予")；"沉
王躬兮湘汩"(改"王"为"玉")；"纫秋兰以为佩"洪补引陆机云"节中
亦高四五尺"(改"亦"为"赤")；"杂杜衡与芳芷"洪补引《尔雅》：
杜，上卤，注云杜衡也"(改"上"为"土")；"然露瞳而莫达"洪校"露
一作雾"(改"露"为"雾")等，都可取。后出转精，堪称善本。且末
三条，金陵书局重刊汲古阁本亦未校出，诚可宝贵也。①

---

①　崔富章：《楚辞书目五种续编》，上海：上海古籍出版社，1993 年，第 42 页。

今按：此本日本静嘉堂、韩国中央图书馆（如图2-16所示）皆有收藏。书末刊记为："元文四年己未九月御免 宽延二年己巳十一月发行 皇都书肆中村治郎兵卫、八尾平兵卫、西村侍郎右卫门、中川茂兵卫、河南四郎右卫门……上柳治兵卫、风月庄龙卫门。"①宽延二年即1749年，上柳治兵卫（1710—1790）即柳美启，柳美启为其学名，又称上柳四明，为京都儒者。韩国中央图书馆藏本分订四册，版高25.8厘米，宽17.5厘米。封面题"楚辞笺注"，内封自右至左分别题"后汉王逸注 宋洪兴祖补注 楚辞笺注 皇都书林印行"。内封钤有"朝鲜总督府图书馆 图书登录番号昭和16.2.5 古118914"印，最后一册书末钤有"美""启"二印。白口双

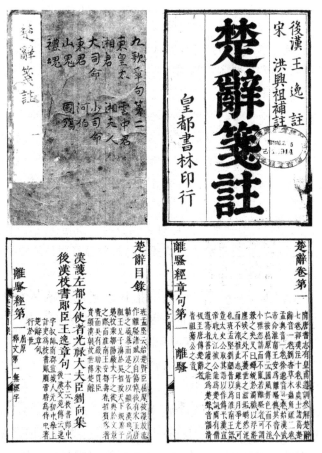

图2-16 韩国中央图书馆藏日本宽延二年柳美启翻刻汲古阁本

---

① 崔富章：《大阪大学藏楚辞类稿本、稀见本经眼录》，《文献》2004年第2期。

鱼尾，左右双边。鱼尾内亦上作"楚辞卷某"，下作页码。遇每卷首末页鱼尾内则作"汲古阁"，卷末亦有"汲古后人毛表字奏叔依古本是正"的双行印记。此本已不见刊记。所不同的是，该本每页没有分行的竖线，然实以九行排印，小字夹注双行，大字每行 15 或 16 字（如班固《离骚赞序》第三排则作 16 字），小字每行 20 字。第一册封面手书《九歌章句第二》的目录；第三册封面手书《大招章句第十》《惜誓章句第十一》《招隐士章句第十二》《七谏章句第十三》的目录；第四册封面手书《九叹章句第十六》及《九思章句第十七》的目录。该书卷七《渔父》最后一页阙，以抄录的形式补全。全书大字以"。"断开，小字夹注以"、"断开，即崔富章所谓"正文和注皆加标点"。柳美启跋文云：

> 《楚辞》十七卷，朱子《全注》，梓行有年，流布极广。如若王逸古注，则资诸华版，而稍稍散乏，既垂泯灭。往自伊洛余波，浸淫海东，而吾邦缝掖，专以程朱为准的，不旨些转其视，当时书肆，亦惟一切阿顺，以射贾利，遂致此忽略尔。近十许年，习风稍迁，学者易方。古书镂版，往往而出。而犹不及此者，独何哉？逸注善本，固未易得，若其具洪兴祖之补，则绝无之也。盖兴祖之于逸，拾遗纠谬，该综精核，穷致其力，故逸注虽详，犹倚藉洪氏，然后可谓大备也。予购求数年，今而始获。乃阅之，则汲古毛奏叔所校，最为整饬可传。然但兴祖序题，宜存而不存，且补注间有数字脱而不补，因知此希世残编，虽彼大方，而仅仅一种，无复别本可校也。况吾异邦，而获之为幸，焉暇指其微瑕乎？因即翻刻，以弘其传，览者察诸。平安柳美启识。①

柳美启虽云"无复别本可校""焉暇指其微瑕"，然仍对汲古阁本进行了细致的校勘，改订了许多汲古阁本及宝翰楼本的错误。如《离骚》"纫秋兰以为佩"句下注引陆玑《毛诗草木鸟兽虫鱼疏》"节中赤，高四五尺"，他本皆误作"节中亦高四五尺"；《离骚》"折若木以拂日兮"下注引《淮南子》"末有十日"，虽他本皆误做"未"，证之《淮南子》，当作"末"，柳美启本改是；《九章·惜诵》"惩于羹而吹齑兮"句下注"故曰齑臼受辛也"，他本"臼"皆误作"曰"，惟柳美启本改作"臼"。虽然这些错误很可能是他本在刻印时，所据的底本本来就是错的，甚至于洪兴祖最初引用时就弄错了，

---

① （后汉）王逸注；（宋）洪兴祖补注：《楚辞补注》卷 17，日本京都：皇都书林，1749 年，第 17 页。

刻印者沿袭不改是为了求古籍原貌的"真"，但柳美启刻本却能在一定的求"真"基础上，去求古籍的"善"，这样的校勘精神和严谨态度是值得赞许的。柳美启本虽然改订了许多他本没有发现或改正的错误，但仍在校勘过程中造成了不少新的错误。如《九歌·湘夫人》"帝子降兮北渚"句下注云"此言帝子之神降于北渚"，柳美启本"北"误作"泚"；《九歌·山鬼》"被薜荔兮带女罗"句下注引《诗经》"茑与女萝"，柳美启本"茑"误作"葛"；《天问》"次于蒙汜"句下注"是谓高春"，柳美启本"春"误作"春"等。

（六）清道光二十六年丙午惜阴轩丛书仿汲古阁本

姜亮夫云：

> 三原李锡麟辑，光绪二十二年长沙重刊。
> 《郘亭知见传本书目》。扉页题"楚辞补注"，次录《四库提要》正文。大题卷一下有"汲古阁本"四字，侧书。每半页十行，行二十二字。双行夹注，小字字数同。鱼尾下题"惜阴轩丛书"五字。①

今按：此本（如图 2-17 所示）每卷于"楚辞补注卷第几"下，有"汲古阁本"及"三原李锡龄校刊"（姜亮夫作"李锡麟"误）等字，白口单鱼尾，单边。半页十行，每行大小字皆 22 字。鱼尾内上部题"楚辞补注卷几"，下部题页码。目录页首题"楚辞补注目录"，其鱼尾内亦然，与前翻宋本及汲古阁本作"楚辞目录"不同。每卷末题"楚辞补注卷几终"。该书避清讳，"弘""玄"皆阙笔，又避孔子讳，凡"丘"皆作阙笔。该本卷三末页"既有解词"的"解"字下小注"一作鲜"三字亦作墨丁；《九歌·少司命》"满堂兮美人"句下小注最后六字作墨丁，明翻宋本径无此六字；《惜往日》"使谗谀而日得"下小注"家，一作蒙"的"蒙"字作墨丁。该本有不少错误，如：《离骚》"说操筑于傅岩兮"的"筑"字"凡"部缺点画，后文"筑"字又不缺，应为雕版时漏去；"既干进而务入兮"中"干"误作"千"。王逸《离骚后序》"不胜愤懑"句中"胜"阙"月"字中间二横，亦雕版误也。《天问》"焉有虬龙"句下注"娭大玄熊"误，当据明翻宋本改作"娭夫玄熊"。《九辩》"然霑曀而莫达"下注"霑，一作雾"，"雾"误作"露"，沿袭汲古阁本之误，未改。《招魂》"竽瑟狂会"、《九怀·昭世》"听王后兮吹竽"皆将"竽"误作"竿"。《七谏·谬谏》"恐操行之不调"亦因雕版漏误而"凡"部无

点画。《招隐士》“状皃崯崯兮峨峨”句“皃”误作“儿”。《九思・怨上》“曾莫兮别诸”句，“曾”误作“会”；“佇立兮忉怛”，“忉”右边“刀”作“刃”。又该本凡“妒”皆作“妬”，“以”除《九叹・离世》“断镳衔目驰骛兮”句作“目”外，余皆作“以”。

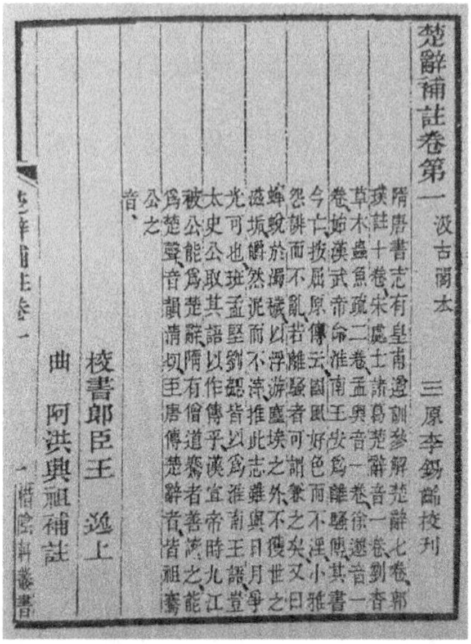
楚辭補註卷第一 汲古閣本 三原李錫齡校刊
隋唐書志有皇甫遵訓參解楚辭七卷郭
璞註十卷宋處士諸葛楚辭音一卷劉杳
草木蟲魚疏二卷孟奥音一卷徐邈音一
卷始漢武帝命淮南王安爲離騷傳其書
今亡按屈原傳云國風好色而不淫小雅
怨誹而不亂若離騷者可謂兼之矣又曰
蟬蛻於濁穢以浮游塵埃之外不獲世之
滋垢皭然泥而不滓推此志雖與日月爭
光可也班孟堅劉勰皆以爲淮南王語豈
太史公取其語以作傳乎漢宣帝時九江
被公能爲楚辭隋有僧道騫者善讀之能
爲楚聲音韻清切至唐傳楚辭者皆祖騫
公之音
校書郎臣王逸上
曲阿洪興祖補註
楚辭補註卷一
惜陰軒叢書

图 2-17 艺文印书馆影印清道光二十六年丙午惜阴轩丛书仿汲古阁本

该本异文较为频仍：《离骚》中除“恐脩名之不立”“余独好脩以为常”二句作“脩”外，凡“脩”皆作“修”，而汲古阁本《离骚》皆作“脩”。《九歌・礼魂》“成礼兮会皷”，“皷”作“鼓”；《招魂》“陈钟按鼓”，则又将“鼓”作“皷”。《九章・思美人》“揽涕而伫眙”句，“伫”作“竚”；“羌冯心犹未化”，“冯”马下四点作“灬”；“扬厥冯而不竢”，“竢”作“俟”。《九章・悲回风》“旹亦冉冉而将至”，“旹”作“时”。《远游》“魂茕茕而至曙”，“茕”作“茕”；“怀琬琰之英华”，“琰”作“琰”；“服偃蹇以低昂兮”，“低”作“伭”。《招魂》“秦篝齐缕”，下注云“篝，《释文》作篝”，此本则云“秦篝齐缕”，下注云“篝，《释文》作篝”；“胹鳖炮羔”，“炮”作“礟”；“分曹竝进”，“竝”作“並”。《大招》“吴醴白蘖”，“蘖”作“孽”；“南交阯只”，下注“交趾”作“交阯”。《惜誓》“乐穷极而不厌兮”，“厭”作“猒”；“托回飚乎尚羊”，“飚”作“飈”。《九怀・通路》“朝发兮葱岭”，“葱”作“蔥”，又后《九思・悯上》“蘮蒘兮青葱”，下注云“葱，当作蔥”，此本则作“蘮蒘兮青蔥”，下注云“蔥，当作葱”，实非。《九怀・蓄英》“微霜兮

眇眇"，"眇眇"作"眇眇"。《九叹·离世》"触石碖而衡遊"，"遊"作
"游"。《九叹·怨思》"若龙逄之沉首兮"，"逄"作"逢"。《九叹·惜贤》
"欲竢时于须臾兮"，"竢"作"俟"，后"竢时风之清激兮"亦然。《九叹·
忧苦》"独茕茕而南行"，"茕"作"煢"形，下从"凡"，而非从"几"。《九
叹·思古》"愁恓傯于山陆"，"傯"作"傯"。《九思·疾世》"闓眪窈兮靡
睹"，"闓"作"闿"；"赴崑山兮鼂霖"，"鼂"作"鼂"。《九思·悼乱》"殽乱
兮纷挐"，"挐"作"挐"。《九思·守志》"彀天兮弧躲奸"，"躲"作"射"；
"嗟英俊兮未为双"，"嗟"作"嗟"。

该本华中师范大学图书馆亦有收藏（如图 2-18 所示），分订六册，与
潘之淙《书法离钩》二册共装一函。此本无内封，无《四库提要》正文，封
面后直接承以《楚辞补注目录》。封面及每册首页皆钤有"华中师范学院图
书馆藏书印"印章。

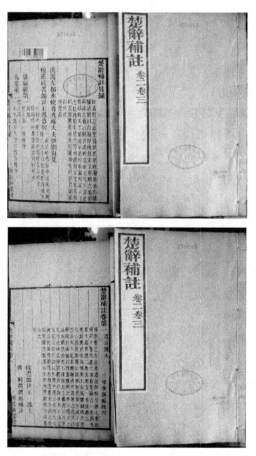

图 2-18　华中师范大学图书馆藏清道光二十六年丙午惜阴轩丛书仿汲古阁本

（七）清同治十一年金陵书局刻本

姜亮夫云：

> 清同治十一年金陵书局重刊汲古阁本。
>
> 扉页正面篆"楚辞"二大字，后面识："汲古阁原本。同治十一年春，金陵书局重刊。"本书款式及每半页行数字数，均与涵芬楼影印本相同。惟本书于卷一、卷三、卷五、卷十、卷十一、卷十二、卷十三、卷十四之末，于"楚辞"大题之下，又有双行小字："汲古后人毛表字奏叔依古本是正。"全书之末，有毛表奏叔跋一篇（别见跋文）。每半面九行，每行二十字。以此本与涵芬楼影印本校，则涵芬楼本谬误极多，如卷二《九歌·东皇太一》"陈竽瑟兮浩倡"句，涵芬楼本作"竿瑟"，此作"竽瑟"。又《湘君》"遗余佩兮醴浦"句，涵芬楼本"余"上脱"遗"字。卷四《九章·哀郢》"蹇侘傺而含慼"句，涵芬楼本作"舍慼"，此本作"含慼"。卷八《九辩》"皇天平分四时兮"句，涵芬楼本作"十分"，此作"平分"。卷九《招魂》"多迅众些"句注："其来迅疾"，涵芬楼本作"兵来"，此作"其来"等。
>
> 中华书局《四部备要》据汲古阁宋刻洪本《楚辞补注》排印，与金陵书局重刊汲古阁本祖本相同，惟款式稍异。每半页九行，每行十五字。双行夹注，小字每行三十字。书末毛表跋每行大字十五字。边口题"中华书局聚珍仿宋版印"十字。[1]

崔富章云：

> 上海图书馆藏本，四册，清于凼校。
> 浙江图书馆藏本，四册，清谭献校并跋。每半页九行，行十七字。[2]

今按：此本北京师范大学图书馆、暨南大学图书馆亦有收藏。北师大图书馆本分订四册，封面题"楚辞"，内封镌"汲古阁原本同治十一年春金陵书局重刊湘乡曾国藩署检"。版高17.5厘米，宽13.4厘米。白口双鱼

---

① 姜亮夫：《楚辞书目五种》，上海：上海古籍出版社，1993年，第34~35页。
② 崔富章：《楚辞书目五种续编》，上海：上海古籍出版社，1993年，第43页。

尾，左右双边。半页9行，行大字15字，小字夹注20字，小字双行。有朱笔圈点句读。暨南大学藏二套，版高17.9厘米，宽13.2厘米，无圈点句读，余皆与北京师范大学藏本相同。藏本一钤"华亭封氏簣进斋书印""庸庵""华亭封文权读书印"诸印，藏本二钤"华亭封氏簣进斋书印""庸庵""封文权印""庸庵藏书""簣进斋""封章烜印""封章炜印""封芬修印""复之"诸印。故此书尝为清末藏书家封文权（1868—1943）所藏。封文权，字衡甫，号庸庵，簣进斋即其藏书室。又二本皆钤"瑞安孙仲容珍藏书画文籍印"，是此二套书初为孙诒让（1848—1908）所藏，因藏本二有封文权之子封章烜（1907—1996）印，以二人生卒观之，不可能为孙诒让后从封家获藏此书。封章炜为封章烜之兄，封芬修不知何人，亦当封氏族亲。此本内封亦镌"汲古阁原本同治十一年春金陵书局重刊湘乡曾国藩署检"牌记。有清孙衣言朱批并识。

此本又藏大阪大学图书馆，为日本学者西村时彦手批集释。此底本（如图2-19所示）为西村时彦1899年于上海购获的清同治十一年金陵书局刻本《楚辞补注》，纸幅甚宽，西村遂径在天头、地脚、左右栏边作集释。首页右边栏之右空白处题"楚辞集释 西村时彦手藁"，钤有"时彦""子俊"二印。扉页钤"大阪大学收藏图书印""硕园纪念文库""硕园珍藏""硕园""怀德堂图书记""天囚书室""邨彦子儁"诸印。据崔富章《大阪大学藏楚辞类稿本、稀见本经眼录》一文，西村时彦（1865—

图2-19 日本大阪大学图书馆藏清同治十一年金陵书局重刊汲古阁本

1924）是日本明治、大正时期的著名汉学家，字子俊，一字硕园，号天囚。其书室"读骚庐"收藏有楚辞类典籍一百余种，撰有《屈原赋说》等多部专著，殁后一并移赠怀德堂文库，1949 年前后移藏大阪大学图书馆。西村时彦对该本作了句读，正文以"。"断开，小注以"、"断开，并将书中之"补曰"及"五臣云"或以框圈出，或以两竖线划出，以醒眉目，便于查找。西村时彦刻三枚阴刻，分作"集释""私案""存异"，每作批点，必先钤印，后以手书相应批点内容。"集释""存异"主要是全面收集的前人对楚辞的注说，有与大多数注家不同者，则归于"存异"，其大多数则归为"集释"。"私案"则是西村或在"集释"或"存异"的基础上，或不依附前人注说，对《楚辞》解读的一些看法。今见本为黄灵庚《楚辞文献丛刊》影印本，不见原书胶卷或照片，其手书潦草且字小，故难辨认。转引崔富章举例：

> 《离骚》"帝高阳之苗裔兮，朕皇考曰伯庸"二句，西村"集释"（二字朱印白文）引《尔雅》、《曲礼》、五臣注 、朱熹、周拱辰 、李光地 、方望溪、钱饮光、戴震 、胡文英诸家解说；"存异"（二字朱印白文 ）录王闿运《楚辞释》："皇考，楚祖庙之名，即太祖也。伯庸，屈氏受姓之祖。若以皇考为父 ，属辞之例，不得称父字，且于文无施也。""纷吾既有此内美兮，又重之以修能"二句，"集释"引朱熹、钱杲之、林云铭 、钱饮光、张松南五家说，"私案"（二字朱印白文 ）曰："内美、修能，从质性说到学问。内美，尊德性也；修能，道问学也。纷吾一解，专言修也。"又曰："纷吾、汨予 ，皆倒置法，屈子独创，犹言'吾既有此内美纷兮'也。""长太息以掩涕兮，哀民生之多艰"二句，"私案"："悲不能救民生多艰。王注引'申生''子胥'，非也。""既替余以蕙纕兮 ，又申之以揽芷"二句，"私案"："君之替余以蕙纕之故也，又自申以揽芷而不悔也。王注言替后又申以揽芷。朱子云：'此言君之废我，以蕙芷为赐而遣之，似待放之臣，予之玦然后去也。然二物芬芳，乃余之所善，幸而得之，则虽九死而不悔，况但废替而已乎？'此说尤非也。见此等之说，似《集注》非朱子所作！"①

除"集释""存异""私案"，西村还作了大量音义解释，皆书于页脚

---

① 崔富章：《大阪大学藏楚辞类稿本、稀见本经眼录》，《文献》2004 年第 2 期。

处。如在《离骚》"余焉能忍与此终古"句下注云"上八句同韵";《九歌·云中君》"华采衣兮若英"句下注云"《集注》英叶放";《离骚》"不抚壮而弃秽兮"句,于该句页脚处注云:"《礼》曰:'三十曰壮.'"等等。该书集释(含"集释"、"存异"、"私案"、音义)大量集中于《离骚》《九歌》以及《天问》题解处,此以后集释内容渐少,零星片语,几似无有。又在《九歌》目录的每篇篇名下作简要的解题,将卷八《九辩》分了章节,以圆圈内书数字的形式标注于每一章第一句句首。西村在《九歌》卷末题识云:"大正六年丁巳八月,且读且注。时浴于马山泉场,有句云:人问今年消夏记,注骚一卷在名山。纪实也。硕园彦识。"句末钤"硕园"印记。书尾又有西村题识,云:"此书二十年前于沪购获之,尝一再读过。今年病间,又把而读之,遂加句点。东方、严、王以下,所谓'无病呻吟'者,予乃于卧病呻吟中,且读且点,不知病之身也。大正八年五月念日硕园主人识。"钤"天囚"印记。

除去柳美启本,金陵书局本(如图2-20、图2-21所示)在汲古阁系列版本中为最善之本。中华书局《四部备要》所收《楚辞补注》,内封题"据汲古阁宋刻洪本校刊",实全与金陵书局本同,惟重作排版。金陵书局本之善,于此可见一斑。金陵书局本修正了汲古阁原刻及宝翰楼印本的诸多错误,如《九歌·河伯》"心飞扬兮浩荡"句下注"浩荡,志放貌",改汲古阁原刻及宝翰楼印本作"忠放貌"之误;《九章·惜诵》"繫申椒以为粮"句下注引《说文》"粝米一斛舂九斗",改汲古阁原刻及宝翰楼印本"舂"作"春"之误;《远游》"遌绝垠乎寒门"句下注"遌,《释文》作踔",改汲古阁原刻及宝翰楼印本"遌"作"连"之误。甚至于柳美启本未能改正之错误,金陵书局也进行了大量更正。如《离骚》"耿吾既得此中正"句下注"中知龙逢、比干执履忠直",明翻宋本、汲古阁原刻、宝翰楼印本、柳美启翻刻本皆将"逢"误作"逢",惟金陵书局本改作"逢";《天问》"斡维焉系"一句,汲古阁原刻、宝翰楼印本、柳美启翻刻本皆将"斡"误作"幹",惟金陵书局改作"斡";《九思·悼乱》"跰竦兮碩明"句下注"跰,竹句切",汲古阁原刻、宝翰楼印本、柳美启翻刻本皆将"句"误作"旬",惟金陵书局本改从明翻宋本作"句"。然此本仍有疵陋,除去柳美启改定后的部分,该本有最大的两处错误:卷首"楚辞卷第一"下洪兴祖补注引隋、唐书《志》"刘杳《草木虫鱼疏》二卷",将"刘杳"误作"刘香",此误直接递承给光绪九年(1883)长沙书堂山馆翻刻本、中华书局《四部备要》本、中华书局1983年点校本,影响较大;《九歌·湘夫人》"茝芳椒兮成堂","茝"作"芷",显误。以句下注云"茝,古播字,本作茝",若作"芷",误之甚也。中华书局《四部备要》本、中华书局 1983 年点校本皆承其误。

图 2-20 北京师范大学图书馆藏清同治十一年金陵书局重刊汲古阁本

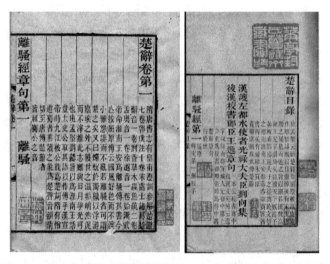

图 2-21 暨南大学图书馆藏清同治十一年金陵书局重刊汲古阁本

(八)清光绪九年长沙书堂山馆重刊本

崔富章云：

> 湖南省图书馆藏本，六册。清王闿运批注，民国黄俊、黄纾题

识。每半页九行，行十五字，小字双行二十七字。白口，左右双边。目录后有"长沙南阳街聚德堂刻字"。

浙江图书馆藏本，六册。扉页镌"楚辞章句"，背面有"汲古阁原本光绪九年冬十月长沙书堂山馆重刊"牌记。[1]

今按：北京师范大学图书馆亦藏此本（如图2-22所示），分订四册。版高17.3厘米，宽13.2厘米。白口双鱼尾，左右双边。半页九行，行十五字。扉页题"楚辞章句"，内封面镌"汲古阁原本光绪九年冬十月长沙书堂山馆重刊"，目录后镌"长沙南阳街聚德堂刻字"数字。

图2-22 北京师范大学图书馆藏清光绪九年长沙书堂山馆重刊本

（九）清光绪十一年汗青簃重刊金陵书局本

此本（如图2-23所示）藏四川大学图书馆。分订四册，版高17.5厘米，宽13.2厘米。白口双鱼尾，左右双边。半页九行，行十五字。小字双行二十字。内封次面镌"汲古阁原本同治十一年春金陵书局重刊湘乡曾国藩署检光绪十一年夏汗青簃覆刻"牌记。内封版中心镌题名"楚辞"，书尾有毛表跋文。正文卷一首页钤"国立四川大学图书馆"蓝印。有"四川国学馆所藏金石图书之印"朱印。正文及小注有朱、墨笔圈点句读。汗青簃

① 崔富章：《楚辞书目五种续编》，上海：上海古籍出版社，1993年，第43页。

为四川屏山聂氏刻书坊。

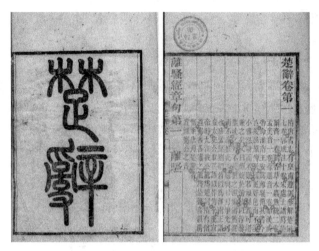

图 2-23　四川大学图书馆藏清光绪十一年汗青簃重刊金陵书局本

（十）清光绪二十一年昭陵畲经主人重刊本

此本（如图 2-24 所示）藏北京师范大学图书馆，分订六册。存五册十五卷，缺卷二至卷三。版高 17.3 厘米，宽 13.2 厘米。白口双鱼尾，左右双边。半页九行，行十五字。扉页题"楚辞章句"，内封面镌"汲古阁原本光绪乙未仲春月昭陵经畲主人重刊"牌记，目录后镌"宝庆邵阳县经畲堂刻字"数字。以版式规格看，此本当翻印书堂山馆本。

图 2-24　北京师范大学图书馆藏清光绪二十一年昭陵畲经主人重刊本

三、清抄本

（一）上海图书馆藏本

崔富章云：

> 清抄本
>
> 上海图书馆藏本，六册。半页十六行，行二十三字，无框格。首目录，卷端题"楚辞卷第一"，次"离骚经章句第一""玄""历"皆阙笔，盖乾隆以后传抄汲古阁本也。有"鸣野山房"朱印，或即沈复灿藏抄本欤？讹误甚多。如"自前世而同然"（"同"，"固"之讹）。"折琼校以为羞兮"（"校"，"枝"之讹），"夕余至乎至极"（后"至"乃"西"之误）等等。①

考今上海图书馆藏，《楚辞补注》有一抄本，然上海图书馆从《中国古籍书目》，将之定为明抄本，以崔富章所述之面貌观之，当非。

（二）西北师范大学图书馆藏本

此本（如图 2-25 所示）一函四册。封面题"楚辞"，首《楚辞目录》，次正文。版高 25.7 厘米，宽 16.2 厘米。无栏线，半页分作九行，大字行十五字，小字夹注双行，行二十字。《楚辞目录》首页钤有"绿水珊瑚馆主""钱氏""静妙山房""钱均伯珍藏秘书印""程渊""珊枝""乐尧""蓬庄珍赏"诸印。又钤"西北师范学院图书馆藏书"蓝印。钱均伯著有《静妙山房遗集》，其内兄夏敬中作序及小传，于小传中云："君名名振，字均伯，晚更名钧伯，字讷蓬。"②又云"生平无他嗜好，惟遇善本古籍则必倾囊购归"③，是"静妙山房""钱均伯珍藏秘书印""蓬庄珍赏"当皆钱名振藏书印。

---

① 崔富章：《楚辞书目五种续编》，上海：上海古籍出版社，1993 年，第 40 页。
② （清）钱均伯：《静妙山房遗集》，《清代诗文集汇编》第 772 册，上海：上海古籍出版社，2010 年，第 183 页。
③ （清）钱均伯：《静妙山房遗集》，《清代诗文集汇编》第 772 册，上海：上海古籍出版社，2010 年，第 183 页。

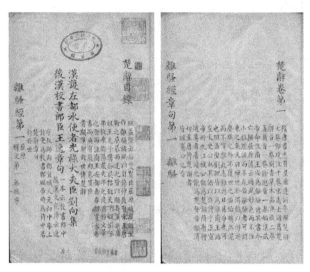

图 2-25　西北师范大学图书馆藏清抄本

第四节　《楚辞补注》的现当代版本

现当代版本是指公元 1911 年至今，在中国大陆范围内出版的以某古刻本为底本，参校其他刻本，精加校勘，并加以圈点或现代标点的版本。凡是这段时间内影印或重印的古刻本皆不在此列。

查阅《楚辞书目五种》及《全国总书目》，有八种现当代版本，以此诸本容易得见，不列书影，现以文字简要介绍如下。

一、《丛书集成初编》本

《丛书集成初编》是民国期间由王云五主持选编的一套古籍丛刊。选取了宋代至清代较为重要的书籍六千多种，去其重复，得 4107 种共 4000 册。1935—1937 年由上海商务印书馆陆续出版 3467 册，后因抗战爆发而中断。1985 年起中华书局影印商务印书馆《丛书集成初编》，将未刊的 533 册补齐。

《楚辞补注》收于《丛书集成初编》集部总集类，总第 1812～1816 册，共 5 册，平装 32 开本。所选用底本为清道光二十六年丙午惜阴轩丛书仿汲古阁本，繁体竖排。该书与《惜阴轩丛书本》体例完全相同，首《四库提要》，次《楚辞目录》，然后承以正文，最后是毛表跋文。惟因要与丛书格式统一，将《惜阴轩丛书》本重作排版。全书加以实点句读，以便阅读。因此本内容未作更改，其内容的具体面貌详上节"清道光二十六年丙午惜阴轩丛书仿汲古阁本"条的介绍。

二、北京中华书局本

此本收于中华书局《中国古典文学基本丛书》中，共1册，平装32开，繁体竖排，全书加现代标点。所据底本为汲古阁本，以《四部丛刊》影印明翻宋本及《文选》李善注作校勘。自1975年起由白化文承担点校任务，中间许德楠、李如鸾、方进也参与标点了一小部分，最后由时任中华书局文学编辑室主任的程毅中将剩余的大半任务在工作之余独立完成，并于1983年定稿出版。

由于此本初版点校工作较为仓促和曲折，产生了许多错漏。俞明芳曾于《上海师范大学学报》1985年第1期撰文指出其中错误33例，白化文与李鼎霞复核后，将俞先生所举标点错误33例，照改13例；所举标点遗漏26例，照改16例；所举语句遗漏2例，照改1例；所举错误9例，照改8例；所举倒置3例，照改2例。有些因为没有参校本的证据，未照俞先生意见修改，如204页的"翡大于群"应作"翡大于翠"的问题，并未采纳其修改意见。该本在初版后重印二次，每次都作了修改。在2002年第四次印刷之前，根据黄灵庚先生《〈楚辞补注〉标点正误》及叶晨晖先生《〈楚辞补注〉点校中的几个问题》，共改正32处标点问题。此后该本于2006年、2009年、2012年屡有重印，皆从2002年改定面貌。此后又被中华书局《中华国学文库》收录，改作简体横排，2015年出版。又被湖北省《荆楚文库》收录，改作繁体横排，改题"楚辞章句补注"，2016年出版。

此本首内封，次版权页，又承以《出版说明》或《重印出版说明》，次《楚辞目录》，次正文，最后是毛表跋文。此本经多次修订，是现当代点校本中最为精善之本。

三、《中国古代诗词珍本丛书》本

《中国古代诗词珍本》由吉林人民出版社1999年初版，2005年再版。《楚辞补注》亦收其中，简体横排，共1册，平装32开，全书加现代标点。题作"楚辞章句补注"，此本无点校说明或提要，亦不题点校者。只有《楚辞目录》和正文，不录毛表跋。此本将每篇标题从篇尾移至篇首。

以其面貌来看，此本或许是吉林人民出版社重排其他出版社点校本的射利之作。

四、《四库家藏丛书》本

《四库家藏》是由季羡林、张岱年等人主编的一套古籍整理本丛书。按《四库全书》分类法分为经史子集四部，收录古籍 510 种、书目提要 10670 种，共计 150 册。该套丛书由山东画报出版社 2004 年出版。《楚辞补注》收录于此丛书集部总集类，简体横排，全书加现代标点，与《玉台新咏》合刊一册，平装 16 开。以明翻宋本为底本，以汲古阁刊本为主校本，同时参考相关文献，对底本作必要的校正。此本首提要，次《目录》，次正文，后无毛表跋文。每卷后以脚注形式出校勘记，与前几本不同。又将《楚辞目录》改题为"目录"，每卷首的"楚辞卷第几"改题为"卷第几"。该本有提要，对《楚辞补注》、王逸及洪兴祖都作了简要介绍。

五、南京凤凰出版社本

凤凰出版社 2007 年出版，简体横排，全书加现代标点，共一册，平装 32 开。卞歧点校，以《四部丛刊》影印明翻宋本为底本，参校其他各本。此本将每篇标题从篇尾移至篇首，将《楚辞目录》改题为"目录"，每卷首的"楚辞卷第几"改题为"楚辞补注卷第几"。本书首内封、次版权页，又承以《整理说明》，次《目录》，次正文，后无毛表跋文。此本"补曰"的"补"字不加中括号，径作"补曰"，与前几本不同。卞歧于《整理说明》中简要介绍了王逸、洪兴祖以及《楚辞补注》的优劣特点。此本后收入江苏省《江苏文库·精华编》，改作繁体竖排，2019 年 9 月出版。

六、《湘湘文库》本

《湖湘文库》是湖南省主持编修的一套以整理和研究湖湘文献为主，以供人们全面了解湖湘文化的大型丛书。分为甲、乙两编，甲编为湖湘文献，乙编为湖湘文化研究。全套丛书共 700 册，其中甲编 445 册，乙编 255 册。《楚辞补注》收于此丛书甲编第五册，由岳麓书社 2013 年出版发行。此本简体横排，全书加现代标点，大 16 开精装。由夏剑钦、吴广平校点。题作"楚辞章句补注"，与朱熹《楚辞集注》合刊一册中。

此本是以《四部丛刊》影印明翻宋本点校后排印。此本《楚辞目录》改题为"目录"，首内封，次版权页，次《目录》，次正文，后无毛表跋。"补曰"之"补"加书名号，与前几本或加中括号，或不加不同。《湖湘文库》单列《〈湖湘文库〉书目提要》，该书就收录的《楚辞补注》作了简要介绍。

七、上海古籍出版社本

此本收于上海古籍出版社《楚辞要籍丛刊》中，共 1 册，平装 32 开，繁体竖排，2015 年出版。全书加现代标点，由著名楚辞研究专家黄灵庚教授点校。该书最大的特点有二：1. 尽去此前排印、标点本之旧貌，将楚辞正文与王逸、洪兴祖的注释分离，把注释内容附于一段完整的正文之后，不再以夹注形式呈现，并用带圈数字标示，将正文与注释内容一一对应，以此醒全书眉目，便于阅读；2. 细化标点符号的使用，主要是仔细参详笺、注中之引书内容，在中华书局本的基础上，把凡涉引书之部分，都加上了引号。黄灵庚在《前言》中陈述了以下内容：1. 简述了洪兴祖的生平、著述；2. 辨明《楚辞补注》名称的变化沿革及其原因；3. 阐述《楚辞补注》《楚辞考异》《楚辞释文》的关系及其文献价值；4. 从疏解、补益、存异、正讹、索隐五个角度充分举例说明《楚辞补注》"疏可破注"的阐释价值；5. 列举与《楚辞章句》单行本的对勘之例，说明《楚辞补注》的校勘成就与得失；6. 总结整理楚辞的原则与方法，要求从订正字形、审辨字音反切、广泛吸收前贤校勘成果、明其注书体例、贡献一己之得五个方面做到精善；7. 备述整理《楚辞补注》采用的底本与参校本。所述内容，条分缕析前人成果备详，亦多陈其毕生研究楚辞之心得与收获，如列举《楚辞补注》的文献成就尤其是校勘学成就时，所采例证即出自其《楚辞章句疏证》一书；又如能备述《楚辞补注》诸本源流与优劣，亦其主持编修《楚辞文献丛刊》之所得。凡此种种，不胜枚举。台湾《大安古典新刊》丛书收录的《楚辞补注》（2016 年出版）亦采用了文注分离的方式，或从此本得到启发，于此亦可见此本之长处。

八、戴之麟《楚辞补注疏》本

此本收于华中师范大学出版社《湖北文献丛编》中，是国家社科基金重大招标项目"《荆楚全书》编纂"（批准号：10ZD093）的整理成果，也是湖北省《荆楚文库》工作委员会资助项目。作者为民国时期湖北钟祥著名学者、文化名人戴之麟，点校者朱佩弦，华中师范大学出版社 2021 年 1 月出版，精装 16 开。该书乃专就洪兴祖《楚辞补注》进行疏证的一部著作，依《楚辞补注》十七卷的卷帙次第，将疏证内容附于洪兴祖补注内容之后，《楚辞补注》即包含于此书之中，点校者从"《楚辞》中名物、天文、地理、神怪之说、历史事实、诗人行迹等，多以科学新理、新发现作阐释，并重视实证；凡涉引文，皆查明原始文献及篇目章节，有时甚至精确到页码，并细述引文与原文异同；重视原注中细节，故往往能发前人所未发，并多有创见；偏重于楚辞的文学性特征尤其是作为辞赋的韵律特征研究；吸取评注本文选及清人注楚辞的经验(如姚鼐《古文辞类纂》、林云铭《楚辞灯》)，将《楚辞》原文分段总结，以醒主题层次，便于《楚辞》原文的阅读与理解。部分直接沿用前人成果，部分则自行总结归纳；疏证内容以数字序号前后对照，便于查考"六个方面总结了该书的优点与成就；又从"征引文献虽较为宏富，但过分依赖辞书，且作大段征引，不能凸显自身创见；版本意识不强，引书不注明所据版本，部分不能核验其引书准确性；目录学基本功较薄弱，多犯常识性错误"三个方面分析了其缺点与不足，但肯定了该书整体上在《楚辞补注》专书研究上承前启后的主要贡献。其书在前人有争论之《楚辞》相关问题上，亦多有笃见，往往阐发另辟蹊径之独特见解，有理有据，可备一说。(详第五章关于戴之麟及其《楚辞补注疏》部分。)

小　结

洪兴祖《楚辞补注》三次成书相去近三十年。成书后又因党争引起的学术倾轧的影响，不得不删去了自序。《楚辞补注》第二次书成时，还有相应的《楚辞考异》单行，但也亡佚不见，只能从今本《楚辞补注》中找到一些疑似《考异》的内容。而今本《楚辞补注》的内容，也有部分窜乱，不是原貌了。所幸自明翻宋本(包括明翻宋本)后，该书面貌基本不作改变，只是有字词的错误或异文。这些版本中，以汲古阁及其衍生的几个版本最为精善，成为现代点校本《楚辞补注》的重要基础。

为了更清楚地了解《楚辞补注》自明翻宋本(包括明翻宋本)以来的具体面貌，将明翻宋本及汲古阁体系的几个善本异文罗列如表2-2所示。其中复旦大学藏本基本与汲古阁本同，但又有部分与宝翰楼本同，似乎为介于两者之间的本子，故亦单列一种，而根据该本内封所题牌记仍作"汲古阁本"。

表 2-2 　　　　　　　洪兴祖《楚辞补注》各善本异文对照表

出　处	明翻宋本	汲古阁本	复旦大学藏汲古阁本	汲古阁原刻宝翰楼印本	柳美启翻汲古阁本	金陵书局翻汲古阁本	《四部备要》翻汲古阁本
《楚辞目录》题"后汉校书郎臣王逸章句"	"逸"字无"兔"部点画	"逸"字无"兔"部点画	"逸"字无"兔"部点画	"逸"字无"兔"部点画	"逸"字无"兔"部点画	"逸"字有"兔"部点画	"逸"字有"兔"部点画
楚辞卷第一解题"刘杳《草木虫鱼疏》"	作"疏"、"杳"	作"疏"、"杳"	作"疏"、"杳"	作"疏"、"杳"	作"疏"、"杳"	作"疏"，"杳"误作"香"	作"疏"，"杳"误作"香"
《离骚前序》"日昭屈景"下"屈平并其后"	作"並"	作"竝"	作"竝"	作"竝"	作"竝"	作"竝"	作"並"
《离骚前序》"执履忠贞"	贞阙末笔，避宋仁宗赵祯讳	不阙	不阙	不阙	不阙	不阙	不阙
《离骚》"字余曰灵均"下"宾字之曰"	作"賔"	作"賓"	作"賓"	作"賓"	作"賓"	作"賓"	作"賓"
《离骚》"纷吾既有此内美兮"下"纷，盛貌"	作"皃"	作"貌"	作"貌"	作"貌"	作"貌"	作"貌"	作"貌"
《离骚》"扈江离与辟芷兮"下"辟，匹亦切"	作"匹"	作"匹"	作"匹"	作"匹"	误作"四"	作"匹"	作"匹"
《离骚》"扈江离与辟芷兮"下"叶相对婆娑"	作"婆娑"	作"婆娑"	作"婆娑"	作"婆娑"	作"娑娑"	作"婆娑"	作"婆娑"
《离骚》"纫秋兰以为佩"	作"纷"，误	作"纫"	作"纫"	作"纫"	作"纫"	作"纫"	作"纫"
《离骚》"纫秋兰以为佩"下"节中亦高四五尺"	作"亦"	作"亦"	作"亦"	作"亦"	作"赤"，是	作"亦"	作"亦"

出　　处	明翻宋本	汲古阁本	复旦大学藏汲古阁本	汲古阁原刻宝翰楼印本	柳美启翻汲古阁本	金陵书局翻汲古阁本	《四部备要》翻汲古阁本
《离骚》"纫秋兰以为佩"下"子既滋兰之九畹"	作"子"	作"子"	作"子"	作"子"	作"予"	作"子"	作"子"
《离骚》"纫秋兰以为佩"下引《招魂》"光风转蕙"	作"先"	作"光"	作"光"	作"光"	作"光"	作"光"	作"光"
《离骚》"恐年岁之不吾与"	"恐"字"凡"部阙点画	"恐"字"凡"部阙点画	"恐"字"凡"部阙点画	"恐"字"凡"部阙点画	"恐"字"凡"部阙点画	不阙	不阙
《离骚》"杂申椒与菌桂兮"下《博雅》云"	作"博"	作"博"	作"博"	作"博"	作"博"	作"博"	作"博"
《离骚》"岂维纫夫蕙茝"下"杂用众贤"	作"杂"	作"杂"	作"杂"	作"杂"	作"维"	作"杂"	作"杂"
《离骚》"何桀纣之昌披兮"下引五臣云"昌披，谓乱也"	作"昌被"	作"昌披"	作"昌披"	作"昌披"	作"昌披"	作"昌披"	作"昌披"
《离骚》"忍而不能舍也"下"颜师古云"	作"去"，误	作"云"	作"云"	作"云"	作"云"	作"云"	作"云"
《离骚》"指九天以为正兮"下引《淮南子》云"东方苍天"	作"策方"，误	作"东方"	作"东方"	作"东方"	作"东方"	作"东方"	作"东方"
《离骚》"又树蕙之百亩"	作"叙"	作"畝"	作"畝"	作"畝"	作"畝"	作"畝"	作"畝"

续表

出　　处	明翻宋本	汲古阁本	复旦大学藏汲古阁本	汲古阁原刻宝翰楼印本	柳美启翻汲古阁本	金陵书局翻汲古阁本	《四部备要》翻汲古阁本
《离骚》"畦留夷与揭车兮"下"揭、藒、藒，并丘谒切"	"藒"误作"藕"	作"藕"	作"藕"	作"藕"	作"藕"	作"藕"	作"藕"
《离骚》"畦留夷与揭车兮"下引《本草拾遗》云"藒车味辛"	"辛"误作"卒"	作"辛"	作"辛"	作"辛"	作"辛"	作"辛"	作"辛"
《离骚》"杂杜衡与芳芷"	作"衡"	作"衡"	作"衡"	作"衡"	作"衡"	作"衡"	作"衡"
《离骚》"杂杜衡与芳芷"下引《尔雅》云"杜，土卤"	误作"上卤"	作"上卤"	作"上卤"	作"上卤"	作"土卤"	作"上卤"	作"上卤"
《离骚》"愿竢时乎吾将刈"下"而待仰其治也"	"待"误作"恃"	作"待"	作"待"	作"待"	作"待"	作"待"	作"待"
《离骚》"哀众芳之芜秽"下"使众贤志士失其所也"	"士"误作"夫"	作"士"	作"士"	作"士"	作"士"	作"士"	作"士"
《离骚》"索胡绳之纚纚"下"据履根本"	"本"误作"木"	作"本"	作"本"	作"本"	作"本"	作"本"	作"本"
《离骚》"謇吾法夫前脩兮"下"前脩谓前代脩习道德之人"	作"脩"	作"修"	作"修"	作"修"	作"修"	作"修"	作"修"
《离骚》"謇吾法夫前脩兮"下"惟王逸本最古"	作"唯"	作"惟"	作"惟"	作"惟"	作"惟"	作"惟"	作"惟"

续表

出　处	明翻宋本	汲古阁本	复旦大学藏汲古阁本	汲古阁原刻宝翰楼印本	柳美启翻汲古阁本	金陵书局翻汲古阁本	《四部备要》翻汲古阁本
《离骚》"众女嫉余之蛾眉兮"下"女，阴也"	作"隂"	作"隂"	作"隂"	作"隂"	作"隂"	作"隂"	作"隂"
《离骚》"俪规矩而改错"下"背去规矩"	"背"误作"皆"	作"背"	作"背"	作"背"	作"背"	作"背"	作"背"
《离骚》"竞周容以为度"下"工"误作"言百工不循绳墨之直道"	"工"误作"上"	作"工"	作"工"	作"工"	作"工"	作"工"	作"工"
《离骚》"忳郁邑余侘傺兮"下"一本注云"	"本"误作"木"	作"本"	作"本"	作"本"	作"本"	作"本"	作"本"
《离骚》"忳郁邑余侘傺兮"下"下文曰"	"下文"误作"不文"	作"下"	作"下"	作"下"	作"下"	作"下"	作"下"
《离骚》"余不忍为此态也"下"不忍以中正之性"	"性"误作"注"	作"性"	作"性"	作"性"	作"性"	作"性"	作"性"
《离骚》"固前圣之所厚"	"固"阙末笔	不阙	不阙	不阙	不阙	不阙	不阙
《离骚》"驰椒丘且焉止息"下引五臣云"椒丘，丘上有椒也"	作"丘土"	作"丘上"	作"丘上"	作"丘上"	作"丘上"	作"丘上"	作"丘上"
《离骚》"曰鲧婞直以亡身兮"下"婞，很也"	作"很"	作"狠"	作"狠"	作"狠"	作"狠"	作"很"	作"很"

续表

出 处	明翻宋本	汲古阁本	复旦大学藏汲古阁本	汲古阁原刻宝翰楼印本	柳美启翻汲古阁本	金陵书局翻汲古阁本	《四部备要》翻汲古阁本
《离骚》"喟凭心而历兹"下"引《楚词》'康回凭怒'"	"马"字下作"卅"，不作四点。	作"凭"	作"凭"	作"凭"	作"凭"	作"凭"	作"凭"
《离骚》"启《九辩》与《九歌》兮"下"皆有次序"	作"大序"，误	作"次序"	作"次序"	作"次序"	作"次序"	作"次序"	作"次序"
《离骚》"五子用失乎家巷"下"厥弟五人"	误作"第"	作"弟"	作"弟"	作"弟"	作"弟"	作"弟"	作"弟"
《离骚》"耿吾既得此中正"下"中知龙逢、比干执履忠直"	作"龙逢"，误	作"龙逢"，误	作"龙逢"，误	作"龙逢"，误	作"龙逢"，误	作"龙逢"	作"龙逢"
《离骚》"溘埃风余上征"下"掩浮云而上征"	作"孚"	作"浮"	作"浮"	作"浮"	作"浮"	作"浮"	作"浮"
《离骚》"朝发轫于苍梧兮"下"轫，音刃"	作"刃"	作"刃"	作"刃"	作"刃"	作"刀"，误	作"刃"	作"刃"
《离骚》"总余辔乎扶桑"	作"揔"	作"總"	作"總"	作"總"	作"總"	作"總"	作"總"
《离骚》"折若木以拂日兮"下引《淮南子》"未有十日"	作"未"	作"未"	作"未"	作"未"	作"末"，证之《淮南子》，是也。	作"未"	作"未"
《离骚》"帅云霓而来御"下"欲与俱共事君"	作"共"	作"共"	作"共"	作"共"	作"其"	作"共"	作"共"

出　处	明翻宋本	汲古阁本	复旦大学藏汲古阁本	汲古阁原刻宝翰楼印本	柳美启翻汲古阁本	金陵书局翻汲古阁本	《四部备要》翻汲古阁本
《离骚》"倚阊阖而望予"下引《淮南子注》"始升天之门也"	不加框	不加框	不加框	不加框	"始"加框，疑雕版错误	不加框	不加框
《离骚》"登阆风而绁马"下"绁，系也"	作"緤"	作"緤"	作"緤"	作"緤"	作"緤"	作"緤"	作"緤"
《离骚》"折琼枝以继佩"下"志弥固也"	作"固"	作"固"	作"固"	作"固"	"固"阙末笔	作"固"	作"固"
《离骚》"日康娱以淫游"下"无意以匡君"	"匡"中"王"作"干"	"匡"中"王"作"干"	"匡"中"王"作"干"	"匡"中"王"作"干"	"匡"中"王"作"干"	作"匡"	作"匡"
《离骚》"心犹豫而狐疑兮"下"犹，由、柚二音"	作"柚"	作"柚"	作"柚"	作"柚"	作"怞"	作"柚"	作"柚"
《离骚》"焉能忍与此终古"下《考工记》注曰"	作"曰"	作"曰"	作"曰"	作"曰"	作"目"，误	作"曰"	作"曰"
《离骚》"世幽昧以眩曜兮"	"眩"阙末笔，避宋追尊之圣祖赵玄朗讳	不阙	不阙	不阙	不阙	"眩"阙末笔，避清康熙皇帝玄烨讳	不阙
《离骚》"巫咸将夕降兮"下"十巫从此升降"	"十"作"卜"	作"十"	作"十"	作"十"	作"十"	作"十"	作"十"
《离骚》"吕望之鼓刀兮"下"或言吕望太公"	作"武言"，误	作"或言"	作"或言"	作"或言"	作"或言"	作"或言"	作"或言"

出　处	明翻宋本	汲古阁本	复旦大学藏汲古阁本	汲古阁原刻宝翰楼印本	柳美启翻汲古阁本	金陵书局翻汲古阁本	《四部备要》翻汲古阁本
《离骚》"遭周文而得举"下"文王出田"	作"文王也田"，误	作"出"	作"出"	作"出"	作"出"	作"出"	作"出"
《离骚》"齐桓闻以该辅"下"宁戚脩德不用"	不阙，作"脩"	"桓"阙"日"中一横,作"修"	不阙，作"修"	"桓"阙"日"中一横,作"修"	不阙，作"修"	不阙，作"修"	不阙，作"修"
《离骚》"莫好脩之害也"下"言士民所以变曲为直者"	作"变曲为直"	作"变曲为直"	作"变曲为直"	作"变曲为直"	作"变直为曲"，是	作"变曲为直"	作"变曲为直"
《离骚》"折琼枝以为羞兮"下引张揖注"高万仞"	作"万仞"	作"万仞"	作"万仞"	作"万仞"	作"万初"，误	作"万仞"	作"万仞"
《离骚》"遵赤水而容与"下"动以洁清自洒饰也"	作"洒饰"，误	作"洒饰"	作"洒饰"	作"洒饰"	作"洒饰"	作"洒饰"	作"洒饰"
《离骚》"麾蛟龙使梁津兮"下引五臣注"麾，招也"	"招"作"昭"，误	作"招"	作"招"	作"招"	作"招"	作"招"	作"招"
《离骚》"齐玉轪而并驰"	作"轪"	右"大"误作"犬"	右"大"误作"犬"	右"大"误作"犬"	右"大"误作"犬"	作"轪"	作"轪"
《离骚》"奏《九歌》而舞《韶》兮"下"《韶》，《九韶》"	"韶"，右"召"误作"吾"	作"韶"	作"韶"	作"韶"	作"韶"	作"韶"	作"韶"
《离骚》"忽临睨夫旧乡"下"言己虽升昆仑"	"崑"字"山"下误作"昴"	作"崑"	作"崑"	作"崑"	作"崑"	作"崑"	作"崑"
《离骚》"乱曰"下"总撮其要也"	"总"作"揔"	作"揔"	作"揔"	作"揔"	作"揔"	作"揔"	作"揔"

续表

出　处	明翻宋本	汲古阁本	复旦大学藏汲古阁本	汲古阁原刻宝翰楼印本	柳美启翻汲古阁本	金陵书局翻汲古阁本	《四部备要》翻汲古阁本
王逸《离骚后序》"深弘道艺"	"弘"字阙末笔，避宋太祖之父赵弘殷讳	不阙	不阙	不阙	不阙	"弘"字阙末笔，避清乾隆皇帝弘历讳	不阙
王逸《离骚后序》"金相玉质"	"玉"误作"王"	作"玉"	作"玉"	作"玉"	作"玉"	作"玉"	作"玉"
洪兴祖注王逸《离骚后序》引《离骚》"览余初其犹未悔"	"悔"误作"海"	作"悔"	作"悔"	作"悔"	作"悔"	作"悔"	作"悔"
洪兴祖注王逸《离骚后序》"故死而不容自疏"	"自"误作"兑"	作"自"	作"自"	作"自"	作"自"	作"自"	作"自"
班固《离骚赞序》"怒而疏屈原"	作"疎"	作"疎"	作"疎"	作"疎"	作"疎"	作"疎"	作"疎"
班固《离骚赞序》"怒而疏屈原，屈原以忠信见疑"	无后"屈原"二字，作"怒而疏屈原，以忠信见疑"，然"屈"字后标小字"一"，"原"字后标小字"二"，或即为重复标记。	有	有	有	有	有	有

续表

出　处	明翻宋本	汲古阁本	复旦大学藏汲古阁本	汲古阁原刻宝翰楼印本	柳美启翻汲古阁本	金陵书局翻汲古阁本	《四部备要》翻汲古阁本
《九歌·东皇太一》"吉日兮辰良"下引杜甫"碧梧栖老凤凰枝"	作"皇"	作"凰"	作"凰"	作"凰"	作"凰"	作"凰"	作"凰"
《九歌·东皇太一》"瑶席兮玉瑱"下"下文云'白玉兮为镇'"	作"白玉"	作"白玉"	作"白玉"	作"白玉"	作"曰玉"，误	作"白玉"	作"白玉"
《九歌·东皇太一》"奠桂酒兮椒浆"下"言己供待弥敬"	"敬"阙末笔，避宋太祖之祖父赵敬讳	不阙笔	不阙笔	不阙笔	不阙笔	不阙笔	不阙笔
《九歌·东皇太一》"扬枹兮拊鼓"	作"皷"	作"鼓"	作"鼓"	作"鼓"	作"鼓"	作"鼓"	作"鼓"
《九歌·东皇太一》"陈竽瑟兮浩倡"	"竽"误作"竿"	作"竽"	作"竽"	作"竽"	作"竽"	作"竽"	作"竽"
《九歌·云中君》"横四海兮焉穷"下"言云神出入奄忽"	"神"误作"补"	作"神"	作"神"	作"神"	作"神"	作"神"	作"神"
《九歌·湘君》"横大江兮扬灵"下"冀能感悟怀王使还己也"	"冀"误作"奠"	作"冀"	作"冀"	作"冀"	作"冀"	作"冀"	作"冀"

续表

出　处	明翻宋本	汲古阁本	复旦大学藏汲古阁本	汲古阁原刻宝翰楼印本	柳美启翻汲古阁本	金陵书局翻汲古阁本	《四部备要》翻汲古阁本
《九歌·湘君》"横流涕兮潺湲"下"而意不能改"	"改"误作"故"	作"改"	作"改"	作"改"	作"改"	作"改"	作"改"
《九歌·湘君》"遗余佩兮醴浦"	漏"遗"字	有	有	有	有	有	有
《九歌·湘君》后洪兴祖解题"盖二妃未之从也"	"二"误作"三"，"未"误作"末"	不误	不误	不误	不误	不误	不误
《九歌·湘夫人》"帝子降兮北渚"下"此言帝子之神降于北渚"	作"北"	作"北"	作"北"	作"北"	作"沘"，误	作"北"	作"北"
《九歌·湘夫人》"葺之兮荷盖"下"葺，七入切"	作"入"	作"入"	作"入"	作"入"	作"人"，误	作"入"	作"入"
《九歌·湘夫人》"菊芳椒兮成堂"	作"菊"	作"菊"	作"菊"	作"菊"	作"菊"	作"羿"，误	作"羿"，误
《九歌·湘夫人》"擗蕙櫋兮既张"下"擗，枅也"、"枅，一作析"	前句"枅"作"扮"，后句"析"作"折"	作"枅"与"析"	作"枅"与"析"	作"枅"与"析"	作"枅"与"析"	作"枅"与"析"	作"枅"与"析"
《九歌·湘夫人》"将以遗兮远者"	作"以"	作"㠯"	作"㠯"	作"㠯"	作"㠯"	作"㠯"	作"㠯"

续表

出 处	明翻宋本	汲古阁本	复旦大学藏汲古阁本	汲古阁原刻宝翰楼印本	柳美启翻汲古阁本	金陵书局翻汲古阁本	《四部备要》翻汲古阁本
《九歌·大司命》“使冻雨兮洒尘”下“则风伯雨师先驱为轼路也”	“轼”作“拭”	作“轼”	作“轼”	作“轼”	作“拭”	作“轼”	作“轼”
《九歌·大司命》“踰空桑兮从女”下“亲之之辞”	“辞”作“词”	作“辞”	作“辞”	作“辞”	作“辞”	作“辞”	作“辞”
《九歌·大司命》“导帝之兮九坑”下引《周礼》“霍山、恒山也”	“恒”阙末笔，避宋真宗赵恒讳	不阙	不阙	不阙	不阙	不阙	不阙
《九歌·大司命》“羌愈思兮愁人”下“喻君舍己不顾”	作“舍己”	作“舍己”	作“舍己”	作“舍己”	作“舍而”	作“舍己”	作“舍己”
《九歌·少司命》“忽独与余兮目成”下“谓初与己善时也”	此句后空六字	所空六字作六个“□”	所空六字作六个“□”	所空六字作六个“□”	所空六字作六个“□”	所空六字作六个“□”	所空六字作六个“□”
《九歌·少司命》“孔盖兮翠旍”下“言殊饰也”	作“殊”	作“殊”	作“殊”	作“殊”	作“姝”	作“殊”	作“殊”
《九歌·东君》“箫钟兮瑶簴”下“《尔雅》木谓之虡”	“木”误作“未”，“虡”误作“虚”	作“木”，作“虡”	作“木”，作“虡”	作“木”，作“虡”	作“木”，作“虡”	作“木”，作“虡”	作“木”，作“虡”

续表

出　处	明翻宋本	汲古阁本	复旦大学藏汲古阁本	汲古阁原刻宝翰楼印本	柳美启翻汲古阁本	金陵书局翻汲古阁本	《四部备要》翻汲古阁本
《九歌·东君》"鸣箎兮吹竽"下"小者尺二寸"	作"一寸"	作"二寸"	作"二寸"	作"二寸"	作"二寸"	作"二寸"	作"二寸"
《九歌·河伯》"与女游兮九河"下引《尚书》注"汉许商上书云"	作"许商"	误作"许商"	误作"许商"	误作"许商"	误作"许商"	作"许商"	作"许商"
《九歌·河伯》"心飞扬兮浩荡"下"浩荡,志放貌"	"志"误作"忠"	"志"误作"忠"	"志"误作"忠"	"志"误作"忠"	作"志"	作"志"	作"志"
洪兴祖《九歌·河伯》解题引《抱朴子》"冯夷以八月上庚日渡河溺死"	"上庚"误作"上东"	作"上庚"	作"上庚"	作"上庚"	作"上庚"	作"上庚"	作"上庚"
《九歌·山鬼》"被薜荔兮带女罗"下引《诗经》"茑与女萝"	作"茑"	作"茑"	作"茑"	作"茑"	误作"葛"	作"茑"	作"茑"
《九歌·山鬼》"采三秀兮于山间"下引《藏芝赋序》"地所常产"	作"常"	作"常"	作"常"	作"常"	"常"误作"当"	作"常"	作"常"

续表

出　处	明翻宋本	汲古阁本	复旦大学藏汲古阁本	汲古阁原刻宝翰楼印本	柳美启翻汲古阁本	金陵书局翻汲古阁本	《四部备要》翻汲古阁本
《九歌·山鬼》"风飒飒兮木萧萧"下"猨狖号呼"	"狖"作"猴"	作"狖"	作"狖"	作"狖"	作"狖"	作"狖"	作"狖"
《九歌·国殇》"出不入兮往不反"下"言壮士出鬪"	"鬪"误作"闇"	作"鬪"	作"鬪"	作"鬪"	作"鬪"	作"鬪"	作"鬪"
王逸《天问序》"神灵琦玮"句"琦"下小注"一作瑰"	"瑰"字为墨丁	无墨丁	无墨丁	无墨丁	无墨丁	无墨丁	无墨丁
《天问》"谁传道之"下引《列子》"殷汤问于夏革"	"问"误作"间"，"殷"阙末笔，避宋太祖之父赵弘殷讳	作"问"，不阙笔	作"问"，不阙笔	作"问"，不阙笔	作"问"，不阙笔	作"问"，不阙笔	作"问"，不阙笔
《天问》"何由考之"下"冲和气者为人"	"冲"字右"中"误作"申"	作"冲"	作"冲"	作"冲"	作"冲"	作"冲"	作"冲"
《天问》"冥昭瞢闇"下"闇，音暗，闭门也"	"闭"误作"闲"	作"闭"	作"闭"	作"闭"	作"闭"	作"闭"	作"闭"
《天问》"何以识之"下引《淮南子》"天墬未形"	"未"误作"朱"	作"未"	作"未"	作"未"	作"未"	作"未"	作"未"

出　处	明翻宋本	汲古阁本	复旦大学藏汲古阁本	汲古阁原刻宝翰楼印本	柳美启翻汲古阁本	金陵书局翻汲古阁本	《四部备要》翻汲古阁本
《天问》"斡维焉系"	作"斡"	误作"幹"	误作"幹"	误作"幹"	误作"幹"	作"斡"	作"斡"
《天问》"天极焉加"下《天官书》曰	《天官书》误作《天宫书》	作"《天官书》"	作"《天官书》"	作"《天官书》"	作"《天官书》"	作"《天官书》"	作"《天官书》"
《天问》"安放安属"下"𩐃，亦作昊"	"亦"作"一"	作"亦"	作"亦"	作"亦"	作"亦"	作"亦"	作"亦"
《天问》"次于蒙汜"下"是谓高春"	作"春"	作"春"	作"春"	作"春"	作"春"，误	作"春"	作"春"
《天问》"夫焉取九子"下"焉以夫为"	"为"后有"怪"字	无"怪"字，小字注末空二字之白。若"为"后无字，当小字夹注左右双行对齐，不当有二字空白。可见"为"后确有一字，可参明翻宋本补	无"怪"字，小字注末空二字之白	无"怪"字，小字注末空二字之白	无"怪"字，小字注末空二字之白，	无"怪"字，小字注末空二字之白	无"怪"字
《天问》"师何以尚之"下引《尧典》"有能俾乂"	"乂"误作"人"	作"乂"	作"乂"	作"乂"	作"乂"	作"乂"	作"乂"

出 处	明翻宋本	汲古阁本	复旦大学藏汲古阁本	汲古阁原刻宝翰楼印本	柳美启翻汲古阁本	金陵书局翻汲古阁本	《四部备要》翻汲古阁本
《天问》"而厥谋不同"下引《洪范》"鲧堙洪水"	"堙"作"陻"	作"堙"	作"堙"	作"堙"	作"堙"	作"堙"	作"堙"
《天问》"何以寘之"下引《洪范》"然后夷于土"	作"土"	作"土"	"土"作"上",误	作"土"	"土"作"上",误	作"土"	作"土"
《天问》"烛龙何照"下引《淮南子》"衔曜照崑山"	"曜"左"日"作"王",当误	作"曜"	作"曜"	作"曜"	作"曜"	作"曜"	作"曜"
《天问》"何兽能言"下引《山海经》"鹊山有兽状如禺"	"禺"作"寓",当误	作"禺"	作"禺"	作"禺"	作"禺"	作"禺"	作"禺"
《天问》"焉有虬龙"下引《天对》"嬉夫玄熊"	作"夫"	误作"大"	误作"大"	误作"大"	误作"大"	误作"大"	误作"大"
《天问》"靡蓱九衢,枲华安居"下引《山海经》"其枝四衢"	"四"误作"曰"	误作"曰"	误作"曰"	误作"曰"	作"四"	误作"曰"	误作"曰"
《天问》"鲮鱼何所?鬿堆焉处"下"一云鲮鱼,鲮鲤也,有四足"	"鲮鲤"之"鲮"作"陵","四"误作"曰"	作"鲮"、"四"	作"鲮"、"四"	作"鲮"、"四"	作"鲮"、"四"	作"鲮"、"四"	作"鲮"、"四"

续表

出　　处	明翻宋本	汲古阁本	复旦大学藏汲古阁本	汲古阁原刻宝翰楼印本	柳美启翻汲古阁本	金陵书局翻汲古阁本	《四部备要》翻汲古阁本
《天问》"降省下土四方"下"尧因使省追下土四方也"	作"追"	作"追"	作"追"	作"治"	作"治"	作"追"	作"追"
《天问》"焉得彼嵞山女，而通之於台桑"下"娶塗山氏之女而通夫妇之道于台桑之地"	"塗"误作"金"	作"塗"	作"塗"	作"塗"	作"塗"	作"塗"	作"塗"
《天问》"胡为嗜不同味，而快朝饱"下"特与众人同嗜欲"、"拯民之溺尔"，当误	"特"作"持"，"拯"右"丞"部作"丞"	作"特"、"拯"	作"特"、"拯"	作"特"、"拯"	作"特"、"拯"	作"特"、"拯"	作"特"、"拯"
《天问》"启棘宾商，《九辩》、《九歌》"下"陈列宫商之音"、"《九辩》、《九歌》，享宾之乐也"	"宫"误作"官"，"辩"作"辩"	作"宫"、"辩"	作"宫"、"辩"	作"宫"、"辩"	作"宫"、"辩"	作"宫"、"辩"	作"宫"、"辩"
《天问》"何勤子屠母，而死分竟地"下"常有圻剖而产者矣"	"常"作"尝"	作"常"	作"常"	作"常"	作"常"	作"常"	作"常"
《天问》"而后帝不若"下"胡肥台舌喉"	"喉"作"侯"，误	作"喉"	作"喉"	作"喉"	作"喉"	作"喉"	作"喉"

出　处	明翻宋本	汲古阁本	复旦大学藏汲古阁本	汲古阁原刻宝翰楼印本	柳美启翻汲古阁本	金陵书局翻汲古阁本	《四部备要》翻汲古阁本
《天问》"阻穷西征，岩何越焉"下"放鲧羽山"	"山"误作"止"	作"山"	作"山"	作"山"	作"山"	作"山"	作"山"
《天问》"化为黄熊，巫何活焉"下"昔尧舜殛鲧于羽山"、"不用熊肉及鳖为膳"	"于"误作"千"、"肉"误作"白"	作"于"，"肉"	作"于"，"肉"	作"于"，"肉"	作"于"，"肉"	作"于"，"肉"	作"于"、"肉"
《天问》"蓱号起雨，何以兴之"下《天象赋》云	作《大象赋》	作《天象赋》	作《天象赋》	作《天象赋》	作《天象赋》	作《天象赋》	作《天象赋》
《天问》"鳌戴山抃，何以安之"下引《列仙传》"有巨灵之鳌"、引《列子》"无所连箸"	"鳌"误作"龟"，作"箸"	作"鳌"、"箸"	作"鳌"、"箸"	作"鳌"、"箸"	作"鳌"、"著"	作"鳌"、"箸"	作"鳌"、"箸"
《天问》"桀伐蒙山，何所得焉"下"有施人以末嬉女焉"	作"末"	误作"未"，以后"妹嬉何肆，汤何殛焉"句下云"妹，一作末"知此误	误作"未"	误作"未"	误作"未"	误作"未"	误作"未"
《天问》"妹嬉何肆，汤何殛焉"下"殛，一作摼"	"摼"误作"极"	作"摼"	作"摼"	作"摼"	作"摼"	作"摼"	作"摼"

续表

出　处	明翻宋本	汲古阁本	复旦大学藏汲古阁本	汲古阁原刻宝翰楼印本	柳美启翻汲古阁本	金陵书局翻汲古阁本	《四部备要》翻汲古阁本
《天问》"璜台十成，谁所极焉"下"玉杯必盛熊蹯豹胎"	"熊"误作"态"	作"熊"	作"熊"	作"熊"	作"熊"	作"熊"	作"熊"
《天问》"何条放致罚，而黎服大说"下引《尚书》"朕载自亳"	"载"误作"哉"	作"载"	作"载"	作"载"	作"载"	作"载"	作"载"
《天问》"该秉季德，厥父是臧"下"言能兼秉大禹之末德"	"大"误作"犬"	作"大"	作"大"	作"大"	作"大"	作"大"	作"大"
《天问》"平胁曼肤，何以肥之"下"天下乖离"	"乖"误作"乘"	作"乖"	作"乖"	作"乖"	作"乖"	作"乖"	作"乖"
《天问》"何繁鸟萃棘，负子肆情"下引《列女传》"其棘则是"	"棘"误作"楳"	作"棘"	作"棘"	作"棘"	作"棘"	作"棘"	作"棘"
《天问》"夫何恶之，媵有莘之妇"下"白窒生電"	"白"误作"曰"	作"白"	作"白"	作"白"	作"白"	作"白"	作"白"
《天问》"不胜心伐帝，夫谁使挑之"下引《天对》"师冯怒以割"	"冯"下作"艹"，不作四点	作四点	作四点	作四点	作四点	作四点	作四点

续表

出　处	明翻宋本	汲古阁本	复旦大学藏汲古阁本	汲古阁原刻宝翰楼印本	柳美启翻汲古阁本	金陵书局翻汲古阁本	《四部备要》翻汲古阁本
《天问》"到击纣躬，叔旦不嘉"下引《六韬》"占筮不吉"	"占"误作"古"	作"占"	作"占"	作"占"	作"占"	作"占"	作"占"
《天问》"穆王巧梅，夫何为周流"下"诸本作梅"	"梅"作"悔"	作"梅"	作"梅"	作"梅"	作"梅"	作"梅"	作"梅"
《天问》"环理天下，夫何索求"下"后世如秦皇汉武托巡狩以求神仙"	"狩"作"守"	作"狩"	作"狩"	作"狩"	作"狩"	作"狩"	作"狩"
《天问》"周幽谁诛？焉得夫褒姒"下"藏，一作弄"	"弄"作"去"	作"弄"	作"弄"	作"弄"	作"弄"	作"弄"	作"弄"
《天问》"稷维元子，帝何竺之"下引《诗经》"克禋克祀"	"禋"左"礻"误作"禾"	作"禋"	作"禋"	作"禋"	作"禋"	作"禋"	作"禋"
《天问》"既惊帝切激，何逢长之"下"加诛于纣"	"加"误作"如"	作"加"	作"加"	作"加"	作"加"	作"加"	作"加"
《天问》"易之以百两，卒无禄"下"鍼以百两金易之"	"两"误作"而"	作"两"	作"两"	作"两"	作"两"	作"两"	作"两"

续表

出　处	明翻宋本	汲古阁本	复旦大学藏汲古阁本	汲古阁原刻宝翰楼印本	柳美启翻汲古阁本	金陵书局翻汲古阁本	《四部备要》翻汲古阁本
《天问》"薄暮雷电，归何忧"下"自解曰"	"解"作"鲜"	作"解"	作"解"	作"解"	作"解"	作"解"	作"解"
《天问》"伏匿穴处，爰何云"下"咿嚘忿毒"	"嚘"作"憂"	作"嚘"	作"嚘"	作"嚘"	作"嚘"	作"嚘"	作"嚘"
《天问》"爰出子文"下"故名鬭谷于菟"	"鬭"作"阇"，误	作"鬭"	作"鬭"	作"鬭"	作"鬭"	作"鬭"	作"鬭"
王逸《天问后序》"既有解词"、"乃复多连蹇其文"	前句"解"作墨丁，后句下小注全作墨丁	前句"解"下小注"一作鲜"三字作三个"囗"，后句下有小注："一云乃复支连其文"	前句"解"下小注"一作鲜"三字作三个"囗"，后句下有小注："一云乃复支连其文"	前句"解"下小注"一作鲜"三字作三个"囗"，后句下有小注："一云乃复支连其文"	前句"解"下小注"一作鲜"三字作三个"囗"，后句下有小注："一云乃复支连其文"	前句"解"下小注"一作鲜"三字作三个"囗"，后句下有小注："一云乃复支连其文"	前句"解"下小注"一作鲜"三字作三个"囗"，后句下有小注："一云乃复支连其文"
《九章·惜诵》"戒六神与向服"下"又一说云"	"又"误作"文"	作"又"	作"又"	作"又"	作"又"	作"又"	作"又"
《九章·惜诵》"羌众人之所仇"下"怨耦曰仇"	"怨"误作"恕"	作"怨"	作"怨"	作"怨"	作"怨"	作"怨"	作"怨"
《九章·惜诵》"羌不可保也"下"一本此句与下文皆无也字"	"下"误作"丁"	作"下"	作"下"	作"下"	作"下"	作"下"	作"下"

续表

出　处	明翻宋本	汲古阁本	复旦大学藏汲古阁本	汲古阁原刻宝翰楼印本	柳美启翻汲古阁本	金陵书局翻汲古阁本	《四部备要》翻汲古阁本
《九章·惜诵》"疾亲君而无他兮"下"疾，恶"	"疾"阙"疒"左二点	不阙	不阙	不阙	不阙	不阙	不阙
《九章·惜诵》"又众兆之所咍"下"言己被放而巅越者，行与众殊异也"	"者"误作"昔"	作"者"	作"者"	作"者"	作"者"	作"者"	作"者"
《九章·惜诵》"謇不可释"下"言己逢遇乱君而被罪过"	"遇"误作"过"	作"遇"	作"遇"	作"遇"	作"遇"	作"遇"	作"遇"
《九章·惜诵》"吾使厉神占之兮"下引《左传》"搏膺而踊也"	作"踊"	"踊"左"足"作"疋"，当误	"踊"左"足"作"疋"，当误	"踊"左"足"作"疋"，当误	"踊"左"足"作"疋"，当误	作"踊"	作"踊"
《九章·惜诵》"故众口其铄金兮"下"万人所言"、"以喻谗言多"	"人"误作"又"，"喻"误作"踊"	作"人"、"喻"	作"人"、"喻"	作"人"、"喻"	作"人"、"喻"	作"人"、"喻"	作"人"、"喻"
《九章·惜诵》"惩于羹而吹齑兮"下"故曰齑臼受辛也"	"臼"误作"曰"	"臼"误作"曰"	"臼"误作"曰"	"臼"误作"曰"	作"臼"	"臼"误作"曰"	"臼"误作"曰"
《九章·惜诵》"犹有曩之态也"下"谓惩羹吹齑之态"	"态"误作"熊"	作"态"	作"态"	作"态"	作"态"	作"态"	作"态"

续表

出　处	明翻宋本	汲古阁本	复旦大学藏汲古阁本	汲古阁原刻宝翰楼印本	柳美启翻汲古阁本	金陵书局翻汲古阁本	《四部备要》翻汲古阁本
《九章·惜诵》"父信谗而不好"下"贼由太子"	"贼"误作"城"	作"贼"	作"贼"	作"贼"	作"贼"	作"贼"	作"贼"
《九章·惜诵》"鲧功用而不就"下"鲧以婞直忘身"	"忘"作"亡"	作"忘"	作"忘"	作"忘"	作"忘"	作"忘"	作"忘"
《九章·惜诵》"梼木兰以矫蕙兮"下"糅,一作揉"	"揉"作"糅"	作"揉"	作"揉"	作"揉"	作"揉"	作"揉"	作"揉"
《九章·惜诵》"繫申椒以为粮"下引《说文》"粝米一斛舂九斗"	"春"误作"春"	"春"误作"春"	"春"误作"春"	"春"误作"春"	作"春"	作"春"	作"春"
《九章·涉江》"且余济乎江湘"下"旦,明也"	作"旦"	作"旦"	作"旦"	作"旦"	误作"旦"	作"旦"	作"旦"
《九章·涉江》"芳不得薄兮"下"下文'忽翱翔之焉薄'"	"翔"误作"郏"	作"翔"	作"翔"	作"翔"	作"翔"	作"翔"	作"翔"
《九章·哀郢》"荒忽其焉极"下"后九世平王城之"	"平"误作"乎"	作"平"	作"平"	作"平"	作"平"	作"平"	作"平"

出　处	明翻宋本	汲古阁本	复旦大学藏汲古阁本	汲古阁原刻宝翰楼印本	柳美启翻汲古阁本	金陵书局翻汲古阁本	《四部备要》翻汲古阁本
《九章·哀郢》"思蹇产而不释"下"言己乘船蹓波"	作"蹓"	作"蹓"	作"蹓"	作"蹓"	作"踏"	作"蹓"	作"蹓"
《九章·哀郢》"淼南渡之焉如"	阙"淼"字	不阙	不阙	不阙	不阙	不阙	不阙
《九章·哀郢》"江与夏之不可涉"下"分隔两水"	作"嗝"，误	作"隔"	作"隔"	作"隔"	作"隔"	作"隔"	作"隔"
《九章·哀郢》"蹇侘傺而含慼"	"含"误作"舍"	作"含"	作"含"	作"含"	作"含"	作"含"	作"含"
《九章·哀郢》"尧舜之抗行兮"下"行，下孟切"	"下"误作"不"	作"下"	作"下"	作"下"	作"下"	作"下"	作"下"
《九章·抽思》"悲秋风之动容兮"下"《九辩》曰"	作"《九辩》"	作"《九辨》"，非	作"《九辨》"，非	作"《九辨》"，非	作"《九辩》"，非	作"《九辩》"	作"《九辩》"
《九章·抽思》"少歌曰"下"则总理一赋之终"	作"摠"	作"總"	作"總"	作"總"	作"總"	作"總"	作"總"
《九章·抽思》"沂江潭兮"下"一说楚人名深曰潭"	无"一"字	有	有	有	有	有	有

续表

出　处	明翻宋本	汲古阁本	复旦大学藏汲古阁本	汲古阁原刻宝翰楼印本	柳美启翻汲古阁本	金陵书局翻汲古阁本	《四部备要》翻汲古阁本
《九章·抽思》"灵遥思兮"下"神远思也"	"思"作"忧"，非	作"思"	作"思"	作"思"	作"思"	作"思"	作"思"
《九章·怀沙》"蒙瞍谓之不章"下"言持玄墨之文"	"持"误作"孙"	作"持"	作"持"	作"持"	作"持"	作"持"	作"持"
《九章·思美人》"解萹薄与杂菜兮"下引《尔雅注》"似小藜"	"藜"作"藜"	作"藜"	作"藜"	作"藜"	作"藜"	作"藜"	作"藜"
《九章·惜往日》"受命诏以昭诗"下引《国语》"问于申叔时"	"申"误作"甲"	作"申"	作"申"	作"申"	作"申"	作"申"	作"申"
《九章·惜往日》"遭谗人而嫉之"下"遭遇靳尚及上官也"	"遇"误作"退"	作"遇"	作"遇"	作"遇"	作"遇"	作"遇"	作"遇"
《九章·惜往日》"报大德之优游"下"《史记》"	"史"误作"夹"	作"史"	作"史"	作"史"	作"史"	作"史"	作"史"
《九章·惜往日》"谅聪不明而蔽壅兮"下"《易》噬嗑、夬卦皆曰"	"夬"误作"史"	作"夬"	作"夬"	作"夬"	作"夬"	作"夬"	作"夬"

续表

出　　处	明翻宋本	汲古阁本	复旦大学藏汲古阁本	汲古阁原刻宝翰楼印本	柳美启翻汲古阁本	金陵书局翻汲古阁本	《四部备要》翻汲古阁本
《九章·橘颂》"后皇嘉树，橘徕服兮"下引《说文》"周所受瑞麦来麰"	作"趇"	作"趇"	作"趇"	作"趇"	作"夅"	作"趇"	作"趇"
《九章·橘颂》"圆果抟兮"下引《说文》"抟，圆也，其字从手。槫，枢车也，其字从木"	"手"误作"子"，"槫"误作"抟"	作"手"、"槫"	作"手"、"槫"	作"手"、"槫"	作"手"、"槫"	作"手"、"槫"	作"手"、"槫"
《九章·悲回风》"惟佳人之永都兮"下"谓怀、襄王也"	"王"误作"主"	作"王"	作"王"	作"王"	作"王"	作"王"	作"王"
《九章·悲回风》"居戚戚而不可解"下"思念憔悴"	作"憔"	"隹"下从"火"	"隹"下从"火"	"隹"下从"火"	作"慺"	作"憔"	作"憔"
《九章·悲回风》"驰委移之焉止"下"焉，于虔切"	作"乾"	作"乹"	作"乹"	作"乹"	作"乹"	作"乹"	作"乹"
《九章·悲回风》"重任石之何益"下"禾黍一秬"	"秬"误作"秸"	作"秸"	作"秸"	作"秸"	作"秸"	作"秸"	作"秸"

续表

出　处	明翻宋本	汲古阁本	复旦大学藏汲古阁本	汲古阁原刻宝翰楼印本	柳美启翻汲古阁本	金陵书局翻汲古阁本	《四部备要》翻汲古阁本
《远游》"时仿佛以遥见兮"下"托貌云飞，象其形也"	作"飞"	作"飞"	作"飞"	作"飞"	作"气"	作"飞"	作"飞"
《远游》"吾将从王乔而娱戏"下"见桓良曰"	作"桓长"，误	作"桓良"	作"桓良"	作"桓良"	作"桓良"	作"桓良"	作"桓良"
《远游》"于中夜存"下"桔之反复"	"桔"左"木"作"十"，误	作"桔"	作"桔"	作"桔"	作"桔"	作"桔"	作"桔"
《远游》"野寂漠其无人"下"寂，一作冡。漠，一作寞"	"冡"误作"家"，"漠"作"莫"	"冡"误作"家"，"漠"作"莫"	"冡"误作"家"，"漠"作"莫"	"冡"误作"家"，"漠"作"莫"	"冡"误作"家"，作"漠"	作"冡"、"漠"	作"冡"、"漠"
《远游》"夕始临乎微闾"下"于，于其切"、"《周礼》"	作"于，方其切"、误作《用礼》	作"于，于其切"、"《周礼》"	作"于，于其切"、"《周礼》"	作"于，于其切"、"《周礼》"	作"于，于其切"、"《周礼》"	作"于，于其切"、"《周礼》"	作"于，于其切"、"《周礼》"
《远游》"驾八龙之婉婉兮"下"《释文》作蜿，音莞"	"莞"作"菀"	作"菀"	作"菀"	作"菀"	作"菀"	作"菀"	作"菀"
《远游》"历太皓以右转兮"下"其神勾芒"	"勾"作"钩"	作"勾"	作"勾"	作"勾"	作"勾"	作"句"	作"句"
《远游》"遇蓐收乎西皇"下"知西皇所居在于西海之津"	"津"误作"神"	作"津"	作"津"	作"津"	作"津"	作"津"	作"津"

续表

出　处	明翻宋本	汲古阁本	复旦大学藏汲古阁本	汲古阁原刻宝翰楼印本	柳美启翻汲古阁本	金陵书局翻汲古阁本	《四部备要》翻汲古阁本
《远游》"意恣睢以担挢"下"挢，一作矫"	"挢"作"桥"	作"挢"	作"挢"	作"挢"	作"挢"	作"挢"	作"挢"
《远游》"使湘灵鼓瑟兮"	"鼓"作"皷"	作"鼓"	作"鼓"	作"鼓"	作"鼓"	作"鼓"	作"鼓"
《远游》"音乐博衍无终极兮"	"音"作阙笔，阙上一点、"日"下二横	不阙	不阙	不阙	不阙	不阙	不阙
《远游》"逴绝垠乎寒门"下"逴，《释文》作踔"、引李善云"绝垠天边之际也"	"逴"误作"连"，"垠"误作"珢"	"逴"误作"连"、作"珢"	"逴"误作"连"、作"珢"	"逴"误作"连"、作"珢"	作"逴"、"珢"	作"逴"、"珢"	作"逴"、"珢"
《远游》"乘间维以反顾"下"攀持天纮以休息也"、引《孝经纬》"天有七衡"	"休"误作"化"，"天"误作"夫"	作"休"，作"天"	作"休"，作"天"	作"休"，作"天"	作"休"，作"天"	作"休"，作"天"	作"休"，作"天"
《卜居》"心烦虑乱"下"虑，愤闷也"	"闷"误作"问"	作"闷"	作"闷"	作"闷"	作"闷"	作"闷"	作"闷"
《卜居》"以事妇人乎"下引五臣"谄君之所宠者"	"谄"作"谣"，当误	作"谄"	作"谄"	作"谄"	作"谄"	作"谄"	作"谄"
《卜居》"与波上下"下"随众卑高"	作"埤"	作"卑"	作"卑"	作"卑"	作"卑"	作"卑"	作"卑"

续表

出　处	明翻宋本	汲古阁本	复旦大学藏汲古阁本	汲古阁原刻宝翰楼印本	柳美启翻汲古阁本	金陵书局翻汲古阁本	《四部备要》翻汲古阁本
《卜居》"蝉翼为重"下"蝉翼言薄也"	"蝉"误作"婵"	作"蝉"	作"蝉"	作"蝉"	作"蝉"	作"蝉"	作"蝉"
《卜居》"谗人高张"下引《左传》"随张必弃小国"	"随"作"隋"	作"随"	作"随"	作"随"	作"随"	作"随"	作"随"
《渔父》"子非三闾大夫与"下"谓其故官"	"谓"作"本"	作"谓"	作"谓"	作"谓"	作"谓"	作"谓"	作"谓"
《渔父》"何故至于斯"下"曷为遭此患也"	作"曷为遇放于斯也"	作"曷为遭此患也"	作"曷为遭此患也"	作"曷为遭此患也"	作"曷为遭此患也"	作"曷为遭此患也"	作"曷为遭此患也"
《渔父》屈原所云"众人皆醉"一句下夹注	作"惑巧财贿也。一云：巧佞曲也"	作"惑巧财贿也。一云：巧佞曲也"	作"惑巧财贿也。一云：巧佞曲也"	作"惑巧财贿也。一云：巧佞曲也"	作"惑巧财贿也。一补云：巧佞曲也"	作"惑巧财贿也。一云：巧佞曲也"	作"惑巧财贿也。一云：巧佞曲也"
《渔父》"世人皆浊"下夹注	作"一作举世皆浊,《史记》云：举世混浊"	阙，空约六个大字空间	作"人贪婪也。一作举世皆浊,《史记》云：举世混浊"	作"人贪婪也。一作举世皆浊,《史记》云：举世混浊"	阙，空约六个大字空间	作"人贪婪也。一作举世皆浊,《史记》云：举世混浊"	作"人贪婪也。一作举世皆浊,《史记》云：举世混浊"
《渔父》渔父所云"众人皆醉"一句下夹注	阙，不留空	作"巧佞曲也"	作"巧佞曲也"	作"巧佞曲也"	作"巧佞曲也"	作"巧佞曲也"	作"巧佞曲也"
《渔父》渔父所云"何不餔其糟"下"餔，布乎切"	作"切"	作"切"	作"切"	"切"误作"初"	作"切"	作"切"	作"切"

出　　处	明翻宋本	汲古阁本	复旦大学藏汲古阁本	汲古阁原刻宝翰楼印本	柳美启翻汲古阁本	金陵书局翻汲古阁本	《四部备要》翻汲古阁本
《渔父》"新沐者必弹冠"下"拂土坌也"、引《荀子》"其谁能以己之僬僬"	作"尘坌"、第一个"僬"作"憔",当误	作"土坌"、"僬僬"	作"土坌"、"僬僬"	作"土坌"、"僬僬"	作"土坌"、"僬僬"	作"土坌"、"僬僬"	作"土坌"、"僬僬"
《渔父》"新浴者必振衣"下"去尘秽也"	"尘"作"土","去"作"祛"	作"尘"、"去"	作"尘"、"去"	作"尘"、"去"	作"尘"、"去"	作"尘"、"去"	作"尘"、"去"
《渔父》"渔父莞尔而笑"下"胡板切"	作"扳"	作"板"	作"板"	作"板"	作"板"	作"板"	作"板"
《渔父》"鼓枻而去"下"枻,音曳"	"枻"阙,留一小字空间	不阙	不阙	不阙	不阙	不阙	不阙
《九辩》"而变衰"下"枝叶枯槁也"	作"槁"	作"稿"	作"稿"	作"稿"	作"稿"	作"槁"	作"槁"
《九辩》"哀蟋蟀之宵征"下"八月在宇"	"宇"误作"字"	作"宇"	作"宇"	作"宇"	作"宇"	作"宇"	作"宇"
《九辩》"皇天平分四时兮"	作"十分",当误	作"平分"	作"平分"	作"平分"	作"平分"	作"平分"	作"平分"
《九辩》"收恢台之孟夏兮"下"台,一作炱"	"台"作上"人"下"口",似误	作"台"	作"台"	作"台"	作"台"	作"台"	作"台"
《九辩》"逢此世之俇攘"下"俇,音匡"	"匡"误作"臣"	作"匡"	作"匡"	作"匡"	作"匡"	作"匡"	作"匡"

出　处	明翻宋本	汲古阁本	复旦大学藏汲古阁本	汲古阁原刻宝翰楼印本	柳美启翻汲古阁本	金陵书局翻汲古阁本	《四部备要》翻汲古阁本
《九辩》"愿托志乎素餐"下夹注	作"《释文》作食，音係"	作"《释文》作食，音孙"	作"《释文》作食，音孙"	作"《释文》作食，音孙"	作"《释文》作飡，音孙"	作"《释文》作食，音孙"	作"《释文》作食，音孙"
《九辩》"无衣裘以御冬兮"下"以御冬月乏无时也"	作"乏"	作"乏"	作"乏"	作"乏"	作"之"	作"乏"	作"乏"
《九辩》"心缭悷而有哀"下"思念纠戾"	作"纠"	作"斜"	作"斜"	作"斜"	作"斜"	作"纠"	作"纠"
《九辩》"长太息而增欷"下"忧怀感结"	作"结"	作"结"	作"结"	作"结"	"结"作"结"	作"结"	作"结"
《九辩》"事亹亹而觊进兮"	作"觊"	作"觊"	作"觊"	作"觊"	"觊"误作"现"	作"觊"	作"觊"
《九辩》"然霭曀而莫达"下"霭，一作雺"	"霭"误作"露"	"霭"误作"露"	"霭"误作"露"	"霭"误作"露"	作"霭"	"霭"误作"露"	作"霭"
《九辩》"还及君之无恙"	此句及其小注后有一大字"终"	有"终"字	有"终"字	有"终"字	无"终"字	无"终"字	无"终"字
《招魂》"敦脄血拇"下"拇，手母指也"	"拇"作"栂"，当误	作"拇"	作"拇"	作"拇"	作"拇"	作"拇"	作"拇"
《招魂》"秦篝齐缕"下"篝络，缕线也"	"络"作"落"	作"络"	作"络"	作"络"	作"络"	作"络"	作"络"
《招魂》"反故居些"下"言宜急来归还古昔之处也"	"昔"误作"音"	作"昔"	作"昔"	作"昔"	作"昔"	作"昔"	作"昔"

出　处	明翻宋本	汲古阁本	复旦大学藏汲古阁本	汲古阁原刻宝翰楼印本	柳美启翻汲古阁本	金陵书局翻汲古阁本	《四部备要》翻汲古阁本
《招魂》"冬有突厦"下"并于门切"	"门"作"叫",是。突音要,若作"门",则无要音。中华书局1983版《楚辞补注》亦作门,非	作"门",非	作"门",非	作"门",非	作"门",非	作"门",非。	作"门",非
《招魂》"室中之观,多珍怪些"	"珍"作"玲",误	作"珍"	作"珍"	作"珍"	作"珍"	作"珍"	作"珍"
《招魂》"发《激楚》些"下"吹竽击鼓"、"其乐涩迅哀切也"	作"竽"、"促"	作"竽"、"涩"	作"竽"、"涩"	作"竽"、"涩"	误作"竽"、作"涩"	作"竽"、"涩"	作"竽"、"涩"
《招魂》"蒐蔽象棋"下"今之箭囊也"	"囊"作"裹"	作"囊",误	作"囊",误	作"囊",误	作"囊",误	作"囊",误	作"囊",误
《招魂》"有六簿些"下"以菎蔽作箸"、"儶一鱼获二筹"	"蔽"误作"落","二"作"三"	作"蔽"、"二"	作"蔽"、"二"	作"蔽"、"二"	作"蔽"、"二"	作"蔽"、"二"	作"蔽"、"二"
《招魂》"汩吾南征"下"独南行也"	作"独"	作"独"	作"独"	作"独"	"独"作"擿",当误	作"独"	作"独"
《招魂》"禅青兕"下"兕,一作兕"	"兕"作"兕",误	作"兕"	作"兕"	作"兕"	作"兕"	作"兕"	作"兕"

续表

出　处	明翻宋本	汲古阁本	复旦大学藏汲古阁本	汲古阁原刻宝翰楼印本	柳美启翻汲古阁本	金陵书局翻汲古阁本	《四部备要》翻汲古阁本
《大招》"王虺骞只"下"大蛇群聚"	"大"作"人"，误	作"大"	作"大"	作"大"	作"大"	作"大"	作"大"
《大招》"蜮伤躬只"下"水中多蜮鬼"	作"蜮"	作"域"	作"域"	作"域"	作"域"	作"蜮"	作"蜮"
《大招》"不沾薄只"下"其味不浓不薄"	"浓"作"釀"	作"浓"	作"浓"	作"浓"	作"浓"	作"浓"	作"浓"
《大招》"不歠役只"下"不可以饮役贱之人"	"贱"误作"钱"	作"贱"	作"贱"	作"贱"	作"贱"	作"贱"	作"贱"
《大招》"讴和《扬阿》"下"《扬阿》，即《阳阿》"	作"杨"	作"扬"	作"扬"	作"扬"	作"扬"	作"扬"	作"扬"
《大招》"若鲜卑只"下"腰支细少"	"支"误作"文"，"少"作"小"	作"支"、"少"	作"支"、"少"	作"支"、"少"	作"支"、"少"	作"支"、"少"	作"支"、"少"
《大招》"曲屋步壛"	作"壛"	"臽"误作"臿"	"臽"误作"臿"	"臽"误作"臿"	"臽"误作"臿"	作"壛"	作"壛"
《大招》"美冒众流"	作"冒"	作"胃"	作"胃"	作"胃"	作"胃"	作"冒"	作"冒"
《招隐士》"块兮轧"下"其气块轧"	"轧"误作"比"	作"轧"	作"轧"	作"轧"	作"轧"	作"轧"	作"轧"
《招隐士》"王孙兮归来"	作"王孙"	作"王孙"	作"王孙"	作"王孙"	作"主孙"，非	作"王孙"	作"王孙"
《七谏·初放》"数言便事兮"下"一作数谏便事"	阙"一"字	不阙	不阙	阙"一"字	不阙	不阙	不阙

续表

出　处	明翻宋本	汲古阁本	复旦大学藏汲古阁本	汲古阁原刻宝翰楼印本	柳美启翻汲古阁本	金陵书局翻汲古阁本	《四部备要》翻汲古阁本
《七谏·初放》"近习鸱枭"下"恶声之鸟也"	"也"误作"一"	作"也"	作"也"	作"也"	作"也"	作"也"	作"也"
《七谏·初放》"寄生乎江潭"下"被蒙润泽而茂盛"	"泽"误作"潭"	作"泽"	作"泽"	作"泽"	作"泽"	作"泽"	作"泽"
《七谏·初放》"下泠泠而来风"	作"下"	作"下"	作"下"	作"下"	"下"误作"卞"	作"下"	作"下"
《七谏·沉江》"将方舟而下流兮"下"大夫方舟，士特舟"	前"舟"误作"丹"，后作"特舟"	作"舟"、"特"	作"舟"、"特"	作"舟"、"特"误作"持"	作"舟"、"特"	作"舟"、"特"	作"舟"、"特"
《七谏·沉江》"赴湘沅之流澌兮"下引《说文》"澌，流冰也"	作"冰"	作"冰"	作"冰"	"冰"误作"水"	作"冰"	作"冰"	作"冰"
《七谏·怨世》"俗岭峨而参嵯"下"嵯，又宜切"	"叉"误作"又"	作"叉"	作"叉"	作"叉"	作"叉"	"叉"误作"又"	作"叉"
《七谏·哀命》"遥涉江而远去"下"乃以其邪心，欲正国家之事"	"其"误作"具"，"正"误作"王"	作"其"、"正"	作"其"、"正"	作"其"、"正"	作"其"、"正"	作"其"、"正"	作"其"、"正"

续表

出　处	明翻宋本	汲古阁本	复旦大学藏汲古阁本	汲古阁原刻宝翰楼印本	柳美启翻汲古阁本	金陵书局翻汲古阁本	《四部备要》翻汲古阁本
《七谏·谬谏》"然怊怅而自悲"下"寂寞不言"	作"寂漠"	作"寂寞"	作"寂寞"	作"寂寞"	作"寂寞"	作"寂寞"	作"寂寞"
《七谏·谬谏》"贯鱼眼与珠玑"下"犹同玉石杂、鱼眼与珠玑同贯而不别也"	作"犹同玉石杂、鱼眼与珠玑同贯而不别也"	作"犹同玉石杂、鱼眼与珠玑同贯而不别也"	作"犹同玉石杂、鱼眼与珠玑同贯而不别也"	作"犹同玉石杂、鱼眼与珠玑同贯而不别也"	"同玉石杂"加框，以示存疑或当删去	作"犹同玉石杂、鱼眼与珠玑同贯而不别也"	作"犹同玉石杂、鱼眼与珠玑同贯而不别也"
《七谏·谬谏》"安得良工而剖之"下"剖，犹治也"	"治"误作"活"	作"治"	作"治"	作"治"	作"治"	作"治"	作"治"
《七谏·谬谏》"铅刀进御兮，遥弃太阿"下"而驾橐驼"、"铅刀为锯"	"橐"字阙，留一小字空白，作"锯"	不阙，作"锯"	不阙，作"锯"	不阙，作"锯"	不阙，作"钻"，误	不阙，作"锯"	不阙，作"锯"
《哀时命》"陇廉与孟娵同宫"下"乃以甄窐之土杂厕圭玉"	"土"误作"一"	作"土"	作"土"	"土"误作"上"	作"土"	作"土"	作"土"
《哀时命》"置猨狖于棂槛兮，夫何以责其捷巧"下"阶际栏"	作"栏"	作"栏"	作"栏"	作"栏"	"栏"右误作"闲"	作"栏"	作"栏"

续表

出 处	明翻宋本	汲古阁本	复旦大学藏汲古阁本	汲古阁原刻宝翰楼印本	柳美启翻汲古阁本	金陵书局翻汲古阁本	《四部备要》翻汲古阁本
《哀时命》“负檐荷以丈尺兮”	“丈”误作“文”	作“丈”	作“丈”	作“丈”	作“丈”	作“丈”	作“丈”
《哀时命》“云依斐而承宇”下“昼夜闇冥也”	“昼”误作“尽”	作“昼”	作“昼”	作“昼”	作“昼”	作“昼”	作“昼”
《哀时命》“概尘垢之枉攘兮”下“攘，概涤也”	作“攘”	作“攘”	作“攘”	作“攘”	误作“扰”	作“攘”	作“攘”
《九怀·通路》“夕至兮明光”下“暮宿东极之丹峦也”	“丹”误作“月”	作“丹”	作“丹”	作“丹”	作“丹”	作“丹”	作“丹”
《九怀·通路》“北饮兮飞泉”下“张揖云”	“揖”误作“摄”	作“揖”	作“揖”	作“揖”	作“揖”	作“揖”	作“揖”
《九怀·危俊》“永余思兮怞怞”下“忧无极也”	无“也”字	有“也”字	有“也”字	有“也”字	有“也”字	有“也”字	有“也”字
《九怀·尊嘉》“汎淫兮无根”下“摇，当作淫”	“摇”作“淫”，当误	作“摇”	作“摇”	作“摇”	作“摇”	作“摇”	作“摇”
《九怀·陶壅》“淹低佪兮京沶”下“洔，与沚通”	作“沚”	作“沚”	作“沚”	作“沚”	作“止”，误	作“沚”	作“沚”

续表

出　　处	明翻宋本	汲古阁本	复旦大学藏汲古阁本	汲古阁原刻宝翰楼印本	柳美启翻汲古阁本	金陵书局翻汲古阁本	《四部备要》翻汲古阁本
《九怀·株昭》"款冬而生兮"下"物叩盛阴"	"叩"误作"即"	作"叩"	作"叩"	作"叩"	作"叩"	作"叩"	作"叩"
《九怀·株昭》"骥垂两耳兮"下"雄俊佯愚"	"雄"误作"谁"	作"雄"	作"雄"	作"雄"	作"雄"	作"雄"	作"雄"
《九怀·株昭》"贵宠沙劘"下"沙,苏何切"	"切"误作"坊"	作"切"	作"切"	作"切"	作"切"	作"切"	作"切"
《九叹·逢纷》"遂见排而逢谗"下"故遂为谗佞所排逐也"	"排"作"推"	作"排"	作"排"	作"排"	作"排"	作"排"	作"排"
《九叹·逢纷》"鱼鳞衣而白蜺裳"下"文綵燿明也"	"燿"作"耀",当误	作"燿"	作"燿"	作"燿"	作"燿"	作"燿"	作"燿"
《九叹·离世》"灵怀其不吾闻"下"反用谗言而放逐己也"	无"也"字	有"也"字	有"也"字	有"也"字	有"也"字	有"也"字	有"也"字
《九叹·离世》"灵怀曾不吾与兮"下"与,一作知"	阙"一"字	不阙	不阙	不阙	不阙	不阙	不阙

出　处	明翻宋本	汲古阁本	复旦大学藏汲古阁本	汲古阁原刻宝翰楼印本	柳美启翻汲古阁本	金陵书局翻汲古阁本	《四部备要》翻汲古阁本
《九叹·怨思》"伤压次而不发兮"下"《释文》：于甲切"	"文"误作"次"	作"文"	作"文"	作"文"	作"文"	作"文"	作"文"
《九叹·怨思》"躬获愆而结难"	作"躬"	作"躬"	作"躬"	作"躬"	作"躬"	作"躬"	作"躬"
《九叹·怨思》"弃鸡骇于筐簏"下引《抱朴子》"以盛米"	"米"误作"未"	作"米"	作"米"	作"米"	作"米"	作"米"	作"米"
《九叹·远逝》"合五岳与八灵兮"下"考课政化之处也"	"政"误作"玫"	作"政"	作"政"	作"政"	作"政"	作"政"	作"政"
《九叹·惜贤》"年忽忽而日度"下"日进迟迟"	"进"误作"追"	作"进"	作"进"	作"进"	作"进"	作"进"	作"进"
《九叹·惜贤》"谗介介而蔽之"下"进其耿耿小节之诚信"	"信"作"言"	作"信"	作"信"	作"信"	作"信"	作"信"	作"信"
《九叹·忧苦》"凝汜滥兮"下"汜，音泛"	作"泛"	作"泛"	作"泛"	作"泛"	作"乏"，当误	作"泛"	作"泛"
《九叹·愍命》"迎宓妃于伊雒"下"盖伊雒水之精也"	"雒"误作"乺"	作"雒"	作"雒"	作"雒"	作"雒"	作"雒"	作"雒"

续表

出　　处	明翻宋本	汲古阁本	复旦大学藏汲古阁本	汲古阁原刻宝翰楼印本	柳美启翻汲古阁本	金陵书局翻汲古阁本	《四部备要》翻汲古阁本
《九叹·愍命》"制诐谗于中廇兮"下"廇，一作雷。一注云"	"廇"误作"广"、"雷"误作"雾"、"注"误作"汪"	作"廇"、"雷"、"注"	作"廇"、"雷"、"注"	作"廇"、"雷"、"注"	作"廇"、"雷"、"注"	作"廇"、"雷"、"注"	作"廇"、"雷"、"注"
《九叹·愍命》"选吕管于榛薄"下"《释文》音博"	作"博"	作"博"	作"博"	作"博"	作"搏"	作"博"	作"博"
《九叹·愍命》"江河之畔无隐夫"下"必先于丛林侧陋之中"	作"恻"，当误	作"侧"	作"侧"	作"侧"	作"侧"	作"侧"	作"侧"
《九叹·愍命》"颠裳以为衣"下"反表以为里"	"里"误作"襄"	作"里"	作"里"	作"里"	作"里"	作"里"	作"里"
《九叹·愍命》"行唫累欷，声喟喟兮"下"欷，叹貌"	作"欷，息也"	作"欷，叹貌"	作"欷，叹貌"	作"欷，叹貌"	作"欷，叹貌"	作"欷，叹貌"	"欷，叹貌"
《九叹·思古》"仳催倚于弥楹"下引《说文》"丑面也"	"面"误作"而"	作"面"	作"面"	作"面"	作"面"	作"面"	作"面"
《九叹·思古》"咎繇弃而在野"下"一作弃于野外"	"作"误作"元"	作"作"	作"作"	作"作"	作"作"	作"作"	作"作"

出　处	明翻宋本	汲古阁本	复旦大学藏汲古阁本	汲古阁原刻宝翰楼印本	柳美启翻汲古阁本	金陵书局翻汲古阁本	《四部备要》翻汲古阁本
《九叹·思古》"因徙弛而长词"下"弛，一作弝"	"一"作"二"	作"一"	作"一"	作"一"	作"一"	作"一"	作"一"
《九叹·远游》"绝都广以直指兮"下"都广，野名也"	"都"误作"却"	作"都"	作"都"	作"都"	作"都"	作"都"	作"都"
《九叹·远游》"维六龙于扶桑"下"扶，一作榑"	"榑"作"搏"	作"榑"	作"榑"	作"榑"	作"榑"	作"榑"	作"榑"
《九叹·远游》"立长庚以继日"下"昼夜长行"	作"常"	作"长"	作"长"	作"长"	作"长"	作"长"	作"长"
《九叹·远游》"遡高风以低佪兮"下"一云：遡高风以徘徊"	作"愬"	作"遡"	作"遡"	作"遡"	作"遡"	作"遡"	作"遡"
《九思·悯上》"山畠兮峇峇"下"峇，一作硌"	"峇"误作"峇"	作"峇"	作"峇"	作"峇"	作"峇"	作"峇"	作"峇"
《九思·遭厄》"遂踢达兮邪造"下"踢，音惕"	作"惕"	作"汤"，中华书局1983年点校本亦作汤，非	误作"汤"	误作"汤"	误作"汤"	误作"汤"	误作"汤"

续表

出　处	明翻宋本	汲古阁本	复旦大学藏汲古阁本	汲古阁原刻宝翰楼印本	柳美启翻汲古阁本	金陵书局翻汲古阁本	《四部备要》翻汲古阁本
《九思·悼乱》"跓竢兮硕明"下"跓，竹句切"	作"句"	作"旬"，非	作"旬"，非	作"旬"，非	作"旬"，非	作"句"	作"句"
《九思·伤时》"观浮石兮崔嵬"下"崔嵬，山形也"	无"也"字	有"也"字	有"也"字	有"也"字	有"也"字	有"也"字	有"也"字
《九思·伤时》"欲静居兮自娱"下"亦欲安居自娱也"	无"也"字	有"也"字	有"也"字	有"也"字	有"也"字	有"也"字	有"也"字
《九思·伤时》"声嗷誂兮清和"下"楚谓儿咥不止曰嗷誂"	作"咥"	作"咥"	作"咥"	作"咥"	作"泣"	作"咥"	作"咥"

第三章 《楚辞补注》引书考

　　李温良曾于其《洪兴祖〈楚辞补注〉研究》中就引书内容进行了归纳统计，并据此对洪兴祖《楚辞补注》的引书特点、得失成就进行了总结和评价。但李温良只注意到了明引的部分，即洪兴祖明示所据何人何书的情况；却忽略了暗引，即没有明确指出所引何人何书的情况，这种情况却是实实在在存在于洪兴祖《补注》内容中的。暗引可分为四种情况：第一种指引书仅作"某人云"，不云所据"某人"何书。第二种指仅云所引书名并将书名作略称，故不知具体何指。第三种指仅作"一曰""或曰"，不明为谁曰。第四种则指干脆不云引自他语的情况，读者观之，若洪氏自述己意。李温良将第一种情况仍视作明引加以统计，但并未统计完全，如部分"杜子美诗云"即未列入统计。因此，李温良只由明引的内容进行特点的归纳和成就得失的评价，仍然是不全面甚至是有失偏颇的。

　　本部分的写作，主要为了深刻挖掘洪兴祖暗引内容的原始出处，达到辨章学术，考镜源流的目的。并结合李温良明引研究成果，以此较为全面考查洪兴祖引书的特点、学术上的思想倾向以及《楚辞补注》一书的成就与不足。对于本部分考证，有以下几点说明：

　　1. 李温良在洪兴祖引陈藏器《本草拾遗》时，将《本草拾遗》中引用《南越志》内容单列为引书的一种，本部分亦拟将包含于颜师古《汉书注》中的"应劭曰"等类似内容进行考辨梳理，若洪兴祖时该书尚存，则单列，若不存，则仍归于转引书籍的内容。

　　2. 本部分将引书分为"实引""连引""节引""并引""述引""合引"①，附于考辨的条目之下。实引是指一字不易的引用某书；连引是指连续引同一书，而引用内容分处该书不同卷数、篇章；"节引"是指节取一段内容的前句、后句或几句；并引是指引用某书某一篇内容，但是不连贯引用，

---

① 按：此处参考李温良之分类法，详见李温良：《洪兴祖〈楚辞补注〉研究》，新北：花木兰文化出版社，2011年，第113~117页。

前后数处各选取一段或数段连缀成引文；述引是指在引用书籍原文时，加入了自己的论述，或对原文的部分用词、叙述结构等进行了修改；合引是指从不同的书籍中分别引出内容组成新的内容。

3. 本部分考辨所采用底本为中华书局 1983 年出版点校本。本部分所录内容，按《楚辞补注》卷帙顺序及各条目所出现先后一一条列。每条首列卷数（《楚辞目录》部分卷数作"0"）与页码，以阿拉伯数字顶格书之，中以正斜杠"/"隔开。空一个字节，列篇名与原文，中以冒号"："隔开。次行列洪氏《楚辞补注》引他书之文，空两格书之。再次行附以按语，空一行后再空两格书之。

4. 为求简便，除今人之论著与论文外，本部分引述的文献内容俱在引文开头注明所引文献及作者，不再以脚注形式赘列，亦不附于书尾参考文献部分。

第一节　《楚辞目录》与《离骚》部分引书考

0/1　《楚辞目录》

　　班孟坚云：始楚贤臣屈原被谗放流，作《离骚》诸赋以自伤悼。后有宋玉、唐勒之属，慕而述之，皆以显名。汉兴，高祖王兄子濞于吴，招致天下娱游子弟，枚乘、邹阳、严夫子之徒，兴于文、景之际，而淮南王安都寿春，招宾客著书，而吴有严助、朱买臣贵显汉朝，故世传楚辞。

　　按：此出《汉书·地理志》，其原文作："始楚贤臣屈原被谗放流，作《离骚》诸赋以自伤悼。后有宋玉、唐勒之属，慕而述之，皆以显名。汉兴，高祖王兄子濞于吴，招致天下娱游子弟，枚乘、邹阳、严夫子之徒，兴于文、景之际，而淮南王安亦都寿春，招宾客著书，而吴有严助、朱买臣贵显汉朝，文辞并发，故世传楚辞。"节引。

0/3　《楚辞目录》

　　鲍钦止云：《辨骚》非楚词本书，不当录。班孟坚二序，旧在《天问》《九叹》之后，今附于第一通之末云。

　　按：洪兴祖《韩子年谱序》云："予校韩文以唐本、监本、柳开、刘烨、朱台符、吕夏卿、宋景文、欧阳公、宋宣献、王仲至、孙元忠、鲍钦止，及近世所行诸本参定，不敢以私意改易。"陈振孙《直斋书录解题》又云："《楚辞考异》一卷。洪兴祖撰，兴祖少时从柳展如得东坡手校《楚辞》十卷，凡诸本异同，皆两出之，后又得洪玉父而下本十四五家参校，遂为定本，始补王逸章句之未备者；书成，又得姚廷辉本，作《考异》，附古本《楚辞释文》之后，其末又得欧阳永叔、孙莘老、苏子容本于关子东、叶少协，校正以补《考异》之遗。洪于是书，用力亦以勤矣。"洪兴祖补注《离骚》一文时常提到"鲍钦止本云"，此句当出自鲍钦止本《楚辞》，为鲍钦止的评点或注释。详前第二章之论述。

1/1 洪兴祖《〈楚辞卷第一〉解题》

汉宣帝时，九江被公能为楚词。隋有僧道骞者善读之，能为楚声，音韵清切。至唐，传楚辞者，皆祖骞公之音。

按：前句出《汉书·王褒传》："王褒字子渊，蜀人也。宣帝时修武帝故事，讲论六艺群书，博尽奇异之好，征能为《楚辞》九江被公，召见诵读，益召高材刘向、张子侨、华龙、柳褒等待诏金马门。"后句出《隋书·经籍志》："隋时有释道骞，善读之，能为楚声，音韵清切，至今传楚辞者皆祖骞公之音。"两者皆为述引。

1/2 王逸《〈离骚章句第一〉解题》：言己放逐离别，中心愁思，犹依道径，以风谏君也。

太史公曰：离骚者，犹离忧也。班孟坚曰：离，犹遭也，明己遭忧作辞也。颜师古云：忧动曰骚。

按：前句出司马迁《史记·屈原贾生列传》："离骚者，犹离忧也。"中句出班固《离骚赞序》："离，犹遭也，明己遭忧作辞也。"后句出颜师古《汉书·贾谊传注》"被谗放逐，作《离骚》赋"句下注："师古曰：'离，遭也。忧动曰骚。遭忧而作此辞。'"皆实引。

1/3 王逸《〈离骚章句第一〉解题》：凡百君子，莫不慕其清高，嘉其文采，哀其不遇，而愍其志焉。

宋子京云：《离骚》为词赋之祖，后人为之，如至方不能加矩，至圆不能过规矣。

按：此出宋祁《宋景文笔记·考古》："老子《道德篇》为玄言之祖，屈宋《离骚》为辞赋之祖，司马迁《史记》为纪传之祖。后人为之，如至方不能加矩，至圆不能过规矣。"节引。

1/3　《离骚》：帝高阳之苗裔兮

皇甫谧曰：高阳都帝丘，今东郡濮阳是也。张晏曰：高阳，所兴之地名也。

按：裴骃《史记·五帝本纪集解》"帝颛顼高阳者"句下注云："皇甫谧曰：'都帝丘，今东郡濮阳是也。'"与之类似，少"高阳"二字。《隋书·经籍志》著录"《帝王世纪》十卷"，下注云："皇甫谧撰。起三皇，尽汉、魏。"《太平御览》卷百五十五引《帝王世纪》云："颛顼氏自穷桑徙商丘，于周为卫，在《禹贡》冀州太行之东北，逾常山及兖州桑土之野，营室东壁之分，豕韦之次，故《春秋传》曰：'卫，颛顼之墟也，谓之帝丘。'今东郡濮阳是也。"与《史记集解》及洪兴祖所引都不相似。又《太平御览》既引《帝王世纪》，《宋史·艺文志》亦著录有《帝王世纪》九卷。则洪兴祖或袭取自裴骃《史记集解》，其原始出处应视为皇甫谧《帝王世纪》。后句今见于裴骃《史记·五帝本纪集解》，为"帝喾高辛者"句下注："张晏曰：'少昊之前，天下之号象其德。颛顼以来，天下之号因其名。高阳、高辛皆所兴之地名；颛顼与喾皆以字为号：上古质故也。'"节引。颜师古《汉书叙例》著录参考注家姓名有张晏，云："张晏，字子博，中山人。"姚振宗《三国艺文志》著录张晏《汉书注》，即以此为其据之一。姚振宗又云："汪师韩《文选理学权舆》曰：'《选》注所引群书有张晏《汉书注》。'洪亮吉《晓读书斋杂录》曰：'张晏《汉书注》于地理最详。'"是以此为著录该书之另两条证据，以《汉书》亦云"高阳""颛顼"，则后句原始出处或出张晏《汉书注》。又姚振宗《三国艺文志》著录张晏《地理记》一书，以"高阳""高辛"为地名，或又当出此。然宋时张晏《汉书注》及《地理记》皆佚，此应视为洪氏引《史记集解》。

1/3　《离骚》：朕皇考曰伯庸

蔡邕云：朕，我也。古者上下共之，咎繇与帝舜言称朕，屈原曰"朕皇考"。至秦独以为尊称，汉遂因之。

按：此出蔡邕《独断》："朕，我也。古者尊卑共之，贵贱不嫌，则可同号之义也。尧曰'朕在位七十载'，皋陶与帝舜言曰'朕言惠可底行'，屈原曰'朕皇考'，此其义也。至秦，天子独以为称，汉因而不改也。"述引。

1/4 《离骚》：扈江离与辟芷兮

①然司马相如赋云：被以江离，糅以蘼芜。

②郭璞云：江离似水荠。张勃云：江离出海水中，正青，似乱发。郭恭义云：赤叶。未知孰是。

按：①洪兴祖实引司马相如《上林赋》。②颜师古《汉书·司马相如传注》"穹穷昌蒲，江离蘼芜"句下注云："郭璞曰：'江离似水荠，而《药对》曰：蘼芜一名江离。张勃又云江离出临海县海水中，正青，似乱发。郭义恭云江离赤叶。诸说不同，未知孰是。今无识之者，然非蘼芜也，《药对》误耳。'"颜师古《汉书叙例》罗列所引注家名姓云："郭璞字景纯，河东人，晋赠弘农太守。止注《相如传序》及游猎诗赋。"游猎诗赋即《天子游猎赋》，分为《上林赋》和《子虚赋》。清文廷式《补晋书艺文志》，吴士鉴《补晋书经籍志》皆据此称郭璞有《汉书注》一书，清秦荣光则以李善《文选注》中有"《汉书音义》郭璞曰"（卷十八《琴赋注》），于其《补晋书艺文志》著录郭璞《汉书音义》。然无论郭璞是否有注释《汉书》之著作，其注《司马相如传序》及《上林赋》确然无疑。又《隋书·经籍志》著录《楚辞》三卷，下云"郭璞注"，是知郭璞有《楚辞注》一书。《史记索隐》、颜师古《汉书注》以及李善《文选注》中皆引郭璞注"江离"之说，胡小石《楚辞郭注义征》于"扈江离与辟芷兮"句下将之一一列举，然并未明言即出自郭璞《楚辞注》，仅提供一种可能。因为郭璞注《楚辞》和《上林赋》时可能注文相同，此句两出于《上林赋注》和《楚辞注》。此或可言为郭璞《楚辞注》佚文，然言洪兴祖引自郭璞《楚辞注》则不可，以此书宋时早佚故。唐司马贞《史记·司马相如传索隐》释"江离"曰："《吴录》曰：'临海县开水中生江离，正青，似乱发。即离骚所云者是也。'《广志》为'赤叶红华'，则与张勃所说又别。按今芎藭苗曰江离，绿叶白华者，又不同。"《隋书·经籍志》著录《吴纪》九卷，下注云："晋有张勃《吴录》三十卷，亡。"又著录《广志》二卷，下注"郭义恭撰"，则中句及后句之原始出处分别为《吴录》与《广志》。马国翰《玉函山房辑佚书》辑有《广志》二卷，即将"赤叶红华"一句收入。郭璞《上林赋注》、《楚辞注》、《汉书音义》，张勃《吴录》、郭义恭《广志》宋代皆不见存，应归于洪兴祖引颜师古《汉书注》，节引。洪氏此将郭义恭误作郭恭义。

1/5　《离骚》：纫秋兰以为佩

相如赋云：蕙圃衡兰。颜师古云：兰，即今泽兰也。

按：前句出司马相如《子虚赋》："其东则有蕙圃：衡兰芷若，芎䒕昌蒲，茳蓠麋芜，诸柘巴苴。"述引。后句出颜师古《汉书·司马相如传注》，即《子虚赋》"其东则有蕙圃：衡兰芷若"句下注："师古曰：兰，即今泽兰也。"实引。

1/7　《离骚》：岂维纫夫蕙茝

①陶隐居云：俗人呼鷰草，状如茅而香，为熏草，人家颇种之。
②陈藏器云：此即是零陵香，生零陵山谷。

按：①出陶弘景《本草经集注·熏草》："世人呼鷰草，状如茅而香者为熏草，人家颇种之。"述引。②出陈藏器《本草拾遗·零陵香》："生零陵山谷，叶如罗勒。《南越志》名燕草，又名熏草，即香草也。《山海经》云：'熏草，麻叶方茎，气如麋芜，可以止疠。'即零陵香也。地名零陵，故以地为名。"又《嘉祐本草》引陈藏器云："熏草即蕙根，叶如麻，两两相对，此即是零陵香。"述引。

1/9　《离骚》：荃不察余之中情兮

陶隐居云：东间溪侧有名溪荪者，根形气色极似石上菖蒲，而叶正如蒲，无脊，诗咏多云兰荪，正谓此也。

按：此出陶弘景《本草经集注·菖蒲》："东间溪侧又有名溪荪者，根形气色极似石上菖蒲，而叶正如蒲，无脊。世人多呼此为石上菖蒲者，谬矣。此止主欬逆，亦断蚤虱尔，不入服御用。诗咏多云兰荪，正谓此也。"节引。

1/9　《离骚》：忍而不能舍也

颜师古云："舍，尸夜切，训止息，人之屋舍，及星辰次舍，其义皆同。《论语》曰：不舍昼夜。谓晓夕不息耳。

按：此出颜师古《匡谬正俗》卷八："'舍'字训止，训息也。人舍屋及星辰次舍，其义皆同。《论语》云：逝者如斯夫，不舍昼夜。谓晓夕不止息耳。"述引。

1/10 《离骚》：畦留夷与揭车兮
　　相如赋云：杂以留夷。张揖曰：留夷，新夷。颜师古曰：留夷，香草，非新夷，新夷乃树耳。一云：留夷，药名。

　　按：相如赋出《上林赋》，实引。裴骃《史记·司马相如列传集解》"杂以流夷"句下注："《汉书音义》曰：流夷，新夷也。"颜师古《汉书·司马相如传注》云："张揖曰：'留夷，新夷。'师古曰：'留夷，香草，非新夷，新夷乃树耳。'"颜师古《汉书叙例》云："张揖，字稚让，清河人，一云河间人。魏太和中为博士。止解《司马相如传》一卷。"清侯康《补三国艺文志》据此著录张揖《汉书注》。姚振宗《三国艺文志》亦据此著录张揖《汉书注》，且云："宋高似孙《史略》曰：'司马相如一传最难注，张揖曾作《博雅通》于名物，所以止注此传。'汪师韩《文选理学权舆》曰：'《选》注所引群书，有张揖《汉书注》。'又曰：《文选》旧注中有张揖《子虚赋注》《上林赋注》。"则张揖《汉书注》当只有《司马相如传注》一篇，故中句应出张揖《汉书注》，李善《文选注》云"《汉书音义》张揖曰"，应《汉书音义》辑录有张揖注，而非张揖作有《汉书音义》。以洪兴祖云"张揖曰"，又与颜师古《汉书注》内容全同，且张揖注宋时不存，仍应归于引颜师古《汉书注》，实引。后句"一云"不知所出何处。

1/11 《离骚》：冀枝叶之峻茂兮
　　相如赋云：实叶葰楙。

　　按：此出司马相如《上林赋》："夸条直畅，实叶葰楙"，实引。

1/12 《离骚》：恐修名之不立
　　孔子曰：伯夷、叔齐饿于首阳之下，民到于今称之。

　　按：此出《论语·季氏》："子曰：伯夷、叔齐饿于首阳之下，民到于今称之。"实引。

1/12 《离骚》：夕餐秋菊之落英
　　魏文帝云：芳菊含乾坤之纯和，体芬芳之淑气。故屈原悲冉冉之将老，思飡秋菊之落英，辅体延年，莫斯之贵。

按：此出曹丕《与钟繇九日送菊书》："惟芳菊纷然独荣，非夫含乾坤之纯和，体芬芳之淑气，孰能如此？故屈平悲冉冉之将老，思餐秋菊之落英。辅体延年，莫斯之贵。"节引。

1/12　《离骚》：长顑颔亦何伤
或曰：有道者，虽贫贱，而容貌不枯，屈原何为其顑颔也？曰：当是时，国削而君辱，原独得不忧乎？

按：此洪兴祖所引"或曰"之人不详，然"或曰"所言，当化用《荀子·修身》："君子贫穷而志广，富贵而体恭，安燕而血气不惰，劳倦而容貌不枯，怒不过夺，喜不过予。"述引。

1/13　《离骚》：愿依彭咸之遗则
颜师古云：彭咸，殷之介士，不得其志，投江而死。

按：此出颜师古《汉书·扬雄传注》，为"弃由聃之所珍兮，跖彭咸之所遗"句下注："彭咸，殷之介士也，不得其志，投江而死。"实引。

1/14　《离骚》：怨灵修之浩荡兮
孔子曰：《诗》可以怨。孟子曰：《小弁》之怨，亲亲也。亲之过大而不怨，是愈疏也。

按：前句出《论语·阳货》："子曰：'小子何莫学夫诗？诗可以兴，可以观，可以群，可以怨。迩之事父，远之事君，多识于鸟兽草木之名。'"节引。后句出《孟子·告子下》："'《小弁》之怨，亲亲也。亲亲，仁也。固矣夫，高叟之为诗也！'曰：'《凯风》何以不怨？'曰：'《凯风》，亲之过小者也；《小弁》，亲之过大者也。亲之过大而不怨，是愈疏也；亲之过小而怨，是不可矶也。'"节引。

1/14　《离骚》：众女嫉余之蛾眉兮
师古云：蛾眉，形若蚕蛾眉也。

按：此出颜师古《汉书·扬雄传注》，为"知众嫭之嫉妒兮，何必扬累之蛾眉"句下注："师古曰：蛾眉，形若蚕蛾眉也。"实引。

1/15 《离骚》：俪规矩而改错
　　贾谊云：俪枭獭以隐处。

按：此出贾谊《吊屈原赋》："俪枭獭以隐处兮，夫岂从虾与蛭螾。"实引。

1/16 《离骚》：伏清白以死直兮，固前圣之所厚。
　　比干谏而死，孔子称仁焉，厚之也。

按：此为述引《论语·微子》："微子去之，箕子为之奴，比干谏而死。孔子曰：'殷有三仁焉。'"

1/16 《离骚》：步余马于兰皋兮
　　一云：泽中水溢出所为坎。

按：此出郑玄《〈毛诗传〉笺》，孔颖达《毛诗正义》卷十八云："《笺》云：'皋，泽中水溢出所为坎，自外数至九，喻深远也。'"《御定佩文韵府》卷十九之二亦云："《郑笺》：'皋，泽中水溢出为坎，自外数至九，喻深远也。'"实引。

1/17 《离骚》：驰椒丘且焉止息
　　司马相如赋云：椒丘之阙。服虔云：丘名。如淳云：丘多椒也。

按：前出《上林赋》："出乎椒丘之阙，行乎洲淤之浦，经乎桂林之中，过乎泱漭之野。"节引。司马贞《史记·司马相如列传索隐》"出乎椒丘之阙"句下注云："服虔云：丘名，楚词曰'驰椒丘且焉止息'也。按：两山俱起，象双阙。如淳云'丘多椒也'。"清顾櫰三《补后汉书艺文志》著录服虔《史记音义》一卷，云"见司马贞《史记索隐序》"，考司马贞《史记索隐序》云："逮至晋末，有中散大夫东莞徐广，始考异同，作《音义》十三卷。宋外兵参军裴骃，又取经传训释作集解，合为八十卷，虽粗见微意，而未穷讨论。南齐轻车录事邹诞生，亦作《音义》三卷，音则微殊，义乃更略，而后其学中废。贞观中，谏议大夫崇贤馆学士刘伯庄，达学宏才，钩深探赜，又作《音义》二十卷，比于徐、邹，音则具矣，残文错节，异音微义，虽知独善，不见旁通。"顾氏或误。《隋书·经籍二》著录服虔《汉书音训》一卷，姚振宗《后汉艺文志》、钱大昭《补续汉书艺文志》、侯康《补后汉书艺文志》皆从隋书，仅云服虔《汉书音训》一卷，不见《史记音义》之著录。又此句为司马相如《上林赋》句下注，《汉书·司马相如传》亦引《上林赋》，颜师古注云："服虔曰：'邱名也，两山俱起，象双阙者。'"或本出服虔《汉书音训》，司马贞引而注之。服虔《汉书音训》宋时不存，又颜师古早于司马贞，中句应归于引颜师古《汉书注》。"如淳云"原始出处当为如淳《汉书注》，颜师古《汉书叙例》列所引注家姓名云："如淳，冯翊人，魏陈郡丞。"王先谦补曰："王鸣盛：'《广韵》引晋《中经薄》云，魏有陈郡丞冯翊如淳注《汉书》。'"侯康《补三国艺文志》著录如淳《汉书注》，姚振宗《三国艺文志》亦著录如淳《汉书注》，且云："汪师韩《文选理学权舆》曰：'《选》注所引群书有如淳《汉书注》。'"如淳《汉书注》宋时不存，后句应视作洪兴祖引《史记索隐》。

1/17 《离骚》：长余佩之陆离

许慎云：陆离，美好貌。颜师古云：陆离，分散也。

按：前句见今本高诱注《淮南子》（即《淮南鸿烈解》）卷八《本经训》，为"五采争胜，流漫陆离"句下注。而今《淮南子》高诱注本中高诱注与许慎注相杂，清代孙冯翼辑《许慎淮南子注》一卷，未辨清此注原始作者，后刘文典作《淮南鸿烈集解》、何宁作《淮南子集释》亦未辨此条。四库馆臣提要《淮南鸿烈解》云："其注或题许慎，或题高诱。《隋志》《唐志》《宋志》皆二注并列，陆德明《庄子释文》引《淮南子注》称许慎，李善《文选注》、殷敬顺《列子释文》引《淮南子注》或称高诱，或称许慎。是原有二注之明证。后慎注散佚，传刻者误以诱注题慎名，致歧误耳。观书中称景古影字，而慎《说文》无影字，其不出于慎审矣。今故订正题诱名焉。"又云"晁公武《读书志》称：'《崇文总目》亡三篇，李淑《邯郸图书志》亡二篇，其家本惟存十七篇、亡其四篇。高似孙《子略》称读《淮南》二十篇，是在宋已鲜完本。'洪迈《容斋随笔》称'今所存者二十一卷'，与今本同。"洪迈与洪兴祖同时之人，则洪兴祖所见当确为四库馆臣所据之本。然清侯康《补后汉书艺文志》著录许慎《淮南子注》二十一卷称："洪亮吉曰：'许君注《淮南王书》今不传，惟《道藏》中《淮南鸿烈篇》三十八卷，尚题汉南阁祭酒许慎注，或当有据。然世所盛行之本则皆题汉涿郡高诱注。今考许君之注，有淆入诱注重者，或本诱采用许君之说，后人遂误以为诱也。今略论之。《淮南王书》：轵其肘。高诱注：轵读近茸，急察言之。又：罧者扣舟。高诱注：今沇州人积柴水中，博鱼为罧。皆与《说文》之说同。此类尚多，以是知许君之注有淆入诱者矣。'"考《淮南鸿烈解》一书，此句不云何人注，似不能断定洪氏所据引文确为"许慎云"，然《宋史·艺文志》仍著录有许慎注《淮南子》二十一卷，又王明春指出："注文的详略与使用术语的多少或许能从一个侧面反映注释者的习惯、个人修养等方面的差别，因此我们或许正好可以从这一角度分析两注的区别，从而将混杂的注文在一定程度上区分开来。"①且其通过对陶方琦、刘文典所断定的确为许慎注的 8 篇(不含《本经训》)进行注文术语的研究，发现许注注文简略，且使用术语少得多，且许注最大的特点正在多用"某，某(也)"等直接训释形式。结合此引文原文中"舟，船也"一句，《宋志》之记载，以及四库馆臣与洪亮吉之论证，洪兴祖所引当确为许慎注，其原始出处应为许慎《淮南子注》。此可补入许慎注《淮南子》。后句出颜师古《汉书·司马相如传注》，为"先后陆离，离散别追"句下注，实引。

1/18　《离骚》：将往观乎四荒
　　礼失而求诸野，当是时国无人莫我知者，故欲观乎四荒，以求同志，此孔子浮海居夷之意。

　　按：《汉书·艺文志·诸子略》云："仲尼有言：'礼失而求诸野。'"实引。班固此言，当本《论语》中"道不行，乘桴浮于海"(《公冶长》)、"子欲居九夷"(《子罕》)、"樊迟问仁，子曰：'居处恭，执事敬，与人忠。虽之夷狄，不可弃也'"(《子路》)而发，是对夫子言论的提炼，然仍应看作实引《汉书·艺文志》。"孔子浮海居夷"，"浮海"出《论语·公冶长》："道不行，乘桴浮于海，从我者其由与？""居夷"出《论语·子罕》："子欲居九夷。或曰：'陋，如之何？'子曰：'君子居之，何陋之有？'"述引。

1/19　《离骚》：曰鲧婞直以亡身兮
　　东坡曰：《史记》：殛鲧于羽山，以变东夷。《楚词》：鲧婞直以亡身。

---

①　王明春：《〈淮南子〉高诱注与许慎注的区分》，《赤峰学院学报(汉文哲学社会科学版)》2006 年第 3 期。

则鲧盖刚而犯上者耳。若小人也，安能以变四夷之俗哉？如左氏之言，皆后世流传之过。

按：此出苏轼史评《尧不诛四凶》："《史记·舜本纪》：'舜归而言于帝，请流共工于幽陵，以变北狄；放驩兜于崇山，以变南蛮；迁三苗于三危，以变西戎；殛鲧于羽山，以变东夷。'太史公多见先秦古书，故其言时有可考，以正自汉以来儒者之失。四族者，若皆穷奸极恶，则必见诛于尧之世，不待舜而后诛，明矣。屈原有云：'鲧婞直以忘身。'则鲧盖刚而犯上者耳。若四族者，诚皆小人也，则安能用之以变四夷之俗哉？由此观之，则四族之诛，皆非诛死，亦不废弃，但迁之远方为要荒之君长耳。如左氏之所言，皆后世流传之过。若尧之世有大奸在朝而不能去，则尧不足为尧矣。"节引。

1/20　《离骚》：众不可户说兮，孰云察余之中情。

管子曰：圣人之治于世，不人告也，不户说也。

按：此出《管子·水地》："是以圣人之治于世也，不人告也，不户说也。"实引。

1/21　《离骚》：羿淫游以佚畋兮

《说文》云：帝喾射官也，夏少康灭之。贾逵云：羿之先祖也，为先王射官。帝喾时有羿，尧时亦有羿，羿是善射之号。

按：孔颖达《尚书·夏书正义》："《说文》云：'羿，帝喾射官也。'贾逵云：'羿之先祖，世为先王射官，故帝赐羿弓矢使司射。'……帝喾时有羿，尧时亦有羿，则羿是善射之号。"或"贾逵云"为许慎《说文》中内容，然考今本《说文》不见此句。马国瀚《玉函山房辑佚书》称贾逵有《尚书古文训》一书，然未能辑出收录。王仁俊《玉函山房辑佚书续编》收录贾逵《尚书贾氏义》及《尚书古文训》二书，皆不见此句。又据《隋书·经籍志》贾逵有《春秋左氏解诂》三十卷，马国翰《玉函山房辑佚书》辑有此书，其襄公元年下佚文云："羿之先祖也，为先王射官。故帝喾赐羿弓矢，使司射。""帝喾时有羿，尧时亦有羿，羿是善射之号"数句为孔颖达语。故"贾逵云"原始出处当为其《春秋左传解诂》。贾逵《春秋左传解诂》宋时不存，当视作洪氏引《尚书正义》。节引。

1/22 《离骚》：浞又贪夫厥家

传曰：以德和民，不闻以乱；以乱易乱，其流鲜终。

按：此合引《左传》与《文选》五臣注，"以德和民，不闻以乱"出《左传·隐公四年》："公问于众仲曰：'卫州吁其成乎？'对曰：'臣闻以德和民，不闻以乱。以乱，犹治丝而棼之也。'"《文选》刘良注"浞又贪夫厥家"称："贪取其妻，以乱易乱，故其鲜终。"《穀梁传·昭公四年》称："《春秋》之义，用贵治贱，用贤治不肖，不以乱治乱也。"刘良言"以乱易乱"，或源出《穀梁传》"以乱治乱"，然洪氏此处非仅言"以乱易乱"，而是为了阐释王逸的"故言鲜终"。因此应归于洪兴祖引刘良注。

1/23 《离骚》：后辛之菹醢兮

一曰麋鹿为菹。

按：《礼记·内则》云："或曰麋鹿为菹。"《礼记·少仪》云："麋鹿为菹。"以《内则》云"或曰"，故洪氏云"一曰"，洪兴祖此当引《礼记·内则》，实引。

1/26 《离骚》：朝发轫于苍梧兮

如淳曰：舜葬九嶷。九嶷在苍梧冯乘县，故或曰：舜葬苍梧也。

按：颜师古《汉书·武帝纪注》"望祀虞舜于九嶷"句下注云："如淳曰：舜葬九嶷。九嶷在苍梧冯乘县，故或云：'舜葬苍梧也。'"原始出处当为如淳《汉书注》，详前《离骚》部分"驰椒丘且焉止息"条。如淳书宋时不存，仍应归于引颜师古《汉书注》。实引。

1/28 《离骚》：前望舒使先驱兮

颜师古云：先驱，导路也。李善云：先驱，前驱也。

按：前句出颜师古《汉书·周勃传注》，为"天子先驱至，不得入"句下注："师古曰：先驱，导驾者也，若今之武候队矣。"述引。后句出李善《文选·东都赋注》，为"先驱复路，属车按节"句下注："先驱，则前驱也。"实引。

1/28　《离骚》：后飞廉使奔属

应劭曰：飞廉，神禽，能致风气。晋灼曰：飞廉，鹿身，头如雀，有角，而蛇尾豹文。

按：裴骃《史记·武帝本纪集解》"长安则作飞廉桂观"句下注云："应劭曰：'飞廉，神禽，能致风气。'晋灼曰：'身如鹿，头如雀，有角而蛇尾，文如豹文也。'"实引。颜师古《汉书·武帝纪注》"作甘泉通天台、长安飞廉馆"句下注云："应劭曰：'飞廉，神禽，能致风气者也。'……晋灼曰：'身似鹿，头如爵，有角而蛇尾，文如豹文。'"颜师古《汉书叙例》著录所引注家，应劭即在其列。据《隋书·经籍志》，应劭著有《汉书集解音义》二十四卷。李贤《后汉书·班彪列传注》云："《前书音义》曰：'飞廉，神禽，能致风气。身似鹿，头如雀，有角而蛇尾，文如豹。'""应劭曰"原始出处当为其《汉书集解音义》。《隋书·经籍志》著录晋灼《汉书集注》十三卷，清丁国钧《补晋书艺文志》著录晋灼《汉书音义》，则"晋灼曰"原始出处当为其《汉书音义》。应劭《汉书集解音义》及晋灼《汉书音义》宋时皆不存，以裴骃早于颜师古，故应视作引裴骃《史记集解》。

1/28　《离骚》：雷师告余以未具

一曰：雷师，丰隆也。

按：王逸《章句》注"吾令丰隆乘云兮"句云："丰隆，云师，一曰雷师。"又《六臣注文选》注张景阳《杂诗十首》"飞廉应南箕，丰隆迎号屏"句云："丰隆，雷神。"此述引王逸《楚辞章句》。

1/29　《离骚》：帅云霓而来御

①司马温公云：约赋但取声律便美，非霓不可读为平声也。

②郭氏云：雄曰虹，谓明盛者；雌曰蜺，谓暗微者。虹者，阴阳交会之气，云薄漏日，日照雨滴，则虹生也。

按：①出司马光《范景仁传》："约赋但取声律便美，非霓不可读平声也。"为实引。②《列子·天瑞》曰："虹双出，色鲜盛者为雄，曰虹；暗者为雌，曰蜺。"郭璞《尔雅注》亦作此。原始出处应为《列子》。胡小石《楚辞郭注义征》亦列此条，视其有于《尔雅注》及《楚辞注》两出的可能。然《楚辞注》宋时不见，《尔雅注》于今尚存，若断言引自郭璞《楚辞注》恐非。孔颖达《礼记正义》曰："郭氏云：雄者曰虹，雌者曰蜺。雄谓明盛者，雌谓暗微者。虹是阴阳交会之气，纯阴纯阳则虹不见，若云薄漏日，日照雨滴，则虹生。"以行文看，洪氏或袭取孔颖达《礼记正义》，然洪氏此云"郭氏云"，应将之归于引郭璞《尔雅注》。洪氏与孔氏皆未能辨明真正出处，亦为其失。后凡涉可能于《楚辞注》及他书中两出的"郭璞曰"内容，若他书宋时存，则视作引自他书。若他书宋时亦不存，则视作转引存此说之书。

1/30 《离骚》：结幽兰而延伫

刘次庄云：兰喻君子，言其处于深林幽涧之中，而芬芳郁烈之不可掩，故《楚辞》云云。

按：前洪氏注"纫秋兰以为佩"句时云："近时刘次庄《乐府集》云：《离骚》曰：纫秋兰以为佩。又曰：秋兰兮青青，绿叶兮紫茎。今沅、澧所生，花在春则黄，在秋则紫，然而春黄不若秋紫之芬馥也。由是知屈原真所谓多识草木鸟兽，而能尽究其所以情状者欤。"考《宋史·艺文志》知刘次庄确有《乐府集》，《直斋书录解题》云："《乐府集》十卷，《题解》一卷。题刘次庄。《中兴书目》直云次庄撰。取前代乐府，分类为十九门，而各释其命题之意。按《唐志》乐类有《乐府歌诗》十卷者二，有吴兢《乐府古题要解》一卷。今此集所载，止于陈、隋人，则当是唐集之旧。而序文及其中颇及杜甫，韩愈、元、白诸人，意者次庄因旧而增广之欤。然《馆阁书目》又自有吴兢《题解》及别出《古乐府》十卷，《解题》一卷，未可考也。"考郭茂倩《乐府诗集》中多"幽兰"之诗句，刘次庄《乐府集》既取前代乐府，或亦收此类诗作，故有"兰喻君子"云云。洪兴祖则引以注《楚辞》，引书方式未详。

1/30 《离骚》：登阆风而緤马

道书云：阆野者，阆风之府是也。昆仑上有九府，是为九宫。

按：此出南朝梁陶弘景《真诰》第五卷的《甄命授第一》："君曰：'阆野者，阆风之府是也。昆仑上有九府，是为九宫，太极为太宫也。'"节引。

1/30 《离骚》：折琼枝以继佩

传曰：南方有鸟，其名为凤，天为生树，名曰琼枝，高百二十仞，大三十围，以琳琅为宝。

　　按：《艺文类聚·鸟部》曰："庄子曰：'老子见孔子，从弟子五人，问曰：为谁？对曰：子路为勇，其次子贡为智，曾子为孝，颜回为仁，子张为式。老子叹曰：吾闻南方有鸟，其名为凤，所居积石千里，天为生食其树，名琼枝，高百仞，以璆琳琅玕为实。"今本《庄子》不见，马叙伦《庄子义证》辑录此条作《庄子》佚文。晋时郭象曾删定《庄子》，当以此亡佚。或欧阳询编集《艺文类聚》时据有古本《庄子》，不同于今本，故较今本多此句。又《太平御览》亦引此，则宋时可能尚存古本，或照录《艺文类聚》。胡应麟《少室山房笔丛正集》卷十九云："《太平御览》引用书一千六百九十余种，非必宋初尽存，大率晋、宋以前得之《修文御览》，齐、梁以后得之《文思博要》，而唐人事迹则得之本书者也。"已足证《太平御览》所录并非全部亲见或本之原书。或洪兴祖见《艺文类聚》和《太平御览》有此条而传本《庄子》无此条而生疑，故仅谓"传曰"。以《庄子》流传至今，并未全部亡佚又重新辑佚成书，不论洪兴祖是否亲见古本《庄子》，仍应归于引《庄子》。

1/31　《离骚》：吾令丰隆乘云兮
　　郭璞云：丰隆筮师，御云得大壮卦，遂为雷师。

　　按：郭璞《穆天子传注》卷二"而□隆之墊"句下注云："隆上字疑作丰，丰隆筮，御云得大壮卦，遂为雷师。亦犹黄帝桥山，有墓封谓增高其上土也，以标显之耳。"胡小石《楚辞郭注义征》亦列此句。惠栋《易汉学》卷二云："郭璞注《穆天子》引《归藏易》曰：'丰隆筮，御云得《大壮》卦，遂为云师也。'"知原始出处为《归藏》。考马国翰《玉函山房辑佚书》所辑出《归藏》无此句，可补入。洪氏此处云"郭璞云"，应视为引郭璞说。以《穆天子传注》于今尚存，郭璞《楚辞注》宋时即不存，当视作节引《穆天子传注》。"云师"疑为惠栋误。

1/32　《离骚》：虽信美而无礼兮，来违弃而改求。
　　此孔子所谓隐者，子路所谓洁身乱伦。

　　按：此述引《论语·微子》："子路从而后，遇丈人，以杖荷蓧。子路问曰：'子见夫子乎？'丈人曰：'四体不勤，五谷不分，孰为夫子？'植其杖而芸。子路拱而立。止子路宿，杀鸡为黍而食之，见其二子焉。明日，子路行以告。子曰：'隐者也。'使子路反见之。至，则行矣。子路曰：'不仕无义。长幼之节，不可废也；君臣之义，如之何其废之？欲洁其身，而乱大伦。君子之仕也，行其义也。道之不行，已知之矣。'"

1/34 《离骚》：恐高辛之先我

皇甫谧云：高辛都亳，今河南偃师是。张晏云：高辛，所兴之地名也。

按：前句引皇甫谧《帝王世纪》。《太平御览》卷八十云："《帝王世纪》曰：'帝喾，高辛氏，姬姓也。……年十五而佐颛顼，三十登帝位。都亳，以人事纪官。'"节引。卷一五五又云："《帝王世纪》曰：'宓羲为天子，都陈。……帝喾氏都亳，今河南偃师是也。'"节引。裴骃《史记·五帝本纪集解》"帝喾高辛者"句下注："张晏曰：'少昊之前，天下之号象其德。颛顼以来，天下之号因其名。高阳、高辛皆所兴之地名；颛顼与喾皆以字为号：上古质故也。'""张晏曰"之原始出处当为其《汉书注》或《地理记》，详前文"帝高阳之苗裔兮"条。张晏二书宋时皆不存，应归于引裴骃《史记集解》。节引。

1/34 《离骚》：少康之未家兮，留有虞之二姚。

皇甫谧云：今河东大阳西山上有虞城。

按：裴骃《史记·五帝本纪集解》"帝舜为有虞"句下注云："皇甫谧曰：'舜嫔于虞，因以为氏。今河东大阳西山上虞城是也。'"孔颖达《左传·哀公元年正义》亦云："皇甫谧云：'嫔于虞，因以虞为氏。虞，今河东大阳县西山上虞城是也。'"为"为之庖正，以除其害"句下疏。徐宗元《帝王世纪辑存》以此为《帝王世纪》佚文，即从孔颖达《春秋左传正义》辑出。以《宋史·艺文志》著录《帝王世纪》九卷，洪兴祖此当引自《帝王世纪》，非转引裴骃或孔颖达。述引。

1/36 《离骚》：巫咸将夕降兮

《前汉·郊祀志》云：巫咸之兴自此始。说者曰：巫咸，殷贤臣。一云名咸，殷之巫也。

按：前句当出《史记·封禅书》，而非《前汉·郊祀志》，洪兴祖不审致误，实引。颜师古《汉书·郊祀志注》"伊陟赞巫咸"句下注云："孟康曰：'巫咸，殷贤臣。赞，说也，谓伊陟说其意也。'"王先谦《汉书补注》中《前汉书叙例》云："朱一新曰：'《新唐书·艺文志》有孟康《汉书音义》九卷。'洪颐煊曰：'《史记正义》云《汉书音义》中有全无姓名者。裴注《史记》直云《汉书音义》今有六卷，题曰孟康，或曰服虔。'案：《邹阳传》：'申徒狄自沉于河'，《集解》骃案：'《汉书音义》曰："殷之末世人"'，《文选》李善注引作'服虔'。《司马相如传集解》骃案：'《汉书音义》曰："瑕蛤、猛氏皆兽名。"'《文选》为注引作'孟康'。"则中句原始出处或为孟康《汉书音义》，以宋时孟康此书不存，仍归之引颜师古《汉书注》，实引。陆德明《尚书音义》释"巫咸"云："马云：'巫，男巫也。名咸，殷之巫也。'"据《隋书·经籍志》，《尚书》有马融注本十一卷，后句原始出处当马融《尚书注》。以马融注宋时不存，应归之于引陆德明《经典释文·尚书音义》，实引。

1/37　《离骚》：怀椒糈而要之

孟康曰：椒糈，以椒香米徽也。

按：颜师古《汉书·扬雄传注》"费椒稰以要神兮，又勤索彼琼茅"句下注云："孟康曰：'椒稰，以椒香米馈也。《离骚》云：怀椒稰而要之。'""糈""稰"皆指祀神用之精米，可通。孟康此句原始出处为其《汉书音义》，详上条。然孟康书宋时不存，应归之引颜师古《汉书注》。实引。

1/37　《离骚》：百神翳其备降兮，九疑缤其并迎。

张揖曰：九嶷在零陵营道县。文颖曰：九嶷半在苍梧，半在零陵。颜师古云：疑，似也，山有九峰，其形相似。

按：颜师古《汉书·司马相如传注》"历唐尧于崇山兮，过虞舜于九疑"句下注云："张揖曰：崇山，狄山也。《海外经》曰狄山，帝尧葬于其阳。九疑山在零陵营道县，舜所葬也。师古曰：疑，似也。山有九峰，其形相似，故曰九疑。"颜师古《汉书·武帝纪注》"望祀虞舜于九嶷"句下注云："文颖曰：'九嶷山半在苍梧，半在零陵。'"前句"张揖曰"原始出处为其《司马相如传注》，详前文"畦留夷与揭车兮"条，中句按颜师古《汉书叙例》云其《汉书注》尝引文颖之注，考姚振宗《三国艺文志》知文颖有《汉书注》一书，中句原始出处当自此。张揖《司马相如传注》与文颖《汉书注》宋时皆不存，当视为引颜师古《汉书注》。三句为连引。

1/38 《离骚》：武丁用而不疑
徐广曰：《尸子》云：傅岩在北海之洲。孔安国曰：傅氏之岩，在虞虢之界，通道所经，有涧水坏道，常使胥靡刑人筑护此道。说贤而隐，代胥靡筑之，以供食也。

按： 裴骃《史记·殷本纪集解》"乃使百工营求之野，得说于傅险中"句下注云："徐广曰：'《尸子》云：傅岩在北海之州。'""是时说为胥靡，筑于傅险"句下注云："孔安国曰：'傅氏之岩，在虞虢之界，通道所经，有涧水坏道，常使胥靡刑人筑护此道。说贤而隐，代胥靡筑之，以供食也。'"按此句本紧接洪兴祖所引《史记》内容之后，当袭取《史记集解》无疑。《隋书·经籍志》著录有徐广《史记音义》十二卷，裴骃《史记集解序》亦称："故中散大夫东莞徐广，研核众本，为作音义。具列异同，兼述训解，粗有所发明。而殊恨省略。聊以愚管增演徐氏。采经传百家，并先儒之说，豫是有益，悉皆抄内，删其游辞，取其要实。或义在可疑，则数家兼列。"足见裴骃注《史记》多采徐广《史记音义》，则前句原始出处当为《史记音义》。以徐广书宋时不存，仍归之为引《史记集解》，后句原始出处为孔安国《尚书传》商书部分，应归之为引《尚书传》。两句为并引。

1/39 《离骚》：恐鹈鴃之先鸣兮
①颜师古云：鹈鴃，一名买䳀，一名子规，一名杜鹃，常以立夏鸣，鸣则众芳皆歇。鴃与鴂同，䳀音诡。
②服虔曰：鶗鴂，一名鵙，伯劳也。顺阴阳气而生。
③说者云：五月阴气生于下，伯劳夏至，应阴而鸣。

按： ①出颜师古《汉书·扬雄传注》，为"徒恐鹈鴃之将鸣兮，顾先百草为不芳"句下注："《离骚》云'鹈鴃之先鸣兮，使夫百草为不芳'。雄言终以自沉，何惜芳草而忧鹈鴃也？鴃，鴂字也。鹈鴃鸟一名买䳀，一名子规，一名杜鹃，常以立夏鸣，鸣则众芳皆歇。鹈音大系反。鴃音桂。鹈字或作鶗，亦音题。鴂又音决。䳀音诡。"节引。②李善于《文选·思玄赋》"恃已知而华予兮，鶗鴂鸣而不芳"句下注云："服虔曰：鶗鴂，一名鵙，伯劳也。顺阴阳气而生。"原始出处或为服虔《汉书音训》注《扬雄传》部分，颜师古注《汉书》未引，详前文"驰椒丘且焉止息"条。以服虔书宋时不存，当归之于引李善《文选注》。实引。③出高诱《淮南鸿烈·时则训解》，为"鵙始鸣，反舌无声"句下注："鵙，博劳鸟也。五月阴气于下，博劳夏至，应阴而鸣。"实引。又前文"长余佩之陆离"条尝辨"许慎注"与"高诱注"之区别，以此云"某，某也"，或为许慎《淮南子注》内容。清孙冯翼曾辑《许慎淮南子注》一卷，不收此句。此仍应归于引高诱《淮南鸿烈解》，实引。

1/42 《离骚》：历吉日乎吾将行
　　张揖曰：历，算也。

　　按：颜师古《汉书·司马相如传注》"于是历吉日以斋戒"句下注云："张揖曰：历，犹算也。"原始出处当为张揖《司马相如传注》，详前文"畦留夷与揭车兮"条。张揖注宋时不存，仍归于引颜师古《汉书注》。实引。

1/42 《离骚》：折琼枝以为羞兮
　　张揖云：琼树生昆仑西，流沙滨，大三百围，高万仞，其华食之长生。

　　按：颜师古《汉书·司马相如传注》"咀嚼芝英兮叽琼华"句下注云："张揖曰：'芝，草蕠也。荣而不实谓之英。叽，食也。琼树生昆仑西流沙滨，大三百围，高万仞。华，蕊也，食之长生。'"原始出处当为张揖《司马相如传注》，详前文"畦留夷与揭车兮"条。张揖注宋时不存，仍归于引颜师古《汉书注》。述引。

1/42 《离骚》：精琼靡以为粮
　　应劭云：精，细也。琼，玉之华也。

　　按：颜师古《汉书·扬雄传注》"精琼靡与秋菊兮，将以延夫天年"句下注云："应劭曰：精，细；靡，屑也。琼，玉之华也。"原始出处当为应劭《汉书集解音义》，详前文"后飞廉使奔属"条。应劭《汉书集解音义》宋时不存，仍归于引颜师古《汉书注》。节引。

1/42 《离骚》：为余驾飞龙兮，杂瑶象以为车。
　　许慎云：飞龙有翼。瑶，美玉也。

按：《淮南子·地形训》云："羽嘉生飞龙。"高诱《淮南鸿烈解》下注云："飞龙、羽嘉，飞虫之先。飞龙有翼。"以高诱《淮南鸿烈解》混杂有许慎《淮南子注》内容，前句当出许慎《淮南子注》，详前文"长余佩之陆离"条。节引。后句出《毛诗传·卫风·木瓜》："瑶，美玉也。"实引。

1/43 《离骚》：邅吾道夫昆仑兮

又一说云：大五岳者，中岳昆仑，在九海中，为天地心，神仙所居，五帝所理。

按：此当出唐末杜光庭《洞天福地岳渎名山记·岳渎众山》："右十洲、三岛、五岳诸山，皆在昆仑之四方，巨海之中，神仙所居，五帝所理，非世人之所到也。"述引。

1/44 《离骚》：鸣玉鸾之啾啾

许慎云：鸾以象鸟之声。

按：引自许慎《说文解字》："銮，象鸾鸟声。"述引。

1/44 《离骚》：忽吾行此流沙兮

张揖云：流沙，沙与水流行也。颜师古曰：流沙但有沙流，本无水也。

按：颜师古《汉书·司马相如传注》"杭绝浮渚涉流沙"句下注云："张揖曰：'杭，船也。绝，度也。浮渚，流沙中渚也。流沙，沙与水流行也。'师古曰：'弱水谓西域绝远之水，乘毛车以度者耳，非张掖弱水也。又流沙但有沙流，本无水也。言绝度浮渚，乃涉流沙也。杭，音下郎反。'""张揖曰"原始出处当为其《司马相如传注》，详前文"畦留夷与揭车兮"条。张揖注宋时不存，仍归于引颜师古《汉书注》。节引。

1/45 《离骚》：麾蛟龙使梁津兮

郭璞曰：蛟似蛇，四足，小头，细颈，卵生，子如三斛瓮，能吞人，龙属也。

按：郭璞《山海经注》云："似蛇而四脚，小头细颈，有白瘿，大者十数围，卵如一二石瓮，能吞人。"胡小石《楚辞郭注义征》亦列此条，以《山海经注》于今尚存，郭璞《楚辞注》已不存，仍归于引郭璞《山海经注》。述引。

1/45 《离骚》：路不周以左转兮
张揖曰：不周山在昆仑东南二千三百里。

按：裴骃《史记·司马相如列传集解》"回车揭来兮，绝道不周"句下注云："《汉书音义》曰：'不周山在昆仑东南。'"颜师古《汉书·司马相如传注》"回车揭来兮，绝道不周"句下注云："张揖曰：不周山在昆仑东南二千三百里也。"原始出处当为张揖《司马相如传注》，详前文"畦留夷与揭车兮"条。李善《文选注》云"《汉书音义》张揖曰"，应《汉书音义》辑录有张揖注，而非张揖作有《汉书音义》。以洪兴祖云"张揖曰"，又与颜师古《汉书注》内容全同，且张揖注宋时不存，仍应归于引颜师古《汉书注》。实引。

1/46 《离骚》：聊假日以媮乐
颜师古云：此言遭遇幽厄，中心愁闷，假延日月，苟为娱乐耳。
按：此出颜师古《匡谬正俗》卷七："假，楚词云：'聊假日以媮乐，此言遭遇幽阨，中心愁闷，假延日月，苟为娱耳。"节引。

1/47 《离骚》：已矣哉，国无人莫我知兮
孔安国曰：已矣，发端叹辞。

按：此出孔安国《尚书·周书·大诰传》："已，发端叹辞也。"述引。

1/50 洪兴祖补班固《离骚序》
颜之推云："自古文人常陷轻薄。屈原露才扬已，显暴君过。"

按：此出颜之推《颜氏家训·文章》："而自古文人多陷轻薄，屈原露才扬已，显暴君过。"实引。

1/50 洪兴祖补班固《离骚序》：
刘子玄云："怀、襄不道，其恶存于楚赋。"

按：此出刘知几《史通·载文》："宣、僖善政，其美载于周诗；怀、襄不道，其恶存于楚赋。"实引。

1/50　洪兴祖补班固《离骚序》：

或问：古人有言：杀其身有益于君则为之。屈原虽死，何益于怀、襄？

按：此出《礼记·文王世子》："仲尼曰：'昔者周公摄政，践阼而治，抗世子法于伯禽，所以善成王也。闻之曰：为人臣者，杀其身有益于君则为之。况于其身以善其君乎！周公优为之。'"按此原始出处可能为孔子，然孔子亦转述他人所言，今已不可考。实引。

1/50　洪兴祖补班固《离骚序》：

或曰：原用智于无道之邦，亏明哲保身之义，可乎？曰：愚如武子，全身远害可也。有官守言责，斯用智矣。山甫明哲，固保身之道。然不曰夙夜匪解，以事一人乎？

按：此"或曰"与"曰"不知何人言也，当洪氏拟托对话以释文。"明哲保身"出《诗·大雅·烝民》："既明且哲，以保其身。"节引。"全身远害"出《毛诗小序》，为《诗·王风·君子阳阳序》："君子阳阳，闵周也。君子遭乱，相招为禄仕，全身远害而已。"节引。"夙夜匪解，以事一人"出《诗·大雅·烝民》。实引。

1/50　洪兴祖补班固《离骚序》：

仲尼曰：乐天知命，故不忧。又曰：乐天知命，有忧之大者。屈原之忧，忧国也；其乐，乐天也。

按：前句出《周易·系辞上》，实引。《系辞》为《易传》的主体，《易传》相传出于孔子之手，故洪兴祖云"仲尼曰"。后句出《列子·仲尼》："仲尼闲居，子贡入侍，而有忧色。子贡不敢问，出告颜回。颜回援琴而歌。孔子闻之，果召回入，问曰：'若奚独乐？'回曰：'夫子奚独忧？'孔子曰：'先言尔志。'曰：'吾昔闻之夫子曰：乐天知命故不忧，回所以乐也。'孔子愀然有间，曰：'有是言哉？汝之意失矣。此吾昔日之言尔，请以今言为正也。徒知乐天知命之无忧，未知乐天知命有忧之大也。'"节引。洪兴祖所引两句当全据《列子》，然前句原始出处当自《周易·系辞上》。

第二节 《九歌》与《天问》部分引书考

2/55 《东皇太一》：吉日兮辰良

沈括存中云：吉日兮辰良，盖相错成文，则语势矫健。如杜子美诗云："红豆啄余鹦鹉粒，碧梧栖老凤凰枝。"韩退之云："春与猿吟兮，秋鹤与飞。"皆用此体也。

按：此出沈括《梦溪笔谈·艺文一·相错成文》："韩退之集中《罗池神碑铭》，有'春与猿吟兮秋与鹤飞'，今验石刻，乃'春与猿吟兮秋鹤与飞'，古人多用此格，如《楚词》'吉日兮辰良'，又'蕙肴蒸兮兰籍，奠桂酒兮椒浆'。盖欲相错成文，则语势矫健耳。杜子美诗'红豆啄余鹦鹉粒，碧梧栖老凤凰枝'，此亦语反而意全。韩退之《雪诗》'舞镜鸾窥沼，行天马度桥'，亦效此体，然稍牵强，不若前人之语浑成也。"节引。杜诗为杜甫《秋兴八首》之第八首，一作"香稻啄余鹦鹉粒"，实引。韩愈文为其《罗池庙碑》，与沈括所引同文异名。实引。

2/56 《东皇太一》：瑶席兮玉瑱

瑶，音遥。一曰，美玉也。

按：《毛诗传·卫风·木瓜》注"投我以木桃，报之以琼瑶"云："琼瑶，美玉。"洪氏述引《毛诗传》。

2/56 《东皇太一》：灵偃蹇兮姣服

偃蹇，委曲貌。一曰众盛貌。

按：《楚辞章句》王逸注《离骚》"何琼佩之偃蹇兮"句云："偃蹇，众盛貌。"洪氏实引。"一曰"为王逸曰。

2/57 《云中君》：浴兰汤兮沐芳

乐府有《沐浴子》。刘次庄云：《楚词》曰：新沐者必弹冠，新浴者必振衣。又曰：与汝沐兮咸池，晞汝发兮阳之阿。皆洁濯之谓也。李白亦有此作，其词曰：沐芳莫弹冠，浴兰莫振衣。处世忌太洁，至人贵藏晖。与屈原意异。

按：此接"乐府有《沐浴子》"句后，当刘次庄《乐府集》之内容，详《离骚》部分"结幽兰而延伫"条。刘次庄所引《楚辞》前句为《渔父》，后句为《九歌·少司命》。李白诗即《沐浴子》。引书方式未详。

2/58 《云中君》：蹇将憺兮寿宫

汉武帝置寿宫神君。臣瓒曰：寿宫，奉神之宫。

按：前句引自《史记·孝武本纪》："及病，使人问神君，神君言曰：'天子毋忧病。病少愈，强与我会甘泉。'于是上病愈，遂幸甘泉，病良已。大赦天下，置寿宫神君。"《汉书》"大赦"后无"天下"二字。述引。《史记·孝武本纪集解》曰："瓒曰：'宫，奉神之宫也。《楚辞》曰蹇将澹兮寿宫。'"颜师古《汉书·郊祀志注》："臣瓒曰：寿宫，奉神之宫也。《楚辞》曰蹇将澹兮寿宫也。"颜师古《汉书叙例》称："臣瓒，不详姓氏及郡县。"王先谦补注云："宋祁曰：景祐余靖校本云，臣瓒不知何姓。案裴骃《史记序》云莫知姓氏，韦棱《续训》（《汉书续训》）又言未详，而刘孝标《类苑》以为于瓒，郦元注《水经》以为薛瓒。姚察《训纂》（《汉书训纂》）云，案《庾翼集》，于瓒为翼主簿，兵曹参军，后为建威将军。晋《中兴书》云，翼病卒，而大将于瓒等作乱，翼长史江虨诛之。于瓒乃是翼将，不载有注解《汉书》。然瓒所采众家音义，自服虔、孟康以外，并因晋乱湮灭，不传江左，而《高纪》中瓒案《茂陵书》，《文纪》中案《汉禄秩令》，此二书亦复亡失不得过江，明此瓒是晋中朝人，未丧乱之前，故得具其先辈音义及《茂陵书》《汉令》（《汉禄秩令》）等耳。蔡谟之江左，以瓒二十四卷散入《汉书》，今之注也。若谓为于瓒，乃是东晋人，年代前后了不相会，此瓒非于，足可知矣。又案《穆天子传》目录云：秘书校书郎中傅瓒校古文《穆天子传》曰，记《穆天子传》者，汲县人不准盗发古冢所得书。今《汉书音义》臣瓒所案，多引汲书以驳众家训义。此瓒疑为是傅瓒。瓒时职点校书，故称臣也。颜师古曰，后人斟酌瓒姓，附之傅族耳。既无明文，未足取信。洪颐煊曰：刘昭《续汉志注补》、杜佑《通典》做于瓒，司马贞《索隐》（《史记索隐》）、李善《文选注》作傅瓒。"丁国钧《补晋书艺文志》史部《汉书集解音义》二十四卷条云："家大人曰：'近洪颐煊谓《贾充传》有著作郎王瓒，当即臣瓒。其言似可据，惟诸家考辨既不能定为谁氏，则亦难以孤文单证遽属之王瓒。'"今仍从颜氏《叙例》著录。文廷式、秦荣光、黄逢元作《补晋书艺文志》即仍著录为"臣瓒"，然皆列诸家之说。文廷式先赞同司马贞《史记索隐》的说法，即反对刘孝标"于瓒"提出"傅瓒"说，又据《太平御览》中《后秦记》佚文"姚襄使薛瓒使桓温，温以胡戏瓒。瓒曰：'在北曰狐，居南曰貉，何所问也"认为薛瓒不先于于瓒，故郦道元的说法亦不准确，后如王先谦大段引用宋祁笔记原文，表明赞同"臣瓒"为傅瓒的说法。秦荣光则将自颜之推至洪颐煊之说法皆作罗列，未表明确切考定意见。黄逢元则云："综举各说，《索隐》为近，而《选注》（李善《文选注》）又其的证。"是支持司马贞"傅瓒"说。唯吴士鉴《补晋书经籍志》直言"傅瓒《汉书音义集解》二十四卷"，然其所据，亦不出王先谦所考。洪颐煊王瓒之说，虽有其"为著作郎"之据，然孤证确难定论，今此取前人傅瓒说。后句原始出处当为《汉书音义集解》。以傅瓒《汉书音义集解》宋时不存，后句当归于引《史记集解》。

2/59　《湘君》：蹇谁留兮中洲
韩退之则以湘君为娥皇，湘夫人为女英。

按：此述引韩愈《黄陵庙碑》："以予考之，璞与王逸俱失也。尧之长女娥皇为舜正妃，故曰君。其二女女英自宜降曰夫人也。"

2/63　《湘君》：遗余佩兮醴浦
孔安国、马融、王肃皆以醴为水名。郑玄曰：醴，陵名也。长沙有醴陵县。

按：此出裴骃《史记·夏本纪集解》，为"又东至于醴"句下注："孔安国及马融、王肃皆以醴为水名。郑曰：'醴，陵名也。大阜曰陵，长沙有醴陵县。'"节引。清余萧客认为"郑曰"出郑玄《尚书·禹贡注》，为"又东至于澧"句下注，并将此收于其《古经解钩沉》卷四。郑玄《尚书注》宋时已佚，此应归于引裴骃《史记集解》。

2/65　《湘夫人》：沅有茝兮醴有兰
或曰：澧州有兰江，因此为名。

按：《大清一统志》卷二百八十七释"澧水"云："《舆地纪胜》：'《楚辞》沅有芷兮澧有兰，故名兰江。'"考王象之《舆地纪胜·荆湖北路·澧州·景物》载有兰江，下注云："《楚辞》云'捐余玦兮澧浦'，因称玦浦。又云'澧有兰'，故曰兰江。"阮元《揅经室外集》卷五有《舆地纪胜二百卷提要》，云"今考其书成于南宋嘉定十四年（1221）"，洪兴祖彼时早卒，当不引自王象之。或宋时民间口耳相传兰江以《楚辞》得名，故洪氏与王氏皆引以释文，而文句不同。

2/66 《湘夫人》：荪壁兮紫坛

郭璞曰：今之紫贝，以紫为质，黑为文点。陆机云：紫贝，其白质如玉，紫点为文。

按：前句出郭璞《尔雅·释鱼注》，为"释贝"部分"余泉白黄文"句下注："今紫贝以紫为质，黑为文点。"实引。洪氏所引衍"之"字。后句出陆机《毛诗草木鸟兽虫鱼疏》卷下《成是贝锦》条："又有紫贝，其白质如玉，紫点为文，皆行列相当。"实引。

2/68 《大司命》：广开兮天门

汉乐歌云：天门开，诔荡荡。

按：此出班固《汉书·礼乐志》："至武帝定郊祀之礼，祠太一于甘泉，就乾位也；祭后土于汾阴，泽中方丘也。乃立乐府，采诗夜诵。有赵、代、秦、楚之讴。以李延年为协律都尉，多举司马相如等数十人造为诗赋，略论律吕，以合八音之调，作十九章之歌。……《郊祀歌》十九章……天门开，诔荡荡。……《天门》十一。"则《天门》即洪兴祖所引汉乐歌名，属于十九章《郊祀歌》中第十一篇，为乐府所采作。实引。

2/68 《大司命》：纷吾乘兮玄云

汉乐歌云：云之车，结玄云。

按：此亦出班固《汉书·礼乐志》，为《郊祀歌》第一篇《练时日》："灵之车，结玄云。驾飞龙，羽旄纷。"实引。

2/69　《大司命》：纷总总兮九州

邹衍云：赤县神州内自有九州岛。

按：此当转引自《史记·孟子荀卿列传》："驺衍睹有国者益淫侈，不能尚德，若《大雅》整之于身，施及黎庶矣。乃深观阴阳消息而作怪迂之变，《终始》《大圣》之篇十余万言。……以为儒者所谓中国者，于天下乃八十一分居其一分耳。中国名曰赤县神州。赤县神州内自有九州岛，禹之序九州岛是也，不得为州数。中国外如赤县神州者九，乃所谓九州岛也。于是有裨海环之，人民禽兽莫能相通者，如一区中者，乃为一州。如此者九，乃有大瀛海环其外，天地之际焉。"然司马迁亦未引用邹衍原文，仅作陈述介绍，洪兴祖引作"邹衍云"，不妥。实引。

2/70　《大司命》：折疏麻兮瑶华

谢灵运诗云：折麻心莫展。又云：瑶华未敢折。说者云：瑶华，麻花也。其色白，故比于瑶。此花香，服食可致长寿，故以为美，将以赠远。江淹杂拟诗云：杂佩虽可赠，疏华竟无陈。

按：前句出谢灵运《从斤竹涧越岭溪行》，实引。第二句出谢灵运《南楼中望所迟客》，"敢"一作"堪"，实引。第三句"说者云"当引自《文选》五臣注："翰曰：瑶华，麻花也。其色白，故比于瑶。此花香，服食可致长寿，故以为美，将以赠远。"则"说者"为李周翰。实引。最后一句出江淹《谢法曹惠连赠别》，实引。

2/71　《少司命》：秋兰兮麋芜，罗生兮堂下。

相如赋云：穹穷菖蒲，江离麋芜。师古云：麋芜，即穹穷苗也。

按：前者出司马相如《子虚赋》，实引。后者出颜师古《汉书·司马相如传注》，即为"穹穷菖蒲，江离麋芜"句下注，实引。当洪兴祖一同袭取自颜师古《汉书注》。

2/73　《少司命》：孔盖兮翠旍

①相如赋云：宛雏孔鸾。
②颜师古曰：鸟赤羽者曰翡，青羽者曰翠。
③汉乐歌曰：庶旄翠旌。

按：①出司马相如《子虚赋》："其上则有宛雏孔鸾。"节引。②出颜师古《汉书·司马相如传注》，为"撵翡翠射骏鶒"句下注，实引。③出《汉书·礼乐志》："《安世房中歌》十七章，其诗曰：大孝备矣，休德昭清。高张四县，乐充宫庭。芬树羽林，云景杳冥，金支秀华，庶旄翠旌。"此即引《安世房中歌》第一章，实引。

2/75 《东君》：思灵保兮贤姱
　　古人云：诏灵保，召方相。说者曰：灵保，神巫也。

按：前者出马融《广成颂》："诏灵保，召方相。"实引。后者为李贤《后汉书·马融列传注》"诏灵保，召方相"句下注："灵保，神巫也。"实引。

2/75 《东君》：应律兮合节
　　汉乐歌曰：展诗应律铦玉鸣。

按：此引自班固《汉书·礼乐志》，为《郊祀歌》十九章中第八篇《天地》，详前《大司命》部分"广开西天门"条。实引。

2/76 《河伯》：与女游兮九河
　　汉许商上书云：古记九河之名，有徒骇、胡苏、鬲津，今见在成平、东光、鬲县界中。自鬲津以北至徒骇，其间相去二百余里。是知九河所在，徒骇最北，鬲津最南，盖徒骇是河之本道，东出分为八枝也。

按：班固《汉书·沟洫志》云："许商以为'古说九河之名，有徒骇、胡苏、鬲津，今见在成平、东光、鬲界中。自鬲以北至徒骇间，相去二百余里，今河虽数移徙，不离此域。孙禁所欲开者，在九河南笃马河，失水之迹，处势平夷，旱则淤绝，水则为败，不可许。'"孔颖达《尚书·禹贡正义》"九河既道"句下注云："《汉书·沟洫志》：'成帝时河堤都尉许商上书曰：古记九河之名，有徒骇、胡苏、鬲津，今见在成平、东光、鬲县界中。自鬲津以北至徒骇，其间相去二百余里。'是知九河所在，徒骇最北，鬲津最南，盖徒骇是河之本道，东出分为八枝也。"此合引班固《汉书》及孔颖达《尚书正义》。以行文看，洪兴祖应完全袭取自孔颖达。

2/77 《河伯》：乘白鼋兮逐文鱼

陶隐居云：鲤鱼形既可爱，又能神变，乃至飞跃山湖，所以琴高乘之。

按：此出陶弘景《本草经集注·鲤鱼胆》："鲤鱼，最为鱼之主，形既可爱，又能神变，乃至飞越山湖，所以琴高乘之。山上水中有鲤不可食。又鲤鲊不可合小豆藿食之，其子合猪肝食之，亦能害人尔。"节引。

2/78 《河伯》：波滔滔兮来迎，鱼邻邻兮媵予。

杜子美诗云：岸花飞送客，樯燕语留人。

按：此出杜甫《发潭州》，实引。

2/79 《山鬼》：既含睇兮又宜笑

一曰：目小视也。

按：此出许慎《说文解字·目部》："睇，目小视也。"实引。

2/79 《山鬼》：乘赤豹兮从文狸

陆机云：毛赤而文黑，谓之赤豹。

按：此出陆机《毛诗草木鸟兽虫鱼疏》卷下"羔裘豹饰"条："毛赤而文黑，谓之赤豹。"实引。

2/82 《国殇》：凌余阵兮躐余行

颜之推云：《六韬》有天陈、地陈、人陈、云鸟之陈。《左传》有鱼丽之陈。行陈之义，取于陈列耳。

按：此出颜之推《颜氏家训·书证》："太公《六韬》，有天陈、地陈、人陈、云鸟之陈。《论语》曰：'卫灵公问陈于孔子。'《左传》：'为鱼丽之陈。'俗本多作阜傍车乘之车。案诸陈队，并作陈、郑之陈。夫行陈之义，取于陈列耳，此六书为假借也，《苍》《雅》及近世字书，皆无别；唯王羲之《小学章》，独阜傍作车，纵复俗行，不宜追改《六韬》《论语》《左传》也。"节引。

2/84 《礼魂》：传芭兮代舞

司马相如赋云：诸柘巴且。注云：巴且草，一名巴焦。

按：前句出司马相如《子虚赋》，实引。颜师古《汉书·司马相如传注》"诸柘巴且"句下注云："文颖曰：'巴且草，一名巴蕉。'"则后句原始出处当为文颖《汉书注》，详《离骚》部分"百神翳其备降兮，九疑缤其并迎"条。以文颖书宋代不存，当仍归之于引颜师古《汉书注》。实引。

2/84 《礼魂》：春兰兮秋菊

古语云：春兰秋菊，各一时之秀也。

按：左圭《左氏百川学海》乙集上收《隋遗录》二卷，题颜师古撰。卷上云："帝(隋炀帝)昏湎滋深，往往为妖祟所惑，尝游吴公宅鸡台，恍惚间与陈后主相遇。……舞女数十许，罗侍左右，中一人迥美，帝屡目之。后主云：'殿下不识此人耶？即丽华也。每忆桃叶山前乘战舰与此子北渡。尔时丽华最恨，方倚临春阁，试东郭㕱紫毫笔，书小砑红绡作答江令"璧月"句。未终，见韩擒虎跃青骢驹，拥万甲直来冲人，都不存去就，便至今日。'俄以绿文测海螺，酌红粱新酝劝帝，帝饮之甚欢，因请丽华舞《玉树后庭花》，丽华白后主，辞以抛掷岁久，自井中出来，腰肢依拒，无复往时姿态，帝再三索之，乃徐起终一曲。后主问帝：'萧妃何如此人？'帝曰：'春兰秋菊，各一时之秀也。'"洪兴祖当即引此，实引。

2/84 《礼魂》解题

或曰：礼魂，谓以礼善终者。

按：此"或曰"不知何人言也。元吴澄《题李伯时〈九歌图〉后并歌诗一篇》(《吴文正集》卷五十七)云："九歌之后有二篇，《国殇》者，为国死难之殇；《礼魂》者，以礼善终之魂。"或谓后人窜乱入《楚辞补注》，然宋朱熹《楚辞集注》与宋陈仁子《文选补遗》并云"或曰：礼魂，谓以礼善终者"，当皆转引自洪氏，而非窜乱可知矣。

3/85 王逸《〈天问章句第三〉解题》

洪兴祖补曰：国无人，莫我知也。知我者其天乎？

按：前句出屈原《离骚》："已矣哉，国无人莫我知兮。"节引。后句出《论语·宪问》："子曰：'莫我知也夫！'子贡曰：'何为其莫知子也？'子曰：'不怨天，不尤人，下学而上达。知我者其天乎！'"实引。

3/86　《天问》：斡维焉系？天极焉加？

①扬雄、杜林云：轺车轮，斡也。

②先儒说云：天是太虚，本无形体，但指诸星运转以为天耳。天如弹丸，围圜三百六十五度四分度之一。旁行四表之中，冬南夏北，春西秋东，皆薄四表而止。

③一说云：北极，天之中也。

按：①出许慎《说文解字·斗部》："扬雄、杜林说，皆以为'轺车轮，斡。'"节引。考《汉书·艺文志》有扬雄《苍颉训纂》一篇，杜林《苍颉训纂》《苍颉故》各一篇，扬雄、杜林说法的原始出处或出此。宋时扬雄《苍颉训纂》，杜林《苍颉训纂》《苍颉故》皆不存，仍归于引许慎《说文解字》。节引。②出孔颖达《礼记·月令正义》，为《月令》题下疏："案郑注《考灵耀》云：'天者纯阳，清明无形。圣人则之，制璇玑玉衡，以度其象。'如郑此言，则天是大虚，本无形体，但指诸星运转以为天耳。但诸星之转，从东而西，必三百六十五日四分日之一，星复旧处。星既左转，日则右行，亦三百六十五日四分日之一，至旧星之处。即以一日之行而为一度，计二十八宿一周天，凡三百六十五度四分度之一，是天之一周之数也。天如弹丸，围圜三百六十五度四分度之一。……又郑注《考灵耀》云：'天旁行四表之中，冬南，夏北，春西，秋东，皆薄四表而止。地亦升降于天之中，冬至而下，夏至而上，二至上下，盖极地厚也。'……"孔疏内容中有一部分出自郑玄为《尚书纬·考灵耀》所作之注。郑注宋时不见，故应归之于引孔颖达《礼记正义》。节引。③出何休《春秋公羊解诂》，为昭公十七年"北辰亦为大辰"句下注释："北极，天之中也。常居其所，迷惑不知东西者，须视北辰以别心伐所在，故加亦。亦者，两相须之意。"实引。

3/87　《天问》：九天之际，安放安属？

传曰：九天之际，曰九垠；九天之外，曰九陔。

按：唐徐坚《初学记·天部》亦曰："《广雅》云：'南方曰炎天，西南方曰朱天，西方曰成天，西北方曰幽天，北方曰玄天，东北方曰变天，九

天之际曰九垠，九天之外次曰九陔。'"《太平御览·天部二》云："《广雅》
曰：'太初，气之始也，清浊未分。'……又曰：'九天之际曰九垠，九天
之外次曰九垓。'"《康熙字典·土部》释"垠"曰："《尔雅·释地》：'九天
之际曰九垠。'"仇兆鳌《杜诗详注》(《别蔡十四著作》"书札到天垠"句下
注)亦云："《尔雅》：'九天之际曰九垠。'"今本《广雅》及《尔雅》皆不见著
录此句，或为《广雅》《尔雅》佚文。《初学记》及《太平御览》为唐宋类书，
去张揖未远，其辑录或曾亲见古本《广雅》。《玉函山房辑佚书续编三种》
中有《尔雅佚文》一卷，今考之不见此句，或确为《广雅》佚文。今仍将之
归于引《广雅》。实引。

3/88 《天问》：夜光何德，死则又育？
　　①皇甫谧曰：月以宵曜，名曰夜光。
　　②先儒云：月光生于日所照，魄生于日所蔽，当日则光盈，就日则光尽。

　　按：①《北堂书钞》卷一百五十云："皇甫谧《年历》云：'月以宵曜，
名曰夜光。'"《艺文类聚》卷一云："皇甫谧《年历》曰：'月，群阴之宗，
光内日影以宵曜，名曰夜光"《太平御览·天部四》云："皇甫谧《年历》
曰：'月者群阴之宗，月以宵曜，名曰夜光。'"《年历》一书，《隋书·经
籍志》不载，新旧《唐书》有载，《宋史·艺文志》不载，当早佚。马国翰
《玉函山房辑佚书》辑有一卷。与洪兴祖约略同时的晁公武《郡斋读书志》、
晚于洪兴祖的陈振孙《直斋书录解题》皆不著录《年历》，洪兴祖当未能亲
见《年历》。以《艺文类聚》成书于唐武德七年(624 年)，四库馆臣提要《北
堂书钞》云"此书盖世南在隋为秘书郎时所作"，应归于引《北堂书钞》，实
引。②《周髀算经注》卷下之一"故曰兆明"句下注云："日者阳之精，譬犹
火光。月者阴之精，譬犹水光。月含景，故月光生于日之所照，魄生于日
之所蔽。当日则光盈，就日则明尽。月禀日光而成形兆，故云日兆月
也。"节引。而今本《周髀算经》间杂汉赵爽注与唐李淳风注释，并未区分
开来，故此句准确原始出处已不明，当出二人之一。

3/90 《天问》：纂就前绪，遂成考功。
　　记曰：禹能修鲧之功。

　　按：此出《礼记·祭法》，实引。

3/90　《天问》：地方九则，何以坟之？

班孟坚云：坤作地势，高下九则。刘德云：九则，九州岛土田上中下九等也。

　　按：前句出班固《汉书·叙传》："坤作墬势，高下九则。""墬"与"地"通，实引。颜师古《汉书·叙传注》云："刘德曰：'九则，九州岛土田上中下九等也。'"颜师古《汉书叙例》曰："刘德，北海人。"李善《文选注》有"刘德《汉书注》曰"，姚振宗《三国艺文志》亦有刘德《汉书注》。后句"刘德曰"原始出处当为其《汉书注》。刘德书宋时已不存，此应归于引颜师古《汉书注》。实引。

3/91　《天问》：鲧何所营？禹何所成？

汩陈其五行，此鲧所营也。六府三事允治，此禹所成也。

　　按："汩陈其五行"出《尚书·周书·洪范》，实引。"六府三事允治"出《尚书·虞书·大禹谟》，实引。

3/95　《天问》：靡蓱九衢，枲华安居？

李善云：靡，蔓也。

　　按：此出李善《文选注》，为《魏都赋》"趑愈寻靡蓱于中逵，造沐猴于棘刺"句下注释，实引。

3/95　《天问》：一蛇吞象，厥大何如？

杨大年云：逸注《楚词》，多不原所出，或引《淮南子》，而刘安所引，亦本《山海经》。其注巴蛇事，文句颇谬戾，乃知逸凭它书，不亲见《山海经》也。

　　按：杨大年即杨亿，《宋史·艺文志》著录其《谈苑》十五卷，陈振孙《直斋书录解题》卷十一著录作《南阳谈薮》。该书始由杨亿乡谊门生黄鉴杂抄广记文公与人交谈的部分话题而初成一帙，然内容"交错无次序"（宋庠《杨文公谈苑·序》），其后由宋庠删订整理，类为二十一门，"勒成一十五卷，辄改题曰《杨公谈苑》"（宋庠《杨文公谈苑·序》）传于世。明末以后该书散佚，李裕民曾于1986年自《说郛》《宋朝事实类苑》《事物纪原》

《政和本草》《靖康缃素杂记》《类说》《能改斋漫录》《诗话总龟》等书中辑出此书，共二三四条，七万余言。由上海古籍出版社出版。四库馆臣提要杨忆《武夷新集》二十卷云："《宋史》亿本传载，所著有《括苍》《武夷》《颍阴》《韩城》《退居》《汝阳》《蓬山》《冠鳌》诸集，及《内外制》《刀笔》。《艺文志》所著录者，惟《蓬山集》五十四卷、《武夷新编集》二十卷、《颍阴集》二十卷、《刀笔集》二十卷、《别集》十二卷、《汝阳杂编》二十卷、《銮坡遗札》二十卷。较本传所载，已不相符。陈氏《书录解题》谓亿所著共一百九十四卷。《馆阁书目》犹有一百四十六卷。今俱亡佚，所存者独《武夷新集》及《别集》而已。《武夷新集》者，亿景德丙午入翰林，明年辑其十年以来诗笔而自序之。《别集》者，避逊归阳翟时作也。此本但有《武夷新集》，则《别集》又亡矣。别本或题曰《杨大年全集》，误也。凡诗五卷、杂文十五卷。大致宗法李商隐，而时际升平，春容典赡，无唐末五代衰飒之气。田况《儒林公议》称，亿在两禁，变文章之体，刘筠、钱惟演辈皆从而效之，时号"杨刘"。三人以诗更相属和，极一时之丽。惟石介不以为然，至作怪说以讥之，见所著《徂徕集》中。近时吴之振作《宋诗钞》，遂置亿集不录，未免随声附和。观苏轼深以介说为谬，至形之于奏牍，知文章之不可以一格限矣。"《四库全书》又收《历代铨政要略》一卷，且提要云："此书《宋史·艺文志》不著录，亿本传亦不载，惟曹溶《学海类编》收之。细核其文，乃《册府元龟·铨政》一门总序也，已为割裂作伪。又亿虽预修《册府元龟》，而据晁氏《读书志》，总其事者尚有王钦若，同修者更有钱惟演等十五人，作序者亦有李维等五人。亿于诸序，不过奉敕点窜，何所见而此序出亿手？此真随意支配者矣。"又亿尝参修《册府元龟》。考今存可见杨忆之书，惟《杨文公谈苑》辑本，《武夷新集》二十卷，《历代铨政要略》，然皆不见洪氏所引此句，考《册府元龟》亦未见杨忆该句散入。以洪氏所引此句为杨亿论王逸《楚辞》，当出其《谈苑》，可补《杨文公谈苑》之辑本。

3/96 《天问》：黑水玄趾，三危安在？

张揖云：三危山在鸟鼠之西，黑水出其南。

按：颜师古《汉书·司马相如传注》："张揖曰：'三危山在鸟鼠山之西，与岷山相近，黑水出其南。'""张揖曰"原始出处当为其《司马相如传注》，详前文《离骚》部分"畦留夷与揭车兮"条。张揖注宋时不见，仍归于引颜师古《汉书注》。节引。

3/96　《天问》：鲮鱼何所？鬿堆焉处？

　　①陶隐居云：鲮鲤形似鼍而短小，又似鲤鱼，有四足。

　　②按字书，鸲音堆，雀属也。则鬿堆即鬿雀也。

　　按：①出陶弘景《本草经集注·鲮鲤甲》："其形似鼍而短小，又似鲤鱼，有四足。"实引。②当为述引，《类篇》《广韵》《集韵》皆云"鸲"为"雀属"，《广韵》《集韵》仅云"雀属"不注读音，《类篇》云："都回切，雀属。"此当为述引《类篇》。

3/96　《天问》：羿焉彃日？乌焉解羽？

　　传曰：天有十日，日之数，十也。

　　按：前句出《左传·昭公七年》："天有十日，人有十等。"后句出《左传·昭公五年》："楚丘曰：'……明夷，日也。日之数十，故有十时，亦当十位。'"连引。

3/97　《天问》：焉得彼峹山女，而通之于台桑？

　　一曰：九江当峹也。

　　按：此当出《说文解字》卷九"屾"部："峹，会稽山。一曰：九江当峹也。"实引。

3/98　《天问》：启代益作后，卒然离蠥。

　　《书》曰：启与有扈战于甘之野。说者曰：有扈氏与夏同姓，启继世以有天下，有扈不服，大战于甘，故曰卒然离蠥也。

　　按："《书》曰"出《尚书·夏书·甘誓》。孔安国《尚书传》云："有扈与夏同姓，恃亲而不恭，是则威虐侮慢五行，怠惰弃废天地人之正道。"孔颖达《尚书正义》云："《史记·夏本纪》称启立，有扈氏不服，故伐之。盖由自尧、舜受禅相承，启独见继父，以此不服，故云：'夏启嗣禹，立伐有扈之罪。'言继立者，见其由嗣立，故不服也。"《史记·夏本纪》原文作："于是启遂即天子之位，是为夏后帝启。夏后帝启，禹之子，其母涂山氏之女也。有扈氏不服，启伐之，大战于甘。将战，作《甘誓》，乃召六卿申之。"考洪兴祖此处引文全与《五百家注柳先生集》同，该集为魏仲举所刊刻于庆元六年，晚于洪兴祖《楚辞补注》远甚。然考其注家名姓，洪兴祖并不在列，又有"新添集注五十家""续添补注七十家"，皆不列名姓。此句注引时亦不称出处，唯紧接于"蔡曰：蠿，一作孽，忧也"句后，蔡者，蔡梦弼也，生卒虽不详，然约于理宗淳祐年间（1241—1252）在世，晚于洪兴祖卒年将近百年，当非洪氏引自蔡氏。则或《五百家注柳先生集》引自洪兴祖而未注出处，洪兴祖当合引自《尚书传》《尚书正义》。

3/98 《天问》：何后益作革，而禹播降？

特天与子则与子，故益不有天下耳。

按：此处引自《孟子》，"天与子则与子"出《孟子·万章上》，实引。

3/99 《天问》：何勤子屠母，而死分竟地？

①干宝曰：前志所传，修已背坼而生禹，简狄胸剖而生契，历代久远，莫足相证。魏黄初五年，汝南屈雍妻生男，从右胳下水腹上出，而平和自若，母子无恙。

②唐段成式云：迸分竟地。

按：①裴骃《史记·楚世家集解》云："干宝曰：'先儒学士多疑此事。谯允南通才达学，精核数理者也，作《古史考》，以为作者妄记，废而不论。余亦尤其生之异也。然案六子之世，子孙有国，升降六代，数千年间，迭至霸王，天将兴之，必有尤物乎？若夫前志所传，修已背坼而生禹，简狄胸剖而生契，历代久远，莫足相证。近魏黄初五年，汝南屈雍妻王氏生男儿，从右胳下水腹上出，而平和自若，数月创合，母子无恙，斯盖近事之信也。以今况古，固知注记者之不妄也。天地云为，阴阳变化，安可守之一端，概以常理乎？《诗》云"不坼不副，无灾无害"。原诗人之旨，明古之妇人尝有坼副而产者矣。又有因产而遇灾害者，故美其无害也。'"《晋书·干宝传》称"宝又为《春秋左氏义外传》"，《隋书·经籍志》著录干宝《春秋序论》二卷，《史记·楚世家》称"陆终生子六人，坼剖而产焉"，而陆终又见于杜预《左传注》（即其《春秋左氏经传集解》，其内容亦见于孔颖达《春秋左传正义》中），《春秋》或《左传》原文不见此人，干宝此句或补杜预注而言。《通志》引此句言"干宝之《论》曰"，原始出处当即《春秋序论》。以干宝《春秋序论》宋时已不存，仍视为引裴骃《史记集解》。节引。②出段成式《酉阳杂俎·续集卷五·寺塔记上》，实引。

3/100 《天问》：化为黄熊，巫何活焉？
　　说者曰：兽非入水之物，故是鳖也。一云既为神，何妨是兽。

　　按：此两句出陆德明《春秋左传音义》昭公七年部分："解者云：兽非入水之物，故是鳖也。一曰既为神，何妨是兽。"实引。考此句与前所引《左传》内容中间穿插《国语》内容及洪兴祖个人之释义，恐将此句与前《左传》内容脱节视之，故辨于此。

3/101 《天问》：咸播秬黍，莆藿是营。
　　①李商隐诗云：直是灭藋莆。
　　②左氏云：萑苻之泽。

　　按：①出李商隐《有感二首》："何成奏云物，直是灭萑苻。"今见本《李义山诗集》皆作"萑苻"，洪云"藋"与"萑"同，或洪氏彼时有别本作"藋莆"。实引。②出《左传·昭公二十年》："郑国多盗，取人于萑苻之泽。"节引。

3/101 《天问》：蓱号起雨，何以兴之？
　　张景阳诗云：丰隆迎号屏。颜师古云：屏翳，一曰蓱号。

　　按：前句出张协《杂诗》之十："飞廉应南箕，丰隆迎号屏。"实引。后句出颜师古《汉书·郊祀志注》，为"而雍有日、月、参、辰、南北斗、荧惑、太白、岁星、填星、辰星、二十八宿、风伯、雨师、四海、九臣、十四臣、诸布、诸严、诸逐之属，百有余庙"句下注："师古曰：'风伯，飞廉也。雨师，屏翳也。一曰屏号。'"节引。

3/102 《天问》：鳌戴山抃，何以安之？
　　张衡赋云：登蓬莱而容与兮，鳌虽抃而不倾。《玄中记》云：即巨龟也。一云：海中大鳌。

　　按：前句出张衡《思玄赋》，后句"一云"当出《集韵》卷三："鳌，海中大鳌。"皆实引。

3/103　《天问》：尧不姚告，二女何亲？

　　伊川程颐曰：舜不告而娶，固不可。尧命瞽使舜娶，舜虽不告，尧固告之尔。尧之告也，以君治之而已。

　　按：此句收朱熹编定《二程遗书》卷十五，于其《论孟精义》中亦尝引用。四库馆臣云："初，朱子于隆兴元年辑诸家说《论语》者为《要义》，其本不传。后九年为乾道壬辰，因复取二程、张子及范祖禹、吕希哲、吕大临、谢良佐、游酢、杨时、侯仲良、尹焞、周孚先等十二家之说，荟萃条疏，名之曰《论孟精义》，而自为之序。时朱子年四十三。"可知此书当成于乾道八年（1172），时洪兴祖早卒，所引不可能自朱子。《四库全书》收《二程文集》十三卷，《附录》二卷，四库馆臣云："宋明道程子、伊川程子合集也。陈振孙《书录解题》载，《明道集》四卷，《遗文》一卷；《伊川集》一本二十卷，一本九卷。又《河南程氏文集》十二卷，二程共为一集，为建宁所刻本。是宋世所传已参错不同。此本出自胡安国家，刘珙、张栻尝刻之长沙，安国于原文颇有改削。"胡安国早于洪兴祖，刘珙、张栻与洪兴祖年代相当，然此书今见本并不见此句之记录，洪兴祖亦不当引此。又四库馆臣为《二程遗书》作提要曰："宋二程子门人所记，而朱子复次录之者也。自程子既殁以后，所传语录，有李吁、吕大临、谢良佐、游酢、苏昞、刘绚、刘安节、杨迪、周孚先、张绎、唐棣、鲍若雨、邹柄、畅大隐诸家，颇多散乱失次，且各随学者之意，其记录往往不同。观尹焞以朱光庭所钞伊川语质诸伊川，伊川有'若不得某之心，所记者徒彼意耳'之语。则程子在时，所传已颇失其真。"可见朱熹所编定此书当广采程子门人所记之言，而张栻《癸巳孟子说·离娄上》载曰："或问于伊川曰：'舜之不告而娶，何也？'曰：'舜三十征庸，此时未娶。若遂专娶，常人不为，况舜乎？盖尧得以命瞽瞍，故不告也。《孟子》不告而娶，为无后也，此因为无后而言也。'又曰：'尧命瞽瞍使舜娶，舜虽不告，尧之告也，以君诏之而已。无后之所以为不孝者，盖为绝夫嗣其先之道故也，是以君子惧焉。舜不告而娶者，舜不敢以谋于瞽叟，而尧以君命诏之，瞽叟不得违焉，故谓之不告而娶。而君子以为犹告也。'"杨时《二程粹言》卷下又曰："或问：'舜不告而娶，为无后也，而于拂父母之心孰重？'子曰：'非直不告也，告而不可，然后尧使之娶耳。尧以君命命瞽瞍，舜虽不告，尧固告之矣，在瞽瞍不敢违，而在舜为可娶也。君臣、父子、夫妇之道，于是乎皆得。'曰：'然则象将杀舜，而尧不治焉，何也？'子曰：'象之欲杀舜，无可见之迹，发人隐慝而治之，非尧也。'"考黄宗羲《宋元学案》，胡安国归为伊川私淑，杨时为二程门人，然张栻曾刻胡安国本《二程文集》，当亦曾接触过程子语录，故于其《癸巳孟子说》中引录，而其《癸巳孟子说》与《二程粹言》所载，大义相同，字句有异，洪氏所引及朱子编定之内容，似合引二家内容而成。又《郡斋读书志》著录《程伊川集》二十卷，不云刻印时间。《直斋书录解题》亦著录《伊川集》九卷，《文献通考》作二十卷，皆不云刻印时间，亦不见其书。若刻印时间早于或与洪氏生卒年代相当，当或引此。

3/106　《天问》：平胁曼肤，何以肥之？
　　李善云：曼，轻细也。

　　按：此出李善《文选注》，为枚乘《七发》"衣裳则杂沓曼暖，燀烁热暑"句下注释，实引。

3/107　《天问》：何往营班禄，不但还来？
　　曰：请班诸兄弟之贫者。

　　按：此出《礼记·檀弓上》："子柳曰：'不可，吾闻之也，君子不家于丧，请班诸兄弟之贫者。'"实引。

3/110　《天问》：穆王巧梅，夫何为周流？
　　贾生云：品庶每生。

　　按：此出贾谊《鹏鸟赋》："夸者死权兮，品庶每生。"实引。

3/112　《天问》：何恶辅弼，谗谄是服？
　　武王数纣曰："贼虐谏辅，崇信奸回。"

　　按：唐代赵蕤《长短经·三国权第十九》称："至权薨，皓即位，穷极淫侈，割剥蒸人，崇信奸回，贼虐谏辅。晋世祖令杜预等代吴灭之。"然此形容孙皓无道，非为武王数纣时语，赵蕤引以述孙皓耳。此句当并引《尚书·周书·泰誓》，前句出《泰誓中》："惟戊午，王次于河朔。群后以师毕会。王乃徇师而誓曰：'……今商王受，力行无度，播弃犁老，昵比罪人。……剥丧元良，贼虐谏辅。谓己有天命，谓敬不足行，谓祭无益，谓暴无伤。'"后句出《泰誓下》:"时厥明,王乃大巡六师,明誓众士。王曰:'……今商王受,狎侮五常,荒怠弗敬,自绝于天,结怨于民。斮朝涉之胫,剖贤人之心,作威杀戮,毒痛四海。崇信奸回,放黜师保。屏弃典刑,囚奴正士。郊社不修,宗庙不享,作奇技淫巧,以悦妇人。'"

3/112 《天问》:何圣人之一德,卒其异方?
　　文王顺纣而不敢逆,武王逆纣而不肯顺,故曰异方。或曰:下文云:梅伯受醢,箕子佯狂。此异方也。

　　按:前句出《庄子·天运》:"老聃曰:'小子少进!子何以谓不同?'(子贡)对曰:'尧授舜,舜授禹。禹用力而汤用兵,文王顺纣而不敢逆,武王逆纣而不肯顺,故曰不同。'"述引。后句"或曰"不知谁言也。

3/112 《天问》:稷维元子,帝何竺?
　　说者曰:元子,首子也。

　　按:《毛诗传·閟宫》"王曰叔父,建尔元子,俾侯于鲁。大启尔宇,为周室辅"句下注云:"王,成王也。元,首。宇,居也。"述引。

3/116 《天问》:蠭蛾微命,力何固?
　　《传》曰:蠭虿有毒,而况国乎?

　　按:此出《左传·僖公二十二年》:"君其无谓邾小,蜂虿有毒,而况国乎?"蜂,一作蠭,实引。

3/117 《天问》:易之以百两,卒无禄。
　　《传》曰:罪秦伯也。

　　按:此出《左传·昭公元年》,实引。

3/117 《天问》:悟过改更,我又何言?
　　太史公曰:屈平虽放流,睠顾楚国,系心怀王,不忘欲反,冀幸君之一悟,俗之一改也。其存君兴国而欲反复之,一篇之中,三致志焉。然终无可奈何,故不可以反,卒以此见怀王之终不悟也。

按：此引司马迁《史记·屈原贾生列传》："屈平既嫉之，虽放流，睠顾楚国，系心怀王，不忘欲反，冀幸君之一悟，俗之一改也。其存君兴国而欲反复之，一篇之中，三致志焉。然终无可奈何，故不可以反，卒以此见怀王之终不悟也。"节引。

第三节 《九章》《远游》《卜居》《渔父》部分引书考

4/121 《惜诵》：发愤以杼情

杜预云：申杼旧意。

按：此出杜预《左传后序》："大康元年三月，吴寇始平，余自江陵还襄阳，解甲休兵。乃申杼旧意，修成《春秋释例》及《经传集解》。"实引。该序附录于其《春秋经传集解》之末，今孔颖达《春秋左传正义》中亦存录此篇。

4/121 《惜诵》：令五帝以枎中兮

按《史记索隐》解折中于夫子，引此为证。云：折中，正也。宋均云：折，断也。中，当也。言欲折断其物而用之，与度相中当，故以言其折中也。

按：此出司马贞《史记索隐》无疑，为《孔子世家》"言六艺者，折中于夫子"句下注释："《离骚》云'明五帝以折中'。王师叔云'折中，正也'。宋均云'折，断也。中，当也'。按言欲折断其物而用之，与度相中当，故以言其折中也。"宋均者，《后汉书》有传，言其"好经书，每休沐日，辄受业博士，通《诗》《礼》，善论难"。清钱大昭《补续汉书艺文志》称其有《易纬注》《书纬注》《诗纬注》《礼纬注》《乐纬注》《春秋纬注》《孝经杂纬注》《论语谶注》等书。清侯康《补后汉书艺文志》则将《乐纬注》《春秋纬注》《孝经纬注》皆题作宋衷，又云宋衷有《世本注》四卷，《世本别录》一卷。清顾櫰三《补后汉书艺文志》著录宋忠《春秋传》，不题卷数，《世本注》四卷。清姚振宗《后汉艺文志》著录宋衷《春秋左氏章句后定》，不题卷数，又将《易纬注》《乐纬注》《春秋纬注》《孝经纬注》皆归于宋衷所作。宋衷即宋忠，南阳章陵人。李梅训《谶纬文献史略》一文对宋均的生卒年份作了初步考证，认为宋均注纬书"亦当在汉末"。而宋衷则卒于建安二十四年，依《谶纬文献史略》所言，此时宋均大约刚刚开始注解纬书。故宋忠注《春秋纬》时间应早于宋均。① 宋衷、宋均同为南阳人，宋均在为《春秋纬》甚至其他纬书作注时很可能见过宋衷注，并将其纳入己书，甚至将宋衷之《世本注》《春秋传》《春秋左氏章句后定》等书内容纳入其纬书注中。《史记集解序》云："班固有言曰：'司马迁据《左氏》《国语》，采《世本》《战国策》，述《楚汉春秋》，接其后事，迄于天汉，其言秦汉详矣。'"知司马迁作《史记》时本即广采《世本》内容，则裴骃乃至司马贞为《史记》作注亦当广采前人为《世本》所作之注，考三家注《史记》，"宋衷云""宋均曰"并存，则并非三家对宋衷与宋均淆乱不分。张守节《史记正义·楚世家》有"宋均注《乐纬》云"，又《史记索隐·孝武本纪》云："按：《乐·汁微图》云'紫微宫北极天一太一'。宋均以为天一、太一，北极之别名。《春秋纬》'紫宫，天皇曜魄宝之所理也'。"《乐·汁微图》当即《乐纬·汁图徵》，以"徵""微"字类而致误。可知《史记》三家注引宋均多引其纬书注内容，引宋衷则多出其《世本》注之内容。此句应出宋均纬书注之内容，具体何书，已不可考。又中华书局1983年点校本《楚辞补注》云"宋原作安，据《史记·孔子世家索隐》改"，安均者，则不知何人也。宋均诸纬书宋时皆已不存，且洪兴祖已明言引《史记集解》，故应将此条归于引《史记集解》。

4/121 《惜诵》：戒六神与向服

又一说云：六宗：星、辰、风伯、雨师、司中、司命。一云：乾坤六子。颜师古用此说。一云：天地四时。一云：天宗三，日月星辰；地宗三，太山河海。一云：六为地数，祭地也。一云：天地间游神也。一云：三昭、三穆。王介甫用此说。一云：六气之宗，谓太极冲和之气。苏子由云：舍《祭法》不用，而以意立说，未可信也。

按：颜师古《汉书·郊祀志注》"遂类于上帝，禋于六宗"句后注云："孟康曰：'六宗，星、辰、风伯、雨师、司中、司命。一说云乾坤六子，又一说：天宗三，日、月、星辰；地宗三，太山、河、海。或曰天地间游神也。'师古曰：'类，以类祭也。上帝，天也。絜精以祀谓之禋。六宗之义，说者多矣。乾坤六子，其最通乎。'"宋胡士行《胡氏尚书详解》释《舜典》"肆类于上帝，禋于六宗"云："孔氏说六宗：四时、寒暑、日、月、

---

① 详参李梅训：《谶纬文献史略》，济南：山东大学博士学位论文，2003年，第37~39页。

星辰、水旱。刘歆说六宗：乾坤六子：水、火、风、雷、山、泽。贾逵说六宗：天宗：日、月、星辰。地宗：河、海、岱。马融说六宗：天、地、四时。郑玄说六宗：星、辰、司中、司命、风师、雨师。张髦说六宗：三昭、三穆。"宋章如愚《群书考索·礼门·杂祭祀》云："晋虞喜《别论》曰：'地有五色，大社象之。总五为一则成六，六为地数。'""天地间游神也"，《五礼通考》归之于"孟康云"。《晋书·礼志》云："六宗者，太极冲和之气，为六气之宗者也。"苏辙《古史·五帝本纪》"于是类于上帝，禋于六宗"句下注云："夫言古事当以古说为近，舍《祭法》不用，而以意立说，未可信也。"故洪兴祖此处所引"一云"分别为"孟康云""刘歆云""马融云""贾逵云""虞喜云""孟康云""张髦云"及"《晋书》云"。"孟康云"当出其《汉书音义》，详前文《离骚》部分"巫咸将夕降兮"条。又《隋书·经籍志》著录《尚书》十一卷，下题"马融注"，孔颖达引以为孔安国《尚书传》作疏，则"马融云"当出其《尚书注》，清姚振宗《后汉艺文志》著录此书题为《古文尚书传》。姚振宗《后汉艺文志》著录贾逵《尚书古文同异》三卷，下注云："《五经异义》引贾逵说'六宗'，《魏志·高贵乡公纪》引贾逵说'若稽古'为'顺考古道'，《释文》引贾逵说《酒诰》'成王若曰'为'戒成康叔以慎酒，成就人之道，故曰成'，大约皆此中语也。"是"贾逵云"当出其《尚书古文同异》。又云刘歆云、王安石用三昭三穆说，皆不知出于刘歆或王安石何书。洪氏当合引颜师古《汉书注》、房玄龄《晋书》、苏辙《古史》等书。其中所引之内容作"一云""或云"处已如上文所述辨明。

4/122　《惜诵》：命咎繇使听直

　　舜举咎繇，不仁者远，惟兹臣庶，罔或干予正，故使之听直。

　　按：此引自《论语》及《尚书》，为合引。"舜举咎繇，不仁者远"出《论语·颜渊》："子夏曰：'富哉言乎！舜有天下，选于众，举皋陶，不仁者远矣。汤有天下，选于众，举伊尹，不仁者远矣。'""惟兹臣庶，罔或干予正"出《尚书·虞书·大禹谟》："帝曰：'皋陶，惟兹臣庶，罔或干予正。'"

4/122　《惜诵》：故相臣莫若君兮

　　传曰：知臣莫若君。

　　按：此出《左传·僖公七年》："子文闻其死也，曰：'古人有言曰：

"知臣莫若君"，弗可改也已。'"实引，此古人者，今不可考。

4/124　《惜诵》：昔余梦登天兮，魂中道而无杭。
　　许慎曰：方两小船，并与共济为航。

　　按：此句今见高诱《淮南鸿烈解》，为《主术训》"大者以为舟航柱梁"句下注释："舟，船也。方两小船，并与共济为航。"此引文原文中有"舟，船也"一句，结合前文《离骚》部分"长余佩之陆离"条之论证，为"某，某也"句式，当为许慎《淮南子注》内容。实引。

4/124　《惜诵》：故众口其铄金兮
　　邹阳曰：众口铄金，积毁销骨。颜师古曰：美金见毁，众共疑之，数被烧炼，以至销铄。

　　按：前句出邹阳《狱中上书自明》，实引。后句出颜师古《汉书·邹阳传注》，实引。

4/125　《惜诵》：惩于羹者而吹齑兮
　　郑康成云：凡醯酱所和，细切为齑。一曰：捣姜蒜辛物为之。故曰齑曰受辛也。

　　按：前句原始出处当为郑玄《周礼注》，为《天官·醢人》"王举，则共醢六十瓮，以五齐、七醢、七菹、三臡实之"句下注释："凡醯酱所和，细切为齑。"实引。中句引自《类篇》，其释"虀齏"云："《说文》：'齏也。'郑康成曰：'凡醯酱所和，细切为齑。'一曰：捣辛物为之。""一曰"不知谁曰，述引。后句出《世说新语·捷悟》："魏武尝过曹娥碑下，杨修从，碑背上见题作'黄绢幼妇，外孙齑臼'八字。魏武谓修曰：'卿解不？'答曰：'解。'魏武曰：'卿未可言，待我思之。'行三十里，魏武乃曰：'吾已得。'令修别记所知。修曰：'黄绢，色丝也，于字为绝。幼妇，少女也，于字为妙。外孙，女子也，于字为好。齑臼，受辛也，于字为辞。所谓绝妙好辞也。'魏武亦记之，与修同，乃叹曰：'我才不及卿，乃觉三十里。'"洪氏所引有误，"曰"当作"臼"，或传写致误，中华书局1983年点校本《楚辞补注》已据《世说新语》改。实引。

4/127　《惜诵》："背膺牉以交痛兮"句
　　　传曰：夫妻牉合也。

按：此出《仪礼·丧服传》。今本《仪礼·丧服》云："传曰：世父、叔父何以期也？与尊者一体也。然则昆弟之子何以亦期也？旁尊也，不足以加尊焉，故报之也。父子一体也，夫妻一体也，昆弟一体也。故父子首足也，夫妻牉合也，昆弟四体也。故昆弟之义无分。"节引。今本《仪礼·丧服》除了"经"文、"记"文外，还有"传"文，这在《仪礼》一书中是独一无二的。早先"传"文和经文应是分别单篇独行的，这从《隋书·经籍志》的著录即可看出："《丧服》一篇，子夏先生传之，诸儒多为注解，今又别行。"贾公彦于《仪礼注疏》中亦云："传曰者，不知何人所作，人皆云孔子弟子卜商子夏所为。……师师相传，盖不虚也。"今本《仪礼·丧服》亦题"丧服第十一子夏传"，似乎《丧服传》为子夏所作确为定论，而清人任大椿认为《丧服传》是刘歆、王莽所伪，这在曹元弼《礼经学》卷五《戴氏震与任幼植辨〈丧服经传〉》一文中有详细记载。今人丁鼎在综合了大量前人材料和说法后作了进一步详细考证，认为"《丧服传》虽然不一定完全由子夏所撰作，但《丧服传》为子夏所'传'（chuán）之说是基本可信的"①。因此，此句原始出处当为子夏所传（chuán）之《丧服传》。另：贾公彦作《仪礼注疏》时所据即已为"经""记""传"合编本，则洪兴祖时有合编本无疑，然彼时是否仍存单篇独行本《丧服传》则不得而知，然无论洪兴祖直引独行《丧服传》抑或转引合编本《丧服》，其原始出处都不脱《丧服传》，故直云其引子夏所传（chuán）《丧服传》。

4/129　《涉江》：船容与而不进兮，淹回水而凝滞。
　　　江淹赋云：舟凝滞于水滨。杜子美诗云：旧客舟凝滞。

按：前句出江淹《别赋》，后句出杜甫《八哀诗·赠秘书监江夏李公邕》，皆实引。

4/130　《涉江》：夕宿辰阳
　　　注云：三山谷辰水所出，南入沅七百五十里。

---

①　丁鼎：《子夏与〈丧服传〉关系考论》，《江苏大学学报（社会科学版）》2004 年第 1 期。

按：此出颜师古《汉书·地理志注》，为武陵郡之"辰阳"下注："三山谷辰水所出，南入沅七百五十里。"实引。

4/130 《涉江》：霰雪纷其无垠兮

霰，霙也。一曰：雨雪杂。

按：《广韵》卷二释"霙"字云："雨雪杂也。"此实引《广韵》。

4/131 《涉江》：忠不必用兮，贤不必以。

左氏曰：师能左右之曰以。

按：此出《左传·僖公二十六年》："公以楚师伐齐，取谷。凡师能左右之曰以。"实引。

4/131 《涉江》：伍子逢殃兮

邹阳曰：子胥鸱夷。

按：此出邹阳《狱中上书自明》，实引。

4/132 《哀郢》：去故乡而就远兮，遵江夏以流亡。
①应劭曰："沔水自江别至南郡华容为夏水，过郡入江，故曰江夏。"
②注云：应劭曰：江别入沔，为夏水。原夫夏之为名，始于分江，冬竭夏流，故纳厥称。既有中夏之目，亦苞大夏之名矣。当其决入之所，谓之赌口焉。郑注：《尚书》沧浪之水，言今谓之夏水。

按：①颜师古《汉书·地理志注》"江夏郡"句下注云："应劭曰：'沔水自江别至南郡华容为夏水，过郡入江，故曰江夏。'"实引。"应劭曰"原始出处当为其《汉书集解音义》，详《离骚》部分"后飞廉使奔属"条。以宋时应劭《汉书集解音义》不存，仍归之于引颜师古《汉书注》。实引。②郦道元《水经注》卷三十二："应劭《十三州记》曰：'江别入沔，为夏水源，夫夏之为名，始于分江，冬竭夏流，故纳厥称。既有中夏之目，亦苞大夏之名矣。当其决入之所，谓之堵口焉。'郑注《尚书》沧浪之水，言今谓之夏水。"此"应劭曰"原始出处为《十三州记》不言自明。郑玄有《古文尚书注》一书，然今佚。宋王应麟曾辑出，李调元刊之于蜀中，后王鸣盛为之作注又加增补，然不加马融注。孙星衍鉴于此，又觉王应麟所辑并不完备，遂补集之，名《古文尚书》，止收马融与郑玄之注。考此书《禹贡》"又东，为沧浪之水"句下云"马郑皆曰沧浪之水，今谓之夏水"，可知前贤将此视为《古文尚书注》内容，故后句原始出处为郑玄《古文尚书注》。以王应麟晚于洪兴祖，洪兴祖应未见过此书。《十三州记》宋时亦不存，故此应归于引郦道元《水经注》，实引。

4/133 《哀郢》：甲之鼂吾以行

冯衍赋云：甲子之朝兮，汨吾西征。注云：君子举事尚早，故以朝言也。

按：前句出冯衍《显志赋》，实引。后句出李贤《后汉书·冯衍传注》，即"甲子之朝兮，汨吾西征"句下注："君子举事尚早，故以朝言之。"实引。

4/134 《哀郢》：凌阳侯之泛滥兮

应劭曰：阳侯，古之诸侯。有罪自投江，其神为大波。

按：颜师古《汉书·扬雄传注》"陵阳侯之素波兮，岂吾累之独见许"句下注云："应劭曰：'阳侯，古之诸侯也。有罪自投江，其神为大波。'"实引。"应劭曰"原始出处为其《汉书集解音义》，详《离骚》部分"后飞廉使奔属"条。宋时应劭《汉书集解音义》不存，当仍归于引颜师古《汉书注》。

4/134 《哀郢》：悲江介之遗风

薛君《韩诗章句》曰：介，界也。曹子建诗云：江介多悲风。注云：介，间也。

按：《隋书·经籍志》载录《韩诗》二十二卷，题"汉常山太傅韩婴，薛氏章句"，不云薛氏何人。范晔《后汉书·儒林传》称："薛汉字公子，淮阳人也。世习《韩诗》，父子以章句著名。"清侯康《补后汉书艺文志》载录《薛氏韩诗章句》二十二卷，云："惠栋曰：'《唐书·宰相世系表》：薛广德生饶，长沙太守。饶生愿，为淮阳太守，因徙居焉。生方邱，字夫子。方邱生汉。唐人所引《韩诗》，其称薛君者，汉也。称薛夫子者，方邱也。

故《冯衍传》注有《薛夫子章句》，是也。《薛汉传》不载汉父名字。后人以《章句》专属诸汉，失之。'案《冯衍传》注引之文（《薛夫子章句》）亦见《明帝本纪》注，而彼引作薛君，据此，则凡称薛君者，亦有薛夫子说矣。"是认为薛汉之《章句》中混有薛方邱之注，姚振宗《后汉艺文志》著录《薛汉韩诗章句》，亦引侯康此说作题解，然仍题《薛汉韩诗章句》，足见其信《后汉书》中所引《章句》之主体为薛汉。而曾朴《补后汉书艺文志并考》著录《薛氏章句》二十二卷称："创于方邱，成于汉，弟子杜扶定之。"此说结合了惠栋及侯康观点，将薛汉《章句》混有薛方邱之注的原因作了合理解释。李善《文选·魏都赋注》"与江介之潝湄"句下注云："薛君《韩诗章句》曰：'介，界也。'"亦仅言"薛君"，未见云"薛夫子"者，则不可遽言出自薛汉，或亦当出薛方邱。薛汉、薛方邱《章句》宋时皆不存，故仍应归于引李善《文选注》。中句曹植诗出其《杂诗六首》之第五首："江介多悲风，淮泗驰急流。"实引。《左氏传》曰："以敝邑褊小，介于大国。"杜预注云："介，间也。"后句引自杜预《春秋经传集解》。

4/136 《哀郢》：忠湛湛而愿进兮

相如赋云：纷湛湛其差错。注云：湛湛，积厚之貌，徒感切。

按：前句出司马相如《大人赋》，实引。后句出颜师古《汉书·司马相如传注》，即"纷湛湛其差错"句下注："师古曰：'湛湛，积厚之貌，差错交互也，杂沓重累也。胶輵，犹交加也。湛，音徒感反。沓，音大合反。輵，音葛。'"节引。

4/138 《抽思》：何毒药之謇謇兮？

《传》曰：美疢不如恶石。

按：此出《左传·襄公二十二年》："季孙之爱我，疾疢世。孟孙之恶我，药石也。美疢不如恶石。"实引。

4/139 《抽思》：并日夜而无正

冯衍赋云：并日夜而忧思。

按：此出冯衍《显志赋》，实引。今本作"幽思"。

4/139　《抽思》：有鸟自南兮

孔子曰：鸟则择木，木岂能择鸟？子思曰：君子犹鸟也，疑之则举矣。色斯举矣，翔而后集。故古人以自喻。

按：前句出《左传·昭公十一年》："孔文子之将攻大叔也，访于仲尼。仲尼曰：'胡簋之事，则尝学之矣；甲兵之事，未之闻也。'退，命驾而行，曰：'鸟则择木，木岂能择鸟？'文子遽止之，曰：'圉岂敢度其私，访卫国之难也。'"节引。中句《孔丛子·抗志》有载："穆公欲相子思，子思不愿。将去鲁，鲁君曰：'天下之王亦犹寡人也，去将安之？'子思答曰：'盖闻君子犹鸟也，疑之则举。今君既疑矣，又以己限天下之君，臣窃为言之过也。'"《吕氏春秋·审应览》亦云："孔思请行，鲁君曰：'天下主亦犹寡人也，将焉之？'孔思对曰：'盖闻君子犹鸟也，骇则举。'鲁君曰：'主不肖而皆以然也，违不肖，过不肖，而自以为能论天下之主乎？凡鸟之举也，去骇从不骇。去骇从不骇，未可知也。去骇从骇，则鸟曷为举矣？'"自宋以来，《孔丛子》一书真伪问题，一直争论不休。朱熹即称《孔丛子》"文气软弱，全不似西汉文字"，明宋濂亦云"嘉祐中，宋咸为之注。虽然，此伪书也。伪之者其宋咸欤？"陈振孙于其《直斋书录解题》称《孔丛子》为"孔氏子孙杂记其先世系言行之书也"。明胡应麟在此基础上认为《孔丛子》的成书比较复杂，认为《孔丛子》并非孔鲋撰著，而是孔氏子孙杂记先世言行，间杂有魏晋手笔，或为孔季彦一辈搜集孔氏先人遗言佚行而成，至宋又有宋人增以润饰。他甚至怀疑是宋咸取《汉志》之《孔臧集》中杂记孔氏先代者，"傅以六经诸子所载厥宗言行，缀集而成此书"。近人罗根泽《〈孔丛子〉探源》赞同顾实（《重考古今伪书考》）之说，认为《孔丛子》当为王肃所伪；而李学勤先生在其《〈孔子家语〉与汉魏孔氏家学》中以为，晋皇甫谧的《帝王世纪》既已引《孔丛子》，证明《孔丛子》成书必久。他推测此书"很可能出于孔季彦以下一代"孔氏子孙之手；且《孔丛子》"很可能陆续成于孔安国、孔僖、孔季彦、孔猛等孔氏学者之手，有着很长的编纂、改动、增补的过程"。根据历代学者的研究，《孔丛子》的成书时间是晚于《吕氏春秋》的，故中句的原始出处应为《吕氏春秋》。而以洪氏所引与《孔丛子》内容更接近，洪氏可能袭取了《孔丛子》。不过仍应归于引《吕氏春秋》，述引。后句出《论语·乡党》："色斯举矣，翔而后集。"实引。

4/140 《抽思》：乱曰：长濑湍流，泝江潭兮。
　　一说楚人名深曰潭。

　　按：此句《类篇》《集韵》皆有，然《集韵》卷四释"潭"云："《说文》：
'水出武陵镡成玉山，东入郁林。'一说楚人名深曰潭，亦州名。"考洪兴祖
所引此句正接其前所引《说文》内容之后，且《集韵》成书早于《类篇》，当
归于引自《集韵》。实引。此"一说"已不可考何人说。

4/140 《抽思》：轸石崴嵬，蹇吾愿兮。
　　崴嵬，不平也。一曰：山形崴。

　　按：《类篇》卷二十六及《集韵》卷二皆释"崴"曰："乌乖切，崴嵬，
不平也。一曰山形。"然洪氏在此句前引《集韵》，且《集韵》成书早于《类
篇》，则此句亦应归于引自《集韵》。实引。据《集韵》与《类篇》可知中华
书局 1983 年点校本《楚辞补注》此处有标点错误，点校本云："一曰：山
形崴。旧音委谁切。"当改作："一曰山形。崴，旧音委谁切。"

4/142 《怀沙》：君子所鄙
　　鄙，耻也。言人遭世遇，变易初行，远离常道，贤人君子之所耻，不
忍为也。

　　按：此引自张守节《史记·屈原贾生列传正义》，即"君子所鄙"句下
注："本，常也。鄙，耻也。言人遭世不道，变易初行，违离常道，君子
所鄙。"述引。

4/143 《怀沙》：怀瑾握瑜兮
　　传云：钟山之玉，瑾、瑜为良。

　　按：此引自《山海经·西山经》："黄帝乃取峚山之玉荣，而投之钟山
之阳。瑾瑜之玉为良，坚栗精密，浊泽而有光。"述引。

4/145 《怀沙》：伯乐既没，骥焉程兮？
　　而张晏云：王良，字伯乐。

　　按：颜师古《汉书·王褒传注》"王良执靶"句下注云："张晏曰：'王良，邮无恤，字伯乐。'"张晏所云原始出处当为其《汉书注》，详前文《离骚》部分"帝高阳之苗裔兮"条。张晏《汉书注》宋时不存，故应归于引颜师古《汉书注》。节引。

4/146　《怀沙》：知死不可让，愿勿爱兮。
　　屈子以为知死之不可让，则舍生而取义可也。所恶有甚于死者，岂复爱七尺之躯哉？

　　按：此引《孟子·告子上》："鱼，我所欲也；熊掌，亦我所欲也。二者不可得兼，舍鱼而取熊掌者也。生，亦我所欲也；义，亦我所欲也。二者不可得兼，舍生而取义者也。生亦我所欲，所欲有甚于生者，故不为苟得也；死亦我所恶，所恶有甚于死者，故患有所不辟也。如使人之所欲莫甚于生，则凡可以得生者何不用也？使人之所恶莫甚于死者，则凡可以避患者何不为也？由是则生而有不用也，由是则可以避患而有不为也。是故所欲有甚于生者，所恶有甚于死者。非独贤者有是心也，人皆有之，贤者能勿丧耳。"为述引加节引。

4/146　《怀沙》：《怀沙》解题
　　太史公曰：乃作《怀沙》之赋，遂自投汨罗以死。

　　按：此节引《史记·屈原列传》："乃作《怀沙》之赋。其辞曰：'陶陶孟夏兮，草木莽莽。……明以告君子兮，吾将以为类兮。'于是怀石，遂自投汨罗以死。"

4/147　《思美人》：高辛之灵盛兮
　　张晏曰：高辛，所兴之地名也。

　　按：裴骃《史记·五帝本纪集解》"帝喾高辛者"句下注云："张晏曰：'少昊之前，天下之号象其德。颛顼以来，天下之号因其名。高阳、高辛皆所兴之地名，颛顼与喾皆以字为号，上古质故也。'""张晏曰"之原始出处当为其《汉书注》或《地理记》，详《离骚》部分"帝高阳之苗裔兮"条。张晏注宋时不存，应归于引裴骃《史记集解》。节引。

4/149 《思美人》：《思美人》解题

此章言己思念其君，不能自达，然反观初志，不可变易，益自修饬，死而后已也。

按："死而后已"，引自《论语·泰伯》："曾子曰：'士不可以不弘毅，任重而道远。仁以为己任，不亦重乎？死而后已，不亦远乎？'"实引。

4/150 《惜往日》：惜壅君之不昭

冯衍赋云：韩卢抑而不纵兮，骐骥绊而不试。独慷慨而远览兮，非庸庸之所识。

按：此出冯衍《显志赋》，实引。

4/153 《橘颂》：绿叶素荣，纷其可喜兮。

曹植赋曰：朱实不萌，焉得素荣。

按：此出曹植《植橘赋》，实引。今本《曹子建集》作"朱实不衔，焉得素荣"。

4/155 《橘颂》：秉德无私，参天地兮。

天无私覆，地无私载，秉德无私则与天地参矣。

按："天无私覆，地无私载"引自《礼记·孔子闲居》："子夏曰：'三王之德，参于天地。敢问何如斯可谓参于天地矣？'孔子曰：'奉三无私以劳天下。'子夏曰：'敢问何谓三无私？'孔子曰：'天无私覆，地无私载，日月无私照。奉斯三者以劳天下，此之谓三无私。其在《诗》曰：帝命不违，至于汤齐。汤降不迟，圣敬日齐。昭假迟迟，上帝是祇，帝命式于九围。是汤之德也。'"实引。

4/155 《橘颂》：行比伯夷，置以为像兮。

韩愈曰：伯夷者，特立独行，亘万世而不顾者也。

按：此出韩愈《伯夷颂》："伯夷者，特立独行、穷天地、亘万世而不顾者也"，节引。

4/155 《橘颂》：《橘颂》解题
　　说者云：颂，容也，陈为国之形容。

　　按：此出房玄龄《管子注》："颂，容也，谓陈为国之形容。"为《牧民·国颂》章之解题，实引。

4/156 《悲回风》：草苴比而不芳
　　鲍钦止本云：七闾、子旅二切。林德祖本云：反贾、士加二切。

　　按：此当出洪兴祖补注《楚辞》时所参考之十四五家本，详《楚辞目录》部分第 2 条以及第二章第一节的相关论述。

4/157 《悲回风》：气于邑而不可止
　　颜师古云：于邑，短气，上音乌，下乌合切。一读皆如本字。

　　按：此出颜师古《汉书·扬雄传注》，为"虽增欷以于邑兮"句下注释："师古曰：'《离骚》云曾歔欷余郁邑兮，哀朕时之不当。增，重也。雄言自古圣哲，皆有不遇，屈原虽自叹于邑，而楚王终不改寤也。于邑，短气也。于音乌。邑音乌合反。于邑亦读如本字。'"述引。

4/159 《悲回风》：穆眇眇之无垠兮
　　贾谊赋云：沕穆无间。沕穆，深微貌。

　　按：前句出贾谊《鵩鸟赋》，今本《史记》与《文选》皆作"沕穆无穷兮，胡可胜言"，惟《汉书》作"沕穆亡间，胡可胜言"。实引。后句出《汉书·贾谊传注》："师古曰：'沕穆，深微貌。胡，何也。言其理深微不可尽言。沕，音勿。'"实引。

4/159 《悲回风》：依风穴以自息兮
　　宋玉赋云：空穴来风。

　　按：此出宋玉《风赋》，实引。

4/161 《悲回风》：借光景以往来兮，施黄棘之枉策。

初，怀王二十五年，入与秦昭王盟约于黄棘，其后为秦所欺，卒客死于秦。

按：此引自《史记·楚世家》："二十五年，怀王入与秦昭王盟约于黄棘。"述引。

5/163 《远游》：夜耿耿而不寐兮

一云：耿耿，不安也。

按：此出《广韵》卷三"耿"字下注释："古幸切，耿介也。又耿耿，不安也。亦姓。"实引。

5/165 《远游》：耀灵晔而西征

张平子云：耀灵忽其西藏。潘安仁云：曜灵晔而遄迈。

按：前出张衡《思玄赋》，后出潘岳《寡妇赋》。实引。

5/165 《远游》：高阳邈以远兮

冯衍赋云：高阳恳其超远兮，世孰可与论兹。

按：此出冯衍《显志赋》。实引。

5/166 《远游》：漱正阳而含朝霞

李云：平旦为朝霞，日中为正阳，日入为飞泉，夜半为沆瀣。天地、玄黄，为六也。

按：陆德明《经典释文·庄子音义上》"御六气之辨"句下注云："李云：'平旦为朝霞，日中为正阳，日入为飞泉，夜半为沆瀣。天地、玄黄，为六。'"陆德明在卷一的《注解传述人》中介绍《庄子》之注释情况称"李颐集解三十卷三十篇""李轨音一卷"，此句显为释义而非注音，"李云"当为李颐云，原始出处为其《庄子集解》。《隋书·经籍志》著录《集注庄子》六卷，下注云"梁有《庄子》三十卷，晋丞相参军李颐注"，《旧唐书·经籍志》《新唐书·艺文志》皆著录为"《庄子集解》二十卷，李颐集

解"，清丁国钧《补晋书艺文志》著录为"《庄子注》三十卷"，下注云"丞相
参军李颐"，皆一书也。宋时此书已不存，仍应归于引陆德明《经典释
文》，实引。

5/167　《远游》：无为之先
　　此谓感而后应，迫而后动，不得已而后起。

　　按：此引自《庄子·刻意》："不为福先，不为祸始，感而后应，迫而
后动，不得已而后起。"实引。

5/167　《远游》：夕晞余身兮九阳
　　①仲长统云：沆瀣当餐，九阳代烛。注云：九阳，日也。阳谷上有扶
木，九日居下枝，一日居上枝。
　　②张衡赋曰：晞余发于朝阳。

　　按：①前句出仲长统《见志诗》①，实引。此诗现可见最早出处为范晔
《后汉书·仲长统传》："（仲长统）又作诗二篇以见其志，辞曰：'……沆
瀣当餐，九阳代烛。'"后句出李贤《后汉书·仲长统传注》："霄，摩天赤
气也。在旁曰帏，在上曰幄。《陵阳子明经》曰：'沆瀣者，北方夜半气
也。'九阳谓日也。《山海经》曰'阳谷上有扶木，九日居下枝，一日居上
枝'也。"节引。②出张衡《思玄赋》，实引。

5/168　《远游》：吸飞泉之微液兮
　　又张揖云：飞泉，飞谷也，在昆仑西南。

　　按：颜师古《汉书·司马相如传注》"横厉飞泉以正东"句下注云："飞
泉，飞谷也，在昆仑山西南。"原始出处为张揖《汉司马相如传注》，详《离
骚》部分"畦留夷与揭车兮"条。张揖注宋时不存，仍归于引颜师古《汉书
注》。实引。

---

　　①　逯钦立隶定此名，详见其《先秦汉魏晋南北朝诗》之《汉诗》卷七。历代或称《仲谢二诗》
　　　　（明赵琦美《赵氏铁纲珊瑚》卷四），或称《述志诗二首》（明冯惟讷《古诗纪》卷十三），不
　　　　一而同。

5/168 《远游》：玉色頩以脕颜兮

頩，美貌。一曰敛容。

按：此出《类篇》卷二十五："頩，滂丁切。《博雅》：'魡，頩色也。'又普迴切，美貌。一曰敛容。又普幸切。"节引。

5/168 《远游》：精醇粹而始壮

班固云：不变曰醇，不杂曰粹。

按：此出李善《文选·魏都赋注》"非醇粹之方壮"句下注："班固云：'不变曰醇，不杂曰粹。'"此为李善所引刘逵旧注内容，实引。

5/168 《远游》：质销铄以汋约兮

司马相如曰：列仙之儒，形容甚臞。

按：司马迁《史记·司马相如列传》曰："相如见上好仙道，因曰：'上林之事未足美也，尚有靡者。臣尝为《大人赋》，未就，请具而奏之。'相如以为列仙之传居山泽间，形容甚臞，此非帝王之仙意也，乃遂就《大人赋》。"班固《汉书·司马相如传》作"列仙之儒居山泽间，形容甚臞"。洪氏当袭取《汉书》，然应归于引《史记》。节引。

5/169 《远游》：造旬始而观清都

《大象赋》注云：镇星之精为旬始，其怒青黑，象状如鳖，见则天下兵起。李奇曰：旬始，气如雄鸡，见北斗旁。

按：《大象赋》一云《周天大象赋》，一云《天文大象赋》。《新唐书·艺文志》著录"黄冠子李播《天文大象赋》一卷"，下注"李台集解"。《宋史·艺文志》著录张衡《大象赋》一卷，郑樵《通志·艺文略》亦以《大象赋》为李播所撰。王应麟《玉海·天文下》云："《艺文志·天文类》：'黄冠子李播《天文大象赋》一卷，李台集解。'……《中兴书目》：'《大象赋》一卷。'题张衡撰，李淳风注。备述众星名义，如古赋之体。"下注云"一本云《大象赋》杨炯撰，毕怀亮注"。不知此"一本云"何据。清王太岳等撰《钦定四库全书考证》卷三十九《御定月令辑要考证》云："《秋令·天道门·太白注》：'张衡《周天大象赋》。'案：此赋今本题黄冠子李播撰，宋

《馆阁书目》题张衡撰，考张衡著《灵宪》未尝赋《周天大象》，李播即淳风之父，仕隋后为道士，赋末所以有'少微养寂，卷舌幽居'之语。又赋中有殷馗识曹操事，其非出汉张衡可知，但宋赵希弁《读书附志》，信为张衡撰，姑仍其旧。"可知《大象赋》当确为李播所著，则李台作集解自亦可信。故前句引自李台《大象赋集解》，宋时尚存，今佚，此句可用作补辑。其引书方式未详。颜师古《汉书·司马相如传注》"垂旬始以为幓兮"句下注云："旬始，气如雄鸡，见北斗旁。"颜师古《汉书叙例》著录所引注家名姓曰："李奇，南阳人。"知李奇有注释《汉书》相关著作，李善《文选注》多处引述云"李奇《汉书注》曰"，汪师韩《文选理学权舆》据此曰："《选》注所引群书，有李奇《汉书注》。"姚振宗则合《汉书叙例》与汪师韩所云于其《三国艺文志》著录李奇《汉书注》，然以李奇为三国时人不知何据。《后汉书·蔡邕传》云："初，邕与司徒刘郃素不相平，叔父卫尉质又与将作大匠杨球有隙。球即中常侍程璜女夫也，璜遂使人飞章言：'邕、质数以私事请托于郃，郃不听，邕含隐切，志欲相中。'于是诏下尚书，召邕诘状。邕上书自陈曰：'臣被召问，以大鸿胪刘郃前为济阴太守，臣属吏张宛长休百日，郃为司隶，又托河内郡吏李奇为州书佐，及营护故河南尹羊陟、侍御史胡母班，郃不为用，致怨之状。'"又云："中平六年，灵帝崩，董卓为司空，闻邕名高，辟之。称疾不就。"或姚振宗以黄巾之乱为三国之开端，董卓乱政晚于黄巾之乱，则彼时自当视为三国，蔡邕又提及"李奇"，则李奇与蔡邕在世时间当基本等同，亦当视为三国时人，故录其书《汉书注》入《三国艺文志》。"李奇曰"之原始出处当为其《汉书注》，宋时已不存，则后句仍应归于引颜师古《汉书注》。实引。

5/169 　《远游》：夕始临乎于微闾
　　　　应劭曰：虑，音闾。颜师古曰：即所谓医巫闾，是县因山为名。

　　按：颜师古《汉书·地理志注》注"无虑"云："应劭曰：'虑，音闾。'师古曰：'即所谓医巫闾。'""应劭曰"原始出处当为应劭《汉书集解音义》，详《离骚》部分"后飞廉使奔属"条。应劭《汉书集解音义》宋时不存，故仍归于引颜师古《汉书注》。颜师古未云"是县因山为名"，当洪氏所云，点校者不审致误。实引。

5/169 　《远游》：骖连蜷以骄骜
　　　　《说文》云：騑，骖，旁马。则騑、骖一也。初驾马者，以二马夹辕，谓之服。又驾一马，与两服为参，故谓之骖。又驾一马，乃谓之驷。故《说文》云：骖，驾三马也，驷，一乘也。两服为主，参之两旁二马，遂名为骖，总举一乘，则谓之驷。指其騑马，则谓之骖。《诗》曰：两骖如舞。是二马皆称骖也。服马夹辕，其颈负轭，两骖在衡外，挽靷助之。

按：孔颖达《左传·桓公三年正义》"骖絓而止"句下疏云："《说文》云：'騑，骖，旁马。'是騑、骖为一也。初驾马者，以二马夹辕而已，又驾一马与两服为参，故谓之骖。又驾一马，乃谓之驷。故《说文》云：'骖，驾三马也，驷，一乘也。'两服为主，以渐参之问旁二马，遂名为骖，故总举一乘，则谓之驷。指其騑马，则谓之骖。《诗》称'两骖如舞'，二马皆称骖。"又《左传·哀公二年正义》"驾而乘材，两靷皆绝"句下疏曰："古之驾四马者，服马夹辕，其颈负轭，两骖在旁，挽靷助之。"此当洪兴祖连引孔颖达《春秋左传正义》，而非洪氏引《说文》，而后自陈己见，当审之。

5/169-170 《远游》：骑胶葛以杂乱兮
　　一云：犹交加也。一曰长远貌。一曰驱驰貌。

按：前句出颜师古《汉书·司马相如传注》，为"杂沓胶辀以方驰"句下注："师古曰：'胶辀，犹交加也。'"实引。中句出《集韵》卷三："轇，轇轕，长远貌。一曰杂乱。"后句出《广韵》卷五："轕，轇轕，戟形。又轇轕，驱驰貌。"皆实引。

5/171 《远游》：后文昌使掌行兮
　　《大象赋》云：文昌制戴匡之位。注云：文昌六星如匡形。

按：此"注云"出李台《大象赋集解》，详前文《远游》章句"造旬始而观清都"条。

5/171 《远游》：意恣睢以担挢
　　张揖云：指挢，随风指靡也。

按：裴骃《史记·司马相如列传集解》"掉指挢以偃蹇兮"句下注云："《汉书音义》曰：指挢，随风指靡。"颜师古《汉书·司马相如传注》注"掉指桥以偃蹇兮"则云："张揖曰：指桥，随风指靡也。"其原始出处为张揖《汉司马相如传注》，详《离骚》部分"畦留夷与揭车兮"条。张揖注宋时不存，故仍应归于引裴骃《史记集解》。以行文看，洪兴祖应袭取颜师古《汉书注》。实引。

5/172　《远游》：祝融戒而还衡兮
　　扬雄赋云：回轸还衡。

　　按：此出扬雄《羽猎赋》："因回轸还衡，背阿房，反未央。"节引。

5/174　《远游》：从颛顼乎增冰
　　北方壬癸，其帝颛顼，其神玄冥。

　　按：此引自《礼记·月令》："孟冬之月，日在尾，昏危中，旦七星中。其日壬癸，其帝颛顼，其神玄冥，其虫介，其音羽，律中应钟，其数六，其味咸，其臭朽，其祀行，祭先肾。"述引。

5/174　《远游》：上至列缺兮
　　应劭曰：列缺，天隙电照也。

　　按：颜师古《汉书·扬雄传注》"辟历列缺，吐火施鞭"句下注云："应劭曰：'辟历，雷也。列缺，天隙电照也。'""应劭曰"原始出处为应劭《汉书集解音义》，详前《离骚》部分"后飞廉使奔属"条。应劭《汉书集解音义》宋时已不存，仍应归于引颜师古《汉书注》。实引。

5/174　《远游》：下峥嵘而无地兮
　　颜师古云：峥嵘，深远貌也。

　　按：此出颜师古《汉书·司马相如传注》，为"下峥嵘而无地兮"句下注，实引。

5/174　《远游》：上寥廓而无天
　　师古云：寥廓，广远也。

按：此出颜师古《汉书·扬雄传注》，为"阒阆阆其廖廓兮，似紫宫之峥嵘"句下注："寥廓，宏远也。"实引。考唐修《隋书》亦避隋讳，如《贺若弼传》云"陈将鲁达"，其人本名"鲁广达"，避炀帝讳省去，又如《经籍志二》云"《史记音义》十二卷"，下注"宋中散大夫徐野民撰"，徐野民即徐广，以避炀帝讳改称其字。颜师古与房玄龄同自隋入唐，颜师古更是曾任隋文帝仁寿年间安养县尉，则对隋讳当终始戒慎于心。以房玄龄主修《隋书》避炀帝讳观之，颜师古亦极可能避炀帝讳而改"广"从"宏"，或颜师古此言别有所据，宋时刊《汉书》据而改之回原貌，故洪氏引作"广"。

5/174 《远游》：听惝恍而无闻

师古云：惝恍，耳不谛也。

按：此出颜师古《汉书·司马相如传注》，为"视眩泯而亡见兮，听敞恍而亡闻"句下注："敞恍，耳不谛也。"实引。

6/177 《卜居》：喔咿儒儿

一云：喔咿，强颜貌。

按：此出《广韵》卷五："喔，鸡声。又喔咿，强颜貌。"实引。

6/177 《卜居》：将突梯滑稽

扬雄以东方朔为滑稽之雄。又曰：鸱夷滑稽。颜师古曰：滑稽，圜转纵舍无穷之状。一云酒器也。转注吐酒，终日不已。出口成章，不穷竭，若滑稽之吐酒。

按：扬雄以东方朔为滑稽之雄，当出扬雄《法言·渊骞篇》："或问：'东方生名过实者，何也？'曰：'应谐、不穷、正谏、秽德，应谐似优，不穷似哲，正谏似直，秽德以隐。'请问'名'。曰：'诙达。''恶比？'曰：'非夷尚容，依隐玩世，其滑稽之雄乎！'"述引。"又曰"出扬雄《酒箴》："鸱夷滑稽。"实引。"颜师古曰"出颜师古《汉书·游侠传注》，为"鸱夷滑稽，腹如大壶"句下注："滑稽，圜转纵舍无穷之状。"实引。后数句出司马贞《史记·樗里子甘茂列传索隐》，为"樗里子滑稽多智"句下注："滑音骨。稽音鸡。邹诞解云'滑，乱也。稽，同也。谓辨捷之人，言非若是，言是若非，谓能乱同异也'。一云滑稽，酒器，可转注吐酒不已。以言俳优之人出口成章，词不穷竭，如滑稽之吐酒不已也。"述引。

6/177　《卜居》：若千里之驹乎

　　颜师古云：言若骏马可致千里也。

　　按：此出颜师古《汉书·楚元王传注》，为"武帝谓之千里驹"句下注：
"师古曰：言若骏马可致千里也。"实引。

6/178　《卜居》：宁与黄鹄比翼乎

　　汉始元中，黄鹄下建章宫太液池中。师古云：黄鹄，大鸟，一举千
里。

　　按：前句引自《汉书·昭帝纪》："始元元年春二月，黄鹄下建章宫太
液池中。"述引。后句引自颜师古《汉书·昭帝纪注》，即"黄鹄下建章宫太
液池中"句下注，实引。

6/178　《卜居》：蝉翼为重

　　李善云：蝉翼，言薄也。

　　按：此出李善《文选注》，为曹植《七启八首》之二"蝉翼之割，剖纤析
微"句下注，实引。

6/178　《卜居》：智有所不明

　　校人曰：孰谓子产智！予既烹而食之。

　　按：此引自《孟子·万章上》：（孟子）曰："否。昔者有馈生鱼于郑子
产，子产使校人畜之池。校人烹之，反命曰'始舍之，圉圉焉，少则洋洋
焉，攸然而逝。'子产曰：'得其所哉！得其所哉！'校人出，曰：'孰谓子
产智！予既烹而食之，曰，得其所哉！得其所哉！'故君子可欺以其方，
难罔以非其道。彼以爱兄之道来，故诚信而喜之，奚伪焉！"节引。

6/178　《卜居》：神有所不通

　　神龟能见梦于元君，不能避余且之网。智有所困，神有所不及也。

按：此引自《庄子·外物》："仲尼曰：'神龟能见梦于元君，而不能避余且之网；知能七十二钻而无遗筴，不能避刳肠之患。如是，则知有所困，神有所不及也。虽有至知，万人谋之。'"节引。

7/180　《渔父》："沧浪之水清兮"

孟轲云：有孺子歌曰：沧浪之水清兮，可以濯我缨；沧浪之水浊兮，可以濯我足。清斯濯缨，浊斯濯足矣，自取之也。

按：此出《孟子·离娄上》："有孺子歌曰：'沧浪之水清兮，可以濯我缨；沧浪之水浊兮，可以濯我足。'孔子曰：'小子听之！清斯濯缨，浊斯濯足矣，自取之也。'"节引。

第四节　《九辩》《招魂》《大招》《惜誓》《招隐士》《七谏》《哀时命》《九怀》《九叹》《九思》部分引书考

8/183　《九辩》：宋嶚兮

一云嶚，崖虚也。

按：此出《广韵》卷二："嶚，崖虚。"实引。

8/183　《九辩》：坎廪兮

坎廪，失志，一曰不平。

按：此"一曰"不知何出，或洪兴祖以失志而引申。存疑。

8/184　《九辩》：鹍鸡啁哳而悲鸣

鹍鸡似鹤，黄白色。

按：颜师古《汉书·司马相如传注》"孟玄鹤，乱昆鸡"句下注云："张揖曰：'昆鸡似鹤，黄白色。'""张揖曰"原始出处当为其《司马相如传注》，详前文《离骚》部分"畦留夷与揭车兮"条。张揖注宋时不存，当归于引颜师古《汉书注》。实引。

8/185 《九辩》：心怦怦兮谅直
怦，批绷切，心急。一曰忠谨貌。

按：此引自《集韵》卷四："怦、姘，披耕切。《博雅》：'急也。'一曰忠谨貌。或作姘。"节引。

8/186 《九辩》：收恢台之孟夏兮
注云：恢炱，广大貌。炱与台，古字通。黄鲁直云：恢，大也。台，即胎也。言夏气大而育物。

按：前句出李善《文选注》，为《舞赋》"舒恢炱之广度"句下注："恢炱，广大之貌。苛繁，烦数之貌。言度之恢炱者，更令舒缓；体之烦数者，使之疏阔。《楚辞》曰'收恢台之孟夏兮'，炱与台，古字通。"节引。后句出黄庭坚《书徐会稽禹庙诗后》："按《楚词》云'收恢台之孟夏'，恢，大也；台，即胎也。言夏气大而育物也。"实引。

8/189 《九辩》：诚莫之能善御
古者，车驾四马，御之为难。故为六艺之一也。

按：此引自孔颖达《左传·哀公二年正义》，为"甲戌，将战，邮无恤御简子，卫大子为右"句下疏："古者，车驾四马，御之为难。故为六艺之一也。"实引。

8/189 《九辩》：愿衔枚而无言兮
《周礼》有衔枚氏。枚状如箸，横衔之。

按：此引自颜师古《汉书·高帝纪注》，为"九月，章邯夜衔枚击项梁定陶"句下注："师古曰：'衔枚者，止言语讙嚣，欲令敌人不知其来也。《周官》有衔枚氏。枚状如箸，横衔之。'"实引。

8/190 《九辩》：凤亦不贪餧而妄食
扬子曰：食其不妄。说者曰：非义不妄食。

按：前句出《法言·问神》："既飞且潜，食其不妄。"实引。司马光

《法言集注》"食其不妄"句下注云："宋、吴本妄作忘，今从李本，《音义》曰'非义不妄食'，故不可得而制。"《宋史·艺文志》著录此书为《集注四家扬子》，《四库全书总目》题为《法言集注》。按司马光云《音义》当《法言音义》，清末吕海寰重刻治平监本《扬子法言》十三卷，并《音义》一卷，其序云："《扬子法言》十三卷，自侯芭、宋衷之注既亡，而存者莫先于晋李轨、宏范注。宋景祐、嘉祐、治平三降诏，更监学、馆阁两制，校定板行，最为精详。有《音义》一卷，不题撰人名氏。其中多引天复本，天复者，唐昭宗纪元，而王建在蜀称之然，则谓蜀本也。撰人当出五代、宋初间矣。司马温公言宋庠家所有，逮陈振孙《书录解题》所载，皆即此本，当时固盛行也。"洪氏所引此句原始出处当即《法言音义》，不明撰者。以司马光收入《集注》，陈振孙又有著录，则宋时存此书，应归于引《法言音义》。实引。

8/192 《九辩》：明月销铄而减毁
　　日出于东方，入于西极，故言入。月三五而盈，三五而缺，故言减毁。

　　按：前句引自《庄子·田子方》："日出东方而入于西极，万物莫不比方，有目有趾者，待是而后成功。"述引。后句引自《礼记·礼运》："故天秉阳，垂日星，地秉阴，窍于山川，播五行于四时，和而后月生也。是以三五而盈，三五而阙，五行之动，迭相竭也。"述引。

8/195 《九辩》：国有骥而不知乘兮
　　曹子建以此为屈子语。

　　按：此引自曹植《陈审举表》："屈平曰：'国有骥而不知乘，焉皇皇而更索！'"述引。

9/197 《招魂》：身服义而未沫
　　一云日中而昏也。

　　按：颜师古《汉书·五行志注》"于《易》在《丰》之《震》，曰'丰其沛，日中见昧，折其右肱，亡咎'"句下注云："服虔曰：日中而昏也。"原始出处当为服虔《汉书音训》，详见《离骚》部分"驰椒丘且焉止息"条。服虔

《汉书音训》宋时不存，仍归于引颜师古《汉书注》。实引。

9/198　《招魂》：何为四方些

　　沈存中云：今夔峡湖湘及南北江獠人，凡禁咒句尾，皆称些，乃楚人旧俗。

　　按：此出沈括《梦溪笔谈·辨证一》："今夔峡湖湘及南北江獠人，凡禁呪句尾，皆称些，此乃楚人旧俗。"实引。

9/199　《招魂》：蝮蛇蓁蓁

　　《本草》引张文仲云：蝮蛇形乃不长，头扁口尖，人犯之，头足贴着。

　　按：张文仲为唐代著名医家，《旧唐书》有传，《新唐书》附于《甄权传》后。著有《随身备急方》三卷（《新唐书·艺文志》）、《法象论》一卷（《宋史·艺文志》）、《小儿五疳二十四候论》一卷（《宋史·艺文志》）、《疗风气诸方》（《旧唐书·张文仲传》）和《四时常服及轻重大小诸方》（《旧唐书·张文仲传》）等书。唐王焘《外台秘要方》卷四十之《文仲疗蝮蛇螫人方》云："细辛，雄黄。右二味等分以内疮中，日三四敷之，兼疗诸蛇及虎伤，疗良。又云：蝮蛇形不长，头扁口尖，头斑，身赤文斑，亦有青黑色者，人犯之，头腹贴相着是也。"王焘《外台秘要方自序》云："近代释僧深、崔尚书、孙处士、张文仲、孟同州、许仁则、吴升等十数家皆有编录，并行于代。"不云采张文仲何书，然此为张文仲疗蝮蛇咬伤之方，蛇虫叮咬属突发意外之情形，则此当出张文仲《随身备急方》。洪氏曰"《本草》引张文仲云"，今《神农本草经》原文不见此句，惟宋唐慎微《证类本草·虫部下品·蚺蛇胆》引宋苏颂《图经本草》云："文仲云：'蝮蛇形乃不长，头扁口尖，头班，身赤文斑，亦有青黑色者，人犯之，头足贴着是也。'"尚志钧辑校本《本草图经》即以《证类本草》为底本，故不知唐氏引苏氏是否作删削增补，姑以二者一也。以唐氏苏氏皆早于洪兴祖，未知洪兴祖所云"《本草》"所指何书，然其原始出处当为张文仲《随身备急方》。苏氏书早于唐氏书，张文仲《随身备急方》宋时又不存，又洪兴祖撰《楚辞考异》曾得苏颂本（详第二章第一节之论述），应视作洪兴祖引《图经本草》。节引。

9/201 《招魂》：敦脄血拇

《易》：咸其脄。一曰：心上口下。

按：王弼《周易注》卷四云："脄者，心之上，口之下。"《集韵》卷二云："脄、脄、骸、膴，《说文》：'背，肉也。'引《易》：'咸其脄。'一曰：心上口下也。或作脄、骸、膴。"此合引王弼《周易注》及《集韵》。

9/202 《招魂》：槛层轩些

一云檐宇之末曰轩。

按：此引《集韵》卷二："轩，虚言切。《说文》：'曲𫐉藩车也。'一曰檐宇之末曰轩，取车象。"实引。

9/202 《招魂》：层台累榭

一曰凡屋无室曰榭。

按：此出《集韵》卷八："榭，豫。《说文》：'台有屋也。'一曰凡屋无室曰榭，或作豫，通作谢。"实引。

9/203 《招魂》：朱尘筵些

铺陈曰筵，藉之曰席。

按：此引自郑玄《周礼注》，为《春官·宗伯》"司几筵，下士二人，府二人，史一人，徒八人"句下注："筵，亦席也。铺陈曰筵，藉之曰席也。"实引。

9/204 《招魂》：翡翠珠被

颜师古曰：鸟各别异，非雌雄异名也。

按：颜师古《汉书·贾山传注》"被以珠玉，饰以翡翠"句下曰："鸟各别类，非雄雌异名也。李善《文选·鹪鹩赋注》云：'颜监曰："鸟各别异，非雄雌异名也。"'"疑洪氏袭取李善《文选注》，然仍应归于引颜师古《汉书注》。实引。

9/205 《招魂》：娥眉曼睩
　　李善云：曼，轻细也，音万。

　　按：此出李善《文选·七发注》，为"衣裳则杂沓曼暖，燂烁热暑"句下注："曼，轻细也，音万。"实引。

9/207 《招魂》：稻粢稷麦
　　颜师古云：《本草》所谓稻米者，今之稬米耳。

　　按：此出颜师古《匡谬正俗》卷八："《本草》所谓秫米者，即今之似黍米而粒小者耳。其米亦堪作酒，而不及黍。所谓稻米者，今稬米耳。"节引。

9/207 《招魂》：大苦醎酸
　　然说左氏者曰：醯醢盐梅，不及豉。古人未有豉也。《内则》及《招魂》，备论饮食，言不及豉，史游《急就篇》曰：及有无夷盐豉，盖秦、汉以来始为之耳。

　　按：此出孔颖达《左传·昭公二十年正义》，为"水火醯醢盐梅以烹鱼肉，燀之以薪"句下疏："酰，酢也。醢，肉酱也。梅，果实似杏而醋。《礼记·内则》炮豚之法云：'调之以酰醢。'《尚书》说命云：'若作和羹，尔惟盐梅。'是古人调鼎用梅醢也。此说和羹而不言豉，古人未有豉也。《礼记·内则》《楚辞·招魂》，备论饮食而言不及豉。史游《急就篇》乃有芜荑盐豉，盖秦、汉以来始为之耳。"则洪氏所谓"说者"当即孔颖达，述引。

9/207 《招魂》：肥牛之腱
　　一曰筋之大者。

　　按：此引自《集韵》卷二："腱、腏、笏，《博雅》：'膂腱肉也。'一曰筋之大者，或作笏。"实引。

9/207 《招魂》：臑若芳些
　　一曰臑，嫩耎貌。

按：此引自《广韵》卷一："膈，嫩奂貌。"实引。

9/208 《招魂》：胹鳖炮羔
炮，蒲交切，合毛炙物。一曰裹物烧。

按：此出《广韵》卷二："炮，合毛炙物也。一曰裹物烧。"述引。

9/208 《招魂》：有柘浆些
相如赋云：诸柘巴苴。注云：柘，甘柘也。

按：前句出司马相如《子虚赋》，实引。裴骃《史记·司马相如列传集解》"诸蔗猼且"句下注云："《汉书音义》曰：'江离，香草。蘪芜，蕲茝也。似蛇床而香。诸蔗，甘柘也。猼且，蘘荷也。'"颜师古《汉书·司马相如传注》"诸柘巴苴"句下注云："张揖曰：'诸柘，甘柘也。尊苴，蘘荷也。'"其原始出处为张揖《汉司马相如传注》，详《离骚》部分"畦留夷与揭车兮"条。张揖注宋时不存，仍应归于引裴骃《史记集解》。节引。

9/208 《招魂》：瑶浆蜜勺
勺，音酌。一云丁狄、时斫二切。沾，音添。
按：此"一云"不知何出，存疑。

9/208 《招魂》：实羽觞些
杯上缀羽，以速饮也。一云：作生爵形，实曰觞，虚曰觯。

按：前句引自《五臣注文选》，为张衡《西京赋》"纷纵体而迅赴，若惊鹤之群罢"句下注："良曰：'羽觞，杯上缀羽，以速饮也。'"为刘良注，实引。颜师古《汉书·外戚列传注》"酌羽觞兮销忧"句下注云："孟康曰：'羽觞，爵也。作生爵形，有头尾羽翼。"许慎《说文解字·角部》云："觞，觯。实曰觞，虚曰觯。""孟康曰"原始出处当为其《汉书音义》，详前《离骚》"巫咸将夕降兮"条。孟康书宋时不存，仍归于引颜师古《汉书注》。"一云"为合引《汉书注》及《说文解字》。

9/210 《招魂》：起郑舞些
相如赋云：郑女曼姬。边让赋云：齐倡列，郑女罗。

按：前句出司马相如《子虚赋》："于是郑女曼姬，被阿緆，揄纻缟。"节引。后句出边让《章华赋》："齐倡列，郑女罗。"实引。

9/210 《招魂》：发《激楚》些

文颖曰：激，冲激急风也。结风，回风，亦急风也。楚地风既自漂疾，然歌乐者犹复依激结之急风为节，其乐涩迅哀切也。

按：司马贞《史记·司马相如列传索隐》注《上林赋》"激楚结风"句云："文颖曰：激，冲激急风也。结风，回风，回亦急风也。楚地风气既自漂疾，然歌乐者犹复依激结之急风以为节，其乐促迅哀切也。"《汉书·司马相如传》亦收《上林赋》，又文颖有《汉书注》，则司马贞所引"文颖曰"原始出处当即《汉书注》，详《离骚》部分"百神翳其备降兮，九疑缤其并迎"条。文颖书宋时不存，仍归于引司马贞《史记索隐》。实引。

9/211 《招魂》：郑卫妖玩

许慎云：郑、卫，新声所出国也。

按：李善《文选·七发注》"于是乃发激楚之结风，扬郑卫之皓乐"句下注云："许慎云：郑、卫，新声所出国也。"清侯康《补后汉书艺文志》著录许慎《汉书注》，下注"存疑"，所据者为王鸣盛《十七史商榷》："许慎尝注《汉书》，今不传。引见颜注中者多。"清姚振宗《后汉艺文志》亦著录许慎《史记注》，云："王鸣盛《十七史商榷》曰：'许慎尝注《汉书》，今不传。引见颜注中者多。'会稽陶方琦《许君年表》曰：'《史记》《汉书》注重有出于《说文》《淮南》注外者。'王西庄以为许君有《汉书注》，方琦以为乃《史记注》。按许君从贾侍中受古学，《太史公书》多古文学，由是推寻，则陶说为近。"以枚乘《汉书》有传，《史记》无传，似不当出许慎《史记注》，然以《史记》《汉书》皆云"郑卫"，许慎此仅释"郑卫"，非专释《枚乘传》，又洪氏所引此句遍寻《说文》及高诱《淮南鸿烈解》不见，结合姚振宗之考证，则此原始出处或为许慎《史记注》。许慎此书宋时不存，仍归于引李善《文选注》。实引。

9/212 《招魂》：华镫错些

徐铉曰：锭中置烛，故谓之镫。

按：此出宋徐铉、句中正、葛湍、王惟恭等校注本《说文解字》卷十四："镫，锭也。从金登声。臣铉等曰：'锭中置烛，故谓之镫。今俗别作灯，非是。都滕切。'"实引。

9/214 《招魂》：与王趋梦兮课后先

先儒曰：《左传》楚子与郑伯田于江南之梦。

按：此先儒或为孔颖达，其《尚书·禹贡正义》云："昭三年《左传》楚子与郑伯田于江南之梦，是云梦之泽在江南也。"此孔颖达述引《左传·昭公三年》："十月，郑伯如楚，子产相。楚子享之，赋吉日。既享，子产乃具田备，王以田江南之梦。"洪兴祖引书应归于引孔颖达《尚书正义》，节引。

10/217 《大招》：魂乎无南！蜮伤躬只。

①穀梁子曰：蜮，射人者也。

②陆机云：一名射影。人在岸上，影见水中，投人影则射之。或谓含沙射人。

③孙真人云：江东江南有虫名短狐，溪毒，亦名射工。其虫无目，而利耳能听，在山源溪水中，闻人声便以口中毒射人。

按：①出《春秋穀梁传·庄公十八年》："一有一亡曰有。蜮，射人者也。"实引。②引陆机《毛诗草木鸟兽虫鱼疏》卷下《为鬼为蜮》条："蜮，短狐也。一名射影。如龟，二足，江淮水滨皆有之。人在岸上，影见水中，投人影则杀之，故曰射影也。南方人将入水，先以瓦石投水中，令水浊，然后入。或曰：'含细沙射人，入人肌，其创如疥。'"节引。③出孙思邈《备急千金要方·伤寒方·诊溪毒证第十六》："江东江南诸溪源间有虫名短狐，溪毒，亦名射工。其虫无目，而利耳能听，在山源溪水中，闻人声便以口中毒射人，故谓射工也。"节引。

10/220 《大招》：吴酸蒿蒌

陆机云：春生，秋乃香美可食。

按：此出陆机《毛诗草木鸟兽虫鱼疏》卷上《于以采蘩》条："蘩，皤蒿，凡艾白色为皤蒿。今白蒿，春始生，及秋香美可生食，又可蒸食，一名游胡，北海人谓之旁勃，故《大戴礼·夏小正》传云：'虋，游胡。游胡，旁勃也。'"述引。

10/222　《大招》：小腰秀颈，若鲜卑只。

孟康曰：要中大带也。张晏曰：鲜卑郭洛带，瑞兽名也。东胡好服之。师古曰：犀毗，胡带之钩。亦曰鲜卑。

按：颜师古《汉书·匈奴传注》"黄金饬具带一，黄金犀毗一"句下注云："孟康曰：'要中大带也。'张晏曰：'鲜卑郭洛带，瑞兽名也。东胡好服之。'师古曰：'犀毗，胡带之钩也。亦曰鲜卑。'""孟康曰"原始出处为其《汉书音义》，详前文《离骚》部分"巫咸将夕降兮"条，"张晏曰"原始出处为其《汉书注》，详前文《离骚》部分"帝高阳之苗裔兮"条。孟康、张晏书宋时皆不见，仍归于引颜师古《汉书注》。实引。

10/223　《大招》：曲屋步壝

李善云：步櫩，长廊也。

按：此出李善《文选注》，为左思《魏都赋》"班之以里闬"句下注："善曰：'杜预《左氏传注》曰：冲，交道也，齿容反。《文子》曰：群臣辐凑。李尤《德阳殿赋》曰：朱阙岩岩。晋灼《汉书注》曰：飞梁，浮道之桥。《小雅》曰：控，引也。步櫩，长廊也。'"实引。《诗·鄘风·载驰》云："控于大邦，谁因谁极。"《毛诗传》云："控，引；极，至也。"李善云"《小雅》"，误也。

10/223　《大招》：宜扰畜只

师古云：畜者，人之所养，獸是山泽所育。故《尔雅》说牛、马、羊、豕，即在《释畜》；论麋、鹿、虎、豹，即在《释兽》。《说文》云：畜，产也。六畜之字，本自作畜，后乃借畜养字为之。

按：此全转引自颜师古《匡谬正俗》卷二释"兽"条："又许氏《释文解字》云：'畜，产也。'《字林》：'畜，音火又反。'獸字从畜、从犬。斯则六畜之字，本自作畜，于后始借养字为耳。且畜獸类属不同，畜者，人之所养；獸者，是山泽所育。故《尔雅》论牛、马、羊、豕，则在《释畜》；论麋、鹿、虎、豹，即在《释兽》。"此洪兴祖作述引。

10/224 《大招》：鸿鹄代游，曼鹔鹴只。
　　一曰凤皇别名。马融曰：其羽如纨，高首而修颈。

　　按：此"一曰"即王逸曰，为《离骚章句》"驷玉虬以乘鹥兮"句下注："有角曰龙，无角曰虬。鹥，凤凰别名也。"孔颖达《左传·定公三年正义》"唐成公如楚，有两肃爽马，子常欲之，弗与"句下疏云："马融说：'肃爽，雁也。其羽如练，高首而修颈。马似之，天下稀有。故子常欲之。'"实引。范晔《后汉书·马融传》云："（马融）尝欲训《左氏春秋》，及见贾逵、郑众注，乃曰：'贾君精而不博，郑君博而不精，既精既博，吾何加焉？'但著《三传异同说》。"考马国瀚《玉函山房辑佚书》，辑录《春秋三传异同说》一卷，孔颖达所引此条即在列，则原始出处为马融《春秋三传异同说》一书。此书宋时不存，"马融曰"应归于引孔颖达《春秋左传正义》。

11/228 《惜誓》：飞朱鸟使先驱兮，驾太一之象舆。
　　沈存中云：朱雀莫知何物，但谓鸟而朱者，羽族赤而翔上，集必附木，此火之象也。或云：鸟，即凤也。然天文家朱鸟，乃取象于鹑。南方七宿，曰鹑首、鹑火、鹑尾是也。

　　按：此出沈括《梦溪笔谈·象数一》："四方取象，苍龙、白虎、朱雀、龟蛇。唯朱雀莫知何物，但谓鸟而朱者、羽族赤而翔上、集必附木，皆火之象也。或谓之长离，盖云离方之长耳。或云鸟即凤也，故谓之凤鸟，少昊以凤鸟至，乃以鸟纪官，则所谓丹鸟氏即凤也。又旗旌之饰皆二物，南方曰鸟隼，盖两物也。然古人取象，不必大物也。天文象朱鸟乃取象于鹑，故南方朱鸟七宿曰鹑首、鹑火、鹑尾是也。"节引。

11/228 《惜誓》：建日月以为盖兮，载玉女于后车。
　　张揖曰：玉女，青要、乘弋等也。

　　按：颜师古《汉书·司马相如传注》"排阊阖而入帝宫兮，载玉女而与之归"句下注云："张揖曰：玉女，青要、乘弋等也。"原始出处当为张揖《汉司马相如传注》，详《离骚》"畦留夷与揭车兮"条。宋时张揖注不存，应归于引颜师古《汉书注》。实引。

11/228　《惜誓》：黄鹄之一举兮，知山川之纡曲。再举兮，睹天地之圆方。

　　始元中，黄鹄下建章宫太液池中。师古云：黄鹄，大鸟，一举千里，非白鹄也。

　　按：前句出《汉书·昭帝纪》："始元元年春二月，黄鹄下建章宫太液池中。"述引。后句出颜师古《汉书·昭帝纪注》："师古曰：'如瓒之说，皆非也。黄鹄，大鸟也，一举千里者，非白鹄也。'"即为"黄鹄下建章宫太液池中"句下注，实引。

12/232　《招隐士》：桂树丛生兮
　　郭璞云：桂，白华，丛生山峰，冬常青，间无杂木。

　　按：此出郭璞《山海经·南山经注》，为"多桂"句下注："桂叶似枇杷，长二尺余，广数寸，味辛。白花，丛生山峰，冬夏常青，间无杂木。《吕氏春秋》曰：'招摇之桂。'"节引。

12/233　《招隐士》：块兮轧
　　贾谊赋云：块圠无垠。注云：其气块圠，非有限齐也。

　　按：前句出贾谊《鵩鸟赋》："块圠无垠。"实引。颜师古《汉书·贾谊传注》"块圠无垠"句下注云："应劭曰：其气块圠，非有限齐也。"原始出处当为应劭《汉书集解音义》，详《离骚》部分"后飞廉使奔属"条。应劭书宋时不存，应归于引颜师古《汉书注》。实引。

13/237　《初放》：列树苦桃
　　陶隐居云：山野多有之。诗"隰有苌楚"是也。

　　按：此引自陶弘景《本草经集注·草木下品·羊桃》："山野多有，甚似家桃，又非山桃。子小细，苦不堪噉，花甚赤。《诗》云'隰有苌楚'者，即此也。方药亦不复用。"节引。

13/239　《沉江》：联蕙芷以为佩兮，过鲍肆而失香。
　　古人云：与不善人居，如入鲍鱼之肆。

按：此出《孔子家语·六本》："子曰：'商也好与贤己者处，赐也好说不若己者。不知其子，视其父；不知其人，视其友；不知其君，视其所使；不知其地，视其草木。故曰：与善人居，如入芝兰之室，久而不闻其香，即与之化矣；与不善人居，如入鲍鱼之肆，久而不闻其臭，亦与之化矣。丹之所藏者赤，漆之所藏者黑。是以君子必慎其所与处者焉。'"实引。

13/240 《沉江》：伯夷饿于首阳

①马融云：首阳山在河东蒲坂华山之北，河曲之中。

②杜预云：洛阳之东，首阳山之南，有小山，西瞻宫阙，北望夷、齐。

③又阮籍诗云：步出上东门，遥望首阳岑。下有采薇士，上有嘉树林。

按：①裴骃《史记·伯夷列传集解》"隐于首阳山，采薇而食之"句下注云："马融曰：首阳山在河东蒲坂华山之北，河曲之中。"《左传·宣公二年》云："初，宣子田于首山，舍于翳桑。"此首山即首阳山也，孔颖达《春秋左传正义》未见注引"马融曰"，然考马国翰《玉函山房辑佚书》所辑录之马融《春秋三传异同说》，宣公二年"田于首阳"句下正录此条佚注，"马融曰"原始出处应为其《春秋三传异同说》。马融《春秋三传异同说》宋时不存，仍应归于引裴骃《史记集解》。实引。②"杜预云"出《晋书·杜预传》："预先为遗令，曰：'……吾去春入朝，因郭氏丧亡，缘陪陵旧义，自表营洛阳城东首阳之南为将来兆域。而所得地中有小山，上无旧冢。其高显虽未足比邢山，然东奉二陵，西瞻宫阙，南观伊洛，北望夷叔，旷然远览，情之所安也。"述引。③出阮籍《咏怀·步出上东门》："步出上东门，遥望首阳岑。下有采薇士，上有嘉树林。"实引。

13/241 《沉江》：子胥死而不葬

①吴王取子胥尸，盛以鸱夷革，浮之江中，故曰死而不葬也。

②颜师古：音藏。

按：①前句引自《史记·伍子胥列传》："吴王闻之大怒，乃取子胥尸，盛以鸱夷革，浮之江中。"节引。②引自颜师古《匡谬正俗》卷五："《说苑》云：'吾尝见稠林之无木，平原之为谷，君子无侍仆，江河干为阬，正冬采榆桑，仲夏雨雪霜；千乘之君，万乘之王，死而不葬。'据韵而言，则葬字有臧音。"述引。

13/242　《沉江》：秋毫微哉而变容
　　司马云：兔豪在秋而成。一云：毛至秋而奥细，故以喻小。

　　按：《庄子·知北游》云："秋毫为小，待之成体。"郭象注云："秋毫虽小，非无亦无以容其质。"陆德明《经典释文·庄子音义上》云："秋豪：如字，依字应作毫。司马云：兔毫在秋而成。王逸注《楚辞》云'锐毛也'。案：毛至秋而奥细，故以喻小也。"陆德明于卷一《注解传述人》中罗列所引《庄子》注家姓名，司马彪即预其列，云"司马彪注二十一卷五十二篇"，下注云"字绍统，河内人，晋秘书监。《内篇》七，《外篇》二十八，《杂篇》十四，《解说》三，为音三卷。"此司马当为司马彪无疑。考《隋书·经籍志》，著录《庄子注音》一卷，下题"司马彪等撰"，知"司马云"原始出处当为司马彪《庄子注音》。此书宋时不见，仍归于引陆德明《经典释文》。节引。

13/244　《怨世》：西施媞媞而不得见兮
　　媞媞，安也。一曰美好。

　　按：此引自《集韵·卷二》："媞、姼：媞媞，安也。一曰美好。或作姼。"实引。

13/246　《怨世》：讼谓闾娵为丑恶
　　韦昭云：梁王魏瞿之美女。

　　按：杨倞《荀子·赋篇注》云："《汉书音义》韦昭曰：'闾陬，梁王魏婴之美女。'"其原始出处当为韦昭《汉书音义》，《隋书·经籍志》有载。考《宋史·艺文志》、晁公武《郡斋读书志》以及陈振孙《直斋书录解题》皆已不见著录韦昭此书，又洪氏所引此"韦昭曰"句前引《荀子》"闾娵子奢，莫之媒兮（一本兮作也）"句，应归于引杨倞《荀子注》。

13/246　《怨世》：年既已过太半兮，然坱轲而留滞。
　　輡轲，车行不平。一曰不得志。

按：此引《集韵》卷六："輡、轗：輡轗，车行不平也。一曰不得志。或从感。"实引。

13/249 《自悲》：莫能行于杳冥兮，孰能施于无报？
《传》曰：行乎冥冥，施乎无报。

按：此出《荀子·修身篇》："行乎冥冥，施乎无报。"实引。

13/251 《哀命》：神罔两而无舍
郭象曰：罔两，景外之微阴也。

按：此引郭象《庄子·逍遥游注》"罔两问景曰"句下注："罔两，景外之微阴也。"实引。

13/253 《谬谏》：心悇憛而烦冤兮
一曰：祸福未定。屈艸自覆曰宛。

按：前句引自《集韵》，《集韵》卷二曰："悇，悇憛，祸福未定也。一曰忧也。"实引。后句引自许慎《说文解字》卷七下："宛，屈草自覆也。"述引。

13/253 《谬谏》：当世岂无骐骥兮，诚无王良之善驭。见执舆者非其人兮，故驹跳而远去。
许慎云：王良，晋大夫御无恤子良也，所谓御良也。一名孙无政，为赵简子御，死而托精于天驷星。天文有王良星是也。

按：高诱《淮南鸿烈·览冥训解》"昔者王良造父之御也"句下注云："王良，晋大夫御无恤子良也，所谓御良也。一名孙无政，为赵简子御，死而托精于天驷星。天文有王良星是也。"今本高诱注《淮南子》多杂以许慎《淮南子注》内容，又此处引述作"某，某也"句式，此句当出许慎《淮南子注》，详前文《离骚》部分"长余佩之陆离"条。

13/256 《谬谏》：列子隐身而穷处兮
穷，容貌有饥色，居郑圃四十年，人无识者。

按：此连引《列子·天瑞》与《列子·说符》，《天瑞》云："子列子，居郑圃四十年，人无识者，国君卿大夫视之犹众庶也。"《说符》云："子列子，穷，容貌有饥色。"

13/257　《〈谬谏〉解题》

鲍慎思云：篇目当在乱曰之后。按古本《释文》，《七谏》之后，乱曰别为一篇，《九怀》《九思》皆同。

按：此当出鲍钦止本《楚辞》，详前第二章第一节之论述。

13/257　《谬谏》：畜凫駕鹅

郭璞云：駕鹅，野鹅也。

按：郭璞《山海经·中山经注》"是多駕马"句下注云："未详也，或曰駕宜为鴽。鴽，鹅也。音加。"裴骃《史记·司马相如列传集解》"弋白鹄，连駕鹅"句下注云："郭璞曰：'野鹅也。駕，音加。'"洪氏当袭取《史记集解》，应归于引郭璞《山海经注》。述引。

13/257　《谬谏》：要褭奔亡兮，腾驾橐驼。

应劭曰：騕褭，古之骏马，赤喙玄身，日行五千里。

按：李善《文选·思玄赋注》"斥西施而弗御兮，絷騕褭以服箱"句下注云："《汉书音义》应劭曰：'騕褭，古之骏马也。赤喙玄身，日行五千里。'""应劭曰"原始出处为其《汉书集解音义》，详《离骚》部分"后飞廉使奔属"条。应劭书宋时不存，应归于引李善《文选注》。

13/257　《谬谏》：铅刀进御兮，遥弃太阿。

贾谊云：莫邪为钝兮，铅刀为铦。

按：此出贾谊《吊屈原赋》："莫邪为钝兮，铅刀为铦。"实引。

14/259　《王逸〈哀时命〉解题》

夫子名忌，会稽吴人，本姓庄，当时尊尚，号曰夫子，避汉明帝讳曰严。一云名忌，字夫子。

按：前句合引班固《汉书·严助传》与颜师古《汉书·司马相如传注》。《严助传》云："严助，会稽吴人，严夫子子也。"《司马相如传注》云："师古曰：'严忌本姓庄，当时尊尚，号曰夫子。史家避汉明帝讳，故遂为严耳。'"为"齐人邹阳、淮阴枚乘、吴严忌夫子之徒"句下注。严忌籍贯当洪氏据《严助传》推之。后句出裴骃《史记·司马相如列传集解》："徐广曰：'名忌，字夫子。'"司马贞《史记·司马相如列传索隐》曰："徐广、郭璞皆云名忌字夫子。"徐广著有《史记音义》，裴骃《史记集解序》云"聊以愚管，增演徐氏"，"徐广曰"原始出处应为徐广《史记音义》。颜师古《汉书叙例》云："郭璞字景纯，河东人，晋赠弘农太守。止注《相如传序》及游猎诗赋。"清文廷式《补晋书艺文志》，吴士鉴《补晋书经籍志》皆据此称郭璞有《汉书注》一书，清秦荣光则以李善《文选注》中有"《汉书音义》郭璞曰"（卷十八《琴赋注》），于其《补晋书艺文志》著录郭璞《汉书音义》。然无论郭璞是否有注释《汉书》之著作，其注《司马相如传序》确然无疑。又《史记》《汉书》皆有《司马相如传》，亦皆提及"严忌"，司马贞云"郭璞曰严忌'名忌字夫子'"。"郭璞曰"原始出处当为《相如传序注》。以郭璞早于徐广，则或徐广亦因袭郭璞注。徐广及郭璞书宋时皆不见，应归于引裴骃《史记集解》。

14/259 《哀时命》：志憾恨而不逞兮

逞，丑郢切。《说文》：逞，通也，楚谓疾行为逞。一曰快也。

按：此引自《集韵》。《集韵》卷六云："逞、呈：丑郢切。《说文》：'通也，楚谓疾行为逞。'引《春秋传》'何所不逞'。一曰快也，或作呈。"节引。

14/260 《哀时命》：愿至昆仑之悬圃兮，采钟山之玉英。

许慎云：钟山北陆无日之地，出美玉。

按：此"许慎云"前洪兴祖引《淮南子》"钟山之玉，炊以炉炭，三日三夜而色泽不变，则至德天地之精也"数句，洪兴祖此当引许慎《淮南子注》。李善《文选·琴赋注》亦云："如《淮南子》曰：'譬若钟山之玉。'许慎曰：'钟山北陆无日之地，出美玉。'"当确引许慎《淮南子注》，详前《离骚》"长余佩之陆离"条。今本高诱《淮南鸿烈解》不见混杂此条，可作佚文补。引书方式未详。

14/260　《哀时命》：弱水汩其为难兮

应劭曰：弱水出张掖删丹，西至酒泉，合黎，余波入于流沙。师古曰：弱水，谓西域绝远之水，乘毛车以渡者耳，非张掖弱水也。

按：颜师古《汉书·司马相如传注》"经营炎火而浮弱水兮，杭绝浮渚涉流沙"句下注云："应劭曰：'《楚辞》曰越炎火之万里。弱水出张掖删丹，西至酒泉合黎余波入于流沙。'张揖曰：'杭，船也。绝，度也。浮渚，流沙中渚也。流沙，沙与水流行也。'师古曰：'弱水，谓西域绝远之水，乘毛车以度者耳，非张掖弱水也。又流沙但有沙流，本无水也。言绝度浮渚，乃涉流沙也。杭音下郎反。'"节引。"应劭曰"原始出处当为其《汉书集解音义》，详前文《离骚》部分"后飞廉使奔属"条。应劭书宋时不存，应归于引颜师古《汉书注》。节引。

14/263　《哀时命》：握剞劂而不用兮

应劭曰：剞，曲刀。劂，曲凿。

按：颜师古《汉书·扬雄传注》"般、倕弃其剞劂兮，王尔投其钩绳"句下注云："应劭曰：'剞，曲刃也。劂，曲凿也。'"应劭曰"原始出处当为其《汉书集解音义》，详前文《离骚》部分"后飞廉使奔属"条。应劭书宋时不见，应归于引颜师古《汉书注》。实引。

14/265　《哀时命》：使枭杨先导兮

一说云：枭羊，大口，其初得人喜而笑，却唇上覆额，移时而后食之。

按：此出李善《文选·吴都赋注》，为"鹪䶂笑而被格"句下注："鹪䶂，枭羊也，已解上章矣。枭羊善食人，大口，其初得人喜而笑，却唇上覆额，移时而后食之。人因为筒贯于臂上，待执人，人即抽手从筒中出，鉴其唇于额而得禽之。"节引。

15/268　《王逸〈九怀〉解题》：《九怀》者，谏议大夫王褒之所作也。

褒，字子渊，蜀人也，为谏议大夫。

按：此引自《汉书·王褒传》："王褒，字子渊，蜀人也。……擢褒为谏大夫。"节引。

15/269 《匡机》：顾游心兮鄗酆
鄗，下老切，在长安西上林苑。酆在京兆杜陵西南。

按：《类篇》卷四十："鎬：下老切。《说文》：'温器也。武王所都，在长安西上林苑中。'"许慎《说文解字》："酆：周文王所都，在京兆杜陵西南。"此洪兴祖合引《类篇》与《说文解字》。

15/270 《通路》：从虾兮游陼
一曰虾虫与水母游。

按：此引《集韵》卷三："虾，虫名。《说文》：'虾，蟆也。'一曰虾虫与水母游。"实引。

15/270 《通路》：北饮兮飞泉
张揖云：飞泉在昆仑西南。

按：颜师古《汉书·司马相如传注》"横厉飞泉以正东"句下注云："张揖曰：'飞泉，飞谷也。在昆仑山西南。'""张揖曰"原始出处当为其《汉司马相如传注》，详前文《离骚》部分"畦留夷与揭车兮"条。张揖注宋时不存，应归于引颜师古《汉书注》。节引。

15/270 《通路》：竦余剑兮干将
张揖云：干将，韩王剑师也。

按：裴骃《史记·司马相如列传集解》"建干将之雄戟"句下注云："《汉书音义》曰：'干将，韩王剑师。'"颜师古《汉书·司马相如传注》"建干将之雄戟"句下注云："张揖曰：干将，韩王剑师也。"实引。"张揖云"原始出处当为其《汉司马相如传注》，详前文《离骚》部分"畦留夷与揭车兮"条。张揖注宋时不存，应归于引裴骃《史记集解》。

15/271　《通路》：腾蛇兮后从

　　郭璞云：螣，龙类，能兴云雾而游其中。

　　按：郭璞《尔雅·释鱼注》"螣，螣蛇"句下注曰："龙类也，能兴云雾而游其中。"胡小石《楚辞郭注义征》亦列此句。郭璞《尔雅注》于今尚存，《楚辞注》宋时已不存，应归于引郭璞《尔雅注》。实引。

15/271　《通路》：飞駏兮步旁

　　郭璞曰：邛邛似马而青。

　　按：裴骃《史记·司马相如列传集解》"驎邛邛，蹏距虚"句下注云："郭璞曰：邛邛似马而青。""驎邛邛，蹏距虚"出《子虚赋》，此原始出处当为郭璞《子虚赋注》，详前文《离骚》部分"扈江离与辟芷兮"条。胡小石《楚辞郭注义征》亦列此句。郭璞《子虚赋注》及《楚辞注》宋时皆不存，应归于引裴骃《史记集解》。实引。

15/271　《危俊》：将去烝兮远游

　　《尔雅》曰：林、烝，君也。或曰：烝，进也。

　　按：《尔雅·释诂》云："林、烝、天、帝、皇、王、后、辟、公、侯，君也。"《尔雅·释诂》又云："羞、饯、迪、烝，进也。"孔安国《尚书·虞书·尧典传》云："谐，和。烝，进也。"清齐召南《汉书·艺文志考证》云："《艺文志》：'大收篇籍，广开献书之路。'按此二句既叙在孝武之前，则指高祖时萧何收秦图籍，楚元王学《诗》；惠帝时除挟《书》之令；文帝使鼌错受《尚书》，使博士作《王制》。又置《论语》《孝经》《尔雅》《孟子》博士，即其事也。"是知汉文帝时即已置《尔雅》博士，则《尔雅》文帝时当已大行。汉文帝刘恒生卒为公元前202年—前157年，孔安国为汉武帝时谏议大夫，汉武帝生卒为公元前156年—前87年。孔安国之生卒，清丁晏认为应"生于景帝初，元狩五年三十岁，将几四十遂卒"①。胡平生则认为其应生于公元前158年，卒于公元前98年，②

---

① （清）丁晏：《论语孔注证伪》，上海：上海古籍出版社，2002年，第340页。
② 胡平生：《阜阳双古堆汉简与〈孔子家语〉》，《国学研究》第七卷，北京：北京大学出版社，2000年，第526页。

单承彬认为孔安国"略生于景帝初年（前 157—公元前 150）而卒在元鼎、元封之间（前 110—前 105）"①，张固也认为其生活年代在公元前 149 年—公元前 90 年。② 然无论取哪种考论，即便是取胡平生之说法，将孔安国生年定为最早之公元前 158 年，至文帝殁时亦不过岁语婴孩，且孔安国所传《古文尚书》出孔壁，据《汉书·艺文志》"武帝末，鲁共王坏孔子宅"的说法，孔安国传《尚书》应大晚于《尔雅》问世的时间。综上，应将此句归于引《尔雅》。实引。

15/272 《危俊》：径岱土兮魏阙

一曰象魏，阙名。许慎云：巍巍高大，故曰魏阙。

按：前句出《集韵》卷七："魏，虞贵切，地名。《春秋传》：'魏，大名也。'一曰象魏，阙名。"实引。高诱《淮南鸿烈·俶真训解》"是故身处江海之上，而神游魏阙之下"句下注云："巍巍高大，故曰魏阙。"当为许慎《淮南子注》内容混入，详前文《离骚》部分"长余佩之陆离"条。应视为引许慎《淮南子注》，实引。

15/272 《危俊》：雉咸雌兮相求

注云：天宝，陈宝也。陈宝神来下时，駉然有声，又有光精也。下时穷极山川天地之间，然后得其雌雄。雄在陈仓，雌在南阳，故云野尽山穷也。

按：颜师古《汉书·扬雄传注》"追天宝，出一方"句下注云："应劭曰：'天宝，陈宝也。'"同篇"应駉声，击流光。壁尽山穷，囊括其雌雄"句下注云："如淳曰：陈宝神来下时，駉然有声，又有光精也。应劭曰：下时穷极山川天地之间，然后得其雌雄也。师古曰：雄在陈仓，雌在南阳也。故云野尽山穷也。駉，音普萌反。""应劭曰"之原始出处当为应劭《汉书集解音义》，详前文《离骚》部分第 29 条。"如淳曰"之原始出处当为如淳《汉书注》，详前文《离骚》部分"长余佩之陆离"条。应劭、如淳书宋时皆不见，应归于引颜师古《汉书注》。并引。

15/273　《昭世》：登羊角兮扶舆

《史记》注云：郭璞曰：《淮南》所谓曾折摩地，扶舆猗委也。

按：裴骃《史记·司马相如列传集解》"扶舆猗靡"句下注云："郭璞曰：《淮南》所谓曾折摩地，扶舆猗委也。""扶舆猗靡"为《子虚赋》内容，"郭璞曰"当出其《子虚赋注》，详前文《离骚》部分"扈江离与辟芷兮"条。胡小石《楚辞郭注义征》亦列此句。郭璞《子虚赋注》《楚辞注》宋时皆不存，应归于引裴骃《史记集解》。实引。

15/275　《尊嘉》：汎淫兮无根

相如赋云：汎淫泛滥。

按：此出司马相如《上林赋》："汎淫泛滥，随风澹淡。"实引。

15/276　《蓄英》：荔蕰兮霉黧

霉，音眉，物中久雨青黑。一曰败也。

按：许慎《说文解字》云："黴，中久雨青黑。"《集韵》卷一云："霉、黴，《说文》：'物中久雨青黑。'一曰败也。"则"物中久雨青黑"引自《说文解字》，"一曰败也"引自《集韵》。前述引，后实引。洪兴祖当袭取《集韵》。

15/277　《思忠》：登华盖兮乘阳

《大象赋》云：华盖于是乎临映。注云：华盖七星，其柢九星，合十六星，如盖状，在紫微宫中，临勾陈上，以荫帝坐。

按："注云"出李台《大象赋集解》，详前文《远游》"造旬始而观清都"条。《集解》今佚，此可用作补辑。引书方式未详。

15/277　《思忠》：抽库娄兮酌醴

《大象赋》注云：库楼十星，五柱十五星，衡四星，合二十九星，在角南。

按：此句当出李台《大象赋集解》，详前文《远游》“造旬始而观清都”条。《集解》今佚，此可用作补辑。

15/277 《思忠》：援瓟瓜兮接粮

①《大象赋》云：瓟瓜荐果于震闺。注云：五星在离珠北，天子之果园，占大光润则岁丰，不尔则瓜果之实不登。

②《洛神赋》云：叹匏瓜之无匹。注引《史记》曰：四星在危南，瓟瓜，《天官星占》曰：瓟瓜一名天鸡，在河鼓东。

按：①“注云”出李台《大象赋集解》，详前文《远游》“造旬始而观清都”条。《集解》今佚，此可用作补辑。引书方式未详。②“注引《史记》曰”出李善《文选·洛神赋注》：“《史记》曰：四星在危南，匏瓜牵牛为牺牲，其北织女。织女，天女孙也。《天官星占》曰：匏瓜一名天鸡，在河鼓东。牵牛，一名天鼓，不与织女值者，阴阳不合。”节引。原始出处为《史记·天官书》。洪兴祖此明言“注引”，当视为引李善《文选注》。

15/278 《陶壅》：淹低佪兮京沶

京，人所为绝高丘也。一曰大也。

按：《说文解字》卷五云：“京，人所为绝高丘也。”《集韵》卷四云：“京，居卿切。《说文》：‘人所为绝高丘也。’一曰大也。”前句引《说文解字》，后句引《集韵》。皆实引。洪兴祖或袭取《集韵》。

15/279 《株昭》：捐弃随和

隋侯之珠，和氏之璧。

按：此引自《淮南子·览冥训》：“譬如隋侯之珠，和氏之璧，得之者富，失之者贫。”节引。

15/279 《株昭》：骥垂两耳兮

贾谊赋云：骥垂两耳，服盐车兮。

按：此出贾谊《吊屈原赋》：“骥垂两耳，服盐车兮。”实引。

16/289　《怨思》：申诚信而罔违兮，情素洁于纽帛。

纽，系也，一曰结而可解。

按：此引许慎《说文解字》卷十三："纽，系也，一曰结而可解。"实引。

16/290　《怨思》：本朝芜而不治

杨恽曰：田彼南山，芜秽不治。

按：此当出杨恽《报孙会宗书》："（杨恽）酒后耳热，仰天抚缶而呼乌乌。其诗曰：'田彼南山，芜秽不治。种一顷豆，落而为萁。人生行乐耳，须富贵何时！'"班固《汉书·杨恽传》载此文。实引。明冯惟讷《古诗纪》名此诗《拊缶歌》，逯钦立《先秦汉魏晋南北朝诗·汉诗卷二》名此为《歌诗》。

16/291　《怨思》：弃鸡骇于筐簏

《援神契》云：神灵滋液，则犀骇鸡。宋衷曰：角有光，鸡见而骇也。

按：李善《文选·吴都赋注》"隋侯于是鄙其夜光，宋玉于是陋其结绿"句下注云："《援神契》云：神灵滋液，则犀骇鸡。宋衷曰：角有光，鸡见而骇惊也。"唐刘赓辑《稽瑞》一书，亦录引《援神契》云："神灵滋液百珍宝，用有骇鸡犀也。宋均曰：'其角光，鸡见骇之，今之通天犀也。'"清王仁俊《玉函山房辑佚书续编三种》辑录《孝经援神契宋注》一卷，题"魏宋均注"。其中一条云："神灵滋液百珍宝，用有骇鸡犀也。"注云："其角光，鸡见骇之，今之通天犀也。""宋衷曰"原始出处应为宋衷《孝经纬注》，详前文《惜诵》部分"令五帝以枅中兮"条。又"令五帝以枅中兮"条已辨明宋均注纬书多参考宋衷注，则李善引谓"宋衷注"与刘赓引谓"宋均注"皆宜。《稽瑞》于今尚存，《宋史·艺文志》亦有著录，题作刘赓。瞿镛《铁琴铜剑楼藏书目录》卷十七著录《稽瑞》抄本一卷，为之提要云："此书惟见《崇文总目》与《玉海》，未著赓为何时人。案：自序有'文部尚书奏天下瑞'云云。考《通鉴》，天宝十一载，诏改吏、兵、刑部为文、武、宪部。时官文部尚书者为杨国忠也。肃宗时，仍复旧制。是赓为唐人，书即成是时可知。"天宝十一年为公元 752 年，已甚晚于李善生活年代，又宋衷、宋均之《援神契注》宋时已不存，故此应视作洪兴祖引李善《文选注》。

实引。

16/293 《远逝》：曳彗星之皓旰兮
　　相如云：采色澔汗。

　　按：此出司马相如《上林赋》："磷磷烂烂，采色澔汗。"实引。

16/293 《远逝》：抚朱爵与鵷鶒
　　师古云：鷩也，似山鸡而小。

　　按：此出颜师古《汉书·司马相如传注》，为"撉翡翠射骏鸃"句下注："师古曰：'鸟赤羽者曰翡，青羽者曰翠。骏鸃，鷩鸟也，似山鸡而小。'"实引。

16/297 《惜贤》：时迟迟其日进兮
　　辰去速而来迟。

　　按：此引自扬雄《法言·问明》："辰乎，辰！曷来之迟，去之速也，君子竞诸。"述引。

16/298 《惜贤》：搴薜荔于山野兮，采捻支于中洲。
　　①相如赋云：枇杷橪柿。
　　②郭璞云：橪支，木也。

　　按：①出司马相如《上林赋》："枇杷橪柿，亭奈厚朴。"实引。②颜师古《汉书·司马相如传注》"枇杷橪柿，亭奈厚朴"句下注云："郭璞曰：橪支，木也。""郭璞曰"或出其《上林赋注》，或出其《楚辞注》，详前文《离骚》部分"扈江离与辟芷兮"条。郭璞二书宋时皆不存，应归于引颜师古《汉书注》。实引。

16/300 《忧苦》：三鸟飞以自南兮，览其志而欲北。
　　韩愈诗云：浪凭三鸟通丁宁。

　　按：此出韩愈《华山女》诗，今本"三鸟"皆作"青鸟"。屈守元、常思
春主编《韩愈全集校注》云："'青鸟'，方崧卿据唐本、杭本作'三鸟'，
云：'三鸟，王母使也，见《山海经》《楚辞·九叹》《选·江文通杂诗》皆
用三鸟字。洪庆善《楚词补注》亦引公此语为证，则知旧本固同也。'"方崧
卿曾增补洪兴祖《韩子年谱》，且方崧卿晚于洪兴祖，既方氏可据唐、杭
古本作"三鸟"，洪氏亦当见唐本与杭本，魏仲举《五百家注昌黎文集》亦
多云"洪氏曰杭本、唐本作某"。又"三鸟"即"三青鸟"，两者一也，洪氏
于此句前已引张华《博物志》辨明。实引。

16/300　《忧苦》：鸥鸲集于木兰

　　郭璞云：鷾鸠，鸥类。

　　按：此出郭璞《尔雅·释鸟注》，为"鷾鸠"下注："鸥类。"实引。

16/301　《忧苦》：偓促谈于廊庙兮

　　偓，促迫也。一曰小貌。于角、楚角二切。

　　按：此引《集韵》。《集韵》卷九云："龌、踋，迫也。一曰小貌。或从
足。"又云："龊、踳、龇、促，龌龊，迫也。或作龇促。"是知"龊""促"
相通。"偓"无实意，《说文》云："偓，佺也。"偓佺，古之仙人，是用以
作姓也；又唐有韩偓，亦可作名。又偓促亦可作器量局狭意，则"偓"
"龌"当可通。洪氏并引《集韵》。中华书局 1983 点校本《楚辞补注》此处标
点或误，当作"偓促，迫也"。

16/301　《忧苦》：潜周鼎于江淮兮，爨土鬵于中宇。

　　鬵，音潜。又才滔切，大釜也。一曰鼎大上小下，若甑。

　　按：《说文解字》卷三云："鬵，大釜也。一曰鼎大上小下，若甑。曰
鬵从鬲兓声，读若岑，才林切。"《集韵》卷四云："鬵、鬵，才淫切。《说
文》：'大釜也。一曰鼎大上小下，若甑。'"以行文观之，洪氏或袭取《集
韵》，然仍应视为洪氏合引《说文》与《集韵》。洪氏曰"音潜"，当为洪氏
自注。

16/304　《愍命》：挟人筝而弹纬

　　一云：秦人薄义，父子争琴而分之，因以为名。

　　按：此出《集韵》卷四："《说文》：'筝，鼓弦竹身乐也。'一说：秦人薄义，父子争瑟而分之，因以为名。"实引。

16/304　《愍命》：掘荃蕙与射干兮

　　注引陶弘景云：花白茎长，如射人之执竿。又引阮公诗云：夜干临层城。

　　按：前句出陶弘景《神农本草经集注·草木下品·射干》："又别有射干，相似而花白茎长，似射人之执竿者。"节引。后句出阮籍《咏怀诗八十二首》第四十五首："修竹隐山阴，射干临增城。"实引。洪引作"夜干"或误。

16/308　《思古》：乌获戚而骖乘兮，燕公操于马圉。

　　许慎云：秦武王之力士。

　　按：高诱《淮南鸿烈解》"千钧之重，乌获不能举也"句下注云："乌获，秦武王之力士。"当为许慎《淮南子注》内容混入，详前文《离骚》部分"长余佩之陆离"条。应视为引许慎《淮南子注》，实引。

16/309　《远游》：悉灵圉而来谒

　　①张揖曰：灵圉，众仙号也。
　　②郭璞云：灵圉、淳圉，仙人名也。

　　按：①颜师古《汉书·司马相如传注》"灵圉燕于闲馆"句下注云："张揖曰：'灵圉，众仙号也。'""张揖曰"原始出处当为其《司马相如传注》，详前文"畦留夷与揭车兮"条。张揖注宋时不存，仍归于引颜师古《汉书注》。实引。②裴骃《史记·司马相如列传集解》"灵圉燕于间观"句下注云："郭璞曰：灵圉、淳圉，仙人名也。""灵圉燕于闲馆"出《上林赋》，"郭璞曰"原始出处或为其《上林赋注》，或为其《楚辞注》。详前文《离骚》部分"扈江离与辟芷兮"条。郭璞注宋时不存，仍归于引裴骃《史记集解》。实引。

16/310　《远游》：历祝融于朱冥

《传》曰：南海之神曰祝融。

按：洪兴祖《楚辞补注》卷五《远游》"祝融戒而还衡兮"句下注云："《太公金匮》曰：'南海之神曰祝融。'"《太平御览·神鬼部二》亦云："《太公金匮》曰：'……太公谓武王曰：前可见矣，五车两骑，四海之神与河伯雨师耳。南海之神曰祝融，东海之神曰勾芒，北海之神曰玄冥，西海之神曰蓐收。请使谒者，各以其名召之。'"则此原始出处当为《太公金匮》。《隋书·经籍志》《旧唐书·经籍志》皆载此书，有二卷。《宋史·艺文志》已不见录，或宋初尚有之，故《太平御览》引有其文。与洪兴祖同时之晁公武《郡斋读书志》及洪兴祖后之陈振孙《直斋书录解题》皆不载录《太公金匮》，则洪兴祖应未亲见此书，故曰"《传》曰"。《太平广记》亦引此，以《太平广记》成书（978 年）早于《太平御览》（983 年），应视为洪兴祖引《太平广记》。

17/315　《逢尤》：憃怅立兮涕滂沱

憃，丑江切。靓，音同，视不明也。一曰直视。

按：《说文解字》云："靓，视不明也。一曰直视。"《类篇》卷二十四云："矗、靓，抽江切。《说文》：'视不明也，一曰直视。'或从巷，亦书作靓。又并丑降切，又丈降切。"此合引二书。洪兴祖或袭取《类篇》。

17/316　《怨上》：上察兮璇玑

北斗魁四星为璇玑

按：张守节《史记·天官书正义》曰："《晋书·天文志》云：'三台，主开德宣符也，所以和阴阳而理万物也。三衡者，北斗魁四星为璇玑，杓三星为玉衡，人君之象，号令主也。又太微，天子宫庭也。太微为衡，衡主平也，为天庭理，法平辞理也。'"考房玄龄《晋书·天文志》云："北斗七星在太微北，七政之枢机，阴阳之元本也。故运乎天中，而临制四方，以建四时，而均五行也。魁四星为璇玑，杓三星为玉衡。"此为洪兴祖节引《晋书·天文志》。

17/317　《怨上》：虫豸兮夹余，惆怅兮自悲。

有足谓之虫，无足谓之豸。

按：此引自《尔雅·释虫》："有足谓之虫，无足谓之豸。"实引。

17/317 《疾世》：媒女诎兮謰謱

一曰：謰謱，语乱也。

按：《说文解字》卷三云："謰，謰謱也。"《集韵》卷六云："謱，謰謱，语乱。"合引《说文解字》及《集韵》。

17/321 《遭厄》：起奋迅兮奔走，违群小兮謏詾。

一云：謏诟，小人怒。

按：此出《集韵》卷五："謏、謱，《说文》：'耻也。'或从奚，一曰：'謏诟，小人怒。'"实引。

17/321 《遭厄》：遂踢达兮邪造

林云：踢，徒郎、大浪二切。

按：洪兴祖于《天问》"斡维焉系，天极焉加"句下注云："扬雄、杜林云：辒车轮，斡也。"颜师古《匡谬正俗》云：《声类》《字林》并音管。"于《九章·惜诵》"背膺牉以交痛兮"句下注云："《字林》云：牉，半也。"于《九章·悲回风》"草苴比而不芳"句下注云："林德祖本云：反贾、士加二切。比，音鼻。"杜林为东汉经学家、文字学家，被称为"小学之宗"。《汉书·艺文志》著录其《苍颉训纂》《苍颉故》各一篇，早佚。清马国翰《玉函山房辑佚书》辑有《苍颉训诂》一卷，考之，不收此句。晋吕忱《字林》，《隋书·经籍志》作七卷，《旧唐书·经籍志》作十卷，《新唐书·艺文志》作七卷，《宋史·艺文志》作五卷。《字林》宋时尚存，然或非完帙。林德祖本当指林德祖本《楚辞》，为洪兴祖参校的十四五家本《楚辞》之一。详前《楚辞目录》部分第 2 条。反切注音法一般认为是三国时孙炎《尔雅音义》首创，颜之推《颜氏家训·音辞篇》云："孙叔然创《尔雅音义》，是汉末人独知反语，至于魏世，此事大行。"顾炎武《音论》卷下云："反切之名，自南北朝以上皆谓之反，孙愐《唐韵》谓之切，盖当时讳反字。"清王念孙《广雅疏证》亦袭取此说。以杜林为东汉人、吕忱为晋人，而此处"林云"为"徒郎、大浪二切"，此"林云"必不出杜林所著字书及吕忱《字林》，应为林德祖本《楚辞》中内容。其引书方式未详。

17/322　《悼乱》：冠屦兮共絇

郑康成云："絇，谓之拘，着舄屦头以为行戒。"

按：此出郑玄《周礼注》，为"屦人掌王及后之服屦。为赤舄、黑舄、赤繶、黄繶；青句、素屦，葛屦"句下注，实引。

17/322　《悼乱》：白龙兮见躬，灵龟兮执拘。

河伯化为白龙，羿射之，眇其左目。神龟见梦于宋元君，曰："予为清江使河伯之所，渔者余且得予。"

按：前句引自王逸《楚辞·天问章句》，为"胡躬夫河伯，而妻彼雒嫔"句下注："传曰：'河伯化为白龙，游于水旁，羿见躬之，眇其左目。'"未知此传为何，洪氏节引。后句引自《庄子·外物》："宋元君夜半而梦人被发窥阿门，曰：'予自宰路之渊，予为清江使河伯之所，渔者余且得予。'元君觉，使人占之，曰：'此神龟也。'"述引。

17/325　《伤时》：乘戈緰兮讴谣

张晏云：玉女、青要、乘弋等也。

按：颜师古《汉书·司马相如传注》"排阊阖而入帝宫兮，载玉女而与之归"句下注云："张揖曰：玉女、青要、乘弋等也。"洪兴祖于《惜誓》"建日月以为盖兮，载玉女于后车"句下即已注云："张揖云：玉女、青要、乘弋等也。"此作张晏误，原始出处应为张揖《汉司马相如传注》，详《离骚》"畦留夷与揭车兮"条。宋时张揖注不存，应归于引颜师古《汉书注》。实引。

为了更清楚地显示《楚辞补注》一书的引书情况，我们现将《楚辞补注》暗引条目按书名出现先后顺序，一一归类，列成表 3-1《洪兴祖〈楚辞补注〉暗引书一览表》。同一条目中引用了两种或两种以上不同著作的情况，后面以中括号注明分属其他著作的情况，格式为表中书名序号加条目序号。

表 3-1 洪兴祖《楚辞补注》暗引书一览表

书名	部类	条 目
1. 班固《汉书》	史部	(1)0/1 《楚辞目录》 (2)1/1 洪兴祖《〈楚辞卷第一〉解题》[3(1)] (3)1/18 《离骚》：将往观乎四荒[16(4)] (4)2/68 《大司命》：广开兮天门 (5)2/68 《大司命》：纷吾乘兮玄云 (6)2/73 《少司命》：孔盖兮翠旌[6(21)、12(3)] (7)2/75 《东君》：应律兮合节 (8)2/76 《河伯》：与女游兮九河[26(2)] (9)3/90 《天问》：地方九则，何以坟之？[6(23)] (10)6/178 《卜居》：宁与黄鹄比翼乎[6(45)] (11)11/228 《惜誓》：黄鹄之一举兮，知山川之纡曲。再举兮，睹天地之圆方。[6(53)] (12)14/259 《王逸〈哀时命〉解题》[6(55)、9(12)]
2. 鲍钦止本《楚辞》	集部	(1)0/3 《楚辞目录》 (2)4/156 《悲回风》：草苴比而不芳[96(1)] (3)13/257 《〈谬谏〉解题》
3.《隋书》	史部	(1)1/1 洪兴祖《〈楚辞卷第一〉解题》[1(2)]
4.《史记》	史部	(1)1/2 王逸《〈离骚章句第一〉解题》：言己放逐离别，中心愁思，犹依道径，以风谏君也。[5(1)、6(1)] (2)1/36 《离骚》：巫咸将夕降兮[6(11)、38(1)] (3)2/58 《云中君》：蹇将憺兮寿宫[9(5)] (4)2/69 《大司命》：纷总总兮九州 (5)3/117 《天问》：悟过改更，我又何言？ (6)4/146 《怀沙》：《怀沙》解题 (7)4/161 《悲回风》：借光景以往来兮，施黄棘之枉策。 (8)5/168 《远游》：质销铄以汋约兮 (9)13/241 《沉江》：子胥死而不葬[15(5)]
5. 班固《离骚赞序》	集部	(1)1/2 王逸《〈离骚章句第一〉解题》：言己放逐离别，中心愁思，犹依道径，以风谏君也。[4(1)、6(1)]
6. 颜师古《汉书注》	史部	(1)1/2 王逸《〈离骚章句第一〉解题》：言己放逐离别，中心愁思，犹依道径，以风谏君也。[4(1)、5(1)] (2)1/4 《离骚》：扈江离与辟芷兮[11(1)] (3)1/5 《离骚》：纫秋兰以为佩[12(1)]

续表

书名	部类	条　目
6. 颜师古《汉书注》	史部	**(4)**1/10　《离骚》：畦留夷与揭车兮[11(2)]
		(5)1/13　《离骚》：愿依彭咸之遗则
		(6)1/14　《离骚》：众女嫉余之蛾眉兮
		(7)1/17　《离骚》：驰椒丘且焉止息[11(4)、22(1)]
		(8)1/17　《离骚》：长余佩之陆离[23(1)]
		(9)1/26　《离骚》：朝发轫于苍梧兮
		(10)1/28　《离骚》：前望舒使先驱兮[30(1)]
		(11)1/36　《离骚》：巫咸将夕降兮[4(2)、38(1)]
		(12)1/37　《离骚》：怀椒糈而要之
		(13)1/37　《离骚》：百神翳其备降兮，九疑缤其并迎。
		(14)1/39　《离骚》：恐鹈鴃之先鸣兮[30(2)、40(1)]
		(15)1/42　《离骚》：历吉日乎吾将行
		(16)1/42　《离骚》：折琼枝以为羞兮
		(17)1/42　《离骚》：精琼靡以为粮
		(18)1/44　《离骚》：忽吾行此流沙兮
		(19)1/45　《离骚》：路不周以左转兮
		(20)2/71　《少司命》：秋兰兮麋芜，罗生兮堂下。[12(2)]
		(21)2/73　《少司命》：孔盖兮翠旍[1(6)、12(3)]
		(22)2/84　《礼魂》：传芭兮代舞[12(4)]
		(23)3/90　《天问》：地方九则，何以坟之？[1(9)]
		(24)3/96　《天问》：黑水玄趾，三危安在？
		(25)3/101　《天问》：萍号起雨，何以兴之？[71(1)]
		(26)4/121　《惜诵》：戒六神与向服[76(1)、77(1)]
		(27)4/124　《惜诵》：故众口其铄金兮[78(1)]
		(28)4/130　《涉江》：夕宿辰阳
		(29)4/132　《哀郢》：去故乡而就远兮，遵江夏以流亡。[85(1)]
		(30)4/134　《哀郢》：凌阳侯之泛滥兮
		(31)4/136　《哀郢》：忠湛湛而愿进兮[89(1)]
		(32)4/145　《怀沙》：伯乐既没，骥焉程兮？
		(33)4/157　《悲回风》：气于邑而不可止
		(34)4/159　《悲回风》：穆眇眇之无垠兮[74(2)]
		(35)5/168　《远游》：吸飞泉之微液兮

续表

书名	部类	条 目
6. 颜师古《汉书注》	史部	**(36)**5/169 《远游》：造旬始而观清都［100（1）］
		(37)5/169 《远游》：夕始临乎于微间
		(38)5/169-170 《远游》：骑胶葛以杂乱兮［73（4）、84（3）］
		(39)5/174 《远游》：上至列缺兮
		(40)5/174 《远游》：下峥嵘而无地兮
		(41)5/174 《远游》：上寥廓而无天
		(42)5/174 《远游》：听惝恍而无闻
		(43)6/177 《卜居》：将突梯滑稽［22（3）、103（1）、104（1）］
		(44)6/177 《卜居》：若千里之驹乎
		(45)6/178 《卜居》：宁与黄鹄比翼乎［1（10）］
		(46)8/184 《九辩》：鶗鴂喌唶而悲鸣
		(47)8/189 《九辩》：愿衔枚而无言兮
		(48)9/197 《招魂》：身服义而未沬
		(49)9/204 《招魂》：翡翠珠被
		(50)9/208 《招魂》：实羽觞些［28（3）、43（5）］
		(51)10/222 《大招》：小腰秀颈，若鲜卑只。
		(52)11/228 《惜誓》：建日月以为盖兮，载玉女于后车。
		(53)11/228 《惜誓》：黄鹄之一举兮，知山川之纡曲。再举兮，睹天地之圆方。［1（11）］
		(54)12/233 《招隐士》：块兮轧［74（3）］
		(55)14/259 《王逸〈哀时命〉解题》［1（12）、9（12）］
		(56)14/260 《哀时命》：弱水汩其为难兮
		(57)14/263 《哀时命》：握剞劂而不用兮
		(58)15/270 《通路》：北饮兮飞泉
		(59)15/272 《危俊》：雄虺雒兮相求
		(60)16/293 《远逝》：抚朱爵与鵁鷤
		(61)16/298 《惜贤》：搴薜荔于山野兮，采捻支于中洲。［11（7）］
		(62)16/309 《远游》：悉灵圉而来谒［9（16）］
		(63)17/325 《伤时》：乘戈龢兮讴谣
7. 宋祁《宋景文笔记》	子部	**(1)**1/3 王逸《〈离骚章句第一〉解题》：凡百君子，莫不慕其清高，嘉其文采，哀其不遇，而愍其志焉。

续表

书名	部类	条目
8. 皇甫谧《帝王世纪》	史部	(1)1/3 《离骚》：帝高阳之苗裔兮[9(1)] (2)1/34 《离骚》：恐高辛之先我[9(3)] (3)1/34 《离骚》：少康之未家兮，留有虞之二姚。
9. 裴骃《史记集解》	史部	(1)1/3 《离骚》：帝高阳之苗裔兮[8(1)] (2)1/28 《离骚》：后飞廉使奔属 (3)1/34 《离骚》：恐高辛之先我[8(2)] (4)1/38 《离骚》：武丁用而不疑[39(1)] (5)2/58 《云中君》：蹇将憺兮寿宫[4(3)] (6)2/63 《湘君》：遗余佩兮醴浦 (7)3/99 《天问》：何勤子屠母，而死分竟地？[69(1)] (8)4/147 《思美人》：高辛之灵盛兮 (9)5/171 《远游》：意恣睢以担挢 (10)9/208 《招魂》：有柘浆些[12(5)] (11)13/240 《沉江》：伯夷饿于首阳[76(2)、116(1)] (12)14/259 《王逸〈哀时命〉解题》[1(12)、6(55)] (13)15/270 《通路》：竦余剑兮干将 (14)15/271 《通路》：飞駏兮步旁 (15)15/273 《昭世》：登羊角兮扶舆 (16)16/309 《远游》：悉灵圉而来谒[6(62)]
10. 蔡邕《独断》	子部	(1)1/3 《离骚》：朕皇考曰伯庸
11. 司马相如《上林赋》	集部	(1)1/4 《离骚》：扈江离与辟芷兮[6(2)] (2)1/10 《离骚》：畦留夷与揭车兮[6(4)] (3)1/11 《离骚》：冀枝叶之峻茂兮 (4)1/17 《离骚》：驰椒丘且焉止息[6(7)、22(1)] (5)15/275 《尊嘉》：汎淫兮无根 (6)16/293 《远逝》：曳彗星之皓旰兮 (7)16/298 《惜贤》：搴薜荔于山野兮，采捻支于中洲。[6(61)]
12. 司马相如《子虚赋》	集部	(1)1/5 《离骚》：纫秋兰以为佩[6(3)] (2)2/71 《少司命》：秋兰兮麋芜，罗生兮堂下。[6(20)] (3)2/73 《少司命》：孔盖兮翠旍[1(6)、6(21)] (4)2/84 《礼魂》：传芭兮代舞[6(22)] (5)9/208 《招魂》：有柘浆些[9(10)] (6)9/210 《招魂》：起郑舞些[111(1)]

续表

书名	部类	条　　目
13. 陶弘景《本草经集注》	子部	(1)1/7　《离骚》：岂维纫夫蕙茝［14(1)］ (2)1/9　《离骚》：荃不察余之中情兮 (3)2/77　《河伯》：乘白鼋兮逐文鱼 (4)3/96　《天问》：鲮鱼何所？鬿堆焉处？［68(1)］ (5)13/237　《初放》：列树苦桃 (6)16/304　《愍命》：掘荃蕙与射干兮
14. 陈藏器《本草拾遗》	子部	(1)1/7　《离骚》：岂维纫夫蕙茝［13(1)］
15. 颜师古《匡谬正俗》	经部	(1)1/9　《离骚》：忍而不能舍也 (2)1/46　《离骚》：聊假日以婾乐 (3)9/207　《招魂》：稻粢穱麦 (4)10/223　《大招》：宜扰畜只 (5)13/241　《沉江》：子胥死而不葬［4(9)］
16.《论语》	经部	(1)1/12　《离骚》：恐修名之不立 (2)1/14　《离骚》：怨灵修之浩荡兮［19(1)］ (3)1/16　《离骚》：伏清白以死直兮，固前圣之所厚。 (4)1/18　《离骚》：将往观乎四荒［1(3)］ (5)1/32　《离骚》：虽信美而无礼兮，来违弃而改求。 (6)3/85　王逸《〈天问章句第三〉解题》［60(1)］ (7)4/122　《惜诵》：命咎繇使听直［66(3)］ (8)4/139　《抽思》：有鸟自南兮［27(9)、90(1)］ (9)4/149　《思美人》：《思美人》解题
17. 曹丕《与钟繇九日送菊书》	集部	(1)1/12　《离骚》：夕餐秋菊之落英
18.《荀子》	子部	(1)1/12　《离骚》：长颔颔亦何伤 (2)13/249　《自悲》：莫能行于杳冥兮，孰能施于无报？
19.《孟子》	经部	(1)1/14　《离骚》：怨灵修之浩荡兮［16(2)］ (2)3/98　《天问》：何后益作革，而禹播降？ (3)4/146　《怀沙》：知死不可让，愿勿爱兮。 (4)6/178　《卜居》：智有所不明 (5)7/180　《渔父》："沧浪之水清兮"
20. 贾谊《吊屈原赋》	集部	(1)1/15　《离骚》：偭规矩而改错 (2)13/257　《无题》：铅刀进御兮，遥弃太阿。 (3)15/279　《株昭》：骥垂两耳兮

续表

书名	部类	条　目
21. 郑玄《〈毛诗传〉笺》	经部	**(1)** 1/16　《离骚》：步余马于兰皋兮
22. 司马贞《史记索隐》	史部	**(1)** 1/17　《离骚》：驰椒丘且焉止息[6(7)、11(4)]
		(2) 4/121　《惜诵》：令五帝以析中兮
		(3) 6/177　《卜居》：将突梯滑稽[6(43)、103(1)、104(1)]
		(4) 9/210　《招魂》：发《激楚》些
23. 许慎《淮南子注》	子部	**(1)** 1/17　《离骚》：长余佩之陆离[6(8)]
		(2) 1/42　《离骚》：为余驾飞龙兮，杂瑶象以为车。[41(1)]
		(3) 4/124　《惜诵》：昔余梦登天兮，魂中道而无杭。
		(4) 13/253　《谬谏》：当世岂无骐骥兮，诚无王良之善驭。见执辔者非其人兮，故驹跳而远去。
		(5) 14/260　《哀时命》：愿至昆仑之悬圃兮，采钟山之玉英。
		(6) 15/272　《危俊》：径岱土兮魏阙[73(15)]
		(7) 16/308　《思古》：乌获戚而骖乘兮，燕公操于马圉。
24. 苏轼《尧不诛四凶》	集部	**(1)** 1/19　《离骚》：曰鲧婞直以亡身兮
25.《管子》	子部	**(1)** 1/20　《离骚》：众不可户说兮，孰云察余之中情。
26. 孔颖达《尚书正义》	经部	**(1)** 1/21　《离骚》：羿淫游以佚畋兮
		(2) 2/76　《河伯》：与女游兮九河[1(8)]
		(3) 3/98　《天问》：启代益作后，卒然离蟹。[39(3)]
		(4) 9/214　《招魂》：与王趋梦兮课后先
27.《左传》	经部	**(1)** 1/22　《离骚》：浞又贪夫厥家[28(1)]
		(2) 3/96　《天问》：羿焉彃日？乌焉解羽？
		(3) 3/101　《天问》：咸播秬黍，莆雚是营。[70(1)]
		(4) 3/116　《天问》：蠡蛾微命，力何固？
		(5) 3/117　《天问》：易之以百两，卒无禄。
		(6) 4/122　《惜诵》：故相臣莫若君兮
		(7) 4/131　《涉江》：忠不必用兮，贤不必已。
		(8) 4/138　《抽思》：何毒药之謇謇兮？
		(9) 4/139　《抽思》：有鸟自南兮[16(8)、90(1)]

续表

书名	部类	条 目
28.《文选》五臣注	集部	**(1)** 1/22 《离骚》：淈又贪夫厥家[27(1)] **(2)** 2/70 《大司命》：折疏麻兮瑶华[53(1)、54(1)、55(1)] **(3)** 9/208 《招魂》：实羽觞些[6(50)、43(5)]
29.《礼记》	经部	**(1)** 1/23 《离骚》：后辛之菹醢兮 **(2)** 1/50 洪兴祖补班固《离骚序》：或问：古人有言：杀其身有益于君则为之。屈原虽死，何益于怀、襄？ **(3)** 3/90 《天问》：纂就前绪，遂成考功。 **(4)** 3/107 《天问》：何往营班禄，不但还来？ **(5)** 4/155 《橘颂》：秉德无私，参天地兮。 **(6)** 5/174 《远游》：从颛顼乎增冰 **(7)** 8/192 《九辩》：明月销铄而减毁[36(5)]
30. 李善《文选注》	集部	**(1)** 1/28 《离骚》：前望舒使先驱兮[6(10)] **(2)** 1/39 《离骚》：恐鹈鴂之先鸣兮[6(14)、40(1)] **(3)** 3/95 《天问》：靡蓱九衢，枲华安居？ **(4)** 3/106 《天问》：平胁曼肤，何以肥之？ **(5)** 4/134 《哀郢》：悲江介之遗风[87(1)、88(1)] **(6)** 5/168《远游》：精醇粹而始壮 **(7)** 6/178 《卜居》：蝉翼为重 **(8)** 8/186 《九辩》：收恢台之孟夏兮[105(1)] **(9)** 9/205 《招魂》：娥眉曼睩 **(10)** 9/211 《招魂》：郑卫妖玩 **(11)** 10/223 《大招》：曲屋步壛 **(12)** 13/257 《谬谏》：要袅奔亡兮，腾驾橐驼。 **(13)** 14/265 《哀时命》：使枭杨先导兮 **(14)** 15/277 《思忠》：援瓟瓜兮接粮[100(5)] **(15)** 16/291 《怨思》：弃鸡骇于筐簏
31. 王逸《楚辞章句》	集部	**(1)** 1/28 《离骚》：雷师告余以未具 **(2)** 2/56 《东皇太一》：灵偃蹇兮姣服 **(3)** 10/224 《大招》：鸿鹄代游，曼鹔鹴只。[101(4)] **(4)** 17/322 《悼乱》：白龙兮见躃，灵龟兮执拘。[36(6)]
32. 司马光《范景仁传》	集部	**(1)** 1/29 《离骚》：帅云霓而来御[33(1)]

续表

书名	部类	条　目
33. 郭璞《尔雅注》	经部	**(1)** 1/29　《离骚》：帅云霓而来御［32（1）］ **(2)** 2/66　《湘夫人》：荪壁兮紫坛［52（1）］ **(3)** 15/271　《通路》：腾蛇兮后从 **(4)** 16/300　《忧苦》：鸺鹠集于木兰
34. 刘次庄《乐府集》	集部	**(1)** 1/30　《离骚》：结幽兰而延伫 **(2)** 2/57　《云中君》：浴兰汤兮沐芳
35. 陶弘景《真诰》	子部	**(1)** 1/30　《离骚》：登阆风而绁马
36.《庄子》	子部	**(1)** 1/30　《离骚》：折琼枝以继佩 **(2)** 3/112　《天问》：何圣人之一德，卒其异方？ **(3)** 5/167　《远游》：无为之先 **(4)** 6/178　《卜居》：神有所不通 **(5)** 8/192　《九辩》：明月销铄而减毁［29（7）］ **(6)** 17/322　《悼乱》：白龙兮见躯，灵龟兮执拘。［31（4）］
37. 郭璞《穆天子传注》	子部	**(1)** 1/31　《离骚》：吾令丰隆乘云兮
38. 陆德明《经典释文》	经部	**(1)** 1/36　《离骚》：巫咸将夕降兮［4（2）、6（11）］ **(2)** 3/100　《天问》：化为黄熊，巫何活焉？ **(3)** 5/166　《远游》：漱正阳而含朝霞 **(4)** 13/242　《沉江》：秋毫微哉而变容
39. 孔安国《尚书传》	经部	**(1)** 1/38　《离骚》：武丁用而不疑［9（4）］ **(2)** 1/47　《离骚》：已矣哉，国无人莫我知兮 **(3)** 3/98　《天问》：启代益作后，卒然离蠥。［26（3）］
40. 高诱《淮南鸿烈解》	子部	**(1)** 1/39　《离骚》：恐鹈鴂之先鸣兮［6（14）、30（2）］
41.《毛诗传》	经部	**(1)** 1/42　《离骚》：为余驾飞龙兮，杂瑶象以为车。［23（2）］ **(2)** 2/56　《东皇太一》：瑶席兮玉瑱 **(3)** 3/112　《天问》：稷维元子，帝何竺？
42. 杜光庭《洞天福地岳渎名山记》	子部	**(1)** 1/43　《离骚》：邅吾道夫昆仑兮

续表

书名	部类	条　　目
43. 许慎《说文解字》	经部	**(1)** 1/44　《离骚》：鸣玉鸾之啾啾 **(2)** 2/79　《山鬼》：既含睇兮又宜笑 **(3)** 3/86　《天问》：斡维焉系？天极焉加？[61(1)、62(1)] **(4)** 3/97　《天问》：焉得彼嵞山女，而通之于台桑？ **(5)** 9/208　《招魂》：实羽觞些[6(50)、28(3)] **(6)** 13/253　《谬谏》：心悇憛而烦冤兮[73(12)] **(7)** 15/269　《匡机》：顾游心兮鄗鄢[68(4)] **(8)** 15/276　《蓄英》：荔蕰兮霉鬡[73(16)] **(9)** 15/278　《陶壅》：淹低佪兮京泬[73(17)] **(10)** 16/289　《怨思》：申诚信而罔违兮，情素洁于纽帛。 **(11)** 16/301　《忧苦》：潜周鼎于江淮兮，爨土霤于中宇。[73(19)] **(12)** 17/315　《逢尤》：悫怅立兮涕滂沱[68(5)] **(13)** 17/317　《疾世》：媒女诎兮谓谵[73(21)]
44. 郭璞《山海经注》	子部	**(1)** 1/45　《离骚》：麾蛟龙使梁津兮 **(2)** 12/232　《招隐士》：桂树丛生兮 **(3)** 13/257　《谬谏》：畜凫驾鹅
45. 颜之推《颜氏家训》	子部	**(1)** 1/50 洪兴祖补班固《离骚序》：颜之推云："自古文人常陷轻薄。屈原露才扬己，显暴君过。" **(2)** 2/82　《国殇》：凌余阵兮躐余行
46.《诗经》	经部	**(1)** 1/50　洪兴祖补班固《离骚序》：或曰：原用智于无道之邦，亏明哲保身之义，可乎？曰：愚如武子，全身远害可也。有官守言责，斯用智矣。山甫明哲，固保身之道。然不曰夙夜匪解，以事一人乎？[47(1)]
47.《毛诗小序》	经部	**(1)** 1/50　洪兴祖补班固《离骚序》：或曰：原用智于无道之邦，亏明哲保身之义，可乎？曰：愚如武子，全身远害可也。有官守言责，斯用智矣。山甫明哲，固保身之道。然不曰夙夜匪解，以事一人乎？[46(1)]
48.《周易》	经部	**(1)** 1/50　洪兴祖补班固《离骚序》：仲尼曰：乐天知命，故不忧。又曰：乐天知命，有忧之大者。屈原之忧，忧国也；其乐，乐天也。[49(1)]

续表

书名	部类	条　　目
49.《列子》	子部	**(1)**1/50　洪兴祖补班固《离骚序》：仲尼曰：乐天知命，故不忧。又曰：乐天知命，有忧之大者。屈原之忧，忧国也；其乐，乐天也。［48(1)］ **(2)**13/256　《谬谏》：列子隐身而穷处兮
50. 沈括《梦溪笔谈》	子部	**(1)**2/55　《东皇太一》：吉日兮辰良 **(2)**9/198　《招魂》：何为四方些 **(3)**11/228　《惜誓》：飞朱鸟使先驱兮，驾太一之象舆。
51. 韩愈《黄陵庙碑》	集部	**(1)**2/59　《湘君》：謇谁留兮中洲
52. 陆机《毛诗草木鸟兽虫鱼疏》	经部	**(1)**2/66　《湘夫人》：苏壁兮紫坛［33(2)］ **(2)**2/79　《山鬼》：乘赤豹兮从文狸 **(3)**10/217　《大招》：魂乎无南！蜮伤躬只。［113(1)、114(1)］ **(4)**10/220　《大招》：吴酸蒿蒌
53. 谢灵运《从斤竹涧越岭溪行》	集部	**(1)**2/70　《大司命》：折疏麻兮瑶华［28(2)、54(1)、55(1)］
54. 谢灵运《南楼中望所迟客》	集部	**(1)**2/70　《大司命》：折疏麻兮瑶华［28(2)、53(1)、55(1)］
55. 江淹《谢法曹惠连赠别》	集部	**(1)**2/70　《大司命》：折疏麻兮瑶华［28(2)、53(1)、54(1)］
56. 马融《广成颂》	集部	**(1)**2/75　《东君》：思灵保兮贤姱［57(1)］
57. 李贤《后汉书注》	史部	**(1)**2/75　《东君》：思灵保兮贤姱［56(1)］ **(2)**4/133　《哀郢》：甲之鼌吾以行［86(1)］ **(3)**5/167　《远游》：夕晞余身兮九阳［72(3)、99(1)］
58. 杜甫《发潭州》	集部	**(1)**2/78　《河伯》：波滔滔兮来迎，鱼邻邻兮媵予。
59. 颜师古《隋遗录》	子部	**(1)**2/84　《礼魂》：春兰兮秋菊
60. 屈原《离骚》	集部	**(1)**3/85　王逸《〈天问章句第三〉解题》［16(6)］
61. 孔颖达《礼记正义》	经部	**(1)**3/86　《天问》：斡维焉系？天极焉加？［43(3)、62(1)］

续表

书名	部类	条　　目
62. 何休《春秋公羊解诂》	经部	**(1)**3/86 　《天问》：斡维焉系？天极焉加？［43（3）、61（1）］
63. 张揖《广雅》	经部	**(1)**3/87 　《天问》：九天之际，安放安属？
64. 虞世南《北堂书钞》	子部	**(1)**3/88 　《天问》：夜光何德，死则又育？［65（1）］
65. 赵爽、李淳风《周髀算经注》	子部	**(1)**3/88 　《天问》：夜光何德，死则又育？［64（1）］
66.《尚书》	经部	**(1)**3/91 　《天问》：鲧何所营？禹何所成？ **(2)**3/112 　《天问》：何恶辅弼，谗谄是服？ **(3)**4/122 　《惜诵》：命咎繇使听直［16（7）］
67. 杨亿《谈苑》	子部	**(1)**3/95 　《天问》：一蛇吞象，厥大何如？
68.《类篇》	经部	**(1)**3/96 　《天问》：鲮鱼何所？魀堆焉处？［13（4）］ **(2)**4/125 　《惜诵》：惩于羹者而吹齑兮［79（1）、80（1）］ **(3)**5/168 　《远游》：玉色頩以脕颜兮 **(4)**15/269 　《匡机》：顾游心兮鄱鄽［43（7）］ **(5)**17/315 　《逢尤》：惹怅立兮涕滂沱［43（12）］
69. 段成式《酉阳杂俎》	子部	**(1)**3/99 　《天问》：何勤子屠母，而死分竟地？［9（7）］
70. 李商隐《有感二首》	集部	**(1)**3/101 　《天问》：咸播秬黍，莆雚是营。［27（3）］
71. 张协《杂诗》	集部	**(1)**3/101 　《天问》：蓱号起雨，何以兴之？［6（25）］
72. 张衡《思玄赋》	集部	**(1)**3/102 　《天问》：鳌戴山抃，何以安之？［73（1）］ **(2)**5/165 　《远游》：耀灵晔而西征［98（1）］ **(3)**5/167 　《远游》：夕晞余身兮九阳［57（3）、99（1）］
73.《集韵》	经部	**(1)**3/102 　《天问》：鳌戴山抃，何以安之？［72（1）］ **(2)**4/140 　《抽思》：乱曰：长濑湍流，沂江潭兮。 **(3)**4/140 　《抽思》：轸石崴嵬，蹇吾愿兮。 **(4)**5/169-170 　《远游》：骑胶葛以杂乱兮［6（38）、84（3）］ **(5)**8/185 　《九辩》：心怦怦兮谅直 **(6)**9/201 　《招魂》：敦脄血拇［109（1）］ **(7)**9/202 　《招魂》：槛层轩些

续表

书名	部类	条　　目
73.《集韵》	经部	**(8)** 9/202　《招魂》：层台累榭 **(9)** 9/207　《招魂》：肥牛之腱 **(10)** 13/244　《怨世》：西施媞媞而不得见兮 **(11)** 13/246　《怨世》：年既已过太半兮，然垆轲而留滞。 **(12)** 13/253　《谬谏》：心惝憛而烦冤兮［43(6)］ **(13)** 14/259　《哀时命》：志憾恨而不逞兮 **(14)** 15/270　《通路》：从虾兮游渚 **(15)** 15/272　《危俊》：径岱土兮魏阙［23(6)］ **(16)** 15/276　《蓄英》：芴蕴兮霉鬻［43(8)］ **(17)** 15/278　《陶壅》：淹低佪兮京沶［43(9)］ **(18)** 16/301　《忧苦》：偓促谈于廊庙兮 **(19)** 16/301　《忧苦》：潜周鼎于江淮兮，爨土鬻于中宇。［43(11)］ **(20)** 16/304　《愍命》：挟人筝而弹纬 **(21)** 17/317　《疾世》：媒女诎兮谩嫭［43(13)］ **(22)** 17/321　《遭厄》：起奋迅兮奔走，违群小兮谋詢。
74. 贾谊《鹏鸟赋》	集部	**(1)** 3/110　《天问》：穆王巧梅，夫何为周流？ **(2)** 4/159　《悲回风》：穆眇眇之无垠兮［6(34)］ **(3)** 12/233　《招隐士》：块兮轧［6(54)］
75. 杜预《左传后序》	经部	**(1)** 4/121　《惜诵》：发愤以杼情
76.《晋书》	史部	**(1)** 4/121　《惜诵》：戒六神与向服［6(26)、77(1)］ **(2)** 13/240　《沉江》：伯夷饿于首阳［9(11)、116(1)］ **(3)** 17/316　《怨上》：上察兮璇玑
77. 苏辙《古史》	史部	**(1)** 4/121　《惜诵》：戒六神与向服［6(26)、76(1)］
78. 邹阳《狱中上书自明》	集部	**(1)** 4/124　《惜诵》：故众口其铄金兮［6(27)］ **(2)** 4/131　《涉江》：伍子逢殃兮
79. 郑玄《周礼注》	经部	**(1)** 4/125　《惜诵》：惩于羹者而吹整兮［68(2)、80(1)］ **(2)** 9/203　《招魂》：朱尘筵些
80.《世说新语》	子部	**(1)** 4/125　《惜诵》：惩于羹者而吹整兮［68(2)、79(1)］
81.《仪礼传》	经部	**(1)** 4/127　《惜诵》：背膺牉以交痛兮
82. 江淹《别赋》	集部	**(1)** 4/129　《涉江》：船容与而不进兮，淹回水而凝滞。［83(1)］

续表

书名	部类	条　目
83. 杜甫《八哀诗·赠秘书监江夏李公邕》	集部	**(1)** 4/129 《涉江》：船容与而不进兮，淹回水而凝滞。[82(1)]
84.《广韵》	经部	**(1)** 4/130 《涉江》：霰雪纷其无垠兮 **(2)** 5/163 《远游》：夜耿耿而不寐兮 **(3)** 5/169-170 《远游》：骑胶葛以杂乱兮[6(38)、73(4)] **(4)** 6/177 《卜居》：喔咿儒儿 **(5)** 8/183 《九辩》：宋廮兮 **(6)** 9/207 《招魂》：臑若芳些 **(7)** 9/208 《招魂》：腼鳖炮羔
85. 郦道元《水经注》	史部	**(1)** 4/132 《哀郢》：去故乡而就远兮，遵江夏以流亡。[6(29)]
86. 冯衍《显志赋》	集部	**(1)** 4/133 《哀郢》：甲之鼂吾以行[57(2)] **(2)** 4/139 《抽思》：并日夜而无正 **(3)** 4/150 《惜往日》：惜壅君之不昭 **(4)** 5/165 《远游》：高阳邈以远兮
87. 曹植《杂诗六首》	集部	**(1)** 4/134 《哀郢》：悲江介之遗风[30(5)、88(1)]
88. 杜预《春秋经传集解》	经部	**(1)** 4/134 《哀郢》：悲江介之遗风[30(5)、87(1)]
89. 司马相如《大人赋》	集部	**(1)** 4/136 《哀郢》：忠湛湛而愿进兮[6(31)]
90.《吕氏春秋》	经部	**(1)** 4/139 《抽思》：有鸟自南兮[16(8)、27(9)]
91. 张守节《史记正义》	史部	**(1)** 4/142 《怀沙》：君子所鄙
92.《山海经》	子部	**(1)** 4/143 《怀沙》：怀瑾握瑜兮
93. 曹植《植橘赋》	集部	**(1)** 4/153 《橘颂》：绿叶素荣，纷其可喜兮。
94. 韩愈《伯夷颂》	集部	**(1)** 4/155 《橘颂》：行比伯夷，置以为像兮。

书名	部类	条　　目
95. 房玄龄《管子注》	子部	**(1)**4/155　《橘颂》：《橘颂》解题
96. 林德祖本《楚辞》	集部	**(1)**4/156　《悲回风》：草苴比而不芳[2(2)] **(2)**17/321　《遭厄》：遂踢达兮邪造
97. 宋玉《风赋》	集部	**(1)**4/159　《悲回风》：依风穴以自息兮
98. 潘岳《寡妇赋》	集部	**(1)**5/165　《远游》：耀灵晔而西征[72(2)]
99. 仲长统《见志诗》	集部	**(1)**5/167　《远游》：夕晞余身兮九阳[57(3)、72(3)]
100. 李台《大象赋集解》	子部	**(1)**5/169　《远游》：造句始而观清都[6(36)] **(2)**5/171　《远游》：后文昌使掌行兮 **(3)**15/277　《思忠》：登华盖兮乘阳 **(4)**15/277　《思忠》：抽库娄兮酌醴 **(5)**15/277　《思忠》：援颰瓜兮接粮[30(14)]
101. 孔颖达《春秋左传正义》	经部	**(1)**5/169　《远游》：骖连蜷以骄骜 **(2)**8/189　《九辩》：诚莫之能善御 **(3)**9/207　《招魂》：大苦醎酸 **(4)**10/224　《大招》：鸿鹄代游，曼鹔鹈只。[31(3)]
102. 扬雄《羽猎赋》	集部	**(1)**5/172　《远游》：祝融戒而还衡兮
103. 扬雄《法言》	子部	**(1)**6/177　《卜居》：将突梯滑稽[6(43)、22(3)、104(1)] **(2)**16/297　《惜贤》：时迟迟其日进兮
104. 扬雄《酒箴》	集部	**(1)**6/177　《卜居》：将突梯滑稽[6(43)、22(3)、103(1)]
105. 黄庭坚《书徐会稽禹庙诗后》	集部	**(1)**8/186　《九辩》：收恢台之孟夏兮[30(8)]
106. 佚名《法言音义》	子部	**(1)**8/190　《九辩》：凤亦不贪馁而妄食
107. 曹植《陈审举表》	集部	**(1)**8/195　《九辩》：国有骥而不知乘兮

续表

书名	部类	条　　目
108. 苏颂《图经本草》	子部	**(1)** 9/199 　《招魂》：蝮蛇蓁蓁
109. 王弼《周易注》	经部	**(1)** 9/201 　《招魂》：敦脄血拇 [73(6)]
110. 郑玄《周礼注》	经部	**(1)** 9/203 　《招魂》：朱尘筵些 **(2)** 17/322 　《悼乱》：冠屦分共絇
111. 边让《章华赋》	集部	**(1)** 9/210 　《招魂》：起郑舞些 [12(6)]
112. 徐铉校注本《说文解字》	经部	**(1)** 9/212 　《招魂》：华镫错些
113.《穀梁传》	经部	**(1)** 10/217 　《大招》：魂乎无南！蜮伤躬只。[52(3)、114(1)]
114. 孙思邈《备急千金要方》	子部	**(1)** 10/217 　《大招》：魂乎无南！蜮伤躬只。[52(3)、113(1)]
115.《孔子家语》	子部	**(1)** 13/239 　《沉江》：联蕙芷以为佩兮，过鲍肆而失香。
116. 阮籍《咏怀·步出上东门》	集部	**(1)** 13/240 　《沉江》：伯夷饿于首阳 [9(11)、76(2)]
117. 杨倞《荀子注》	子部	**(1)** 13/246 　《怨世》：讼谓间娵为丑恶
118. 郭象《庄子注》	子部	**(1)** 13/251 　《哀命》：神罔两而无舍
119.《尔雅》	经部	**(1)** 15/271 　《危俊》：将去焱兮远游 **(2)** 17/317 　《怨上》：虫豸兮夹余，惆怅兮自悲。
120.《淮南子》	子部	**(1)** 15/279 　《株昭》：捐弃随和
121. 杨恽《报孙会宗书》	集部	**(1)** 16/290 　《怨思》：本朝芜而不治
122. 韩愈《华山女》	集部	**(1)** 16/300 　《忧苦》：三鸟飞以自南兮，览其志而欲北。
123.《太平广记》	子部	**(1)** 16/310 　《远游》：历祝融于朱冥

据此，我们可以列表(如表 3-2、3-3、3-4、3-5 所示)统计引书数据如下：

(一)经部

表 3-2

《匡谬正俗》(5)	《论语》(9)	《〈毛诗传〉笺》(1)
《尚书正义》(4)	《左传》(9)	《礼记》(7)
《礼记正义》(1)	《尚书传》(3)	《诗经》(1)
《毛诗小序》(1)	《经典释文》(4)	《尔雅注》(4)
《毛诗草木鸟兽虫鱼疏》(4)	《说文解字》(13)	《春秋公羊解诂》(1)
《春秋经传集解》(1)	《尚书》(3)	《类篇》(5)
《集韵》(22)	《毛诗传》(3)	《左传后序》(1)
《仪礼传》(1)	《广韵》(7)	《春秋左传正义》(4)
《周礼注》(2)	徐铉等校注本《说文解字》(1)	《穀梁传》(1)
《尔雅》(2)	《孟子》(5)	《周易》(1)
《广雅》(1)	《周易注》(1)	《左传》(9)

注：括弧内为引用次数，表 3-3、3-4、3-5 皆同此。

洪兴祖共暗引经部著作 33 种，以《毛诗序》《左传后序》往往匹配《毛诗传》《春秋经传集解》而行，实应视为 31 种。以《集韵》所引次数居多，共 22 次，其次为《说文》，共 13 次，其他著作均不超过 10 次。共计引经部著作 137 次。

(二)史部

表 3-3

《汉书》(12)	《隋书》(1)	《史记》(9)
《汉书注》(63)	《史记集解》(16)	《史记索隐》(4)
《后汉书注》(3)	《帝王世纪》(3)	《史记正义》(1)
《晋书》(3)	苏辙《古史》(1)	《水经注》(1)

洪兴祖共暗引史部著作 12 种，以颜师古《汉书注》、班固《汉书》、裴骃《史记集解》所引次数为多，分别为 63 次、12 次、16 次。共计引史部著作 117 次。

（三）子部

表 3-4

《宋景文笔记》(1)	《独断》(1)	《本草经集注》(6)
《本草拾遗》(1)	《荀子》(2)	《庄子注》(1)
《淮南子注》(7)	《管子》(1)	《真诰》(1)
《淮南鸿烈解》(1)	《穆天子传注》(1)	《荀子注》(1)
《颜氏家训》(2)	《列子》(2)	《梦溪笔谈》(3)
《太平广记》(1)	《杨文公谈苑》(1)	《山海经注》(3)
《北堂书钞》(1)	《酉阳杂俎》(1)	《庄子》(6)
《洞天福地岳渎名山记》(1)	《世说新语》(1)	《淮南子》(1)
《山海经》(1)	《管子注》(1)	《大象赋集解》(5)
《周髀算经注》(1)	《法言》(2)	《法言音义》(1)
《图经本草》(1)	《备急千金要方》(1)	《孔子家语》(1)
《隋遗录》(1)	《吕氏春秋》(1)	

洪兴祖共暗引子部著作 35 种，所引次数皆不超过 10 次，以许慎《淮南子注》、陶弘景《本草经集注》、李台《大象赋集解》所引次数为多，分别为 7 次、6 次、5 次。共计引子部著作 63 次。

（四）集部

表 3-5

鲍钦止本《楚辞》(3)	班固《离骚赞序》(1)	司马相如《上林赋》(7)
司马相如《子虚赋》(6)	曹丕《与钟繇九日送菊书》(1)	贾谊《吊屈原赋》(3)
苏轼《尧不诛四凶》(1)	《文选》五臣注(3)	李善《文选注》(15)
王逸《楚辞章句》(4)	司马光《范景仁传》(1)	刘次庄《乐府集》(2)

韩愈《黄陵庙碑》(1)	谢灵运《从斤竹涧越岭溪行》(1)	谢灵运《南楼中望所迟客》(1)
江淹《谢法曹惠连赠别》(1)	杜甫《发潭州》(1)	马融《广成颂》(1)
屈原《离骚》(1)	李商隐《有感二首》(1)	张协《杂诗》(1)
张衡《思玄赋》(3)	贾谊《鹏鸟赋》(3)	邹阳《狱中上书自明》(2)
江淹《别赋》(1)	杜甫《八哀诗·赠秘书监江夏李公邕》(1)	冯衍《显志赋》(4)
曹植《杂诗六首》(1)	司马相如《大人赋》(1)	曹植《植橘赋》(1)
韩愈《伯夷颂》(1)	林德祖本《楚辞》(2)	宋玉《风赋》(1)
潘岳《寡妇赋》(1)	仲长统《见志诗》(1)	扬雄《羽猎赋》(1)
扬雄《酒箴》(1)	韩愈《华山女》(1)	黄庭坚《书徐会稽禹庙诗后》(1)
曹植《陈审举表》(1)	边让《章华赋》(1)	阮籍《咏怀·步出上东门》(1)
杨恽《报孙会宗书》(1)		

　　洪兴祖共暗引集部著作43种，以李善《文选注》《子虚赋》《上林赋》所引为多，分别为15次、6次、7次，其余著作皆不超过5次。共引集部著作87次。

　　结合李温良所统计的明引数据，除去雷同书目，洪兴祖引经部书籍57种、史部书籍31种、子部书籍81种、集部书籍72种，共237种2308次。明引经部被引次数较多的是《说文解字》(159次)、《尔雅》(96次)、《诗经》(55次)、《左传》(55次)、《集韵》(48次)、《尚书》(43次)、《方言》(31次)、《广雅》(31次)；史部被引次数较多的是《汉书》(86次)、《史记》(65次)、《国语》(23次)、《水经注》(17次)、《战国策》(11次)、《后汉书》(10次)；子部被引次数较多的是《淮南子》(124次)、《山海经》(54次)、《庄子》(45次)、《本草》(34次)、《荀子》(18次)、《列子》(18次)；集部被引次数较多的是五臣注《文选》(319次)、《天对》(53次)、李善注《文选》(36次)、《司马相如赋》(35次)、《张衡赋》(23次)、扬雄赋(10次)。洪兴祖引经部书籍以字书、辞书为最多；引史部书籍以《史记》《汉书》及两者的注为多；引子部书籍以《淮南子》《山海经》《庄子》《本草》居多；引集部书籍则以《文选》李善注、五臣注以及汉赋居多。

刘勰在《文心雕龙·宗经》里说："经也者，恒久之至道，不刊之鸿教也。"又云"渊哉铄乎，群言之祖"，则古人大量引用经部文献是理之必然。在洪兴祖引用的大量经部文献中，字书、辞书占了绝对的比例。这是因为字书、辞书是训诂最基本也是最重要的参考书。我们知道，《楚辞补注》由于名物考订训诂详备，历代以来皆被视为自王逸《楚辞章句》后《楚辞》阐释学史上的第二座高峰。大量征引的字书、辞书文献，正是保证其训诂详备的基础前提。在引史部著作时，《汉书》《史记》占了绝大多数，而对颜师古《汉书注》，《史记》的三家注本的引用，更是到了空前的高度。其原因之一当与《楚辞》内容多涉远古历史传说，而《史记》《汉书》记载这段历史较多有关，经部引《左传》《尚书》次数也占很大比例亦可说明这一点。而另一点原因则在于《史记》《汉书》中保留了大量汉赋，汉以来辞赋多祖楚辞，无论是辞赋中所涉名物、历史，写作风格都与楚辞相去不远。根据对后世辞赋的注，亦可以作为注楚辞的参考。而在王逸的《楚辞章句》里面，就已经收录了很多汉代早期的辞赋作品。这也是洪兴祖在引集部书籍时，以《文选》李善注、五臣注及汉赋为多的原因——《文选》中也收录了大量的汉赋。而引用的子部书籍中，《山海经》《本草》可以看作是关于地理、植物的辞书，《淮南子》有《天文训》《地形训》，包含大量古代天文、地理知识，这些书被引用得最多，仍然是为训诂服务的。

结合前文条辨的内容看，洪兴祖的引书有两个优点：（1）大量引用典籍，对《楚辞》的阐释可谓详尽；（2）对于某些代有传本的书籍佚文引用，则多闻阙疑，抱有审慎的态度，如《离骚》"折琼枝以继佩"条、《天问》"九天之际，安放安属"条，虽显为《庄子》《广雅》佚文，却仅称"传曰"。但也还存在一些不足：（1）某些引文，看似分引了几本书籍，很可能只是转引袭取了某一本书的注文，而非亲自查证每一本书，如《九歌·河伯》"与女游兮九河"、《九怀·蓄英》"菏蕴兮霉鰶"条；（2）很多书在宋代是早已经亡佚的，却出现在洪氏的注文中，实际上只是转引了他书的注文，容易造成洪氏亲见该书的假象。如《离骚》"畦留夷与揭车兮"、《九章·哀郢》"去故乡而就远兮，遵江夏以流亡"条；（3）对某些引书内容处理的不严谨：①《九章·抽思》："何毒药之謇謇兮"条，"《传》曰"前引"《书》曰"，易误以为引自《尚书传》。②引书中"《传》曰"或指《左传》、或指《荀子》、或指《山海经》等，与"《记》曰"皆指《礼记》，"《语》曰"皆指《论语》不同，读者若不详考，易误作同一本书。③引书有引《字林》、杜林注、林德祖本《楚辞》成例，在《遭厄》"遂踢达兮邪造"仅云"林（《林》）云"，不详考难知是何书。

　　综上所述，我们可以得出以下结论：1. 洪兴祖引书确实较为该博，但大多数内容仍然集中在少数的几本常见辞书、字书、史书、地理书、文学总集注等；2. 洪兴祖大量引用史部著作、《文选》及其注本，是由于汉赋和楚辞的一脉相承；3. 并非所有引用书籍都为洪氏亲见，洪氏在引用时表现出审慎的态度；4. 洪兴祖引书仍然有不严谨之处。

第四章　出土文献与《楚辞补注》的校读

本章研究的目的，在于通过综合前人的研究成果和出土文献的最新发现，对《楚辞》的异文作一补充考辨，并在此基础上对《楚辞》的部分文句重作解读，以此探明洪兴祖《楚辞补注》的校勘价值。《离骚》《九章》《招魂》等经典篇目，前人已有从出土文献角度出发的校读，取得了部分成果。本章拟从前人未能注意或未能解决的问题着手，进行条辨式探讨，再综合前人利用出土文献校读《楚辞》的成果，实现对洪兴祖《补注》校勘成就的客观评价。

凡例：

一、本章所引出土文献，涉及甲骨、金文、简帛书等。

二、甲骨称引体例按"书名简称与甲骨编号·文字顺序""书名简称与甲骨编号"出示。

三、金文称引体例，于字形后直接加括号出示所出鼎彝器物名称。

四、竹简称引体例按"书名简称·篇名简称·竹简顺序""书名简称·分组顺序·竹简顺序""书名简称·篇名简称·章节简称"出示。

五、《楚辞补注》所据底本，以中华书局 1983 年点校本为准。

六、称引的出土楚简文献的整理成果，根据条辨文字所涉楚简文字的实际范围，截至《上海博物馆藏战国楚竹书（八）》为止。

引用甲骨文献简称对应完整名称如下：

铁　铁云藏龟

前　殷虚书契前编

后　殷虚书契后编

甲　龟甲兽骨文字

戬　戬寿堂所藏殷虚文字

佚　殷虚佚存

粹　殷契粹编

诚　诚斋殷虚文字

乙　殷虚文字乙编

掇二　殷契拾掇第二编

续存　甲骨续存

存二　甲骨续存二编

京　北京大学藏甲初稿

合　殷虚文字缀合

人　京都大学人文科学研究所藏甲骨文字

南明　战后南北所见甲骨集　明义士旧藏甲骨文字

引用简帛文献简称对应完整名称如下：

天卜　江陵天星观一号墓卜筮简

包二　荆门包山二号墓竹简

信一　信阳一号墓竹书简

信二　信阳一号墓遣策简

帛甲　长沙子弹库楚帛书甲篇

帛乙　长沙子弹库楚帛书乙篇

包牍　荆门包山二号墓竹牍

新　新蔡葛陵楚简

九・五六　江陵九店五六号墓竹简

睡・秦　睡虎地秦墓竹简・秦律杂抄

郭・缁衣　荆门郭店楚墓竹简・缁衣

郭・穷　荆门郭店楚墓竹简・穷达以时

郭・五　荆门郭店楚墓竹简・五行

郭・唐　荆门郭店楚墓竹简・唐虞之道

郭・忠　荆门郭店楚墓竹简・忠信之道

郭・成　荆门郭店楚墓竹简・成之闻之

郭・性　荆门郭店楚墓竹简・性自命出

郭・六　荆门郭店楚墓竹简・六德

马・老甲　长沙马王堆三号汉墓帛书・老子甲本

马・老乙　长沙马王堆三号汉墓帛书・老子乙本

马・周　长沙马王堆三号汉墓帛书・周易

上(一)　　上海博物馆藏战国楚竹书(一)

上(二)　　上海博物馆藏战国楚竹书(二)

上(三)　　上海博物馆藏战国楚竹书(三)

上(四)　　上海博物馆藏战国楚竹书(四)

上(五)　　上海博物馆藏战国楚竹书(五)

上(六)　　上海博物馆藏战国楚竹书(六)

上(七)　　上海博物馆藏战国楚竹书(七)

上(八)　　上海博物馆藏战国楚竹书(八)

第一节　出土文献与《离骚》的校读

1. 又重之以脩能

脩,王注远也。

脩字《楚辞》中凡 29 见。除去本条,列举如下:

(1)夫惟灵脩之故也　(《离骚》　王注:"远也。")

(2)伤灵脩之数化　(《离骚》)

(3)恐脩名之不立(《离骚》　洪补:"脩洁之名也。""脩与修同,古书通用。")

(4)謇吾法夫前脩兮(《离骚》　王注:"前世远贤。""仿前贤以自修洁。"是既云"脩"之"久远"义,又云其之"修持"义。)

(5)余虽好脩姱以鞿羁兮　(《离骚》　洪补:"修洁而姱美。")

(6)怨灵脩之浩荡兮　(《离骚》)

(7)退将复脩吾初服　(《离骚》　王注:"脩吾清洁之服。")

(8)余独好脩以为常　(《离骚》　此徐广才已辨"脩"当作"循"。)

(9)汝何博謇而好脩兮(《离骚》　王注:"脩謇謇。")

(10)固前脩以菹醢(《离骚》　王注:"前世脩名之人。")

(11)路曼曼其脩远兮　(《离骚》　王注:"长也。")

(12)吾令蹇脩以为理　(《离骚》　王注:"伏羲氏之臣。")

(13)孰信脩而慕之　(《离骚》　王注:"信明善恶,脩行忠直。")

(14)苟中情其好脩兮　(《离骚》　王注:"中心常好善。")

(15)莫好脩之害也　(《离骚》　洪补:"好自修洁者。")

(16)路脩远以周流　(《离骚》　王注:"遥远。")

(17)路脩远以多艰兮　(《离骚》)

（18）留灵脩兮憺忘归　（《九歌·山鬼》）

（19）而鲧疾脩盈　（《天问》　王注："长也。"）

（20）憎愠愉之脩美兮　（《九章·哀郢》）

（21）览余以其脩姱　（《九章·抽思》）

（22）纷缊宜脩　（《九章·橘颂》）

（23）憎愠愉之脩美兮　（《九辩》）

（24）今脩饰而窥镜兮　（《九辩》）

（25）姱脩滂浩　（《大招》　王注："长也。"）

（26）怨灵脩之浩荡兮　（《七谏·谬谏》）

（27）愁脩夜而宛转兮　（《哀时命》）

（28）辞灵脩而陨志兮　（《九叹·逢纷》）

按：据上可知，除人名（蹇脩）或喻指（灵脩）外，《楚辞》中"脩"字有"长""远""修持"（"修饰"），以及由"修持"引申出的"美善"诸义。《离骚》中凡涉"脩""修"字句皆作"脩"，此后篇目多数作"脩"，但仍有作"修"之例，如"美要眇兮宜修"（《九歌·湘君》）、"路曼曼其修远兮"（《远游》），一作"修持"义，一作"长远"义，亦未出"脩"字所涵盖义项，似确乎"脩""修"可通。后之篇目作"脩"者，亦基本沿袭《离骚》中词义及用法。考之简帛文献，"脩"字凡三见：

（1）脩一籔，脯一籔。（《包二·食·二五五》①）

（2）辟脩一篸，炙鸡一篸，一篸脩。（《包二·食·二五八》②）

（3）彭祖曰："一命一聂，是谓益愈。一命三聂，是谓自厚。三命四聂，是谓百姓之主。"（《上（三）·彭·七》）

《包山楚简》"脩"字皆作肉干义，上博简"聂"字，李零云"或读为'修'"，赵炳清指出："▨，整理者隶定为聂，或读为'修'，可从。按：▨形，上从首或页，下从攸，似可隶定为'歔'，或为'脩'的变体，《集韵·尤韵》：'修，或通作脩。'修，训为'告诫，儆戒'，《国语·鲁语下》：'吾冀而朝夕修我曰："必无废先人。"'韦昭注：'修，儆也。'"③按此处的文字图片本皆作字母，赵炳清于下文说明中详细描述字母对应字形，今径改为文字图片。赵炳清释上下文义云："彭祖进一步说道：'受到爵位赏赐而一再儆戒自己，可以说是更加贤良；受到衣服赏赐而再三儆戒自己，

---

① 篇名为《食室之食》，据刘信芳《包山楚简解诂》。

② 篇名为《食室所以食笄》，据刘信芳《包山楚简解诂》。

③ 赵炳清：《上博简三〈彭祖〉补释》，"简帛研究"网，http：//www.bamboosilk.org/admin3/2005/zhaobinqing001.htm。

可以说是自我加深德行；受到车马赏赐而多次儆戒自己，可以说能做百姓的君主。'"①若即上下文义考之，"聂"训为"修持"亦无不可；而即便取"聂"为"告诫"义，因听从"告诫"而付诸实际的反复"修持德行"的行为，以更好地做百姓的君主，亦可讲得通，若即此而论，"修持"当为"告诫"之引申义。考简帛文献，不见"修"字，则"脩"字为更古，是也。《离骚》全文作"脩"，足见洪兴祖所据本之古。

又按：简帛文献仅证"脩"之"修持"义，其"长""远""美善"义简帛不可证。脩，《正字通》训为"肉条割而干之也"，或以肉条为长状，引申为"长"义，由"长"可引申为"远"义。又前已云，"美善"义实为"修持"义引申：《楚辞》中多见"脩洁"之说，即修持与生俱来之"内美"，以此"脩洁"逐渐由动宾结构变化为并列结构，脩、洁并谓"美善"，故"苟中情其好脩兮"之"好脩"，王逸解释为"好善"；"固前脩以菹醢"之"前脩"。王逸解释为"前世脩名(美名、令名)之人"，后世注家亦多承袭此义。综上观之，《楚辞》中"脩""修"互通，实"脩"可涵盖"修"所有含义及用法。

2. 忽驰骛以追逐兮，非余心之所急。

驰，洪兴祖引一本作驼。

按：驼见于以下出土简帛文献：

(1)竞驼。(《包二·所二·一八七》②)

(2)隰朋与鲍叔牙皆拜，起而言曰："公身为亡(无)道，进华明子以驼于倪(郳)廷。"(《上(五)·竞·九-十》)

(3)以驼马不去车，赀一盾。(《睡·秦》)

(4)五色使人目盲，驰驼田猎使人心发狂。(《马·老乙》)

《说文》中无"驼"字，《玉篇》："驼，骆驼。"上述简例中的包山简，整理者定字为"驼"，未释其义，后之学者则认为"驼"当通作"驰"(白于蓝《〈包山楚简文字编〉校订》)。其他简例皆用作"驰"义。徐宝贵在其《以"它""也"为偏旁文字的分化》一文中指出："迄今为止，在西汉早期以前的出土古文字资料中尚未发现'驰'字，但是，已有《说文》所训'大驱'义的"驰"这个词，都是假借'驼'字为之的。……可以说，'驰'是把以前假借的'驼'字的声旁'它'改换成'也'旁分化出来的一个字。"③上举简例之

①　赵炳清：《上博简三〈彭祖〉补释》，"简帛研究"网，http://www.bamboosilk.org/admin3/2005/zhaobinqing001.htm。

②　篇名为《所詎之二》，据刘信芳《包山楚简解诂》。

③　徐宝贵：《以"它""也"为偏旁文字的分化》，《文史》2007年第3辑，第248页。

用法，足证"驼"确系古"驰"字。又"忽驰骛以追逐兮"前"乘骐骥以驰骋兮"（《离骚》）、后"驰椒丘且焉止息"（《离骚》）洪兴祖皆引一本作驼。后"齐玉轪而并驰"（《离骚》）、"朝驰余马兮江皋"（《九歌·湘夫人》）等凡涉"驰"字者，洪补皆不再引一本作驼，足见洪氏所见或非原貌完全之古本，以"驼""驰"并用故也。然洪补注引一本作驼，已足令我们窥见一部分《楚辞》之原貌。

3. 余固知謇謇之为患兮

王逸注："《易》曰：'王臣謇謇，匪躬之故。'"洪补云："今《易》作蹇蹇，先儒引经多如此，盖古今本或不同耳。"

出土文献作：

王暎蹇蹇，非 今 之故。（《马·周·蹇》）

王臣讦讦，匪今之古（故）。（《上（三）·周·讦》）

按："蹇"字见于《说文解字·足部》，云："跛也，从足，寒省声。""蹇"是个形声字，"足"为义符，本意是人的脚跛，可以引申为人行走艰难，因此《广雅·释诂》释"蹇"云"难也"。《周易·蹇卦》的卦象是艮下坎上，《周易·说卦传》称"艮为水为沟渎""坎为山为径路"。这样的卦象正如《象传》所云，是象征着人前进的路上"险在前也"的，因此卦名称之为《蹇》。这说明《蹇卦》的卦名和卦象之间是有内在联系的。帛书本《蹇卦》作"蹇"，此字各类字书都不见，但"蹇"字造字原理应该是与"蹇"相同的，当是"从走，寒省声"的形声字。"走""足"都与行走有关，两字可通。这也是各类帛书释文均将"蹇"视为"蹇"的异体字，直接将二者等同的原因。楚简本《蹇卦》卦名作"讦"。整理者濮茅左云："'讦'，卦名，《周易》第三十九卦，艮下坎上。《说文·言部》：'讦，面相斥罪，相告讦也。从言，干声。'《玉篇》：'讦，攻人之阴私也。''讦'音与'謇''蹇'通，意亦相近。"①濮茅左认为"'讦'音与'謇''蹇'通，意亦相近"，或许是因为楚简本的作者或抄写者认为攻发他人的罪过或隐私，是一件很困难的事，就将《蹇卦》的卦名"蹇"写作了"讦"。王逸引《周易·蹇卦》将"蹇"作"謇"。"謇"字不见于《说文解字》，段玉裁在《说文解字注》中注"蹇"称："蹇，难也。行难谓之蹇，言难亦谓之蹇，俗作'謇'，非。""謇"亦见于《玉篇》《广韵》《韵会》，分别解作"口吃""正言也""直言也"，皆不云"謇"为

---

① 马承源主编：《上海博物馆藏战国楚竹书（三）》，上海：上海古籍出版社，2003年，第183页。

"蹇"的异体字，亦不言"謇"的本义作"言难"。在现有文献中无法证明"蹇"是"謇"的本字；或应先有"謇"的"口吃"义，然后有"正言""直言"义，最后才引申出"言难"之义。这是因为"口吃"的人由于生理缺陷讲话必须"正言""直言"，他们为求较快地把自己的意思表达出来，往往直截了当，而不是拐弯抹角。而不论是由于言者口吃，抑或是因其所言为"正言""直言"，这样的"言"对言者或听者则应该都是一种"言难"了。

4. 不吾知其亦已兮，苟余情其信芳

洪补照录五臣注云："言君不知我，我亦将止，然我情实美。"

历代注家云：

王夫之："荷衣蓉裳，服芳自洁，君虽不知，而吾道自存。"（《楚辞通释》卷一）

戴震："言服退隐之服，但以自芳，不必求人知。"（《屈原赋注》卷一）

李陈玉："吾身虽退，而被服愈益芳洁，但要自信得真，安问知不知哉？"（《楚辞笺注》卷一）

陈本礼："原虽退居林下，而爱芳旧习，仍然屈强傲世，既曰'不吾知其亦已兮'，而又曰'苟余情其信芳'，则是口中欲已而心中尚不欲已，犹冀表异于人也。所以后文复有'往观四荒'之语。"（《屈辞精义》卷一）

按：历代注家皆未注"苟"义，直云"然我情实美""但以自芳"之类，或以"苟"为表转折虚词。段玉裁《说文解字注》云："孔注《论语》云：'苟，诚也。'郑注《燕礼》云：'苟，且也，假也。皆假借也。'"或此"苟"作"姑且"义。朱骏声《离骚赋补注》释"苟得用此下土"云："苟者，茍之误字。自急敕也。与《仪礼》'实为茍敬'、《礼记》'茍日新'同。或曰敬之误字也。""苟"虽可作"茍"之异体，然作"自急敕"义时当音"既"。许慎《说文解字》云茍古文作𦱧，"从羊，羊与义、善、美同意"，段玉裁《说文解字注》云："自急敕也。急与茍双声，敕与茍叠韵。急者，褊也。敕者，诚也。此字不见经典，惟《释诂》：'𢋯、骏、肃、亟、遄，速也。'《释文》云：'亟字又作茍，同，居力反。经典亦作棘，同，是其证。'"历来注家亦不注"信"，愚谓"信"当与"芳"同，皆作"余情"之修饰，云余情真诚可信、芬芳自洁。

又按：甲骨文中"苟"作"𗀸"（甲二五九一）形，从人、从Ⅴ。《甲骨文编》将其隶定为𦣻形，云："不从口，形与羌近，又疑'苟'从羌得声。"从Ⅴ，又与羌近，足证"苟"本应从羊。《大保簋》作𗀸形，更见其从Ⅴ似羊角之形，证许慎说可信。又《楚季荀盘》作"🐏"，羊角之形更似，又从口，急敕须以口为之，段玉裁亦有足信之一证。郭沫若云："苟用为敬，与《师虎毁》同，《大盂鼎》《大保毁》又均以芍为之。余谓芍乃狗之象形文，卜辞多见，用以为牲，又以为沃甲之沃，狗、沃音相近也。芍又作苟，乃从口声，后误为从艸之苟，形虽失而音尚存。其用为敬者，即警之初文，自来用狗以警卫，故字从苟从攴，与牧、救、驭等同意，省之，则单着狗形作芍若苟，即可知为敬为警，犹箕帚乃妇女之事，故妇字从帚，而卜辞更以帚为妇矣。苟、苟字《说文》两收，苟训为艸，苟训为自急敕而未言其音，后人因急敕之训而傅会以己力切，《玉篇》更以苟、亟为一字，然《大盂鼎》有从亟之字作徑，又同见两芍字，两者并不相混，知后起之说均不足信。"①

以前句"不吾知其亦已兮"观之，云君既然不知我，我亦将止，只要保有我的芳洁诚信之情即可，则"苟"既不可作"诚"、亦不可作"且"义，当作"只要"。若作"苟"，如许慎云与美、善同义，亦可通。云君既不知我，我亦将止，自美余情，使其信芳。或如段玉裁云作急诚义，郭沫若云为敬、警省，初文作警戒义，亦可通。云当诚训己身，保持信美之余情。以"苟""苟"先秦皆存，今并考辨之，以洪兴祖此照录五臣注，未解"苟"义，当其失也。

5. 忽反顾以遊目兮

遊，王逸注"忽，疾貌"下多"遊，一作游"句，当为洪氏所出异文，参前文关于《楚辞考异》散附问题的讨论。

按：甲骨文"游"字作🔥（铁一三二・一）形，左民安认为："左边是一杆大旗，右下部是一个人，像人执着一杆旗。"②马如森则认为："从子，表示人，其旁从象旗帜形，字象人执旗帜形，以示军队行军之意。"③到金文时，则既有作🔥（《仲斿父鼎》）形者，亦有作🔥（《曾侯仲子斿父鼎》）、作🔥（《蔡侯🔥盘》）、作🔥（《🔥平钟》）形者。左民安录金文作🔥形，云金文

---

① 转引自周法高主编：《金文诂林》第11册，香港：香港中文大学出版社，1974年，第5655页。
② 左民安：《细说汉字——1000个汉字的起源与演变》，北京：九州出版社，2005年，第354页。
③ 马如森：《殷墟甲骨文实用字典》，上海：上海大学出版社，2008年，第161页。

"将'人'换成'水'形，表示旌旗之飘动像水流之形。"①容庚云"🅰从彳""🅱从辵""🅲从水"②。商承祚《殷虚文字》云："从子执旗，全为象形。从水者，后来所加，于是变象形为形声矣。"③

又按：考简帛文献，几乎全部"游"字皆从"辵"（滕壬生《楚系简帛文字编》收录"游"字全从"辵"，该书收录最新出土简帛截至《上海博物馆藏战国楚竹书(二)》），如：

杲🅳乐也。(《郭·性·三三》)

先王之🅴。(《上(二)·丁·七》)

惟《上海博物馆藏战国楚竹书(五)·三德》第二十一简云"竿之长枸株逯车善游者"，游字作🅵形，整理者李零隶定为𨑏。愚谓最早之甲骨并无"水""辵"之偏旁，因甲骨初文作执旗而行走义，"彳""止"皆与走有关，"彳"与"止"又可合之为"辵"，故金文有从"止"者(《曾侯仲子斿父鼎》)，后又有从"辵"者(《蔡侯🅶盘》)，其单用"彳""止"，或合为"辵"作偏旁皆可。又"彳"在金文中(《蔡侯🅶盘》)与"🅷"(水)形近，故由"彳"讹变成从"🅷"形(变为从"氵")，又与"止"结合讹变为楚简中的"🅵"形(变为从"氵"从"止")。另外，从"氵"之"游"字，亦有可能是"遊"初文的"遊走"义引申为"游水"义而从"氵"。据此，洪兴祖云"一作游"固不误，然此一本应为当时传抄本，很可能并不是古本原貌。楚简文字说明《楚辞》最早很可能是从"辵"作"遊"的，洪兴祖以之为准，足见其判断力，又出异文"游"，亦见其审慎的态度。

6. 就重华而敶词

王逸注下云"一作陈詞"，当为洪氏所出异文，参前文关于《楚辞考异》散附问题的讨论。

按：容庚《金文编》所载"陈"字，皆作从"阜"从"攴"之"敶"字，作"🅸"(《陈侯簠》)形。周法高主编《金文诂林》所载"陈"字亦全作"敶"，引林义光说云："从阜，敶，谓冈峦陈列也。"④又引高田忠周说云："按《说

---

① 左民安：《细说汉字——1000个汉字的起源与演变》，北京：九州出版社，2005年，第354页。

② 容庚：《金文编》，北京：中华书局，1985年，第463~464页。

③ 转引自徐中舒主编：《汉语大字典》，成都：四川辞书出版社；武汉：湖北辞书出版社，1986年，第1684页。

④ 周法高主编：《金文诂林》第4册，香港：香港中文大学出版社，1974年，第1910页。按：此疑当作"冈峦陈列"，以"峦""蛮"形近而笔误。

文》：'䩱，列也。從攴，陳声。'经传皆借'陳'为之，又金文借'敶'为'陳'，铭义是也。互通用字，转义为军敶，字亦讹作'陣'，非。"①楚简中"陳"字绝大部分皆作从"阜"從"土"之"陸"，如：

齐客陸异至福于王之岁 （《新·甲三·二七》）

吕䧖邦非它也 （《上（七）·吴·八》）

惟《上海博物馆藏战国楚竹书（七）·凡物流形》甲本第二十四简云"氏古䧖为新"，作"陳"字。

又按：综合林义光及高田忠周二说观之，"敶"字初义当为陈列军车于阜丘之上，阜丘有土，故楚简又从"土"。而陈军车于阜丘上须以手推而为之，故又从"攴"，"攴"下部从"手"，有小击、扑义。则"陳"字实为"敶"之省也，若以完整意义观之，当作"敶"是。据此洪氏所出异文虽不误，然所据版本应为当时传抄本，可能并非古本原貌。洪补皆作"敶"，洪氏很有可能见过《楚辞》古本。

7. 户服艾以盈要兮

洪补曰"要与腰同"。

按：要，甲骨作"𦥑"（《前二》）形，李孝定释云："按《说文》：'要，身中也。象人要自臼之形。从臼，交省声。𦥑，古文要。'契文'𦥑'字与徐书'要'之古文作'𦥑'者形近。上所以从日，本象头形，其初当本作○，每增点画为彣饰，遂与日掍。许书'要'之古文從🅐，乃日形之讹变。要字象女子自臼其要之形，女子尚细要，盖自古已然。"②金文作"🅐"（《是要簋》）形或"🅑"（《散氏盘》）形，前者与甲骨无大异，后者容庚曰："或从系，义为要约。"③

要见于楚简者为：

昏诃🅐。（《上（一）·性·十四》）

与"🅐""🅑"近似，根据整理者的校释，此通作"谣"义。

又按：《说文》"要"作"𦥑"，当为指事字，以两手标记人形腰部位置，故通为"腰"。考出土文献，除"𦥑"外，其形皆不作以手指示腰部，而皆以二手形环之头部，或出于字形美观考虑，而将手形移至头部。洪兴祖谓

---

① 周法高主编：《金文诂林》第 4 册，香港：香港中文大学出版社，1974 年，第 1910 页。

② 李孝定编述：《甲骨文字集释》第 3 卷，台北："中央研究院历史语言研究所"，1970 年，第 833 页。

③ 容庚：《金文编》，北京：中华书局，1985 年，第 167 页。

"要与腰同"，是也。

8. 循绳墨而不颇

王逸："《易》曰'无平不颇'也。"

洪补："《易·泰卦》云：'无平不陂。'"

出土文献作：

九三：无平不波，无往不复。（《马·周·泰》）

按：许慎《说文解字》："颇，头偏也。从页，皮声。滂禾切。"又："陂，阪也。一曰沱也。从𨸏，皮声，彼为切。"

段玉裁《说文解字注》："颇，头偏也。引申为凡偏之偁。《洪范》曰：'无偏无颇，遵王之义。'人部曰：'偏者，颇也。'以颇引伸之义释偏也。俗语曰颇多、颇久、颇有，犹言偏多、偏久、偏有也。古借陂为颇，如《洪范》古本作'无偏无陂'。颜师古《匡谬正俗》，李善《文选注》所引皆作陂，可证。迄乎天宝，乃据其时所用本作颇，而诏改为陂，一若古无作陂者，不学而作聪之过也。陂义古皆在歌戈部，则又不知古音之过耳。从页，皮声。滂禾切，十七部。又匹我切。言部曰：'诐，古文以为颇字。'言古文之假借也。"又："陂，阪也。陂与坡音义皆同。凡陂必邪立，故引申之义为倾邪。《子虚赋》：'罢池陂陀。'言旁颓也。《易》：'无平不陂。'《洪范》：'无偏无陂。'从𨸏，皮声。彼为切。古音在十七部。一曰池也。池各本作沱，误，今依《韵会》正，说详水部。池与沱形义皆别。此云陂者，池也。故水部有池篆，云陂也，正考、老转注之例。《诗》惟《召南》言沱，余多言池，不可淆溷。许书'沼，池也''洼，深池也''潢，积水池也''湖，大陂也''汝，水都也''窪，一曰宨也''洿，一曰宨下也'，义皆同物，岂可改为沱乎？陂得训池者，陂言其外之障，池言其中所蓄之水。故曰'刘媪尝息大泽之陂'，谓大泽之旁也。曰'叔度汪汪若千顷陂'，即谓千顷池也。湖训大陂，即大池也。《陈风》：'彼泽之陂。'《传》曰：'陂，泽障也。'《月令注》曰：'畜水曰陂。'凡经传云陂池者，兼言其内外。或分析言之，或举一以互见。许池与陂互训，浑言之也。陂有段波为之者，如《汉·诸侯王表》曰'波汉之阳'，《西域传》曰'傍南山北波河'。"

孔颖达《周易正义》云："正义曰：'无平不陂者，九三处天地相交之际，将各分复其所处。乾体虽在下，今将复归于上；坤体初虽在下，今欲复归于下。是初始平者，必将有险陂也；初始往者，必将有反复也。无有平而不陂，无有往而不复者。'"

邓球柏《帛书周易校释》云："无平不波，没有平静的水面就反应不出波浪来。说明波浪是相对于平静的水面而言的。也就是说水平面是波浪的参照物。《说文解字》：'波，水涌流也。从水，皮声。'波，通行本作'陂'。波、陂，歌部迭韵、帮滂旁纽，古通用。"

又按：颇、陂、波皆可通。帛书《周易》即令波不作倾斜、偏颇解，亦当如孔颖达般解作无有平而不波者。而分用颇、陂、波三字，可能与当时传抄者所处的环境有关。如马王堆，属古楚地，汉长沙国，多湿沼河流，故以水之平波论中正和偏颇。而通行本的传抄者可能处于多丘或多山之地，故而以路之平陂作为中正偏颇之用。高华平先生认为"当时人们对于《周易》卦名的写法，并未定于一尊，人们在抄写'经文'时，并非一字不易，而只是遵守当时一般的习惯而已"①，并进一步指出："楚简本面对的是以'正言''直言'揭发他人阴谋活动的艰难，所以它就选择了与'蹇'音近相通的'讦'字来作为该卦卦名；屈原面临的是以忠言直谏楚王而被疏远、放逐的艰难，所以他就选择了另一个与'蹇'音近相通的'謇'来作为该卦的卦名。但'讦''謇'已与《蹇卦》卦象没有任何关系，它们仅表示某种言语行为的'艰难'。不遵循统一而固定的《易卦》卦名，而根据自己面临的现实境况来选择卦名，可能是先秦时楚国人用《易》的法则之一。"②这说明先秦时《周易》的传抄确实跟环境等现实状况有关，故此处爻辞或从"颇"、或从"陂"、或从"波"。

颇，篆文作𩓣。左为皮，《说文》云"剥取兽革者谓之皮"，此当作声旁。右为页，甲骨作𦣻（乙八七八〇），金文作𦣻（《卯簋盖》），篆文作𩠐，《说文》云"头也"。徐中舒主编《甲骨文字典》不收此字，马如森《殷墟甲骨文实用字典》、陈初生《金文常用字典》及周法高主编《金文诂林》皆训之为"头"义。自甲骨、金文看，其初形显是半跪面左之人，既朝向为左，则必自有偏颇，或即页之本意即带偏斜之意，作形旁。黄灵庚云楚简作"芰"③，不知何出。又姜亮夫云："颇、陂实后起分别专字，王逸训偏，则两字皆可用，头偏曰颇，与陂偏曰陂盖同。然经典多用颇，少用陂。"④然不论楚简是否作"芰"，"颇"是否后出，其偏颇义皆不可能从皮。或颇本字即"页"，从"皮"为声，故"颇"后出，后或讹或借为"陂""波"之字。

①　高华平，杨瑰瑰：《〈周易·蹇卦〉卦名、卦爻辞及卦义的演变——兼论屈原与易学的关系》，《江汉论坛》2012年第5期。
②　高华平，杨瑰瑰：《〈周易·蹇卦〉卦名、卦爻辞及卦义的演变——兼论屈原与易学的关系》，《江汉论坛》2012年第5期。
③　黄灵庚：《楚辞与简帛文献》，北京：人民出版社，2011年，第143页。
④　姜亮夫：《重订屈原赋校注》，《姜亮夫全集》第6册，昆明：云南人民出版社，2002年，第55页。

据此可知洪据底本原文作"颇"不误。

9. 芬至今犹未沬

洪补曰："《易》曰：'日中见沬。'"

出土文献作：

九晶(三)：丰丌(其)芾(沛)，日中见芾(瞒)，折丌(其)右拡(肱)，亡(无)咎。(《上(三)·周·丰》)

九三：豐亓蘋，日中见茉；折亓右弓，无咎。(《马·周易·豐》)

按：王注谓沬为已，洪谓沬为微晦。以晦暗为即将消亡成黑暗之状态，故作已亦可。

孔颖达《周易正义》疏云："正义曰：'"丰其沛，日中见沬"者，沛，幡幔，所以御盛光也。沬，微昧之明也，以九三应在上六，志在乎阴，虽愈于六二以阴处阴，亦未见免于闇也，是所以"丰在沛，日中见沬"也。处光大之时，而丰沛见沬，虽愈于丰蔀见斗，然施于大事，终不可用。假如折其右肱，自守而已，乃得无咎，故曰"折其右肱，无咎"。'"

邓球柏《帛书周易校释》云："豐亓蘋：丰都的蘋草茂盛。蘋，草名。秋天生，雁食。《楚辞·九歌·湘夫人》：'白蘋兮骋望。'王逸注：'蘋草秋生。'洪兴祖引司马相如赋注云：'似莎而大，出江湖，雁所食。'蘋，通行本作'沛'。蘋，元部并母字。沛，月部滂母字。元月对转、滂并旁纽。《音义》：'沛，本或作斾，谓幡幔也。又普贝反。姚云：滂沛也。王廙：丰盖反。又补赖反。徐：普盖反。子夏作芾。《传》云：小也。郑、干作芾，云：祭祀之蔽膝。'日中见茉：中午看到茉莉花。茉，通行本作'沬'。沬、茉，同从末得声。折亓右弓：把茉莉花折来祭弓。其，代词，指茉莉花。右，赞助，祭。右弓：祭祀弓箭。弓，通行本作'肱'。肱、弓，蒸部、见母、平声，古音同。"

《上海博物馆藏战国楚竹书(三)》云："'芾'，一作'沛'，幡幔，或作'斾'。'芾'，读为'瞒'，《字汇补》：'芾，音瞒。'《集韵》：'瞒，暗也。'一作'昧'，闇昧、微昧之光。'拡'，又作'厷'，手臂。《说文·又部》：'厷，或从肉。'《左传·成公元年》：'蛇出其下，以肱击之。'右肱被折，虽有左在，也不足用。"

《广韵》云："芾，分物切，音弗。草木翳荟也。"

又按：芾指草木翳荟，沛指幡幔；芾指暗晦，沬亦可作晦暗。是通行本与楚简本异词而同义。而帛书之释似不妥。高华平通过对《周易·塞卦》在楚简、《楚辞》及通行本中异文的研究，指出："此时的楚国是并不认同以'山上有水'或'有险在前，畏而不进'的卦象来命名此卦的。而是认为，卦名应该、而且也可以是根据使用者的'不同使用目的和方式而获得延伸与展开'的，即使用根据我们的理解和语境而采用的与原卦名（我们姑且假定那种依卦象获得的卦名为原卦名）既有联系、又有区别的文字符号来作为卦名。"①如"王臣蹇蹇"作"謇""訐"等，皆可由行路难及直言难推出难意，然其大意为难则不可改易。若如《帛书周易校释》所解，则全然偏离传本及简本周易之意。愚谓茉不见《说文》《广韵》《玉篇》诸书，当不可作茉莉解。以茉之字形上艸下末观之，草之末为根耳，根深植土中，不可全观，故有蔽晦之意。而蘋似莎而大，故能如旆般翼蔽他物，使之晦暗。而蘋草最早见于《楚辞·九歌·湘夫人》，则更进一步表现出帛书本《周易》根据楚地环境和名物而有所异的特点。然大义不异，可如上解。以楚地多水泽，泽中多水草，则作"沬"、作"茉"即可视作根据环境而获得延伸和展开使用的形态。故洪补底本作"沬"，据《周易》作"日中见沬"皆不误。

第二节　出土文献与《九歌》的校读

一、《湘君》

1. 女婵媛兮为余太息

婵媛，王注云："犹牵引也。"洪补云："婵媛已见《骚经》。"考《离骚》"女媭之婵媛兮"句下注，洪未解"婵媛"，惟王逸注云"犹牵引也"，是知洪兴祖从王逸说。朱熹云："女婵媛，指旁观之人，盖见其慕望之切，亦为之眷恋而嗟叹之也。"

婵媛，《楚辞》中凡5见，除去本条，列举如下。

（1）女媭之婵媛兮（《离骚》王注："婵媛，犹牵引也，一作掸援。"朱熹云："一作掸援。"）

（2）心婵媛而伤怀兮（《九章·哀郢》王注："婵媛，犹牵引也。"朱熹云："婵媛，两见前篇。"）

（3）忽倾寤以婵媛（《九章·悲回风》王注："心觉自伤，又痛侧也。

---

① 高华平、杨瑰瑰：《〈周易·蹇卦〉卦名、卦爻辞及卦义的演变——兼论屈原与易学的关系》，《江汉论坛》2012年第5期。

婵媛，一作掸援，一作擅徊。"朱熹云："婵媛，一作僤徊，非是。"又云："倾寱，倾侧而觉寱也。婵媛，已见前。"）

（4）心婵媛而无告兮（《九叹·思古》王注："言己愁思，心中牵引而痛，无所告语，闭我之口不知所言，众皆佞伪，无可与谋也。"）

按：据上所列例证，《楚辞》中"婵媛"的用法有二：一指牵引，与"掸援"通；二指自伤而痛。朱熹凡涉实际"牵引"义时表示肯定和赞同；在涉及"心伤"义时则仅云"为之眷恋而嗟叹之"，表现出惆怅义，以惆怅与心伤皆抑郁情绪，亦可通。而这种痛或惆怅，正如王逸所云，是"心中牵引而痛"的。故正是"掸援"之"牵引"本义引申出了"心伤而痛"的意义，然通观《楚辞》，无论是本义抑或引申义，皆作"婵媛"，而不作"掸援"，这是否是《楚辞》文本的原貌呢？

"婵""媛"及"掸""援"不见于现已发现之出土文献，"单""爰"则较为常见。

"单"甲骨作"𝕐"（乙三七八七）、作"𝕐"（存二·九一七）；金文作"𝕐"（《小臣单觯》）、作"𝕐"（《蔡侯盘》）。徐中舒云："此字初形应象捕兽之干，作丫形，后于两歧之端缚石块而成丫形，更于歧下缚以绳索，使之牢固，遂成𝕐形，此即《说文》单字篆文所本。丫本为狩猎之具，故狩、兽之初文从丫作𝕐。"①周法高引郭沫若说云："此字一见即可知其为象形文。《说文》谓'单，大也。从吅甲，吅亦声'者，乃沿讹字以为说。然单所象者为何形耶？观𝕐若𝕐文知单乃捕鸟之器，王国维说之以毕，形制与用途则然矣。今更以声类求之，则单乃罕之初文也。手执干鼎之𝕐所从丫形正是罕字（旧说谓干形，非是）。《说文》：'罕，网也。从网，干声。'乃由形讹变而为形声字者也。段玉裁注云：'《吴都赋注》：罻、罕皆鸟网也。按罕之制盖似毕，小网长柄，故《天官书》毕曰罕车。'段说罕字，与古文正合。罕复名罕车者，盖罕之柄上有轮，以绲网网之收纵，𝕐字中腰之⊕形，即轮象也。故单为罕之初文，毫无可疑。"②既然单之本义为捕兽器或捕鸟器，加以手旁，则必有牵执捕器以捕鸟之义。

"爰"，甲骨作"𝕐"（乙四六九九）、"𝕐"（甲三九一五）；金文作"𝕐"（《虢季子白盘》）、"𝕐"（《鄂君启舟节》）。徐中舒云："象二人以物相援

①　徐中舒主编：《甲骨文字典》，成都：四川辞书出版社，1989年，第121页。
②　周法高主编：《金文诂林》第2册，香港：香港中文大学出版社，1974年，第735~736页。

引之形，为援之初文。《说文》：'爰，引也。'"①陈初生《金文常用字典》
从此，云"金文中部繁化"。则"爰"本即有"牵引"之义。又"婵"字，《说
文》《类篇》《广韵》皆作婵娟之美好貌，惟《玉篇》沿袭《楚辞》谓"婵媛"。
"媛"字，《说文》云："美女也。人所援也。"段玉裁注云："美女也，人所
欲援也。《庸风》：'邦之媛也。'《传》曰：'美女为媛。'援者，引也。谓人
所欲引为己助者也。"是云所欲援引之女为"媛"，故"媛"之得义亦从"爰"
之"牵引"本义而来，实应后出。

又按：以"单""爰"之初文皆可有"牵执""牵引"之义，似加"女"旁作
"婵""媛"亦可。女子亦为人也，人必有手可执援，与加"手"旁作"掸"
"援"似无异。然若是径从"人"旁岂非更为合理？愚谓若确乎《楚辞》中
"婵媛"如历代注家所解为"牵引"意，并由"牵引"引申出"心伤"意，则
《楚辞》原貌必不可作"婵媛"二字。而若解为"心伤"义时，则似从"心"作
"惮愞"更合乎情理。洪兴祖所据本可能并非《楚辞》原貌。

2. 鼂骋骛兮江皋

鼂，王注下云："鼂，一作朝。"当为洪氏所出异文，参前文关于《楚
辞考异》散附问题的讨论。王逸注云："鼂，以喻盛明也。泽曲曰皋。言
己愿及鼂，明己年盛时，任重驰驱，以行道德也。"洪补云："鼂，陟遥
切，早也。"

鼂，《楚辞》中凡四见，除此条外，另有：

（1）胡维嗜不同味，而快鼂饱？（《天问》王注："言禹治水道娶者，
忧无继嗣耳。何特与众人同嗜欲，苟欲饱快一朝之情乎？"洪补曰："鼂、
晁，并音朝莫之朝。"）

（2）会鼂争盟，何践吾期？（《天问》王注："遂以甲子日朝诛纣，不
失期也。一作会晁请盟。"洪补云："鼂、晁，并朝夕之朝。"）

（3）甲之鼂吾以行（《九章·哀郢》王注："甲，日也。鼂，旦也。"洪
补云："鼂、晁，并读为朝暮之朝。"）

按：据上举用例，知"朝""鼂"可通，朱熹释此句云："鼂，早也。"
释"甲之鼂吾以行"一句时，更是直云"朝，旦也"，显将"鼂""朝"未视为
二字。"鼂"字考之《说文》，许慎云"杜林以为朝旦，非是"，段玉裁注
云："匽鼂也。读若朝，陟遥切，二部。杨雄说：'匽鼂，虫名。'盖见杨
雄《仓颉训纂》。《广韵》亦引《仓颉篇》云虫名。按为何虫，许亦不憭也。

---

① 徐中舒主编：《甲骨文字典》，成都：四川辞书出版社，1989 年，第 455 页。

《夏小正》言'匽之兴'，不得援以证匽鼀。杜林以为朝旦，非是。此以为乃说叚借之例，杜林用鼀为朝旦字，盖见杜林《仓颉故》。考屈原赋'甲之鼀吾以行'，王逸曰：'鼀，旦也。'《左传》'卫大夫史朝'，《风俗通》作'史鼀'，之后为鼀姓。《汉书》鼀姓又作晁，是古叚鼀为朝本无不合。许云非是，未审。他处亦未见此例也。"又云："从黾，从旦。盖亦虫之大腹者，故从黾。其从旦之意不能详也。"是许慎不认为"鼀"可通"朝"，段玉裁虽例证二者可通，然未能解鼀何以从旦。"鼀"上作"旦"，"旦"为太阳从地平线升起状，本即有"朝"义。若谓"鼀"为"朝"之假借，"黾"无"朝"音，似不能作上形下声之形声字。

甲骨"黾"作""（前四·五六·二）、""（掇二·四〇九）；金文作""（《鄂君启车节》）、""（《师同鼎》）。徐中舒云："象巨首、大腹、四足之鼀形，以其无尾而与甲骨文龜字正面形相区别，与《说文》黾字籀文形近。《说文》：'黾，鼃黾也。从它，象形。黾头与它头同。，籀文黾。'"①陈初生认为金文"蛙形已失，然作为偏旁（如鼁字所从）其形仍显"②，其《金文常用字典》仅收《鄂君启车节》"母（毋）载金革黾（箮）箭"一例，引于省吾说云"黾应读作箮"③，为竹名。按楚简中不见"黾"字，然有"鼀"字：

（1）臧。　（《包二·一七二》）

（2）圣夫人之鄀邑人。　（《包二·一七九》）

（3）二鞁。　（《包二·二七〇》）

（4）纷。　（《信二·〇二八》）

（5）鞆牛之鞻‸（革堇），缟纯；、、鞎、鞅、韇韦靻。　（《包二·二七三》）

（6）劉（释）板桎而为（朝）卿。　（《郭·穷·七》）

（7）▢君（朝）于答▢。　（《新·乙二·八》）

以上"鼀"字皆"黾"上"日"下，作"曏"形。（1）（2）皆作人名；（3）释为"鼀异体字，借作貈"④；（4）原文作"一两▢屦、紫绦之纳、纷纯、纷"，河南省文物研究所编定的《中国田野考古报告集考古学专刊》丁种第三十号《信阳楚墓》将""隶定为"会"，释文未作解释。疑前言屦之紫绦

---

① 徐中舒主编：《甲骨文字典》，成都：四川辞书出版社，1989年，第1441页。
② 陈初生编：《金文常用字典》，西安：陕西人民出版社，1987年，第1081页。
③ 陈初生编：《金文常用字典》，西安：陕西人民出版社，1987年，第1081页。
④ 湖北省荆沙铁路考古队：《包山楚简》，北京：文物出版社，1991年，第66页。

色，此亦言其色彩纷会。或“会”通“绘”，亦与色彩相关。滕壬生《楚系简帛文字编》隶定“□”为“鼂”，以(5)中“鼂”可作“兽皮装饰”义讲(详下文)，皮革有纹彩，亦可通。(5)未作释义，然结合上文“一輮韓=(韦车)”一句看，当指韦车上的兽皮装饰；(6)(7)皆通“朝”字。

“朝”字甲骨作“□”(佚·二五二)、作“□”(后下三·八)；金文作“□”(《盂鼎》)、作“□”(《矢方彝》)。徐中舒云：“从日从□(月)，且从艸木之形，象日月同现于艸木之中，为朝日出时尚有残月之象，故会朝意。《说文》：‘朝，旦也。从倝，舟声。’”①陈初生云：“朝字金文所从□、□、□、□、□、□、□、□，为水及其变形。王国维以本潮汐字，借为朝夕字。□、□等偏旁与舟形近，舟朝又声近，故小篆讹作从舟。□，《仲殷父簋》讹作□，至小篆更讹为倝。”②考楚简“朝”字，则或作“□”(《包二·七五》)，或作“□”(《郭·成·三四》)，滕壬生将之收入其《楚系简帛文字编》时即隶定为“倝”“𩊚”，实应作“倝”字及从“倝”从“舟”之字。根据上文的分析，“朝”字是从“舟”得声的，而舟应该是从甲骨的“月”、金文的“□”讹变过来的。

又按：“朝”既是因“月”讹作“舟”得音，而包山简中“鼂”又可借作“䝞”，实亦可因“舟”而得“朝”音，此即“鼂”“朝”相通之据也。又楚简中既有“鼂”作“朝”例，又有“朝”独用之例，足证战国时期“鼂”“朝”已皆可通用。则不可遽言《楚辞》中作“鼂”或作“朝”孰是。以字形看，“朝”无论从形、音，皆更符合朝夕之义，“鼂”虽为假借，但亦不误。洪兴祖定为“鼂”，足见其判断力，又出异文“朝”，亦见其审慎。

3. 遗余佩兮醴浦

醴，王注下云：“醴，一作澧。”当为洪氏所出异文，参前文关于《楚辞考异》散附问题的讨论。洪补云：“醴、澧，古书通用。”

醴字，《楚辞》凡6见，除去此条，列举如下：

(1)沅有茝兮醴有兰(《九歌·湘夫人》王注：“言沅水之中有盛茂之茝，澧水之内有芬芳之兰，异于众草，以兴湘夫人美好亦异于众人也。”王注下云：“醴，一作澧。”当为洪氏所出异文，参前文关于《楚辞考异》散附问题的讨论。)

(2)遗余褋兮醴浦(《九歌·湘夫人》王注下云：“醴，一作澧。”当为

① 徐中舒主编：《甲骨文字典》，成都：四川辞书出版社，1989年，第731页。
② 陈初生编：《金文常用字典》，西安：陕西人民出版社，1987年，第679页。

洪氏所出异文，参前文关于《楚辞考异》散附问题的讨论。）

（3）吴醴白蘖，和楚沥只。（《大招》王注："再宿为醴。"洪补云："《说文》云：'醴，酒一宿熟。'"）

（4）抽库娄兮酌醴（《九怀·思忠》王注："引持二星以斟酒也。"洪补云："按库楼形似酌酒之器，故云。"）

（5）欲酌醴以娱忧兮（《九叹·远逝》王注："醴，醴酒也。《诗》云：'为酒为醴。'"）

按：据上列例证可知，"醴"在《楚辞》中或通"澧"，作"澧水"义，或作"酒"义。"醴"作水名凡三见，皆见于《九歌·湘君》及《九歌·湘夫人》中。朱熹《楚辞集注》皆作"澧"，并于"遗余佩兮澧浦"句下注云："澧，一作醴，非是。"徐广才云："由于两个字可以通用，似乎《湘君》原文作'澧'或作'醴'皆有可能。但从出土古文字数据来看，应该作'澧'。1957年4月安徽寿县出土的鄂君启节是当时水陆通行过关免税的凭证，分为舟节和车节两种，铭文记录了很多水名和地名。为研究战国时期的交通和经济提供了难得的数据。在舟节中，有下面一段铭文：'滘、沅、澧、潒'，滘、沅、澧、潒皆为楚国境内之河流，滘即今资水，沅即沅水，澧即澧水，潒即油水。从铭文用字情况看，澧水之'澧'作'澧'而不作'醴'。由此推断，《湘君》原文也应该从一本作'澧'。《湘夫人》'沅有茝兮醴有兰''遗余褋兮醴浦'中的'醴'，洪兴祖引一本作'澧'。根据上面的讨论，古本似乎也应该作'澧'。"①徐说虽证实了朱熹"澧，一作醴，非是"的说法，然洪兴祖所本何以作"醴"，"醴"和"澧"又何以相通却未作说明。姜亮夫《楚辞通故》征引了大量文献释"醴"这一水名及"陵醴"这一地名，然亦仅云"澧醴古书通用"，不云何以相通。

甲骨有"豊"字，无"醴""澧"二字；金文有"豊""醴"二字，无"澧"字。"豊"，甲骨作"🥁"（诚三五二）、"🥁"（后下八·二）；金文作"🥁"（《豊鼎》）、"🥁"（《宅簋》）。徐中舒云："从玨在⊔中从豆（豆），象盛玉以奉神祇之器，引申之，奉神祇之酒醴谓之醴，奉神祇之事谓之礼，初皆用豊，后世渐分化。《说文》：'豊，行礼之器也。从豆，象形。'"②陈初生云："通'醴'。《长由盉》：'穆王乡（飨）豊（醴）。'《噩侯鼎》：'噩侯骏方内（纳）豊（醴）于王。'"③

───────────

① 徐广才：《考古发现与〈楚辞〉校读》，长春：吉林大学博士学位论文，2008年，第106页。

② 徐中舒主编：《甲骨文字典》，成都：四川辞书出版社，1989年，第523~524页。

③ 陈初生编：《金文常用字典》，西安：陕西人民出版社，1987年，第525页。

　　段玉裁《说文解字注》释"醴"字云："酒一宿孰也。《周礼·酒正注》曰：'醴，犹體也。成而汁滓相将，如今恬酒矣。'按'汁滓相将'，盖如今江东人家之白酒。滓即糟也。滓多，故酌醴者用柶。醴甘，故曰'如今恬酒'。恬即甜也。许云'一宿孰'，则此酒易成与。《禮经》以醴敬宾曰'醴宾'。注多改为'禮宾'。从酉，豊声，卢启切。十五部。"金文"醴"作"🍶"（《郑楙弔壶》），亦酒义。

　　又按：据上可知，"豊"的本义是供奉神祇的器皿，可以通作"奉神祇的禮仪"和"醴酒"义。"豊"本即可通为"醴"，加形旁"酉"后就更固定了其"酒"义。"澧"则仅作水名，是"水"旁明其为水，"豊"旁仅表其音耳。"醴"既如《说文》云有甜酒义，则可引申为甘甜义，故《庄子·秋水》云："非梧桐不止，非练实不食，非醴泉不饮。"既有甘义，或可通美义。《离骚》《九歌》通篇以香草美人自喻，香草因芳香甘甜而美，故用以自比。而澧水既生茝、兰等芳草，其水自然亦芳洁香甘，皇皇美矣。因此，《楚辞》之所以选用"醴"作"澧水"之名，或许是因为"醴"之甜酒义引申为芳洁甘美义，符合《楚辞》香草美人的喻旨。而"澧""醴"战国时都已经出现，作为水名，"澧"确为准的，而"醴"应为同音假借。洪兴祖定为"醴"虽不误，然或已非古本原貌。

二、《大司命》

吾与君兮齋速

王注："齋，戒也。速，疾也。"洪补云："齋速者，齋戒以自救也。"

　　按：朱熹《楚辞集注》"齋"作"齊"，注云："一作齋，非是。"又云："齊速，整齊而疾速也。""齊"甲骨作"🌾"（粹七十二）、"🌾"（后上十五·十二）；金文作"🌾"（《齊卣》）、"🌾"（《陈侯因资錞》）。马如森云："字象禾麦穗实之形，以三为多。本义是禾谷穗。《说文》：'齊，禾麦吐穗上平也。象形。'"① 陈初生《金文常用字典》径从《说文》，又谓"🌾"下从"〓"，表示麦子从土中长出。"齋"不见于甲骨，金文作"🌿"（《蔡侯盘》）。又"示"甲骨作"🎋"（乙八六七〇）、"🎋"（后上二八·一一），徐中舒释云："象以木表或石柱为神主之形，丁之上或其左右点划为增饰符号。卜辞祭祀占卜中，示为天神、地祇、先公、先王之通称。"从"示"即有"祭祀"义，"齋"是指祭祀或典礼前的清心洁身的行为。在先秦，是有以谷物献祭的先例的，如《孟子·尽心下》云："牺牲既成，粢盛既洁，祭

① 马如森：《殷墟甲骨文实用字典》，上海：上海大学出版社，2008 年，第 18 页。

祀以时，然而旱干水溢，则变置社稷。"粢盛即献祭的谷物。或"齍"之金文初文义指以麦穗献祭，后因祭祀之前需要齋戒，故引申为清心洁身义。

"齊""齋"二字，楚简中皆见，如：

齊：

（1）能（一）与之☒。（《郭·六·一九》）

（2）廷则欲☒ᵈ（齊齊）。（《上（五）·君·八》）

齋：

（1）庚午之夕内☒。（《新·甲三·一三四》）

（2）武王☒七日。（《上（七）·武乙·十二》）

上举数例，除齊字第二例外，皆同本义，而齊字第二例中"☒"，乃与《说文》中"齊"之异体"齍"同。整理者张光裕云："齊齊，整肃貌。郭店楚简《性自命出》第六十六简：'夫柬柬之信，宾客之礼，必又有夫齊齊之颂；祭祀之礼，必有夫齊齊之敬。'《礼记·玉藻》：'凡行容惕惕，庙中齊齊，朝廷济济翔翔。'"①郭店楚简《性自命出》第六十六简中"齊"作"☒"。由此可见，因"齊"字早于"齋"字出现，"齋"之戒慎义或当从"齊"引申而来："齊齊"正是戒慎心理的外在表现，由祭礼中的"齊齊之敬"的面貌，正可推知与祭之人是保持着戒慎的心态的。因祭祀之前必先齋戒做到清心洁身，清心洁身即对祭祀的一种戒慎态度，故而整肃。如此"齊""齋"则通矣。然无论从前文的"以麦献祭"和此处的"因祭祀而整肃"来看，"齋"之义似乎都应从"齊"引申而来。

又按："齊""齋"可能为古今字，"齊"的本义可能是麦子从土里长出的象形，也可能是献麦陈祭（"☰"也可视作摆放谷类祭物的供台），因祭祀引申出祭祀前齋戒的清心洁身义，而行祭祀礼时又需要整齐肃肃，故有了整齐的意义。后来因为"齊"专指整齐义，为了不与齋戒义混淆，则将"☰"变作"☒"表示神主，而专指齋戒义。朱熹云"一作齋，非是"，若《楚辞》此句原文大义确如朱熹理解，并以文字发展分化到宋时的形态看来，或有其道理；但放之《楚辞》初成的战国时期，则并不一定，因为"齊"很可能是"齋"的古字。那么，根据洪兴祖的释义，则底本作"齋"，别本作"齊"，都可解作"齋戒以自敕"，义俱可通。洪氏作"齋"，亦录异文"齊"，是也。

---

① 马承源主编：《上海博物馆藏战国楚竹书（五）》，上海：上海古籍出版社，2005年，第259页。

三、《少司命》

1. 秋兰兮糜芜

秋，王注下云："秋，一作龝。"当为洪氏所出异文，参前文关于《楚辞考异》散附问题的讨论。

按：朱熹《楚辞集注》径作"龝"。"秋"甲骨作"🦗"（甲三三五三）、"🦗"（乙四七四一），金文不见。徐中舒云："唐兰谓象龟属之动物，即《万象名义》之𪚥字，又疑为《说文》之𪚢字，为水虫之一种，借为春秋之秋。按当以释𪚥为是，后世讹𪚥为龟，更增禾旁为龝，为秋之异体，见于《集韵》。又，卜辞亦借🦗（爐）为秋，见卷十火部爐字说解。此即《说文》秋字籀文所本。或谓🦗、🦗等形象蝗形，为蝗之初文，于卜辞例亦可顺释。按其说可参。《说文》：'秋，禾谷熟也。从禾，𪚢省声。🦗，籀文不省。'"[①]马如森认为："字形上🦗象蟋蟀，下凵象火，背有羽翼，羽翼用来秋天鸣叫。……本义时间名词秋天。段玉裁《说文解字注》：'其时万物皆老，而莫贵于禾谷，故从禾。'蟋蟀形变作龟，故依籀文隶定作爐。"[②]简帛中有秋字：

（1）🦗（𥤚）亥。（包二·一八七）

（2）緅🦗（𥤚）之缠。（包牍一）

（3）春夏🦗（𥤚）冬。（帛乙一·一五）

简帛中，"秋"字一般从"禾"从"炅"，从"禾"从"日"者很少。而在楚简文字中，"口""曰""日"等常作饰符，饰符常无实际意义，若将此处"日""曰"视为饰符，则楚简文字中秋恰作"秋"形，其从"禾"也正契合段玉裁"其时万物皆老，而莫贵于禾谷，故从禾"的说法。从"火"可能是甲骨文字的遗留，《说文》中籀文🦗本即从"禾""火""龟"。据此，很可能秋之本字是"🦗"，本义是某种昆虫，可能是蟋蟀或秋蝉，这两种昆虫秋时张翼而鸣，故引申并假借为秋天义。其后虫形讹变为龟形，并从火，又从龟得音为丘（段玉裁《说文解字注》云："龟，古音姬，亦音鸠。"）。后可能因为稻禾秋天而熟的原因，进一步加入"禾"这一义符，加深对"秋天"这一意义的会意，成为"🦗"。到了楚简的时候，为了简省，去掉了音符的"龟"字，又加上饰符成为"𥤚"形，后世也就因循而作"秋"形了。

又按：根据楚简的情况来看，战国时代比较普遍使用的秋字是"𥤚"，

①　徐中舒主编：《甲骨文字典》，成都：四川辞书出版社，1989 年，第 783 页。

②　马如森：《殷墟甲骨文实用字典》，上海：上海大学出版社，2008 年，第 231 页。

则洪兴祖定之为"秋"很可能即是《楚辞》的原貌，而又引异文"穐"，也见出洪兴祖的审慎态度。

2. 望美人兮未来

王注云："美人，谓司命。"洪兴祖未作补注。

按：朱熹《楚辞集注》此句"美"作"嫩"，并注云："嫩，一作美。""美"字甲骨作"𦮙"（乙五三二七）、"𦫳"（戬三七·八），金文作"𦫳"（《美爵》）、"𦫳"（《中山王𫮇壶》）。徐中舒云："象人首上加羽毛或羊首等饰物之形，古人以此为美，所从之𦫳为羊头，𦫳为羽毛，《说文》皆从羊，不复区别。"①王献唐云："以毛羽加于女首为每，加于男首则为美。"又云："下从大为人。"又云："上从羊，乃由𦫳体讹变。"②然无论从"羽"或从"羊"，从𦫳形与美相关当无疑。"美"见于楚简之中：

(1) 好𦫳（媺）女（如）好兹（缁）衣。　（《郭·缁·一》）

(2) 好𦫳（頢）女（如）旴（好）紂（缁）衣。（《上（一）·紂·一》）

(3) 见丌𦫳（党）必谷（欲）反一本。　（《上（一）·孔·十六》）

(4) 此不贫于𦫳（敉）而褔（富）于悥与（欤）？　（《上（四）·曹·三》）

高华平先生云："'嫩'为'媺'的异体，有其构形上的共同原理。甲骨文及金文《墙盘》《散氏盘》、石鼓文均有'敉'字，用作'微'。《说文解字·攵部》有敉，云：'妙也。从人，从攴。岂省声。'裘锡圭云：'古文字有𦫳（党）字，敉字的左边是由它变来的。敉本应是从攴声的一般形声字。《说文》未收党字，所以就把它们分析错了。''嫩'字从'女'从'敉'，与从'女'从'美'正同，因自甲骨文至楚简文字'敉'常被省为'党'。而专家认为：'党，甲骨文作𦫳（合集二八三三），像人戴羽毛饰物之形。𦫳（美）、𦫳（党）仅正面侧面之别，实乃一字之变。'故楚简文献中'嫩'亦常省作'媺''敉''頢'及'党'等。"③美最初应该是作"美"或"党"的，以此二者表示头戴羊角或羽毛之人的正侧不同面貌，这样的人是美的。后来则加义符"女"表示女子为美。陈初生认为敉"象人梳理头发，发经梳理则美，故敉有美妙意"④；"頢"简文作"𦫳"，疑本为两个戴羽毛的人并排站立，后右

---

① 马如森：《殷墟甲骨文实用字典》，上海：上海大学出版社，2008 年，第 416 页。

② 王献唐三句，皆转引自周法高主编：《金文诂林》第 5 册，香港：香港中文大学出版社，1974 年，第 2410 页。

③ 高华平：《中国先秦时期的美、丑概念及其关系——兼论出土文献中"美"、"好"二字的几个特殊形体》，《哲学研究》2010 年第 11 期，第 53 页脚注①。

④ 陈初生：《金文常用字典》，西安：陕西人民出版社，1987 年，第 774 页。

部讹为"頁"，然无论美写作"㜒""敚""頯"还是"嫩"，"㜒"本应和"美"是相同的。"嫩"虽然应该是后起的，但在战国时代很可能就已经出现了。洪兴祖作"美"很可能确实是《楚辞》的原貌，但朱熹《楚辞集注》作"嫩"，说明在宋代是有作"嫩"的《楚辞》版本存在的，洪兴祖未能注意或收集到这一版本。

四、《山鬼》

子慕予兮善窈窕

王注下云："善，一作蕭。"当为洪氏所出异文，参前文关于《楚辞考异》散附问题的讨论。

按："善"字不见于甲骨，金文作"善"（《善鼎》）、"善"（《厚氏画》），与"蕭"形似或相同。《说文》云："蕭，吉也。从誩从羊。此与义美同意。篆文从言。"周法高引高田忠周说云："君子之言为吉，其嘉祥者谓之善也。善者，言之健全者也。"考之楚简"善"字皆作从单"言"之"善"，作"善"（《信一·〇四五》）、"善"（《上（八）·命·五》），知战国后期已大致从"善"形。洪氏定其字为"善"，见其判断力；又兼存古文"蕭"，见其审慎态度。

第三节　出土文献与《天问》的校读

1. 皆归躲籍，而无害厥躬。

躲，王注下云："一作射。"当为洪氏所出异文，参前文关于《楚辞考异》散附问题的讨论。

按：朱熹《楚辞集注》从洪补曰"一作射"。"射"字甲骨作"𰁔""𰁔"；金文作"𰁔"（《趞簋》）、"𰁔"（《射女盘》）。徐中舒云："象张弓注矢之形以会射义，或又从𠂇（又）作'𰁔'，同。《说文》：'躲，弓弩发于身而中于远也。从矢从身。𰁔，篆文躲，从寸。寸，法度也，亦手也。'《说文》谓'从身'乃'𰁔'形之讹。𰁔既讹身，乃更增矢。篆文从寸与从又同。"[1]周法高引刘心源说云："小篆作'躲''躲'，从身。古文身作'𰁔'，有似于'𰁔'，遂臆造至此。"[2]又引高田忠周说云："古文最初弓作'𰁔'。弦作

①　徐中舒主编：《甲骨文字典》，成都：四川辞书出版社，1989 年，第 582 页。
②　周法高主编：《金文诂林》第 7 册，香港：香港中文大学出版社，1974 年，第 3452 页。

'ß'、作'ß'。张作'ή',射作'俎',又或作'勑'。从弓从矢,固为同意。其言从身,恐'钅'讹形,'俎'讹为'朔',又混'俎''勑'为'躲'形,又泥以为从身之说,或为从寸之说,皆非。"①

据甲骨、金文可知,射之初形应为箭搭弓上之状,后加以义符"又"(即手),云以手援弓为射。以"又""寸"篆文通,故讹作"寸"。又古文"身"与弓形"ß"或张弓射箭形"钅"形似,故将甲骨、金文的"俎""俎"讹作从"身"(弓)从"矢"(箭),成"躲"字;又将甲骨文的以手援弓射箭的"俎"讹作从"身"(张弓射箭)从"寸"(手),成"射"字。高田忠周云"躲"为"俎""勑"撇去手形后的结合,亦可备一说。因此,"射"从"身"、从"寸"皆讹变而来。"射"字四见于楚简:

(1)坪俎公。(《包二·一三八》)

(2)俎内君。(《包二·三八》)

(3)孙雩(叔)三俎(谢)耶(期)思少司马。(《郭·穷·八》)

(4)九二:菜浴(谷)俎(射)拜(鮒)。(《上(三)·周·四四》)

楚简中"矢"作"单"(《包二·二六○》)、"单"(《上(二)·容·一八》),故知楚简中"射"字亦从"矢"。上例除(3)确为人形(身)外,其他三例似从"彳",而其书写又似"弓",其形又似面左之人状,云其从"身"亦可通,不能遽断。滕壬生《楚系简帛文字编》将此(1)(2)例皆定为从"身",作"躲",上博简《周易》整理者濮茅左亦将(4)例隶定为"躲",今从之。

又按:楚简中有"射"字,其大多数都是从"身"从"矢"作"躲"的。洪引"一本作'射'",虽不误,应非战国时用"射"字之普遍情形,乃后世传写之变。作"躲"或作"射",都已经不是射字的最初面貌,但楚简中多用"躲",洪氏所见本"射"作"躲",或确当为古本。

2. 鳌戴山抃,何以安之?

王注下云:"戴,一作载。"当为洪氏所出异文,参前文关于《楚辞考异》散附问题的讨论。

按:甲骨、金文无"戴"字,有"異"字。分别作"👤"(甲一七三○)、"👤"(前五·三八·六)及"👤"(《虢叔钟》)、"👤"(《单異簋》)。马如森云:"从田,从一人举双手形,田非田地之田,疑为头饰。象意字,字象一人两手上举戴头饰之形。本义是戴。后世之異加声符弋,为戴。《说

① 周法高主编:《金文诂林》第7册,香港:香港中文大学出版社,1974年,第3453页。

文》：'異，分也。从廾，从畀。畀，予也。'许说非本义。"①杨树达云：
"異字郭沫若《大系考释》（一四七叶上），于省吾《吉金文选》（上三卷七叶
下）并读为翼。说固可通，然甲文異字作人头上戴物，两手奉之之形，異
盖戴之初字。戴之从戈，加声旁耳。（異德字部，戈哈部字。哈、德为
平、入音。）"②周法高引高鸿缙说云："按𢍌原象人戴由（竹器）而以两手扶
翼之形，由物形𦥑生意，故托以寄负戴之戴，动词。王静安曰：'此疑
戴字，象头上戴由之形。'是也。后人用字，通叚異以代状词冀。（不同
也，从北，異声。）而冀复通以代忆。（于无形之处，用心思虑也。见《玉
篇》。）两字遞移，久而成习。秦人乃于異上加戈声作戴，以还異本字之
原。"

　　"载"字甲骨、金文皆见。分别作"𡿧"（铁·一〇八·四）、"𡿧"（前
七·二三·一）及"𨑖"（《郮侯簋》）、"𨎪"（《鄂君启舟节》）。马如森将其
隶定为"𡿧"，云："𡿧，由𡿧、𡿧构形。于省吾释：'……𡿧即古甾字'，
用作'载'。"③于省吾云："又甾字亦可通作戈，甲骨文之'戈朕事'（续存
下三三六）、'羌弗戈朕事'（前四·四·七），与'余令角帛甾朕事'（佚一
五），可以互证。至于戈从才声，从才声与从甾声之字古通用。例如戠之
通𦎫，䋽之通缁，已详《释𦎫》。又戈字典籍通作载，载从才声，故亦与缁
通用。《诗·大田》之'俶载南亩'，郑笺：'载读为菑（从甾声）栗之菑。'
《汉书·地理志》：'梁国甾县，故戴国。'《左传·隐十年》经，戴作载，
是其证。《书·皋陶谟》之'载采采'，伪传：'载，行也。'《荀子·荣辱》
之'使人载其事'，杨注：'载，行也。'然则甲骨文之'甾王事''甾朕事'
'甾我事'，甾字均应读载，训行。言行王事、行朕事、行我事也。至于
甲骨文之'戈朕事'，戈字亦读载，训行。"④周法高引郭沫若说云："今案
释军释庫，均非也，当以载为是。以字之结构而言，乃从车、才声之字，
与载之从车、戈声同意（戈从戈，才声），知字之当从戈、才声者。"⑤

　　据上可知，"载"之初文因与"戈"同，而"戈"从才从戈，故"载"因之
得声。而"戈"本即带有"载"之"行"义。"戴"字初文"異"即已有翼蔽、覆
盖义，故仅取"戈"为声符，而不应为讹字。而以"载""戴"形似，颇疑
"载"自"戴"形讹变。"戈"作戈矛之形，"载"之初文义又为行。以戈置于

①　马如森：《殷墟甲骨文实用字典》，上海：上海大学出版社，2008年，第64页。
②　杨树达：《积微居金文说》第1册，台北：大通书局，1974年，第208页。
③　马如森：《殷墟甲骨文实用字典》，上海：上海大学出版社，2008年，第382页。
④　于省吾：《甲骨文字释林》，北京：中华书局，1979年，第70页。
⑤　周法高主编：《金文诂林》第14册，香港：香港中文大学出版社，1974年，第7754页。

车上而行谓之载，故"戴"下"異"形讹作"車"。则"载"即后起之形声兼会意字。考之楚简，二字皆见：

戴：

(1)頢(履)地⬚(戴)天。(《上(二)·容·九》)

载：

(1)开(其)言又(有)所⬚而后内(纳)。(《上(一)·孔·二〇》)
(2)其上⬚(材)。(《包牍一》)

"载"在楚简中亦从车从弋，亦有从车从才者，足证"载"自"才"得音。从才当为弋之省笔。金文"⬚"实亦将弋省笔。而戴在楚简中仅一见，整理者李零将之隶定为"戠"，"弋"形少了一竖，下"異"则作"首"——以"異"之初形，为人举面具将覆于面之形，面属首也，从首似亦可通。然金文、甲骨皆不见"戴"字，楚简"戴"又作"戠"，似乎"戴"之从弋从異形反为后出。可知前云"载"从"戴"讹变非也。

又按："载""戴"皆非其初文，"戴"在战国及以前之文字中又几乎不见。而载有承载义，被承载之物必覆置于承载器具之上；戴又有蔽盖义，覆之于上故蔽盖之。因此，两字义实可通。或"载"先自会意及形声而变为从弋从车。"戴"一来为了获得声符"弋"，二来又与"载"义可通，故作从"弋"从"異"之形与"载"相似。从"弋"从異之"戴"字，战国时应不多见，很有可能是后出的。此洪兴祖定作"戴"，或非《楚辞》原貌。

3. 舜闵在家，父何以鱞。

王注下云："鱞，一作鰥。"当为洪氏所出异文，参前文关于《楚辞考异》散附问题的讨论。洪补云："鱞，古顽切，经传多作鰥。"

按：朱熹《楚辞集注》此句作"鱞"。黄灵庚云："鱞、鰥一字异体，本字当作矜。"[1]鰥，段玉裁《说文解字注》释云："鰥鱼也，见《齐风》。毛《传》曰：'大鱼也。'谓鰥与鲂皆大鱼之名也。郑《笺》乃读鰥为《尔雅》'鲲鱼子'之鲲，殆非是。鰥多叚借为鳏寡字，鳏寡字盖古只作矜，矜即怜之叚借。"

"鱞"不见于甲骨及金文，《说文》仅云其与"鰥"通。"鰥"仅见于金文，作"⬚"(《毛公鼎》)，亦从鱼从眔。"眔"之甲骨作"⬚"(乙三二九七)、"⬚"(乙三七九七)；金文作"⬚"(《师晨鼎》)、"⬚"(《静簋》)。徐

---

[1] 黄灵庚：《楚辞异文辩证》，郑州：中州古籍出版社，2000年，第283页。

中舒云："象目垂涕之形，郭沫若谓当系涕之古字(《金文丛考》)，其说可从。"①陈初生《金文常用字典》亦从此说。周法高《金文诂林》收"鰥"字而未释义。《说文解字注》云"鰥"作"矜"，认为"鰥"本义是一种大鱼，以音同而假借为"鳏寡"的"鳏"，而"鳏寡"的本字应该是"矜"的，故黄灵庚也从此说。然而"矜"(可与"矜"通)在甲骨和金文中都不见，根据其字形的构成似乎也不能找到它作"鳏寡"义的原因所在。"鰥""矜"亦见于楚简：

鰥：

(1)𩵋之身。《上(六)·用·一六》

矜：

(1)果而弗𥎊。《郭·老甲·七》

以此观之，楚简中"鰥"取寡独义，"矜"取骄矜义，亦不能从中找到两者相通的原因。愚谓或许因为"矜"有矛柄的意思，矛柄为光棍一条，从此引申出独身的"鳏寡"之义。王逸注此句云："其父顽母嚣，不为娶妇，乃至于鰥也。"洪补、朱熹《楚辞集注》皆从此解。此言舜的父母顽劣骄矜，不为舜娶，使之鳏独。以父母矜顽而致鳏独，或许这也是"矜"的"鳏寡"义的由来。又或"矜"不为"鰥"之本字，仅以义相通：罘作垂涕状，涕泣之状可怜，故惹人矜悯，这是罘的引申义，以此则"矜""鰥"或可通，然从鱼不知何故。然无论"鰥""矜"何以相通，"鰥"字见于西周晚期的《毛公鼎》，说明它的出现是较早的。

又按："睘"不见于甲骨文及简帛书，见于金文，作"𧶅"(《伯睘卣》)、"𧷴"(《睘卣》)。其篆文作"𧆻"。许慎《说文解字》云："目惊视也。"段玉裁《说文解字注》云："《唐风》毛传曰：'睘睘，无所依也。'许不从毛者，许说字非说经也。制字之本义则尔，于从目知之。"知"睘"叠用通"茕茕"，有寡独之义。而考之周法高《金文诂林》，或引胡石查说"盖象子在襄抱"②(𧶅形)；或引郭沫若说"睘即玉环之初文"③(𧷴形)；或径从《说文》"目惊视也"。可知"睘"之通"茕"实后起之义，此亦甲骨、金文、楚简皆无"鰥"字之原因。"睘"既后起，"鰥"亦从"睘"后起以代"鰥"字。洪兴祖作"鰥"或并非《楚辞》原貌，然云"一作鳏"，又云"经传多作鳏"，足见其审慎。

---

①　徐中舒主编：《甲骨文字典》，成都：四川辞书出版社，1989年，第363页。
②　周法高主编：《金文诂林》第5册，香港：香港中文大学出版社，1974年，第2109页。
③　周法高主编：《金文诂林》第5册，香港：香港中文大学出版社，1974年，第2111页。

4. 汤出重泉，夫何辠尤?

洪补云：辠，古罪字。

按：朱熹《楚辞集注》从洪兴祖说。辠字见于金文与楚简：金文作"𦘔"（《中山王𰮼鼎》）；楚简作"𦘔"（《郭·五·三八》）、"𦘔"（《上（二）·容·四八》）。形皆与"辠"同。《中山王𰮼鼎》云："佳（虽）有死𦘔，及鑫（三）殹（世）亡不若。"①上引楚简原文分别作"又（有）少（小）𦘔而亦（赦）之"及"百眚（姓）丌可（何）𦘔"②，自文意判断，皆应通"罪"③。许慎《说文解字》云："秦以辠似皇字，改为罪。"《楚辞》作"辠"确为古貌，洪本作"辠"，应为《楚辞》原貌。

5. 到击纣躬，叔旦不嘉。

王注下云："到，一作列。"当为洪氏所出异文，参前文关于《楚辞考异》散附问题的讨论。

按：朱熹《楚辞集注》作"列"，注云："一作到。"黄灵庚云："王逸注'八百诸侯不期而到，皆曰纣可伐'云云，王本作到。然作倒字于义为长。倒击云者，言诸侯背纣而倒戈击商也。到，盖倒字之脱。《闻校补》谓到为劲之误，训力。朱季海谓'纣已先焚死，盖倒挈其尸而击之'。孙作云谓到作倒，言周人倒击纣身。皆非。《补注柳集》、世彩堂本《柳河东集》、《五百注柳》、《训诂柳集》卷一四《天对》引亦并作到，蒋之翘辑注本《唐柳先生文集》卷一四《天对》引《文选补遗》卷二九《天问》到并作列。郭在贻谓到即到之讹，到，刺也。亦非。"④

"到""列"皆不见于甲骨及金文，然金文中有"侄"字，作"𣢸"（《伯侄尊》）、"𣢸"（《伯侄簋》）。周法高引吴大澂说云："𣢸，古到字，从人不从刀。"⑤又引吴大澂说："𣢸，古致字，从到从𡈼，《伯致敦》或释到。"⑥又引郭沫若说："侄与挃通。《淮南·兵略训》：'夫五指之更弹，不若卷手之一挃。'高注云：'挃，捣也。'"⑦又引郭沫若说："侄乃到之异。古文到

---

① 转引自陈初生：《金文常用字典》，西安：陕西人民出版社，1987年，第1155页。
② 转引自滕壬生：《楚系简帛文字编（增订本）》，武汉：湖北教育出版社，2008年，第1218页。
③ 转引自滕壬生：《楚系简帛文字编（增订本）》，武汉：湖北教育出版社，2008年，第1218页。
④ 黄灵庚：《楚辞异文辩证》，郑州：中州古籍出版社，2000年，第296页。
⑤ 周法高主编：《金文诂林》第10册，香港：香港中文大学出版社，1974年，第5102页。
⑥ 周法高主编：《金文诂林》第10册，香港：香港中文大学出版社，1974年，第5102页。
⑦ 周法高主编：《金文诂林》第10册，香港：香港中文大学出版社，1974年，第5103页。

字其见于金文者均从人……人形与刀形相近，故后世误从刀作而以为声也。"①又引马叙伦说："《说文》致字从卩，实㞢之讹。此作👤者，亻即人也。古以一止字，书时异其指之所向表往来进退者。如以屮为往为𡳚，𡳚即进也；以𠂆为来为后，后即退也。独以㞢表至，以𡕦表跨，未能详也。疑当时以图为语言之符号，必有共谕之解释，失其传耳。"②又引谭戒甫说："𝌀，从人、至，会意。《说文》致从夂、从至，训为送诣，意即送到。金文《伯致殷铭》作𝌁，右边人下止是企字，其实还是人字。可见《说文》的𝌀确是由金文的𝌁演变出来的。"③

据上可知，"侄"金文作"𝌂""𝌁"，以刀、人、卩、夂形似而演变为"到""致"。又"列"之篆文有作"𝌃"者，故形近而与"到"混。而据下句云"叔旦不嘉"，王逸、洪兴祖、朱熹皆以之作周公旦，周公旦为成王叔，故云。则此云"到击纣躬"似可作"侄击纣躬"，侄成王击杀纣王，其叔旦不嘉之也。考甲骨有"姪"字，作"𝌄"（前一·二五·三），从至从女，本义为兄之女，后泛指子侄，如《国语·周语》云"有建星及牵牛焉，则我皇妣大姜之姪——逢公之所凭神也"是也。从"女"之女形实亦人形，可与"侄"通。而前句云"会鼌争盟，何践吾期"，会诸侯伐纣者实武王也，彼时成王年幼，应不能参与伐纣，此说不通。若从郭沫若说作"挃"，云"捣击"似亦可，然"扌"与"亻"难通；作"致"解句义则不通；"列"不见于甲骨与金文，应后起字，亦不可从。"侄"字见于《包山楚简》第一百七十简"襄𝌅（全）命连嚻妾"一句，作"致"义。

又按："到"字已见于金文，初文作"侄"，象人将箭倒插入土中之状，故有倒义。后因人形与刀形相似讹作从"刀"，并以"刀"为声旁得音。黄灵庚云为"倒"之脱非，因"到"应较"倒"先出。而"侄"的"侄子"意可能是因"至"音而假借的。从篆文的"列"字看，其形似从人从车，或指战争时人推车以阵列。然"车"形视为箭插入土中之状亦可通，或"列"亦从"侄"讹变而来，以插箭状讹作车形而会意为整列义。目前可见的出土文献中不见"列"字，反有"侄"（到）字，虽不能遽断战国时无"列"字，但从王逸解释的文义"八百诸侯不期而到，皆曰纣可伐"来看，从"到"或更符合《楚辞》原貌。洪兴祖定为"到"，见其判断力，又出异文"列"（可解为列阵与商军对垒并击杀纣王），也见其审慎。

<hr>

① 周法高主编：《金文诂林》第 10 册，香港：香港中文大学出版社，1974 年，第 5103 页。
② 周法高主编：《金文诂林》第 10 册，香港：香港中文大学出版社，1974 年，第 5105 页。
③ 周法高主编：《金文诂林》第 10 册，香港：香港中文大学出版社，1974 年，第 5105 页。

第四节 出土文献与《九章》《远游》《卜居》《九辩》的校读

一、《九章·悲回风》

1. 岁曶曶其若颓兮

王注："年岁转去，而流没也。"洪补云："曶，音忽。""忽忽（曶曶）"《楚辞》凡 8 见，除去此条，列举如下：

（1）日忽忽其将暮。（《离骚》王注："日又忽去，时将欲暮。"）

（2）岁忽忽而遒尽兮，恐余寿之弗将。（《九辩》王注："年岁逝往，若流水也。"）

（3）岁忽忽而遒尽兮，老冉冉而愈弛。（《九辩》王注下云："忽，一作曶。"当为洪氏所出异文，参前文关于《楚辞考异》散附问题的讨论。朱熹《楚辞集注》亦从洪氏云"一作曶"。）

（4）惜余年老而日衰兮，岁忽忽而不反。（《惜誓》王注："岁月卒过，忽然不还。"）

（5）隐三年而无决兮，岁忽忽其若颓。（《七谏·自悲》王注："岁月迫促，去若颓下，年且老也。"）

（6）时迟迟其日进兮，年忽忽而日度。（《九叹·惜贤》王注："己年忽去，日以衰老也。"洪补云："忽忽，去速也。"）

（7）岁忽忽兮惟暮（《九思·哀岁》）

按：朱熹《楚辞集注》亦云"曶，音忽"。黄灵庚云："黎本《玉篇》阜部'陨'条引曶曶作忽忽。庚案：曶，古忽字。此句亦见《七谏·自悲》，曶曶作忽忽。《文选》卷二六谢灵运《永初三年七月十六日之郡初发都诗》注引及《文选补遗》卷二八《悲回风》并作曶曶。"①

《楚辞》中惟"岁曶曶其若颓兮"句作"曶曶"，余皆作"忽忽"。"曶曶""忽忽"皆释为年岁迫促卒逝之义，是两者确通。甲骨、金文皆无"忽"字，金文有"曶"字，作"𠦝"（《曶鼎》）、"𦥑"（《曶壶》）。陈初生云："刘心源曰：'（郑太子曶）今《左传》作忽，许之后解即笏字，此从勿，反勿字也。'李学勤曰：'这个字清代学者均释曶，后来不少学者怀疑，或隶定为昷，或改释为昌，最近，我们在新出土的战国文字中看到圖字，所从与此字

---

① 黄灵庚：《楚辞异文辩证》，郑州：中州古籍出版社，2000 年，第 475 页。

同，而匽字明见《说文》，足以证明这个字仍应释为曶。’”①“勿”字甲骨、金文皆见，作“”（前五·二二·二）、“”（粹四二四）及“”（《量侯簋》）、“”（《毛公鼎》）。徐中舒云：“从从，象弓形，其旁之乃所以表示弓弦之振动。引弓而发矢则弓弦拨动，故发弓拨弦乃勿之本义，卜辞借其声而为否定辞，至《说文》篆文则讹而与物字所从之勿为一形，二者初非一字。”②《说文》云：“勿，州里所建旗，象其柄，有三游，杂帛，幅半异，所以趣民。故遽偁勿勿。”周法高《金文诂林》所引众说，或从《说文》；或谓借为“物”，为土色；或谓“笏”之初文。

愚谓“勿”本当有“促迫迅疾”义，当从甲骨初文“发弓拨弦”义引申而来，因箭速迅疾，故云。许慎《说文》云“趣民”，是谓“勿”有“促”义。此虽不误，然经金文、篆文之变，弓形已讹似爪形或旗形，云其为州里之旗，故能趣民，非也。金文“”隶定为“曶”，或以“曰”为饰符，无实义。或以“日”讹作“曰”，盖因“勿”本有“促疾”义，故后加日以示日子（岁月）疾速而过，加“心”以示某事物在心中一闪而过，故可引申为“疏忽”义。隶书出现以后，以“日”“曰”相似，故讹为下从“曰”，《韵会》“昒”即作“曶”。《汉书·司马相如传》云“曶爽暗昧，得耀乎光明”，王先谦补注云：“曶爽，犹旦昧。”③李善《文选·难蜀父老注》引郭璞《三苍解诂》云：“曶，旦明也。”似乎也能证明“曶”应从“日”。然战国以后的“曶”是作为“昒”的异体的，是指天将明未明之时，引申为昏暗，与“曶”的“迫促忽去”义不同，应并非一字。或黎明前的黑暗较为短暂，故可从“曶”之“促迫短暂”义引申为“旦昧”义。今不能遽断。楚简中不见“曶”“忽”二字，“勿”字可见，或通“物”，或作“毋”义。

又按：据上论证，“曶”见于金文，而“忽”不见于现可见的任何出土文献，或许作“曶”更接近《楚辞》的原貌，“忽”应该是后来加上“心”的义符表示某事物在心中一闪而过，而引申为“疏忽”义。除此之外，洪兴祖在《九辩》“岁忽忽而遒尽兮，老冉冉而愈弛”句下注云“忽，一作曶”。《楚辞补注》中他处则皆作“忽”，或许是传抄的过程中发生了变化，洪兴祖不能见到作“曶”的版本，只能照录为“忽”。而在“岁曶曶其若颓兮”“岁忽忽而遒尽兮，老冉冉而愈弛”两句上，也许前者底本及参校本皆作“曶”，后者底本和参校本绝大多数作“忽”，少部分作“曶”，故成了现在

① 陈初生：《金文常用字典》，西安：陕西人民出版社，1987年，第496页。
② 徐中舒主编：《甲骨文字典》，成都：四川辞书出版社，1989年，第1043页。
③ （清）王先谦：《汉书补注》第8册，上海：上海古籍出版社，2012年，第4170页。

洪兴祖《楚辞补注》的文本状态。或作"昬"，或作"忽"的面貌，说明《楚辞》在传抄中发生了一定的变化，而某些版本或部分又偶尔保留了一些古字原貌。

2. 孤子唫而抆泪兮

洪补云："唫，古'吟'字，叹也。"

按：朱熹《楚辞集注》从洪说。"吟""唫"皆不见于甲骨和金文。"今"字甲骨作"𠔃"（甲三〇六六）、"𠔃"（京三四三），金文作"𠔃"（《盂鼎》）、"𤔔"（《中山王𧊒鼎》）；"金"字仅见金文，作"𨥛"（《禽簋》）、"𨤌"（《启卣》）。徐中舒释"今"云："象木铎形，𠔃象铃体，一象木舌。商周时代用木铎发号施令，发令之时即为今，引申而为实时、是时之义。《说文》：'今，是时也。从亼从刁。刁，古文及。'《说文》说形不确。又甲骨文告、舌、言、曰等字均象仰置之铃形，与今当同出一源。"①陈初生释"今"云："金文或从口作含。林义光曰：'亼、刁义不可晓……即含之古文，𠔃为口之倒文，亦口字，𠔃象口含物形。含从今得声，音本如今。'中山王𧊒鼎今字正写作含，念字亦从含作𢗥，林说可从。"②劳榦云："坩埚在殷墟有发现，当地人称之为将军盔。此种尖底之坩埚与《天工开物》所记及现代铜匠及银匠所用形式相同，若将此种坩埚翻倒，则其形式极与𠔃之形相近，如其中有铜镕液，则可以一点为代表或以流下之形𠄌为代表。故今字非常可能为一种指事字，指出铜液从坩埚倾出之形状。"③又云："今以古文金字比较，则金字上部宜为坩埚形状，而下部则为器物范中通道。此种冶铸方法固与大型铜器铸造之原则相符，但与钱范等小型器物之铸造比较，则更为相合。在以上比较结果之昭示下，金字上部为一坩埚，其下部为一器范，其旁长点则表示流注铜液，甚为明显。故金字与今字虽繁简不同，而其所代表者为铸铜之事，则无太多出入也。"④"今""唫"楚简皆见：

今：

（1）𠔃（今）受为无道。《上（二）·容·五〇》

---

① 徐中舒主编：《甲骨文字典》，成都：四川辞书出版社，1989 年，第 574 页。
② 陈初生：《金文常用字典》，西安：陕西人民出版社，1987 年，第 573 页。
③ 转引自周法高主编：《金文诂林》第 14 册，香港：香港中文大学出版社，1974 年，第 7574~7575 页。
④ 转引自周法高主编：《金文诂林》第 14 册，香港：香港中文大学出版社，1974 年，第 7574~7575 页。

(2) 从 ⟨图⟩(今)日㠯(以)已。《上(四)·柬·二二》

(3) ⟨图⟩(今)之弍于直(德)者。《郭·唐·一七》

(4) 女(如)叁(夋、俊、舜)才(在)⟨图⟩(今)之殜(世)则可(何)若?
《上(一)·子·八》

唫：

(一)于是虖(乎)⟨图⟩(暗)聋执烛。《上(二)·容·二》

据上可知，楚简中"今"或作"含"(⟨图⟩)形，或与甲骨、金文之"今"
(⟨图⟩)字形似，或以"含"加手形作⟨图⟩。此与陈初生"金文或从口作含"相
印证，"口"是作为饰符出现的。或许"今"本即可以引申为"吟"义，盖
因"A"(今)本即象倒置之铃体中有木舌之状，铃可发声，相较于编钟
等大型乐器发出的声音来说可能非常微弱，则或可引申为"吟"的"低
吟""呻吟"之义。后加"口"可能是表示"呻吟"是以口出声的，很可能
正是从楚简的"今"的饰符"口"讹以为从"口"表"呻吟"义，然后逐渐由
"口"在下演化为"口"在左，成为"吟"这一字形。"唫"字楚简仅一见，
校释者将之隶定为"暗"，"暗"为哑然无声之义，似不可与"吟"通。即
便取上所举劳榦说今、金仅简繁之别，则本义又为冶铜，难以引申至
"吟"义。即便"唫"亦可通作"呻吟"义，亦应后于"吟"而出现，因之造
字为循序渐进的由简单到复杂的过程。如"今""金"初文确为指事冶铜
义，则"金"之从坩埚注于范中之状更为复杂，而冶铜器具的增多，也
更符合生产力的发展顺序，以范的后出现，导致了"金"字的产生。故
"唫"似乎不当为初貌。

又按："唫"出现于楚简中，证明战国时已使用"唫"字。"唫"与"吟"
或许是以"金""今"同音而通。洪氏此处定为"唫"，或许应该是《楚辞》的
原貌。

二、《远游》

悼芳草之先零。

王注下云：古本零作藚。当为洪氏所出异文，参前文关于《楚辞考
异》散附问题的讨论。

按：朱熹《楚辞集注》径作藚，云："藚，今作零。""藚"不见于甲骨
与金文，"零"甲骨、金文、楚简皆不见。"藚"楚简中仅一见(《新·甲
三·二一五》，作藚)，通"靈"字，句作"㠯(以)駐藚(靈)为坪夜君贞"。
又霝多见于楚简，或通作"靈"(《九·五六·九四》)，或通作"命"(《上

（一）·缁·一四》），皆无"零落"义。愚谓战国时可能并无"零"字，借"霝"之音，以艸为形旁以示草木零落。《说文》云："霝，雨零也。"说明"霝"汉代时仍存，并可通"零"义。洪氏谓"古本零作蘦"，当陈振孙所谓"古本《楚辞释文》"。然洪氏虽知古本作"蘦"，又有《说文》之旁证，仍不敢于《楚辞》正文定之，是其之失。

三、《卜居》

将从富贵，以婾生乎？

洪补云："婾，乐也，音俞。""婾"字《楚辞》凡四见，除去此条，列举如下：

（1）聊假日以婾乐。（《离骚》王注："假日游戏婾乐而已。"洪补云："苟为娱乐耳。"朱熹《楚辞集注》从此说。）

（2）聊婾娱以自乐。（《远游》洪补云："婾，乐也。音俞。"）

（3）食不婾而为饱兮，衣不苟而为温。（《九辩》洪补云："婾，他钩切。巧也。"朱熹《楚辞集注》云："婾，即偷也。"）

按：朱熹《楚辞集注》云："婾，音偷，旧音俞，非是。"黄灵庚云："《事文》别卷二一、《御览》卷七二六、《后山诗注》卷四注引婾并作偷。庚案：偷，古婾字。《渊海》卷五三引作婾。"[1]

据上例发现，（1）（2）条皆以"婾"通"娱"。（3）则皆以"婾"通"偷"，一"偷"一"苟"，正相对应。惟本条洪氏与朱熹一以作"娱"，一以作"偷"，似皆可通。然考之上举第（1）条，"婾""娱"既相通，（2）中以"婾""娱"二字并行，似显重复，或应作"偷娱而自乐"。那么，此句"婾"应作"娱"还是"偷"呢？

"婾"不见于甲骨及金文。"俞"字见于金文，作"舟俞"（《黄韦俞父盘》）、"舟分"（《鲁伯大父簋》），周法高引郭沫若说云："艅字本作舟俞，旧释艅而无说。今案字乃从舟从余，余即余之异文，余乃玲之初字，玉笄也。字之较古者作余，较晚者作余，即玲之正面形：上刻、中有玄纁之绚组、下有缫藉也。余则其侧视形。"[2]又云："艅字作舟俞，与《师艅毁》同，乃从舟从玲之侧视形，讹变为小篆之俞，再变为通行之俞字。注家不测，复以艅字附入《说文》，所谓蛇足也。"[3]即"俞"本自"艅"讹变而来，"艅"之

① 黄灵庚：《楚辞异文辩证》，郑州：中州古籍出版社，2000年，第549页。

② 周法高主编：《金文诂林》第10册，香港：香港中文大学出版社，1974年，第5323页。

③ 周法高主编：《金文诂林》第10册，香港：香港中文大学出版社，1974年，第5323页。

"夕"为侧视之"余"字，"月"则为舟形"刀"隐入"夕"（余）之"亼"下而讹。"俞"音"鱼"，当从"余"得音。古籍中有"婾"作"偷"之成例，如《左传·文公十八年》"齐君之语婾"，杜预注云："婾犹苟且。"应该是借"俞"中"舟"为声符，加"人"或"女"（女即人也）为义符，表示"苟且"的"偷"义。因为偷盗也是苟且的一种行为，后来引申为"偷盗"义。故段玉裁《说文解字注》亦云："婾，巧黠也。按偷盗字当作此婾。""婾"不见于楚简，"俞"多见于楚简：

(1)大旧（久）而不俞（渝）。　《郭·忠·三》

(2)亓（其）四章则多（愉）矣。　《上（一）·孔·一四）》

(3)亓（其）愍（离）志又（有）㠯（以）多（逾）也。　《上（一）·孔·二〇》

(4)㠯（以）（喻）多亓（其）悥（捐）者也。　《上（一）·孔·一八》

"俞"在楚简中可通为"愉"，实以音假借之，故亦可通"逾""喻"等字。而"俞"又是以其侧视之"余"而得音。故不可视"俞"本带有"娱"或"愉"义，应该是"愉"假"俞"作音符，为"鱼"音，又加"心"的义符，借为"愉快"的愉。而"婾"也可由侧视的"余"形得音为"鱼"，故可同音通假而"婾"与"娱""愉"通。

又按：因此，"婾"应该是可以从"舟""余"两个部分分别有"偷""鱼"的音，并有"苟且""娱乐"的意义。根据屈原辞赋全篇的基调来看，屈原是鄙弃为求富贵而与群小为伍这一行为的，故此句"将从富贵，以婾生乎"中"婾"很有可能音"偷"，作"苟且"义。洪补此云"婾，乐也"或非。

四、《九辩》

1. 皇天淫溢而秋霖兮，后土何时得漧？

王注下云："漧，一作乾。"当为洪氏所出异文，参前文关于《楚辞考异》散附问题的讨论。洪补云："漧，与乾同。"

按：朱熹《楚辞集注》从洪氏说。"乾""漧"皆不见于甲骨及金文。"卓"字于前第二节《九歌·湘君》"鼂骋骛兮江皋"条辨明为太阳自草丛中升起状。"乞"字甲骨作"三"（前一·七·二）、"三"（甲二九一三），本义为云气，可借为乞。如卜辞云："贞：今日其[雨]，王占曰：兹乞雨，之日允雨。"①（前七·三六·二）乞即作"三"形。金文作"三"（《天亡

---

① 转引自马如森：《殷墟甲骨文实用字典》，上海：上海大学出版社，2008 年，第 20 页。

篹》）、"⛢"（《齐侯壶》）、"⛢"（《齐侯壶》），于省吾《甲骨文字诂林》
云："甲骨文之三即今气字，俗作乞。"①又云："气字，周初器《天亡篹》
作三，《矢令篹》作三，犹存初形。东周器《齐侯壶》作⛢、⛢。……就东
周以来之气字加以推考，以其三字易混，故一变作⛢，取其左右对称，
故再变作⛢。"②因此，"漧"应为会意字，取朝阳从草丛间升起，则草间露
水因之蒸腾为气而乾也。"乾"很有可能是"漧"的简省字，从造字由简到
繁的规律看，"漧"似应后出，但从会意来看，"漧"才是完整的"乾燥"的
意义，若从"卓"从"乞"，则不大好理解了。甲骨、金文及楚简中皆不见
"乾""漧"二字，今已难遽断二字先后。但从会意的角度及《玉篇》称"漧"
为"古文'乾'字"看，"漧"应该很可能是《楚辞》原貌。洪兴祖仍引一本作
"乾"，亦见其审慎。

2. 窃美申包胥之气盛兮

王注下云："古本盛皆作晟。"当为洪氏所出异文，参前文关于《楚辞
考异》散附问题的讨论。

按：朱熹《楚辞集注》径作"晟"，云："一作盛。"黄灵庚云："气盛，
犹盛气也，不当作晟。贡禹《奏宜放古自节》'气盛怒至'，张协《七命》
'气盛怒发'。皆其比。《文选》卷四二阮瑀《为曹公作书与孙权》注、《补
韵》卷四'凿'条引并作盛。"③

"晟"不见于甲骨与金文。"盛"字甲骨、金文皆见，甲骨作"⛢"（后
下二四·三），金文作"⛢"（《曾伯篹》）、"⛢"（《盛季壶》）。徐中舒云：
"从皿从⛢（戍）。孙海波释盛，谓从皿从成省。李孝定疑盛之朔谊为满，
与益同谊。此殆象水外溢之形，盛为形声，益则为会意。按释盛可从。
《说文》：'盛，黍稷在器中以祀者也。从皿、成声。'"④陈初生《金文常用
字典》云"金文构形与甲骨文同"⑤，释义从《说文》。愚谓《说文》是，以所
盛于器皿中之黍稷为祭祀之用，则必然丰盛，由此引申出后"盛大""繁
盛"之义。或谓"晟"上日下成，以日之成者，为其极盛之时，故可通
"盛"。是以《释名》云："成，盛也。"然此字或应后出，以《释名》为汉时
书也。楚简中亦不见"晟"字，惟见"盛"字，洪兴祖定为"盛"，很可能是

①　于省吾主编：《甲骨文字诂林》第4册，北京：中华书局，1996年，第3374页。
②　于省吾主编：《甲骨文字诂林》第4册，北京：中华书局，1996年，第3374页。
③　黄灵庚：《楚辞异文辩证》，郑州：中州古籍出版社，2000年，第624页。
④　徐中舒主编：《甲骨文字典》，成都：四川辞书出版社，1989年，第534页。
⑤　陈初生：《金文常用字典》，西安：陕西人民出版社，1987年，第539页。

《楚辞》原貌。洪兴祖又云"古皆作晟"，很可能只是指宋以前的前代旧本，而并不一定是《楚辞》原貌。

第五节　出土文献与《招魂》的校读

1. 掌瘮。上帝其难从。

王注下云："瘮，一作夢。"当为洪氏所出异文，参前文关于《楚辞考异》散附问题的讨论。

按：朱熹《楚辞集注》亦云"一作夢"。黄灵庚云："《文选》唐写本、五臣、六臣本瘮同作夢，《洪补》《朱注》引瘮一作夢。庚案：瘮，古夢字。《事文》后卷二〇引作夢。"①"夢"字见于甲骨，作"𢜥"（后上六·四）、"𢜥"（前五·一四·四）。不见于金文。马如森云："合体象意字，字象一人卧牀而睡，首、手、足夢舞之状。本义是人做夢。《说文》：'夢，寐而有觉也。从宀从疒，夢声。'"②愚谓"夢"即本字，以甲骨"牀"字作"爿"形，将之横置则似"艹"头，牀上所卧之人有眼（𢜥），故"夢"字中间从"目"，人的下部身子加上足的形状与"夕"的篆书"𠬝"类似，两手平伸则似"一"字。故"夢"字当后来讹成，以手形讹作"宀"，身足形讹作"夕"。作"瘮"当即后来进一步会意，"宀"即屋也，"爿"即牀也，在屋中牀上卧着即睡觉做夢，此已不辨"夢"之"艹"头本即"爿"也。考楚简及帛书，"瘮"字不见，"夢"字多见，作"夢"（《帛甲·一》）、"夢"（《上（四）·柬·八》）。据楚简之形可知，实人的手及部分身形作环绕另一部分身形状，讹作为"宀"，另一部分身形则讹作"夕"。"夢"确应为甲骨初文讹变而成，"瘮"为后起字。"瘮"虽不能断定战国时一定没有出现，但从现有的出土文献看，洪氏定作"瘮"，很可能并不是《楚辞》的原貌。

2. 敦脄血拇

洪补："《易》：'咸其脢。'"

出土文献作：

初六：钦（感）亓（其）拇。（《上（三）·周·钦（感）》）

---

① 黄灵庚：《楚辞异文辩证》，郑州：中州古籍出版社，2000年，第653页。
② 马如森：《殷墟甲骨文实用字典》，上海：上海大学出版社，2008年，第181页。

九五：钦（感）丌（其）拇，亡（无）悬（悔）。（《上（三）·周易·钦（感）》）

初六：钦丌拇。九五：钦其股，无悬。（《马·周·钦》）

按：洪补曰："脄、脢音梅，又音妹，脊侧之肉。《说文》云：'背肉也。'《易》：'咸其脢。'一曰：心上口下。拇，莫垢切。"王注下云"脄，一作脢"，当为洪氏所出异文，参前文关于《楚辞考异》散附问题的讨论。今本《周易》初六作"咸其拇"，九五作"咸其脢"，楚简本《周易》初六及九五爻辞皆作"钦（感）丌（其）拇"，或非。不然对应今本的九五爻辞，则很容易将脢、拇视为同义，"敦脄""血拇"是指土伯身体的两部分，若如洪氏云"脄，一作脢"，则"脄""拇"相同，"敦脄血拇"的意义就不可通了。感、咸同部可通。

王弼《周易注》云："脢者，心之上，口之下，进不能大感，退亦不为无志，其志浅末，故'无悔'而已。"

孔颖达《周易正义》云："'咸其脢，无悔'者，'脢'者心之上，口之下也。四已居体之中，为心神所感，五进在于四上，故所感在脢，脢已过心，故'进不能大感'，由在心上，'退亦不能无志'，志在浅末，故'无悔'而已，故曰'咸其脢，无悔'也。"又云："'脢者心之上，口之下'者，子夏《易传》曰：'在脊曰脢。'马融云：'脢，背也。'郑玄云：'脢，脊肉也。'王肃云：'脢在背而夹脊。'《说文》云：'脢，背肉也。'虽诸说不同，大体皆在心上。辅嗣以四为心神，上为辅颊，五在上四之间，故直云'心之上口之下'也。明其浅于心神，厚于言语。"

《上海博物馆藏战国楚竹书(三)》云："钦"，卦名，《周易》第三十一卦，艮下兑上，音与"咸"近，可通，借为"感"，或读为"伤""缄"。

胡朴安《周易古史观》云："'咸其拇'者，咸，感也。虞翻云：'拇，足大指也。《子夏传》作蹈。言步其足迹而行，感之初步也。是时感尚未深，其志不专，故《象》曰：志在外也。'又云：'咸其脢者，《说文》：脢，背肉也。王弼云：脢，在心之上，口之下。言所随从之人虽亡，犹必起而感之，及其脢矣，不感其心而咸其脢，有感而未应也，故《象》曰：志末也。言感之志无应也。'"

又按：因此，《咸》卦的全部爻辞内容，就是一个从脚拇指到辅颊舌的，以身体各部位依次感受外物的过程。"敦脄血拇"一句，实际上涵盖了《咸》卦从初六到九五的爻辞中以之所感的范围，惟不含上六的"辅颊舌"一部分，即包含了从初六的以足拇感到九五的以脢感。以"敦脄血拇"

为土伯之形象描述，而此句前文云"土伯九约，其角觺觺些"，正言土伯的脢以上的状貌，合后自脚拇指到脢之躯体，正是一完整的后土之伯侯形象。"脢""脄"不见于甲骨及金文。"每"见于甲骨及金文，作"𣈶"（铁二〇〇·三）、"𣈶"（甲八五八）及"𣈶"（《天亡簋》）、"𣈶"（《曶鼎》），象女子头插毛羽面左跪坐之形。王献唐云："（羽毛）饰于旌旗者固美，饰于冠首者亦美。女饰作每，男饰作美，制有单双，而音义俱同。故每即美，而美亦即每，实一字异体。"①杜预注《左传》"原田每每"云"喻秦军之美盛若原田之每每然"，是其一证。董作宾、金祖同都将其视为"晦"之初文，于省吾指出甲骨中"每"多作"悔"义，赵诚则认为"每"与"母""女"同源。"每"字亦见于楚简，或作"敏"义（《上（二）·子·四》），或作"谋"义（《上（七）·凡甲·十五》）。"灰"不见于甲骨、金文以及简帛。篆文作"𤆄"，《说文》云："死火余烬也。从火从又。又，手也。火既灭，可以执持。"据上可知，"每"与"灰"皆与"脢"的"脊肉"义无关，或因"脢"与"每""灰"音同故假借为声符，加"月"（肉）这一义符而成新字。以"每"见于甲骨、金文及简帛，"灰"不见于这三者，很有可能是"脢"字先出，"脄"字后出。虽不能遽断"脄"字战国时没有，但很有可能从"脄"已非《楚辞》原貌。洪兴祖录存异文"脢"，见其审慎。

3. 肥牛之腱，臑若芳些。

王注："臑若，熟烂也。言取肥牛之腱，烂熟之，则肥濡臑美也。"其下云："若，一作弱。臑，一作臑，一作胹。臑，仁珠切。臑，音奭。胹，音而。《释文》作胹，而充切。"当为洪氏所出异文，参前文关于《楚辞考异》散附问题的讨论。洪补云："《集韵》腝、𤋾、胹、臑，皆有耳音。《说文》云：'烂也。'一曰臑，嫩奭貌。腝，苏本切。""臑"字《楚辞》凡两见，另见于《大招》"鼎臑盈望，和致芳只"一句。王注："臑，熟也。致，致醎酸也。芳，谓椒姜也。言乃以鼎镬臑熟羹臛，调和醎酸，致其芬芳，望之满案，有行列也。"注下云："臑，一作胹。《释文》作腩，徒南切。"为洪氏所出异文。洪补云："腩，臛也。"

按：黄灵庚云："《文选》六臣本谓臑，'五臣本作胹'，唐写本《文选》臑作胹，《洪补》《朱注》同引臑一作胹，一作臑；朱引又作濡。庚案：胹、臑皆古文。臑本字，濡借字。臑，俗字。《韵补》卷二'羹'条、《渊

---

①　于省吾主编：《甲骨文字诂林》第1册，北京：中华书局，1996年，第458页。

海》卷九〇、《事文》后卷二〇引并作臑，《学林》卷六引作胹。"

据上可知，"臑"作烂熟义。然臑本字及上引所举之异体字皆不见于甲骨及金文。"而"字见于甲骨及金文，作"𣲗"（乙一九四八）、"𠕋"（铁二〇〇·三）及"𣲗"（《子禾子釜》）、"𣲗"（《中山王𰯼壶》）。徐中舒云："象颔下须毛之形。《说文》篆文作𠕋者乃由𣲗讹变。《说文》：'而，颊毛也。'《周礼》曰：'作其鳞之而。'"①陈初生云："而字甲骨文作𣲗，象颊毛下垂之形，金文及小篆形体稍变，仍不失其象形。中山王𰯼鼎字上部增饰一短画。戴震《周礼注》曰：'颊侧上出者曰之，下垂者曰而。'"②"而"的本义即为下颌胡须，因胡须本即柔软的一团毛发，可引申为柔软义。"大"字甲骨作"𣂺"（乙六八五七），金文作"𣂺"（《大保簋》），篆文甚至有作"𣂺"者，实皆与"而"字形相似，故作"耎"当下部之"而"字讹作"大"，此亦即"耎"有"软"义之原因，不然从而从大则不可通。"月"即"肉"字初文的讹变，"而"加"月"表示会意，即柔软的肉，故作"胹""臑"。肉烂熟后也是柔软的，故可引申为烂熟。又胡须沾水后便会变得濡湿，雨亦水也，故"需"本义应为濡湿，后"需"又再添水旁作"濡"。虽肉被煮至烂熟后亦可视作被水濡湿，然当先自"而"出现"需"字后方才有"臑"字。愚谓"胹""臑"当为"臑"之初文，作"胹"字为后讹。黄灵庚谓"胹、臑皆古文"甚是。又谓"臑本字，濡借字"，朱熹亦引"一作濡"，或因物体濡湿后亦会变软，肉烂熟后亦变得柔软，故借为烂熟义。又本条下句云"胹鳖炮羔，有柘浆些"，洪氏出异文云"一作臑"，又云"《释文》作濡"，王逸云"言复以饴蜜胹鳖炮羔，令之烂熟，取藷蔗之汁，为浆饮也"，以饴蜜胹鳖，必然使其濡湿，而鳖又为肉食，此作"臑"似更合原文意。

又按：楚简中不见"胹""臑""臑""濡"诸字，惟"需"字一见，假作"儒"（《上（二）·容·二》）。据上文论证，虽不能遽断是否战国已发展出此四种异体字，但从造字的发展看，作"胹"或"臑"应该是"臑"的最初形态，洪兴祖定作"臑"，有可能是前代传写者根据自己的理解使用了不同的形态，因为肉大多数都是煮烂的，故应为濡湿之软烂。洪兴祖录存异文"胹"，说明宋时很可能还有一些版本保留了一部分《楚辞》早期传写的面貌。

---

① 徐中舒主编：《甲骨文字典》，成都：四川辞书出版社，1989 年，第 1045 页。
② 陈初生：《金文常用字典》，西安：陕西人民出版社，1987 年，第 889 页。

第六节　出土文献与《惜誓》《招隐士》《七谏》《哀时命》《九怀》《九叹》的校读

一、《惜誓》

或推迻而苟容兮

王注下云："迻，一作移。"当为洪氏所出异文，参前文关于《楚辞考异》散附问题的讨论。

按：朱熹《楚辞集注》亦云"迻，一作移"。"迻""移"甲骨、金文皆不见。"多"见于甲骨、金文，作"𠁣"（前二·二八·六）、"𠁣"（甲七五二）及"𠁣"（《辛巳簋》）、"𠁣"（《召尊》）。徐中舒云："从二夕，夕象块肉形。《说文》：'多，重也。从重夕。夕者，相绎也，故为多。重夕为多，重日为迭…𠁣，古文多。'古时祭祀分胙肉，分两块则多义自见。《说文》以为从二夕，实误。"①陈初生《金文常用字典》亦从此。《说文》云："移，禾相倚移也。"以禾多而密，则相互倚移，故有"移动"义。考楚简皆作"迻"，不见"移"字。分作"𨙸"（《包二·一七三》）、"𨙸"（《包二·二一三》）、"𨙸"（《天卜》）、"𨙸"（《天卜》）诸形。除第一字作"迻"外，滕壬生将第二字隶定为"遁"，后二字皆将之隶定为"邍"。愚谓"迻"应该是会意字，从"多"实为从"肉"，从"辶"为从"走"，意为将很多的肉运走，运走便是将肉移动。"匚"字甲骨作"𠤬"（后上六·七），本义为盛物之器。楚简有作"遁"者，指将肉装于盛具中移动；"邍"则更细化，将盛具以隔板分隔出两格，分装两块肉。"邍"从"耳"作"邍"，"耳"实"匚"之讹变，或以甲骨"匚"作"𠤬"，形似杯耳，故有此讹。又《说文》云："𠤬，籀文匚。""𠤬"实更与"邍"中"匚"形相符。据楚简观之，"移"很可能应该是后起字。

又按：《惜誓》一文，不能定其作者。王逸云"不知谁所作也。或曰贾谊，疑不能明也"；洪兴祖仅摘录贾谊《吊屈原赋》数句，云"与此语颇同"，亦不明言何人所作；朱熹《楚辞集注》云《惜誓》者，汉梁太傅贾谊之所作也"，又云："《史》《汉》于《谊传》独载《吊屈原》《鹏鸟》二赋，而无此篇，故王逸虽谓'或云谊作'，而疑不能明。独洪兴祖以为其间数语

---

① 徐中舒主编：《甲骨文字典》，成都：四川辞书出版社，1989 年，第 752 页。

与《吊屈原赋》词旨略同，意为谊作亡疑者。今玩其辞，实亦瓌异奇伟，计非谊莫能及，故特据洪说，而并录传中二赋，以备一家之言云。"王逸、洪兴祖皆对《惜誓》作者是否为贾谊存疑，朱熹则直言必为贾谊。赵逵夫先生通过考证，认为《惜誓》的作者应是早于贾谊的唐勒（参其《论〈惜誓〉的作者与作时》，《文献》2000 年第 1 期）。力之先生则反驳了赵先生的说法，认为《惜誓》的作者不可能为唐勒，然亦不能确定为贾谊，仍持存疑态度（参其《〈惜誓〉非唐勒所作辨——与赵逵夫先生商榷》，《内蒙古师大学报（哲学社会科学版）》2001 年第 6 期）。然不论《惜誓》作者为唐勒抑或贾谊，其时代都要早于许慎。《史记·屈原贾生列传》云："屈原既死之后，楚有宋玉、唐勒、景差之徒者，皆好辞而以赋见称；然皆祖屈原之从容辞令，终莫敢直谏。"知唐勒大致与宋玉、景差同时，为战国末人。贾谊为汉初人，去秦世不远，秦自始皇立至子婴亡，凡 14 年，是贾谊去战国末世亦未远也。而许慎为东汉前中期之人，去汉初已历 200 多年。因此，不论《惜誓》作者为谁，其用字应该与楚简相符，作"迻"很可能是《楚辞》的原貌。洪氏定为作"迻"，见其判断力；又录异文"移"，见其审慎。

二、《招隐士》

林木茷骫

王注下云："茷，一作茇，一作柭，一作茷。"当为洪氏所出异文，参前文关于《楚辞考异》散附问题的讨论。洪补云："茷、柭、茷，并音跋。茷，木枝叶盘纡貌，通作茇。"

按：朱熹《楚辞集注》从洪补说。"茷""茇""柭""友"皆不见于甲骨及金文。惟"伐"见于甲骨及金文，作"𠂤"（前四·三一·三）、"𠂤"（前七·二·一）、"𠂤"（乙一七八）及"𠂤"（《大保簋》）、"𠂤"（《明公尊》）。马如森云："从人、从戈，象事字，字象以戈砍人颈之形。本意是刑法砍人头。"[1]陈初生云："伐字甲骨文作𠂤、𠂤、𠂤，郭沫若谓象以戈伐人，李孝定谓象戈刃加人颈，击之义也，非人待戈。金文仍多如此，唯南疆钲字作𠂤，人戈分离，即为小篆所本。"[2]以"茷"字从艸从伐，实应为剪除草义，既剪除之，何以能枝叶盘纡？又《说文》云："友，走犬兒。从犬而丿之。曳其足，则剌友也。"《说文》所收篆形作"𠂤"。是《说文》认为"友"作拉扯狗腿状，故有"拔"义，为"拔"之本字。故"茇""柭"二字，一从艸

---

① 马如森：《殷墟甲骨文实用字典》，上海：上海大学出版社，2008 年，第 191 页。
② 陈初生：《金文常用字典》，西安：陕西人民出版社，1987 年，第 784 页。

从犮，一从木从犮，皆意指草木抽芽。抽芽发枝即似从草木中拔出，故有发芽义。《篇海类编·花木类·木部》云："枝，木生柯叶。"《说文》云："茇，艸根也。从艸，犮声。春艸根枯，引之而发土为拨，故谓之茇。"以抽枝拔叶以及抽枝拔叶的基础——草根为其义，则可引申为枝叶繁盛之义。愚谓"茷"实为讹字，以甲骨中有"屮"，实与"犮"之"㸚"形类，惟"㸚"将底部作戈把之一点变为丿，戈把则作弯曲状。实本字即"茇"，以"犮""伐"形似而讹作"茷"。考之楚简，"茷""枝"皆不见，"茇"有一见（《上（三）·周·五一》），句作"日中见㸚"，整理者濮茅左隶定为"𦬕"，云："《字汇补》：'𦬕，音瞒。'《集韵》：'瞒，暗也。'"[1]传本《周易》作"日中见沬"，沬即暗也。作家出版社2007年版《上海博物馆藏战国楚竹书（一——五）文字编》则将之隶定为"茇"。愚谓以字形观之，"㸚"更近于"茇"，或因茇有枝叶繁茂义，以其繁茂故可翼蔽光线，使之暗沬。仍不脱爻辞大义。据前"芬至今犹未沬""余固知謇謇之为患兮"等条的论证，战国时的《周易》文本，可以根据传写者的理解和所处环境不同，而在文字上有所差异，但爻辞大义则基本保持不变。如"蹇""謇"一为行难，一为言难，然于爻辞大义来看则皆作"难"义而无差。

　　又按：《招隐士》的作者，一说淮南王刘安，一说淮南小山。刘安（前179—前122）生活于西汉前中期，淮南小山据王逸《招隐士序》，是淮南王的一群门客，大致也应与刘安生活年代相同。除"茇"字外，"茷""枝""茷"皆不见于现可见的出土文献中，但是四字都出现在许慎的《说文解字》中。根据前文的分析及目前可见的出土文献来看，"茇"很有可能是本字，"茷"可能是后讹或是因"伐"同音假借为之。刘安及淮南小山距许慎（58—147）将近两百年，距战国末世则不足百年，有可能《招隐士》原貌并非作"茷"。不过从四种异文都见于《说文解字》中，很可能正表现出了此篇早期传抄的时候已经有了各种分化。洪兴祖定作"茷"虽不一定是原貌，但录存其他异文，很大程度上为我们了解《招隐士》的早期传播情况提供了可参考的材料。

三、《七谏·自悲》

聊愉娱以忘忧

王注下云："愉，一作媮。"当为洪氏所出异文，参前文关于《楚辞考

---

[1]　马承源主编：《上海博物馆藏战国楚竹书（三）》，上海：上海古籍出版社，2003年，第205页。

异》散附问题的讨论。

按：参前《卜居》"将从富贵，以媮生乎"条之论证，"媮"可与"愉"通，考《楚简》中两者皆不见，许慎《说文解字》皆见。"愉""媮"可能都是《自悲》的早期传播面貌，但原始面貌已不能遽断。洪兴祖录存异文，很大程度上为我们了解《自悲》的早期传播情况提供了可参考的材料。

四、《哀时命》

气涫灊其若波

洪补云："灊与沸同。"

按：朱熹《楚辞集注》从洪补说。"灊""沸"不见于甲骨、金文以及简帛。"弗"字甲骨、金文皆见，作"丗"（人六二）、"丬"（合二一八）及"丗"（《旂作父戊鼎》）、"丗"（《易鼎》）。徐中舒云："从㇀从己，㇀象箭榦及箝（竹条夹具），己象缠绕之绳。矫正箭榦使其端直，必于箭榦旁夹以箝，缠绳束缚之。《说文》：'弗，矫也。''矫，揉箭箝也。'均是。后世用弗为否定词，其本义遂失。"[1]高鸿缙云："弗即拂之初文，其意为矫枉。从八，象不平直之两物，而以绳索己束之使之平直，故有矫枉拂正之意。"[2]简帛有"弗"字，或取否定义（《包二·一二二》），或取"拂"的本义（帛乙·一〇）。愚谓"弗"缴绕之形或似水汽蒸腾而上，表示水沸腾后翻滚。"鬲"之甲骨、金文分作"鬲"（南明六二五）、"鬲"（《南姬鬲》），其本义即为炊器。《说文》云："沸，滭沸，滥泉。"又云："灊，涫也。"段玉裁注云："沸，泉出皃。槛泉正出。《释水》曰：'滥泉正出。正出，涌出也。'"又云："灊作沸，非也。"以泉涌而翻滚，似乎"沸""灊"可通，但从"鬲"这一会意的义符来看，很明显两字是有区别的。"沸"应该是借"弗"为声，加水旁表示为水流湍急的翻腾沸涌。后因"弗"字形与水汽蒸腾而上相似，则进一步会意加"鬲"，意为以鬲煮水，则水蒸腾作汽而上，表示一种沸腾状态的翻滚。

又按：从严忌此处云"气涫灊其若波"来看，是指气的翻滚若波，根据上文的推断，很可能原貌确实作"灊"，洪氏云"灊与沸同"，是站在宋代两字已通用的角度为说了。"灊"很可能是战国末至汉初所出，盖因与严忌同时期的司马相如《上林赋》亦云"涆溔鼎灊"。

---

① 徐中舒主编：《甲骨文字典》，成都：四川辞书出版社，1989年，第1354页。
② 高鸿缙：《中国字例》，台北：三民书局，1960年，第402页。

五、《九怀·思忠》

悲皇丘兮积葛

王注下云："《释文》丘作北。"当为洪氏所出异文，参前文关于《楚辞考异》散附问题的讨论。

按："丘"字甲骨作"ᗩ"（乙七一一九）、"ᗣ"（乙六六八四），金文作"𢀖"（《商丘弔簋》）、"𢌘"（《子禾子釜》）。徐中舒云："象穴居两侧高出地面之出入孔之形。商人多穴居，甲骨文丘则以其地面形制表示其特点。"[1]故"丘"本为象形字，似山丘状。金文丘字两座小山之状发生了讹变，变作山的另一边缘不与地面相接。到篆文时则讹作"丠"，上从二人形。又"北"之甲骨与金文作"𠤎"（前七·二六·三）及"𠥾"（《吴方彝》），与篆文之"丘"同。作二人形相背之状，即"背"之初文。故"北"当后起之讹字，然大体仍不失其初文之形构。考楚简"丘"字作"𡉚"（《上（二）·容·一三》）、"𡉚"（《新·甲三·三九〇》），皆从二人（即二山丘）相背立于地面状。愚谓"丘"当为省字，仅取初文之右半，将人或山丘形讹变为"斤"。

又按：《九怀》为王褒所作，王褒生活年代为西汉中末期，早于许慎。以许慎《说文》释丘字形仍作"丠"，楚简中凡丘全不作省字，"丘"应该为后出。故洪氏引《释文》中异文作"北"，很有可能是《思忠》的原貌。所据《释文》，确为古本。

六、《九怀·株昭》

蹇驴服驾兮

王注下云："服，一作般。《释文》作版。"当为洪氏所出异文，参前文关于《楚辞考异》散附问题的讨论。洪补云："般、版，并与服同。"

按："𠬝"字见于甲骨及金文，分作"𠬝"（乙八七〇五）、"𠬝"（乙七七〇五）及"𠬝"（《𩵋钟》）。徐中舒云："从又从卩，象以手压抑跪伏之人，会降伏、制服之意，当为制服之服初文。《说文》：'𠬝，治也。'为引申义。"[2]金文字形已将手形置于人形之下，人形亦讹变得不太像了。"舟"易讹作"月"，前《九歌·湘君》"鼂骋骛兮江皋"条及《卜居》"将从富贵，以媮生乎"条已有详论。故"服"字篆文作"舟"作"𦨶"。又"反"字金

---

① 徐中舒主编：《甲骨文字典》，成都：四川辞书出版社，1989 年，第 924 页。
② 徐中舒主编：《甲骨文字典》，成都：四川辞书出版社，1989 年，第 291 页。

文有作"冐"(《旅鼎》)者，上从二横；《说文》"殳"之篆字作"殳"，两者皆与"殳"上的横折钩相类。《说文》云："服，用也。一曰车右骈，所以舟旋。从舟，殳声。"段玉裁注云："《关雎》笺曰：'服，事也。'一曰车右骈，所以舟旋。骈，毛刻作骑，误。马部曰：'骈，骖也，帝马也。古者夹辕曰服马，其旁曰骖马。'此析言之。许意谓浑言皆得名服马也。独言右骈者，谓将右旋，则必策最右之马先向右。左旋亦同。举右以晐左也。舟当作周，马之周旋如舟之旋，故其字从舟。"又卜辞中有"用执用殳"(存二·二六八)，即"殳"本可借作"牲"义用。牺牲一般都是羊豕等被人驯化而服从的走兽，"牲"义很可能是从本义"制服"引申出来的。考楚简中仅见"殳"字(《上(一)·淄·一》)，作"蠆(萬)邦复(作)殳(殳)"，仍取"殳"之"降伏""服从"本义。整理者陈佩芬云："殳，有省笔，郭店简和今本皆作'孚'。"①

又按：现可见的甲骨、金文及楚简中只有"殳"作为"驯服""治服"的成例。根据许慎的《说文解字》，"服"很可能是假"殳"作声旁，又因为"车右骈"右拐周(舟)旋的职能，故又加义符"舟"借为"服马"的"般"字。又因马易被驯服，作为人类坐骑而服事人类，则又可作"服事"义。"舟"与"月"形似，则后又讹作"服"，作"般""舨"也很可能是"殳""反"与"殳"形近而讹。甲骨、金文及楚简中"服""般""般""舨"四字都不见，"般""般"见于《说文》，许慎释"般"云："辟也。象舟之旋，从舟，从殳。殳，所以旋也。"这或许是洪兴祖认为"般"与"服"同的原因。从"蹇驴服驾兮"这句"服"的意义(王逸云"辅翼")来说，作"般""舨"是都不能通的。"服"应该是更符合的(服马可以看做是车之辅翼)，但可能并非原貌，原貌很有可能是作"舨"的。虽然洪兴祖定作"服"不一定正确，但从他所录的异文中，我们仍可以看到《楚辞》在传抄过程中讹误的形态，并推测其产生的可能过程。

七、《九叹·离世》

1. 驷马惊而横犇

王注下云："犇，一作奔。"当为洪氏所出异文，参前文关于《楚辞考异》散附问题的讨论。

---

① 马承源主编：《上海博物馆藏战国楚竹书(一)》，上海：上海古籍出版社，2001年，第175页。

按：黄灵庚云："犇，古奔字。"①"奔"字金文作"□"(《盂鼎》)、"□"(《□簋》)。陈初生云："奔字金文从夭从三止(足)，夭象人走动两手上下摆动之形，下三足表示疾走之意。止或讹为屮，为小篆所本。《□簋》字增从彳作徛，乃奔之繁文。《说文》据讹体谓贲省声，非是。石鼓文字作□，乃繁文，从止，尚未失古意。"②《说文》云："走也，从夭。"段玉裁注云："夭也。夭者，趋也。《释宫》曰：'室中谓之时，堂上谓之行，堂下谓之步，门外谓之趋，中庭谓之走，大路谓之奔。'此析言之耳。浑言之则奔、走、趋不别也。"是"走"与"奔"本一字，所不同者"走"下从一"止"，"奔"则从三"止"，"走"当即"奔"之简省字。"奔"将"夭"讹作"大"(段玉裁《说文解字注》云："夭，从大。象形，象首夭屈之形也。"实际上从"夭"也是从"大")，又将止之讹形"屮"进一步讹作"十"形(将"屮"的两边似角部分拉直则成"十"形)，故三"十"连缀成"卉"形；"走"将"夭"讹作"土"(因"夭"与"大"形似，将"大"下两条人腿并直与两手平行，则似"土")，下"止"形稍变。"牛"之甲骨与金文分作"□"(甲二九一六)与"□"(《□鼎》)，与"止"之讹形"屮"相类。愚谓"犇"实为"□"之简省字，仅取下三"止"形成字，且讹作从"牛"。"犇"应该很可能是后起字。考楚简中凡"奔"皆作"犇"。

又按：从"夭"从三"止"应为奔字初文，从"大"从"卉"作"奔"是讹变，从三"牛"作"犇"是讹变加简省，都是后出。但作"奔"显然是更接近于该字原貌的。根据楚简的情况看，战国时皆用"犇"。《说文》中篆文"奔"作"□"，许慎云从"夭"，下从三个"止"的讹形"屮"。说明在许慎(58—147)的生活年代，可能仍未发展出从"大"从"卉"的"奔"字。但《居延汉简》中奔作"□"，仍从三"牛"，《居延汉简》中纪年最晚为建武七年(31)；而在《熹平石经》中奔已作"□"，从"大"从三个"十"，《熹平石经》作于熹平四年(175)至光和六年(183)间；而《景君碑》则作"□"，既从"牛"又从"止"，《景君碑》作于汉安二年(143)。根据《景君碑》的情况看，在许慎生活的年代，奔字的写法是各不相同的，许慎只是尽可能用篆书这一比较古的面貌来阐释奔字，而不代表那时候奔的写法已经务定一尊，说不定那时候从"大"从三个"十"的"奔"字已经出现。《九叹》作者为刘向，西汉末人，根据楚简文字和《居延汉简》的情况看，其原貌很可能作"犇"。洪兴祖云"一作奔"可能是许慎或以后的传抄面貌，但也反映了

① 黄灵庚：《楚辞异文辩证》，郑州：中州古籍出版社，2000年，第929页。
② 陈初生：《金文常用字典》，西安：陕西人民出版社，1987年，第927页。

《九叹·离世》早期传写的一部分情况。

2. 澄湘流而南极

王注下云："澄，一作济。"当为洪氏所出异文，参前文关于《楚辞考异》散附问题的讨论。洪补云："澄，《集韵》作澄。"

按："澄""澄""济"，皆讹字。齐字金文作"✲"（《陈侯因资錞》），按许慎《说文》的说法，"齐"字本义即从土中冒出的麦苗呈平齐状，为会意字。"刀""⺃""丫"都是禾苗形的讹变，这从楚简文字（详前《九歌·大司命》"吾与君兮齋速"条所引简牍文献）及篆文（𪗶）的面貌上能很明显地看出来。"济"从"水"从"齐"，结合"水"和"齐"的意义来看，应该不是会意字，而是假齐为音，又加水作义符，借为"济水"的意思。"澄""澄"之"厶"即麦尖，"澄"之下两点即麦秆，一横表示土地；"澄"则省去两点，下作两横，亦表示土地。以"澄""澄"中的齐麦形还比较完整和易于辨认，而"齐"已经讹变得很不像原貌了，似乎"澄""澄"二字更早。《马王堆帛书》中济作"𧆞""𧆞""𧆞"，《桐柏庙碑》中作"𧆞"，《礼器碑》中作"𧆞"，都作"济"形，惟帛书"齐"上部从"文"，作了简省。经过整理者考定，马王堆隶书文字的抄写时间大致在汉文帝初年，为西汉前期。《桐柏庙碑》作于延熹六年（163），《礼器碑》作于永寿二年（156）。楚简中"济""澄""澄"皆不见，而楚简中齐作"齐"形，汉帛书及碑刻都作"济"，这说明从战国末到汉末时，济可能有了比较通用的写法。刘向作为西汉末期人，很可能在作《九叹·离世》时采用了"济"，"澄""澄"或许是济字演变过程中的两种较早的面貌，但不见于现可见的出土文献中。又或刘向在作此篇时采用了古文字，今不可遽断。但无论作"澄""澄"，还是作"济"，都应该很可能是此篇早期的传播面貌。

小　　结

通过上文用出土文献对《楚辞补注》的校读，我们可以看到洪兴祖《楚辞补注》在楚辞学上的贡献之一——可能很大程度上保存了《楚辞》的古貌。因为洪兴祖引述了大量的异文，而经过考辨，有时候洪兴祖引的异文可能是原貌，有时候洪兴祖异文可能不是原貌，但所从底本的文字是原貌。甚至有异文和底本都可能是原貌的情况。而底本和异文都是错误的情况是非常少的。并且在有些可以确定原貌的条目上，异文或底本可能都非原貌，但也是《楚辞》早期传播的面貌之一，而不是很靠后的时代。这大量的异文为我们弄清《楚辞》的早期面貌提供了充足的材料。

在《考古发现与〈楚辞〉校读》一文中，徐广才共作校读 262 条，其中涉及洪兴祖《补注》内容的就有 110 条，关于洪兴祖所引异文的就有 96 条，而洪兴祖就《楚辞》文义进行阐释的只有 14 条。其中异文部分，以洪氏所据原文底本为是的有 32 条，洪氏所出异文为是的有 33 条，原文和异文可能都是原貌的有 24 条，原文和异文都不是的有 4 条，不能确定的有 3 条。在阐释中，对洪兴祖的肯定有 4 条，对洪兴祖的否定有 10 条。笔者前文补充的 33 条校读，洪兴祖所据底本为是的有 20 条、洪氏所出异文为是的有 9 条，原文和异文可能都是原貌的有 2 条，原文和异文都不是的有 1 条，不能确定的有 1 条。综合来看，洪兴祖所据的底本及其参校本，对于了解《楚辞》古貌或原貌是具有极大的参考价值的。这说明洪兴祖确实是一个很注重校勘的学者，这也可能正是洪兴祖大多数著作都亡佚了，唯独此书流传最广的重要原因之一。

第五章 《楚辞补注》对后世的影响

——以朱熹《楚辞集注》、戴之麟《楚辞补注疏》为中心

第一节 《楚辞》研究史回顾及《楚辞补注》对历代的影响

一、《楚辞》研究史回顾

《楚辞》的研究，始于淮南王刘安《离骚经章句》，成熟于王逸《楚辞章句》。至南宋朱熹《楚辞集注》始有一变，由训诂走向义理。此后朱熹《集注》几占《楚辞》研究之神坛地位，学者多将朱子注《骚》比于孔子删《诗》。至明后期又有一变，此变之本质，在于打破朱注的权威性，从独尊朱注改为对朱注的怀疑与批评。其中最有影响力的当属焦竑与汪瑗。焦竑不仅通过朱熹《楚辞集注序目》的自相矛盾，对朱熹提出了质疑和批判，还在《楚辞》的艺术特色上提出创见：《楚辞》的情感基调是怨，若是缺乏真实的情感而无病呻吟，则非其质矣。正如长江黄河流淌于中国，奔腾浩荡，而崇山绝嶂与波涛乱流相冲撞，则唯于龙门、三峡有之那样，《楚辞》中激越奔放的情绪，则与龙门、三峡中的波涛激流相类似。[1] 汪瑗著有《楚辞集解》，他立足于作品内容本身，"以宽容的态度博为搜采，通过理智的思考去判定是非"[2]，从而突破朱注乃至王逸、洪兴祖的成说而能有所新见。明末周拱辰《离骚草木史》注《九歌·山鬼》所祀神主为谁时本之汪瑗《集解》，而有清一代，王夫之、蒋骥、戴震亦多循其见解进行楚辞研究，从明末清初到乾嘉时期，《楚辞》的研究风向已几经转变，或以致用、托志为解（王夫之），或以考据、训诂（蒋骥、戴震）为解，然皆受汪瑗之影响，

---

① 参见李中华、朱炳祥：《楚辞学史》，武汉：武汉出版社，1996年，第142页。
② 李中华、朱炳祥：《楚辞学史》，武汉：武汉出版社，1996年，第144页。

其影响之大，足见一斑。亦足见汪瑗《集解》包罗之宏富，研究之精审。清代的《楚辞》研究，李中华、朱炳祥将之分为四个时期：第一，清初的楚辞研究，以王夫之《楚辞通释》、钱澄之《屈诂》为代表。这个时期的楚辞研究多是一种致用的工具和托物言志的手段。反映的是由明入清的遗老那种国破家亡的悲愤，以及个人身世的无限感慨。第二，清政权巩固后，为了进一步加强统治，重倡程朱理学。这个时期的楚辞研究，重在疏通作品大义，在阐述中发挥性礼道德观念，提倡清白廉洁的节操。以李光地《离骚经九歌解义》、方苞《离骚正义》为代表。第三，清中叶。始于蒋骥《山带阁注楚辞》、大成于乾嘉诸老。体现的是务实求真的学术原则，而较少政治寄托和身世之感。详于地理、名物、音韵训诂及屈原身世考订。第四，清末《楚辞》研究的求新求变。以王闿运《楚辞释》及廖平《楚辞讲义》为代表。这个时期主要从事标新立异的谲词诡调，不依任何论据。故虽惊动学苑，终究难令人信服。① 可以说，直到清末，《楚辞》研究才又有一变，而这一变却是在学界昙花一现的。

古代的楚辞研究，可以说总在训诂与义理两个方向反复，正如哲学上的对立统一一样，是一种反复曲折的发展和前进过程。虽然中间时有如"托书自喻"这样的研究特色表现出来，但却并非首创，这在洪兴祖《楚辞补注》早有表现，只不过在明末清初的特定环境下表现出一时的蔚然成风。而民国的《楚辞》研究，可以说是纂承了清末一变的前绪，却另辟蹊径自成新道。说民国的楚辞研究纂承了前绪，是因为清末和民国初年这一段时期，西方的社会学说、文艺作品和科学技术都潮涌进入中国。中外文化的碰撞融合，使楚辞研究表现出了清末学者在文化巨变下的躁动不安，以及民国学者将新的文化精神贯注其中的别具匠心。这以梁启超、王国维、游国恩等人为代表。可以说王国维西方文论、西方哲学的研究手段，闻一多民俗学、神话学的角度以及鲁迅比较文学的研究方法，真正让楚辞的研究有了新的一变。但这段时期仍然有如刘永济这样的学者，仍然遵循着传统的治学门径，发扬平实的求是精神，又与当代的研究趋势保持一致的方向。

二、《楚辞补注》对历代的影响

洪兴祖的《楚辞补注》属于宋代楚辞研究序列，处于《楚辞》阐释从训诂走向义理的转型期，但《补注》一书，仍然以训诂为主。《楚辞补注》一

---

① 李中华、朱炳祥：《楚辞学史》，武汉：武汉出版社，1996 年，第 187~188 页。

书，对后代产生了深远的影响。这从时至今日，较为流行的两个古代楚辞注本仍然是《楚辞补注》和《楚辞集注》即可窥见一斑。历代的《楚辞》研究著作，训诂尚不必说，阐发义理也不能绕过洪氏《补注》一书。这从历代《楚辞》研究著作中对洪兴祖《补注》的评价就可看出来。

（一）宋代

朱熹在其《楚辞集注》自序中说到："而独东京王逸《章句》与近世洪兴祖《补注》并行于世，其于训诂名物之间，则已详矣。顾王书之所取舍，与其题号离合之间，多可议者，而洪皆不能有所是正，至其大义，则又未尝沉潜反复，嗟叹咏歌，以寻其文词指意之所出，而遽欲取喻立说，旁引曲证，以强附于其事之已然，是以或以迂滞而远于性情，或以迫切而害于义理，使原之所为抑郁而不得申于当年者，又晦昧而不见白于后世。"①又在其《楚辞辩证》中指出："若扬雄则尤刻意于楚学者，然其《反骚》，实乃屈子之罪人也，洪氏讥之，当矣。……洪氏曰：'俪规矩而改错者，反常而妄作；背绳墨以追曲者，枉道以从时。'论扬雄作《反离骚》，言'恐重华之不累与'而曰：'余恐重华与沉江而死，不与投阁而生也。'又释《怀沙》曰：'知死之不可让，则舍生而取义可也。所恶有甚于死者，岂复爱七尺之躯哉！'其言伟然，可立懦夫之气，此所以忤桧相而卒贬死也，可悲也哉！近岁以来，风俗颓坏，士大夫间遂不复闻有道此等语者，此又深可畏云。"②是知朱子实际上认为洪氏《补注》一书在大义文旨上曲附强引，但又对其能申发屈意、并能就扬雄等反屈子之意行之的学者做出批判的言语进行了肯定。此外，朱子在其《集注》一书中常直接采用洪氏《补注》之内容，并在《辨证》中就王注和洪注进行辨析研究。

林至曾著《楚辞故训传》，今佚。楼钥曾应林至请为林至该书作序，然因病仅以诗寄谢，收于楼钥《攻媿集》。诗云："河东天对最杰作，释问多本山海经，练塘后出号详备，晦翁集注犹精明。"③此诗反映了楼钥对洪氏《补注》所作出的"详备"的评价。

① （宋）朱熹撰；李庆甲点校：《楚辞集注》，上海：上海古籍出版社，1979 年，《〈楚辞集注〉目录》第 3 页。
② （宋）朱熹撰；李庆甲点校：《楚辞集注》，上海：上海古籍出版社，1979 年，第 172、177 页。
③ （宋）楼钥：《攻媿集》，《景印文渊阁四库全书》第 1152 册，台北：台湾商务印书馆，1986 年，第 343 页。

（二）明代

郭乔泰序林兆珂《楚辞述注》云：“惟东京之王逸，为南译之灵光，兴祖综事于怪奇，元晦析理于忠孝；总之尸祝屈子，鼓吹骚坊者也。”①该书又在凡例中提道：“惟是叔师之《章句》、庆善之《补注》、元晦之《集注》鼎具，王宏深魁伟，洪援据精博，朱拟议正、义理明，笙簧迭奏，总神钧天。”②郭与林对洪氏《补注》的评价很高，指出他专就《楚辞》中材料较少的怪奇稀闻下功夫，并且能做到援据精博详备，具有说服力。

陈第在其书《屈宋古音义》自序中说道：“余独慨夫注屈宋者，率不论其音，故声韵不谐，间有论音者，又率以叶韵概之，何其不思之甚也？”③又在凡例中提道：“从前注楚辞者，或以一二句、三四句断章，虽解其义，而其韵混淆未易晓也，如《离骚》屡次转韵……《招魂》亦屡次转韵……若《惜往日》《悲回风》有以二十句、二十二句、二十四句为一韵者，其韵既长，不得不分而注之。”④虽然陈第此言仅就楚辞“叶韵”注音法进行评价，但叶韵在敦煌残卷《楚辞音》、洪氏《补注》、朱熹《集注》中都曾使用，也可看作是陈对洪氏《补注》的评价。陈认为历代注者（包括洪兴祖）就楚辞中真正的韵脚没有断明，许多篇章如《离骚》《悲回风》有时多至二十句方为一韵，而自王逸起即未加判明，却贸然分章析句而作注，并于读不押韵处作叶韵之处理，是错误而不当取的。因此，这可以看做是陈第从楚辞注释的宏观角度对洪兴祖注音方法提出的批评。

黄文焕在《楚辞听直》凡例中曾将楚辞研究分为评注两类，认为“评楚辞者不注，注楚辞者不评”⑤，将前者称为“品”，后者称为“笺”，并认为“笺按曲折，使人详于回肠。……至于笺中字费敲推，语经锻炼，就原之低徊反复又再增低徊反复焉”⑥，肯定了注释研究楚辞深化题旨的作用，这也可以看做是宏观的大角度对《楚辞补注》的评价。

---

① 转引自崔富章：《楚辞书目五种续编》，上海：上海古籍出版社，1993年，第84页。

② （明）林兆珂：《楚辞述注》，吴平、回达强主编：《楚辞文献集成》第6册，扬州：广陵书社，2008年，第3706~3707页。

③ （明）陈第：《屈宋古音义》，《景印文渊阁四库全书》第239册，台北：台湾商务印书馆，1986年，第520页。

④ （明）陈第：《屈宋古音义》，《景印文渊阁四库全书》第239册，台北：台湾商务印书馆，1986年，第521页。

⑤ （明）黄文焕：《楚辞听直》，《续修四库全书》第1301册，上海：上海古籍出版社，2002年，第506页。

⑥ （明）黄文焕：《楚辞听直》，《续修四库全书》第1301册，上海：上海古籍出版社，2002年，第506页。

蒋之翘在《七十二家评楚辞》中自序云："奈何世复乏佳刻，殊晦阙意，王逸、洪兴祖二家训诂仅详，会意处不无遗讯。"①蒋认为洪兴祖的训诂确实是其《补注》之所长，但就文旨的深入挖掘却仍然不够。

（三）清代

1. 清代刻本及翻刻本序跋对洪兴祖及《楚辞补注》的评述

毛表跋清康熙间汲古阁毛表重刊宋本《楚辞补注》云："然庆善少时，即得诸家善本，参校异同，后乃补王叔师《章句》之未备者而成书。其援据该博，考证详审。名物训诂，条析无遗。虽紫阳病其未能尽善，而当时欧阳永叔、苏子瞻、孙莘老诸君子之是正，庆善师承其说，必无刺谬。……洪氏合新旧本为篇第，一无去取。学者得紫阳而究其意指，更得洪氏而溯其源流。其于是书，庶无遗憾云。"②毛表认为洪氏《补注》因为得到欧阳修、苏轼等人的是正本，所以在名物训诂方面"条析无遗"且"必无刺谬"，并充分肯定了其考证能力，认为得洪氏即能"溯其源流"。

2. 清代其他楚辞研究著作对洪兴祖及《楚辞补注》的评述

周拱辰在《离骚草木史》中自序云："窃睹《骚》中山川人物草木禽鱼……而汉王叔师、宋洪庆善、朱元晦三家，虽递有注疏，未为详榷。"③李际期又序云："洪庆善《补注》，间摭《山海经》，而总绵典故，尚余腹俭。骚中之山川人物鸟兽草木，千年来半埋漆炬，不无望后贤之发其覆也。"④周与李都认为洪氏《补注》中对鸟兽虫鱼的补释，仍不够尽善尽详。

王邦采于《离骚汇订》的《离骚汇订姓氏》中云："右所采者六家，朱子《集注》，大半本之王、洪两家，间有改窜，未见精融，天闲氏谓属后人之假托，疑或然也。"⑤其在自序中认为书之所以能读，在于审结构、寻脉络、考性情，这样"结构定而后段落清，脉络通而后词义贯，性情得而后

---

① （明）蒋之翘：《七十二家评楚辞》，吴平、回达强主编：《楚辞文献集成》第22册，扬州：广陵书社，2008年，第15897~15898页。
② （宋）洪兴祖撰；白化文点校：《楚辞补注》，北京：中华书局，1983年，第328页。
③ （清）周拱辰：《离骚草木史》，吴平、回达强主编：《楚辞文献集成》第8册，扬州：广陵书社，2008年，第5419~5420页。
④ （清）周拱辰：《离骚草木史》，吴平、回达强主编：《楚辞文献集成》第8册，扬州：广陵书社，2008年，第5409页。
⑤ （清）王邦采：《离骚汇订》，吴平、回达强主编：《楚辞文献集成》第12册，扬州：广陵书社，2008年，第8287页。

心气平"①。并指出所列之六家，虽然具备这三点要素，但"于三闾大夫之意指所在，尚多纰缪弗安，吾未见其能读也"②。是认为洪氏之《补注》仍然不能明了屈意。

吴世尚于《楚辞疏》自序云："世所传《楚辞注》，王逸、洪兴祖逐句而晰，大义未明；朱子提挈纲维，开示蕴奥，而于波澜意度处，尚多略而未畅。"③是认为洪氏《补注》不能阐明屈赋之义理文旨，大义未明。

王士瀚为奚禄诒《楚辞详解》作序云："若王逸、洪兴祖，久传海内，究未为完善，折衷于紫阳朱子，始得所依归。"④奚禄诒又自序云："王逸、洪兴祖、朱紫阳三家，王、洪得不掩失，朱亦折衷于二家之间。"⑤

张象津于其《离骚经章句义疏》自序中云："幼好是书，览王氏洪氏之注，名物训诂极为详博，至其释词之所寓，则疑其本旨有不然者，因以己意疏之，录为《离骚疏》一卷。"⑥肯定洪氏训诂之长，对其意指之错解误释进行了批判。

龚景瀚《离骚笺》自叙云："《楚辞》以王叔师《章句》为最古，至洪氏《补注》、朱子《集注》而备矣；然《离骚》一篇，皆随文训诂，未能贯通其义也。"⑦龚氏赞扬了洪氏《补注》全书注释的完备，但仅从《离骚》注释一篇着手，认为洪氏仅专训诂而不能明大义。

王鸣盛序胡文英《屈骚指掌》提到："(胡文英)尝慨王氏逸、洪氏兴祖《补注》纰漏甚多，即晦翁朱子，捃摭虽勤，往往于考据训诂犹疏。"⑧批评了洪兴祖注释存在纰漏。但胡文英在该书凡例中又指出："屈骚字句，各本不同，要当以语句浑厚，上下文虚神和洽为主，至字之今古，酌之洪

① (清)王邦采：《离骚汇订》，吴平、回达强主编：《楚辞文献集成》第12册，扬州：广陵书社，2008年，第8284页。
② (清)王邦采：《离骚汇订》，吴平、回达强主编：《楚辞文献集成》第12册，扬州：广陵书社，2008年，第8284页。
③ (清)吴世尚：《楚辞疏》，黄灵庚主编：《楚辞文献丛刊》第55册，北京：国家图书馆出版社，2014年，第19页。
④ (清)奚禄诒：《楚辞详解》，黄灵庚主编：《楚辞文献丛刊》第54册，北京：国家图书馆出版社，2014年，第167页。
⑤ (清)奚禄诒：《楚辞详解》，黄灵庚主编：《楚辞文献丛刊》第54册，北京：国家图书馆出版社，2014年，第177页。
⑥ (清)张象津：《离骚经章句义疏》，黄灵庚主编：《楚辞文献丛刊》第63册，北京：国家图书馆出版社，2014年，第1页。
⑦ (清)龚景瀚：《离骚笺》，黄灵庚主编：《楚辞文献丛刊》第63册，北京：国家图书馆出版社，2014年，第401页。
⑧ (清)胡文英：《屈骚指掌》，北京：北京古籍出版社，1979年，《王序》部分第1页。

兴祖、朱晦庵诸本。"①肯定了洪氏《补注》在文字训诂上的成就，并指出其学术价值，即屈辞异文古今字之辨明，可依洪本而定。

胡浚源在其《楚辞新注求确》自序中指出："楚辞注家，传者自汉王逸《章句》，后宋有苏轼校本，洪炎等十五家本，洪兴祖《补注》《考异》，朱子《集注》《辨证》，吴仁杰《草木疏》，明以来各家说《楚辞》本，国朝蒋骥《山带阁注》，萧云从《离骚图》，此外，又若林云铭《楚辞灯》之类，虽多执滞，亦间有所长；诸家详赅，已无微不搜矣。……而注家或专疏其辞，或浑括其指，或牵于古而曲为之说，遂至有累复扞隔，龃龉不合，揆诸情理，不安不确者。"②指出王逸《章句》、洪氏《补注》以来的注本，虽然详赅训释，但都昧隐了屈赋的微旨，不能阐发，甚至以曲解附会之方法强为之解说。

梅冲在《离骚经解》中自叙云："朱子以来，说者益多，明以前大约皆如王世贞所云：'总杂重复，兴寄不一，不暇致铨，胡乱其绪，以不可解解之而已。'"③管同在与其通信《与梅孝廉论离骚书》中指出："古今注骚者，如王逸、洪兴祖，其用意固已勤矣，大要专心名物训诂，置意不求；朱子欲求其意者也，牵于兴赋，亦未能尽得。"④梅氏认为明以前的注本都曲解附会，胡乱作解。管氏则认为洪氏《补注》就屈辞不能尽意。

综合绪论中对古代《楚辞补注》研究成果的考述，与上举后世诸《楚辞》研究著作对《楚辞补注》的评论可知，《楚辞补注》作为宋代集大成的对王逸《楚辞章句》的补充阐释著作，对后代的《楚辞》研究著作产生了深远的影响。后代各类《楚辞》研究著作在对《楚辞》进行训释或研究时，总不能绕开对《补注》的征引、辨正与评骘。由于后世《楚辞》研究著作实夥，其受《补注》之影响处亦所在多有，不暇俱作详考，本章仅选取与《补注》同时期的重要《楚辞》研究著作——朱熹的《楚辞集注》，以及首部对《楚辞补注》进行全面系统疏证的著作《楚辞补注疏》为代表，系统、详尽地讨论《楚辞补注》在后世的影响。

---

① （清）胡文英：《屈骚指掌》，北京：北京古籍出版社，1979年，《凡例》部分第2页。
② （清）胡浚源：《楚辞新注求确》，吴平、回达强主编：《楚辞文献集成》第17册，扬州：广陵书社，2008年，第11833~11834页。
③ （清）梅冲：《离骚经解》，黄灵庚主编：《楚辞文献丛刊》第60册，北京：国家图书馆出版社，2014年，第291~292页。
④ （清）管同：《因寄轩文初集》，《清代诗文集汇编》第532册，上海：上海古籍出版社，2011年，第300页。

第二节　洪兴祖《楚辞补注》对朱熹《楚辞集注》的影响

《楚辞集注》产生于稍晚于洪兴祖(1090—1155)之后的朱熹(1130—1200)之手，二人的生平有着25年的重合时间，这一时期正是宋高宗赵构建炎五年至绍兴年二十五年期间，也正是秦桧为相当权的重要时期(1131—1132、1138—1155)，如前所云，洪兴祖此时因与秦桧论《易》并替程瑀《论语解》作序而开罪秦桧，因此贬谪昭州；朱熹之父朱松则因反对秦桧议和之政策，被遣知饶州(详《宋史》朱熹本传)。又洪兴祖身历哲宗、徽宗、钦宗、高宗四朝，亲历靖康之变，是宋代由盛转衰的见证者，其叔父洪拟亦于徽宗宣和年间受党争牵连而遭倾轧贬黜；朱熹则身历高宗、孝宗、光宗、宁宗四朝，完全在南宋偏安的氛围中成长，终身饱受无法克复北地的家国之痛，其登第以来，大半生时间皆任祠禄官之闲职。绍熙五年(1194)，朱熹为时相赵汝愚所重，被从知潭州任上召至临安，任焕章阁待制、侍讲，朱熹在任上勇于奏劾权臣韩侂胄专权，为其所黜，次年(1195)赵汝愚亦为韩侂胄贬至永州宁远，此后的数年(1195—1197)，朱熹所倡导之"道学"被斥为"伪学"，其人亦被污为依附赵汝愚之"逆党"，最终于庆元六年(1200)在"庆元党禁"中含恨离世。朱熹之作《楚辞集注》，始于任焕章阁待制、侍讲之前，其时其在知潭州(其属地含屈原自沉之汨罗①)任上，即绍熙五年(1194)五月至八月间，此时为朱熹措意于《楚辞》研究之始，而庆元元年(1195)至庆元四年(1198)为《楚辞集注》的主要写作时间，其最终成书在庆元五年(1199)。②

综上不难考见，洪兴祖、朱熹生活时代的历史背景，导致二人有着相同的家国之恨，二人及其亲属的生平仕宦，又有着相同的被政治斗争波及、受到倾轧贬黜的经历。朱熹更是在潭州任上开始措意《楚辞》研究后，便即遭到了"庆元党禁"的沉重政治打击。这不能不令二人将满腔的报国热忱，共同投射到千年前有着相同政治遭际与家国情怀的屈原及其楚辞作品上，将屈原视为异代知音，而措意于《楚辞》之训释与研究，借以抒发

---

① 朱熹《楚辞集注》对《离骚》之解题云："(屈原)遂赴汨罗之渊，自沉而死。"又自注云："长沙罗县西北，去县三十里，名为屈潭，即屈原自沉处。今属潭州宁乡县。"可见朱子认为屈原自沉之汨罗，即其时潭州宁乡县之属地。

② 范永恒：《〈楚辞补注〉与〈楚辞集注〉比较研究》，桂林：广西师范大学硕士学位论文，2013年，第21~22页。

胸中拳拳爱国之心与坎廪不平之意。在这样相同的阐释动机下（当然，二者的阐释动机并不单一体现在这一点上），朱熹不自觉受到前贤洪兴祖《楚辞补注》的深刻影响，反映到其自身的《楚辞》研究中去，则自不难想见。

一、在屈原评骘上的影响

楚辞学自汉代兴起以来，经过魏晋六朝的发展期、隋唐的中落期，最终迎来宋代的兴盛期。在洪兴祖以前，学者对屈原的评价总分为扬屈与抑屈二派，扬屈派主要以刘安、司马迁、王逸、韩愈、司马光诸人为代表，抑屈派主要以贾谊、班固、扬雄、颜之推、吕祖谦为代表。到了洪兴祖以后，由于与少数民族政权长期的边境军事争端、朝堂上长久以来战和未决的政见分歧以及由此带来的政治倾轧，使得"宋代士人的国家责任感与参政的热情空前高涨，他们多以天下为己任，坚守尊王攘夷的政治立场，他们对屈原在国家危难的政治漩涡中所体现的忠直的政治品格与高洁的道德情操倾慕不已"①，并使得他们将自身的政治遭际，比拟于屈子，将屈子视为可以师法的异代知音。因此，有宋一代对屈原的评价开始趋向于一致的肯定，并因为朱熹所倡理学在宋以后被定为官方正统思想，由此也奠定了后世学者对屈原的普遍的正面认知，而绝少有负面的批评。不过朱熹对屈原的评价，也是在整个宋代评屈的风气下，对洪兴祖的评屈观点进行义理的改造所产生的。

（一）洪兴祖对前人评屈观点的吸收、改造与批评

1. 对扬屈派观点的吸收与改造

在汉代的扬屈派中，刘安对屈原的肯定主要体现在以"《国风》好色而不淫，《小雅》怨诽而不乱"二句，表达对《离骚》兼具《诗》之风雅精神的赞扬，以及对屈原"泥而不滓""浮游尘埃之外"的洁身自好的肯定，由此认为屈原"与日月争光可也"②。司马迁在吸收这一观点的基础上，点明了刘安"《小雅》怨诽而不乱"的深义，认为屈原之作《离骚》，正在于"信而见疑，忠而被谤"，故胸中有怨，不得不发，但此怨之抒发，却又如《小雅》之怨，暗寓讽谏，意在补察时政，冀君觉悟改过，而不是破坏性的没有节制的批评。此外，司马迁还认为屈原"眷顾楚国，系心怀王，不忘欲

① 林姗：《宋代屈原批评研究》，福州：福建师范大学博士学位论文，2011 年，第 7 页。
② （宋）洪兴祖撰；白化文等点校：《楚辞补注》，北京：中华书局，1983 年，第 49 页。

反，冀幸君之一悟"，从"存君兴国"的角度对屈原的爱国主义精神进行了褒扬。① 不过，司马迁对于屈原恪尽职守的"进"，以及被谗佞排挤不得不从权的"退"，都表示了理解，但在屈原执意要"留"上，却与贾谊同调，其于《屈原贾生列传》篇末"太史公曰"中，根据贾谊《吊屈原赋》"瞻九州而相君兮，何必怀此都也"一句，指出"及见贾生吊之，又怪屈原以彼其材，游诸侯，何国不容，而自令若是"②，李大明先生认为，司马迁实际上是主张"屈原有才智，应别逝他国，求得信任和重用"③的。王逸则在《离骚经后序》中认为，人臣之义，"以忠正为高，以伏节为贤"，与之相应的行为则应是"危言以存国，杀身以成仁"，把"忠正"与"伏节"定义为"直言敢谏"与"杀身成仁"，故而只有"进不隐其谋，退不顾其命"，方是"绝世之行"，而屈原正是做到了这一绝世之行的"俊彦之英"。事实上，相比司马迁，王逸已经开始把"忠"提升为人臣之义的最高的道德内质，而将之作为屈原精神最为核心的代表(司马迁只说屈原"忠而被谤"，又说人君"求忠以自为"，而未把"忠"作为屈原精神最为核心的特质予以申发)。故此，学界认为，王逸对屈原的评价，以"忠"字为核心，较之前人提高了屈原的历史地位，"经过王逸的这一番塑造，屈原作为一个'正言直谏'的'忠臣'的形象基本上定型了"④，这为后世的评屈确定了一个主基调。⑤ 此外，王逸还继承了刘安、司马迁之说，从"悠游婉顺"的温和的讽喻角度，指出了屈原之怨主刺，以此反驳班固对屈原"露才扬己""怨刺其上""强非其人"的批评。

自汉以后，因魏晋六朝为文学自觉的时代，故这一时期扬屈派更多关注屈原的文学特色与文学成就，如刘勰《辨骚》即称屈原"文辞雅丽，为词赋之宗，虽非明哲，可谓妙才"⑥，这种文学性的评价也影响到了隋唐二代，如唐初魏徵"气质高丽，雅致清远，后之文人，咸不能逮"⑦，以及令

---

①　(汉)司马迁撰；(南朝宋)裴骃集解；(唐)司马贞索隐；(唐)张守节正义：《史记》第8册，北京：中华书局，1963年，第2482、2485页。

②　(汉)司马迁撰；(南朝宋)裴骃集解；(唐)司马贞索隐；(唐)张守节正义：《史记》第8册，北京：中华书局，1963年，第2503页。

③　李大明：《汉楚辞学史》，成都：电子科技大学出版社，1994年，第139页。

④　谢谦：《论屈原形象的塑造》，《四川师范大学学报》1989年第1期。

⑤　范永恒：《〈楚辞补注〉与〈楚辞集注〉比较研究》，桂林：广西师范大学硕士学位论文，2013年，第56页。

⑥　(南朝梁)刘勰撰；范文澜注：《文心雕龙注》上册，北京：人民文学出版社，1958年，第46页。

⑦　(唐)魏徵等：《隋书》第4册，北京：中华书局，1973年，第1056页。

狐德棻"宏才艳发，有恻隐之美"①的评价。不过唐及以后对屈原的评骘，确乎多从"忠"这一角度申发，如唐蒋防的"以大忠而揭大义"②，唐萧振的"怀忠履洁，忧国爱君"③，唐罗隐的"原，忠臣也，楚存与存，楚亡与亡"④，宋司马光的"冤魂消寒渚。忠魂失旧乡"⑤的评价，都是如此。作为楚辞研究的中落期，因为初盛唐的国力昌盛、政治开明与社会富足，"这一时期，文人的精神心理受时代风气的感染，思想活跃，精神开放。屈原的生平事迹、精神品格及文学风采，作为一种文化遗产而为人们所景仰，人们怀着崇敬欣赏的心情，从中汲取人格及知识的营养，却不重发明其中的'微言大义'"⑥。可知唐代扬屈派对屈原的忠贞品格的认知，往往只是停留在对前人诸说的客观接受上，而未及发挥其中隐微之义，实无甚新说。正是这个原因，加之洪兴祖所为之补注的《章句》是汉代的著作，洪氏对扬屈派观点的吸收与改造，往往多从汉代学者与同时期宋儒的观点而发，受宋代义理阐发风气的影响，赋予屈原形象新的内涵。⑦

从"忠"这一评屈的主基调出发，洪兴祖作出了四个层面的发微：其一是提出"忠臣之用心，自尽其爱君之诚耳"，爱君之诚体现在"死生、毁誉，所不顾也"。⑧ 这在王逸的基础上，把死节与尽忠划上等号，认为二者是相表里的关系，而不再是人臣之义的最高与最贤的两个层面的体现。其二是洪兴祖结合王逸提出的"同姓无相去之义"，创造性地提出"同姓无可去之义，有死而已"，在把死节与尽忠划上等号的基础上，探明了屈原能够实现"以死节尽忠"的"人臣之义"的根本原因。即洪兴祖认为死节即是忠君，实现这一点就能实现王逸提出的人臣之义，但不一定每一个臣子都能做到这一点，屈原之所以能做到，正在于"同姓无可去之义"，因此

---

① （唐）令狐德棻等：《周书》第 3 册，北京：中华书局，1971 年，第 743 页。
② （唐）蒋防：《汨罗庙记》，黄仁生、罗建伦校点：《唐宋人寓湘诗文集》第 1 册，长沙：岳麓书社，2013 年，第 677 页。
③ （唐）萧振：《重修三闾庙记》，黄仁生、罗建伦校点：《唐宋人寓湘诗文集》第 2 册，长沙：岳麓书社，2013 年，第 875 页。
④ （唐）罗隐撰；潘慧惠校注：《罗隐集校注》，杭州：浙江古籍出版社，1995 年，第 436 页。
⑤ （宋）司马光撰；李之亮笺注：《司马温公集编年笺注》第 1 册，成都：巴蜀书社，2009 年，第 382 页。
⑥ 李中华、朱炳祥：《楚辞学史》，武汉：武汉出版社，1996 年，第 75 页。
⑦ 当然，洪兴祖也有对前人评屈观点全盘吸收之处，如其补注《离骚经后序》时，照录《史记·屈原贾生列传》自"其文约"至"虽与日月争光可也"一段，并云"斯可谓深知己者"，可见其完全赞同司马迁对屈原人格精神与文学成就的正面评价。此不具论。
⑧ （宋）洪兴祖撰；白化文等点校：《楚辞补注》，北京：中华书局，1983 年，第 50 页。

他认为，屈原因进而见弃，退则坎廪抑郁，欲之他国又因同姓不可去，故唯有死节尽忠，这才算真正做到了"臣子之义尽矣"。①其三是在"忠君"的基础上，进一步将屈子之忧，升华到忧国的高度。司马迁认为屈原"忧愁幽思而作《离骚》"②，王逸也认为屈原创作《离骚》的动机在于"放逐离别，中心愁思"③，前人多以个体感情阐述屈原之忧，但洪兴祖却指出："屈原之忧，忧国也；其乐，乐天也。《离骚》二十五篇，多忧世之语。"④可见，洪兴祖对屈骚精神进行了更高层次的探索，他把屈原的忧愤之情，结合司马迁的"存君兴国"之说，从对自己内心的观照，提升到了对国家、社会的关注。其四是以"亲亲"解释怨君实为忠君。晁补之在《离骚新序上》中以"《小弁》之情"解释《离骚》怨君之旨，洪兴祖在此基础上指出："孔子曰：'《诗》可以怨。'孟子曰：'《小弁》之怨，亲亲也。亲之过大而不怨，是愈疏也。'屈原于怀王，其犹《小弁》之怨乎？"⑤虽然这是洪兴祖对"怨灵修之浩荡兮"一句的解释，但亦可视为洪兴祖对刘向与司马迁讨论过的"怨诽而不乱"的内涵的进一步申发，即其并不单纯从抒愤和暗寓有节制的讽谏的角度来解释屈原之怨，而是从同姓的血缘关系出发，认为正是因为屈原与楚王有着同姓的宗亲关系，才更加要以怨情上达，希望其改过听谏，"怨诽"是为了"亲亲"，亲亲即是忠君的体现：因为亲之深，所以怨之切。因为怨之切，正见忠之厚。

2. 对抑屈派观点的驳斥与辨正

在汉代的抑屈派中，贾谊首先提出"瞝九州而相君兮，何必怀此都也"的去国主张，表示其对屈原在进退维谷的情况下沉身死国的不理解与不赞同，司马迁虽作为扬屈派，也吸收并重申了这一说法（俱详上文）。其后扬雄虽"悲其文，读之未尝不流涕也"，对屈原的身世遭遇表示同情与悲愤，但他亦认为"君子得时则大行，不得时则龙蛇，遇不遇命也。何必湛身哉"⑥，对屈原在不得志时固执地求进，以及自沉殉国表示不理解。用宿命论的观点与全身远祸的思维对屈原予以否定。其后班固也对屈原的人格精神（尊为"失志之贤人"）与文学成就（认为其作品"弘博丽雅，为辞赋

---

① （宋）洪兴祖撰；白化文等点校：《楚辞补注》，北京：中华书局，1983 年，第 50 页。
② （汉）司马迁撰；（南朝宋）裴骃集解；（唐）司马贞索隐；（唐）张守节正义：《史记》第 8 册，北京：中华书局，1963 年，第 2482 页。
③ （宋）洪兴祖撰；白化文等点校：《楚辞补注》，北京：中华书局，1983 年，第 2 页。
④ （宋）洪兴祖撰；白化文等点校：《楚辞补注》，北京：中华书局，1983 年，第 50 页。
⑤ （宋）洪兴祖撰；白化文等点校：《楚辞补注》，北京：中华书局，1983 年，第 14 页。
⑥ （东汉）班固撰；（唐）颜师古注：《汉书》第 11 册，北京：中华书局，1974 年，第 3515 页。

宗")进行了肯定，但依然从"全命避害""明哲保身"的角度，举出历史上的宁武子、蘧伯玉的例子，认为他们收敛锋芒，持"可怀之智"，保"如愚之性"，不以一己之微力与整个溃烂的政局相抗而贾祸，以此指责屈原"露才扬己"，与谗佞群小争鸣，故批判君主、怨恶同僚（"责数怀王，怨恶椒、兰"），遭到"谗贼"而只能"愤怼不容，沉江而死"，认为这是屈原极不明智的举动。同时，他也认为屈原《离骚》，多描绘昆仑、宓妃等虚无缥缈的神话传说，不符"经义所载"，从经学的角度又对屈原的文学成就有所批评。①

魏晋南北朝时期，学者继续从不知进退、责君贾祸这一角度对屈原进行批评。如北齐颜之推云："自古文人常陷轻薄，屈原露才扬己，显暴君过"②，把屈原对君主的批评从"责数"描述成更为恶劣的"显暴"，则是认为屈原是在通过词赋显著无遗地揭露君主的过错，而绝非"怨诽不乱"的温和的暗寓讽谏，这是对君主的轻视鄙薄，有亏人臣之义。隋唐学者则往往从纯粹文学批评的角度，指责屈赋对前代绮靡淫放诗风的恶劣影响，如贾至《工部侍郎李公集序》认为"洎骚人怨靡，杨马诡丽，班张崔蔡，曹王潘陆，推波扇飈，大变风雅"③。这是因为魏晋六朝作为文学自觉的时代，出于追求文学自身的形式美的内在需求，对由屈辞发展而来的赋体进行了自发的骈俪与绮靡的改造，这一问题是整个魏晋六朝时期文学创作倾向与文学思潮影响造成的结果，将之归咎于屈原，显然是有失公允的。逮至宋初，抑屈派对屈原的批评仍多在前代成说的基础上申发。如王之望《代石光锡上宰相书》认为屈原"扬己露才，忿疾当世，视变风为尤甚"，又说"夫生乎周楚之间，废弃不用，君子固无憾焉，何怨诽之深也"④，则是认为屈原对君主的批评实在是超过了《诗经》中变风、变雅的篇章的暗寓褒贬的温和界限，表现出"忿疾"的言辞激烈的状态，又认为生于周楚之乱世乱邦，不为所用正乃适得其所，为什么要怨怒君上呢？这显然是在颜之推说法基础上的发挥。又苏轼在《屈原庙赋》中称"全身远害，亦或然兮"⑤，

---

① （宋）洪兴祖撰；白化文等点校：《楚辞补注》，北京：中华书局，1983 年，第 49~50 页。

② （北齐）颜之推撰；王利器集解：《颜氏家训集解（增补本）》，北京：中华书局，1993 年，第 237 页。

③ （宋）李昉等：《文苑英华》，《景印文渊阁四库全书》第 1339 册，台北：台湾商务印书馆，1986 年，第 629 页。

④ （宋）王之望：《汉滨集》，《景印文渊阁四库全书》第 1139 册，台北：台湾商务印书馆，1986 年，第 801 页。

⑤ （宋）苏轼撰；李之亮笺注：《苏轼文集编年笺注（诗词附）》第 1 册，成都：巴蜀书社，2011 年，第 3 页。

则又是对扬、班二说的赞同。

在对抑屈派观点的批评上，洪兴祖主要是对班、颜二说进行辩驳。他在为王逸《离骚经后序》作补注时，首列班固《离骚序》全文，次列上举颜之推之说，次列刘知几"怀、襄不道，其恶存于楚赋。读者不以为过，盖不隐其恶也①"②之说，可见洪兴祖试图以刘知己的说法，赞扬屈原不隐君过的高尚品性。可能是觉得"不隐其恶"依然无法合理解释"显暴"这一过激的行为，洪兴祖又尝试着"折衷诸说"，以设问的方式，借虚设的发问人之口，从"杀其身有益于君则为之"，但屈原之死无益其君出发，对屈原为何必死、不愿明哲保身提出问难。接下来，洪兴祖则如前文所述，提出"忠臣之用心，自尽其爱君之诚耳。死生、毁誉，所不顾也"，在"忠君"的主基调上，认为死节即等于忠君，又举出"比干以谏见戮"的历史事实，说明忠臣确实应死谏而不顾惜生命，这就完美应对了颜之推"显暴君过"的批评；其后他又指出比干与纣王同姓，借此引出"为人臣者，三谏不从则去之。同姓无可去之义，有死而已"，又说班固所举的宁武子虽然明哲保身，但其并非卫国之同姓，又有作为臣下的职守与进言的职责，故其在政治漩涡中，不得不佯愚以全身，所以他的全身远害是可以接受的。此则既回答了虚设发问人的问难，又结合班固的批评进行了反驳；其后，洪兴祖又举出"明哲保身"一词的典源《诗经·大雅·烝民》，认为其诗中虽赞扬仲山甫"既明且哲，以保其身"的政治智慧，但却又嘉许了仲山甫"夙夜匪懈，以事一人"的忠贞态度，因为仲山甫系周王朝先祖古公亶父的后裔，与其辅佐的周宣王是同姓，所以其"夙夜匪懈，以事一人"也体现了"同姓不可去之义"；其后，他又指出普通臣下尚且"见危致命"，更何况是兼受了君主的"恩与义"的同姓之臣呢？又举出商纣王时期的比干与微子，认为微子明哲保身，远之他邦，是因为国内还有比干这样的同姓忠臣，但微子去后，则只剩比干一人，所以微子可以去之，比干只能死之。相比之下，除去屈原，当时楚国也再无同姓之贤臣，故屈原只能死国而不能去国，这又深化了其"同姓无可去之义"的内涵。据此，洪兴祖完美地批驳了班固对屈原"亏明哲保身之义"的责难；其后，在其理论的基础上，洪兴祖指出贾谊只不过是作《吊屈原赋》感伤屈原不遇的遭际罢了，并不是屈原真正的异代知音，不能真正理解屈原为什么不去国而非要死节

---

① 原文作"读者不以吉甫、奚斯为诈，屈平、宋玉为谤者，何也？盖不虚美，不隐恶故也"，此洪兴祖概括节略原文而言。

② （唐）刘知幾撰；（清）浦起龙通释；王煦华整理：《史通通释》，上海：上海古籍出版社，2009年，第114页。

的根本原因，所以才写出"瞻九州而相君兮，何必怀此都也"这样曲解屈原的诗句；其后，又针对扬雄的"大行""龙蛇"之说，进行了反驳，称"屈子之事，盖圣贤之变者。使遇孔子，当与三仁同称雄，未足以与此"。可见洪兴祖认为屈原是属于超凡入圣的圣贤一类人，而不应以"远害全身"这样对普通臣子的标准来评价他。最后，洪兴祖以"班孟坚、颜之推所云，无异妾妇儿童之见。余故具论之"作结，可见其为《离骚经后序》作注的出发点，确实是要对历史上造成深远影响的，以班固、颜之推为代表的"全身远害""显暴君过"说，进行全面、系统的辩驳。

（二）朱熹对洪兴祖评屈观点的吸收与改造

朱熹曾于《楚辞后语》录扬雄《反离骚》一文，于该文后录洪兴祖对王逸《离骚经后序》所作训释之全文，其后则云："呜呼！余观洪氏之论，其所以发屈原之心者至矣。"[1]可见朱熹是全然赞同洪兴祖对屈原的评价的，不过朱熹也依然在吸收洪兴祖的评屈观点的基础上，进行了一定程度上的义理改造，兹录二段文字，以资说明：

> 窃尝论之：原之为人，其志行虽或过于中庸，而不可以为法，然皆出于忠君、爱国之诚心。原之为书，其辞旨虽或流于跌宕怪神、怨怼激发，而不可以为训，然皆生于缱绻恻怛、不能自已之至意。虽其不知学于北方，以求周公、仲尼之道，而独驰骋于变风、变雅之末流，以故醇儒庄士或羞称之。然使世之放臣、屏子、怨妻、去妇抆泪讴唫于下，而所天者幸而听之，则于彼此之间，天性民彝之善，岂不足以交有所发，而增夫三纲五典之重。(《楚辞集注目录》末附朱熹语)[2]

> 呜呼！余观洪氏之论，其所以发屈原之心者至矣。然屈原之心，其为忠清洁白，固无待于辨论而自显。若其为行之不能无过，则亦非区区辨说所能全也。故君子之于人也，取其大节之纯全，而略其细行之不能无弊。则虽三人同行，犹必有可师者，况如屈子，乃千载而一人哉。孔子曰："人之过也，各于其党。观过，斯知仁矣。"此观人之法也。夫屈原之忠，忠而过者也。屈原之过，过于忠者也。故论原

---

① （宋）朱熹撰；黄灵庚点校：《楚辞集注》，上海：上海古籍出版社，2015年，第218页。
② （宋）朱熹撰；黄灵庚点校：《楚辞集注》，上海：上海古籍出版社，2015年，第4页。

者，论其大节，则其他可以一切置之而不问。论其细行，而必其合乎圣贤之矩度，则吾固已言其不能皆合于中庸矣，尚何说哉！且凡洪氏所以为辩者三：其一以为忠臣之行，发其心之所不得已者，而不暇顾世俗之毁誉，则几矣。其一引仲山甫、宁武子事，而不论其所遭之时，所处之位有不同者，则疏矣。其一欲以原比于"三仁"，则夫父师、少师者，皆以谏而见杀见囚耳，非故捐生以赴死，如原之所为也。盖原之所为虽过，而其忠终非世间偷生幸死者所可及。洪之所言，虽有未至，而其正终非雄、固、之推之徒所可比，余是以取而附之《反骚》之篇。（《反离骚》后附朱熹语）①

据上，我们不难发现，朱熹在以下两点上对洪兴祖的观点予以了袭取与发挥：

1. 首先，在主基调上，洪兴祖遵循着王逸确立的"忠君"的准则，将屈子个人之忧升华为家国之忧。朱熹则在此王逸确立的主基调下，综合洪兴祖的"忧国"之说，把"忧国"进一步升华为"爱国"。范永恒即认为，"朱子较之王逸、洪兴祖所提出的'忠君''忧国'可以说是正式从文字层面上给予了屈原'忠君爱国'的完美定义"②。

2. 其次，朱熹袭取并改造洪兴祖的观点，以应对颜之推"显暴君过"的批评。首先，他从儒家的中庸观念出发，指出屈原确实未能行乎中庸，其谏君事上，有过当之失，但其行为，乃是从"忠君""爱国"的角度生发的，故其虽然失之"过于中庸""怨怼激发"，但其过，乃是"过于忠者"，其忠，乃是"忠而过者"；其怨，乃是"生于缱绻恻怛、不能自已之至意"，又从儒家经典《论语·里仁》找到理论支撑，认为孔子曾主张根据其所属的不同阶层或类别来评价各类人之过失（人之过也，各于其党），所以，能否结合其类属来评价一个人（观过），能够看出评价之人是否具备仁德之心（斯知仁也），屈原作为同姓之臣，"谏过""怨怼"正是其职守所在，虽然过当过度，但依然是称职的，所以我们评价他，不应过度责备，而应有同情之理解，这才是"仁人"之评价，所以朱熹认为，"论其大节，则其他可以一切置之而不问。论其细行，而必其合乎圣贤之矩度"，以此为其"显暴君过""怨怼君主"找到更为适当的理由。但朱熹发出此论，也是在

---

① （宋）朱熹撰；黄灵庚点校：《楚辞集注》，上海：上海古籍出版社，2015年，第218页。
② 范永恒：《〈楚辞补注〉与〈楚辞集注〉比较研究》，桂林：广西师范大学硕士学位论文，2013年，第59页。

洪兴祖观点的基础上改造得出的。因为如前所云，洪兴祖提出"忠臣之用心，自尽其爱君之诚耳。死生、毁誉，所不顾也"，在"忠君"的主基调上，认为死节即等于忠君，又举出"比干以谏见戮"的历史事实，说明忠臣确实应死谏而不顾惜生命。在这一点上，就已经将"忠君"放在第一位的位置上，认为既然要忠君，则必然要以死谏而不顾生命为最高，死谏必然造成"显暴"的失之过当，必然要"过于中庸"，此处实际上是朱熹把洪兴祖想要表达的想法更为明显地揭露出来，并给出了更为合理的理论支撑。

综上不难发现，洪兴祖在屈原评骘上，对朱熹的深远影响。而朱熹的观点与言论，又是在王逸确立的"忠君"的主基调上，结合洪兴祖的发挥，做出的进一步的探求"微言大义"的义理阐发。

二、在《楚辞》诸篇归类上的影响

今存可见的单行本《楚辞章句》，把《离骚》称为"经"，并注云："经，径也。"①关于"经"的定义，东汉刘熙《释名》云："经，径也，犹径路无所不通也。"②后世刘勰《文心雕龙·宗经》亦云："经也者，恒久之至道，不刊之鸿教也。"③这代表了王逸在汉代经学大背景下，对《离骚》在《楚辞》诸篇中的定位的理解，一定程度上反映了其"以经解骚"的思想倾向。洪兴祖亦沿袭这一做法，并将《九歌》至《渔父》六篇卷首的篇题下题曰"离骚"，《九辩》至《九思》十篇卷首的篇题下题曰"楚辞"。晁补之作《重编楚辞》十六卷，将《离骚经》《远游》《九章》《九歌》《天问》《卜居》《渔父》《大招》诸篇列为上八卷，又将《九辩》《招魂》《惜誓》《七谏》《哀时命》《招隐士》《九怀》《九叹》列为下八卷，又于《离骚新序》中云："八卷皆屈原遭忧所作，故首篇曰'离骚经'，后篇皆曰'离骚'，余皆曰'楚辞'。"④仅从屈赋与非屈赋对《楚辞》除《九思》外的篇目重作了编排和归类。但李大明先生在此基础上发挥，指出宋人普遍认为《离骚》是"经"，其他屈赋是与"经"相匹配的"传"，都属于"离骚经学"的范畴，故皆题为"离骚"，其他非屈之作，则概归于"楚辞"的总名之下⑤。这完全是从经学著作的体例角

① （汉）王逸撰；黄灵庚点校：《楚辞章句》，上海：上海古籍出版社，2017年，第1页。
② （汉）刘熙：《释名》，北京：中华书局，2016年，第91页。
③ （南朝梁）刘勰撰；范文澜注：《文心雕龙注》上册，北京：人民文学出版社，1958年，第21页。
④ （宋）晁补之：《鸡肋集》，《景印文渊阁四库全书》第1118册，台北：台湾商务印书馆，1986年，第682页。
⑤ 李大明：《宋本〈楚辞章句〉考证》，《四川师范大学学报（社会科学版）》1995年第1期。

度对晁补之以及洪兴祖题篇归类的理解。但洪兴祖补注释"离骚经"却云："古人引《离骚》未有言'经'者，盖后世之士祖述其词，尊之为经耳，非屈原意也。逸说非是。"①又于《楚辞目录》中"九歌"篇题下补注云："一本《九歌》至《九思》下，皆有'传'字。"②可见当时有一版本之《章句》，是把《离骚》外的所有篇目都视为"离骚经"的"传"的。从洪兴祖并未袭用"传"这一做法可知，洪兴祖的这一做法，可能是对当时流传的《章句》诸本的普遍面貌作出的袭取，即晁补之所谓的以屈赋非屈赋的划分作为标准的，区别是洪兴祖不取《大招》为屈原所作的异说，晁补之则取之，故二者有一篇之差，而晁补之既名"重编"，其当是在当时通行面貌上的改定。这两点显著地代表了洪兴祖并未从经学著作的体例角度来认识《离骚》被称为"经"的思想倾向。而朱熹在对《离骚》进行解题时，前半部分几乎照抄了王逸的解题，却去掉了王逸对"经"的解释，此外，朱熹还在注释中引述洪兴祖《补注》云："其谓之经，盖后世之士祖述其词，尊而名之耳，非原本意也。"③可见其受到洪氏说法的影响，对《离骚》一篇称为"经"的性质认识，也并不从经学著作的体例这一角度出发。而其作《楚辞集注》，则将《离骚》至《渔父》七篇屈赋皆归于"离骚"的范畴，与洪兴祖完全一致，把剔除了《七谏》《九怀》《九叹》《九思》，加入了《服赋》《吊屈原赋》的《九辩》至《招隐士》的八篇非屈赋纳入了"续离骚"的范畴。可见在《离骚》缘何被称为经，以及何篇为屈子之作上，朱熹的认识是完全受到洪兴祖的影响的，而未为晁补之所左右。

三、在训释方法上的影响

《楚辞补注》对《楚辞集注》在训释方法上的影响，最为核心地体现在《楚辞集注》对《楚辞补注》中"叶韵"这一注音方法的袭用上。考之《补注》全书，洪兴祖明确注明"叶"或"协"字的叶韵例仅有 23 例，其中《离骚》6例，《九歌》5 例，《天问》1 例，《九章》5 例，《招魂》3 例（作"协"者 1例），《九怀》2 例，《九叹》1 例；而考之朱熹《楚辞集注》，明确标注"叶"字的叶韵例有 432 例，其中《离骚》59 例，《九歌》50 例，《天问》55 例，《九章》86 例，《远游》19 例，《卜居》2 例，《渔父》8 例，《九辩》30 例，《招魂》50 例，《大招》25 例，《惜誓》10 例，《吊屈原》4 例，《服赋》6 例，

① （宋）洪兴祖撰；白化文等点校：《楚辞补注》，北京：中华书局，1983 年，第 2 页。
② （宋）洪兴祖撰；白化文等点校：《楚辞补注》，北京：中华书局，1983 年，《楚辞目录》第 1 页。
③ （宋）朱熹撰；黄灵庚点校：《楚辞集注》，上海：上海古籍出版社，2015 年，第 8 页。

《哀时命》21 例，《招隐士》7 例。乍看之下，朱熹取用叶韵法较之洪兴祖更为频繁，且叶韵法并不始自洪兴祖，如唐陆德明《经典释文》即集六朝以来叶韵成果之大成，唐宋人读古代韵文也往往言"合韵"或"叶音"，可见叶韵法其实是中古音时期人们常用的一种改读文字读音，以使韵脚谐和的注音方法，因此，据此似乎很难说明朱熹叶韵法的使用是受到洪兴祖的影响。但根据漆德文的考证，洪兴祖使用叶韵法进行注音时，并不仅限于明示"叶"字的做法，还有许多其他的处理方式，这要通过与朱熹的《楚辞集注》进行对比，并进行仔细的考索，才能一一探明，在探明的过程中，则自不难考见《补注》在叶韵法上对《集注》的深远影响。今据漆氏之成果，将洪兴祖进行叶韵注音的情况，分类叙录于下：

1. 同一字《补注》某处标明"叶"，别处没有标明"叶"（只有注音或不注音），但为《集注》所标明的情况。如降字，《补注》仅于《九歌·东君》"操余弧兮反沦降"句下说明"降，下也。户江切，叶韵"，而于《离骚》"惟庚寅吾以降"、《天问》"而禹播降"、《九叹·逢纷》"顺波凑而下降"句下俱仅注云"乎攻切"，《集注》却于《离骚》《东君》《天问》三例下分别注"叶乎攻反""叶胡刚反""叶胡攻反"，又于洪兴祖没有注音的《九歌·云中君》"灵皇皇兮既降"句下注"叶胡攻反"，又《七谏·沉江》"微霜下而夜降"，《补注》《集注》都未注音，漆德文认为根据前后文此处亦应该有叶韵的说明或注释，因为《补注》在流传过程中有散佚窜乱，故此可能显示无注。根据漆德文的统计，这一类情况共有降、野、识、予、行、正、娉、横、志 9 字共 55 例。①

2. 同一字《补注》完全不标明"叶"（只有注音或不注音），但为《集注》所标明的情况。如"马"字，《离骚》"登阆风而绁马"句下，《补注》注云"马，满补切"，《集注》注云"叶满补反"；而在《九歌·国殇》"霾两轮兮絷四马"句下，《补注》不注"马"音，《集注》仍注云"叶满补反"。根据漆德文的统计，此类情况共有马、来、下、者、患、索、化、诵、高、聊、听、差、思、飨、出、举、当、躇、恙、还、告、羹、戏、遑、明、属 26 字 69 例。②

3. 同一字《补注》不标明"叶"（只有注音或不注音），《集注》也不标明"叶"（只有注音或不注音），但应视为叶韵的情况。比如《九辩》"骛诸神

---

① 漆德文：《洪兴祖〈楚辞补注〉叶韵文献研究》，南京：南京师范大学硕士学位论文，2011 年，第 10~13 页。

② 漆德文：《洪兴祖〈楚辞补注〉叶韵文献研究》，南京：南京师范大学硕士学位论文，2011 年，第 15~23 页。

之湛湛"句,《补注》注云"湛,旧音羊戎切",《集注》亦云"旧音洋戎反",考之《广韵》,"湛"字分属侵、覃、赚诸韵,而与"戎"所属的东韵绝不同用。可知中古音"湛"并无"羊戎切"之音,洪氏以旧音(或为上古音①)叶韵,朱熹袭取之。根据漆德文的统计,此类情况共有取、镇、冶、浪、恶、蛇、底、燠、憺、汩、攘、湛、从、凝、缭、峨、蠹、垄、葬、望、如、涸、上、息、意、义、议、叹、欷、蔓、张、悴、荒、洒、潭、觿、喔、嵯、衰39字45例。②

4.《楚辞集注》袭取洪兴祖某字注音的同时,又别论该字叶他音的情况。如《九歌·湘君》"桂棹兮兰枻"句,《补注》注云"枻,音曳",《集注》则注云:"枻,音曳。叶音泄";又《九章·惜诵》"反离群而赘肬"句,《补注》注云:"肬,音尤",《集注》则注云"肬,音尤。一作尤。叶于其反"。这一类情况不能视为朱熹对《补注》的注音的袭取,故不统计数据。但朱熹在袭取洪氏注音以外,依然使用叶韵法以使声韵谐和,可以看做是朱熹长期袭取洪兴祖训释成果,受到的潜移默化的方法上的影响。

根据以上数据,我们不难统计出,朱熹袭取《补注》的注音并将之作为叶韵的情况共有169例(不论《补注》是否明示"叶"字)。据此,我们实在不难推断,朱熹是在宋代普遍使用叶韵法的风气下,因作《集注》需参考并辑集洪兴祖《补注》,不自觉袭取洪兴祖的注音成果,频繁使用明示"叶韵"的方式,将洪兴祖或明或暗的叶韵成果予以袭取和复现。漆德文即认为:"洪兴祖《楚辞补注》为朱熹的叶韵学说提供了准备",朱熹曾盛赞"近世考订训释之学,唯吴才老、洪庆善为善",从广义的意义上说,注音也是训释的一种,因此这句话也可以理解为"吴棫的古音学研究为朱熹提供了叶韵学古音属性的依据,洪兴祖的叶韵学的研究则为朱熹成熟的叶韵学说提供了借鉴的版本。"③据此,足见《楚辞补注》在叶韵这一训释方法上对《楚辞集注》的重要影响。

四、在训释内容上的影响

朱熹于《楚辞辩证》篇首作说明云:"余既集王、洪骚注,顾其训故文

---

① 考唐作藩《上古音手册》,"湛"于上古音依然归于侵韵,而与"戎"在上古音中所属的冬韵不同用,若洪氏所取旧音为上古音之遗响,则此说或能为上古音韵分部的研究提供一些新的材料。

② 漆德文:《洪兴祖〈楚辞补注〉叶韵文献研究》,南京:南京师范大学硕士学位论文,2011年,第23~33页。

③ 漆德文:《洪兴祖〈楚辞补注〉叶韵文献研究》,南京:南京师范大学硕士学位论文,2011年,第42页。

义之外，犹有不可不知者。然虑文字之太繁，览者或有没溺而失其要也，别记于后，以备参考。"①作为《楚辞集注》的补充，《楚辞辩证》偏重于对义理思想的阐发，有别于《集注》辑集前人旧注而作简洁的释义，朱子作此说明，是为了读者明其撰著之体例，但其已明言《集注》乃集"集王、洪骚注"，可见《集注》一书对洪氏补注作了大量的袭取，考之《集注》部分，其明示"洪曰"者有4例，"洪云"者有2例，"补曰"者有9例，"补注"者有3例，整体看起来似乎并不多，但事实上，朱熹对洪兴祖的袭取，往往作了重构的特殊处理，是以在袭取时并不注明出处，这一类情况，又占据了朱熹袭取洪补的大半壁江山，正可以与其所作说明"既集王、洪骚注"相呼应。关于这类袭取，又可以具体从以下几个层面予以说明。

（一）对洪注的节略、概括与归并

朱熹作《集注》，往往不以王逸《章句》及洪兴祖《补注》对《楚辞》具体篇目的分章析句为准的，逐句或二句一作训释，或一句、或二句一作串讲（《补注》有四句一作串讲的情况），而是或从一个单独的韵律单元（即根据换韵的句数频次划分诗句，如《离骚》），或从一个单独的意义单元出发，每四句为一段（也有五、六、七、八句甚至十多句的情况，但较少，且《集注》中最少是四句一段）进行集中训释，并作串讲。而洪兴祖《楚辞补注》的阐释体例往往是首王逸注，次五臣注，次《考异》，次补注，其中王逸注的基本阐释体例是首释字、词，次串讲句意，补注部分的基本体例是首注音，次释词，次串讲大义，偶尔间杂引证的其他文献内容与对异文的辨证内容。而朱熹《楚辞集注》的基本阐释体例则是在"○"符前首注音、次异文，"○"符后则首释词、次串讲大义或征引文献。那么，在这种情况下，为了满足自己确立的阐释体例，朱熹往往需要对前人尤其是王、洪二注进行节略、概括、归并的文字处理。如《九歌·东皇太一》将前四句"吉日兮辰良，穆将愉兮上皇。抚长剑兮玉珥，璆锵鸣兮琳琅"作为一段，进行集中训释："愉音俞。珥音饵。璆，渠幽反。锵，七羊反，一作鎗。琳音林。琅音郎，俗作瑯。○日谓甲乙，辰谓寅卯。穆，敬也。愉，乐也。上皇，谓东皇太一也。抚，循也。珥，剑镡也。璆、锵，皆玉声。《孔子世家》云：'环佩玉声璆然。'《玉藻》云：'古之君子必佩玉，进则揖之，退则扬之，然后玉锵鸣也。'琳琅，美玉名，谓佩玉也。此言主祭者卜日斋戒，带剑佩玉，以礼神也。○补曰：'沈括存中云："吉日兮辰良，

①　（宋）朱熹撰；黄灵庚点校：《楚辞集注》，上海：上海古籍出版社，2015年，第223页。

盖相错成文，则语势矫健。"韩退之云："春与猿吟兮，秋鹤与飞。"用此体也。'"①其中"补曰"以下自不必论是节取自"吉日兮辰良"句下洪氏补注内容，"愉音俞"则取自"穆将愉兮上皇"句下补注，"珥音饵"节取自"抚长剑兮玉珥"句下补注，"璆，渠幽反。锵，七羊反"则取自"璆锵鸣兮琳琅"句下补注的注音，不过洪氏"反"作"切"字，"一作鎗"改写自"璆锵鸣兮琳琅"句下《考异》内容"锵，《释文》作鎗"，"琳音林。琅音郎，俗作琅"亦节取自"璆锵鸣兮琳琅"句下补注的注音与异文，"日谓甲乙，辰谓寅卯"则取自"吉日兮辰良"句下王逸注，"穆，敬也。愉，乐也。上皇，谓东皇太一也"则取自"穆将愉兮上皇"句下王逸注，"抚，循也""珥，剑镡也"则分别节取自"抚长剑兮玉珥"句下补注与王逸注，"璆、锵，皆玉声"则是对"璆锵鸣兮琳琅"句下王逸注"锵，佩声也"的翻译（佩多为玉制）与发挥，"《玉藻》云"以下则是对"璆锵鸣兮琳琅"句下补注所引《礼记》内容的完整袭取，只不过明示了《礼记》中的具体篇目《玉藻》，"琳琅，美玉名，谓佩玉也"则是对"璆锵鸣兮琳琅"句下王逸注"璆、琳琅，皆美玉名也""锵，佩声也"的节取与结合，"此言主祭者卜日斋戒，带剑佩玉，以礼神也"则是对"璆锵鸣兮琳琅"句下补注"此言带剑佩玉，以礼事神也"这一串讲内容的扩写或发挥，而第二句"穆将愉兮上皇"下王逸的串讲内容"言己将修祭祀，必择吉良之日，斋戒恭敬，以宴乐天神也"，朱熹则并不袭取，可见其四句一串讲的做法，确实异于王、洪二人普遍采用的二句一串讲。据上可见，除引《孔子世家》一句外，朱子所取俱来自于王注与洪补，且补注之内容远远多于王逸注。此类情况，于《楚辞集注》中所在多有，不暇赘举。即此实不难考见《楚辞补注》对《楚辞集注》的深远影响。

（二）对《楚辞考异》校勘成果的接受

黄灵庚先生认为："（《楚辞集注》）所列《楚辞》异文，均未出诸洪氏《楚辞补注》，盖惟剿袭洪氏《考异》而已"②，范永恒也指出："在其内容方面很多校勘异本文字的记录朱子应该是直接取自洪兴祖补注内容的，因为经过对比发现，凡是某句下洪氏注有校勘文字的内容在朱子的著作之中都有体现且内容基本保持一致。"③虽其亦举《集注》有而今《补注》中《考异》内容无的异文一例，《集注》中多于今《补注》中《考异》内容的异文一

① （宋）朱熹撰；黄灵庚点校：《楚辞集注》，上海：上海古籍出版社，2015 年，第 42 页。
② 黄灵庚：《楚辞文献丛考》上册，北京：国家图书馆出版社，2017 年，第 545 页。
③ 范永恒：《〈楚辞补注〉与〈楚辞集注〉比较研究》，桂林：广西师范大学硕士学位论文，2013 年，第 46 页。

例，以证朱子可能见过一些洪氏未见之本①，但此为朱子袭取他人校勘成果，与朱子全盘接受洪氏的校勘成果无关。今略举二例，以见二氏结论之不诬：《离骚》"求榘籫之所同"句，洪氏《考异》出异文曰："榘，一作矩。籫，一作蒦。"②同句朱子《集注》云："榘，俱雨反。一作矩。籫，纡缚反，又乌郭反。一作蒦。"③除加音切外，全与洪氏同。又如《招魂》"篦蔽（《补注》作"菎蔽"）象棊"句，洪氏《考异》出异文曰："菎，一作琨，一作篦""蔽，《集韵》作籫"④，同句朱子《集注》云："篦音昆，一作琨。籫，一作蔽。"⑤则正文文本径取洪氏所出之异文，又将洪氏所定正文文本作为异文出示，又把洪氏所出另一异文"琨"照录，其实亦全在洪氏正文与异文范围之内。朱子对洪氏《考异》的全盘接受，体现出洪氏《补注》或《考异》对朱熹产生的重要影响，以及《补注》与《考异》在《楚辞》文本考定上的重要校勘价值。

（三）对洪兴祖征引文献的袭取

如前引书考章节可知，洪兴祖在文献征引上极为宏博。根据孙光的研究，朱熹《楚辞集注》征引的文献约有八十余种，"除王普等个别因时代较晚而洪氏未见者及洪兴祖本人言论外，有相当部分是《章句》或《补注》，特别是《补注》征引过的"⑥。这可以找到诸多例证予以说明。如《离骚》"谣诼谓余以善淫"句，洪氏注云："《尔雅》：'徒歌谓之谣。'""《方言》云：'诼，愬也，楚以南谓之诼。'"⑦朱熹则注云："《尔雅》云：'徒歌谓之谣。'《方言》云：'楚南谓愬为诼。'"⑧对洪氏所引以阐释谣、诼之义的文献及其内容予以全部袭取，并作适当节略整合。又《大招》"魂乎无南，蜮伤躬只"一句，洪兴祖注云："《榖梁子》曰：'蜮。射人者也。'《前汉·五行志》云：'蜮生南越，乱气所生，在水旁，能射人。甚者至死。'陆机云：'一名射影。人在岸上，影见水中，投人影则射之。或谓含沙射人。'

---

① 范永恒：《〈楚辞补注〉与〈楚辞集注〉比较研究》，桂林：广西师范大学硕士学位论文，2013年，第47页。
② （宋）洪兴祖撰；白化文等点校：《楚辞补注》，北京：中华书局，1983年，第37页。
③ （宋）朱熹撰；黄灵庚点校：《楚辞集注》，上海：上海古籍出版社，2015年，第33页。
④ （宋）洪兴祖撰；白化文等点校：《楚辞补注》，北京：中华书局，1983年，第211页。
⑤ （宋）朱熹撰；黄灵庚点校：《楚辞集注》，上海：上海古籍出版社，2015年，第176页。
⑥ 孙光：《汉宋楚辞研究的历史转型》，保定：河北大学博士学位论文，2006年，第59页。
⑦ （宋）洪兴祖撰；白化文等点校：《楚辞补注》，北京：中华书局，1983年，第15页。
⑧ （宋）朱熹撰；黄灵庚点校：《楚辞集注》，上海：上海古籍出版社，2015年，第17页。

孙真人云：'江东、江南有虫名短狐、溪毒，亦名射工。其虫无目而利耳，能听，在山源溪水中，闻人声，便以口中毒射人。'《说文》云：'蜮，似鳖，三足，以气射害人。'"①朱熹则注云："《说文》曰：'蜮，似鳖，三足。'陆机曰：'一名射影。人在岸上，影见水中，投人影则射之。或谓含沙射人。'孙思邈云：'亦名射工。其虫无目而利耳，能听，闻人声，便以口中毒射人。'"②洪兴祖引穀梁赤《春秋穀梁传》、班固《汉书·五行志》、陆机《毛诗草木鸟兽虫鱼疏》、孙思邈《备急千金要方》、许慎《说文解字》以解释"蜮"这一动物，朱熹则全取后三者，并作节略。此类例证，所在多有，不暇尽举。即此可见，朱熹在征引文献一端，亦对洪兴祖所引文献及其内容多所承继。

其实以上第二、三点，又是第一点的具体构成部分，正是因为朱熹对王注、洪补的大篇幅袭取与重构，《集注》才体现出对洪氏所出异文、所引文献的几乎不遗余力的接受。三者正可以构成互证，尤其是二三点对第一点的证明。当然，关于字词的注音、释义，我们也可以单列为二点，考查《集注》对《补注》的袭取(如前举朱熹受叶韵训释方法的影响一端，其中多数例证，也可视为是朱熹对洪兴祖注音内容的袭用，而冠以其叶韵的性质)，但实无必要，仅从上举三点，已可显著考见《集注》在注释内容上对《补注》的袭取，故此从略。

另外，除去《楚辞集注》，《楚辞辩证》与《楚辞后语》在内容上，亦较大程度引述洪兴祖补注，或袭取、或辨正、或存疑、或在其基础上继续阐发、考明真相，故此其不同于《楚辞集注》，往往明确注明引自洪补。这一类情形，在《楚辞辩证》2卷中，共计出现48例，其中称"洪氏"者9例，"补注"者28例，"洪本"者2例，"洪注"者2例，"洪引"者2例，"补"者3例，"洪"者1例，"洪庆善"者1例。《楚辞后语》6卷中，仅1例，以"洪氏"出之。可见朱熹对洪补之重视，即便如《楚辞后语》这样的完全与王逸17卷《章句》无重复的部分，其亦有1例引自洪补，即此可见一斑。

《楚辞补注》《楚辞集注》是宋代楚辞学两大代表性著作，也是学界公认的楚辞学史上三大重要的阐释著作(《楚辞章句》《楚辞补注》《楚辞集注》)之二。以《楚辞集注》的重要学术地位与学术价值，依然对《楚辞补

---

① （宋）洪兴祖撰；白化文等点校：《楚辞补注》，北京：中华书局，1983年，第217~218页。

② （宋）朱熹撰；黄灵庚点校：《楚辞集注》，上海：上海古籍出版社，2015年，第181页。

注》的体例、内容、思想有着全方位、大篇幅的吸收与袭取，实能见出
《楚辞补注》对后世《楚辞》阐释与研究著作的重要影响。

第三节 洪兴祖《楚辞补注》对戴之麟《楚辞补注疏》的影响

一、戴之麟及其《楚辞补注疏》

（一）戴之麟的生平

1. 戴之麟生平简介

戴之麟，湖北钟祥人，一名更生，字麒生，又字芝灵，号祺生。根据
《楚辞补注疏》稿本卷首落款，他又自号无三欠一生。生 1880 年①，殁
1959 年。戴之麟早年家贫，但聪慧好学，1905 年在时任湖北学政的李家
驹（后署理学部左侍郎）主考下，入县学为生员（即俗称的"秀才"）②。因
科举取消，故于 1906 年，入安襄郧荆道师范学堂（即襄阳道师范学堂），
1907 年卒业③，赴省城武汉多方求仕未果，遂归乡从教。曾历任县立多
级、单级两模范小学堂堂长，1912 年任县立乙种农业学校校长，1916 年
6 月前后加入中华编译社国文函授班，1923 年任私立中强中学校监。1931
年以县堤防委员会主任委员身份从政，因堤防款项被侵吞挪占，旋愤然辞
官。1935—1937 年参与编修《钟祥县志》，1939 年前后任县救济院院长。
日占期间，在家开设私塾，传授国学课业，自此正式开始文学研究并进入
高产期。1948 年任京钟县立中学校务委员会主任委员（即校长），1950 年
工作于县文化馆，1953 年任荆州博物馆馆员，1954—1959 年任钟祥县第
一、二、三届人民委员会委员，1959 年任中国人民政治协商会议湖北省

---

① 《钟祥县教育志（1905—1987）》（钟祥县教育志编纂委员会编，1990 年）称其生于 1880 年，
李传嗣《民国时期的"钟祥三怪"》一文（《湖北档案》2003 年第 Z1 期）称其生于 1869 年，根
据戴之麟本人于《文学杂志》创刊号（苦海余生刘哲庐编辑，上海中华编译社发行，1919 年
1 月）发表的《与友人论文书》一文中"某伏处穷乡，垂四十年矣"的说法，当取前者。
② 戴之麟《世伯母戴孺人寿序》云："乙巳孟夏，余与慕颜并受知于李柳溪侍郎，补博士弟
子员。"见《文学讲义》第 1 期，中华编译社 1918 年再版，《函授成绩》第 10 页。**按：**慕
颜实即戴之麟本人，详见本书第 431 页注①。
③ 戴之麟《世伯母戴孺人寿序》云："乙巳孟夏……明年，慕颜就学于山南东道。……又明
年，慕颜在道校卒业。"见《文学讲义》第 1 期，中华编译社 1918 年再版，《函授成绩》第
10 页。

第二届委员。其子戴大斗（戴逞威）为革命烈士，曾就读于襄阳的湖北省立第二师范学校，受到当时我党在湖北的负责人肖楚女（时任第二师范学校教师）的进步思想的影响，于 1925 年先后加入中国共产主义青年团和中国共产党。后参加贺龙领导的二十军，并随军参加了"八一"南昌起义，不幸于起义队伍东征途中牺牲。

2. 戴之麟的家世及其交游

（1）戴之麟的家世

戴之麟出生于书香世家。其先祖为闽中莆田陈氏，于清初迁至钟祥。① 曾祖陈文运，字科九，曾以弱冠补诸生。1937 年版《钟祥县志》云陈文运"强记忆群经，朗朗成诵，于四子书注解，尤一字不遗。家贫，倚授徒为生，塾课悉口授，校改文字，命生徒侧立，口述口易之。性刚严，从游者皆敬惮焉。张云骞太守应翔，黄让卿方伯元善、张小园拔萃希庚，先后出其门，卒年八十二。所著《大学中庸释义》，皆授课时命诸生所笔记也。"②祖陈绍章，以朴学教授乡里。③ 父陈世塈，字秉彝，以入赘戴家而袭戴姓，嗜星卜、天文诸学，于医术尤有心得，著有《医学笔记》，由戴之麟裒辑而成。世塈于光绪戊子年的全县大疫，救治、全活县民众多。近代大翻译家、文学家林纾曾表世塈之墓。戴之麟的外家戴氏，先祖为戴文润，湖州德清人，以兴王府良医落籍钟祥。戴文润生戴经，字伯常，号楚望，以世宗从龙功授锦衣卫千户，迁卫金事，与文学家归有光往来频繁。戴氏后裔多落籍钟祥。④ 可能正是因为戴氏先祖为兴王府医官，戴之麟的外祖父戴光裕才令戴秉彝学习医学。⑤ 也正是因为戴秉彝学习医术与堪舆学，未能继承先祖的儒学一脉，其父遂令之麟继承家学，学习传统儒学课业。⑥ 此外，戴家除专擅医术，亦世袭儒业，戴之麟于《世伯母戴孺

---

① 何成章《陈科九先生轶事》云："先生氏陈，庠名文运，科九其字也。原籍福建莆田，其先人于清初迁钟祥。"见湖北人民政府文史研究馆、湖北省博物馆整理：《湖北文征》第13卷，武汉：湖北人民出版社，2014 年，第 234 页。

② （民国）赵鹏飞修；（民国）李权纂：《钟祥县志》第 23 卷，南京：1937 年，第 9 页。

③ 见林纾《戴秉彝墓表》。（民国）李权：《钟祥金石考》第 21 册，《历代碑志丛书》，南京：江苏古籍出版社，1998 年，第 679 页。

④ （民国）赵鹏飞修；（民国）李权纂：《钟祥县志》第 19 卷，南京：1937 年，第 14~15 页。

⑤ 《戴秉彝墓表》云："族舅戴公光裕器之，故公遂瑩于戴氏。舅无子，因袭其姓。命习岐黄术于张光荣先生家。"见（民国）李权；《钟祥金石考》，《历代碑志丛书》第 21 册，南京：江苏古籍出版社，1998 年，第 679 页。

⑥ 《戴秉彝墓表》云："公遇之麟极严，尝以课读拘其额，误中目，公抚之而泣曰：'吾莫继先业而为儒，欲儒汝，督责过深，是吾过也。尔善体吾意者，或不以吾为酷也。'"见（民国）李权；《钟祥金石考》，《历代碑志丛书》第 21 册，南京：江苏古籍出版社，1998 年，第 680 页。

人寿序》中称："孺人工书史"，戴孺人即戴之麟母亲。本篇寿序乃戴之麟假作他人，以旁人口吻写出，故称其母为世伯母。① 戴母以女子身份，亦能工书史，足见戴家亦家学深厚。因此，无论从父家还是母家说来，戴之麟家学渊源都较为深远。

（2）戴之麟的交游

戴之麟僻居乡邑，鲜作远游，故其结交的大多是本县人士，如赵鹏飞、关云门等，这些人常在戴之麟的文学研究著述中出现，以他们的亲身经历作为实证材料引用。但戴之麟跟当时政界、商界巨子也有一定程度的

---

① 《世伯母戴孺人寿序》云："孺人之子慕颜，与余为总角之交，故知其家事最稔。慕颜本姓陈氏，其曾大父科九公，以朴学教授乡里，邑之名公巨卿，多出其门，学者尊如山斗。秉一封翁，即先生冢孙也。封翁幼承家学，致力诸经，尤精于《易》，风鉴、岐黄诸书，莫不浏览，远近羡之，金谓陈氏有子矣。咸丰中，捻匪寇郓，翁未弱冠，为贼所得，以智脱。孺人父吉昌公奇之曰：'是儿能自脱于虎狼之口，其智足多。'请于先生，欲赘以为子。先生曰：'淳于豪士，实开此端。近代黎樾乔京卿，亦循此轨，湘乡相国，不以为非，姑徇子请可也。'……初，吉昌公保赤心笃，尝仿后唐太祖故事，养他人子以为己子。若辈骄奢性成，尽耗家财，财尽身殁，子孙有不免冻馁者，孺人仰体翁意，收抚存养，且为之授室。……孺人生平只一女，择壻亦不徇俗见。慕颜有弟子杨仲煊，驯谨异常，孺人爱之甚，商于翁，以女妻之。"又《戴秉彝墓表》云："同治初年，捻匪犯钟祥，见（秉彝）公幼愿，乃置之马上而去。……明年，贼败，东北窜。公脱贼中，归。寄食于族兄宏锦家，族舅戴公光裕彦之，故公遂壻于戴氏。舅无子，因袭其姓。命习岐黄术于张光荣先生家，先生课《灵》《素》之书，二鼓命息烛寝，公潜然之，伏读至于夜午。又心好堪舆家言，受学于叔舅瀛公；浙人濮某精星卜学，公又从而师之……娶戴孺人，即光裕公长女，仁而善家。有女弟适某氏，以产子亡。孺人取其孤而子之，庖偶得肉，孺人必先择其精者饲妹子，而后始奉光裕公。……子之麟，女适杨氏。"可知以下几点：1. 慕颜与戴之麟的曾祖父同为陈文运；2. 慕颜的父亲叫戴秉一，戴之麟的父亲叫戴秉彝；3. 慕颜与戴之麟的父亲都善医术与星卜、堪舆学；4. 慕颜的父亲与戴之麟的父亲都入赘戴家；5. 慕颜与戴之麟的外祖都称吉昌公（《楚辞补注疏》第 2 册《离骚》"济沅湘以南征兮"、第 5 册《天问》"焉得彼嵞山女，而通之于台桑"、第 12 册《九思·疾世》"鶗鴂鸣兮聒余"数句疏证戴之麟皆称"先祖吉昌"，以父亲已入赘，故称祖而不称外祖）；6. 秉一与秉彝都曾被捻匪掳去，且自行逃回，为吉昌公所称赞，不过一在咸丰，一在同治；7. 吉昌公还曾经收过其他养子（或上门女婿）；8. 慕颜的母亲与戴之麟的母亲都曾存恤母家孤儿；9. 秉彝和秉一的女儿都嫁给了姓杨的人家。即便我们假设吉昌公仿后唐太祖故事，收的就是上门女婿而不是养子，且是陈家另一子秉一，也仍有说不通的地方，即如果慕颜与戴之麟分别是秉一与秉彝的儿子，他们应该是堂兄弟，戴之麟在作寿序时断不该称"世伯母"这样见外，也不会称慕颜为"总角之交"了，且根据陈家取名的习惯，之麟通芝灵，麒生同祺生，秉彝很显然应该就是秉一，更遑论一个家族基本不可能同时送两个儿子入赘给同一家人做上门女婿。尤其是慕颜与之麟的母亲都存恤母家孤儿、秉彝与秉一的女儿都嫁与杨家、两人都精通医术与堪舆学、两人都被捻匪掳去并自行逃脱（一曰咸丰，一曰同治，可能事在咸同之交，故有出入），这种巧合出现的几率是微乎其微的。显然，慕颜就是戴之麟。慕颜一名，或其乳名，或其别名，或出杜撰（根据戴之麟《〈向晓山房诗草〉序》，戴之麟曾与李光渤慕白有过交往，慕颜一名，或即本此而杜撰，或取"倾慕颜回"之义），已不可考。

交往，如时任教育部主事的陈锡赓曾为其父墓表书丹，其学生杨仲煊为商界名人，成为他妹夫等。远至当时极具声望的林纾，"中国考古学之父""清华第五导师"李济的父亲李权，戴之麟都与他们有着亲密的交往。

①与翻译家、文学家林纾的交往

可能正是因为戴之麟原籍闽南，故他在参加中华编译社国文函授部学习时，能与同为闽人的林纾，有较为频繁和亲密的交往。这从其函授结业文章《世伯母戴孺人寿序》发表在林纾主编、中央编译社发行的《文学讲义》第一期(1918 年 10 月再版)中，又于 1919 年中央编译社发行的《文学杂志》(林纾亦参与大部分编辑工作)创刊号中，发表《与友人论文书》一篇，《郢中竹枝词》九首等作品即可见一斑。林纾也在《戴秉彝墓表》中说道："予乐之麟之孝，因为文以表其阡。"①而通篇只字未提与戴秉彝有何交集，以当时文坛领袖身份，亲自挥毫为国文函授班一介学生之父作墓表，足见出戴之麟与林纾交情匪浅。

②与文史学家、"中国考古学之父"李济父亲李权的交往

李权是钟祥著名的文史学家，幼年丧父，以自学苦读成才，因参加1907 年的举贡会考，成绩为鄂籍第一，列学部七品官。后历任北京多所中小学教职，及民国内务部警政司、民治司的诸多职务。毕生最大的成就是培养了"中国第一位哈佛人类学博士""中国考古学之父"李济，为我国的考古学乃至田野考古事业的发端作出了不可磨灭的贡献。其另一主要成就是完成了"钟祥三考"(《钟祥金石考》《钟祥艺文考》《钟祥沿革考》)，成为 1937 年版《钟祥县志》(李权亦为总纂官)中《艺文》和《方舆》《建置》等部分的主体。戴之麟曾给李权编纂《钟祥金石考》提供材料，李权在《戴秉彝墓表》后称："之麟即麒生，时以拓片或所抄碑目见寄，助予成是编者也。是表亦系抄稿，故无年月可纪，然予知麒生之必将付石，爰录之以殿吾编，且以俾后之考吾邑金石者之得有所采云。"②可知戴之麟与同出钟祥书香大家的李权有很紧密的交往，给李权提供了大量的金石拓本和抄稿资料。

③与本地邑人文友的交往

戴之麟曾与赵鹏飞(参加湖北新军，投身革命，曾任湖北民政厅秘书主任)、关门云(留学日本，精通医理，曾任县财务委员会委员长)一同参

①　(民国)李权：《钟祥金石考》，《历代碑志丛书》第 21 册，南京：江苏古籍出版社，1998年，第 680 页。

②　(民国)李权：《钟祥金石考》，《历代碑志丛书》第 21 册，南京：江苏古籍出版社，1998年，第 680 页。

与编修 1937 版《钟祥县志》，与二人合称为"钟祥三怪"，并与两人有亲密的交往。关云门为戴之麟总角之交，戴之麟曾为其母黄孺人作墓表。① 戴之麟常于《楚辞补注疏》中称"吾友赵鹏飞"。戴之麟在《〈向晓山房诗草〉序》中云："甲子仲冬，余客东乡长吉小学，与座客李光渤慕白论诗，慕白亟称先生，且言'先生无后，手辑本近存某家，拟付报章，次第登载，藉资表扬'。……（余）爰就全稿删去一百九十三首，计存七百五十八首，卷仍其旧。呜呼！即此亦可以传先生矣。"②知戴之麟曾与本地诗友李光渤一同整理邑人郭开益的诗集。此外，戴之麟还与本地的名医朱兴铨有诗文唱和往来。③

从仅存的较少的文献资料中，我们依然可以发现，戴之麟的交游，上至政界高层、文坛领袖，下至县邑文友、闾里医官，是较为广泛的。并且，其交游多是立足于文化本位的。

（二）戴之麟的文学思想与文学研究

1. 戴之麟的文学思想

（1）戴之麟的文学思想渊源

由于戴之麟父亲及先祖著作皆亡佚不复得见，我们不能窥探他从家学传统中继承下来的文学思想，但我们仍然可以从戴之麟的生平及其学校教育经历中，考见戴之麟的文学思想渊源。

①"尚用"与"崇文"的传统思想矛盾

中国历史上，道统与政统常处于紧张的态势，这极容易造成士人自尊与自卑结合的奇妙特殊心态。他们自诩为真理的裁定者和价值的拥护者时，心理上有一种极强的优越感和自信，但是往往这种心理优越感在现实中是软弱无力的，在现实政治权力和世俗价值面前，他们的思想武器毫无价值，这造就了他们的自卑心态。因此，古代士人普遍存在"轻视"文人的思想倾向，他们人生的第一选择，往往不是为文而是经世。然而，越是在经世的过程中不得志，往往又越能从反面刺激士人的创作欲望，"文穷而后工"，反映出文学创作是穷困潦倒后不得已而为之的。因此，"尚用"

---

① 见戴之麟《关母黄孺人墓表》。（民国）赵鹏飞修；（民国）李权纂：《钟祥县志》第 15 卷，南京：1937 年，第 18 页。
② （民国）李权：《钟祥艺文考》，《地方经籍志汇编》第 45 册，北京：北京图书馆出版社，2008 年，第 570～571 页。
③ 李传嗣：《清末民初钟祥的四大名医》，钟祥新闻网·钟祥市人民政府门户网站，http：//www.zhongxiang.gov.cn/html/yangchunbaixue/yuanchuangzuopin/20111007/391.html。

与"崇文"实际上是一对看似矛盾，但又相互依存促进的思想观念。

从前文可知，戴之麟本来生于书香世家，后来又参与文学函授进修，得到林纾的抬爱，得以与当时文学界、学术界的风云人物同台讨论（仅《文学杂志》创刊号，就发表了梁启超、康有为、林琴南、马叙伦等多位名家的作品），但他早年似乎并没有对文学研究产生太大的兴趣。戴之麟早年走的都是中国传统读书人"学而优则仕"的道路；或者说，他注重实业兴国，注重知识的经世致用，所以更愿意从事教育工作乃至更贴近生产实际的农业学校教育，也愿意参与关乎国计民生的防汛工作。这种思想倾向，对他晚年仍然产生了不小的影响，虽然他在愤然辞去县堤防委员会主任委员后，声言不再参与政事，且后来确实长期在荆州博物馆、钟祥文化馆从事文化工作，但他仍以出任县救济院院长①、中国人民政治协商会议湖北省第二届委员等形式表达他"修齐治平"的政治民生关怀。我们不难看出，戴之麟很大程度上是继承了"尚用"与"崇文"这一矛盾的文学观念的。他首先选择的是经世而不是为文，直到他经历了求仕未果、供职县政机关又遇贪腐不能伸展其政治抱负、日寇进占等多方打击，他才选择了文学研究，并产生了优秀的著作《楚辞补注疏》。正是"崇文"的无用，导致了戴之麟"尚用"求仕的未果；而"尚用"的挫折又促成了戴之麟"崇文"的精进。

②直承"侯官"，远绍"桐城"

戴之麟曾参与中华编译社的国文函授部，中华编译社是由苦海余生刘哲庐创办的，刘氏为陈衍学生，林纾、陈衍为同榜举人，都是服膺于"桐城派"的，称"侯官派"。林纾、陈衍都为中华编译社的社刊《文学杂志》《文学常识》《文学讲义》撰写了大量的文章。这三本刊物同时也是函授课

---

① 戴之麟任救济院院长，应该还有一部分原因要归结于父亲从医的影响。戴之麟在其父遗著《医学笔记》的序言中写道："先严知医，医书靡不浏览，有得则笔之于书，语多独到。先严存日，之麟尚未知其宝贵也。己未仲秋弃养，之麟以舌耕不能读父书，自憾不肖等赵括，都先严所有庋藏之。于今年乙丑，六易裘葛，几忘其中尚有手泽存焉耳。春仲，石儿病瘟，几不起，日更数医，其用此症忌药如柴胡、羌活、葛根等，为昔日闻诸先严者，虑不确，乃发其书参考之，先严手泽如新，忆父殁而不能读父书读，不禁泫然涕下，幸考证有资，石儿以瘥，于是将昔日所庋藏者，录其笔记，汇成一帙，上书原作，下注何书、何篇、何条，以便翻阅，公诸世人，先严其亦许我乎？"（李权：《钟祥艺文考》，《地方经籍志汇编》第45册，北京：北京图书馆出版社，2008年，第603～604页。）林纾《戴秉彝墓表》也称："民国己未八月，公以疾卒于里第，命焚券。券盖乡人十年中所假贷者，决其莫还，因曰焚之，勿贻后人为构讼资也。"（李权：《钟祥金石考》，《历代碑志丛书》第21册，南京：江苏古籍出版社，1998年，第680页。）戴秉彝的高超医术与医者仁心，应该是促使戴之麟出任救济院院长的一个重要原因。

程的教材。因此，戴之麟的文学思想远绍桐城姚鼐，且直承"侯官派"。这从其《楚辞补注疏》中屡次引用姚鼐《古文辞类纂》亦可见一斑。

（2）戴之麟的文学思想

①"守先待后""兼容古今"的散文观

刘哲庐在《文学杂志》发刊辞中称，各栏作品"发圣贤之遗臭，振经传之坠绪"，坚持"守先待后，冀维文教于不叛"的立场，与日益高涨的新文化运动唱反调，极力为旧文学张目。同时又指出创刊的目的在于"使学者酌新理而不泥于古，商旧学而有得于今"，认为"理有古今而势无古今，责任不可移而因时之道异也"①，与桐城派将时文（八股文）的写作提升到古文的高度是一致的。因此，戴之麟的文学思想也很明显带上了这种"守先待后""兼容古今"的思想，追求白话文学与旧文学的兼容。他在《与友人论文书》中就曾经指出："夫一部《十三经》，惟《周易》为四圣之书，《周礼》为周公所著；《尔雅》《孟子》及《左》《公》《穀》三传，为一人自著；此外如《尚书》《论语》《仪礼》《礼记》，则非出自一手；《诗经》则羁人、怨妇、女侍、巷伯，手迹无不屡入。不敢致力，亦奴性太深矣。虽然，六经岂易求哉？一经有一经之例，即有一经之面目。袁随园云：'孟学孔子，孔学周公，三人文章，颇不相同。'随园文人，经师轻之，今观其言，于经学用力甚深，而举世不知随园通经，随园亦以文苑中人自处，羞与章笺句释者为伍，岂知其穷经之术，别有在哉！"②表现出很强烈的"今文经学"思想倾向，主张对经典、文学的阐释应该随时而变，应该注意阐发微言大义。并且他还指出"张南皮相国著《輶轩语》，谓明人评经，亦以评时文之法评之，诋其侮经。某则谓明人评经，未可厚非，特不当'以评时文之法评之'耳。"表面上说的是时文（八股文）与古文之关系，实际上也是借张之洞的论点，反映其对新文化运动与旧文化发生冲击的调和倾向。

②"比兴托喻"的诗词观

戴之麟在《〈向晓山房诗草〉序》中指出："《诗》三百篇，多男女相悦之辞，此有托而然。孔子以'一言蔽之，曰思无邪'，凡以明诗人之志也。屈原《离骚》，借美人香草以喻君子，太史公称其得风雅之旨，故曰'其志洁，其称物芳'，又曰'推此志，足与日月争光'，殆以托兴遥深，语在此而意在彼也。……抑余考其（郭开益）词，间有涉于绮丽者，《隐恨歌》一

---

①　见《文学杂志》创刊号，中华编译社 1919 年 1 月版，第 2~3 页。

②　见《文学杂志》创刊号，中华编译社 1919 年 1 月版，《成绩》第 11 页。

首，亦似有托而然。"①从《诗经》、《楚辞》的"托喻比兴"拓展到诗词整体层面。

2. 戴之麟的文学研究

日寇侵占钟祥后，戴之麟因其不屈的民族气节，不愿出任伪职；更为了抵制日寇的奴化教育，保留中华传统文化的血脉，选择在家自办私塾，传授传统的国学课业，并由此引发了对文学研究的兴趣。早在《楚辞补注疏》（初成于1941年，1948年曾定稿，后于1951年仍作有补订②）之前的己卯、庚辰（1939、1940年），他就完成了《填词法述》《千家诗志疑》等多部著作。③ 而他对《楚辞》一书，可谓是烂熟于胸，浸淫多年。他不仅保持了每天晨读背诵《楚辞》篇目的习惯，也长年从事《楚辞》的研究工作，《楚辞补注疏》自序云"吾寝馈五年而始熟"④，其致时任钟祥图书馆董馆长的信亦称"不佞费数十年心血，旁求博采，不闻寒暑，幸而告成"⑤，足见其对《楚辞》研究用力之勤。曾著有《楚辞注解》八册，并寄呈毛主席，毛主席托郭沫若予以复函，惜今不见当时信稿。又著有《楚辞补注疏》，专事对《楚辞补注》进行疏证。《楚辞补注疏》的出现，填补了《楚辞补注》专书研究近800年的空白，有着承前启后的意义。

（三）《楚辞补注疏》的面貌与主要特点

1.《楚辞补注疏》的成书过程

戴之麟在《楚辞补注疏序》中详细地叙述了他与《楚辞》结缘、产生疏注《楚辞补注》念头的原因，以及着手《楚辞》研究的具体历程：

> 强不知以为知，文人之通病。四体不勤，五谷不分，又儒者恒有事。是以读书难，解书难，注书难，疏注尤难。吾藏朱子《集注楚

---

① （民国）李权：《钟祥艺文考》，《地方经籍志汇编》第45册，北京：北京图书馆出版社，2008年，第570~571页。

② 《楚辞补注疏序》云该书"计自庚辰莫春始，至今年辛巳莫春止，初稿聿成"，见戴之麟撰；朱佩弦点校：《楚辞补注疏》，武汉：华中师范大学出版社，2021年，第1页。又钟祥图书馆藏该书稿本封面所题定稿日期为戊子年，而稿本中页眉页脚的校补日期最晚至辛卯年。

③ 见《楚辞补注疏序》，戴之麟撰；朱佩弦点校：《楚辞补注疏》，武汉：华中师范大学出版社，2021年，第1页。

④ 戴之麟撰；朱佩弦点校：《楚辞补注疏》，武汉：华中师范大学出版社，2021年，第2页。

⑤ 戴之麟撰；朱佩弦点校：《楚辞补注疏》，武汉：华中师范大学出版社，2021年，第844页。

辞》二部，一亡友吴德祖慎先君存时所赠，一购于亡友杨君锡瓒厘卿长子自汉。比时屡拟卒读不果，会退居兰台，得暇读之，即病其注囿于时地，天文、地文，名物训诂等有使人不能释然处，不第阅其文之诘屈聱牙也。又古今称善之本，莫《楚辞章句补注》，若朱子，何为将《七谏》《九叹》等作删而不录？亦不能无疑，当时即有意疏之，求《补注》是书而不得。清亡后二十四年，乙亥夏六，大水，吴本亡越。己卯春王，避乱，杨本置石几行李中，失于城北二十里之殷家河。自憾此生疏注之愿不易价矣。既归城中，贫民知吾有嗜古癖，凡得旧家古籍，归吾多以廉值，于是始得《楚辞浅说》，继得是书，继又得《楚辞通释》与《骚笺》，及近人《楚辞概论》。为一一卒读，然后知朱子去《七谏》等作之有以，不明言其故，具见古人待人之厚，而疏之之意油然生。朱子《集注》二部既先后失，遂即《补注》为之疏。谨案：是书对天文、地文，不识新理，毋怪其然。对于名物训诂多不翔实，《七谏》中明明有"平生于国兮"，《九叹》中明明有"览屈子之《离骚》兮"及"叹《离骚》以扬意兮"诸句，确为东方朔、刘向遭时不偶，有感而发，《补注》偏解作屈原。至《大招》《招魂》二篇，一为原生招楚怀之魂，一为原招楚怀已死之魂，篇中所言，历历可证。或谓为原作，或谓作者宋玉、景差，迄莫能定（吾另有论著），则犹是吾人强不知以为知与五谷不分之陋习。麟既闲居，己卯、庚辰既成《族谱》《千家诗志疑》《填词法述》后，从事疏此，计自庚辰莫春始，至今年辛巳莫春止。初稿聿成，修正二次，终不免囿时囿地之憾。窃幸疑者阙之，名则不事凿空。于《补注》之失，不为曲庇；于《通释》玄怪之说，则一不取。他日有能为我殃梨枣，传撰世庶乎？读解均易不至，如吾寝馈五年而始熟，虽然，夫之之作《通释》，适值明季，今吾丁大乱而为此不急之务，曷胜怜乎同病也夫？①

戴之麟认为，《楚辞集注》及《楚辞补注》在名物训诂方面，都不能令人信服，使人释然，这都是因为前人学者"四体不勤，五谷不分"，不贴近底层大众生活，不能从事实际生产活动的结果。因此，他们训诂名物往往有所错漏。而对于某些自然现象的阐释，往往又流于神怪之说，不能合理利用科学知识去解释。而在很多很明显的问题上，如《七谏》《九叹》的

---

① 戴之麟撰；朱佩弦点校：《楚辞补注疏》，武汉：华中师范大学出版社，2021年，第1~2页。

作者问题，从文本中即可找到有力内证，却一仍前错，不加改正，这就是典型的"强不知以为知"了。而洪兴祖《楚辞补注》是最为善本的，历来被视为《楚辞》阐释史上第二座高峰。故戴之麟从此下手，专事为其注作疏证，一扫前人注释《楚辞》的积弊。

2.《楚辞补注疏》的馆藏、面貌特点

钟祥市图书馆藏《楚辞补注疏》稿本中附有戴之麟致当时董馆长信函一封，称《楚辞补注疏》定稿后，曾抄三份，一份已寄呈毛主席，一份拟赠省屈原馆，一份赠钟祥县图书馆。寄呈毛主席本渺已难寻，省屈原馆整理者曾亲访探查，未见收藏该书，大约该书只是"拟赠"，最后并未赠给屈馆；抑或确已捐赠，但历经多年，辗转流失，已难查考。现存可见的《楚辞补注疏》稿本惟钟祥市图书馆藏本，此本戴之麟称其"内容稍简，且有阙文，虽经弥补，终不免"，而赠毛主席本与屈馆本都"稍充详赡"①，可能较之钟馆藏本，作了仔细工整的誊抄，而不似钟馆藏本，处处都有页眉、页脚乃至行间之补订，且字迹潦草，又与正文混在一起，实难辨认。钟馆藏本共计一函十二册，依洪兴祖《楚辞补注》卷数次第，亦作十七卷。无现代标点，大部分内容以黑点断开。如图5-1所示。

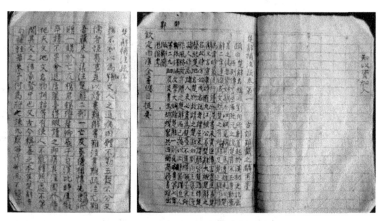

图5-1　钟祥市图书馆藏戴之麟《楚辞补注疏》手稿

3.《楚辞补注疏》撰著所据底本

戴之麟作《楚辞补注疏》时，应该是以清道光二十六年丙午《惜阴轩丛书》仿汲古阁本（下文皆简称李刻本）作为底本的，此丛书为三原李锡龄所

---

① 戴之麟撰；朱佩弦点校：《楚辞补注疏》，武汉：华中师范大学出版社，2021年，第844页。

辑，王云五《丛书集成初编》所收《楚辞补注》即据此本排印。我们断定戴之麟据李刻本为底本的理由如下：(1)除《四库》本外，只有戴之麟本与李刻本收有《四库全书总目》中的《楚辞补注提要》。(2)《九歌·少司命》中"竦长剑兮拥幼艾"一句，戴之麟针对洪补引《战国策》原文提出了质疑，提出《战国策》原文卷四"所注无'孺子，谓幼艾美女也'"，卷三"亦无'孺子，谓幼艾美女也'"，因此发出"此见三原李锡龄校订本，所引殆其他本乎"的质疑①，说明自己所据李刻本原文就是如此，而李刻本可能引用了其他版本的《战国策》。(3)《离骚》"扈江离与辟芷兮"句，洪补引《说文》"江蓠，蘼芜"，他本皆作"靡"，惟李刻本及戴之麟作"蘼"。《天问》"登立为帝，孰道尚之"句，洪补"谓匹夫而有天下者"，他本皆作"疋"，惟李刻本及戴之麟作"匹"等。据不完全统计，此类李刻本与戴本相同，而与他本都不同的异体字差异，大约有四五十例，其中尤以《离骚》中的"脩""修"、各处散见的"楚辞""楚词"、《招魂》《大招》中的"魂""蒐"这类差异最多。(4)《招魂》"朱尘筵些"句，王注引《诗》"肆筵设席"，他本皆作"机"，惟李刻本及戴之麟作"席"；《九怀·危俊》"望太一兮淹息"句，王注"观天贵将上沉滞也"，他本皆作"止"，惟李刻本及戴之麟作"上"等。据不完全统计，此类李刻本与戴本相同，而与他本都不同的非异体字的差异，大约有二十多例。显然，戴之麟所据底本即李刻本。

4.《楚辞补注疏》的优劣概说

戴之麟的《楚辞补注疏》，主要有以下几个方面的优点：

(1)《楚辞》中名物、天文、地理、神怪之说、历史事实、诗人行迹等，多以科学新理、新发现作阐释，并重视实证。如：

①《离骚前序》中"飘风云霓"一句，戴之麟疏云："霓，音倪。又音鶃，义同。本作蜺。日光射空气内所发光气也，亦谓之虹。……虹，音洪，又音绛，义同。太阳光线与水气相映，现于天空之彩晕也，形如半环，雨后新霁时常见之。因空气内尚含细水点，光线反射折光以成，故方向常与太阳相对。其色彩排列之次序与太阳光带同，红色在外，紫色在内。虹之近边，往往现第二虹，谓之副虹，色彩较淡，其排列之序与正虹相反。……麟按：古时科学未兴，此理不明，虹蜺之说，致陷怪异，观此可以恍然矣。"此以科学新理阐释名物。

②《九歌·少司命》"登九天兮抚彗星"一句，戴之麟疏云："星名。一

①　戴之麟撰；朱佩弦点校：《楚辞补注疏》，武汉：华中师范大学出版社，2021年，第249页。

星后曳长尾如彗，故名。其外质松散，与太阳之电，同性被驱向后致成此形。所行轨道为狭长之椭圆或抛物线，故隐现不常。据最近测定，能预知伏见之期者约三十星，其形状大小各异。"此以科学新理阐释天文现象。

③《天问》"增城九重，其高几里"一句，洪补引《淮南子》云："崑仑虚中，有增城九重，其高万一千里百一十四步二尺六寸。"戴之麟疏云："崑仑最高峰喜马拉雅之挨佛勒斯，高出海面二九二〇〇尺。嗣发见墨尔姑儿斯，一作额非尔士。近英空军中印空路又发现高三万二千至三万四千英尺之高峰，较额峰尤高，尚无定名，则其高非诞。"此以地理新发现证成旧说。

④《天问》"日安不到，烛龙何照"一句，王逸注云："言天之西北，有幽冥无日之国，有龙衔烛而照之也。"戴之麟疏云："欧洲极北二国曰瑞典、挪威，年有三月不见日光，日所不到者，此也。四川峨嵋山上，某寺后殿藏蟒一，不食不动不息，盘如小阜，不知始自何年。庙祝司门，人欲观之，予钱则启其门，呼之则微举其头，吾友赵鹏飞曾亲见之。据此，则烛龙非子虚也。"此以地理新识及实物证神怪之说并非全出妄诞，皆有据可依。

⑤《离骚》"总余辔乎扶桑"一句，戴之麟疏云："扶桑，神木，古谓为日出处。其桑相扶而生，其木叶似桐，初生如笋，实如梨而赤，绩其皮可为布，扶桑国人以之制衣，亦以为锦。见《南史》：'国在大汉国东二万余里，其上多扶桑木，故以为名。'今亦称日本曰扶桑。麟按：吾尝遇朝鲜人金在天，询其纸之佳，原质为何，答以桑皮。吾曰：'凡木皮全断必死，安得如许之桑，得以供造纸之用？'金曰：'取皮之法，今岁剥左半，来年剥右半，其皮迭生，故得不死。'始悟。其纸可制履，极坚，惟不可经水。扶桑殆即此物。日与朝鲜近，在东海中，或即其国欤？"此以实证分析，证扶桑木存在及日本被称扶桑之由。

⑥《九章·哀郢》"望长楸而太息兮"一句，戴之麟疏云："今宜城欧家庙楸树甚多，此尤足证当日原去国所经之路。"此以实地证屈原去国怀乡的行迹。

（2）凡涉引文，皆查明原始文献及篇目章节，有时甚至精确到页码，并细述引文与原文异同。这种类似"引书考"的做法，体现了很强的现代学术特色。如《天问》"蓱号起雨，何以兴之"一句，洪补曰："《山海经》曰：'屏翳在海东，时人谓之雨师。'……张景阳诗云：'丰隆迎号屏。'"戴之麟则疏云："'屏翳在海东'，《山海经》无。……诗见《文选集评》卷七杂诗类阳作《杂诗十首》末章。……《淮南子》：'季春三月，丰隆乃出。'

或曰云师。郭璞云：'丰隆筮师，御云得《大壮》卦，遂为雷师。''季春三月'诸句，见《淮南子》卷三《天文训》十一页。无'雨师'句。"又如《远游》"奇傅说之托辰星兮"句，戴之麟疏云："'傅说之所以'句，见《淮南子》卷六《览冥训》。'傅'上有'此'字，少'是'字。"这种习惯也体现在对其他人物、名词的阐释上，如《离骚》"女嬃之婵媛兮"句，洪补仅云"《水经》引袁崧云"，戴之麟不仅就《水经》、袁崧进行了解释，并将解释《水经》、袁崧时涉及的全祖望、戴震、赵一清、桓伊、孙恩诸人也一并进行了介绍，极为详赡。虽部分与《楚辞》原旨无涉或并无多大关系，略显繁冗赘余，但这正体现了戴之麟学术严谨负责的态度。

（3）重视原注中细节，故往往能发前人所未发，并多有创见。如《九歌·礼魂》"传芭兮代舞"，王逸与洪兴祖皆持"香草"或"芭蕉"义，后人亦皆沿之，惟戴之麟注意到了文中散见的疑似洪兴祖《楚辞考异》内容"芭，一作巴"，云："此非可持以舞之物。芭，当通巴。楚有巴人之歌，宋玉'客有歌于郢中者，其始曰下里巴人'是也。《辞源》子集五五页一部二画：'谓俗调也。'传芭者，谓传唱巴歌也，与代舞平列，谓且歌且舞也。"又如《渔父》"渔父莞尔而笑"句，所出异文为："莞，一作莧。"戴之麟疏云："莧，《说文》音桓，山羊细角也，无笑义。查《字典》八画有莞，注音未详，笑也。或此之讹。"再如《九歌·大司命》中"纷吾乘兮玄云"，前人皆解"吾"作第一人称代词，惟戴之麟云："吾，音鱼。重言之，暇豫貌，见《国语》。……谓大司命乘纷纭玄云，暇豫来降飨祭，非将出游戏也。"又就"君回翔兮以下"句王注"徐回运而来下"疏云："徐，音习余切，缓也。以此言之，上'吾'作'暇豫'解，尤合。"这些创见皆具新意，且有理有据，可聊备一说。亦对考见宋本《楚辞》原貌不无裨益。

（4）偏重于楚辞的文学性特征尤其是作为辞赋的韵律特征研究。历代对《楚辞》的综合阐释著作，都更为注重解释名物、疏通文义，或即便有关音韵，不过涉难字反切；若非《楚辞音》《楚辞韵读》之类专事楚辞韵律研究的著作，基本只是偶尔涉及楚辞的押韵问题。惟独《楚辞补注疏》通篇讨论韵读，并以《九怀》《九叹》《九思》三篇为甚，其主要形式为"某，叶某"。

（5）吸取评注本文选及清人注楚辞的经验（如姚鼐《古文辞类纂》、林云铭《楚辞灯》），将《楚辞》原文分段总结，以醒主题层次，便于《楚辞》原文的阅读与理解。部分直接沿用前人成果，部分则自行总结归纳。如文中常出现的"姚鼐曰""吴至父曰""无三欠一生曰"等，即是此例。

（6）疏证内容以数字序号前后对照，便于查考。且已经解释过的名物、字句，一般会标明"见前某篇某句疏"、"见后某篇某句疏"（"见后某篇某句疏"的出现，是因为补订过程中先补订后文，然后才发现前文相同的待阐释的内容，故云）。

但《楚辞补注疏》一书，仍有以下不足之处：

（1）征引文献虽较为宏富，但过分依赖辞书，且作大段征引，不能凸显自身创见。全书征引较频繁的有《辞源》（商务印书馆1910年初版）、《中国人名大辞典》（商务印书馆1921年初版）、《康熙字典》（清康熙五十五年内府刊本）、林云铭《楚辞灯》、朱骏声《离骚赋补注》、王夫之《楚辞通释》、贺贻孙《骚筏》、朱熹《楚辞集注》、姚鼐《古文辞类纂》、沈伯经《古文辞类纂评注》、郝懿行《山海经笺疏》、徐文靖《竹书纪年统笺》、张匡学《水经注释地》、王筠《说文解字句读》等书。而这其中，对《辞源》《中国人名大辞典》《康熙字典》的征引尤为其甚，贯穿全书始终，约占全书六成篇幅。戴之麟僻居县邑，所能获取文献自然有限，不必吹毛求疵，然过分依赖三本辞书，且大段征引，初瞥之下，自身对《楚辞》研究的创见极容易被盖过，无法凸显。

（2）版本意识不强，引书不注明所据版本，部分不能核验其引书准确性。戴之麟注明《补注》的引书出处，喜欢精确到页码；自己引书以作疏证，也同样喜欢精确到页码和章节。这带有现代学术特色。但是戴之麟却并不喜欢标注所据图书版本，且征引的图书，可能较为随意，并非为彼时精善之本，往往到解放后，则已渺然难寻，无法核验其引书的准确性。如全书中常出现的"《山海经》利集""《庄子》贞集"等，即按《周易》"元亨利贞"编排卷帙次序，将其页码与整理者可见版本比照，全然难合，不知是何版本。戴之麟如粗心将页码或章节注错，则无法正确校出。他在书中征引《辞源》的内容，即经常出现此类错误。

（3）目录学基本功较为薄弱，多犯常识性错误。如《楚辞目录》中洪兴祖标注相关篇目在古本《楚辞释文》中次序时，戴之麟误将《释文》当作陆德明《经典释文》，而《经典释文》是全然不涉《楚辞》的，且《直斋书录解题》中明确指出洪兴祖曾据古本《楚辞释文》作参考文献，戴之麟两端皆未审。又如《离骚》中"荃不察余之中情兮"一句，洪补引《经典释文》中《庄子音义》云："七全切，崔音孙，香草，可以饵鱼。"此为陆德明引东晋崔撰《庄子注》的内容，戴之麟不审，疏云："崔，当系荃字之误。"则全然谬以千里了。再如引用沈伯经《古文辞类纂评注》时，误将页眉沈伯经所作评注内容当作姚鼐注释内容，往往误作"姚鼐曰"。也时常将林云铭《楚辞灯》的相关内容误作姚鼐语(大约是戴之麟所据的《古文辞类纂》评注本，兼收了林云铭《楚辞灯》与沈伯经《古文辞类纂评注》的内容，可能是《名家圈点笺注批评古文辞类纂》或《百大家批评新体古文辞类纂》，惜此二文献皆未能寻得)，这都是戴之麟不精古书体例，未熟习读书门径目录学的后果。

应该说，戴之麟的《楚辞补注疏》在楚辞学史乃至学术史上有一定的承前启后的意义，这有两个方面的意思：一方面戴之麟填补了近八百年的《楚辞补注》专书研究的空白，且颇有文本经典化的意味——如《诗经》经过"齐""鲁""毛""韩"四家的整理、研究、传承，字句各自有别，到毛诗显而三家隐，毛诗文本成为经典，代有注(毛亨《毛诗传》)、笺(郑玄《毛诗笺》)、疏证(孔颖达《毛诗正义》)那样，楚辞在刘向、刘歆父子典校群书时，即已发现前人整理的《屈原赋》二十五篇，刘向经过增损篇目，成十六卷的《楚辞》，到王逸十七卷《楚辞章句》作注与洪兴祖《楚辞章句补注》作笺，已有很强的定王逸《楚辞章句》为定本的意识，再到戴之麟《楚辞补注疏》，已经很明显有将刘向确定了大部分框架、王逸补足定型的楚辞文本作为经典文本的思想倾向。因此，戴之麟实际上在《楚辞》文本经典化的道路上起到了承前启后的推进作用；另一方面，戴之麟承袭了清代学者评注的方式，给《楚辞》正文划分大意段落，并沿用了传统的训诂方法；又采用了现代学术规范的精确到页码篇目的引书注释方式，并用括号序号(一)(二)标注并对应疏证内容，传统与现代的学术方法间杂采用，有着承前启后的意义。

洪兴祖的《楚辞补注》在楚辞学史上是属于训诂序列的，但又多少带有一点理学的思想性，可以算作《楚辞》研究的义理阐释渊薮。不过《楚辞补注》的训诂特色仍然是占据主导地位的，这从历代楚辞研究学者对洪氏《补注》的评价即可看出：宋代朱熹曾云："近世考订训释之学，唯吴才老洪庆善为善。"[1]又云："而独东京王逸《章句》与近世洪兴祖《补注》并行于世，其于训诂名物之间，则已详矣。"[2]陈振孙《直斋书录解题》亦云："兴祖从而补之，于是训诂名物详矣。"[3]明蒋之翘《七十二家评楚辞》自序云

---

① (宋)黎靖德编；王星贤点校：《朱子语类》第8册，北京：中华书局，1986年，第3279页。
② (宋)朱熹撰；李庆甲点校：《楚辞集注》，上海：上海古籍出版社，1979年，《〈楚辞集注〉目录》部分第3页。
③ (宋)陈振孙：《直斋书录解题》，上海：上海古籍出版社，1987年，第433页。

"王逸、洪兴祖二家训诂仅详"①，清张象津《离骚经章句义疏》自序云"览王氏洪氏之注，名物训诂极为详博"②，清毛表跋康熙间汲古阁重刊宋本《楚辞补注》云"其援据该博，考证详审。名物训诂，条析无遗"③，游国恩《楚辞注本十种提要》云"考证详审"④。这样，在探讨后世楚辞研究与《楚辞补注》的关系时，应该首先从那个时代《楚辞》训诂研究层面入手。作为洪氏《补注》一书的疏证，《楚辞补注疏》极重训诂，鲜谈义理（多于驳斥旧说或有独到见解时申发），其训诂层面之优劣不足，颇可考见《补注》对其之影响。

二、《楚辞补注疏》的体例

前文已略述戴之麟作《楚辞补注疏》的缘起及动机，此节具体分析其书的撰著体例。通过仔细分析戴之麟《楚辞补注疏》各卷形式，阅读《楚辞补注疏》各卷具体的疏解内容，我们能够益发知其创作之旨，确是为补充王、洪二注不完备之处，以求准确阐释屈宋及汉初诸人骚赋之题旨与具体内容。戴之麟在补正二注之时，借"疏曰"二字以资识别，"疏曰"内又加"麟按"以与其引述文献内容相区别，"疏曰"前则为《楚辞章句》与《楚辞补注》原注，此为其大体面貌。然其疏证的体例，还应从疏证补释之例、阐释用语之例、征引文献之例三个方面具体举例探讨，方能较为全面系统地概括其体例面貌。⑤

（一）疏证补释之例

戴氏疏证《补注》，以遵循《章句》及《补注》书中编排为原则，于各卷卷首及卷末的解题及叙文全文之后，作有疏证的文字；而在疏证《补注》正文或王注、洪补之时，则在每一句之后，即作疏证。这一点与洪氏补注《章句》大为不同，洪氏在补注解题、叙文时，于当补之处，即于句后补之。如王逸云："三闾大夫之职，掌王族三姓，曰昭、屈、景。"洪氏直接

① 转引自姜亮夫：《楚辞书目五种》，上海：上海古籍出版社，1993 年，第 323 页。

② 转引自崔富章：《楚辞书目五种续编》，上海：上海古籍出版社，1993 年，第 142 页。

③ （宋）洪兴祖撰；白化文点校：《楚辞补注》，北京：中华书局，1983 年，第 328 页。

④ 游国恩：《游国恩学术论文集》，北京：中华书局，1999 年，第 238 页。

⑤ 按：本节与下节大篇幅引用的《楚辞补注》及《楚辞补注疏》的内容，俱依朱佩弦点校本《楚辞补注疏》（华中师范大学出版社 2021 年版），不再在每页以脚注形式一一标注引书出处。

在后补云："《战国策》：楚有昭奚恤。《元和姓纂》云：屈，公族芈姓之后。楚武王子瑕食采于屈，因氏焉。屈重、屈荡、屈建、屈平，并其后。又云：景，芈姓。楚有景差。汉徙大族昭、屈、景三姓于关中。"戴氏则于全文之后，方对《战国策》、《元和姓纂》、三姓等一一作疏证。戴氏在作疏证时，将《楚辞》正文或王注、洪注中内容需要疏证之处，冠以序号（一）（二）等，后文疏证的内容亦以（一）（二）等对应。此外，戴氏的疏证，可谓详尽，于卷首落款的"护左都水使者""校书郎"之类官职，亦广泛收集资料，为一一疏证。又大量加入自己的内容，如在疏解第一卷之前，袭取惜阴轩从书本《楚辞补注》中《四库全书总目提要》的内容时，即就提要中内容名物一一疏证。可说戴氏疏证内容之详实，超洪氏数倍有余。

以下具体举例陈述上述体例特点：

1. 疏证卷首、卷末解题、叙文之例

（1）《九歌章句第二》解题

《九歌》者，屈原之所作也。昔楚国南郢之邑，沅、湘之间（一），其俗信鬼而好（二）祠。祠，一作祀。《汉书》曰：楚地信巫鬼，重淫祀（三）。《隋志》曰：荆（四）州尤重祠祀。屈原制《九歌》，盖由此也。其祠，必作歌乐鼓舞（五）以乐（六）诸神。一无歌字。屈原放逐，窜（七）伏其域，怀忧苦毒，愁思沸郁。出见俗人祭祀之礼，歌舞之乐，其辞鄙陋。因为作《九歌》之曲（八）。王逸注《九辩》云：九者，阳之数，道之纲纪也。五臣云：九者，阳数之极。自谓否（九）极，取为歌名矣。按：《九歌》十一首，《九章》九首，皆以九为名者，取箫韶九成（十）、启《九辩》《九歌》之义。《骚》经曰：奏《九歌》而舞韶兮，聊假日以媮乐。即其义也。宋玉《九辩》以下皆出于此。上陈事神之敬，下见己之冤（十一）结，托之以风（十二）谏。故其文意不同，章句杂错，而广异义焉。一云：故其文辞意周章杂错。

疏曰：（一）楚，见前《离骚》首句疏，郢同。麟按：其后昭王迁鄢，名曰鄢郢，为今湖北宜城县。又迁河南陈留，安徽寿春，亦曰郢。陈留，楚襄王所迁。寿春，考烈王所迁。南郢，盖谓鄢郢。沅湘，见前《离骚》"济沅湘以南征兮"疏。（二）好，音号，喜也。祠，音词，祭名。春曰祠，后用为祭祀之通称。（三）淫，音移琴切，溢也，过也。礼非其可祭而祭之，名曰淫祀。（四）荆，音京。荆州，今湖南、湖北及四川旧遵义、重庆二府，贵州旧思南、铜仁、思州、石阡等府及广西之全县、广东之连县，皆其地。见后《渔父》"沧浪之水清兮"疏六。（五）舞，音武，乐舞也。执干戚羽籥之属，屈伸俯仰以为容也。（六）音洛，歆之也。（七）窜，音爨，逃匿也。（八）曲，音屈，乐曲也。（九）否，音鄙，秽恶也。（十）箫，音萧，舜乐名。韶亦作箾韶，时遥切。成，音城，终也。乐一终谓之一成，九成谓九变也。（十一）冤，音鸳，屈也，枉屈也，仇恨也。（十二）风，见前《离骚赞序》疏四。①

（2）《招魂章句第九》解题

《招魂》者，宋玉之所作也^{（一）}。李善以《招魂》为《小招》，以有《大招》故也。招者，召也。以手曰招，以言曰召。魂者，身之精也。宋玉怜哀屈原，忠而斥弃，愁懑一作忧愁。山泽，魂魄一作鬼。放佚，厥命将落。故作《招魂》，欲以复其精神，延其年寿，外陈四方之恶，内崇楚国之美，以讽谏怀王，冀其觉悟而还之也。太史公读《招魂》，悲其志^{（二）}。

疏曰：（一）麟按：朱子主屈原所作，又有谓系自招其魂者。按之原文，确非宋玉所作，谓玉作者，以与原文均不类，惟考玉诸作品，亦无类此者。又篇中所陈外恶内美，恶者怪力乱神，美者声色货利。原岂畏怪力乱神，好声色货利之人？以此歆动警骇其师，决不宜此。自招其魂说颇近似，以内美外恶揆之，亦非所宜。盖怀王不听原言，客死于秦，顷襄继立，用子兰等谗去原，原忠不忘君，于其君死，犹望其反楚也。此盖作于顷襄逐原之时，观末段"献岁"二句可知，末"目极千里"二句尤可见。则所招者系怀王之魂，非玉招原魂，且即《原传》（太史公）"屈原死，楚有宋玉、景差"之言观之，玉又何从而招魂，使怀王悟而还之？此为原行江南招怀王之魂，可无疑矣。并非原自招其魂，亦可断言矣。（二）见《史记·屈原列传》。②

（3）王逸《离骚后序》

叙曰：昔者孔子叡^{（一）}圣明喆^{（二）}，音哲。天生不羣，羣，一作王。定经术，删诗书，一云俾定经术，乃删诗书。正礼乐，制作春秋，以为后王法。门人三千，罔不昭达。临终之日，则大义乖而微言^{（三）}绝。其后周室衰微，战国^{（四）}并争，道德陵迟^{（五）}，谲^{（六）}诈萌生。于是杨、墨、邹、孟、孙、韩^{（七）}之徒，各以所知著造传^{（八）}记，或以述古，或以明世。八字一作咸以名世。而屈原履忠被谮，忧悲愁思，一云忧愁思愤。独依诗人之义而作《离骚》，上以讽谏，下^{（九）}以自慰。遭时闇乱，不见省纳，不胜^{（十）}愤懑，遂复作《九歌》以下凡二十五篇。楚人高其行义，玮^{（十一）}其文采，以相教传。或作传教。至于孝武帝^{（十二）}，恢廓^{（十三）}道训，使淮南王安^{（十四）}作《离骚经章句》，则大义粲然。后世雄俊，莫不瞻慕，一作仰。舒肆妙虑，一云摅舒妙

①　戴之麟著；朱佩弦点校：《楚辞补注疏》，武汉：华中师范大学出版社，2021年，第195～196页。
②　戴之麟著；朱佩弦点校：《楚辞补注疏》，武汉：华中师范大学出版社，2021年，第577页。

思。缵述其词。逮至刘向^(十五)，颜师古读如本字。典校经书，分为十六卷。孝章^(十六)即位，深弘道艺，而班固、贾逵^(十七)复以所见改易前疑，各作《离骚经章句》。其余十五卷，一作篇。阙而不说。又以壮为状^(十八)，一作扶。义多乖异，事不要括。一作撮。今臣复以所识所知，稽之旧章，合之经传，八字一云稽之经传。作十六卷章句。虽未能究其微妙，然大指^(十九)之趣，略可见矣。且人臣之义，以忠正为高，以伏节为贤。故有危言以存国，杀身以成仁。是以伍子胥^(二十)不恨于浮江，比干^(二一)不悔于剖心，然后忠立而行成，忠，一作德。荣显而名著。著，一作称。若夫怀道以迷国，详愚而不言，详与佯同，诈也。颠则不能扶，危则不能安，婉娩^(二二)以顺上，婉娩，一作娓娓，一作偭俛。逡巡以避患，虽保黄耇，终寿百年，盖志士之所耻，愚夫之所贱也。今若屈原，膺^(二三)忠贞之质，体清洁之性，直若砥矢^(二四)，言若丹青^(二五)，进不隐其谋，退不顾其命，此诚绝世之行，俊彦之英也。而班固谓之"露才扬己"，一作班贾。"竞于羣小之中，怨恨怀王^(二六)，讥刺椒、兰^(二七)，苟欲求进，强巨姜切。非^(二八)其人，不见容纳，忿恚^(二九)自沉"，是亏其高明，而损其清洁者也。昔伯夷、叔齐^(三十)让国守分，一作志。不食周粟，遂饿而死，岂可复谓有求于世而怨望哉。一作恨怨。且诗人怨主刺—作谏。上曰："呜呼！小子，未知臧否，匪面命之，言提其耳！"^(三一)风谏之语，于斯为切。然仲尼论之，以为大雅^(三二)。引此比彼，屈原之辞，优游婉顺，宁以其君一有为字。不智之故，欲提携其耳乎！而论者以为"露才扬己""怨刺其上""强非其人"，殆失厥中矣。夫《离骚》之文，依托《五经》^(三三)以立义焉："帝高阳之苗裔"，则"厥初生民，时惟姜嫄"也^(三四)；"纫秋兰以为佩"，则"将翱将翔，佩玉琼琚"也^(三五)；"夕揽洲之宿莽"，则《易》"潜龙勿用"也^(三六)；"驷玉虬而乘鹥"，则"时乘六龙以御天"也^(三七)；"就重华而陈词"，则《尚书》咎繇之谋谟也^(三八)；"登崑仑而涉流沙"，则《禹贡》之敷土也^(三九)。故智弥盛者其言博，才益多者其识远。多，一作劭。屈原之辞，诚博远矣。自一有"孔丘"字。终没以来，名儒博达之士著造辞赋，莫不拟则其仪表，祖式其模范，取其要妙，窃其华藻，所谓金相^(四十)玉质，百世无匹，世，一作岁。名垂罔极，永不刊灭者矣。

疏曰：此为王逸原序，参考前目"九思第十七"按语"班孟坚二序"分注。（一）喻岁切，与睿同。深明也、通也。（二）古哲字。（三）微妙之言也。《汉书·艺文志》："仲尼没而微言绝，七十子丧而大义乖。"按：丧，去声。（四）时代名。列国争战，故曰战国。周威王二十三年（民国前二三一四），韩、赵、魏三家分晋，与秦、楚、齐、燕并为七国。自后至秦灭六国，其间皆为战国之时云。（五）与陵夷同，谓衰颓也。（六）音决，欺诈也。（七）杨即杨朱，战国时人，讲"为我"之学，与墨子"兼爱"相反，孟子斥其为"无君"。墨即墨翟，战国时宋人，倡"兼爱"之说，流行颇盛，当时与儒家并称。孟子称其"摩顶放踵，利天下为之"，斥为"无父"。邹即邹衍，见后《九歌·大司命》"纷总总九州"句疏。孟即孟子，名轲，战国邹人。倡仁义，主息兵，与上诸人学说不同。孙即孙膑，战国齐人，孙武之后，与庞涓俱学兵法于鬼谷子。涓为魏将，嫉膑之能，刖其足。齐淳于髡使魏，载膑归，威王以为师。魏攻齐，膑设计困涓，涓志穷，自刭，膑由是名高。韩即韩非子，见前《离骚》"挚咎陶而能调"疏。（八）去声。（九）上声。（十）平声。（十一）音韦，玉名。珍奇也。（十二）见前"楚辞补注卷第一"疏八。（十三）音扩，大也。（十四）见前"楚辞补注目录"疏一二。（十五）见前"汉护左都水使者光禄大夫臣刘向集"疏四。（十六）名炟，后汉明帝之子，在位十三年。（十七）固，见前《楚辞补注》十七卷"疏三四。逑，见前《离骚》"羿淫游以佚畋兮"疏。（十八）壮，大也。状，形也。义异。（十九）意旨也。指、旨同。（二十）见前《离骚》"长太息以掩涕兮"疏。（二一）见前《离骚》"自前世而固然"疏二。（二二）婉，音宛，顺也。娩，音晚，义同。合言之，谓妇容宛顺也。（二三）音应平声，受也。（二四）音纸，磨石也，又平也。矢，音始，箭也，又直也。（二五）谓画也，画有着色，故名丹青，此引申为分明也。（二六）名槐，威王子，在位三十年。（二七）椒，楚大夫子椒；兰，令尹子兰。（二八）訾也，言人不是也。（二九）郁睡切。恨也，怒也。（三十）见同上二一。（三一）见《诗·抑》篇。（三二）宏大不群之义也。（三三）《诗》、《书》、《易》、《礼》、《春秋》也。（三四）首见《离骚》首句，次见《诗·生民》篇。（三五）首《离骚》原句，次见《诗·有女同车》篇。（三六）首《离骚》原句，次即《易·乾卦》第二句。（三七）首《离骚》原句，次即《易·乾卦》"象曰"第八句。（三八）首《离骚》原句，次《尚书》篇名。（三九）首《离骚》原句，次《尚书》篇名。（四十）音香，质也。①

2. 疏证正文、王注、洪补之例

（1）《离骚》

①帝高阳之苗裔兮，德合天地称帝。苗⁽一⁾，胤⁽二⁾也。裔⁽三⁾，末也。高阳，颛顼⁽四⁾有天下之号也。《帝系》⁽五⁾曰：颛顼娶于腾隍氏⁽六⁾女而生老僮，是为楚⁽七⁾先。其后熊绎⁽八⁾事周成王⁽九⁾，封为楚子，居于丹阳⁽十⁾。周幽王⁽十一⁾时，生若敖⁽十二⁾，奄⁽十三⁾征南海⁽十四⁾，北至江⁽十五⁾、汉⁽十六⁾。其孙武王⁽十七⁾求尊爵于周，周不与，遂僭号称王。始都于郢⁽十八⁾，是时生子瑕，受屈⁽十九⁾为客卿⁽二十⁾，因以为氏⁽二一⁾。屈原自道本与君共祖，俱出颛顼胤末之子孙，是恩深而义厚也。[补]曰：皇甫谧⁽二二⁾曰：高阳都帝丘⁽二三⁾，今东郡⁽二四⁾濮阳是也。张晏⁽二五⁾曰：高阳，所兴之地名也。刘子玄《史通》⁽二六⁾云：作者自叙，其流出于中古⁽二七⁾。《离骚经》首章，上陈氏族⁽二八⁾，下

---

① 戴之麟著；朱佩弦点校：《楚辞补注疏》，武汉：华中师范大学出版社，2021年，第184~187页。

列祖^(二九)考^(三十)；先述^(三一)厥^(三二)生，次显名^(三三)字^(三四)，自叙发迹，实基于此。降及司马相如^(三五)，始以自叙为传^(三六)。至马迁^(三七)、扬雄^(三八)、班固^(三九)，自叙之篇，实烦于代^(四十)。**疏曰**：（一）苗，音描，又叶缪。（二）胤，音孕。（三）裔，音曳。凡草初生曰苗。胤，子孙相承续也。又继也，嗣也，由也。裔者，衣裾之末，衣之余也，故以为远末子孙之称。见《辞源》申集一四页五画，一五页"苗裔"条。（四）颛，音专，谨貌。又蒙也。又与专通，独也。顼，音旭。顼顼，自失貌。颛顼，古帝名，黄帝之孙。年十岁，佐少昊，二十即帝位。初国于高阳，故号高阳氏。都于帝丘，即今直隶濮阳县。在位七十八年。《白虎通》："颛者，专也。顼者，正也。能专正天人之道，故谓之颛顼。"见《辞源》戌集二二二页页部九画。（五）《帝系》，《大戴礼》篇名，言帝祖孙传代之系属也。见《辞源》寅集一七六页巾部六画。（六）腾隍氏，俟考。（七）楚，粗上声，国名。周成王封熊绎于楚，居丹阳，在今湖北秭归县。春秋战国时奄有今两湖、两江、浙江及河南南部，后为秦所灭。参看前"《楚辞补注》十七卷"疏四。又灌木名，即牡荆也。故楚亦称荆，今通称湖南湖北曰楚。见《辞源》辰集一五五页木部九画。（八）熊绎，鬻熊曾孙。（九）周成王，姓姬，名诵。武王子，在位三十七年。（十）丹阳，昔有以江苏丹阳当之者，非。以当时楚境尚未扩至吴地也。详见前"《楚辞补注》十七卷"疏四。（十一）幽王，名宫湦，在位十一年，宣王子。娶褒氏，生伯服，废申后及太子宜臼。申后与犬戎攻之，杀于骊山之下。见《辞源》丑集五〇页口部五画。（十二）若敖，复姓。《姓纂》云："出芈姓。楚子熊鄂生熊仪，谓之若敖，后以为姓。"见《辞源》申集一七页若部五画。（十三）奄，乌检切，大有余也。《诗》："奄有四方。"（十四）海，黑改切，百川之所汇归也。近陆曰海，远陆曰洋。又《尔雅》："九夷、八狄、七戎、六蛮，谓之四海。"古谓中国四境皆有海环之，故称中国为海内，外国为海外。又西北谓大泽曰海，如里海、盐海之类。麟按：当时无今所称为海之境之大，殆如《尔雅》所谓之海，以"奄征南海，北至江、汉"言之，南海盖指南蛮所在各水也。海注见《辞源》巳集八八页水部七画。江、汉，详后。（十五）江，音基腔切，水名，为中国最大之川。源出青海巴颜喀喇山南麓，流经云南、四川、湖北、湖南、江西、安徽，至江苏崇明县入海，共长九千九百六十里，俗称长江，其下流曰扬子江。又大川之通称。（十六）汉，音黑按切。水名，亦曰东汉水。流贯旧汉中、兴安、郧阳、襄阳、安陆、汉阳六府之境，入江之大川也。源出陕西宁羌县北嶓冢山，初名漾水，东流经沔县为沔水，受沮水，东流经襄城，受褒水，始为汉水。东经南郑、城固、洋县，又东南经西乡受牧马河，东入石泉。又东南经汉阴、紫阳，东流折东北经安康、河阳，受洵河，东南经白河。又东入湖北郧县，受堵水，东南经均县，受均水。又东南经光化、谷城、襄阳，折东北受淯水。又东南经宜城、钟祥、京山，至潜江分津，右出为东津河。又东经天门、沔阳，折东北至汉川，受涢水、㲿水。又东南由汉阳入于江。东津河自潜江、监利南流折东，经沔阳，又东北至汉阳，为沌水，亦入于江。见《辞源》巳集一四七页水部十一画。麟按：所指江、汉，泛言当时随、绞、州、蓼等国。（十七）武王，名通，熊绎十六世孙，于周桓王十六年求尊号。（十八）郢，矣领切。地名，春秋楚都也。即今湖北江陵县北十里之纪南城。《水经注》：“江陵西北有纪南城，楚文王自丹阳徙此，班固言楚之郢都也。”又即今江陵县东北三里之故郢城，楚平王城郢都之即此。见《辞源》酉集二三一页邑部七画。（十九）屈，无考。（二十）客卿，以他国之人为官也。麟按：以本国人为客卿，与本解异，盖尊之之辞。（二一）氏，音是，氏族也。古建国则有姓，其支系别之为氏，以次则曰孟孙、仲孙、叔孙、季孙之类。或又以官，以邑，以王父之谥与字为之，故惟贵族有氏，平民则无。《左氏·襄公十一年》“四月，诸侯伐郑”传：“坠命亡氏。”麟按：此句见《春秋集解·襄公二第十五》，坠作队。队、坠通。言削夺爵邑而为平民也。后世但有姓无氏，姓氏不复分，而姓亦谓之氏矣。（二二）皇甫谧。皇甫，复姓。谧，音密，静也，安也。《姓谱》云：“周太史皇父之后。宋有皇甫充石，公族也，后改父为甫。”见《辞源》午集一一〇页白部四画。谧，晋朝歌人，字士安。年二十，不好学，游荡无度，或以为痴。母对之出涕，谧乃感激，就乡人受书，勤力不怠。居贫，躬自教稼，带经而农，遂博综典籍百家之言。沉静寡欲，自号玄晏先生。征辟皆不就，隐居终身。著《高士传》以见志。见《辞源》午集一一一页白部四画。（二三）帝丘，今东郡濮阳。帝丘，古地名，今直隶濮阳县西南。汉置濮阳县之地。《汉书·地理志》：“濮阳，古帝邱，颛顼墟。春秋时为卫都。”见《辞源》寅集一七五页巾部六画。麟按：此说指濮阳，即今濮阳西南也。（二四）东郡，秦取魏地置。东郡，前直隶大名府、山东东昌府及长清县以西皆是，治濮阳。据此则濮阳东郡属也。（二五）张晏，三国魏中山人，字子传，有《西汉书音释》四十卷。见《中国人名大辞典》十一画九四八页张部。（二六）刘子玄《史通》。子玄，名知几。知柔弟，唐人。与知柔俱以善文辞知名。擢进士第，累迁凤阁舍人，兼修国史，擢太子率更令。开元初，迁左散骑常侍，以功封居巢县子。知几领国史垂三十年，自负史才，著《史通》内外四十九篇，讥评古今。又别撰《刘氏家史》及《谱考》。议者高其博，尝言史有三长：才、学、识，世罕兼之，时以为笃论。会子贶抵罪，知几为请于执政，玄宗怒贬安州别驾。卒，谥“文”。有集。见《中国人名大辞典》十五画刘部一四五一页。（二七）中古，稍近于上古之时代谓之中古。《易》：“易之兴也，其于中古乎？”盖指夏商之际而言，如周公称中古之圣人是也。今历史上所定时代，其说不一，大致自汉唐以迄宋明，皆可谓之中古。欧洲自西罗马灭亡，以迄哥伦布发现新世界为中古时代。见《辞源》子集六八、九页丨部三画。麟按：此当指夏商而言。分期各异者，盖以分时之时人言也。“易之兴也”二句，见《周易·系辞下第八》（注）卷四）第六节首。（二八）族，音祚木切，属也。谓子孙共相联属也。父、子、孙为三族，高祖至玄孙之亲为九族。又同姓之亲，自三从（音诵）以外，皆称为族，如族伯、族叔、族兄弟，皆谓五服以外之亲也。见《辞源》卯集一九五页方部七画。（二九）祖考。祖，租五切，父之父也。凡先祖、始祖，亦通谓之祖。见《辞源》午集一八六页示部五画。（三十）考，可袄切，老寿也。《诗》：“周王寿考。”又父死曰考。又与攷通。见《辞源》未集一三一页考部。麟按：此考指下句伯庸，祖指本句帝高阳。“周王”句，见《诗·大雅·棫朴第四》章。（三一）述，音术，谓遵循也。《中庸》第十八章：“父作之，子述之。”凡终人之事，纂人之言，皆曰述。见《辞源》酉集一七七页辵部五画。麟按：此谓叙述厥生也。（三二）厥，音菊哕切，其也。见《辞源》子集四〇七页厂部十画。(三三)名字。名,迷盈切,称号也。所以区别事物而确定其分际义类也。如名分、名义等是。《论语·子路篇第十三》:"必也正名乎?"又人之名也。《礼》:"幼名冠(音贯)字。"见《辞源》丑集二八页口部三画。麟按:此从后解。(三四)字,读如自,表字也。《礼记》卷一《曲礼上第一》:"男子二十,冠而字。"字者,表其名之义,如孔子之子名鲤字伯鱼是也。又:"女子许嫁,笄而字。"故许嫁亦曰字。《易》卷一《屯》六二:"女子贞,不字。"见《辞源》寅集七页子部三画。(三五)司马相如,见前"离骚经章句第一"疏五一。(三六)传,音逐院切,纪载世迹以传于世也。如《史记》之列传。(三七)马迁,即司马迁之简称。汉人,谈子,字子长。生龙门,耕牧河山之阳。年十岁,诵古文。二十而南游江淮,上会稽,探禹穴,窥九嶷,浮沅湘;北涉汶、泗,讲学齐鲁之郊,过梁楚以归。仕为郎中,奉使巴蜀,迁为太史令。李陵降匈奴,武帝甚怒,迁极言陵忠,下腐刑(即宫刑,去前阴)。乃紬金匮石室之书,上起黄帝,下止获麟(汉武帝时),作《史记》百三十篇。序事辨而不华,质而不俚,刘向、扬雄皆称为良史之材。见《中国人名大辞典》一八六页司部五画。(三八)扬雄,见"离骚章句第一"疏五十二。(三九)班固,见前"《楚辞补注》十七卷"疏三十四。(四十)代,音渡碍切,世也。王者易姓受命谓之代,如言汉代、唐代。父子相继亦谓之代,如言三代,谓曾祖、祖、父也。麟按:此从前解。①

②**背绳墨以追曲兮**,追^(一),犹随也。绳墨^(二),所以正曲直。[补]曰:背,违也。墨,度名也,五尺曰墨。追,古随字。**疏曰**:朱补曰:"《礼记》云:'绳墨诚陈,不可欺以曲直。'(一)追,读如'追逐其章'之'追',借为'彫'也。"麟按:追,音堆,治玉名也。引申之为雕,治曲木也。(二)绳墨,即木工用之墨斗,其制截竹为盒,中盛丝縴,和之以墨,两侧辅以竹或木片,一端贯以横木,卷苎麻绳于其上,穿过墨盒,接以&形之铁,用以伸缩而正曲直。不可曰"五尺曰墨"也。"绳墨诚陈"二句,见《礼·经解篇第二十六》。"追逐"句,见《诗·大雅·棫朴》篇。②

③**女嬃之婵媛兮**,女嬃^(一),屈原姊也。婵媛,犹牵引也,一作挥援。[补]曰:《说文》云:嬃,女字也,音须。贾侍中说:楚人谓女曰嬃,前汉有吕嬃,取此为名。婵媛,音蝉爱。《水经》^(二)引袁崧^(三)云:屈原有贤姊,闻原放逐,亦来归,喻令自宽全。乡人冀其见从,因名曰秭归^(四)。县北有原故宅,宅之东北,有女须庙,捣衣石犹存。秭与姊同。观女嬃之意,盖欲原为甯武子之愚^(五),不欲为史鱼之直^(六)耳,非责其不能为上官、椒兰也。而王逸谓女嬃骂原以不与众合、不承君意误矣。**疏曰**:朱补曰:"(一)《水经注》:'秭归县有女嬃庙,屈原贤姊闻原放逐,亦来归,因名之

<hr>

① 戴之麟著;朱佩弦点校:《楚辞补注疏》,武汉:华中师范大学出版社,2021 年,第 25~28 页。

② 戴之麟著;朱佩弦点校:《楚辞补注疏》,武汉:华中师范大学出版社,2021 年,第 65 页。

曰秭归。'《说文》：'嬃，女字也。'贾侍中[七]曰：'楚人谓姊为嬃。'旧说皆同王逸。或云：《易》：'归妹以须。'注：'须，女之贱者。'《汉书·广陵王胥传》：'胥迎李巫女嬃，使下神祝诅。'《天文》：'北方宿女四星，亦曰须女，其光微小，故织女为贵，须女为贱。'愚按：《易》、《汉书》、《天文》皆借须为嬃，媵妾也。《汉书·吕后纪》'后女弟吕嬃'，亦是嬃字。须之为原姊，古说相承，不宜立异。婵当作嬗，读为掸；媛读为援。叠韵连语，犹扶将也。又按：《离骚》分三大段，此为第二段起。"（二）《水经注》，《辞源》巳集八页水部："书名。《水经》，旧题汉桑钦撰，然证以书中地理，实三国时人。其注则后魏郦道元作。宋时已佚五卷，明以来传刻舛误尤多，清全祖望、戴震、赵一清均有校勘之本，又沈炳巽有《集释订讹》。"后魏，同上书寅集二四八页六画彳部："朝代名，北朝之一，姓拓跋氏。晋时拓跋珪自立为代王，国号魏，都平城（今山西大同）称帝，史称后魏。有今直隶、山东、山西、甘肃及江苏、河南、陕西之北部，奉天西部。传至孝文帝，迁洛，改姓元氏，故又称元魏。凡十二主，一百四十九年。起民国前一五二六，讫前一三七八。分为东西魏，为高氏、宇文氏所篡。"沈炳巽，《中国人名大辞典》四九三页七画沈部："清归安人，炳震弟，字绎游。著《水经注集释订讹》，历九年而成。虽不能尽出前人范围，亦颇有钩索考证之功。"桑钦，同上八一〇页十画桑部："汉河南人，字君长。从平陵涂恽受《古文尚书》、《毛诗》，撰有《水经》。"全祖望，同书二三二页六画全部："清鄞人，字绍衣，一字谢山。雍正举人，乾隆初举鸿博，会成进士，选庶吉士，不与鸿博试，散馆以知县用，遂不复出。为人负气连俗，有风节。于学靡不贯串，而尤以网罗文献，表章忠义为事。家居后，修黄宗羲《宋元学案》，校《水经注》，续选《甬上耆旧诗》。所撰有《丙辰公车征士小录》、《汉书地理志稽疑》、《经史问答》、《句余土音》、《鲒琦亭集》。"戴震，同上书一七一七页十八画戴部："明马平人，博览群书，渊源理学。崇祯时以乡荐任常山教谕，建青云楼，立馆舍以造士。后升开化知县，土寇窃发，被执不屈，死之。"又："清休宁人，字东原，乾隆举人。少从婺源江永游，礼经制度名物及推步天象，皆洞彻原本。既乃究精汉儒传注及《说文》诸书，由声音文字以求训诂，由训诂以寻求义理，实事求是，不主一家。四库馆开，荐充纂修，旋赐同进士出身，授庶吉士。性介特，无嗜好，惟喜读书，馆中有奇文疑义，辄就咨访，以积劳致疾卒官。有《诗经二南补注》、《毛郑诗考证》、《考工记图》、《孟子字义疏证》、《方言疏证》、《原善》、《原象》、《勾股割圆记》、《策算声韵考》、《声类表》、《仪礼正误》、《尔雅文字考》、《屈原赋注》、《九章补图》、《古历考》、《历问》、《水地记》、《东原文集》等书。所校《大戴礼记》、《水经注》，尤精核。"篇中引即此人。赵一清，同上书一三八七页十四画："清仁和人，昱子，字诚夫。国子监生，学于全祖望。著《水经注释》及《刊误》，最称精审，又有《东潜文钞》。"（三）袁崧，《中国人名大辞典》八四三页十画作"山松"，晋乔孙，一称崧。少有才名，博学能文，著《后汉书》百篇。襟情秀远，善音乐，旧歌有《行路难》曲，辞颇疏质，山松好之，为文其辞句，每因酒酣纵歌之，听者莫不流涕。初羊昙善唱乐，桓伊能挽歌，及山松《行路难》继之，时人谓之三绝。历官吴郡太守，孙恩之乱，山松守沪渎城，城陷被害。羊昙，《中国人名大辞典》二七九页六画羊部："晋泰山人，谢安之甥，为安所重。安卒后，辍乐弥年。行不由西州路，尝因大醉，不觉至州门，左右白曰：'此西州门。'昙悲感不已，以马策叩扉，诵曹子建诗曰：'生存华屋处，零落归山邱。'恸哭而去。"桓伊，同上书、页、画桓部："晋宣族子，字叔夏，小字野王。有武干，标格简率。历淮南太守，豫州刺史，甚得物情。与谢玄等共破苻坚，以功进右将军，封永修县侯，征拜护国将军。性谦素不伐，善音乐，为江左第一。卒，谥烈。"孙恩，同上书七五八页中画孙部："晋琅琊人，秀之族，字灵秀。世奉五斗米道，传其叔父泰妖术。泰谋为乱，见诛。恩逃于海，聚合亡命入寇，陷会稽。时东土诸郡，疾会稽世子纵暴，多杀长吏以应。旬日之间，众数十万，恩自号征东将军，号其党曰长生人。寻为谢琰、刘牢之所败，逃入海。自是频年入寇，元兴初寇临海，太守辛景讨破之，穷蹙赴海死。"沪渎，《辞源》巳集一四一页十一画水部："水名，在江苏上海县东北。《吴郡记》：'松江东泻海曰沪海，亦谓之沪渎。'"（四）秭归，《辞源》午集二一五页禾部五画："今县名，汉置。北周改长宁，隋复名，即今湖北秭归县治。宋徙，明废，故城在今秭归县南。民国改归州，曰秭归，属湖北荆南道。""归妹以须"，见《易·归妹卦》。嬃，音须，义同娞。嬗音禅，挦音弹。婵、嬗、媛、援音同。朱谓当作此读，抑嬗、援或别有音欤？麟按：（五）"宁武子⁽⁸⁾之愚"，见《论语》上《公冶长》篇。（六）"史鱼⁽⁹⁾之直"，见《论语》下《卫灵》篇。（七）贾侍中，晋人，名谧，字长孙。韩寿子，贾充外孙。充无嗣，以谧为后。贾后专恣，谧权过人主，负其骄宠奢僭逾度，一时贵游豪戚，及浮竞之徒，莫不尽礼事之。历位侍中，与后谋诬陷太子。及赵王伦废后，以诏召谧于殿前，斩之。《汉书·广陵王胥传》，《前汉书》列传第三十三卷。胥，武帝子，李姬生，在位六十四年，以罪诛，国除。贾后，平陵人，充女，惠帝后，名南风。害愍怀太子，为赵王伦赐金屑死。赵王伦，昔八王之一。（八）宁武子，名俞，春秋卫大夫。仕文公。有道之时，无事可见；成公无道，至于失国，乃能周旋其间，不避艰险，卒保其身，以济其君。孔子称之曰："邦有道则智，邦无道则愚。其智可及也，其愚不可及也。"贾谧见《中国人名大辞典》一三三四页十三画，宁俞见同书一一七七页十二画。（九）史鱼，《辞源》丑集一三页口部二画："春秋卫大夫，名鳅。灵公不用蘧伯玉而任弥子瑕，死以尸谏，灵公乃进伯玉而退子瑕。"孔子称之曰："直哉史鱼！"①

（2）《九歌·云中君》

①灵连蜷兮既留，灵⁽一⁾，巫也。楚人名巫为灵子。连蜷⁽二⁾，巫迎神导引貌也。既，已也。留，止也。一本"灵"下有"子"字。[补]曰：蜷，音拳。《南都赋》⁽三⁾云：蛾⁽四⁾眉连卷。连卷⁽五⁾，长曲貌。**疏曰**：（一）灵，音铃。以玉事神，故或从玉，或从巫。（二）蜷，虫行诘屈也。（三）《南都赋》，张平子衡作。（四）蛾，音莪，蚕蛹所化也。其触须细而长曲，故以比美人之眉。麟按：（五）连蜷，谓巫之导引，如虫行

---

① 戴之麟著；朱佩弦点校：《楚辞补注疏》，武汉：华中师范大学出版社，2021 年，第75～77 页。

诘屈也。烂昭昭兮未央。烂^(一)，光貌也。昭昭，明也。央^(二)，已也。言巫执事肃敬，奉迎导引，颜貌矜庄，形体连蜷，神则欢喜，必留而止。见其光容烂然昭明，无极已也。**疏曰**：(一)烂，音澜去声，明也。(二)央，尽也。①

②览^(一)冀州^(二)兮有余，览，望也。两河^(三)之间曰冀州。余，犹他也。言云神所在高邈^(四)，乃望于冀州，尚复见他方也。五臣云：言神所居高绝，下览冀州，横望四海^(五)，皆有余而无极。冀州，尧^(六)所都。思有道之君，故览之。[补]曰：《淮南子》曰：正中冀州^(七)，曰中土。注云：冀，大也。四方之主。又曰：杀黑龙以济冀州^(八)。注云：冀，九州中。谓今四海之内。**疏曰**：(一)览，音罗敢切，周视也。(二)冀，读如记，欲也。古九州之一，今直隶、山西二省及河南黄河以北，奉天辽河以西之地。《释名》："冀州地有险易，帝王所都，乱者冀治，弱者冀强也。"(三)两河，据上言冀州之地界，盖指黄河、辽河，或指河内、河东而言。(四)邈，音模岳切，远也，渺也。(五)四海，《尔雅》："九夷、八狄、七戎、六蛮，谓之四海。""九夷"等见《离骚》"指西海以为期"疏。(六)尧，古唐帝。(七)"正中冀州"句，见《淮南子》第四《墬形训》。(八)"杀黑龙"句，见《淮南子》第六《览冥训》。②

据上举数例，不难看出其疏证补释之例，确有如上文所述诸特征，而其远过洪氏的详尽具体的阐释；就阐释过程中产生的新的名物、地理等诸问题，又不厌其烦再作阐释，俱足见其疏证补释之长处。

(二)阐释用语之例

戴之麟阐释之用语，多与传统古注相同，但亦有自身独创之形式，可体现其追求创新、与时俱进的学术思维，今将其阐释名物、缀述大义的用语常例备述如下。

1. 注音之释语

(1)"音某"(直音法)

①《天问》：阴阳三合，何本何化?

洪补：凡生类禀灵知于天，资形于二气。

疏曰：禀，音懔，受也。资，音咨，托也。

②《九章·惜诵》：忘儇媚以背众兮

---

①　戴之麟著；朱佩弦点校：《楚辞补注疏》，武汉：华中师范大学出版社，2021 年，第 204~205 页。

②　戴之麟著；朱佩弦点校：《楚辞补注疏》，武汉：华中师范大学出版社，2021 年，第 206~207 页。

疏曰：媚，音寐，诣也，亲顺也。

（2）"反、切"（反切法）

①《离骚》：椒又欲充夫佩帏

王注：椒，茱萸也。

疏曰：茱，音珠。萸，以朱反。

②《九章·涉江》：年既老而不衰

疏曰：衰，疏追切，盛之对，凡由盛而渐减杀者曰衰。

③《九章·哀郢》：哀故都之日远

疏曰：都，笃乌切。

（3）"读若""读如"（读若法）

①《九章·惜往日》：身幽隐而备之

疏曰：备，读若被，戒严曰备。

②《九章·悲回风》：路眇眇之默默。

疏曰：寂，读如夕。

（4）"某，某（字）某（声调）声"

①《远游》：览方外之荒忽兮

疏曰：览，南上声，观也。

②《卜居》：宁诛锄草茅

王注：刈蒿菅也。

疏曰：蒿，好平声，草名。

（5）叶某（叶韵法）

①《九怀·蓄英》：失志兮悠悠

《考异》：悠悠，一作调调。

疏曰：调调，枝叶摇动貌。若作调，调宜叶周。

②《九叹·忧苦》：志纡郁其难释

疏曰：释，叶灼。

可以看出，在声训方面，由于清代古音学乃至音韵学的全面系统的高质量发展，戴之麟摒弃了四大主要注音法中比较原始的譬况法，专以直音、反切、读若诸法为主要的声训方式，并沿袭洪补之叶韵法，尤其注意对不同语境中字音不同尤其是声调不同的差异进行细致辨别。

2. 释义之释语

(1) 肯定之释语

①"某，某也"

1)《离骚》：不抚壮而弃秽兮

麟按：抚，存抚也。壮，强也，盛也。

2)《天问》：上下未形，何由考之？

洪补：有太易，有太初，有太始，有太素。

疏曰：太易者，未见气也。太初者，气之始也。太始者，形之始也。太素者，质之始也。

②"某，谓某也"

1)《九章·哀郢》：瞭杳杳而薄天

《考异》：一无"瞭"字。一云：杳冥冥而薄天

疏曰：冥冥，谓远空也，音铭。

2)《九章·抽思》：愿摇起而横奔兮

疏曰：奔，本平声，走也，谓疾趋以赴之也。

③"某，言某"

1)《九章·思美人》：羌宿高而难当

《考异》：一云：羌迅高而难寓。

疏曰：迅，言速疾也。

2)《九辩》：私自怜兮何极

王注：哀禄命薄，常含慼也。

疏曰：禄命，言人生禄食运数也。

④"某，犹某"

1)《招魂》：一夫九首，拔木九千些

王注：言有丈夫一身九头，强梁多力，从朝至暮，拔大木九千枚也。

疏曰：强梁，犹强横也。

2)《惜誓》：伤诚是之不察兮，并纫茅丝以为索

疏曰：纫，犹俗言搓或纺也。

3)《招隐士》：攀援桂枝兮聊淹留

王注：周旋中野，立踟蹰也。

疏曰：踟蹰，犹裴回也。

⑤"某，喻某"

1)《天问》：鼓刀扬声，后何喜？

王注：言吕望鼓刀在列肆，文王亲往问之，吕望对曰："下屠屠牛，上屠屠国。"

疏曰：上屠屠字，喻宰辅也。

2)《九怀·株昭》：丘陵翔儛兮，谿谷悲歌

疏曰：翔舞，喻山势之高危如鸟之飞舞。

⑥"某，当作某"

1)《离骚》：长太息以掩涕兮，哀民生之多艰

王注：言己自伤所行不合于世，将劾彭咸沉身于渊。

麟按：劾，系貌切，俗效字，功也。此当作效，音同，学也，谓摹仿之也。

2)《远游》：选署众神以并毂

洪补：《大人赋》曰：悉征灵圉而选之兮，部署众神于摇光。

疏曰：摇，当作瑶。瑶光，北斗第七星之名。

3)《大招》：血气盛只

王注：言魂来归，己则心志说乐，肌肤曼致，面貌怡怿，血气充盛，身体强壮也。

疏曰：己，当作怀王。曾是忠如屈原，自招其魂，而可以声色、狗马、货利、游乐为乎？

⑦ "某，与某同"
1)《远游》：时髣髴以遥见兮
疏曰：髣髴，与仿佛同。

2)《卜居》：宁与骐骥亢轭乎
王注：沖天区也。
疏曰：沖，与冲同，音虫，飞而直上也。俗亦借为衝字。

3)《九辩》：怆怳懭悢兮，去故而就新
王注：初会鉏铻，志求合也。
疏曰：鉏铻，与龃龉同，不相入之貌。

按：又有"某，同某""某、某同""某、某音义同"诸形式，与此无异，不赘举。

⑧ "某，通作某"
1)《离骚》：齐桓闻以该辅
疏曰：该，读为晐，实为荀具也。
麟按：晐，音该，咸也，备也。通作该、賅。

2)《九辩》：蓄怨兮积思
疏曰：蓄，音畜，聚也，藏也。通作畜。

按：又有"某、与某通""某、某通""某，通某"诸形式，与此无异，不赘举。

⑨ "某，俗作某"
1)《九歌·湘君》：君不行兮夷犹
王注：群鸟所集，鱼鼈所聚。
疏曰：鼈，音笔子切，俗作鳖。

2)《九思·疾世》：媒女诎兮謰謱。

洪补：《方言》：謰謱，拏也。

疏曰：拏，尼牙切，俗作拿。

按：又有"某，俗某字""某，俗谓（呼）某"诸形式，前者与"某，俗作某"同，偏文字，后者偏名物，俱不赘举。

（2）未定之释语

①"某，疑某"

1)《九歌·云中君》：蹇将憺兮寿宫

洪补：臣瓒曰：寿宫，奉神之宫。

疏曰：今《汉书音义》，臣瓒所案多引《汲书》，疑即傅瓒。

2)《九歌·大司命》：导帝之兮九坑

洪补：《淮南》曰：天地之间，九州八极，土有九山，山有九塞。何谓九山？会稽、泰山、王屋、首山、太华、岐山、太行、羊肠、孟门也。

疏曰：盖太行隘道之名，疑即今河南辉县之白陉，为太行山第三陉也。

按：此释语形式全书较少，姑附于一类。

②"某，或某""某，或作某""或曰"

1)《天问》：载尸集战，何所急？

洪补：《记》云：祭祀之有尸也，宗庙之有主也，示民有事也。主有虞主、练主。

疏曰：练主，或练祭所为之木主也

2)《天问》：受命永多，夫何久长？

洪补：《庄子》曰：彭祖得之，上及有虞，下及五伯。又曰：吹呴呼吸，吐故纳新，熊经鸟伸，为寿而已矣。

疏曰：熊经，或即导引之法，所谓熊戏，所以养生已病也。

3)《惜誓》：余因称乎清商

疏曰：清商，或即少商也。商主西方悲音，故曰"称乎清商"。

4)《楚辞补注目录》：离骚经第一

疏曰：骚，《唐韵》《集韵》《韵会》《正韵》均音搔，解作动也，愁也。或作地名。

5)《九歌·国殇》：车错毂兮短兵接

洪补：《诗传》云：东西为交，邪行为错。

疏曰：《诗传》，朱子作，曰"集传"。或曰子夏、毛公等作。

按：又有"或谓""或言""或云"，与此处"或曰"同，不赘举。

③"某，未详"

1)《天问》：昆仑县圃，其尻安在？

《考异》：尻，一作居。《天对》云：积高于干，昆仑攸居。蓬首虎齿，爰穴爰都。

疏曰："蓬首虎齿"，未详。

2)《天问》：浞娶纯狐，眩妻爰谋

疏曰：纯狐，未详。

3)《九章·哀郢》：顾龙门而不见

洪补：又伍端休《江陵记》云：南关三门，其一名龙门，一名修门。

麟按：伍端休《江陵记》，未详。

按：又有"某，不详"之形式，与此同，不赘举。

④"某，俟考"

1)《离骚》：各兴心而嫉妒

王注：故《外传》曰：太山之鸱，鸣吓鸳雏。

疏曰："泰山之鸱"二句，《外传》无，俟考。

2)《离骚》：岂珵美之能当

王注：《相玉书》言：珵大六寸，其耀自照。

疏曰：《相玉书》，俟考。

3)《天问》：焉得彼嵞山女，而通之于台桑？

疏曰：台桑，俟考。

4)《远游》：左雨师使径侍兮

王注：告使屏翳，备下虞也。

疏曰：下虞，俟考。

按：又有"某，待考"之形式，与此同，不赘举。

⑤"某，无考"

1)《离骚》：伏清白以死直兮，固前圣之所厚。

疏曰：朱补曰："厚，读为髳，多也，重也。"《字典》："厚，胡口切，上声。"《玉篇》："不薄也。"古文为垕、𡎉，又增厚，同厚本字。朱作髳，无考，盖即厚也。

2)《九章·思美人》：擥涕而伫眙

洪补：擥，犹拔也。

疏曰："擥，犹拔也"，无考，于义尤不通。

3)《七谏·怨世》：枭鸮既以成群兮，玄鹤弭翼而屏移。

疏曰：屏移，无考。

按：又有"某，某书(篇)无考"之形式，与此同，不赘举。

综上诸例，可见戴之麟在释义上采用的方式灵活多样，可配合疏证《楚辞补注》时的各类行文方式使用，而其中表示未定释语的体例形式之多，更见其疏通文意、训释名物时所时刻保持的"多闻阙疑"的审慎学术态度。

(三)征引文献之例

戴之麟疏解《楚辞补注》，广征诸书，力求阐释准确允当。根据其《楚辞补注疏》一书中征引各类典籍的情形来看，其对引文的陈述安排，不仅翔实充分，且带有自身鲜明的行文或结构特点。今分类列举如下：

1. 对《楚辞》及其笺、注、疏的互文性引证①

汤炳正先生曾经提出过"以屈证屈"的正确把握《楚辞》题旨与内容的方法②，在此基础上，侯体健先生进一步提炼出了洪兴祖在《楚辞补注》中频繁使用的"以骚证骚"的阐释方法，并认为这是对阐释传统儒家经典所常用的"互文见义"方法的沿袭和精进。并把这种同一文本内的相同或相似的、或有逻辑关联的内容之间的"互文性阐释"与当代西方文论的"互文性"或"文本间性"进行了区别③。简言之，所谓的互文性阐释，实类似于文献学"校勘四法"的本校，无外乎是对全文中反复出现的字、词、句、名物、题旨等阐释内容进行前后比勘或互相引证，以得出准确结论的办法。所以，类似的字词句、名物事件、情感题旨，可以通过前后的反复互证，求得正确的结论。这一点侯体健在分析《楚辞补注》的这一特点时，详举多例，以见洪氏运用此法而致其《楚辞》研究所臻之精审。事实上，戴之麟在自觉或不自觉的情况下，也采用了这一文献阐释的方法，但不限于《楚辞》正文间的互证，而往往是原文、注、笺、疏等部分的双向或多向互证，并以特殊的互相引述的形式呈现出来：

（1）引用《楚辞》原文阐释《楚辞》原文

①《九歌·少司命》：秋兰兮麋芜，罗生兮堂下。

洪补：《本草》云：芎藭，其叶名麋芜，似蛇床而香，骚人借以为譬，其苗四五月间生，叶作丛，而茎细，其叶倍香。或莳于园庭，则芬香满径，七八月开白花。

麟按：蘪，同麋。扬子《方言》"蘪，无也"，注谓"草秽芜也"，蘪芜似不宜作芎藭之苗解。且以下句"秋兰兮青青"证之，尤为不合，以"青青"非植物也。此盖言秋兰之多，蘪芜不治也。

按：此根据《九歌·少司命》前后文相同的"秋兰兮某某"的行文结构，比较"蘪芜"与"青青"的词性异同，并从两处"秋兰"应都是描写生长状态这一特点出发，认为"蘪芜"应是荒忽不治的状态，作出的阐释准确精到，令人信服。

---

① 按：此处《楚辞》及其注、笺、疏专指王逸十七卷本《楚辞》及其注，洪兴祖对王注之补注以及戴之麟对洪补之疏证。
② 汤炳正：《渊研楼屈学存稿（第二版）》，北京：华龄出版社，2013年，第68页。
③ 侯体健：《士人身份与南宋诗文研究》，上海：复旦大学出版社，2018年，第159～162页。

②《九叹·思古》：叹曰：倘佯垆阪，沼水深兮。

疏曰：倘佯山，无考。当解作低佪，谓低佪于黑刚之山阪也，且以下句"容与"句按之尤合。

按：即下句"容与汉渚，涕淫淫兮"，此根据古人"相对为文"的著书作文通例，引述"容与汉渚"一句，判断"倘佯"当与"容与"词性相当，应解作"徘徊"。

（2）引《楚辞》原文以证洪补

①《天问》：康回冯怒，地何故以东南倾？

洪补：《列子》曰：共工氏与颛顼争为帝，怒而触不周之山，折天柱，绝地维，故天倾西北，日月星辰就焉；地不满东南，百川水潦归焉。

疏曰：不周，山名，在昆仑山西北。《楚辞》"路不周以左转兮，指西海以为期"，见前《离骚》末。

②《七谏·哀命》：念女嬃之婵媛兮，涕泣流乎於悒。

《考异》：悒，一作邑。

疏曰：《九章》作"於邑"，见《悲回风》"气於邑而不可止"疏。

（3）注明《楚辞》原文出处以证洪补

①《离骚》：恐美人之迟暮

洪补：屈原有以美人喻君者，"恐美人之迟暮"是也；有喻善人者，"满堂兮美人"是也；有自喻者，"送美人兮南浦"是也。

疏曰：满堂兮美人，见后《九歌·少司命》。送美人兮南浦，见后《九歌·河伯》。

②《离骚》：纫秋兰以为佩。

洪补：《乐府集》云：《离骚》曰：纫秋兰以为佩。又曰：秋兰兮青青，绿叶兮紫茎**(见后《九歌·少司命》)**。

按："见后《九歌·少司命》"一句为戴之麟夹注于"秋兰兮青青，绿叶兮紫茎"后，此加黑以醒眉目。

③《远游》：撰余辔而正策兮

洪补：撰，见《九歌》。

疏曰："补曰'撰，见《九歌》'，系指《东君》"撰余辔兮高驼翔"句。

（4）引用《楚辞》原文证己疏

①《天问》：缘鹄饰玉，后帝是飨。

疏曰：鹄，音胡沃切，鸟名。似雁而大，全体色白，故或称为白鸟。颈长，嘴根有瘤，色黄赤，故又谓之黄鹄，飞翔甚高，鸣声宏亮，俗曰天鹅。按：鹄与鹤古字通用，如《楚辞》"黄鹄一举"，《后汉书》"大仪鹄发"，刘孝标《辨命论》"龟鹄千里"，各本或作鹄，或作鹤，实皆指鹤而言，字当作鹤，与鹄不同。

按：此引别本《楚辞章句》或《楚辞补注》之异文证"鹄"当作"鹤"。

②《九怀·尊嘉》：屈子兮沉湘

疏曰：《七谏》中言屈原，此言屈子，及后《九叹·逢纷》之"谅皇直之屈原"，与《惜贤》之"览屈子之《离骚》兮"，及《忧苦》"叹《离骚》以扬意兮"诸句观之，足见各作皆假原以明己之遭际，后人不察，皆注以为屈子，大误。各当作假原可也。

按：此引《七谏》《九叹》等组诗中相应篇目之原文，证这些篇目为屈原所作之观点之讹。

（5）引用王注、洪补证己疏

①《招隐士》：偃蹇连蜷兮

疏曰：偃蹇，夭矫也，沿用为傲慢之义。《左传》："彼皆偃蹇。"凡物之高盛者皆曰偃蹇。又前《东皇太一》篇注："举貌。"王逸赋："飞梁偃蹇以虹指。"注："曲貌。"

按：《东皇太一》仅有"灵偃蹇兮姣服"一句，王注："偃蹇，舞貌"，洪补："偃蹇，委曲貌。一曰众盛貌。"无"举貌"之义。又《离骚》"望瑶台之偃蹇兮"一句，王注："偃蹇，高貌。"显为戴之麟对《离骚》此句注之误记。又"飞梁偃蹇以虹指"，实为王逸子王延寿《鲁灵光殿赋》中句，其"注"为五臣之李周翰注，此亦戴之麟误记。但戴之麟意欲以王逸原注"高貌"证实自己"凡物之高盛者皆曰偃蹇"之说，毋庸置疑。

②《九怀·昭世》：听王后兮吹竽
王注：伏妃作乐，百虫至也。
疏曰：伏妃，即宓妃，见前《离骚》"求宓妃之所在"疏。

按：《离骚》"求宓妃之所在"句，洪补云："《洛神赋》注云：'宓妃，伏牺氏女，溺洛水而死，遂为河神。'"戴之麟疏证部分不注"宓妃"，据此，此处言"见前《离骚》'求宓妃之所在'疏"实为省略引述"求宓妃之所在"一句之洪补内容。

③《九怀·昭世》：觌轸丘兮崎倾
王注：山陵嶔岑，难涉历也。
洪补：崎，音欹。
疏曰：嶔岑、崎，解详《招隐士》。

按：《招隐士》"嶔岑碕礒兮"句，《考异》云："碕礒，一作崎嶬。"洪补云："嶔岑，山高险也。碕礒，石貌。崎嶬，山形。"据此，"解详《招隐士》"实则省略引述《招隐士》洪补内容的方式。

(6)引已疏证未疏
①《离骚》：余既滋兰之九畹兮
疏曰：朱补曰："畹，许慎曰三十亩，班固曰二十亩，此注十二亩，未知孰是。"
麟按：许慎，见后《惜诵》"魂中道而无杭"疏。

②《九歌·湘君》：望夫君兮未来
疏曰：夫当解如上《云中君》"思夫君兮"之"夫"字较好，不然下文何以云"驾飞龙兮北征"诸语乎？

按：戴之麟疏证《九歌·云中君》"思夫君兮太息"一句云："夫音扶，是也。发语词也，指云中君也。意近此字，不可如五臣解。"

③《九歌·国殇》：带长剑兮挟秦弓

疏曰：秦，见前"离骚经章句第一"疏。

④《天问》：八柱何当？东南何亏？

洪补：《素问》曰：天不足西北，故西北方阴也，而人右耳目不如左明也。地不满东南，故东南方阳也，而人左手足不如右强也。

疏曰："天不足西北"诸句，见下"何所冬暖"疏二。

⑤《大招》：三圭重侯

疏曰：圭，见前《天问》"伯昌号哀"疏。

⑥《七谏·初放》：斥逐鸿鹄兮

疏曰：鸿，见前《思美人》"因归鸟而致辞兮"疏。

⑦《哀时命》：冠崔嵬而切云兮，剑淋离而从横。

疏曰：切云，见前《九章》"冠切云之崔嵬"疏。

⑧《九怀·昭世》：余安能兮久居！

王注：将背旧乡，之九夷也。

疏曰：九夷，见前《离骚》"指西海以为期"疏五。

按：洪兴祖《楚辞补注》在处理这类复见名物或字句时，仅言"某，已见上"、"已见某篇"或"某，下同"，与李善《文选注》处理方式一致，戴之麟精确到具体文句，甚至疏证之序号，常以"见上（或下）某篇某句疏某"的形式呈现，其处理更为详尽，更便于检索，符合现代学术规范。这是其贯穿全篇的最为常见和显著的，且有别于他书的引书体例特点之一。上引《九歌·湘君》一例，实极为少见之特例。

2. 对《楚辞》外其他诸书的引证①

（1）某书（某书某集某页某部某画、某书某篇某句传、某书某卷某篇某句注）：

①王逸《离骚经章句第一》解题：是时，秦昭王使张仪谲诈怀王，令绝齐交；又使诱楚，请与俱会武关，遂胁与俱归，拘留不遣，卒客死

---

① 按：此处"其他诸书"指非王逸《楚辞章句》、洪兴祖《楚辞补注》及戴之麟《楚辞补注疏》的其他典籍，可包含他人对《楚辞》或《楚辞》篇目进行阐释之书。

于秦。

洪补:《史记》曰:"屈平既绌,其后秦欲伐齐,齐与楚从亲,惠王患之,乃令张仪详去秦,厚币委质事楚。"

疏曰:委质,一作委贽。《左传》:"策名委质,贰乃辟也。"古人相见,必执贽以为礼,如卿羔、大夫雁是也。

②《离骚》:饮余马于咸池兮。

洪补:《天文大象赋》云:"咸池浮津而淼漫。"注云:"咸池三星,天潢南,鱼鸟之所托也。"

疏曰:天潢,星名。《史记》:"王良旁有八星绝汉,曰天潢。"

③《九歌·东皇太一》:吉日兮辰良

洪补:沈括存中云:"'吉日兮辰良',盖相错成文,则语势矫健。如杜子美诗云:'红豆啄余鹦鹉粒,碧梧栖老凤凰枝。'韩退之云:'春与猿吟兮,秋鹤与飞。'皆用此体也。"

疏曰:沈括,《辞源》巳集三一页水部四画:"宋湖州人,名括。嘉祐进士,累官翰林学士,后谪秀州卒。博学无所不通,著有《梦溪笔谈》《长兴集》等书。"

④《天问》:一蛇吞象,厥大何如?

洪补:杨大年云:"逸注《楚辞》,多不原所出,或引《淮南子》,而刘安所引,亦本《山海经》。其注巴蛇事,文句颇谬戾,乃知逸凭他书,不亲见《山海经》也。"

疏曰:杨大年,《中国人名大辞典》一二八二页十三画:"杨亿,宋浦城人,字大年。年十一,太宗闻其名,诏送阙下,试诗赋,授秘书省正字,后赐进士第。真宗时两为翰林学士,官终工部侍郎兼史馆修撰,卒谥文。性耿介,尚名节,文格雄健,尤长典章制度,喜诲诱后进。敕与王钦若等纂《册府元龟》一千卷,有《括苍》《武夷》《颖阴》《韩城》《退居》《汝阳》《篷山》《冠鳌》等集。"

⑤《离骚》:字余曰灵均

洪补:名有五,屈原以德命也。

疏曰:"名有五"者,《左传·桓公六年》"九月丁卯,子同生"传:"申繻曰:'名有五,有信,有义,有象,有假,有类。以名生为信,以德命为义，以类命为象，取于物为假，取于父为类。'"

⑥《离骚》：日康娱而自忘兮，厥首用夫颠陨。

洪补：《左传》云：昔有夏之方衰，后羿自鉏迁于穷石，因夏民以代夏政。恃其射也，不修民事，而淫于原兽。寒浞，伯明氏之谗子弟也，信而使之，以为己相。浞行媚于内，施赂于外，愚弄其民，而虞羿于田，树之诈慝，以取其国家，内外咸服。羿犹不悛，将归自田，家众杀而亨之，靡奔有鬲氏。浞因羿室，生浇及豷，恃其谗慝诈伪，而不德于民，使浇用师，灭斟灌及斟寻氏。靡自有鬲氏收二国之烬，以灭浞，而立少康。少康灭浇于过，后杼灭豷于戈，有穷由是遂亡。

疏曰：鬲，《史记》卷二《夏本纪第二》"子帝少康立"注："故鬲城在洛州密县界。杜预云：'国名，今平原鬲县也。'"

按：以上皆先列要阐释之名物字词，再列引证之书名及其引证内容以阐释前列之名物字词。戴之麟引书喜精确到具体部类及页码，便于查考，故喜用"某书某集某页某部某画""某书某篇某句传""某书某卷某篇某句注"之形式，此类形式要远远多于仅云"某书"之例。此外，《楚辞补注疏》又有对"某书某集某页某部某画""某书某篇某句传""某书某卷某篇某句注"诸形式进行增删之例，如增作者，减页码，在某句后加"上""下"等形式，其阐释功能俱同，不赘举。

（2）某人曰

①《离骚》：杂申椒与菌桂兮

疏曰：朱补曰："椒当作茉，香木。其实茉。或曰：申，山名，《西山经》有申山。按：《中山经·琴鼓之山》：'其木多椒。'《北山经·景山》：'其草多秦椒。'菌读为箘，箘桂，梫也。正圆如竹，空中，生交趾、桂林，今肉桂也。凡经言桂者，皆非今之木犀，唐以后始名木犀为桂花。"

按：此戴之麟引朱骏声《离骚赋补注》以释《离骚》名物，《离骚》通篇多见此例。

②《天问》：初汤臣挚，后兹承辅

王注：言汤初举伊尹，以为凡臣耳。后知其贤，乃以备辅翼承疑，用其谋也。

疏曰：朱子曰："疑者，想是有疑即问之义。"

按：此引朱熹《朱子语类》卷八十七《礼四·小戴礼》"文王世子"条，原文作"师保疑丞，'疑'字晓不得，想只是有疑即问他之意。"以此释王注"备辅翼承疑"之义。

③《九章·悲回风》

1)物有微而陨性兮，声有隐而先倡
朱子曰：首四句言秋令已行，微物彤陨，风虽无形，实先为之倡。世之治乱，道之兴废，亦犹是也。次四句，因回风之有实而摇蕙，遂感彭咸之志，万变不易，亦以其有实也。若涉虚伪，则不能久矣。

2)万变其情岂可盖兮，孰虚伪之可长！
姚鼐曰：已上单表彭咸于不可为之时而独为，以明可以为法之意。

3)故荼荠不同亩兮，兰茝幽而独芳
姚鼐曰：已上言楚当日正值回风摇蕙之时，以起下文。

4)介眇志之所惑兮，窃赋诗之所明
姚鼐曰：已上思彭咸之初谏以为法。

5)伤太息之愍怜兮，气於邑而不可止。
姚鼐曰：已上思彭咸既谏见拒，而己之哀思不能自遣，有相符者。

6)孰能思而不隐兮，照彭咸之所闻。
姚鼐曰：已上言屈原之愁思，不能无言。与彭咸同。

7)凌大波而流风兮，托彭咸之所居。
姚鼐曰：已上言屈原愁思之不可聊，不能不死。

8)惮涌湍之磕磕兮，听波涛之汹汹。
姚鼐曰：以上言上天而风忽吹落，以下言隐江而波涛无定。

9)泛溢溢其前后兮，伴张弛之信期。

姚鼐曰：已上言悃悃而行，于天上亦无可着力处。

10)心絓结而不解兮，思蹇产而不释。

姚鼐曰：已上言顷襄王玩日愒岁，不能自强于政治，弃贤任奸，危亡日近。念念以必死自矢，但欲求合于彭咸，不忘其志介而已。

吴至父曰：《九章》自《怀沙》以下，不似屈子之辞。子云《畔牢骚》所仿，自《惜诵》至《怀沙》而止。盖《怀沙》乃投汨罗时绝笔，以后不得有作。《橘颂》或屈子少作，以篇末有"年岁虽少"之语。《悲回风》文字奇纵，而少沉郁谲变之致，疑亦非屈子作。所谓佳人，乃屈子也。眇志所惑，则作者自言。盖谏君不听，任石何益？即眇志所惑也。然则此殆吊屈子者之所为欤？

按：据上列条目不难看出，戴之麟于《悲回风》中，每数句即引前人注释《楚辞》之评述，以划分《悲回风》一篇之层次结构，并见其创作主旨。最后引吴汝纶对《九章》之总评，以见《悲回风》乃至《九章》整体创作之体例与思想题旨。所引图书分别为朱熹《楚辞集注》、姚鼐《古文辞类纂》（事实上有大部分内容属于林云铭《楚辞灯》，如第 2、3、4、5、9、10 条，第 7、8 则当出吴汝纶对姚鼐《古文辞类纂》所作评点，其频致此误之缘由，详前文"《楚辞补注疏》的优劣概说"小节中所论述的《楚辞补注疏》的第三点不足）以及吴汝纶对《古文辞类纂》所作评点（"吴至父曰"今见于吴孟复、蒋立甫主编之《古文辞类纂评注》一书，安徽教育出版社 1995 年版，以《古文辞类纂》辑评本自清以来版本繁杂纷乱，难于详考戴之麟所据究为何书，然参前文"《楚辞补注疏》的优劣概说"小节中所论述的《楚辞补注疏》的第三点不足，戴之麟所据或即《名家圈点笺注批评古文辞类纂》与《百大家批评新体古文辞类纂》）。此类做法，为《楚辞补注疏》一书通篇所常见。

④《九辩》文末

孙月峰曰：首章攒簇景物，句句警策，一层逼一层，音调最悲切，骨气最遒紧，以下诸篇，莫能及也。

陈眉公曰：举物态而觉哀怨之伤人，叙人物而见萧条之感候。梗概既具，情色斯章，足令循声者知冤，感怀者兴悼。

吴至父曰：《楚辞释文》本《离骚》第一，《九辩》第二。王逸注《九章》云："皆解于《九辩》中。"知仲师目次与《释文》略同，是旧本次此篇于《离骚》之后，《九章》之前，吾疑固屈子之文。尝以语张濂卿，濂卿颇然吾说。《九辩》《九歌》两见《离骚》《天问》，皆取古乐章为题，明是一人之作。

又曰：曹子建《陈审举表》引屈平曰"国有骥"云云，洪《补注》亦载此语，则子建固以《九辩》为屈子作，不用王氏"宋玉闵师"之说。

又曰：词为宋玉作，则固宋玉之自悲，乃又以为闵屈，其说进退失据。宜用曹子建说，定为屈子之词。

浦二田曰：一片秋声，一派天籁。

按：此于文末备举前人注《楚辞》时对《九辩》之评识，以备考《九辩》之真实作者或真实题旨之用，并见《九辩》之艺术特色与优劣不足。诸家评识内容当亦出《古文辞类纂》的辑评本，所引诸家内容今见于吴孟复、蒋立甫主编之《古文辞类纂评注》（安徽教育出版社1995年版）及任继愈主编《中华传世文选》丛书本《古文辞类纂》（吉林人民出版社1998年版），以《古文辞类纂》辑评本自清以来版本繁杂纷乱，难于详考戴之麟所据究为何书，然参前文"《楚辞补注疏》的优劣概说"小节中所论述的《楚辞补注疏》的第三点不足，戴之麟所据或即《名家圈点笺注批评古文辞类纂》与《百大家批评新体古文辞类纂》。此类做法，于《离骚》《天问》二篇中最甚，以此二篇最为艰涩难读，历代学者对此聚讼难解，故备引诸家总结性之评述内容以备读者参详；《离骚》《天问》中的此类做法，亦有划分《离骚》《天问》层次段落，逐步综述二篇题旨与具体内容的作用（详见《楚辞补注疏》中《离骚》《天问》之末）。

又按：据上引诸例，可知"某人曰"之例，有三个作用：一为附于单句之疏证中，以具体阐释某句中之名物字词或某句之大义；一为附于篇目中各当分节处，以醒该篇之层次眉目；一为附于某篇或某组诗之末，以统览该篇或该组诗整体之题旨思想、艺术特色、创作背景、作者归属等诸多相关问题。又有"某人云""某人谓"等形式，但较少见，且与"某人曰"的阐释单句中字句名物或单句大义的作用相似，此不赘举。

（3）见某书某篇（见某书某集某页某部某画、见某书某卷某人某篇某节、见某书某卷某篇某句注、见某书某篇某句传）

①《招魂》：去君之恒干

王注：恒，常也。干，体也。《易》曰："贞者事之干。"

疏曰："贞者"句，见《易上经·乾卦》。

②《大招》：青春受谢

洪补：《文选》云："阴谢阳施。"

疏曰："阴谢阳施"，见潘安仁《闲居赋》。

③《七谏·沉江》：偃王行其仁义兮，荆文寤而徐亡

王注：故《司马法》曰："国虽强大，忘战必危。"盖谓此也。

疏曰：《司马法》，书名。旧题司马穰苴撰，证以《史记》，盖齐威王诸臣集古兵法为之，而附穰苴于其中耳。其时去古未远，三代兵制，可以考见。见《辞源》丑集一九页口部二画。

④《七谏·沉江》：伯夷饿于首阳

洪补：又阮籍诗云："步出上东门，遥望首阳岑。下有采薇士，上有嘉树林。"

疏曰："步出"诸句，见《文选》二十三阮嗣宗《咏怀十七首》第十节，"遥"作"北"。

⑤《七谏·谬谏》：菎蕗杂于麋蒸兮

洪补：菎，音昆。蕗，音路。箟，与箘同。箘，簬也，音窘，亦音昆。

疏曰：篗，古文箘。《山海经》注："箘亦篠类，中箭。""箘亦篠"句，见《山海经》第五《中山经》"又东南一百八十里曰暴山，其木多棕枏"句注。

⑥《九叹·逢纷》：伊伯庸之末胄兮

王注：《左氏传》曰："戎子驹支，四岳之裔胄也。"

疏曰："戎子驹支"，见《左·襄十四年》"春，吴告败于晋"传。原文"四"上有"是"字，二句是节录。

按：以上皆为注明王注、洪补或已疏之引书出处之例。戴之麟引书喜精确到具体部类及页码，便于查考，故喜用"见某书某集某页某部某画""见某书某卷某人某篇某节""见某书某卷某篇某句注""见某书某篇某句传"之形式，此类形式要远远多于仅云"见某书某篇"或"见某篇"之例。此外，《楚辞补注疏》又有对"见某书某集某页某部某画""见某书某卷某人某篇某节""见某书某卷某篇某句注""见某书某篇某句传"诸形式进行增删之例，如对作者、页码、章节等要素的增删，或在某句后加"上""下"，其阐释功能俱同，不赘举。

（4）某人某书曰

①《离骚》：纷吾既有此内美兮

疏曰：王夫之《楚辞通释》曰："纷，不一之貌。内美，得天之美命，为亲所嘉予。"

②《九歌·国殇》：凌余阵兮躐余行

洪补：颜之推云："《六韬》有天陈、地陈、人陈、云鸟之陈。"

疏曰：陆德明《经典释文》言："《太公六韬》，文、武、龙、虎、豹、犬。"

③《天问》：阴阳三合，何本何化？

洪补：《天对》云："合焉者三，一以统同。吁炎吹冷，交错而功。"引《穀梁子》云："独阴不生，独阳不生，独天不生，三合然后生。"逸以为天地人，非也。

疏曰：穀梁子，战国时秦孝公时人，子夏弟子。唐杨世勋《穀梁传疏》谓："名俶，一名赤，字元始。"

④《九章·哀郢》：至今九年而不复

疏曰：近人游国恩《楚辞概论》（《万有文库》第一集一千种，《国学小丛书》）曰："从来研究《楚辞》的人，都根据'九年不复'句，认《哀郢》为第二次放逐后第九年作的，差不多没有异议。陆侃如先生却谓九字是表无定数的静字，他举《离骚》的'九天''九畹''九死'，《惜诵》的'九折臂'等句为例。其实这里九年的九字，与《离骚》等篇的九字不同。古书中的九字，固然也有很多是表多数的，但这里的九年却是实数。他又谓屈原处于这种逆境，未必能把年数记的很清楚；屈原是一个好动的人，未必能忍耐这种生涯到八九年，那更是太迂拘了。"

⑤《招魂》：有柘浆些

疏曰：柘，音蔗。柘浆，《辞源》："即蔗浆。"引《南方草木状》谓"诸柘，一名甘蔗"证之。……《南方草木状》，张南皮《书目答问》地理类杂地志之属云："三卷，晋稽含撰。"

按：此类形式不多见，聊备一体。又"言""云""谓"皆与"曰"同，故同归于一体。

综上所举诸例，可见戴之麟广征典籍，用不同的表达方式将引证的各类典籍的内容妥善自然地安插进疏证的文本中去，此外，他善于使用内证或互文性阐释的方式，以骚证骚（含骚注骚笺骚疏等），并大量采用"见某篇某句疏"的形式，以求阐释简练，易于查找。又于引述《楚辞》及其注、笺、疏外之其他书籍时，善用精确到所引文献的具体部、集、篇目、页码的方式，以备读者准确迅速之查考，亦足见其严谨的学术态度。

三、《楚辞补注疏》的成就与不足

前面简单介绍了《楚辞补注疏》的成书过程，该书的鲜明特点及注疏的体例形式，并概述了其优劣特点，已涉及其部分成就与不足的论述。此部分拟继续深入各篇内容中进行具体分析，分门别类详尽罗列相关例证，就《楚辞补注疏》的成就与不足进行全面系统的观照。现即下文以分类条辨论析之形式，具体讨论这一问题。

（一）《楚辞补注疏》的成就

戴氏用力于《楚辞》，正如其序言所述，病前人因囿于时地，于天文、地文、人文及名物训诂皆有所不能释然处而致。戴氏该书，可说是纂承了洪氏之遗绪，广泛撷取了明清至民国间多家之说，详为探究其本末，针对王洪旧注逐条甚至逐字加以研究：或考其出处，或补其名物，或明其句意，或正其讹误。故能于阐发屈子原意、发扬王洪二注等层面皆有创获。今详考其书，益发知戴氏撰此著书的特色，正在事无巨细地多以实证的方式探明《楚辞补注》所涉之每一字句、名物，并在能力范围内尽可能弄清《楚辞》学史上诸多争讼未决之问题。今详考戴氏《楚辞补注疏》之成就，当有以下几类：第一，疏通旧注；第二，补旧注之未备；第三，商榷、辨证旧注;第四,划分层次,明其结构;第五,辨正音读与异文;第六,以科学新理是正旧说;第七,以亲身识见训诂名物。

1. 疏通旧注

民国距汉、宋时日已久,故《补注》中王洪二注,于古人读之或无滞碍,于民国或今时之人则或已艰涩难懂。又古代的职官、地理、政治制度等,于民国或今时又有大变,如以今度古,则不免频致错谬,有鉴于此,戴氏因之疏通前注,以求义顺能读。

(1)阐发旧注之义

王洪二人就某句作注,或阐释过简,或所涉典籍、名物、职官、制度及所用文言皆距今太远,今之读者难于尽通,戴氏则即此予以说明阐发。

①《离骚》:惟庚寅吾以降

王注:庚寅,日也。降,下也。《孝经》曰:"故亲生之膝下。寅为阳正,故男始生而立于寅。庚为阴正,故女始生而立于庚。"言己以太岁在寅,正月始春,庚寅之日,下母之体而生,得阴阳之正中也。

洪补:《说文》曰:"元气起于子。男左行三十,女右行二十,俱立于巳,为夫妇。裹姙于巳,巳为子,十月而生。男起巳至寅,女起巳至申。故男年始寅,女年始申也。"

疏曰:男左行三十,女右行二十,俱立于巳。左行者,地支十二自子丑寅卯辰巳午未申酉戌亥顺数三十次,至于巳。右行亦以地支十二自子亥戌酉申未午巳辰卯寅丑子亥戌酉申未午巳数之,适二十。故云。……男左行,起巳,顺次午未申酉戌亥子丑寅,适十月。女右行,起戌酉申,适十月。

按:王逸注屈原所出生之"庚寅"之日,引《孝经》云"寅为阳正""庚为阴正",即"寅""庚"为男女出生之最佳时节,虽王逸谓屈原之出生处于阴阳之正的交融调和(庚寅)的具体时日,但或可理解为屈原之母亦为"阴正"之"庚"日所生,又于"阳正"之"寅"日生屈原。洪补没有就此问题进一步讨论,似默认王逸之意见,但引《说文》解释了为何"寅为阳正",是因为古人以十二支配时节历法,不管男女,子皆为"初始之正",若按照十二支的顺序,照《说文》的说法男子出生后左行(古人由右向左书写,故十二支是由子丑寅卯辰巳午未申酉戌亥的顺序由右往左书写,或谓左是与古人虚拟之太岁星的顺时针运行方向相同的,古人把黄道一周天分为十二次,以顺时针顺序用十二支标示其分野)三十次(应即三十载,因太岁运行一周为一纪即十二年),则正当处"巳";女子出生后右行二十次(应即二十载)亦当处"巳",则男女于此时婚配而怀娠之子女亦为最佳,因生男则由巳左转十月(古人亦以十二支配十二月),处"寅",生女由巳右转十月,则处"申",俱为吉时。而事实上,王注与洪补若无一定的古代天文历法基础知识,实在难于理解究指何意,戴之麟在洪补的基础上,详细列举十二支左右运行的三十次和二十次的顺序,言明男女都于"初始之正"的"子"降生,又各左右运行三十次与二十次,达到各自最完美的适婚及生育年龄,两者恰好同处于"巳",并用"十月怀胎"之常识,解释生男左转十月恰处"寅",生女右转十月恰处"申"。若无戴之麟的细致疏解,何谓左行右行,则于今之读者而言,依然难以明白洪补所云究为何意。

②《九歌》解题:昔楚国南郢之邑,沅、湘之间,其俗信鬼而好祠

洪补:《汉书》曰:"楚地信巫鬼,重淫祀。"《隋志》曰:"荆州尤重祠祀。"屈原制《九歌》,盖由此也。

疏曰:淫,音移琴切,溢也,过也。礼非其可祭而祭之,名曰淫祀。

按:洪兴祖承袭王逸之说,引《汉书》"楚地信巫鬼,重淫祀"为证,证明是巫鬼祭祀之风俗兴盛导致祀神乐《九歌》的出现,屈原在此基础上重填歌词改定而成《九歌》之组诗,而"淫祀"究为何种祭祀则未予阐明。戴之麟疏通其义,证"淫祀"为过度之祭祀,仪轨僭乱、名实不副之祭祀,则进一步证明了楚地楚人不管大小何事、不管是否合乎礼制仪轨,过分地进行祭祀活动的事实,以此证明确是楚地巫风盛行导致《九歌》的问世。

③《天问》:何肆犬体,而厥身不危败?

王注:言象无道,肆其犬豕之心,烧廪寘井,欲以杀舜,然终不能危败舜身也。

洪补:《列女传》云:"瞽瞍与象谋杀舜,使涂廪,舜告二女。二女曰:'时唯其戕汝,时唯其焚汝,鹊如汝裳衣,鸟工往。'舜既治廪,戕旋阶,瞽瞍焚廪,舜往飞。复使浚井,舜告二女。二女曰:'时亦唯其戕汝,时其掩汝。汝去裳衣,龙工往。'舜往浚井,格其入出,从掩,舜潜出。"

疏曰:麟按:此统言裳作鸟状,如鸟之工作,以利在廪上降下也。或曰:舜携雨伞往,瞽瞍焚廪,舜张伞而下坠,得无害也。或曰:以笠。大约皆如今之降落伞,下如鸟飞状也。……龙工,如龙工作,赤裸其身也。

按:王逸释此句,认为此句为屈原所作之史论或史评,所评述之历史

事件乃历代载籍所详载的"瞽象杀舜"一事，是指舜父瞽叟与舜异母弟象不喜舜，意欲伺机杀之之历史事实。象曾故意骗舜涂廪浚井，伺机杀之，但被舜巧妙提前预防而躲过二劫。洪补即引《列女传》详述此历史事实之始末，称舜的提前预防是得益于其所娶尧之二女娥皇、女英的劝告，然《列女传》传说为汉刘向所作，其所用字词及语法，则于宋于今，又有一定程度之阻滞。于宋人或能尽通，于民国或今之一般文言水平读者，则于"雀如汝裳衣""鸟工""龙工"当有不解，故戴之麟为之进一步阐释疏通文义，称"雀如汝裳衣"为把工作时的衣服以仿生学的思维做得如雀鸟之状，便于从高处滑翔而下而不致受伤，故云"鸟工"为"如鸟之工作，以利在廪上降下也"，以此舜在仓顶修补粮仓(涂廪)时得以从象所纵之大火里顺利逃脱；而"龙工"则指舜赤裸身体去疏通水井，后井口被象封堵，舜几欲闷死淹死，则从井水与其他水源相通之水道潜游逃出，赤裸身体是为了便于潜水逃亡，因为潜水为龙一类水族所为，故曰"龙工"(或曰在水里工作，故曰"龙工")。以此，戴之麟则详为解释清楚洪补所引《列女传》所载舜帝这则故事的始末，见其疏通旧注之功。

(2)明旧注之源(详旧注之源)

王逸或洪兴祖引用他书以助训示，多有不明言出处者，戴之麟则不厌其烦阐明其出处，并精确到具体的卷、集、篇、句、页，此上节论《楚辞补注疏》的引书体例已备举多例，此再略举二例，并作简要说明。

①《离骚》：总余辔乎扶桑。

洪补：《山海经》云："黑齿之北，曰汤谷，有扶木，九日居下枝，一日居上枝，皆戴乌。"

疏曰："黑齿之北"诸句，见《山海经第九·海外东经》"黑齿国"条。原文作"在黑齿北，居水中，有大木"，下同，无"皆戴乌"句。

②《卜居》：将突梯滑稽

洪补：扬雄以东方朔为滑稽之雄。又曰："鸱夷滑稽。"

疏曰："东方朔为滑稽之雄"，见《前汉书·列传》第三十五卷《东方朔传赞》，非扬雄所为。"鸱夷滑稽"，见《前汉书·列传第六十二·陈遵传》。

按：①为详旧注之源，②为明旧注之源。①不仅指出洪补所引《山海经》内容所处的具体篇目与条目，并详列原书文本与洪补引文之异同，便于读者或学者参照或比较研究之用。这实际上也是戴之麟阐释《楚辞补注疏》的一个最大之优点，而于前节述其引书体例时未能概括形式并举出者，此列之以补全。明(详)旧注之源，则将旧注所阐述之内容中其本身之笃见与引述之内容，疏理得更为清晰明显，判然两分，一望自明。

2. 补旧注之未备

所谓"补旧注之未备"大约分为以下几种形式：某句下只有王注或洪补，戴氏因旧注简略粗疏而作补疏；王注、洪补皆遗漏某字词未作解释，戴氏则作补疏；王注、洪补虽皆未有遗漏，但释义都稍嫌简略，戴氏则为之补疏。

(1)某句下只有王注或洪补，戴氏因旧注简略粗疏而作补疏

①《离骚》：朝搴阰之木兰兮

洪补：《本草》云："木兰皮似桂而香，状如楠树，高数仞。"

疏曰：王夫之《通释》曰："木兰，香木，辛夷之白者。"麟按：《辞源》辰集七八页木部："木兰，木名。亦名杜兰，亦名林兰，又谓之木莲。陶弘景谓生于零陵山谷中间，《楚辞》'朝搴阰之木兰'是也。《白乐天集》谓生于巴峡，树大者高五六丈，涉冬不凋。叶似桂而厚大，花如莲花，有红、黄、白数种，四月始开，二十日即谢。其木肌细而心黄(今见者心实不黄，表里均乌)，民呼为黄心树云云。今植物学家所言木兰形态，即俗所称之紫玉兰。"此系落叶亚乔木，树高数丈而不易成长。叶与花瓣皆为倒卵形，一干一花，皆着木末。春初开花，九瓣，大而厚，色白，未开时裹以厚苞，其苞密生细毛。花落后始生嫩叶，南方多种之庭园。又一种花瓣内白外紫者，俗称紫玉兰，植物学家谓即木兰。辛夷即木笔，花初发尖锐如笔，北人呼为木笔，系落叶乔木。高数丈，叶似柿叶而狭长，春初开花，有紫、白二色，大如莲花，香味馥郁，白者称为玉兰。今植物学家谓辛夷、玉兰皆为白色，惟玉兰九瓣而长，辛夷六瓣而短阔，以此为别。亦名迎春花。据此，则木兰盖以形色差异而有木笔、辛夷、玉兰等名也。

按：王注无对"木兰"之释义，洪氏释义过简，戴氏则极为详尽阐释此一名物。

②《九章·思美人》：遇丰隆而不将

王注：云师径游，不我听也。

疏曰：将，音浆。承也，奉也。此谓愿寄言云师，乃不承受也。

按：此无洪补，王注以"听"释"将"，初读之下难于理解。事实上"将"之本义实为"承""受"，此处指屈原欲陈情于云神丰隆，而云神不接受，故谓之"不听"，"不听"实为引申之义，若读者不解此层转折，则实难明何谓"不我听也"。戴之麟训为"承受"，则除王注释义曲折之弊。

（2）王注、洪补皆遗漏某字词未作解释，戴氏则作补疏

①《九歌·河伯》：波滔滔兮来迎，鱼鳞鳞兮媵予

王注：媵，送也。言江神闻己将归，亦使波流滔滔来迎，河伯遣鱼鳞鳞侍从，而送我也。

洪补：滔，土刀切，水流貌。《诗》曰："滔滔江汉。"媵，以证切。予，音与。屈原托江海之神送迎己者，言时人遇己之不然也。杜子美诗云："岸花飞送客，墙燕语留人。"亦此意。

疏曰：滔，音叨，水漫漫大貌。鳞，音鳞，比也。通作鳞。鳞鳞，言比连之多也。媵，音孕。此言送神将去，河波漫大，如来迎接。既送神后，河间鱼多，如将送予。

按：王注、洪补皆不注"鳞鳞"之义，仅求江神、河伯送迎屈原之义，戴之麟则释"鳞鳞"之"比连之多"之义，以摹状江神、河伯送迎屈原之盛貌。

②《远游》：内惟省以端操兮

王注：捐弃我情，虑专一也。

洪补：操，七到切。

疏曰：端，都剜切。直也，正也。

按：王注乍读之下难明其义，洪补则仅作注音。但结合下句"求正气之所由"及戴之麟释"端"为"正直"义，不难推断此二句实为屈原在申发自己欲内省以端正操行的决心，以及欲努力寻求天地间浩然正气之所从来的高洁志向。在此理解上，王注的"捐弃我情，虑专一也"则可解释为屈原捐弃世俗之杂念，专心修养身心之义，此解实乃曲折致之，不如戴之麟所解直截了当。综上，此处实王注、洪补皆未阐释"端"义，甚至于未能直接阐明句义。而戴之麟补充了对"端"的阐释，既补王、洪二人之未备，也使读者对整句话大义的理解更为直截明晰。

（3）王注、洪补虽皆未有遗漏，但释义都稍嫌简略，戴氏则为之补疏

①《离骚》：制芰荷以为衣兮

王注：制，裁也。芰，蔆也，秦人曰薢茩。荷，芙蕖也。

洪补：芰，奇寄切，生水中，叶浮水上，花黄白色。

疏曰：《辞源》申集六页艹部四画："芰，音忌，菱也。四角曰芰，两角曰菱。按杨慎《丹铅总录》因《楚辞》有'缉芰荷为衣'之语，谓菱叶不可为衣，遂释芰为芡，又因《尔雅》《说文》蔆、菱皆有薢茩、芰光等名，徐锴遂谓芰为决明之菜，非水中之菱，楚屈到嗜芰即此。而慎又袭其说，皆不足据。"据此，则芰四角菱也。菱，离绳切，本作蔆，果类植物。种陂塘中，茎端出叶，略成三角形，浮于水面，柄上具浮囊。夏月开小白花，四瓣色白。实有四角，三角，两角，故谓之菱角。或青或红，生熟皆可食。蔆、蔆、遼均通。麟按：菱初色红，中青，老褐，非或青或红也。薢，音皆，又上去二声，意义并同。茩，音苟，《辞源》申集八七页艹部十三画："薢茩，芰也。又决明子亦曰薢茩，见《说文通训定声》。"据此则芰即薢茩。决明子，一名薢茩，薢茩非决明子也。荷，《辞源》申集三四页艹部七画："核栽切，多年生草，一名芙蕖。产于浅水，叶大而圆，柄细长。夏月开花，或红或白，实白曰莲，地下茎曰藕，皆为食品。"麟按：芰、荷皆非制衣之物，喻言服香洁或画此于其上也。

按：王注阐释"芰""荷"之义仅寥寥数句，洪补则单单描绘芰的生长环境与外形特征，都稍显简略。戴之麟则详引辞书与诸家之说，不仅阐释"芰""荷"之义，亦阐释与"芰"同物异名之"菱""薢茩"等名物，翔实具体。另外，戴之麟亦以自身的农业生产实践或农村生活经验，纠正文人学者仅从典籍学习，而导致的陈陈相因的错误，故云"菱初色红，中青，老褐，非或青或红也"。他在《楚辞补注疏序》中曾指出前代文人学者"四体不勤，五谷不分"的缺点，他们不经客观的实证，好沿袭典籍讹误而行妄说、臆说，故自己创作之《楚辞补注疏》，在名物训诂层面，正为力矫此弊。此处戴之麟不仅补王、洪二注之未备，亦显著地印证了其自序所述之创作目的。

②《招魂》：赤蟥若象

王注：蟥，蚍蜉也。小者为蟥，大者谓之蚍蜉也。

洪补：《山海经》："大蜂其状如螽，朱蛾状如蚁。"

疏曰：蟥，蚁俗字。亦作蛾，音义同。虫名，体分头、胸、腹三部。

赤蚁长不及一分，色黄赤；大黑蚁长四五分；山蚁长四分，紫黑色，有光泽。聚群而居，分女王蚁、雄蚁、职蚁三种。女王蚁、雄蚁主生殖，职蚁为不完全之雌体，一主营巢取食，谓之工蚁；一主战斗，谓之兵蚁，其组织尤胜于蜂。女王多数同居，亦不似蜂王之嫉妒专制。雌蚁至交尾期生翅，职蚁无翅。多在地下营巢，藏食其中。麟按：近奉天山林中有大蚁，能啮人至死，人行林中，必蒙面以物，若坠其穴中，鲜得幸免，其遗矢堆如土阜，其大可知。此宦其地邑人彭养光为余言之。

按：王注简单阐释"螘"为蚍蜉，并称"螘"与"蚍蜉"为同一生物因体型大小之异名。洪补引《山海经》仅云"朱蛾状如蚁"，但郭璞注《山海经》云："蛾，蚍蜉也"，可知洪补实承袭王注之阐释意见。两者之阐释皆简略，戴之麟先述"螘""蚁"之相通，次则详述蚁这一物种的外形、特点与社会组织结构，并取我国东北真实存在的大蚂蚁为实证，以示《招魂》言"赤螘若象"之不诬。

3. 商榷、辨正旧注

王注与洪补的出现，对后世的读者乃至学者理解疏通《楚辞》大义有着毋庸置疑的重要帮助，二注的绝大部分内容，亦多精到可取之处。但两人受到各自所处历史地理环境的限制，对《楚辞》的名物训诂、大义阐释，自然也有难于通贯或致讹致误之处。鉴于此，戴氏针对王、洪二注之不妥或讹谬之处，或商榷旧注，或订正旧注之误，为之一一辨析并论证。

（1）商榷旧注

①《离骚》：将往观乎四荒

王注：荒，远也。言己欲进忠信，以辅事君，而不见省，故忽然反顾而去，将遂游目观四荒之外，以求贤君也。

五臣注：观四荒之外，以求知己者。

洪补：《尔雅》：觚竹、北户、西王母、日下谓之四荒，皆四方昏荒之国。礼失而求诸野，当是时，国无人莫我知者，故欲观乎四荒，以求同志，此孔子浮海居夷之意。然原初未尝去楚者，同姓无可去之义故也。贾谊《吊屈原》云："历九州而相其君兮，何必怀此都。"失矣。

麟按：将往观者，往而游观以隐耳，非求贤君以知己者，亦非礼失而求诸野也。果如上注，非屈子之心矣。洪补贾谊"何必怀此都耶"，皆失之矣。

按：王注、洪补以及羼入的五臣注，或言求贤君，或言"礼失而求诸野"以求同志。戴氏皆驳为误，然所示证据仅云"果如上注，非屈子之心矣"，未详列例证以述屈子之心究当为何（或未详列例证以述屈子之心是否是他所主张的"往而游观以隐"），以此驳以上诸说，则实不足为确证。当视此为其商榷之语。

②《九歌·湘夫人》：辛夷楣兮药房

王注：辛夷，香草，以作户楣。

洪补：《本草》云："辛夷，树大连合抱，高数仞。此花初发如笔，北人呼为木笔。其花最早，南人呼为迎春。"逸云香草，非也。

疏曰：辛夷，落叶乔木。叶似柿叶而狭长，花有紫白二色，大如莲花，香味馥郁。白者俗称玉兰，今植物学家谓辛夷、玉兰皆为白色，惟玉兰九瓣而长，辛夷六瓣而短阔，以此为别。状如笔，故名木笔。开于春初，故又名迎春。麟按：今所见之辛夷，无如彼说高数仞者，其干之高，丈之左右耳。或湘、沅间不同乎？

按：洪补引《神农本草经》，对王注就"辛夷"这一名物的阐释进行了辨正，戴氏则进一步引述辞书，以证洪氏所云不诬，但于《神农本草经》对辛夷高度的描述，仍持怀疑态度：他根据生活经验和自身亲见的实证，认为辛夷不当有数仞之高，提出了商榷的意见，这再次印证了戴之麟对实证的阐释方式的重视。但他又审慎地提出"或湘、沅间不同乎"的看法，表现出"多闻阙疑"的严谨学术态度。

（2）辨正旧注

①《九歌·礼魂》：传芭兮代舞

王注：芭，巫所持香草名也。代，更也。言祠祀作乐，而歌巫持芭而舞，讫以复传与他人更用之。

洪补：司马相如赋云："诸柘巴且。"注云：巴且草，一名巴蕉。

疏曰：巴蕉，一作芭蕉，多年生植物，高八九尺，茎软，重皮相裹，外青里白，叶最长大，中肋之两侧，有平行之侧脉，三年以上着花，由叶心出花梗，花瓣大小不整，色淡黄，簇生于巨苞之腋间。实肉质而长，非生于热带者不熟。麟按：此非可持以舞之物。芭，当通巴。楚有巴人之歌，宋玉"客有歌于郢中者，其始曰下里巴人"，是也。《辞源》子集五五页一部二画："谓俗调也。"传芭者，谓传唱巴歌也，与代舞平列，谓且歌且舞也。

按：王注、洪补皆以"芭"为芭蕉，以为"传芭兮代舞"是手持芭蕉，交替起舞之意，戴之麟虽引述辞书，进一步详尽解释"芭蕉"这一名物，但他又根据古人著书"相对为文"的通例，认为"芭"或当与"舞"有着文化意义上的相同性质，认为"芭"为"巴人之歌"，是可以与"舞"相配合的娱乐形式，"传芭"当为传唱"巴歌"之义，非"手持芭蕉"之义，戴之麟引宋玉《对楚王问》及辞书以详细论证其观点，于此力辨旧注之误。

②《天问》：冥昭瞢闇，谁能极之？
洪补：瞢，母豆切，目不明也。
疏曰：瞢，木平声，《字典》本有数音，无母豆切，豆或登字之误。《广韵》作武登切。《集韵》《韵会》并弥登切。

按：此辨洪补注音之误，广引《康熙字典》《广韵》《集韵》《韵会》诸小学之书，以证己所辨之不诬。《广韵》《集韵》为宋代通行之官韵，尤足证戴氏所辨之为是。

③《天问》：永遏在羽山，夫何三年不施
王注：永，长也。遏，绝也。施，舍也。言尧长放鲧于羽山，绝在不毛之地，三年不舍其罪也。一无"山"字。施，一作弛。
洪补：遏，犹遏绝苗民之遏。施，舍也。通作弛，音豕。
疏曰：遏，音阿葛切，绝也。施，音式豉切，用也。麟按：此谓鲧之众大，尧何绝之至三年之长久不用刑也？尧盖仁人，不忍其死，待至三年之长，不改其行，方始施刑也。

按：王注、洪补俱以"施""舍"互训，认为是鲧治水不力，尧施以流放羽山之刑，经三年犹不肯赦其罪。但戴之麟却认为，虽然《玉篇·手部》确释"舍，施也"，但俱取"给予"之义，"舍"之"舍去"义难以与"施"义通，不可以二字有相通之义，而将二字所有意义相通等同，考之字书辞书，"施"义亦未见训为"舍去"者，故"施"此处当仍释为"施行"之义，故云此句大义当解作"尧盖仁人，不忍其死，待至三年之长，不改其行，方始施刑也"，此解较王、洪为长，可备一说。

4. 划分层次，明其结构

戴氏划分《楚辞》篇目的层次结构，以求帮助读者更为条理明晰地理解《楚辞》各篇目的框架布局，以及各篇目题旨阐发的线索脉络，此前文论《楚辞补注疏》的引书体例已详尽述及。但戴之麟除引述前人著作中的评述以划分《楚辞》篇目的层次结构外，也进行了自主的文本解读，并对相关篇目进行了原创性的层次划分和结构梳理，这类内容多集中于《七谏》《哀时命》《九怀》《九叹》《九思》诸篇，以其别号"旡三欠一生曰"的形式出具。兹略陈二例，以补前文之未备，并重申其梳理篇目框架，以便读者提纲挈领理解具体篇旨之功。

（1）《七谏》：伏念思过兮，无可改者

旡三欠一生曰：以上言原之名居，及见疏之故。

（2）《九叹·远游》：历祝融于朱冥

旡三欠一生曰：以上言原初志不达，故欲远游，尚系统言；四方以下方分言。

5. 辨正音读与异文

部分的汉语语音在数千年的发展过程中，一定程度上会受到俗音之影响发生变化，从而在普遍默认的约定俗成下，成为后世之定音，戴氏在阐释《楚辞》原文或阐释原文涉及具体的人物、字词时，往往对此有所辨正，部分甚或详引历史材料，以充分论证其观点或结论，同时，戴氏对王注、洪补本身注音之讹谬，亦多加是正；对《补注》两出或多出之异文，亦不厌其烦，加以比较，确定准确之文本，探求《楚辞》的可能的古本旧貌。

（1）辨正音读

①《离骚》：何桀纣之猖披兮

王注：桀、纣，夏、殷失位之君。

麟按：纣，直有切。上声，俗读为去声，非。夏，上声，俗读为去声，是春夏之夏，亦非，凡作朝代、国名者，皆当读上声，大也。

②《九章·悲回风》：重任石之何益

王注：任，负也。百二十斤为石。言己数谏君，而不见听。虽欲自任以重石，终无益于万分也。

《考异》：一云任重石。石，一作秸。

洪补：秸，当作秸，音石，百二十斤也。稻一秸，为粟二十升。禾黍一秸，为粟十六升。大升半。又三十斤为钧，四钧为石。秸，音库，禾不实也。义与此异。《文选·江赋》云："悲灵钧之任石。"注引："重任石之何益，怀沙砾而自沉。"怀沙，即任石也。与逸说不同。

疏曰：石，读十，俗读旦误，衡石也。衡，秤杆；石，秤锤。所以称物之轻重者。《史记》："始皇刚戾自用，事无大小，皆决于上。以衡石量书，日夜有程，不中程不得休息。"以此推之，盖谓骤谏不听，如虽负重至石之多，亦无益也。或古人作事，有衡书自程，始皇效之耳。如谓怀石自沉无益，则屈子之意乖矣。洪注不合。麟按：近以百斤为石。

按：上举二例皆针对约定俗成之读音进行辨正，其注量词"石"之正确读音，更追本溯源，以《史记·秦始皇本纪》的相关记载作为原始材料，辨明初以石为秤锤量重的历史事实，以证后来以"石"为计量单位，当据其生发本源以音"十"之不诬。并据此批驳了洪补的"怀石自沉"之说，肯定了王注(即以重石喻重担)的准确性。

③《哀时命》：执权衡而无私兮，称轻重而不差

王注：差，过也。言己如得执持权衡，能无私阿，称量贤愚，必不过差，各如其理也。

洪补：差，七何切。

疏曰：差字宜读本音。

④《九思·悯上》：须发蓬顇分颡鬓白

洪补：颡，疋沿切，发乱貌。

疏曰：疋沿切，沿误，查《康熙字典》"颡"字，注引此句作"疋招切"，是作"招"。与剽、漂、缥诸音均不合。

按：上举二例皆辨洪补注音之误，③以王注释"差"为"过"为非，认为"差"当解作"差错"，故读"差错"之本音，而洪补为肯定王注，故其解"差"为"蹉"音，自亦不当，是以为之辨明；④则征诸辞书，证洪补注音之讹(或是版本传写之讹，此不可考，故以所见文本为是，视为洪补注音之讹)。

(2)辨正异文

①《天问》：眩弟并淫，危害厥兄

《考异》：害，一作虔。

疏曰：虞，音愚，忧也，度也，备也；又安也，乐也，无害义，作害是。

②《天问》：受礼天下，又使至代之？

《考异》：一无"又"字。代，一作伐。

疏曰：代与戒叶，作伐非。

按：此戴氏结合上句"皇天集命，惟何戒之"之韵字"戒"，认为"戒"（在《平水韵》"十卦"，《词林正韵》第五部"卦"）与"代"（在《平水韵》"十一队"，《词林正韵》第五部"队"）同部邻韵当叶，故不当作"伐"（在《平水韵》"六月"，《词林正韵》第十八部"月"，与"戒""代"相去甚远）。又考《上古音手册》，"戒"在见母职部，属长入声①，"代"在定母职部，亦属长入声②，"伐"则在并母月部，属入声③。可见"戒""代"二字上古属同一韵部，又声调同属长入声，则二字本可相互为韵。戴氏虽可能是以宋之《平水韵》及清人所编之能考见宋人填词用韵具体情况的《词林正韵》为据（因《广韵》《集韵》"戒"属去声十六怪部，"代"属去声十九代部，《广韵》注去声十五卦部与十六怪、十七夬同用，十八队与十九代同用，是《广韵》《集韵》不认为"卦""代"韵部相去不远可通，则戴氏必不至据此而发），仅据同部邻韵通押之规则推断相叶，但结果颇不谬，以此见其辨正颇多可取之处。

③《九章·惜往日》：遂自忍而沉流

《考异》：遂，一作不。

疏曰：遂作不非，观上下句自明。

按：此戴氏以理校的方式，据上句"临沅湘之玄渊兮"及下句"卒没身而绝名兮"之句义，以及屈原《离骚》"将从彭咸之所居"的必死决心，判断必不可能作"不"字。

---

① 唐作藩：《上古音手册》，北京：中华书局，2013年，第73页。
② 唐作藩：《上古音手册》，北京：中华书局，2013年，第31页。
③ 唐作藩：《上古音手册》，北京：中华书局，2013年，第41页。

④《九辩》：凤亦不贪餧而妄食

王注：颜阖凿坏，而逃亡也。

《考异》：坏，一作培。

疏曰：坏，音培，墙壁也，凿墙以逃也。培，音陪，音瓿，小阜也。与坏异，作培非。

6. 以科学新理是正旧说

戴氏曾在其《楚辞补注疏》的序言及凡例中称"是书(《楚辞补注》)对天文、地文，不识新理""天文如雷电之类，均用新说，不涉神怪"，就《楚辞补注》对名物的阐释多以神怪异谈为说表示遗憾，并立志多用己身所习知之自然科学新理来对《楚辞》中涉及的名物作更为科学合理的阐释。故在撰著《楚辞补注疏》的具体实践中，他不仅对天文，对他者如地理、历法、名物等方面的阐释，皆多有用新说之例，颇见其扫除旧注多流于神怪灾祥之说弊端的开创之功。

(1)《离骚》：夕揽洲之宿莽

王注：草冬生不死者，楚人名曰宿莽。言己旦起升山采木兰，上事太阳，承天度也；夕入洲泽采取宿莽，下奉太阴，顺地数也。动以神祇自救诲也。木兰去皮不死，宿莽遇冬不枯，以喻谗人虽欲困己，己受天性，终不可变易也。

洪补：《尔雅》云："卷施草拔心不死，即宿莽也。"

麟按：木断心或不死，去皮无不死者。盖植物生长，全赖皮之运输滋养料，皮去则生机绝也。旧学家不明此理，无怪其然。

按：此以现代植物科学之新理，补充阐释宿莽所以拔心不死之缘由。指出旧学家因不识此理，以为神异，故将此神异之特性附会为"屈原受天性，不可因谗人谮毁而改易"的道德说教。

(2)《九歌·山鬼》：被薜荔兮带女罗

王注：女罗，兔丝也。……薜荔、兔丝，皆无根，缘物而生。

洪补：女萝，兔丝。《诗》云："茑与女萝，施于松上。"《吕氏春秋》云："或谓菟丝无根也，其根不属地，茯苓是也。"《抱朴子》云："菟丝之草，下有伏菟之根，无此菟则丝不生于上，然实不属也。"

疏曰：女萝，地衣类植物，亦名松萝。古误以菟丝为女萝，菟丝属显花类，女萝属隐花类，二者迥异。《本草纲目》及《尔雅义疏》等辨之甚明。松萝全体分细枝无数，状如线，长数尺，黄绿色。一名女萝。菟丝，寄生之蔓草，属旋花科。无叶，绿质，茎细长略黄，常缠络于他植物上。叶退化成鳞片，夏季开淡红色小花。结实，子可入药。古名唐蒙，亦名女萝，实与女萝为二物。麟按：古文人不明根茎之别及无根不能生长之理（芝草在例外），其实有根。近时名曰寄生，或曰气生，谓寄生他物或空气中也。

按：此亦用现代植物科学之新理，辨旧注之误。戴氏首据《本草纲目》及《尔雅义疏》辨王注、洪补皆以女萝为菟丝之非，次引他说或辞书，分释菟丝与女萝之植物学性状，最后则以现代植物科学之气生根新理，辨王注云菟丝、薜荔"无根"之非，并详释洪补所引《吕氏春秋》称菟丝"根不属地"，以及洪补所引《抱朴子》称菟丝"下有伏菟之根，无此菟则丝不生于上"之缘由，乃因菟丝之根实为气生根或寄生根之类（即生长在地面以上的、暴露在空气中的不定根，一般无根冠和根毛的结构，能起到吸收气体、支撑植物体向上生长及保持水分的作用）。

(3)《天问》：增城九重，其高几里？

王注：《淮南》言昆仑之山九重，其高万二千里也。

洪补：《淮南》云："昆仑虚中，有增城九重，其高万一千里百一十四步二尺六寸。"注云："增，重也。有五城十二楼，见《括地象》。"此盖诞，实未闻也。

麟按：昆仑最高峰喜马拉雅之挨佛勒斯，高出海面二九二〇〇尺。嗣发见墨尔姑儿斯，一作额非尔士。近英空军中印空路（约在乙酉夏仲）又发现高三万二千至三万四千英尺之高峰，较额峰尤高，尚无定名。则其高非诞。

按：此以现代地理科学之新发现证成旧说之可信，而非洪补所谓"此盖诞，实未闻也"。

(4)《九辩》：愿寄言夫流星兮

疏曰：流星，星体散布天空，或与他星球相近而被其摄引，则成流星。其被地球摄引而下坠者，称为陨石。当下坠时，因空气之摩擦而发光，其流行之速度，每秒约九十里，距地球二百二十二里时，发热最大而生火，至距一百五十里而消灭。古称奔星，亦名约约。

按：此以现代天文科学之新理，详细阐述流星的本质与形成过程，及其发光发热、转瞬即逝等特性背后的基本原理，不袭取古代之神怪灾祥之说(详可参《开元占经》卷七十一至七十五《流星占》中诸说)。

7. 以亲身识见训诂名物

戴氏曾在其《楚辞补注疏》的序言及凡例中称"强不知以为知，文人之通病。四体不勤，五谷不分，又儒者恒有事""谷类如稷，古注疏家多误为皋粱或其他，吾久询得老农，盖另一作物，产于河湖乡，一洗文人五谷不分之陋"。对前人学者在名物训诂方面(非专指不识稼穑之事)多抱守载籍而疏于亲身识见，故训诂名物多循载籍之误持批评态度，故戴氏欲结合生活或生产实际，对《楚辞》中诸多名物、地域作实证性的阐释。此类训解，亦多笃见，对《楚辞》旧注中名物、题旨阐释之塞塞、疑窦处颇多冰释之功。

(1)《楚辞补注目录》

洪补：班孟坚云："始楚贤臣屈原被谗放流，作《离骚》诸赋以自伤悼。后有宋玉、唐勒之属，慕而述之，皆以显名。汉兴，高祖王兄子濞于吴，招致天下娱游子弟，枚乘、邹阳、严夫子之徒，兴于文、景之际，而淮南王安都寿春，招宾客著书，而吴有严助、朱买臣贵显汉朝，故世传楚辞。"

疏曰：宋玉，战国楚人。屈原弟子，为楚大夫。悯其师放逐，作《九辩》，述其志以悲之。按：玉为楚人，是时楚已迁鄢，名鄢郢。鄢郢为清之宜城县，属湖北襄阳道襄阳府。墓在城南三里，余曾亲过其地。史迁谓"原死后，楚有宋玉、景差之徒"，则玉非原弟子矣。

按：此戴氏以亲身的游历经历，说明宋玉墓在今湖北宜城，然后以此证明载籍所记载的楚所迁之鄢郢(宋玉生活年代之楚国首都)，实为今湖北襄阳之宜城。

(2)《离骚》：济沅湘以南征兮

洪补：《山海经》云："湘水出帝舜葬东，入洞庭下。沅水出象郡镡城西，东注江，合洞庭中。"……《水经》云："沅水下注洞庭，方会于江。《湘中记》云：'湘水之出于阳朔，则舲为之舟，至洞庭，则日月若出入于其中。'"

疏曰：洞庭，湖名，在湖南境。长二百里，广百里。华容、南县、安乡、汉寿、沅江、湘阴各县环之。巴陵县城，当其入江之口。乌江以东，五岭之越城、萌渚、都庞、骑田以北之水，如湘、资、沅、澧等皆汇之。

湖中小山甚多，君山最著。冬春水浅，夏秋盛涨，一望弥漫。麟按：近淤为平地者不小，已设一县治，不似当时广大也。儿时闻先祖吉昌言此山周六十里，先祖曾游其上，风景最佳。

按：此戴氏以自身及其外祖吉昌公(详前文论证)亲身游历君山洞庭的经历，描绘今时洞庭湖及其周边之地理特征。

(3)《离骚》：今直为此萧艾也

洪补：《淮南》曰："膏夏紫芝，与萧艾俱死。"萧艾贱草，以喻不肖。

疏曰：芝音之，菌类，寄生于已枯之树木，其体如菌状。盖之上面，有云纹，黑褐色，下面淡褐色，有细孔。柄紫赤，其质坚硬光滑。有青、赤、黄、白、黑、紫六色，古以为瑞草。一名灵芝。麟又按：是物实不寄生于枯树，寄生于枯树者，菌也。吾曾得芝三次，一吾昔长多级模范小学，居室中每日必扫除，每晚门必加键。某晨至门，甫见地面砖缝有是物。盖太直径四寸，无根，茎长三寸许，光泽坚洁可爱，盖作云状。一得于先祖奉先公墓碑侧，四围数寸，地俱无草。某年(约清亡后丙午、丁未二年)清明扫墓，突见之，携归。亦无根，惟盖上有青草二。盖亦云状，有银白纹数道，茎亦光洁。一得于城东四十里龙泉寺之砖瓦断残中，时同赵鹏飞君，君以为异数。所谓芝草无根者，是也。前二者毁于清亡后二十四年季夏大水，后一者失于国乱。余无一异人事，谓为瑞草者，实非。谓为寄生于枯树根，亦非也。

按：此戴氏就洪补所引《淮南子》内容中涉及的"芝"作补充阐释，先引旧说或辞书之相关内容详述灵芝之颜色、性状、生长环境等，然后以三次得到灵芝之亲身经历，详述灵芝之更多性状(如尺寸、光泽、纹章、无根之特性等)，证"寄生于已枯之树木"为菌，而非灵芝，又以己身频得芝草，却并无瑞应灵异之事，证旧说"得芝为吉兆"之诬。

(4)《九歌·湘君》解题

疏曰：王夫之曰："王逸谓湘君水神，湘夫人舜之二妃。或又以娥皇为湘君，女英为湘夫人，其说始于秦博士对始皇之妄说，《九歌》中并无此意。《孟子》言'舜卒于鸣条'，则《檀弓》卒葬苍梧之说，亦流传失实，而九疑象田、湘山泪竹，皆不足采。安得尧女舜妻为湘水之神乎？盖湘君者，湘水之神，而夫人其配偶也。《山海经》言洞庭之山，帝之二女居之。

帝，天帝也。洞庭之山，吴太湖中山，非巴陵南湖，郭璞之疑近是。湘水出广西兴安县之海阳山，北至湘阴，合八水为洞庭，楚人南望而祀之。"麟按：夫之湖南人，说当足据。惟谓帝为天帝可，既谓湘君为水神，夫人其配，何以处"帝之二女"一言乎？麟又按：吾安陆府知府嵩佳桂荫及其配富察氏，于清宣统三年十月五日殉难，里人立祠祀之，始为木主，继塑偶相，香火甚盛，远至黄皮，亦有来祀。舜二妃，湘人祀以为神，亦意中事，夫之说未可。且谓洞庭为吴太湖中山，又非，山远在吴中，湘人何为而祀之乎？总之湘君指为娥皇可，湘夫人指为女英可；谓湘君为水神可，谓湘夫人为其配可；谓洞庭为太湖中山则不可。此吾亡友吴德祖主，箸作当自作注，吾亦力赞之，且试行也。

按：《九歌》之《湘君》《湘夫人》二篇，其湘君、湘夫人究为谁指，历来聚讼纷纭。戴氏此先引王夫之《楚辞通释》对此问题之观点，然后以自己的亲身经历，即自己所在安陆府（钟祥当时属安陆府）的父母官嵩佳桂荫氏死后，其人及其妻被民众立祠祭祀之事实，证明舜死后其人及其妻（即尧之二女娥皇、女英）亦有被立祠祀之的可能。以证王夫之"盖湘君者，湘水之神，而夫人其配偶"之说虽可取，但其否定王逸所主"湘君水神，湘夫人舜之二妃"之说则失之武断，最后提出"湘君指为娥皇可，湘夫人指为女英可；谓湘君为水神可，谓湘夫人为其配可"之主张。王夫之关于《湘君》《湘夫人》的其他问题，亦存在矛盾抵牾处，戴氏亦对之有所辨正，但与此小节题旨不合，不作赘析。

(5)《天问》：顺欲成功，帝何刑焉？
洪补：《天对》云："盗埋息壤，招帝震怒。赋刑在下，投弃于羽。"《山海经》云："鲧窃帝之息壤，以埋洪水，帝令祝融杀鲧于羽郊。"

疏曰：息壤，地名，在今湖北江陵县南，即《山海经》"鲧窃帝之息壤，以埋洪水"之处也。《舆地纪胜》："江陵府南门有息壤，元和中，裴宇牧荆州，掘之，得石城，与江陵城同，中径六尺八寸，徒弃之。是年，霖雨不止，遂埋之。"一九五三年三月十八日上午（即丁酉）皆曾其地踏查，地在南门右腋，周围石阑，上为禹王宫荒址，成蔓草丛莽处矣。

按：此戴氏以亲身经历结合载籍，证息壤之为地名，且息壤确在湖北江陵。

（6）《招魂》：稻粢穱麦

王注：粢，稷。

洪补：《本草》云："稷，即穄也。今楚人谓之稷。"

疏曰：稷，音即，高粱也。江淮以北农田多种之，通呼之曰秫秫苗，有红白二种，红者种之尤多，故又曰红粱。实粗硬不如黍稻之美，故亦谓之粗粱。其茎干高大，似芦穗，聚而上出。古今著录所述形态不同，汉以后皆误以粟为稷，唐以后又误以黍为稷。谷类中种之最早，古称为百谷之长，故农官名稷，谷神亦名稷。麟按：高粱非稷，乃黍之糯者，可酿酒，实似粟。粟，俗名小米，音讹为徐，实即粟，粟亦有黏糯之分。此老农为余言之。

按：此戴氏先引述旧说或辞书对"稷"之阐释，后以长年从事农业生产的农夫之说为实证，辨前代学者及载籍所普遍认同的"稷即高粱"之说为非，力主稷当为黍米之别称。

（7）《九思·疾世》：鶬雀列兮哗讙，鸲鹆鸣兮聒余

王注：鸲鹆，鶬雀类也。多声乱耳为聒。

疏曰：鸲鹆，鸟名。全体俱黑，两翼有白点，巢于树穴及人家屋脊中，剪其舌端令圆，能效人言，俗名八哥，亦作鸜鹆。……八哥，先祖吉昌公时曾蓄一只，且能衔钱买物，先是，同里有水烟店，与之约，八哥至，取衔钱以包水烟，系其颈或足，载以归。每衔制钱二，购包一。一日店主故匿之，家人寻问至，八哥呼曰："我在这里"，因取回。此可证其能言也。

按：此戴氏先引他说或辞书以释"鸲鹆"之状貌、习性、别名及能效人言之特性，复以亲身生活经历证鸲鹆能效人言之不诬。

（二）《楚辞补注疏》的不足

戴氏专门针对洪兴祖《补注》进行疏证，广泛采用多种阐释方法与手段，旁征博引，查漏补缺，力图使《补注》一书在其疏证工作的基础上臻于完美，其对《补注》用力之勤、其疏证《补注》之成就据上举诸例历历可见。但或因戴之麟自身识见、学养有限，或因所能获取文献典籍不足，或因自身与书手传抄的疏忽，戴氏此书亦不能尽善尽美，尚存在一些欠缺不足。现具体一一指摘如下。

1. 文献学基本功的欠缺

（1）目录学基础薄弱

①《楚辞补注目录》：离骚经第一

洪注：屈原。《释文》第一，无经字。

疏曰：《释文》，书名。唐吴兴人陆德明撰，名《经典释文》，此其简称。凡三十卷。诸经音读多恃以为依据。德明名元朗，以字行。高祖时为国子博士兼太子中允。

按：此《释文》指古本《楚辞释文》，洪兴祖在《楚辞补注》目录部分常在相关篇目下标注该篇目在古本《楚辞释文》中的次序，这已是目前学界公论。戴之麟不审，以为陆德明《经典释文》，事实上《经典释文》并不涉《楚辞》。戴氏前引《四库提要·楚辞补注》，其中已引陈振孙《书录解题》，明言"成书又得姚廷辉本，作《考异》，附古本《释文》之后"，实即指《楚辞释文》（详第二章第一节的相关论述）。戴之麟两端皆未审，于此可见戴之麟目录学功底之不足，以致其对相应基础文献不熟，又或其简居小县城中，无法得窥陈氏《解题》原书，难以详知洪氏得《释文》作《补注》与《考异》之始末，故而致误。

②《九辩》：收恢台之孟夏兮

《考异》：台，一作炱，一作焰。

洪补：《舞赋》云："舒恢炱之广度。"注云：恢炱，广大貌。

疏曰：《舞赋》，见《文选》赋类。宋玉作，考赋中无此句。

按：此句出傅毅《舞赋》，非宋玉作，考之《文选》甚明，戴氏言"宋玉作，考赋中无此句"，不知何故。又《古文苑》有宋玉《舞赋》，实节录傅毅之伪作。据此说明戴氏对某些基础文献熟识程度不够，以致误混。此条合上条观之，究其致误之根由，当视作戴氏未熟习基础文献（《文选》当为古学者治学必读之书）及古人为学之门径目录学而致。

（2）不明古书体例

①《离骚》：名余曰正则兮

姚鼐曰：渊源绵远递出，正则、灵均为名、字寓言，即内美、实际，即香草、真种子。乃一篇之骨。

按：此非姚鼐语，为沈伯经于《古文辞类纂评注》中《离骚》一文页眉上所作批注。《古文辞类纂》为姚鼐所编，据笔者所见民国十三年上海文明书局印行的沈伯经《古文辞类纂评注》一书，书内正文仅云"桐城姚鼐纂集"，不云评注者名姓。戴氏致误确乎事出有因，而作为传统学者，如无法辨明《古文辞类纂》及《古文辞类纂评注》的区别，甚至将页眉批注当作原文内容，则实属不该了。然语虽非姚鼐，戴氏引以划分篇目结构层次，使《楚辞》《九歌》《七谏》《九叹》《九思》等诸多篇目及组诗读来条理更加清晰，亦有其可取之处。详前文关于《楚辞补注疏》引书体例的论述。

②《离骚》：荃不察余之中情兮
《音义》云："七全切，崔音孙，香草，可以饵鱼。"
疏曰：崔，当系荃字之误。

按：已详前文关于《楚辞补注疏》优劣概说部分，此不赘。此见戴氏未详洪氏所据文献来源（陆德明《经典释文》之《庄子音义》），即知文献来源，亦未能考原始文献之引述书目体例（《经典释文》卷一《注解传述人》，详列集注每本儒道经典所引文献名称及作者，其中《庄子》一书，首列《崔撰注》十卷二十七篇）。

（3）版本意识不强
戴之麟引书虽喜精确到具体的集、篇、句、页，有很强的现代学术意识，但却又不注明所引图书版本，虽此为古人引书之惯常做法，但与其详注篇章句页的体例颇不相谐，则又是该书之一失矣。
①《九章·惜往日》：闻百里之为虏兮
洪补：《庄子》曰：秦穆公以五羊之皮笼百里奚。
疏曰："秦穆公以五羊之皮"二句，见《南华经解》贞集《庚桑楚》篇末。

②《远游》：至南巢而壹息
王注：观视朱雀之所居也。
洪补：《山海经》："丹穴之山有鸟焉，五彩而文，曰凤鸟。"
疏曰："丹穴之山"，见《山海经》利集卷一、七页，系节录。"山"下删去"其上"等十六字，"鸟"下删去"其状如鸡"四字。

按：以元亨利贞等分集（犹今之一二三四册等），为清代出版古籍之惯常做法，但涉及图书版本实夥，若不注明其具体出版社，实难判断所引文字及篇句页之准确性。

2. 复陷神怪之说

戴氏虽标榜以自然科学新理阐释名物，破除旧注之神异灾祥之说，实亦难于摆脱民间之神怪信仰，于诸多迷信之说，亦持笃信不疑之态度，则又显出其思想的局限性。

(1)《离骚》：麾蛟龙使梁津兮

王注：举手曰麾。小曰蛟，大曰龙。或言以手教曰麾。津，西海也。蛟龙，水虫也。以蛟龙为桥，乘之以渡，似周穆王之越海，比鼋鼍以为梁也。

洪补：《广雅》曰："有鳞曰蛟龙，有翼曰应龙，有角曰虬龙，无角曰螭龙。"郭璞曰："蛟似蛇，四足，小头，细颈，卵生，子如三斛瓮，能吞人，龙属也。"

疏曰：朱补曰："麾，当作摩。《楚词·守志》注云：'龙无角曰蛟。'《抱朴子》云：'母龙曰蛟。'按：蛟一角，乳于山而伏于渊，其卵自孕也。又《广雅》云：'有鳞曰蛟，龙有翼曰应龙。'梁，水桥也。津，济渡处也。"……麟又按：上说解蛟各异，尚为有是物。近人乃谓为鲮鲤（俗名穿山甲），并无此物矣。不知古有伐蛟之令。近来常见山际冬无雪地，次年夏季，每至溃裂，是物即出，则与古说卵于山、伏于渊合。据故老云，蛟为雌稚与蛇交，遗卵于地，每雷一次，即陷入地一次，积久蛟生，不待孵化，亦与说卵自孕合。又前清季年，吾戚高丹林先生（尝官通城、通山教官）曾见蛟于襄阳县，属石灰窑地，状如郭璞所云，但头为马状。相传此蛟随汉涨，经窑地，误入石灰窑中。窑中灰多水涨，热烈淹死，水退后见此，则未可谓无是物也。

(2)《天问》：焉得彼嵞山女，而通之于台桑？

洪补：《淮南》曰："禹治鸿水，通轘辕山，化为熊，谓涂山氏曰：'欲饷，闻鼓声乃来。'禹跳石，误中鼓，涂山氏往，见禹方作熊，惭而去。至嵩高山下，化为石，方生启。禹曰：'归我子。'石破北方而生启。"

疏曰：《淮南》禹生启事系神话，不可信，惟人化熊事，以虎入河化为鲤雀、入大水为蛤及繁昌父女化为江猪白鸡诸事言之，容或有之也。旧传清道、咸间，有父女避乱分奔，后遇他县，女已成人，父适无偶娶之，嗣悉为父女，自羞投江死，化为鱼，父曰江豬，女曰白鸡，至今江中大水，犹时见之，故易其原县名曰繁昌。繁昌，今属安徽省，原名失，此事少时闻于先祖吉昌公。

3. 误判旧注

戴之麟在疏证《楚辞补注》时，或不明旧注之文本结构层次，或对旧注误加点断，或泥于字词，"以辞害意"，多对旧注作了错误的价值判断，现列举数例如下：

（1）《楚辞目录》末

洪补：鲍钦止云："《辨骚》非楚辞本书，不当录。班孟坚二序，旧在《天问》《九叹》之后，今附于第一通之末云。"

疏曰：班孟坚二序。麟按：似误。查《离骚经》后列二文，其一曰"叙曰"，正书以其中所云"而班固、贾逵复以所见改易前疑"及"而班固谓之'露才扬己'"诸语，与"今臣复以所识所知，稽之旧章，合之经传，作十六卷章句"云云观之，或曰盖王逸原序也。序末分注，首引班孟坚云云，中引颜之推、刘子玄二人所云。颜为南北朝人，刘为唐人，不得云为班序，亦不能谓为王序。且以其中"余尝折衷其说而论之"，末又云"班孟坚、颜之推所云，妾妇儿童之见，余故具论之"，则宋洪兴祖据以阐发王逸原序者，故曰误也。其一曰《离骚赞序》，下署班孟坚。不可谓为孟坚二序，宜改为洪班二序。参看后"王序""洪论"二疏疏首。

按：此戴之麟之说误。鲍钦止所谓班孟坚第一序非"叙曰"内容，"叙曰"显为王逸《离骚后序》，此戴氏不误。洪氏在"叙曰"后又加以补注，于补注中完整引用班固第一序，方加讨论，是以在讨论内容中出现颜之推、刘子玄等晚于班固之人，戴之麟不审，以为是洪兴祖之序，才可能出现颜之推、刘子玄等人。而事实上是班固的第一序含于洪补的内容之中，因《楚辞补注目录》中的"鲍钦止云"为洪兴祖引述之内容，故鲍钦止原本是没有洪补的内容的，其班固第一序是洪兴祖为之作阐释才包含在洪补中的，鲍钦止的原本只有班固第一序。戴之麟不审先后次序及"叙曰"后的文本结构层次，只因班序属于洪补的一部分，便强把班序当作洪序，显然是本末倒置之误判。

（2）《九歌·国殇》：首身离兮心不惩

王注：惩，忿也。言己虽死，头足分离，而心终不惩忿。

疏曰：惩，创之也。此殇国殇，谓身首分离而心终不为创伤也。创，音疮，伤也。原注谓头足分离，亦非。

按：洪补不释句义，王逸释"惩"失简亦失当，戴之麟释之为"创伤"为是。头与足本即不连在一起，何来分离之说？是王逸注"头足分离"即谓"身首分离"，实为喻指或泛化的用法。如"杀头"并非皆实指砍头，人或以此作"处死"义而已。然戴氏泥于字眼，以王注为误，非也。

(3)《九章·怀沙》：刓方以为圜兮
洪补：刓，吾官切，圆削也。
疏曰：圜，与圆同，于权切。麟按：圆则方之对，作削解，不如解为圆形之直当。

按：洪补原释"刓"为"圆削"之义，戴之麟不审，以为洪氏释"圆"为"削"，故云洪补有失，实戴氏自身断句失误，以致误判洪补之非。

(4)《九思·逢尤》：走鬯罔兮乍东西
《考异》：一作鬯堂，一作畅堂。一本云：堂，敞音，又主尚切。
洪补：《集韵》有堂，敞、尚二音，距也，蹋也。有堂，音饷，正也。
疏曰：堂，音撑，与掌、撑同。"有堂"下"敞、尚二音"，"二"字宜改"三"字方合。

按：洪补原引《集韵》，谓其中收有"堂"字，"堂"字有"敞"、"尚"二音，戴之麟误断此句为《集韵》中"堂"有"堂""敞""尚"三种音，故云"'二'字宜改'三'字方合"，实非。此亦戴氏自身断句失误，以致误判洪补之非。

4. 据旧注妄下推论，不作详考
(1)《九歌·湘君》：使江水兮安流！
洪补：《水经》及《荆州记》云："江出岷山，其源若瓮口，可以滥觞。潜行地底数里，至楚都遂广十里，名为南江。初在犍为，与青衣水、汶水合。东北至巴郡，与涪水、汉水、白水合。至长沙，与澧水、沅水、湘水合。至江夏，与沔水合。至浔阳，分为九道，东会于彭泽，经芜湖，名为中江。东北至南徐州，名为北江，而入海也。"
疏曰：南江，今县名。明置，清属四川保宁府，今属四川嘉陵道。麟按：南江，殆即江陵，时属四川耳。

按：洪补所引《水经》及《荆州记》实言长江发源岷山（古人未能准确追溯长江源头），中间有水道狭窄且潜入地底之部分，到了楚都江陵（今荆州）方江面宽广，达十里之阔，从水道狭窄之处至楚都江陵这一段江名为南江。戴之麟不审，引辞书或旧注家之说，仅明南江"清属四川保宁府，今属四川嘉陵道"，便谓彼时楚都江陵属于四川，实极为武断之结论。须知清时属四川保宁府，民国时属四川嘉陵道的南江县，实南朝梁普通六年（525）始置；又今四川有江陵镇，属达州市通川区，实民国二十四年（1935）始置，自不可谓屈原时楚都江陵名南江，且已属四川，此当后来四川县府区域变革，取水泽之名及楚国故都之古称冠已。此戴之麟本末倒置，仅凭辞书所载，妄下臆断，并未详考古代地理发展的历史沿革，致有此误。

（2）《七谏·谬谏》：却骐骥而不乘兮，策驽骀而取路。当世岂无骐骥兮，诚无王良之善驭。见执辔者非其人兮，故驹跳而远去。

洪补：许慎云："王良，晋大夫御无恤子良也，所谓御良也。一名孙无政，为赵简子御，死而托精于天驷星。天文有王良星是也。"

疏曰：无恤，简子名，周春秋人。麟按：无恤子良也，当有脱简。

按：此洪补引许慎《淮南子注》，指王良为晋国六卿之一的赵简子的车夫，名范无恤，又称子良、御良（子良或其字，御良当以其职官合其字之称，此乃先秦通例，如巫贤、师挚等皆是）。《左传·文公十二年》载："冬，秦伯伐晋，取羁马。晋人御之。赵盾将中军，荀林父佐之。郤缺将上军，臾骈佐之。栾盾将下军，胥甲佐之。范无恤御戎，以从秦师于河曲。"①《淮南子注》即本此。戴氏谓无恤为赵简子名，实据洪补而疏忽误判，并未详考文献，且洪补引《淮南子注》已明言无恤"一名孙无政，为赵简子御"，非赵简子本人，此更见其疏忽之甚。戴氏又云"无恤子良也，当有脱简"，则又无据之臆说。

又按：此外戴氏还有因传抄而致衍、讹、误、倒诸误，及由此引发的对《楚辞》原文及旧注文义判断失当等错误，以衍、讹、误、倒本为图书出版固有之通误，《楚辞补注疏》本身又为稿本，非梓行之定本，讹误自不可免，兹不备举其例，可详参《楚辞补注疏》点校本之校勘记。

---

① 杨伯峻：《春秋左传注》第 2 册，北京：中华书局，1990 年，第 589～590 页。

综上两大部分的论述，我们不难考见，戴氏之《楚辞补注疏》于疏通《楚辞》及前注，其功所在多有，虽亦有如上诸端不足，但整体数量不多，较之其成就而言，实瑕不掩瑜，故笔者欲秉承"《春秋》责备贤者"之义，备列其不足，以求对该书存在的问题进行指摘，以便后之注家完善《补注》及该书时，能吸取经验，精益求精。

四、从《楚辞补注疏》看《楚辞补注》对后世的影响

戴之麟在《楚辞补注疏自序》中提到"古今称善之本，莫《楚辞章句补注》"，说明历代以来，《楚辞补注》都被视作《楚辞》阐释的善本，而到民国时期的 20 世纪 40 年代仍是如此，这足以看出《楚辞补注》一书对后世的深远影响。但《楚辞补注》对后世的影响远不止戴之麟"古今称善之本"这样简单的一句话，从戴之麟《楚辞补注疏》一书的具体内容中，我们也能找到许多能证明《楚辞补注》影响的地方。

洪兴祖以后的《楚辞》研究中，研究者或从正面袭取洪兴祖《补注》内容（如朱熹《楚辞集注》），或从反面辩驳洪兴祖之说（如朱骏声《离骚赋补注》）。但这都说明了《楚辞补注》的深远影响：正面的袭取，说明了《楚辞补注》阐释的准确性；而反面的辩驳，说明了洪兴祖的《补注》是《楚辞》研究不可绕过的一本书，要在《楚辞》研究上有新的建树和发现，就不得不将《补注》钻研透，在此基础上将之推倒。试问一本没有价值和影响的《楚辞》论著，又何须辩驳？从某种程度上来说，反面的评价和辩驳，正是对《楚辞》研究的推进。这也是《楚辞补注》的影响之所在。

《楚辞补注疏》也正是这样一本从正反面都反映出《楚辞补注》影响的书。

（一）对《楚辞补注》的沿袭

戴之麟《楚辞补注疏》对《楚辞补注》的沿袭，有以下几个方面：

1. 对《楚辞补注》注释方式的袭取

（1）"疏可破注"对旧注的冲决

"补注"这一体例是洪兴祖首创的，黄建荣认为"这种注释体式，与传统训诂学中的'义疏'比较相似"①。他这一观点的理由是"补注"和"义疏"同样是经注兼释的阐释体式。但"补注"与"义疏"并不完全相同，这是因

---

① 黄建荣：《〈楚辞〉古代注本研究》，上海：华东师范大学博士学位论文，2002 年，第 32 页。

为"义疏"必须要遵循"疏不破注"的原则而"补注"则并不完全如此。"疏不破注"是唐孔颖达主持修纂《五经正义》时确立的一种阐释原则，注是解经（或作品原文）的，疏是解经（或作品原文）及注的。而疏在解释经和注时都不能脱离注的观点，必须从注的基础上出发进行阐释和补充，不能攻击注中的错漏之处。"疏不破注"的本质就是用更为详尽易懂的方式把注的说法扩充，方便读者理解经的内容。洪兴祖在作《楚辞补注》时，不仅补充拓展了王注的内容，还对王注、五臣注的内容都进行了辨正或反驳，如王逸在《离骚序》中称"经，径也。言己放逐离别，中心愁思，犹依经道，以讽君也"，这是王逸对《离骚》称"经"的解释，洪兴祖则认为"古人引《离骚》未有言经者，盖后世之士祖述其词，尊之为经耳，非屈原意也，逸说非是"。又如《离骚》"周论道而莫差"句，王逸注下洪兴祖引五臣注云："汤、禹、周文，皆俨肃祗敬，论议道德，无有差殊，故得永年。"洪兴祖则补曰："道，治道也。言周则包文、武矣。差，旧读作磋。五臣以为差殊，非。"这些实例都说明了洪兴祖"疏可破注"的学术倾向，这种"疏可破注"正是陈振孙所提到的"补王逸章句之未备者"的一端。

而戴之麟的《楚辞补注疏》名为"疏证"，实际上仍然与洪兴祖的"补注"一样，是对洪兴祖《楚辞补注》以及王逸的《楚辞章句》内容进行进一步补充、阐发和辨正的著作。它也不是完全遵守"疏证"类书籍体例的。如《九叹·思古》"倘佯垆阪，沼水深兮"一句，王逸注云："倘佯，山名也。垆，黄黑色土也。沼，池也。《诗》云：'王在灵沼。'言倘佯之山，其阪土玄黄，其下有池，水深而且清，宜以避世而长隐身也。"戴之麟则疏曰："倘佯山无考，当解作低佪，谓低佪于黑刚之山阪也，且以下句'容与'句证之尤合。"又在下"容与汉渚，㳠淫淫兮"句中疏曰："以此句容与解作游戏证之，益见倘佯之非山名。"又如王逸在为《招魂》解题时云："《招魂》者，宋玉之所作也。"戴之麟疏曰："麟按：朱子主屈原所作，又有谓系自招其魂者。按之原文，确非宋玉所作，谓玉作者，以与原文均不类。惟考玉诸作品，亦无类此者。又篇中所陈外恶内美，恶者怪力乱神，美者声色货利，原岂畏怪力乱神，好声色货利之人？以此歆动警骇其师，决不宜此。自招其魂说颇近似，以内美外恶揆之，亦非所宜。盖怀王不听原言，客死于秦，顷襄继立，用子兰等谗去原，原忠不忘君，于其君死，犹望其反楚也。此盖作于顷襄逐原之时，观末段'献岁'二句可知，末'目极千里'二句尤可见。则所招者系怀王之魂，非玉招原魂，且即《原传》（太史公）'屈原死，楚有宋玉、景差'之言观之，玉又何从而招魂，使怀王悟而还之？此为原行江南招怀王之魂，可无疑矣。并非原自招其魂，亦可断言矣。"不仅以疏破注，还用巨大的篇幅详细论证原注的错误。

《楚辞补注疏》遵守了"疏可破注"的阐释原则，正是《楚辞补注》对《楚辞补注疏》的影响的表现之一。

（2）"互文性"阐释方法的沿袭

所谓"以骚证骚"的"互文性"阐释，前文论述《楚辞补注疏》引书体例时已作详细阐释。侯体健所提炼的洪兴祖补注的"以骚证骚"的"互文性"有以下几点内涵：①《楚辞》正文中出现的同物异名的名物可以互证。这一类形式多表现为"甲，乙也"与"乙，甲也"，在阐释原文中的"甲"时，引述含"乙"的文句证明"甲，乙也"，在阐释原文中的"乙"时，引述含"甲"的文句证明"乙，甲也"；②同类合并，集中阐释。如阐释原文中"甲"时，引述《楚辞》其他篇目含"甲"之句，一并阐释明白，既避免阐释的重复，又揭示《楚辞》前后所使用的语言的关联性；③阐述某篇某句之感情、义旨，引述与此篇此句相同感情、义旨之篇章、字句以证之；④结合前后文零散的线索，推断相关内容。一般引述其他篇目的原文，在所释篇目之下，用以说明所释篇目的创作背景、时间等方面的内容。① 本文则在此基础上，扩大"互文性"的适用范围，并不拘泥于"以骚证骚"，将《楚辞》原文、王注、洪补、戴疏间的双重或多重互证视为"互文"，并从"引用《楚辞》原文阐释《楚辞》原文""引《楚辞》原文以证洪补""注明《楚辞》原文出处以证洪补""引用《楚辞》原文证己疏""引用王注、洪补证己疏"、"引已疏证未疏"六个方面详细举证说明其"互文性"（详前文，此不例举），据此不难发现戴之麟对洪兴祖这一阐释方式的下意识模仿与学习，正见《楚辞补注》对《楚辞补注疏》的影响。

（3）"叶韵法"的广泛使用

叶韵最早产生于魏晋六朝时期，周祖谟先生于其《吴械的古韵学》一文中指出："六朝人不知古今音有同有异，遇到古诗中以时音读之不合的都归之于'叶音'或'协韵'，其说自晋徐邈、梁沈重始。徐邈作《毛诗音》，首先改韵取协，后来沈重作《毛诗集注》也有改音以协句的说法，皆见陆德明《经典释文》，于是唐宋人读古代韵文也往往言'合韵'或'叶音'。"② 可见叶韵之法，于唐宋依然是普遍使用的一种注音方法。南宋时吴械对古音学有开创之功，他一方面对前人的叶韵成果进行系统整理，作

---

① 侯体健：《士人身份与南宋诗文研究》，上海：复旦大学出版社，2018 年，第 163～164 页。

② 周祖谟：《问学集》上册，北京：中华书局，1966 年，第 213 页。

有《毛诗叶韵补音》，乃是就陆德明《经典释文》中《毛诗音义》的叶音不足而补，凡以今音读之不叶而《经典释文》又未取叶的，都以叶韵通之，随韵取叶，但此不免产生臆度之词；另一方面又开始对古人的音韵系统展开了科学的自主探索，作有《韵补》，取《易》《诗》《书》以下至北宋欧、苏的文集五十种书，以古人实际的诗文用韵以推求古韵的系统，事实上已经开后世(尤其是有清一代)极盛的古音学的研究方法的端绪，只是本身还失之简略——不曾划分时代，也缺乏严谨的整理方法。① 王力先生在其《中国语言学史》中也指出：“宋人如吴棫、郑庠等也曾企图研究韵，但是他们拘守着《唐韵》，把每一个韵部看成一个整体，没有想到把它们拆开；因此，把韵部归并得很宽，仍然不免出韵。”②亦就这一时期古音学之粗疏进行了指摘。吴棫生卒(1100—1154)与洪兴祖(1090—1155)相当，朱熹又曾云：“近世考订训释之学，唯吴才老、洪庆善为善。”③肯定了两人在训诂考据上相同的地位与成就。前文已述，古音学的肇端一般学界认为始自吴棫，而洪兴祖与之同时，又吴棫的古音学还处于初始阶段，故洪兴祖很难袭用其方法与成果，借以讨论《楚辞》中用韵的问题。因此，洪兴祖在作《楚辞补注》时依然采用沿袭数百年的叶韵法作为主要的注音方法之一，则与吴棫补毛诗叶韵之行为颇合，洪氏广泛使用叶韵，观《楚辞补注》原书即知，此毋庸备举，且其得失亦兼存，此亦不赘述。而古音学发展到有清一代，可谓极盛，自顾亭林始，代有江永、钱大昕、戴震、段玉裁、高邮二王、章太炎等，实大家辈出，成果丰硕。戴之麟在此学术环境下，依然取叶韵法为阐释《楚辞》时注音的主要方法之一，而非袭取清代古音学之相关成就，虽整体瑕不掩瑜，依然不免有以今律古、以俗律雅(尤其是以钟祥方言推断《楚辞》用韵，虽然湖北方言极有可能始自古楚雅言，但亦不可忽视历史发展中的语音变化)之失。此又不能不视作是戴氏在长期研读《楚辞补注》时下意识受到洪氏注音方法的影响而不自觉的沿袭。

2. 对《楚辞补注》阐释内容的继承

《楚辞补注疏》一书参考了洪兴祖以来多家《楚辞》注本，但许多内容仍然袭取洪氏的说法。一般直接罗列别家说法，综合洪补进行考辨，最后判定洪补为是，予以袭取(大部分情况集中在王、洪二注之间的是非判

---

① 周祖谟：《问学集》上册，北京：中华书局，1966年，第214~217页。

② 王力：《中国语言学史》，太原：山西人民出版社，1981年，第144页。

③ (宋)黎靖德，王星贤点校：《朱子语类》第8册，北京：中华书局，1986年，第3279页。

断）。如《离骚》"恐美人之迟暮"句，洪兴祖原注作："屈原有以美人喻君者，'恐美人之迟暮'是也；有喻善人者，'满堂兮美人'是也；有自喻者，'送美人兮南浦'是也。"戴氏引朱骏声《离骚赋补注》云："美人谓众贤同志者。《诗》：'彼美人兮，西方之人兮。'暮当作莫，下文'将暮'同。"又加按语云："美人，原注指怀王是。朱主'暮'宜作'莫'，与'泪及'作'㵾'，均系古字，亦不必。"又如《天问》"干协时舞，何以怀之"句，王注云："干，求也。舞，务也。协，和也。怀，来也。言夏后相既失天下，少康幼小，复能求得时务，调和百姓，使之归己，何以怀来之也?"洪补云："《书》云：'三旬，苗民逆命，帝乃诞敷文德，舞干羽于两阶。七旬，有苗格。'协，合也。言舜以时合舞于两阶，而有苗格也。《庄子》曰：'执干而舞。'干，盾也。《天对》云：'阶干以娱，苗革而格。不迫以死，夫胡狙厥贼?'"戴氏则疏云："'执干而舞'，见《庄子·让王》篇。盾，音吮，俗谓之藤牌，详前《国殇》'操吴戈兮被犀甲'疏。狙，音柳，习也。麟按：此以补解为是。"又如《九章·抽思》"夫何极而不至兮"句，王注云："尽心修善，获官爵也。"洪补云："此言以圣贤为法，尽心行之，何远而不至也?"戴氏则疏云："获，得也。麟按：补解是，谓人能如三王修善，何远而不可至? 非有获官爵之心也。"又如《招魂》"《涉江》《采菱》，发《扬荷》些"句，王逸注云："楚人歌曲也。言己涉渡大江，南入湖池，采取菱芰，发扬荷叶。喻屈原背去朝堂，隐伏草泽，失其所也。"洪补曰："《淮南》云：'歌《采菱》，发《阳阿》。'又云：'足蹀阳阿之舞。'"戴之麟疏曰："逸注既以《涉江》、《采菱》、《阳阿》为楚曲，下乃言屈原背去等句，亦自相矛盾，不可通矣，解作乐舞为是。"尤其是在为《九叹·愍命》"行唫累欷，声嗈嗈兮"一句疏证时，径云"唫，同吟"，这是对《九章·悲回风》"孤子唫而抆泪兮"一句下洪兴祖补注的直接袭取，洪兴祖于此句下云："唫，古'吟'字，叹也。"连考辨的过程都省去了。这说明洪兴祖所出示的古今字、异文都对戴氏乃至后世了解《楚辞》的原貌或古貌产生了影响。

综合《楚辞补注疏》全书及上举诸例来看，戴氏多以"当以补解为是""宜从补解""补解是""应从洪说为是""即如洪解"诸形式，来对洪补旧注予以承袭；此外，亦有不明言从洪补，但实际上以洪补为是之例（如上举《招魂》句例）。戴氏对洪补之吸收袭取，可谓遍见全书，难于备举，此足见《楚辞补注》对《楚辞补注疏》乃至后世《楚辞》阐释的影响。

（二）对《楚辞补注》的辨正

1. 对洪兴祖《九歌》阐释的全面反拨

戴之麟在《九歌》全卷内容的疏证中表现了对洪兴祖继承的"比兴"楚辞观的全面反拨。洪兴祖在《九歌》各篇中，或承王逸的理解（王逸《九歌》序云："上陈事神之敬，下见己之冤结，托之以风谏"），或自己结合各篇中名物或篇题之神名，对各篇题旨进行了比附理解，其大体不脱《离骚》要旨，即"善鸟香草以配忠贞，恶禽臭物以比谗佞，灵修美人以媲于君，宓妃佚女以譬贤臣。虬龙鸾凤，以托君子，飘风云霓，以为小人"（王逸《离骚序》）的"香草美人"之托喻。但戴之麟通过广引他说，和自己的逻辑分析，认为《九歌》全篇应该是祀神乐，而不应太过于将"香草美人"的"比兴托喻"的观点强加到其中。如《云中君》"极劳心兮忡忡"句下洪兴祖补曰："此章以云神喻君，言君德与日月同明，故能周览天下，横被六合。而怀王不能如此，故心忧也。"戴之麟则疏证云："君，非谓怀王，云中君也。祭者非原，不可如注解。观其前小序自见。"又如《湘君》"期不信兮告余以不闲"句，洪兴祖补曰："此言朋友之交，忠则见信，不忠则生怨。臣忠于君，则君宜见信，而反告我以不闲，所谓羌中道而回畔兮，反既有此它志也。此原陈己之志于湘君也。"戴之麟疏证曰："此亦代祭者言，恐祀神所定日期不信，而神反告祭者以不闲也。原注皆非。"再如《湘夫人》"固人命兮有当，孰离合兮可为"句下，洪兴祖补曰："君子之仕也，去就有义，用舍有命。屈子于同姓事君之义尽矣。其不见用，则有命焉。或离或合，神实司之，非人所能为也。"戴之麟则疏证曰："此祭者自咎神之不来，因人命之当，虽或离或合，如上文所云离合之迹，亦何所为也？非指屈原行事。"此外，戴之麟还援引姚鼐《古文辞类纂评注》及贺贻孙《骚筏》的内容，将二人赞同王逸与洪兴祖"比兴"说的观念再加辩驳，此不赘述。这说明，洪兴祖继承了王逸的"比兴"说之后，在《九歌》一卷的阐释上，有了更明显的发挥，而这种发挥对后世解读《九歌》产生了巨大的影响，但这些解读，在戴之麟看来，很有可能并不完全正确甚至完全错误。因此他才在《九歌》通篇强调祀神乐的本真面目，而否定了自王逸以来，由洪兴祖进一步吸收发挥的"比兴"的楚辞观，这正说明了洪兴祖《楚辞补注》所蕴含的"比兴观"对后世的影响。

2. 对洪兴祖《招魂》《大招》作者、题旨阐释的是正

《楚辞》诸篇著作权之归属，部分已有公论，但仍有部分历来存在大

量争议，其余部分则一般以目前能见到的最早的《楚辞》注本，即王逸的《楚辞章句》中的观点为准的，但即便是公论或普遍认同的王逸的相关观点，亦不停有人提出反对意见，王逸本身观点，亦存在矛盾与漏洞。洪兴祖在作《补注》一书时，或袭取王逸篇序中的错误之说，或自行妄加臆测，而不加深考，忽略正文之内证，故其训释具体句义或篇旨时往往站在错误的作者的角度予以阐发，则不免与本真乖违，这类问题中最为典型的即对《招魂》《大招》二篇的作者及题旨的申发。戴氏仔细比照《招魂》《大招》全篇正文之内容，从理校、本校的内证角度，结合湖北、湖南地理的实际情况，与史籍中屈原、宋玉的生平行迹的记载，理据充分地辩驳了洪兴祖的观点。

《招魂》一篇，洪补袭取王逸序之宋玉说，指其作者为宋玉，并承认王逸所述之该篇篇旨，即"宋玉怜哀屈原，忠而斥弃，愁懑山泽，魂魄放佚，厥命将落。故作《招魂》，欲以复其精神，延其年寿，外陈四方之恶，内崇楚国之美，以讽谏怀王，冀其觉悟而还之也"，且屡即此角度申说具体句义，戴氏则广举《招魂》原文之内证，从屈原之好恶出发，说明此篇必不是宋玉招屈原之魂：因《招魂》欲英魂返归，所陈述之四极环境之恶劣，绝非屈原所畏惧；所陈述之故国声色货利之美盛，亦绝非屈原所趋好，此皆与屈原高洁之志不合。戴氏又引《招魂》最后所述江南之风物，结合屈原的生平行迹，说明此篇当屈原作于生平第二次流放时期，即在江南的顷襄王时期，为原招怀王之魂（详前文"疏证卷首、卷末解题、叙文之例"部分所引原文）。戴氏又于《招魂》"魂兮归来！入修门些"一句下疏云："《史记·原传》末云：'屈原死后，楚有宋玉、景差之徒。'则是宋玉在原死后，方有其人。屈原二次被迁，怀王已死于秦，玉安得招而还之？又按怀王时已迁都，都，今宜城，本篇末段所言，多与自宜由钟抵汉，上湘至罗、汨路合，决不可作为玉作，又不可作原自招其魂，当为原招怀王已死之魂也。"此又结合史籍记载的屈原生平行迹，与湖北、湖南的地理实际情况，证明《招魂》末所描绘之风物，与屈原流放江南所经路线的沿途所见吻合，再证此当为屈原所作。此外，戴氏还在"二八侍宿，射递代些"抓住王注"言使好女十六人，侍君宴宿，意有厌倦，则使更相代也"的漏洞，证此篇绝非招屈原之魂，而为招怀王之魂："麟按：此谓君，逸自忘其所主为招屈原矣。故以为原招怀王，决无疑义。"又在"帝告巫阳""汨吾南征"等句下疏云："麟按：此非玉假辞，原自假也，合后《大招》，吾另有辩，定此为原招怀王已死之魂。""此非玉代原之词，乃原自言其被放南行，因思怀王客死而招其魂也。"反复申说其观点。

又《大招》一篇，王逸序以为是屈原或景差所作，为屈原自招其魂，洪补怀疑非屈原所作，戴氏则亦以此为原作，其于"魂魄归来！无远遥只"一句下疏云："此篇亦系原招怀王之魂，与《招魂》异者，此则怀王未死，如近时小儿受惊失魂，巫为招之之为，前篇则已客死于秦而招，观此篇末数段可知。若系已死，焉能如'血气'等段所为？且篇中所言声色货利，亦诸侯所有事。原自招其魂，或人招之，均不应以不合道德之事欣动之。故吾以此决为原招怀王之魂，且其招时在未死之前也。"不仅强调为屈原所作，而且认为此作为屈原招怀王之生魂，与《招魂》为屈原招怀王之死魂少异，所据乃因《大招》有"曼泽怡面，血气盛只"一句，死魂绝不至有"血气"，故云。此又其善于发现原文内证之明证。戴氏又于"易中利心，以动作只"一句疏云："屈原为忠君爱国之人，焉有溺情声色之举？即曰失魂，又岂可以声色招复乎？故余决定为原招怀王之魂。"又自屈原之高洁秉性出发，认为他绝不至于耽溺声色，又稽之原文诸多纵情声色之词句，认为《大招》此篇当绝不至为屈原自招其魂。此说所持论之逻辑，又与上引"魂魄归来！无远遥只"一句疏证中"且篇中所言声色货利，亦诸侯所有事。原自招其魂，或人招之，均不应以不合道德之事欣动之"诸句相合，实即屈原之高洁之质为据，反复申说其结论。

综上，我们不难看出，戴氏善于对《楚辞》的原文作致密的文本细读，以此结合相关作者的品德、秉性、生平行迹、史籍的相关准确记载，缕析相关篇目的真实作者与具体篇旨，所得出的结论准确可性，颇可备一说。而戴氏如此事无巨细、不厌其烦地于《招魂》《大招》二篇申说其关于作者与题旨的观点，正见洪兴祖在对王逸《章句》作补注后，所确定的相关观点，被后世的普遍性的认同，这可见《楚辞补注》对后世的影响：正因其影响之广泛，故戴氏必欲对之不厌其烦地加以辨正与申说。

3. 对《楚辞补注》其他阐释内容的辨正、补充

根据前文分类举例的条目，结合戴之麟于《楚辞补注疏序》及《凡例》中所言，我们发现戴之麟《楚辞补注疏》有几个鲜明的特点：（1）对于自然现象的解释，摒弃了旧注的神怪之说，而采用新时代科学观点进行论述；（2）在地理考证上，一则由于所据资料详实，二则本即为故楚地之人，于楚地地理能有近水楼台实地考察的优势，故而能疏通原注中的谬误；（3）在名物训诂方面，由于出身县城乡野之间，又能实地请教底层劳动人民，故能疏通原注中名物的错漏；（4）注重文献的出处，在每一疏后，己言则

作"麟按"，凡引他书，皆注其所从来，且精确到具体的篇章句页，符合现代学术规范，做到有据可依；（5）洪兴祖原注不注重分层次结构剖析原文，戴之麟则多引前代学者的《楚辞》评注本内容对《楚辞》进行层次划分。尤其是在《天问》一篇上，戴之麟认为可以分成天文、地文、人文三部分进行阐释。这些对《楚辞补注》中错误的辨正、不足的补充，其具体例证都可在前文所举例子中找到，此不赘述。这说明《楚辞补注》虽为善本，其很多地方的内容，仍然是不足以令人满意的，尤其是不符合新的时代对《楚辞》阐释的要求的。想要进一步推进《楚辞》研究，只能对《补注》去芜存精，重作疏证。这正说明了洪兴祖《楚辞补注》对后世的影响——《楚辞》研究的推进也绕不过对《补注》的辨正。

结　语

　　洪兴祖生于一个长者有德而少者有为，胸怀忠孝仁义、经世济民入仕理想的书香家庭，他从小受到的是儒家的传统思想教育。因此，洪兴祖也以一生践行了儒家的道德规范、行为准则。他对儒家思想观念有所继承和发展，但他也受到宋代"三教合一"的思想的影响，表现出一种兼容并包的佛道观。这些思想倾向都在他的著作和生平事迹中有所流露。洪兴祖一生著述宏富，好学不已，但仅有《韩子年谱》与《楚辞补注》传世，这应该与洪兴祖牵涉宋代党争引起的学术倾轧有关。《楚辞补注》在洪兴祖受到学术倾轧的情况下，仍然能流传下来，正说明《楚辞补注》一书在楚辞学史上的重要性。

　　《楚辞补注》版本研究是《楚辞补注》研究的基本工作，因为对古代著作任何方面的研究都必须在一个较为准确的文本的基础上才能展开。现代已经有了比较精善的点校本《楚辞补注》，但对古代刻本及现代点校本作一个完整全面的考察，能更清楚《楚辞补注》一书在各个时代的具体面貌以及可能的演变发展过程。《楚辞补注》是古代楚辞学史上宋元阶段的代表性著作，在楚辞学领域占据着举足轻重的地位。正是由于这个原因，历代才会屡次刊刻或复刊《楚辞补注》一书。在各次的刊刻过程中，总会因为校勘人员的良莠不齐或疏忽大意，造成各种各样的错漏。对每种版本优劣之处具体详尽的了解，也就更为重要。即便是如今称为点校本中最善本的中华书局1983年白化文点校本，也仍然沿袭了金陵书局刻本中的许多错误，这些错误明翻宋本和汲古阁本中都不存在。《楚辞补注》现存的历代版本中，明翻宋本以刊刻时间最早，被列为善本，但讹误过多。从错漏程度来看，汲古阁及其衍生的几个版本最为精善，成为现代点校本《楚辞补注》的重要基础，而清同治十一年金陵书局刻本更是善本中的善本。

　　精于训诂，引书该博，留存佚说是《楚辞补注》的重要成就。这是历代研究者对《楚辞补注》的评价。以本文对《楚辞补注》引书的补充研究结合前人的成果来看，洪兴祖确实精于训诂（引用字书辞书最多），留存佚书恐并不确切，如疑似郭璞《楚辞注》或《上林赋注》的内容，同见于颜师古《汉书注》，如洪兴祖转引自《汉书注》，则不能视为《楚辞补注》留存佚说。引书该博的评价就更应重估了，很多看似分引了诸多书籍的情况，很可能只是洪兴祖从某一本书中转引出来。但洪兴祖能做到对不能确定来源的佐证材料冠以"传曰"，也见出洪兴祖审慎的态度，这也是《楚辞补注》足以取信后世的重要原因。

《楚辞补注》的另一重要成就是校勘的精审，洪兴祖自身十分重视校勘，在作《韩子年谱》时就参考十几家的版本，写成定本。对于《楚辞补注》一书，洪兴祖也没有例外的参考了近二十家的版本，最后作成《楚辞补注》一书，详列所见各家异文，作成《楚辞考异》一书。本书认为，《考异》的部分内容，还存在于《楚辞补注》中，只不过散乱了。本书通过甲骨文、金文以及简帛等出土文献，对《楚辞补注》写定的《楚辞》文本和所出的异文进行了详尽的考辨，发现《楚辞补注》的定本面貌和所出异文，大部分内容都极有可能是《楚辞》的原貌或早期面貌。这说明校勘的精审确实是《楚辞补注》的一大重要成就。

《楚辞补注》对历代的影响是深远的，历代对《楚辞补注》的评价也是褒多于贬的，宋代的朱熹，在作《楚辞集注》时，也对洪兴祖的《楚辞补注》多加采撷。也正因为《楚辞补注》的校勘精审、洪兴祖的善于训诂等原因，《四库总目》称《楚辞补注》"于《楚辞》诸注之中，特为善本"。20世纪40年代，钟祥文化名人戴之麟也因视《楚辞补注》为"古今称善之本"，而有意对其疏证，作成《楚辞补注疏》一书。该书对洪兴祖《楚辞补注》的沿袭也有，对《楚辞补注》的辨正和补充也有，这都说明洪兴祖《楚辞补注》一书的深远影响——正面的袭取，说明了《楚辞补注》到20世纪40年代仍有可信性，仍有可取之处；而反面的辩驳，说明了洪兴祖的《补注》是《楚辞》研究不可绕过的一本书，要在《楚辞》研究上有新的建树和发现，就不得不将《补注》钻研透，在此基础上再向前推进。

历代对《楚辞补注》的研究，或从阐释学挖掘《楚辞补注》中的情感与思想、洪兴祖的不同的阐释理念与态度；或从音韵学着手探讨洪兴祖叶韵文的成就；或从文献学入手，对《楚辞补注》进行全面但浮光掠影的价值判断。很少有人注意从《楚辞补注》最为人称道的引书成就与校勘成就入手，深挖其本质，判断其成就的是非。也很少有人对《楚辞补注》的版本作全面的统计和具体的面貌介绍，尤其是对《楚辞补注》参校本具体面貌的详细考索，这对了解《楚辞补注》的流传情况以及《楚辞补注》的本真面貌，以及辨明与理解《楚辞补注》中诸多引自参校本的内容以判断《楚辞补注》的重要价值，也是没有补益的。此外，对洪兴祖生平、交游、思想的进一步深入详考，也有利于我们更好地探求《楚辞补注》的成书动机、题旨、思想内容。因此，本书从这数点出发，对洪兴祖的《楚辞补注》进行了补充的价值判断，发现洪兴祖的《楚辞补注》一书，是成就多于不足的一本《楚辞》阐释著作，这也是《楚辞补注》能流传至今，作为历代称善之本的重要原因。

附录　洪兴祖《韩文辨证》佚文

凡例：

1. 附录部分所辑出洪兴祖《韩文辨证》内容所对应原文部分的卷帙顺序依宋魏仲举《五百家注昌黎文集》及宋王伯大重编《别本韩文考异》顺序而来。

2. 历代韩愈文集注本中唯《五百家注昌黎文集》中所见《韩文辨证》佚文最多，此附录以《五百家注昌黎文集》为底本，以宋王伯大重编《别本韩文考异》、方崧卿《韩集举正》、吴曾《能改斋漫录》、费衮《梁溪漫志》，四川大学出版社1996年版《韩愈全集校注》、中华书局2010年版《韩愈文集汇校笺注》为参校。以上诸书，古籍皆用《文渊阁四库全书》本。

3. 各韩愈文集注本中所引"洪曰"内容间杂洪刍《洪驹父诗话》及洪兴祖《韩子年谱》内容，本附录径撤去不录。如遇不能确断为《韩文辨证》内容条目、或多家引文互异之处，则下加按语以资说明或出校。

卷一

1.《闵己赋》

"余悲不及古之人兮，伊时势而则然，独闵闵其曷已"句。

洪庆善云："欧宋皆无'兮'字，后皆复添。"

2.《元和圣德诗(并序)》

(1)序文部分"诚宜率先作歌诗以称道盛德，不可以辞语浅薄，不足以自效为解"句。

洪庆善《辨证》曰："此序云'不足以自效为解'，或以'解'为辞；'警动百姓耳目'，或以'警'为'惊'；诗曰'血人于牙'，或以'人'为'入'之类，皆流俗妄改。"

（2）"皇帝神圣，通达今古。听聪视明，一似尧禹"句。

洪曰："盖取《礼记》'一似重有忧者'。"

3.《龟山操》

"周公有鬼兮，嗟归余辅"句。

洪曰："盖言周公如有神，其使余归辅其君也。旧本皆同。今本云'周公有思兮，嗟余归辅'，恐非。"

4.《南山诗》

（1）解题。

洪曰："此诗似《上林》《子虚》赋，才力小者，不可到也。"

（2）"凝湛闷阴兽"句。

洪曰："兽，畜产也。公《秋怀诗》云：'其下澄湫水，有蛟寒可矕。'即此也。"

按：《别本韩文考异》作"洪曰：'兽，畜产也。'或作兽。""或作兽"一句当为朱熹语，《五百家注昌黎文集》引此条与《韩愈全集校注》同，当从。

（3）"或齐若友朋，或差若先后"句。

洪曰："'友朋'一作'随迎'，盖不知'先后'之义，妄改之耳。《前汉志》云：'见神于先后宛若。'注云：'兄弟妻关中呼为先后。'"

按：《梁溪漫志》"退之东坡用先后语"条引此有小异，为节引。《五百家注昌黎文集》引此条与《韩愈全集校注》同，当从。

卷二

1.《此日足可惜一首赠张籍》

（1）解题。

洪曰："此诗杂用韵，又迭用韵。张籍祭公诗用此格。欧阳公云：'退之工于用韵，得宽韵则波澜横溢，泛入傍韵，如《此日足可惜》之类是也；得窄韵则不复旁出，因难见巧，如《病中赠张十八》之类是也。'"

（2）"中流上沙滩"句。

洪曰："滩，潭。河阳县南有中潭城。一作沙潭。"

（3）"临泉窥斗龙"句。

洪曰："《左·昭十九年》：'郑大水，龙斗于时门之外洧渊。'时门，郑城门，退之过此时岂复有斗龙，盖想见其事耳。以渊为泉，避讳也。"

（4）"行行二月暮，乃及徐南疆。下马步堤岸，上船拜吾兄"句。

洪曰："公有三兄，皆早世。见于集中者，云卿之子俞，绅卿之子岌，皆公从兄。或曰：'吾兄谓张籍。'非也。"

（5）"子又舍我去"句。

洪曰："公《与孟东野书》云：'张籍在和州居丧，家甚贫，冀足下一来相视也。'籍，和州乌江人，贞元十五年登第，见公于徐州而归也。"

2.《醉后》

"煌煌东方星"句。

洪曰："吾观退之'煌煌东方星'，其顺宗时作乎？东方谓宪宗在储宫也。"

3.《送惠师》

"壮志死不息"句。

洪曰："谓伍胥也。《续齐谐记》云：'子胥死，戒其子投于江中，当朝暮乘潮，以观吴之败。自是海门山潮头汹涌，高数百尺。越钱塘渔浦，方渐低小。朝暮再来，其声震怒，雷犇电激，闻百余里，时有见子胥乘素车白马，在潮头之中，因庙以祠。'按《越绝书》：'子胥死，捐于大江，发愤驰腾，气若奔马，乃归神大海。'《水经》云：'钱塘江涛，二月、八月最高，峨峨二丈有余。'《吴越春秋》以为子胥文种之神，谓此也。"

按：此与《别本韩文考异》同，但多《续齐谐记》所云及其以后内容。《韩愈全集校注》将此全划定为洪兴祖语，较此处所引少"乃归神大海"后数句，当取此。

4.《合江亭》

"高唱久乃和"句。

洪曰："谓宇文炫又增其制。"

5.《答张彻》

"虬精光照硎"句。

洪曰："精光，本作精先，又一本作光先。"

6.《荐士》（此为孟郊诗）

"爱遇均覆焘"句。

洪曰："公有《与余庆书》云：'再奉示问，皆缘孟家事。'郊死于元和九年，时余庆为兴元尹。韦庄云：'东野佐徐州幕，卒，使下廷评以墓志。'考之余庆在兴元奏郊为参谋，未至而卒。庄说非也。"

7.《驽骥》

解题。

洪曰："唐本下有'赠欧阳詹'四字。"

按：《别本韩文考异》作"唐本有'赠欧阳詹'字"，后多"或作《驽骥吟示欧阳詹》，詹集有《答韩十八〈驽骥吟〉》"二句，《韩愈全集校注》将此二句作朱熹语，当从之。

8.《马厌谷》

"士无短褐"句。

洪曰："按：《列子》云：'衣则裋褐，食则粢粝。'《音义》引《方言》：'裋，复襦。'许氏注《淮南子》云：'楚人谓袍为裋。'《说文》云：'粗衣。'又蔽布襦也。又襜褕短者谓之裋褕。《荀子》作'竖褐'，注云：'童竖之褐。'《汉书》云：'裋褐不完。'注云：'裋，童竖所着布长襦也。褐，毛布之衣也。'杜子美云：'赐浴皆长缨，与宴非短褐。''短褐风霜人，还丹日月迟。'皆作长短之短。盖襜褕短者谓之裋褕，则短义亦通。抑古书自有作短褐者，予未之见耶？"

9.《嗟哉董生行》

"泜水出其侧，不能千里"句。

洪曰："不能千里者，以兴董生居下，其可以施于人者不遐也。"

卷三

1.《桃源图》

解题。

洪曰："渊明叙桃源事，初无神仙之说。梁伍安贫为《武陵记》，亦祖述其语耳。渊明云：'先世避秦时乱。'而安贫云：'曩以避秦之乱，邑人相率携妻孥隐此，厥后绝不外通，何人世之多迁贸也。'后人不深考，因谓秦人至晋犹不死，遂以为地仙。非是。"

按：《五百家注昌黎文集》《别本韩文考异》俱作"任安贫"，且少"非是"二字，皆误，据《韩愈全集校注》改。

2.《东方半明》

"东方半明大星没"句。

洪庆善曰："旧本作'半明'。今蜀本题语亦作'半明'。既云'大星没'，则不应'未明'也。传本多习于诗人成语而不考其意义故也。"

按：此对当时传本中"半明"习见的异文"未明"作辨正。

3.《感春四首》

"百年未满不得死，且可勤买抛青春"句。

洪曰："东坡云：'抛青春，必酒名。'予按此诗在江陵作，盖江陵酒名也。"

4.《寒食日出游》

"有月莫愁当火令"句。

洪曰："此诗春末夏初，故云火令。"

卷四

1.《游青龙寺赠崔群补阙》

（1）解题。

洪曰："诗云'正值万株红叶蒲'，谓柿也；'灵液屡进颇黎盎'，谓食柿也；'忽惊颜色变韶稚'，言为红赤所照曜也。东坡云：'九月，柿叶赤而实红。'故是诗终篇皆言赤色。白乐天《青龙寺早夏诗》云：'新叶阴凉多。'亦谓此也。《杂俎》云：'柿有七绝：一寿、二多阴、三无鸟巢、四无虫、五霜叶可爱、六嘉宾、七落叶肥大也。'《小说》：'郑虔学书，病无纸，知慈恩寺有柿叶数间，遂借僧居，取红叶学书，岁久殆遍。'知当时僧居多种此树也。一云《赠崔大群补阙》'。"

（2）"恻耳酸肠难濯澣"句。

洪曰："恻字作侧字者非。"

2.《赠崔立之评事》

"有似黄金掷虚牝"句。

洪曰："牝，溪谷也。古诗云：'哀壑叩虚牝。'"

3.《送区弘南归》

解题。

洪曰："区，区冶子之后。集有《送区册序》，说者谓即弘也。故张籍送弘诗曰：'韩君国大贤，道德赫已闻。昨出为阳山，尔区来趋奔。韩官迁法曹，子随至荆门。韩入为博士，崎岖从羁轮。'今本皆作欧弘，误矣。"

4.《三星行》

解题。

洪曰："《三星行》《剥啄行》皆元和初遇谗求分司时作。"

5.《和皇甫湜陆浑山火用其韵》

（1）解题。

洪曰："一作'次韵'，非是。刘贡父云：'唐人赓和诗，有次韵，依其次用韵也；有依韵，同在一韵中耳；有用韵，用彼之韵，不必次之，退之和《陆浑山火》是也。'"

（2）"错陈齐玫阘华园"句。

①洪曰："谓火齐、玫瑰也。"（此据《别本韩文考异》）②洪曰："作收者非是。玫，音梅，《说文》云：'火齐，玫瑰也。'"（此据《韩愈全集校注》所引祝充《音注韩文公文集》载录的洪氏辩证内容）

按：《五百家注昌黎文集》作"玫，音梅，一作收。洪曰：'作收者非是，玫又一作致，阘一作阗。'"

（3）"斥弃舆马背厥孙"句。

洪曰："水生木，木生火。水之于火，犹祖视孙也。"

（4）"盎池波风肉陵屯"句。

洪曰："'陵屯'字见《庄子》，当从陵。"

(5)"女丁妇壬传世婚"句。

洪曰:"丁,火也。壬,水也。火,女也。壬,男也。丁为妇于壬,故曰女丁妇壬,一作夫丁妇壬,亦通。夫丁,壬也。言壬为丁夫。妇壬,丁也,言丁为壬妇。"

按:依上下文看,"壬,男也"当从《别本韩文考异》作"水,男也"。

(6)"视桃着花可小骞"句。

洪曰:"《月令》:'仲春,始雨水,桃始华。'《汉书》云:'来春桃花水盛。'谓二月雨水盛也。"

(7)"月及申酉利复怨"句。

洪曰:"谓七八月多水潦也。"

6.《东都遇春》

"有船魏王池"句。

洪曰:"《河南志》云:'洛水经尚善、旌盖二坊之北,南溢为池,深处至数顷,水鸟洋泳,荷芰翻覆,为都城之胜。贞观中,以赐魏王泰,故号魏王池。'"

按:《五百家注昌黎文集》"贞观"误作"正观",当改。

7.《感春五首》

"辛夷高花最先开"句。

洪曰:"辛夷高数丈,江南地暖,正月开;北地寒,二月开。初发如笔,北人呼为木笔。其花最早,南人呼为迎春。"

按:《别本韩文考异》"辛夷"后多"树"字。

卷五

1.《送无本师归范阳》

解题。

洪氏亦云:"按送无本时公为河南令,不应至是方相知。又岛初为浮屠后,乃举进士。此云后改名无本,乃传者之误也。"

2.《石鼓歌》

"孔子西行不到秦,掎摭星宿遗羲娥"句。

洪庆善辨之曰："上音奇。下之石切。来俊臣掎摭诸武。"

按：此句辑自吴曾《能改斋漫录》"掎摭"条。

3.《双鸟》

解题有"此诗仲涂解甚详，洪庆善又祖其意而笺之，揆以它说，于理为近，今备载哉"句，知文中"洪曰"皆洪庆善《辩证》内容。

（1）"双鸟海外飞，飞来到中州"句。
洪曰："非周孔之教，而行乎中国。"

（2）"一鸟集幽岩"句。
洪曰："清静无为。集，一作巢。"

（3）"不得相伴鸣，尔来三千秋"句。
洪曰："不相为谋，其来久矣。"

（4）"春风卷地起，百鸟皆飘浮"句。
洪曰："春风起则百鸟飞且鸣矣，天下之善鸣者遇其时，各以其术自奋。"

（5）"两鸟忽相逢，百日鸣不休"句。
洪曰："二氏并行，各骋其辩。"

（6）"百舌旧饶声，从此恒低头"句。
洪曰："虽善辩者，无所容其喙。"

（7）"得病不呻唤，泯默至死休"句。
洪曰："忍死受害，不敢复言。默，一作然。"

（8）"雷公告天公，百物须膏油"句。
洪曰："天公喻君也，膏泽不下于民，以两鸟鸣故也。"

（9）"自从两鸟鸣，聒乱雷声收"句。
洪曰："雷者，天下号令。雷声收则号令不行也。"

（10）"草木有微情，挑抉示九州"句。

洪曰："万物有成理而不说，今则说之。"

（11）"虫鼠诚微物，不堪苦诛求"句。

洪曰："诛求至于虫鼠，甚矣。"

（12）"不停两鸟鸣，大法失九畴"句。

洪曰："凡在天地间居者，皆不得其所。"

（13）"周公不为公，孔丘不为丘"句。

洪曰："孟子曰：'杨墨之道不熄，孔子之道不著。'与此意同。"

（14）"天公怪两鸟，各捉一处囚"句。

洪曰："有王者作，则两鸟不得争鸣于天下。"

（15）"百虫与百鸟，然后鸣啾啾"句。

洪曰："能言之类，各得申其说。"

（16）"还当三千秋，更起鸣相酬"句。

洪曰："两鸟闭声而省愆尤，宜其衰也。然蚕食于民犹如此其甚，盖不能扼其吭，绝其声，则久而复鸣，理势之必然也。"

4.《听颍师弹琴》

解题。

洪氏亦曰："或云：'"浮云柳絮无根蒂"云云，此泛声也，谓轻非丝，重非木也。"啾喧百鸟群"云云，泛声中寄指声也。"跻攀分寸不可上"，吟绎声也。"失势一落千丈强"，历声也。善琴者云此数声最难工。'"

按：吴曾《能改斋漫录》"僧义海评韩文公苏东坡琴诗"条云："洪庆善亦尝引用，而未知出于晁。"言此句初出于晁无咎。

5.《送陆畅归江南》

解题。

洪曰："畅，字达大，尝著《蜀道易》。《酉阳杂俎》云：'畅，江东人，娶董溪女。'溪墓志云：'丞相陇西公第二子，迁商州刺史，除名。徙封州，死湘中。明年，许归葬。元和八年十一月，葬河南，长女嫁吴郡。'陆畅诗云：'迎妇丞相府。'即此也。'我实门下士'，退之尝为董晋从事，'永负湘中坟'，送畅时溪未归葬也。"

按：《别本韩文考异》引此作："洪曰：'畅，字达夫，娶董溪女。溪，丞相董晋第二子，贬死湘中，事见墓志。公尝为董晋从事。'"

6.《寄皇甫湜》

"涕与泪垂泗"句。

洪曰："涕、泗，一也。退之此语似乎率尔，余曰不然。《诗》曰：'涕泗滂沱。'滂沱，横流貌。《易》曰：'出涕沱若。'言涕出如沱。沱，水名也。今曰'涕与泪垂泗'，言涕泪之出如泗水耳。"

按：疑"退之"后数句当为魏仲举疏证内容，前为洪注内容。

7.《病中赠张十八》

"哆口疏眉厖"句。

洪曰："公称张籍'哆口疏眉庬'，魏灏称李太白'眸子炯然，哆如饿虎。'二公状貌，可想见也。"

8.《寄崔二十六立之》

(1)"摧肠与戚眉"句。

洪曰："作戚居者，非是。"

按：此对"戚眉"作"戚居"之异文作辨正。

(2)"欢华不满眼，咎责塞两仪"句。

洪曰："魏道辅云：'诗恶蹈袭古人，亦有袭而愈工，若出于己者，盖思愈精，则语愈深也。'魏人章疏云：'福不盈眦，祸将溢世。'退之则曰：'欢华不满眼，咎责塞两仪'，盖工于前也。"

(3)"乃令千里鲸，么麽微鲛鲥"句

洪庆善曰："麽，亡果切。么麽，细小貌。班彪曰：'么麽不及数子。'"

按：此句辑自吴曾《能改斋漫录》"么麽"条。

(4)"愿君恒御之，行止杂燧觿"句。

但洪本云："澄作杂。燧山，见《内则》。言当常御此饎，杂于所佩燧觿之间也。"

按：《韩愈全集校注》"燧山"作"燧觿"，且后多"此乃得之"一句。

9.《月蚀诗效玉川子作》

（1）解题。

洪曰："或谓馆中本作'删玉川子作'。汪内翰彦章本作'删'。"

按：此据方崧卿《韩集举正》，《别本韩文考异》引作："或谓馆中本'效'作'删'，汪彦章本同。"

（2）"完完上天东"句。

洪本亦云："古书'完'多误作'儿'。"

10.《答孟郊》

（1）"规模背时利，文字觑天巧"句。

洪曰："此效东野。《酬奖樊宗师》云：'梁惟西南屏，山厉水刻屈。'此效宗师。黄鲁直云：'子瞻诗妙一世，乃云效庭坚体。'盖退之戏效樊宗师之比，以文滑稽耳。"

按：《别本韩文考异》"此效东野"前有"规模背时利，文字觑天巧"一句。

（2）"夜讽恒至卯"句。

洪曰："此又以戏其苦吟，且效其体也。"

卷六

1.《华山女》

解题。

洪曰："《记梦》云'安能从汝巢神仙'，《谢自然》云'童騃无所识'，《谁氏子》云'不从而诛未晚耳'，《桃源》云'神仙有无何茫茫'，退之之倔强如此。然此诗颇假借，不知何故。如'洗妆拭面着冠帔，白咽红颊长眉青'，即知女道士也。"

2.《读皇甫湜公安园池诗书其后》

"湜也困公安，不自闲其闲。穷年枉智思，掎撼粪壤间。粪壤多污秽，岂有臧不臧"句。

洪曰："此数句今本脱'其闲''间''粪壤多''不臧'八字。"

3.《泷吏》

"得无虱其间"句。

洪曰："今本作'风其间'，误。"

4.《赠元十八协律六首》

"冠佩立宪宪"句。

洪曰："《诗》云：'显显令德。'《礼记》引《诗》作'宪宪'，退之亦岂以'宪'为'显'耶？"

5.《初南食贻元十八协律》

(1)"鲎实如惠文"句。

洪曰："惠文，冠名。一本作'车文'。今《广韵》引《山海经注》亦作'车文'，又释音云：'郭璞云："鲎形如车文。"'未详。"

按：《能改斋漫录》"辨鲎"条作："洪庆善辨之曰：'鲎，雌尝负雄。惠文，冠名。一本作"车文"。今《广韵》引《山海经注》，亦作"车文"，未详。'"

(2)"章举马甲柱"句。

洪曰："即今之江瑶柱。"

6.《除官赴阙至江州寄鄂岳李大夫》

"不枉故人书，无因帆江水"句。

洪曰："帆，去声，船使风也。今本作泛，非是。"

按：《韩愈全集校注》"泛"作"汛"。

卷七

1.《雪后寄崔二十六丞公》

(1)"诗翁憔悴斸荒棘"句。

洪曰："诗翁，指孟郊也。"

按：《韩愈全集校注》无"诗翁"二字。

（2）"脑脂遮眼卧壮士"句。

洪曰："谓张籍病眼。"

按：《韩愈全集校注》作"谓张籍也。"

2.《送僧澄观》

"僧伽后出淮泗上"句。

洪曰："李太白《僧伽歌》云：'此僧本住南天竺，为法头陀来此国。'又云：'嗟子落泊江淮久，罕遇真心说空有。'盖相遇于江淮也。太白于豪杰中识郭子仪，隐逸中识司马承祯，浮屠中识僧伽，则其人可知。"

3.《南内朝贺归呈同官》

（1）解题。

洪曰："长安有三内，皇城在西北隅，谓西内。东内曰大明宫，在西内之东。南内曰兴庆宫，在东内之南。此诗云'罢贺南内衙'，即南内也。《奉酬卢给事》诗云：'大明宫中给事归'，即东内也。"

（2）"绿槐十二街"句。

洪曰："《中朝事迹》云：'天街两畔槐树，俗号为槐街'。白乐天《游园诗》云：'下视十二街，绿槐间红尘。'即此也。"

按：此据《别本韩文考异》，《韩愈全集校注》《五百家注昌黎文集》将此定为樊汝霖语。

4.《读东方朔杂事》

解题。

洪曰："退之不喜神仙，此诗讥弄权挟恩者耳。"

5.《示儿》

"酒食罢无为，棋槊以相娱"句。

洪曰："唐人诗云：'星宿天围棋，冢子地握槊。'棋，奕也。槊，博也。"

按：《别本韩文考异》"博"作"愽"，"槊，博也"后多"齐国朱世隆与元世儁握槊，忽闻笑声，一局尽倒。"

6.《送诸葛觉往随州读书》

"行年余五十，出守数已六"句。

洪曰："公《处州孔子庙碑》为繁作也，而传不言其为处州。所载特随、亳二州，而亳又在公亡后为之。此诗言'出守数已六'，而白乐天有繁刺吉州及遂州制，则知史氏所遗略多矣。"

7.《南溪始泛三首》

"南溪亦清驶"句。

洪曰："作駃误。"

按：此对"驶"作"駃"之异文作辨正。

卷八

1.《城南联句一百五十韵》

（1）解题。

洪曰："上则唐虞《赓歌》，下则汉武《柏梁》，皆联句之所起。"

（2）"竹影金镙碎"句。

洪曰："谓日光在其中，不必道破。若曰日光金镙碎，则不可也。"

按：《别本韩文考异》"镙"作"琐"，无"谓""不必道破"五字。《韩愈全集校注》作："（洪兴祖）《辨证》云：'虽云日光，实系于竹，曰日影金镙碎可乎？'"

（3）"食鳞时半横"句。

洪曰："又曰：'此句及下句云"楚腻鳢鲔乱""群鲜沸池羹""庖霜脍玄卿""鱼口星浮没""通波轫鳞介"，是皆说鱼，意不相犯。'鳞，一作鲜。"

按：《韩愈全集校注》无"又曰"、无"此句及下句云"，"楚腻鳢鲔乱"前有"食鳞时半横"，"是皆说鱼"作"虽皆说鱼"，"意不相犯"后有"也"字，无"鳞，一作鲜"。

（4）"蔓涎角出缩"句。

洪曰："谓蜗牛也。"

（5）"沙篆印回平"句。

洪曰："华山有青柯平、种药平，张道陵二十四化有平阳化、北平化，因地平处以为名也。"

(6)"舍心舍还争，灵麻撮狗虱"句。
洪曰："《博雅》云：'狗虱，胡麻也。'"
按：《韩愈全集校注》无"也"字。

(7)"红皱晒檐瓦"句。
洪曰："红皱，说者曰干枣。"

(8)"黄团系门衡"句。
洪曰："黄团，瓜蒌也，一曰匏瓜。"
按：《别本韩文考异》作"一曰天瓜"，其后多"衡，门上木"一句。

(9)"相残雀豹趫"句。
洪曰："(趫，)跳跃貌。《玉篇》：'趫趫，跟党也。'"
按：《韩愈全集校注》将此定为祝充语。"跟党"作"跟党"，是，当从。

(10)"玉啼堕犹枪"句。
洪曰："此以咳唾喻珠玑，以啼泣喻玉箸也。"

(11)"货至貊戎市"句。
洪曰："貊，北方国。戎，西夷。"

(12)"瘿颈闹鸠鸽，蜿垣乱蚑蛸"句。
洪曰："蜿垣，谓蜿蜒于墙垣之间，杂蚑蛸也。蚑，多足虫。蛸，蜥蜴。瘿颈，蜿垣，皆双声。"
按：《韩愈全集校注》无"瘿颈，蜿垣，皆双声"一句。

(13)"韶曙迟胜赏"句。
洪曰："曙，晓也。迟，待也。"

2.《会合联句》
(1)"剥苔吊班林"句。

洪曰："魏道辅云：'湘中斑竹方生时，每点上有苔钱封之甚固，土人斫竹以草壤洗去之，则紫晕襴斑可爱。'"

（2）"峨冠惭阘嗵"句。

洪曰："此四句下今本注曰郊，唐本注曰愈，按退之家在洛阳，则唐本为是。"

按：《韩愈全集校注》作："洪云：'退之家在洛阳，尝谪阳山，今为博士，则唐本为是。'"《别本韩文考异》与《韩愈全集校注》同。

3.《斗鸡联句》
（1）"磔毛各噤瘁"句。

洪曰："瘁，一作痒，一作瘁，皆误。《香奁集》云：'噤瘁余寒酒半醒。'亦误作痒。"

（2）"受恩惭始隗"句。

洪曰："熙宁间，东府成，车驾临幸。介甫诗云：'功谢萧规惭汉第，恩从隗始诧燕台。'或疑萧何功第一，郭隗事无恩字，介甫以退之联句为对。"

4.《纳凉联句》
"龙沉极煮鳞"句。
洪曰："用《左氏》醢龙事。"

5.《秋雨联句》
（1）"卧冷空避门，衣寒屡循带"句。
洪曰："循，今本作修，误也。"

（2）"僮仆诚自郐"句。
洪曰："言吾人犹绝粮，僮仆无足言者。"

6.《征蜀联句》
（1）"日王忿违懒"句。
洪曰："日，往日也。《左氏》：'日卫不睦，故取其地。'"

（2）"阴焰飚犀札"句。

洪曰："说者谓此联尽雕刻之工而语仍壮。"

（3）"及归柳嘶蛰"句。

洪曰："记时之语，工矣。"

7.《晚秋郾城夜会李正封联句上王中丞卢院长》

（1）解题。

①洪氏云："旧本'从军古云乐'四句下注云'正封上中丞'，中丞即退之，'羁客方寂历'下四句注云'愈奉院长'，院长即正封也。其称王卢，缪矣。"（此据《五百家注昌黎文集》）

②洪曰："今本有'上王中丞卢院长'者，非。"（此据《别本韩文考异》《韩集举正》）

（2）"照夜焚城郭"句。

洪曰："此四句旧注曰'愈'，今本脱之。"

（3）"归骑猎麟脚"句。

洪曰："《子虚赋》：'射麋格麟。'师古云：'或作脚，言持引其脚故也。'"

按：此引颜师古《汉书注》，颜师古就《子虚赋》"射麋格麟"一句中"格"之异文"脚"，进行了合理的释义，洪兴祖引之以说明韩愈诗句中"猎麟脚"之义。

卷九

1.《郴州祈雨》

"行看五马入"句。

洪曰："古乐府云：'五马立踟蹰。'《礼》：'天子六马，左右骖。三公、九卿驷马，右騑。'汉制，九卿则中二千石，亦右騑。太守有功德者亦秩中二千石，王成乃有右騑，故以五马为太守美称。《东朔外传》：'郡守，驷马驾车，一马行春。'卫宏《舆服志》：'诸侯驷马，附以一马。'《南史》：'柳景元兄弟五人并为太守，时人语曰："柳氏门庭，五马逶迤。"'谢灵运为永嘉太守，常以五马自随，立五马坊、五马亭，载于图记。"

按：《韩愈全集校注》少《东朔外传》和《舆服志》两段内容。

2.《早春雪中闻莺》

解题。

洪曰："北地春晚方闻莺，此诗盖南迁时作也。"

3.《木芙蓉》

"采江官渡晚，搴木古祠空"句。

洪曰："或作'采江秋节晚，搴木古祠空'，又作'秋江官渡晚，搴木古祠空'，皆后人妄改耳。搴作褰，亦非是。"

4.《和库部卢四兄曹长元日朝回》

解题。

洪曰："《国史补》云：'两省相呼为阁老，尚书丞、郎相呼为曹长，郎中、员外、御史、遗补相呼为院长，上可兼下，下不可兼上，惟御史相呼为端公。'然退之呼卢库部为曹长，张功曹为院长，则上下亦通称也。"

按：《别本韩文考异》"上可兼下"无"可"字。《五百家注昌黎文集》将《国史补》误作《国史谱》，"尚书丞郎"误作"尚书丞即"，当改。

5.《盆池五首》

"莫道盆池作不成"句。

洪曰："刘贡父云：'退之古诗高卓，至律诗虽可称善，要有不工者，"老翁真个似童儿"，此真谐语为戏耳。'或云《盆池诗》有天工，如'拍岸才添水数瓶''一夜青蛙鸣到晓'，非意到不能作也。"

6.《赠同游》

"催归日未西"句。

洪曰："鲁直云：'吾儿时每哦此诗，而了不解其意。自出峡来，吾年五十八矣，时春晓，偶忆此诗，方悟之。唤起、催归，二禽名也，古人于小诗用意精深如此，况其大者乎？盖其学问渊源，有五石六鹢之旨。催归，子规也；唤起，声如人络丝，圆转清亮，偏于春晓鸣，江南谓之春唤。'"

按：《别本韩文考异》"而了不解其意"作"而不了解其意"。

卷十

1.《和裴相公东征涂经女几山下作》

"山倚秋空剑戟明"句。

洪曰："一士人云：'以我之旗，况彼云霞。以彼之山，况我剑戟。'诗家谓之回鸾舞凤格。"

2.《祖席·前字》

"淮阳知不薄，终愿早回船"句。

洪曰："'淮南'当作'淮阳'，用汲黯事，以后诗有'淮南'字，随笔以误也。"

按：此据《韩集举正》，《别本韩文考异》作："洪本作阳，云：'用汲黯事，以后诗有"淮南"字，随笔以误也。'"当改从《韩集举正》。

3.《晚次宣溪辱韶州张使君惠书叙别酬以二章》

"韶州南去接宣溪"句。

洪曰："韶州，今本作潮州，非是。"

4.《将至韶州先寄张使君借图经》

解题。

洪曰："此诗及下至《韶州留别》诗，皆自潮移袁道中作。"

5.《谢裴司空寄马诗》（此为张籍作）

"初到贫家举眼惊"句。

洪曰："此联刘贡父云：'诗人之词微而显，亦少其比。'"

6.《和水部张员外宣政衙赐百官樱桃诗》

解题。

洪曰："一本题作《和张水部敕赐樱桃诗》。"

卷十一

《读墨子》

（1）"孔子祭如在，讥祭如不祭者"句。

洪曰："《语》云：'吾不与祭如不祭。'言祭如不祭者，吾所不与。与，许也。"

（2）"不相用，不足为孔、墨"句。

洪曰："《列子》云：'孔丘、墨翟无地而为君，无官而为长。'又古语云：'墨翟突不及黔，孔丘席不及暖。'孟子以前皆以孔、墨并称，则墨亦大贤。孟子特以其非中道，其流不能无弊，故阘之耳。《艺文志》曰：'墨家者流，盖出于清庙之守。茅屋采椽，是以贵俭；养三老五更，是以兼爱；选士大射，是以尚贤；宗祀严父，是以右鬼；顺四时而行，是以非命；以孝视天下，是以尚同。此其所长也。'退之《读墨》，盖出于此。庄、孟、荀卿之论，皆斥其所短也。"

卷十二

1.《师说》

解题。

洪兴祖注："柳子厚《答韦中立书》云：'今之世不闻有师，有辄笑之以为狂人。独韩愈奋不顾流俗，犯笑侮，收召后学，作《师说》，因抗颜而为师。世果群怪聚骂，指目牵引而增与为言辞。愈以是得狂名，居长安，炊不暇熟，又挈挈而东西。如是者数矣。'又《报严厚舆书》云：'仆才能勇敢不如韩退之，故不为人师。人之所见有同异，无以韩责我。'余观退之《师说》云：'弟子不必不如师，师不必贤于弟子。'其言非好为人师者也。学者不归子厚归退之，故子厚有此说耳。"

按：此据《韩愈文集汇校笺注》，《五百家注昌黎文集》作："洪曰：'柳子厚《答韦中立书》云："今之世不闻有师，独韩愈不顾流俗，犯笑侮，收召后学，作《师说》，因抗颜为师。愈以是得狂名。"又《报严厚舆书》云："仆才能勇敢不如韩退之，故不为人师。人之所见有同异，无以韩责我。"余观退之《师说》云："弟子不必不如师，师不必贤于弟子。"其言非好为人师者也。学者不归子厚归退之，故子厚有此说耳。'"考内容完整性，当从《韩愈文集汇校笺注》所引。

2.《五箴》

"余生四十有八年，发之短者日益白，齿之摇者日益脱"句。

洪曰："'四十有八年'，一本作'三十有八年'。按贞元十八年《与崔群书》云：'左车第二牙脱去，两鬓半白，头发五分亦白。'又《祭老成文》云：'吾年未四十，而视茫茫，而发苍苍，而齿牙动摇，自今年来，苍苍者或化而为白矣，动摇者或脱而落矣。'此云：'发之短者日益白，齿之摇者日益脱。'以此观之，公未四十时屡有此叹，知作'四十八'为误矣。"

按：此据《五百家注昌黎文集》，《韩愈文集汇校笺注》作"当做'三十有八年'"。在"'发之短者日益白，齿之摇者日益脱。'"后多"明年《感春》云：'冠敧感发秃，语误悲齿堕'"句。考洪兴祖《韩子年谱》知自"按贞元十八年"起至"齿之摇者日益脱"皆为《年谱》内容，则自"按贞元十八年"至末可能皆为魏仲举所言；或为洪兴祖引己《韩子年谱》作说明，此《辨证》与《年谱》内容重复之例可见《别本韩文考异》所录《与大颠师书》一文之解题，详后文"《别本韩文考异》外集卷二"部分第1条及第3条。

3.《讳辩》

解题。

洪曰："李贺父名晋肃，边上从事。贺年七岁，能歌诗。时愈与皇甫湜未信，过其父，使贺赋诗，立就，自目曰《高轩过》。二人大惊。他日举进士，或谤贺不避家讳，公特著《讳辩》一篇。又《幽闲鼓吹录》云：'贺以歌诗谒愈，愈送客归，困，解带旋读。首篇《雁门太守行》云："黑云压城城欲摧，甲光向日金鱼开。"却插带急命邀之。'又云：'张昭《论旧君讳》云："周穆王讳满，至定王时有王孙满者。厉王讳胡，至庄王之子名胡。其比众多。"退之《讳辩》取此意。'"

4.《伯夷颂》

解题。

洪曰："武王克商，迁九鼎于洛邑，义士犹或非之，自春秋时已有此说。义士，谓伯夷也。近世学者以太史公所记为不然，因谓孔子称饿于首阳之下，非不食周粟，盖绝粮耳。余谓武王伐纣，太公佐之，伯夷非之。佐之者以拯天下之溺，非之者以惩万世之乱，其用心一也。不然，则商之三仁或去或不去，或死或不死，何以皆得为仁邪？"

卷十三

1.《释言》

解题。

洪曰："《国语》：'晋骊姬之难，公子夷吾出奔梁。居二年，骊姬使奄楚以环释言。'注云：'以言自解释也。'退之作《释言》，取此义。"

按：此"居二年"一句为完整引用《国语·晋语》，"居二年"前一句为述引。

2.《河中府连理木颂》

"奋肆姁媮"句。

洪曰："姁媮，和悦貌。《选》云：'姁媮致态。'"

按：《五百家注昌黎文集》"态"误作"熊"，当改。

3.《徐泗豪三州节度掌书记厅石记》

（1）解题。

洪庆善辨韩退之《徐泗豪三州节度掌书记厅石记》曰："豪，今误作濠。《唐地理志》云：'濠，初作豪。'元和三年，刺史崔公表请其事，由是改为濠，取水名也。退之作记，在贞元十五年，尚为豪。诸本作濠，误矣。"

按：此据吴曾《能改斋漫录》"辨豪州字误"条录，然《韩子年谱》亦载，与此大意相通，但字句不同，作："洪云：'《地理志》："濠，初作豪，元和三年改为濠。"据退之作记时尚为豪，作濠误矣。'"

（2）"其一人曰陇西李博，自前乡贡进士授秘书省校书郎，方为之"句。

洪曰："孟容以文词知名。兼，建中初进士，家聚书至万卷。博，公同年进士。《赠李君房别》云：'李生在南阳公之侧。'或云：'恐是博。'"

按：此并释前文所举许孟容、杜兼二人。

4.《画记》

"始得此画而与余弹碁"句。

洪曰："沈存中云：'弹碁有谱一卷，其局方二尺，中心高如覆盂。其巅为小壶，四角微隐起。李商隐诗："玉作弹碁局，中心亦不平。"谓其中高也。白乐天诗："弹碁局上事，最妙是长斜。"谓抹角斜弹，一发过半局，今谱中有此法。'"

按：《五百家注昌黎文集》作"王作弹碁局"，误，当改。

卷十四

1.《郓州溪堂诗并序》

（1）序文部分"于时沂、密始分而残其帅"句。

洪曰："元和十四年，沂海将王弁杀其观察使王遂，自称留后也。"

（2）序文部分"其后幽、镇、魏不悦于政，相扇继变"句。

洪曰："谓长庆元年，幽州卢龙军都知兵马使朱克融囚其节度使张弘靖以反；成德军大将王廷凑杀其节度使田弘正以反；二年，魏博节度使田布自杀，兵马使史宪诚自称留后。"

按：《五百家注昌黎文集》"囚"误作"因"，"留后"误作"刘后"，今据《韩愈文集汇校笺注》改。

（3）序文部分"徐亦乘势逐帅自置，同于三方"句。

洪曰："谓二年武宁军节度副使王智兴逐其节度使崔群也。"

2.《改葬服议》

"卫司徒文子改葬其叔父，问服于子思，子思曰：'礼：父母改葬，缌。既葬而除之。不忍无服送至亲也'"句。

洪曰："《旧唐·礼仪志》云：'田再思议曰，改葬之服，郑玄"服缌三月"，注云"讫葬而除"。'"

按：《韩愈文集汇校笺注》"《旧唐·礼仪志》"前多"往年蔡元度改葬其亲，以问东方士人，无知之者。余因读《孔丛子》见之"数句。《韩愈全集校注》亦多此数句，后作："《旧唐书·礼仪志》云：'田再思议曰，改葬之服，郑云"服缌三月"，王云"讫葬而除"。'"

卷十七

《与崔群书》

解题。

洪曰："刘禹锡云：'韩十八太轻薄，谓李廿八程曰："某与崔大群同年往还，直是聪明过人。"李曰："何处过人？"韩曰："往还二十余年，不曾说著文章，岂不是聪明过人也。"'按此书称群不容口，恐未必尽然，盖禹锡晚与公不相协，溢恶之言尔。"

卷十九

1.《答友人论京尹不台参书》

"赤令尚与中丞分道而行，何况京尹"句。

洪曰："按《魏氏春秋》云：'故事，御史中丞与洛阳令相遇，则分路而行。以事主多逐捕，不欲稽留。'然非唐制也。《顺宗实录》云：'故事，尹与御史相遇，尹下道避。'尹尚避御史，岂有不台参之理？当时敕放台参，后不为例，则知故事须台参也。"

按：《韩愈全集校注》"事主"作"土主"。

2.《送陆歙州诗序》

解题。

洪云："一本自此下为第二十卷。"

3.《送孟东野序》

"就其善鸣者，其声清以淳"句。

洪曰："旧本淳字作浮，当从旧本。"

4.《送窦平从事序》

"皇帝临御天下二十有二年"句。

洪曰："德宗大历十四年即位，至贞元十六年，凡二十二年。"

按：《韩愈文集汇校笺注》于"凡二十二年"后多"时公自徐州修居于洛"一句。

5.《上巳日燕太学听弹琴诗序》

"天子念致理之艰难，乐安居之闲暇，肇置三令节"句。

洪曰："旧史云：'贞元四年九月，诏正月晦日、三月三日、九月九日三节日，宜任文武百僚选胜地追赏为乐。五年正月，诏以二月一日为中和节，代正月晦日，备三令节数。'此序在贞元壬午、癸未间，公为四门博士。其云'肇置三令节'，盖谓德宗朝始置耳。"

按：《别本韩文考异》"百僚"作"官僚"。

6.《送李愿归盘谷序》

"盘之泉，可濯可湘"句。

洪又曰："一作'沿'，盖石本磨灭，或以阁本意之也。"

按：此据方崧卿《韩集举正》，该句前方崧卿云："洪、樊、石本皆作'可湘'，阁本、杭本并同，蜀本与此本作'可沿'。"《别本韩文考异》云："洪云：'石本在济源张端家，皆缺裂不全，惟"可濯可湘"一句甚明。'又与方引洪氏磨灭之说不同。"可见洪氏认为石本本作"可沿"，因为"沿"字被磨灭，故后来的整理者根据阁本的"可湘"，也把石本改成"可湘"，不过《别本韩文考异》似乎看到了另外的洪氏之说，该说认为石本别处文字都缺裂，只有"可濯可湘"一句最清晰，可见石本本就作"可湘"，这又与《韩集举正》中所引洪氏之说相抵牾。据此，不知何种说法方是洪兴祖《辨证》的内容，今两存之。又或洪兴祖所见石本已为改字后的重新刊刻本，只是重新散乱后留存在张端家，故"可湘"二字极为清晰，据此则二说实不矛盾。

卷二十一

1.《送殷侑员外使回鹘序》

（1）"持被入直三省，丁宁顾婢子，语刺刺不能休"句。

洪曰："或云'持被入直'当为句绝。宋景文公云：'"襆被入直，三省丁宁，顾婢子语刺刺不能休""妇顺夫旨，子严父诏""耕于宽闲之野，钓于寂寞之滨"，此等皆新语也。'以'持'为'襆'，岂别本作'襆'邪？"

按：此据《韩愈文集汇校笺注》，《五百家注昌黎文集》无"此等皆新语也"以后数句，《韩集举正》《别本韩文考异》无"当为句绝"后内容，《韩集举正》"当为句绝"后录洪兴祖音注"省，息井切。刺，卢达切"，《别本韩文考异》"当为句绝"后录洪兴祖音注"三，息暂反。省，息井切"，详见下条。

（2）"岂不真知轻重大丈夫哉"句。

①方云："洪庆善谓唐无三省，'持被直入'当为句绝。三，息暂反。省，息井切。"

②刺刺，方云："洪庆善云：'刺，音虑达反。'"

按：此据《别本韩文考异》。

2.《送杨巨源少尹序》

"国子司业杨君巨源方以能诗训后进"句。

洪曰："白乐天《赠杨秘书巨源》诗云：'早闻一箭取辽城，相识虽新有故情。清句三朝谁是敌，白头四海半为兄。'注云：'杨尝《赠卢洛州诗》云："三刀梦益州，一箭取辽城。"由是知名。'"

按：此据《五百家注昌黎文集》，《韩愈文集汇校笺注》"尝"后有"有"字，是，当据补；"卢洛州"作"卢洺州"，是，亦应据改；"由是知名"句后多"退之此有送杨序"一句。

3.《送水陆运使韩约侍御归所治序》

"振武军吏走驿马诣阙告饥"句。

洪曰："吾宗玉父云：'以文考之，当是元和六年。振武，今麟州路也，《唐志》无所考。'按：唐曹璠所撰《国镜》云：'振武所管，麟、胜二州五县。'胜，今府州也。又云：'河东水陆运使所管营田三千三百顷，一年搬胡落池盐一万二千石，博籴米二万四千石充振武军粮。'"

按：《五百家注昌黎文集》"玉父"误作"王父"，今据《韩愈文集汇校笺注》改。

4.《开州韦侍讲盛山十二诗序》

"不知其出于巴东以属胸朒也"句。

洪庆善辨曰："《地理志》云：'山南西道闻州盛山郡，本万世郡。义宁二年，析巴东之盛山、新浦，通川郡之万世、西流置。天宝元年，更名胸朒，音润蠢。地下湿，多胸朒虫。'刘禹锡《嘉话》云：'胸朒，蚯蚓也。常至夜，江畔出其身，半跳于空中而鸣。上音屈，下音忍。'《集韵》云：'胸朒，在汉中，俗作胸，非是。'"

按：此条出吴曾《能改斋漫录》"辨胸朒"条，较之《五百家注昌黎文集》所引内容为多。

5.《石鼎联句诗序》

（1）解题。

方云："洪庆善曰：'张文潜本校与诸本特异，盖原于蔡文忠也。然增损太多，不知得于何本。今姑以杭、蜀本为正。'"

按：此据方崧卿《韩集举正》。

（2）"弥明貌极丑，白须黑面，长颈而高结，喉中又作楚语"句。

洪庆善云："张右史本无'高'字、'中'字，只是'长颈而结喉，又作楚语'。"

按：此句辑自吴曾《能改斋漫录》"长颈高结喉"条。

6.《石鼎联句》

（1）"上为孤髻撑"句。

师服，洪曰："一作弥明。"

按：此言此句为弥明所联。

（2）"区区徒自效，琐琐不足呈"句。

洪曰："一本注云喜。"

按：此言此句为侯喜所联。

卷二十二

1.《祭郴州李使君文》

（1）"获纸笔之双贶"句。

洪曰："即《李员外寄纸笔》云：'莫怪殷勤谢，虞卿正著书。'"

（2）"投叉鱼之短韵"句。

洪曰："即公《叉鱼十八韵招张功曹》者。"

2.《祭河南张署员外文》

"猛兽果信，恶祷而凭"句。

洪曰："'仆来告言，虎入厩处'而下，予以问葛鲁卿，葛云：'骙不骏，去之则亨矣。虎取而去，疑其亨也，故来寅望征。'猛兽果信'者，言虎取骙果亨，遂有府掾之命，不待祷而有所凭也。'"

卷二十三

1.《祭柳子厚文》

"子之自著，表表愈伟"句。

洪曰："退之文章多为流俗庸人妄改。如'表表愈伟'，尝见一本改作'表奏愈伟'。"

2.《祭郑夫人文》

"昔在韶州之行，受命于元兄，曰：'尔幼养于嫂，丧服必以期。'今其敢忘？天实临之"句。

洪曰："贞观中，魏徵、令狐德棻等议嫂叔服云：'或有长年之嫂，遇孩提之叔。劬劳鞠养，情若所生。分饥共寒，契阔偕老。其在生也，爱之同于骨肉，及其死，则推而远之。求之本原，深所未谕。且事嫂见称载籍非一：郑仲虞则恩礼甚笃，颜洪都则竭诚致感，马援则见之必冠，孔汲则哭之为位。察其所尚，岂非先觉？嫂叔旧无服，今请服小功五月。'制可。公幼养于嫂，服期以报，可为士大夫之法矣。李汉序公文集及李习之状亦云。"

按：魏徵、令狐德棻之议，节自《旧唐书》。

卷二十四

《国子助教河东薛君墓志铭》

"铭曰：宦不遂"句。

洪曰："前汉张释之与兄仲同居，以赀为骑郎，事文帝，十年不得调，亡所知名。释之云：'久宦，减仲之产，不遂也。'或作'官不能达''官不能迁'，皆非。石本作'官不遂'。"

按：《韩愈文集汇校笺注》少"或作'官不能达'"及其后数句。

卷二十七

《衢州徐偃王庙碑》

解题。

洪曰："徐偃王事见《史记》《后汉书》《博物志》《元和姓纂》。然《后汉书》云：'楚文王灭之。'《楚词》亦云：'荆文寤而徐亡。'按周穆王时无楚文王，春秋时无徐偃王，予尝辨于《楚辞补注》中。"

卷二十八

1.《曹成王碑》

（1）解题。

①洪曰："《曹成王碑》造语，法子云也；《南山诗》《平淮西碑》气象宏富，法相如也；《进学解》《师说》之类精深于道理，法刘向也；凡为文，字字有法，法左氏、司马迁也，班固已下不论。

②洪又曰："退之性不喜书，然尝云：'凡为文，宜略识字。'如《曹成王碑》用剟、鞣、鑱、掀、撇、掇、筴、跰等字是也。"

（2）"使令家听户视，奸宄无所宿。"句。

洪曰："皋设监司，能参听下，待将吏短长，赏罚必信。"

2.《试大理评事王君墓志铭》

（1）"既至，对语惊人"句。

洪曰："《摭言》云：'王适侍御元和初举贤良方正、直言极谏科，大直见黜。'即退之所云'对语惊众'也。"

按：此据《五百家注昌黎文集》，此句前魏仲举出异文"一作'众'"，谓"惊人"一作"惊众"，洪兴祖所见即此本。"大直"，《韩愈文集汇校笺注》作"太直"。

(2)"马也不可以守闾"句。

洪曰："《淮南子》：'柱不可以摘齿，筐不可以持屋，马不可以服重，牛不可以追速。'公取此意。"

卷二十九

《唐故检校尚书左仆射右龙武统军刘公墓志铭》

(1)"入三蜀，从道士游。久之，蜀人苦杨琳寇掠"句。

洪曰："按《代宗纪》：'大历三年七月，泸州刺史杨子琳反，陷城都。'杨琳即子琳也，详见《崔宁传》。《新史·昌裔传》云：'杨惠琳乱，昌裔说之。'按：惠琳居灵夏叛，在宪宗初年，《新史》误也。"

按：《新史》指《新唐书》，古人引书多随意。

(2)"我铭不亡，后人之庆"句。

洪曰："爽、庆皆当叶韵。'爽'读若'霜'，'庆'读若'羌'。《反离骚》云：'庆夭悴而丧荣。'沈存中云：'古人谐声，如"庆"字多与"章"字叶韵，"孝孙有庆，万寿无疆""黍稷稻粱，农夫之庆"是也。'《集韵》并收入平声。"

按：此据《五百家注昌黎文集》，《别本韩文考异》将"《反离骚》"作"又《离骚》"，误。

卷三十

1.《唐故监察御史卫府君墓志铭》

"嗟惟君，笃所信"句。

洪曰："《汉书》：武帝《李夫人赋》云：'既往不来，申以信兮。'班固《通幽赋》云：'苟无实，其孰信。'颜师古并注云：'信，叶韵，音新。'此亦音新。"

2.《平淮西碑奉敕撰(并序)》

(1)"犯叶、襄城，以动东都，放兵四劫"句。

洪云："此谓叶与襄城耳，'等'字非是。"

按：此据《别本韩文考异》，"洪云"前有"'城'上或有'等'字"一句。

（2）"曰：'弘！汝其以节都统讨军'"句。

洪曰："按韩弘为淮西诸军行营都统，故或者疑'讨'当作'诸'，然谓讨元济之军，亦何不可？若作'诸军'，则语凡矣。"

卷三十一

1.《南海神庙碑》

"而南海神次最贵，在北东西三神、河伯之上，号为祝融"句。

洪曰："《太公金匮》云：'南海之神曰祝融，东海之神曰勾芒，北海之神曰颛顼，西海之神曰蓐收。'（此句为《别本韩文考异》所引）世人或谓退之因祝融为火正，遂以为南海神，不知有所据也。"（此句为《五百家注昌黎文集》所引）

按：此条为整合《五百家注昌黎文集》与《别本韩文考异》二书所引内容而成。

2.《处州孔子庙碑》

"巍然当座，以门人为配"句。

洪曰："杜牧云：'称夫子之尊，莫如韩史部。'盖公作此碑云：'社稷不屋而坛，孔子用王者事，巍然当座，以门人为配'也。"

卷三十三

1.《唐故正议大夫尚书左丞孔公墓志铭》

"谓曰：'公尚壮，上三留，奚去之果？'曰：'吾敢要吾君？年至，一宜去'"句。

洪曰："盖取龚胜、邴汉俱乞骸骨，诏曰：'古者有司年至则致事，今大夫年至矣。'"

2.《唐故殿中少监马君墓志》

"眉眼如画，发漆黑，肌肉玉雪可怜"句。

洪曰："'可怜'，旧作'可念'。按《妬记》云：'王丞相于青疏台中，观有两三儿骑羊，皆端正可念。'黄鲁直亦尝用'玉雪可念'语。"

卷三十四

《南阳樊绍述墓志铭》

"曰：多矣哉！古未尝有也。然而必出于己，不蹈袭前人一言一句，又何其难也"句。

洪曰："《国史补》云：'元和之后，文笔则学奇于韩愈，学涩于樊宗师。'退之作《樊墓志》，称其为文不剽袭。观《绛守居园池记》，诚然，亦太奇涩矣。本朝王晟、刘忱皆为之注解，如'瑶翻碧敛''嵬眼倾耳'等语，皆前人所未道也。"

卷三十五

《虔州司户韩府君墓志铭》

"凡兆于兹，唯其家之材，盖归有时"句。

洪曰："疑有阙文。"

卷三十六

1.《毛颖传》

解题。

洪曰："退之《毛颖传》，柳子厚以为怪。予以为子虚乌有之比，其流出于庄周寓言。《旧史》云：'愈作《毛颖传》，讥戏不近人情，此文章之甚纰缪者。'天下有识者固少，而《旧史》所见如此，可发一笑。"

按：《旧史》指《旧唐书》。

2.《送穷文》

(1)解题。

洪曰："予尝见《文宗备问》云：'颛顼高辛时，宫中生一子，不着完衣，宫中号为穷子。其后正月晦死，宫人葬之，相谓曰："今日送却穷子。"自尔相承送之。'又《唐四时宝鉴》云：'高阳氏子好衣弊食糜，正月晦巷死。世作糜、弃破衣，是日祝于巷，曰除贫也。'"

(2)"蝇营狗苟，驱去复还"句。

洪曰："魏王思性急，尝执笔作书，蝇集笔端，驱去复来。思怒，逐蝇不得，还乃取笔掷地。"

3.《鳄鱼文》

"亦安肯为鳄鱼低首下中"句。

洪曰："旧本作'下中'。中，身也。《记》曰：'文子其中退然。'今本作'下心'，又有'哉'字。"

卷三十七

1.《故金紫光禄大夫检校尚书左仆射同中书门下平章事兼汴州刺史充宣武军节度副大使知节度事管内度支营田汴宋亳颖等州观察处置等使上柱国陇西郡开国公赠太傅董公行状》

"全道、全素皆上所赐名。全道为秘书省著作郎，全溪为秘书省秘书郎，全素为大理评事，全澥为太常寺太祝"句。

洪曰："按《董府君墓志》云：'公讳溪，字惟深，陇西公第二子。'则'溪'当作'溪'。又云：'其季弟澥问名于太史氏韩愈。'并无'全'字。此云'全道、全素皆上所赐名'，则'全溪'、'全澥'误矣。"

2.《御史台上论天旱人饥状》

"伏乞特赦京兆府：应今年税钱及草粟等在百姓腹内征未得者，并且停征"句。

洪曰："《唐史》：'德宗十四年，诏诸州府："应贞元八年至十一年两税及榷酒钱在百姓腹内者，并除放。"'"

按：此引《旧唐书》。

卷三十九

1.《论佛骨表》

"伏以佛者，夷狄之一法耳。自后汉时流入中国"句。

洪曰："《表》云：'自后汉时流入中国。'又诗云：'佛法入中国，尔来六百年。'按《后汉·西域传》云：'明帝时入中国。'而梁刘孝标注《世说新语》引刘向《列仙传序》曰：'历观百家之中，以相检验，得仙者百四十六人。其七十四人已在佛经。'即如此说，则汉成、哀之间已有经矣。《汉武故事》曰：'昆邪杀休屠王，以其众来降，得其金人之神。上置之甘泉宫。金人者皆长丈余，其祭不用牛羊，唯烧香礼拜。上使依其国俗祀之。'此神全类于佛，盖当汉武时，其经未行于中土，但以神明祀之耳。又《开皇历代三宝记》云：'平帝世刘向称："余览典籍，往见有佛经。"'将知周时久流释典。秦虽爇除，汉兴复出也。又汉武作昆明池，掘得黑灰，东方朔云：'可问西域道人。'西域道人，佛之徒也。又《真诰》云：'裴真人有三十四人弟子，十八人学佛道，余者学仙道。'陶隐居云：'长安中似已有佛，裴君即是其事。'以此考之，中国之有佛尚矣。退之所云，据正史也。"

2.《请上尊号表》

(1)"析木天街"句。

洪曰:"《天文志》:'昂、毕间为天街,自胃七度至毕十一度属冀州。自尾十度至南斗十一度为析木,属幽州。'"

(2)"章、亥所步"句。

洪曰:"《山海经》:'禹使大章步,自东极至于西垂,二亿三万三千五百里七十一步。又使竖亥步,自南极尽于北垂,二亿三万三千五百里七十五步。'"

《别本韩文考异》补遗卷

《嘲鼾睡》

解题。

洪曰:"李希声家有退之遗诗数十篇,希声云:'皆非也。'独《嘲鼾》二篇似之,录于末。"

《别本韩文考异》外集卷二

1.《上贾滑州书》

"愈年二十有三,读书学文十五年,言行不敢戾于古人"句。

洪云:"公《与邢尚书书》云:'生七岁而读书,十三而能文,二十有五擢第于春官。'"

按:此系《年谱》内容,然《年谱》原文作:"《上凤翔邢君牙书》云:'愈七岁而读书,十三而能文。'"则知《辨证》与《年谱》内容当有重复之处。

2.《答刘秀才论史书》

"司马迁作《史记》刑诛,班固瘐死"句。

洪曰:"汉律,囚以饥寒死曰瘐。孟坚死狱中,故云。"

按:《韩愈文集汇校笺注》作:①洪曰:"瘐,音愈,囚以饥寒死也。今本作'瘦',传写之误。"②洪云:"瘐,音愈,囚以饥寒死也。今本误作'疲',或作'瘦',或作'废',皆非是。"

3.《与大颠师书》

解题。

洪氏《辨证》云："《别传》载公与大颠往复之语，深诋退之，其言多近世经义之说。又伪作永叔跋云：'使退之复生，不能自解免。'吴源明云：'徐君平见介甫不喜退之，故作此文。'"

按：《韩愈文集汇校笺注》亦引此条，同时引洪兴祖《韩子年谱》云："近世所传《退之别传》，载公与大颠往复之语，深诋退之，其言多近世经义之说。又于其末作永叔跋云：'使退之复生，不能自解免。'吾友吴源明云：'徐君平见介甫不喜退之，故作此文耳。'"此又《韩子年谱》与《韩文辨证》有重复内容之例。

《别本韩文考异》外集卷四

《通解》

解题。

洪曰："《通解》《释言解》《鄠人对》，或云皆少作。"

按：应作"《择言解》"，当是形近致讹。

《别本韩文考异》外集卷六

《顺宗实录一》

"壬戌，制：殿中丞皇太子侍书翰林待诏王伾可守左常侍"句。

洪云："史作'寅'，误。"

按：此洪兴祖谓《旧唐书》作"壬寅"误。《韩愈全集校注》所引原文为"史作'壬寅'，误"。

参 考 文 献

　　参考文献分出土文献、古籍、氏族谱牒、今人论著、外人著作、学位论文、期刊论文、网络文献八大类。古籍按《四库全书》四部分类法划分，并按著作者朝代先后排序（十三经则在十三经小类里按朝代先后排列），不细分同一朝代作者的时代先后与文献的出版时间先后；今人论著按作者姓氏拼音首字母排序，相同字母下按文献出版时间先后排序；出土文献、氏族谱牒、外人著作、学位论文与期刊论文皆按出版、发表时间先后排序；网络文献按在文中引用的先后排序。

一、出土文献

湖北省荆沙铁路考古队：《包山楚墓》，北京：文物出版社，1991 年。

湖北省考古研究所等编：《望山楚简》，北京：中华书局，1995 年。

荆门市博物馆：《郭店楚墓竹简》，北京：文物出版社，1998 年。

湖北省文物考古研究所：《九店楚简》，北京：中华书局，2000 年。

马承源主编：《上海博物馆藏战国楚竹书（一）》，上海：上海古籍出版社，2001 年。

马承源主编：《上海博物馆藏战国楚竹书（二）》，上海：上海古籍出版社，2002 年。

马承源主编：《上海博物馆藏战国楚竹书（三）》，上海：上海古籍出版社，2003 年。

马承源主编：《上海博物馆藏战国楚竹书（四）》，上海：上海古籍出版社，2004 年。

马承源主编：《上海博物馆藏战国楚竹书（五）》，上海：上海古籍出版社，2005 年。

马承源主编：《上海博物馆藏战国楚竹书（六）》，上海：上海古籍出版社，2007 年。

马承源主编：《上海博物馆藏战国楚竹书（七）》，上海：上海古籍出版社，

2008 年。

马承源主编:《上海博物馆藏战国楚竹书(八)》,上海:上海古籍出版社,
　　2011 年。

二、古籍

(一)经部

(汉)郑玄笺;(唐)陆德明音义;(唐)孔颖达正义:《毛诗正义》,《十三
　　经注疏》,上海:上海古籍出版社,1997 年。

(汉)孔安国传;(唐)陆德明音义;(唐)孔颖达正义:《尚书正义》,上
　　海:上海古籍出版社,2007 年。

(汉)戴圣撰;(汉)郑玄注;(唐)陆德明音义;(唐)孔颖达正义:《礼记
　　正义》,上海:上海古籍出版社,2008 年。

(汉)郑玄注;(唐)陆德明音义;(唐)贾公彦疏:《周礼注疏》,上海:上
　　海古籍出版社,2010 年。

(汉)郑玄注;(唐)陆德明音义;(唐)贾公彦疏:《仪礼注疏》,《十三经
　　注疏》,上海:上海古籍出版社,1997 年。

(魏)王弼注;(唐)陆德明音义;(唐)孔颖达正义:《周易正义》,上海:
　　上海古籍出版社,1996 年。

(晋)杜预注;(唐)陆德明音义;(唐)孔颖达正义:《春秋左传正义》,
　　《十三经注疏》,上海:上海古籍出版社,1997 年。

(晋)范宁注;(唐)陆德明音义;(唐)杨士勋疏:《春秋穀梁传注疏》,
　　《十三经注疏》,上海:上海古籍出版社,1997 年。

(汉)何休注;(唐)陆德明音义;(唐)徐彦疏:《春秋公羊传注疏》,《十
　　三经注疏》,上海:上海古籍出版社,1997 年。

(晋)郭璞注;(唐)陆德明音义;(宋)邢昺疏:《尔雅注疏》,上海:上海
　　古籍出版社,2010 年。

(汉)刘熙:《释名》,北京:中华书局,2016 年。

(汉)许慎撰;(清)段玉裁注:《说文解字注》,杭州:浙江古籍出版社,
　　2006 年。

(唐)陆德明撰;张一弓点校:《经典释文》,上海:上海古籍出版社,
　　2012 年。

(唐)颜师古:《匡谬正俗》,《景印文渊阁四库全书》第 221 册,台北:台
　　湾商务印书馆,1986 年。

(宋)陈彭年，丘雍：《广韵》，《景印文渊阁四库全书》第 236 册，台北：
台湾商务印书馆，1986 年。

(宋)宋祁，郑戬：《集韵》，《景印文渊阁四库全书》第 236 册，台北：台
湾商务印书馆，1986 年。

(宋)司马光等：《类篇》，《景印文渊阁四库全书》第 225 册，台北：台湾
商务印书馆，1986 年。

(宋)朱熹：《四书章句集注》，北京：中华书局，1983 年。

(宋)朱熹：《四书或问》，《景印文渊阁四库全书》第 197 册，台北：台湾
商务印书馆，1986 年。

(明)陈士元：《论语类考》，《景印文渊阁四库全书》第 207 册，台北：台
湾商务印书馆，1986 年。

(明)陈第：《屈宋古音义》，《景印文渊阁四库全书》第 239 册，台北：台
湾商务印书馆，1986 年。

(清)刘宝楠撰；高流水点校：《论语正义》，北京：中华书局，1990 年。

(清)丁晏：《论语孔注证伪》，上海：上海古籍出版社，2002 年。

(清)焦循：《孟子正义》，北京：中华书局，1987 年。

(清)皮锡瑞：《经学通论》，北京：中华书局，1954 年。

(二)史部

(汉)司马迁撰；(南朝宋)裴骃集解；(唐)司马贞索隐；(唐)张守节正
义：《史记》，北京：中华书局，1963 年。

(汉)司马迁撰；[日]泷川资言会注考证：《史记会注考证》，北京：新世
界出版社，2009 年。

(汉)班固撰；(唐)颜师古注：《汉书》，北京：中华书局，1974 年。

(汉)班固撰；(唐)颜师古注；(清)王先谦补注：《汉书补注》，上海：上
海古籍出版社，2012 年。

(北魏)郦道元撰；陈桥驿校证：《水经注校证》，北京：中华书局，2007
年。

(南朝宋)范晔撰；(唐)李贤注：《后汉书》，北京：中华书局，1973 年。

(梁)沈约：《宋书》，北京：中华书局，1974 年。

(唐)令狐德棻等：《周书》，北京：中华书局，1971 年。

(唐)房玄龄等：《晋书》，北京：中华书局，1973 年。

(唐)魏徵等：《隋书》，北京：中华书局，1973 年。

(唐)刘知几撰；(清)浦起龙通释；王煦华整理：《史通通释》，上海：上

海古籍出版社，2009 年。

（唐）李吉甫：《元和郡县志》，《景印文渊阁四库全书》第 468 册，台北：台湾商务印书馆，1986 年。

（五代）刘昫：《旧唐书》，北京：中华书局，1973 年。

（宋）宋祁等：《新唐书》，北京：中华书局，1973 年。

（宋）刘宰：《京口耆旧传》，《景印文渊阁四库全书》第 451 册，台北：台湾商务印书馆，1986 年。

（宋）刘宰撰；王勇、李金坤校证：《京口耆旧传校证》，镇江：江苏大学出版社，2016 年。

（宋）李心传：《建炎以来系年要录》，北京：中华书局，1988 年。

（宋）尤袤：《遂初堂书目》，北京：中华书局，1985 年。

（宋）晁公武撰；孙猛校正：《郡斋读书志校证》，上海：上海古籍出版社，1990 年。

（宋）陈振孙撰；徐小蛮、顾美华点校：《直斋书录解题》，上海：上海古籍出版社，1987 年。

（宋）郑樵：《通志》，北京：中华书局，1987 年。

（宋）郑樵撰；王树民点校：《通志二十略》，北京：中华书局，1995 年。

（宋）魏仲举：《韩文类谱》，《续修四库全书》第 552 册，上海：上海古籍出版社，2002 年。

（宋）陈骙撰；佚名撰：《南宋馆阁录·续录》，《景印文渊阁四库全书》第 595 册，台北：台湾商务印书馆，1986 年。

（宋）梁克家：《淳熙三山志》，《景印文渊阁四库全书》第 484 册，台北：台湾商务印书馆，1986 年。

（宋）范成大：《吴郡志》，《景印文渊阁四库全书》第 485 册，台北：台湾商务印书馆，1986 年。

（宋）沈作宾修；（宋）施宿等纂：《嘉泰会稽志》，《宋元方志丛刊》第 7 册，北京：中华书局，1990 年。

（宋）卢宪：《嘉定镇江志》，《中国方志丛书》，台北：成文出版社，1983 年。

（宋）张淏纂修：《宝庆会稽续志》，《宋元方志丛刊》第 7 册，北京：中华书局，1990 年。

（宋）潜说友：《咸淳临安志》，《景印文渊阁四库全书》第 490 册，台北：台湾商务印书馆，1986 年。

（元）脱脱等：《宋史》，北京：中华书局，1977 年。

(元)马端临:《文献通考》,杭州:浙江古籍出版社,1988年。

(元)马端临:《文献通考》,《景印文渊阁四库全书》第610~616册,台北:台湾商务印书馆,1986年。

(元)俞希鲁:《至顺镇江志》,南京:江苏古籍出版社,1999年。

(明)萧良幹修;(明)张元忭、孙鑛纂;李能成点校:《万历〈绍兴府志〉点校本》,宁波:宁波出版社,2012年。

(明)刘大彬编;(明)江永年增补;王岗点校:《茅山志》,上海:上海古籍出版社,2016年。

(明)朱彝尊:《经义考》,《景印文渊阁四库全书》第677~680册,台北:台湾商务印书馆,1986年。

(明)申嘉瑞等:《仪真县志》,《天一阁藏明代方志选刊》,上海:上海古籍书店,1963年。

(清)王先谦:《汉书补注》,上海:上海古籍出版社,2012年。

(清)黄宗羲:《宋元学案》,北京:中华书局,2009年。

(清)王梓才:《宋元学案补遗》,北京:中华书局,2012年。

(清)徐松辑:《宋会要辑稿》,北京:中华书局,1957年。

(清)永瑢等:《四库全书总目》,北京:中华书局,1965年。

(清)丁丙:《善本书室藏书志》,台北:广文书局,1968年。

(清)彭元瑞等:《钦定天禄琳琅书目后编》,《续修四库全书》第917册,上海:上海古籍出版社,2002年。

(清)瞿镛编纂;瞿果行标点;瞿凤起复校:《铁琴铜剑楼藏书目录》,上海:上海古籍出版社,2000年。

(清)叶德辉:《书林清话》,上海:复旦大学出版社,2008年。

(清)赵弘恩等监修;(清)黄之隽等编纂:《江南通志》,《景印文渊阁四库全书》第507~512册,台北:台湾商务印书馆,1986年。

(清)嵇曾筠等监修;(清)沈翼机等编纂:《浙江通志》,《景印文渊阁四库全书》第519~526册,台北:台湾商务印书馆,1986年。

(清)凌焯等:《光绪丹阳县志》,《中国地方志集成·江苏府县志辑》第31册,南京:凤凰出版社,2008年。

(三)子部

(先秦)佚名撰;袁珂校注:《山海经校注》,上海:上海古籍出版社,1980年。

（春秋）管仲撰；（清）黎翔凤校注：《管子校注》，北京：中华书局，2004
年。

（战国）荀况撰；（清）王先谦集解：《荀子集解》，北京：中华书局，1988
年。

（战国）列御寇撰；杨伯峻集释：《列子集释》，北京：中华书局，1979
年。

（战国）庄周撰；（清）郭庆藩集释：《庄子集释》，北京：中华书局，1961
年。

（汉）刘安等撰；刘文典集解：《淮南鸿烈集解》，北京：中华书局，1989
年。

（汉）扬雄撰；汪荣宝义疏：《法言义疏》，北京：中华书局，1987 年。

（汉）赵爽注；（唐）李淳风注：《周髀算经》，《景印文渊阁四库全书》第
786 册，台北：台湾商务印书馆，1986 年。

（魏）王肃注：《孔子家语》，《景印文渊阁四库全书》第 695 册，台北：台
湾商务印书馆，1986 年。

（晋）郭璞注：《穆天子传》，北京：中华书局，1985 年。

（南朝宋）刘义庆撰；（南朝梁）刘孝标注；杨勇校笺：《世说新语校笺》，
北京：中华书局，2006 年。

（南朝梁）陶弘景撰；尚志均辑校：《本草经集注》，北京：人民卫生出版
社，1994 年。

（北齐）颜之推撰；王利器集解：《颜氏家训集解（增补本）》，北京：中华
书局，1993 年。

（隋）虞世南：《北堂书钞》，天津：天津古籍出版社，1988 年。

（唐）陈藏器撰；尚志均辑释：《〈本草拾遗〉辑释》，合肥：安徽科学技术
出版社，2002 年。

（唐）孙思邈：《备急千金要方》，北京：人民卫生出版社，1982 年。

（唐）段成式：《西阳杂俎》，北京：中华书局，1985 年。

（唐）颜师古：《隋遗录》，北京：中华书局，1991 年。

（唐）裴休：《黄檗断际禅师传心法要》，台北：台湾商务印书馆，1983
年。

（宋）李昉等：《太平御览》，《景印文渊阁四库全书》第 893 ~ 901 册，台
北：台湾商务印书馆，1986 年。

（宋）宋祁：《宋景文笔记》，北京：中华书局，1985 年。

（宋）王应麟：《玉海》，《景印文渊阁四库全书》第 943 ~ 948 册，台北：台

湾商务印书馆，1986年。

（宋）王应麟撰；栾保群、田松青校点：《困学纪闻》，上海：上海古籍出版社，2015年。

（宋）洪迈撰；何卓点校：《夷坚志》，北京：中华书局，1981年。

（宋）洪迈撰；孔凡礼点校：《容斋随笔》，北京：中华书局，2005年。

（宋）方勺：《泊宅编》，北京：中华书局，1983年。

（宋）吴曾：《能改斋漫录》，北京：中华书局，1985年。

（宋）晓莹：《云卧纪谭》，《万续藏》第148册，台北：新文丰出版公司，1995年。

（宋）周辉撰；刘永翔校注：《清波杂志校注》，北京：中华书局，1997年。

（宋）周辉：《清波杂志》，《宋元笔记小说大观》第5册，上海：上海古籍出版社，2001年。

（宋）袁裒、周辉撰；尚成、秦克校点：《枫窗小牍·清波杂志》，上海：上海古籍出版社，2012年。

（宋）费衮撰；金圆校点：《梁溪漫志》，上海：上海古籍出版社，1985年。

（宋）姚宽：《西溪丛语》，《丛书集成初编》第287册，上海：商务印书馆，1939年。

（宋）叶寘、（宋）周密、（宋）陈世崇撰；孔凡礼点校：《爱日斋丛抄·浩然斋雅谈·随隐漫录》，北京：中华书局，2010年。

（宋）王明清撰；田松青校点：《挥麈录》，上海：上海古籍出版社，2012年。

（宋）沈括撰；侯真平校点：《梦溪笔谈》，长沙：岳麓书社，1998年。

（宋）程颐、程颢撰；（宋）朱熹辑：《二程遗书》，《景印文渊阁四库全书》第698册，台北：台湾商务印书馆，1986年。

（宋）黎靖德编，王星贤点校：《朱子语类》，北京：中华书局，1986年。

（元）陆友仁：《研北杂志》，《景印文渊阁四库全书》第866册，台北：台湾商务印书馆，1986年。

（明）张宇初等：《道藏》，北京：文物出版社；上海：上海书店；天津：天津古籍出版社，1987年。

（明）李日华：《六研斋笔记·紫桃轩杂缀》，南京：凤凰出版社，2010年。

（明）郁逢庆：《续书画题跋记》，《景印文渊阁四库全书》第816册，台北：

台湾商务印书馆，1986 年。

（清）孙岳颁等：《御定佩文斋书画谱》，《景印文渊阁四库全书》第 819～823 册，台北：台湾商务印书馆，1986 年。

（四）集部

（汉）王逸撰；黄灵庚点校：《楚辞章句》，上海：上海古籍出版社，2017 年。

（梁）萧统编；（唐）李善注：《文选》，北京：中华书局，1977 年。

（梁）萧统编；（唐）李善等注：《日本足利学校藏宋刊明州本六臣注文选》，北京：人民文学出版社，2008 年。

（梁）刘勰撰；范文澜注：《文心雕龙注》，北京：人民文学出版社，1958 年。

（梁）钟嵘撰；曹旭集注：《诗品集注》，上海：上海古籍出版社，2011 年。

（唐）杜甫撰；（清）仇兆鳌注：《杜诗详注》，北京：中华书局，1979 年。

（唐）白居易撰；朱金城笺校：《白居易集笺校》，上海：上海古籍出版社，1988 年。

（唐）罗隐撰；潘慧惠校注：《罗隐集校注》，杭州：浙江古籍出版社，1995 年。

（唐）韩愈撰；刘真伦、岳珍校注：《韩愈文集汇校笺注》，北京：中华书局，2010 年。

（宋）李昉等：《文苑英华》，《景印文渊阁四库全书》第 1339 册，台北：台湾商务印书馆，1986 年。

（宋）王之望：《汉滨集》，《景印文渊阁四库全书》第 1139 册，台北：台湾商务印书馆，1986 年。

（宋）欧阳修撰；李逸安点校：《欧阳修全集》，北京：中华书局，2001 年。

（宋）王安石撰；王水照主编：《王安石全集》，上海：复旦大学出版社，2017 年。

（宋）司马光：《传家集》，《景印文渊阁四库全书》第 1094 册，台北：台湾商务印书馆，1986 年。

（宋）司马光撰；李之亮笺注：《司马温公集编年笺注》，成都：巴蜀书社，2009 年。

（宋）苏轼：《东坡全集》，《景印文渊阁四库全书》第 1107 册，台北：台湾商务印书馆，1986 年。

（宋）苏轼撰；李之亮笺注：《苏轼文集编年笺注（诗词附）》，成都：巴蜀
　　书社，2011 年。

（宋）黄庭坚：《山谷题跋》，北京：中华书局，1985 年。

（宋）洪兴祖：《楚辞补注》，明翻刻宋本，台北"故宫博物院"藏，《楚辞
　　文献丛刊》第 11 册，北京：国家图书馆出版社，2014 年。

（宋）洪兴祖：《楚辞补注》，明翻刻宋本，南京图书馆藏，《四部丛刊初
　　编》，上海：商务印书馆，1922 年。

（宋）洪兴祖撰；王国维校：《楚辞补注》，清康熙间汲古阁毛表重刊宋本，
　　北京国家图书馆藏，《楚辞文献丛刊》第 12～13 册，北京：国家图书
　　馆出版社，2014 年。

（宋）洪兴祖：《楚辞补注》，清康熙间汲古阁毛表重刊宋本，复旦大学图
　　书馆藏，《楚辞文献丛刊》第 11～12 册，北京：国家图书馆出版社，
　　2014 年。

（宋）洪兴祖：《楚辞补注》，清初毛氏汲古阁原刻宝翰楼印本，华东师范
　　大学图书馆藏。

（宋）洪兴祖：《楚辞补注》，文渊阁四库全书本，《景印文渊阁四库全书》
　　第 1062 册，台北：台湾商务印书馆，1986 年。

（宋）洪兴祖：《楚辞补注》，日本宽延二年柳美启翻刻汲古阁本，韩国中
　　央图书馆藏。

（宋）洪兴祖：《楚辞补注》，清道光二十六年丙午惜阴轩丛书仿汲古阁本，
　　华中师范大学图书馆藏。

（宋）洪兴祖撰；［日］西村时彦集释：《楚辞补注》，清同治十一年金陵书
　　局刻本，大阪大学图书馆藏，《楚辞文献丛刊》第 17～18 册，北京：
　　国家图书馆出版社，2014 年。

（宋）洪兴祖：《楚辞补注》，重印《四部备要》本，北京：中华书局，1957
　　年。

（宋）洪兴祖撰；白化文点校：《楚辞补注》，北京：中华书局，1983 年。

（宋）洪兴祖：《楚辞补注》，《丛书集成初编》，上海：商务印书馆，1937
　　年。

（宋）洪兴祖：《楚辞补注》，《中国古代诗词珍本》，长春：吉林人民出版
　　社，1999 年。

（宋）洪兴祖：《楚辞补注》，《四库家藏》，济南：山东画报出版社，2004
　　年。

（宋）洪兴祖撰；卞歧点校：《楚辞补注》，南京：凤凰出版社，2007 年。

（宋）洪兴祖撰；夏剑钦、吴广平校点：《楚辞补注》，《湖湘文库》，长沙：岳麓书社，2013 年。

（宋）洪兴祖撰；黄灵庚点校：《楚辞补注》，上海：上海古籍出版社，2015 年。

（宋）许景衡：《横塘集》，《景印文渊阁四库全书》第 1127 册，台北：台湾商务印书馆，1986 年。

（宋）晁补之：《鸡肋集》，《景印文渊阁四库全书》第 1118 册，台北：台湾商务印书馆，1986 年。

（宋）葛胜仲：《丹阳集》，《景印文渊阁四库全书》第 1127 册，台北：台湾商务印书馆，1986 年。

（宋）汪藻：《浮溪集》，《景印文渊阁四库全书》第 1128 册，台北：台湾商务印书馆，1986 年。

（宋）朱熹撰；李庆甲点校：《楚辞集注》，上海：上海古籍出版社，1979 年。

（宋）朱熹撰；黄灵庚点校：《楚辞集注》，上海：上海古籍出版社，2015 年。

（宋）朱熹：《别本韩文考异》，《景印文渊阁四库全书》第 1073 册，台北：台湾商务印书馆，1986 年。

（宋）朱熹：《晦庵集》，《景印文渊阁四库全书》第 1145 册，台北：台湾商务印书馆，1986 年。

（宋）魏仲举：《五百家注昌黎文集》，《景印文渊阁四库全书》第 1074 册，台北：台湾商务印书馆，1986 年。

（宋）洪适：《盘洲文集》，《景印文渊阁四库全书》第 1158 册，台北：台湾商务印书馆，1986 年。

（宋）张纲：《华阳集》，《景印文渊阁四库全书》第 1131 册，台北：台湾商务印书馆，1986 年。

（宋）葛立方：《侍郎葛公归愚集》，《续修四库全书》第 1317 册，上海：上海古籍出版社，2002 年。

（宋）陆游：《渭南文集》，《景印文渊阁四库全书》第 1163 册，台北：台湾商务印书馆，1986 年。

（宋）楼钥：《攻媿集》，《景印文渊阁四库全书》第 1152 册，台北：台湾商务印书馆，1986 年。

（宋）林表民，（明）谢铎辑；徐三见点校：《赤城集·赤城后集》，北京：

中国文史出版社，2007 年。

(宋)胡仔纂集；廖德明校点；周本淳重订：《苕溪渔隐丛话》，北京：人民文学出版社，1993 年。

(明)宋濂：《文宪集》，《景印文渊阁四库全书》第 1224 册，台北：台湾商务印书馆，1986 年。

(明)程敏政：《新安文献志》，《景印文渊阁四库全书》第 1376 册，台北：台湾商务印书馆，1986 年。

(明)林兆珂：《楚辞述注》，《楚辞文献集成》第 6 册，扬州：广陵书社，2008 年。

(明)黄文焕：《楚辞听直》，《楚辞汇编》，台北：新文丰出版公司，1986 年。

(明)黄文焕：《楚辞听直》，《续修四库全书》第 1301 册，上海：上海古籍出版社，2002 年。

(明)汪瑗集解；(明)汪仲弘补辑；熊良智、肖娇娇、牟歆点校：《楚辞集解》，上海：上海古籍出版社，2017 年。

(明)陈第：《屈宋古音义》，《景印文渊阁四库全书》第 239 册，台北：台湾商务印书馆，1986 年。

(明)蒋之翘：《七十二家评楚辞》，《楚辞文献集成》第 22 册，扬州：广陵书社，2008 年。

(明)屠本畯：《楚辞协韵》，《楚辞文献丛刊》第 32 册，北京：国家图书馆出版社，2014 年。

(明)陆时雍：《楚辞疏》，《楚辞汇编》，台北：新文丰出版公司，1986 年。

(明)张京元：《删注楚辞》，《楚辞文献丛刊》第 33 册，北京：国家图书馆出版社，2014 年。

(明)何乔新：《椒邱文集》，《景印文渊阁四库全书》第 1249 册，台北：台湾商务印书馆，1986 年。

(清)马其昶：《屈赋微》，台北：广文书局，1963 年。

(清)陈本礼：《屈辞精义》，台北：广文书局，1964 年。

(清)王闿运：《楚辞释》，台北：广文书局，1972 年。

(清)钱澄之：《屈诂》，《五家楚辞注合编》，台北：广文书局，1972 年。

(清)胡文英：《屈骚指掌》，北京：北京古籍出版社，1979 年。

(清)蒋骥：《山带阁注楚辞》，上海：上海古籍出版社，1984 年。

（清）刘梦鹏：《屈子章句》，《楚辞汇编》，台北：新文丰出版公司，1986年。

（清）屈复：《楚辞新注》，《丛书集成续编》，台北：新文丰出版公司，1989年。

（清）戴震：《屈原赋注》，北京：中华书局，1999年。

（清）王夫之：《楚辞通释》，《船山全书》，长沙：岳麓书社，2011年。

（清）林云铭：《楚辞灯》，上海：华东师范大学出版社，2012年。

（清）周拱辰：《离骚草木史》，《楚辞文献集成》第8册，扬州：广陵书社，2008年。

（清）王邦采：《离骚汇订》，《楚辞文献集成》第12册，扬州：广陵书社，2008年。

（清）胡浚源：《楚辞新注求确》，《四库未收书辑刊》第10辑13册，北京：北京出版社，1997年。

（清）钱均伯：《静妙山房遗集》，《清代诗文集汇编》，上海：上海古籍出版社，2010年。

（民国）戴之麟：《楚辞补注疏》，钟祥：钟祥市图书馆，1941~1951年。

（民国）戴之麟撰；朱佩弦点校：《楚辞补注疏》，武汉：华中师范大学出版社，2021年。

三、氏族谱牒

（明）洪文道：《丹阳洪氏宗谱》，太原：山西省社科院，1628年。

（清）洪昌：《江村洪氏家谱》，美国盐湖城：犹他州家谱学会，1730年。

（清）叶德辉等：《吴中叶氏族谱》，美国盐湖城：犹他州家谱学会，1911年。

（民国）杜项斯：《蛟西洪氏宗谱》，上海：上海图书馆，1918年。

四、今人论著

B

白铭：《二十世纪楚辞研究文献目录》，北京：学苑出版社，2008年。

C

陈寅恪：《金明馆丛稿二编》，上海：上海古籍出版社，1980年。

陈初生：《金文常用字典》，西安：陕西人民出版社，1987年。

崔富章：《楚辞书目五种续编》，上海：上海古籍出版社，1993年。

陈垣撰；陈智超主编：《陈垣全集》，合肥：安徽大学出版社，2009 年。

程以正：《江阴史事纵横》，上海：上海古籍出版社，2011 年。

陈亮：《欧美楚辞学论纲》，北京：中华书局，2020 年。

陈欣：《清代楚辞学文献考释》，北京：中华书局，2022 年。

E

二十五史刊行委员会：《二十五史补编》，北京：中华书局，1955 年。

F

冯友兰著；涂又光译：《中国哲学简史》，北京：北京大学出版社，1985
　　年。

G

高鸿缙：《中国字例》，台北：三民书局，1960 年。

郭若愚：《战国楚简文字编》，上海：上海书画出版社，1994 年。

葛兆光：《中国思想史》，上海：复旦大学出版社，2013 年。

H

黄灵庚：《楚辞异文辩证》，郑州：中州古籍出版社，2000 年。

何介钧：《马王堆汉墓》，北京：文物出版社，2004 年。

黄灵庚：《楚辞与简帛文献》，北京：人民出版社，2011 年。

黄仁生、罗建伦：《唐宋人寓湘诗文集》，长沙：岳麓书社，2013 年。

黄灵庚：《楚辞文献丛刊》，北京：国家图书馆出版社，2014 年。

湖北人民政府文史研究馆、湖北省博物馆整理：《湖北文征》，武汉：湖
　　北人民出版社，2014 年。

黄灵庚：《楚辞文献丛考》，北京：国家图书馆出版社，2017 年。

侯体健：《士人身份与南宋诗文研究》，上海：复旦大学出版社，2018 年。

J

姜亮夫：《楚辞今绎讲录》，北京：北京出版社，1983 年。

姜亮夫：《楚辞学论文集》，上海：上海古籍出版社，1984 年。

姜亮夫：《楚辞书目五种》，上海：上海古籍出版社，1993 年。

姜亮夫：《姜亮夫全集》，昆明：云南人民出版社，2002 年。

K

孔凡礼：《苏轼年谱》，北京：中华书局，1998 年。

L

林纾等：《文学讲义（第 1 期）》，上海：中华编译社，1918 年。

李孝定编述：《甲骨文字集释》，台北："中央研究院历史语言研究所"，
　　　1970 年。

逯钦立：《先秦汉魏晋南北朝诗》，北京：中华书局，1983 年。

李玉安、陈传艺：《中国藏书家辞典》，武汉：湖北教育出版社，1989 年。

李大明：《汉楚辞学史》，成都：电子科技大学出版社，1994 年。

李中华、朱炳祥：《楚辞学史》，武汉：武汉出版社，1996 年。

李权：《钟祥金石考》，《历代碑志丛书》第 21 册，南京：江苏古籍出版
　　　社，1998 年。

吕锡琛：《道家道教与中国古代政治》，长沙：湖南人民出版社，2002 年。

刘信芳：《包山楚简解诂》，台北：艺文印书馆，2003 年。

李权：《钟祥艺文考》，《地方经籍志汇编》第 45 册，北京：北京图书馆出
　　　版社，2008 年。

刘永济：《屈赋通笺·附笺屈余义》，北京：中华书局，2010 年。

李温良：《洪兴祖〈楚辞补注〉研究》，新北：花木兰文化出版社，2011
　　　年。

李燕：《古代中国的港口——经济、文化与空间嬗变》，广州：广东经济
　　　出版社，2014 年。

李泽厚：《美的历程》，北京：三联书店，2014 年。

刘洪波：《阐释学视野下的〈楚辞补注〉研究》，北京：中国社会科学出版
　　　社，2016 年。

M

马如森：《殷墟甲骨文实用字典》，上海：上海大学出版社，2008 年。

P

裴大洋：《中国哲学史便览》，西宁：青海人民出版社，1988 年。

Q

屈守元、常思春主编：《韩愈全集校注》，成都：四川大学出版社，1996年。

衢州市政协文史资料委员会：《南孔研究》，北京：中国戏剧出版社，2001 年。

R

容庚：《金文编》，北京：中华书局，1985 年。

S

单承彬：《论语源流考述》，长春：吉林人民出版社，2001 年。

孙巧云：《元明清楚辞学史》，杭州：浙江工商大学出版社，2013 年。

孙钦善：《中国古文献学史（修订本）》，北京：中华书局，2015 年。

T

汤用彤：《汉魏两晋南北朝佛教史》，北京：中华书局，1983 年。

汤炳正：《屈赋探微》，济南：齐鲁书社，1984 年。

汤炳正：《楚辞类稿》，成都：巴蜀书社，1988 年。

滕壬生：《楚系简帛文字编（增订本）》，武汉：湖北教育出版社，2008 年。

唐作藩：《上古音手册》，北京：中华书局，2013 年。

W

王力：《中国语言学史》，太原：山西人民出版社，1981 年。

王泗原：《楚辞校释》，北京：人民教育出版社，1990 年。

王兆鹏：《两宋词人年谱》，台北：文津出版社，1994 年。

闻一多：《楚辞校补》，成都：巴蜀书社，2002 年。

王国维撰；彭林整理：《观堂集林（外二种）》，石家庄：河北教育出版社，2003 年。

王桐龄：《中国历代党争史》，上海：上海书店出版社，2012 年。

王大伟：《宋元禅宗清规研究》，北京：宗教文化出版社，2013 年。

王翠红：《〈文选集注〉研究》，上海：上海古籍出版社，2019 年。

吴慧鋆：《近代楚辞学论纲》，北京：中华书局，2020 年。

X

徐中舒主编：《汉语大字典》，成都：四川辞书出版社；武汉：湖北辞书出版社，1986 年。

徐中舒主编：《甲骨文字典》，成都：四川辞书出版社，1989 年。

徐子宏：《周易全译》，贵阳：贵州人民出版社，2009 年。

徐志啸：《日本楚辞研究论纲》，福州：福建人民出版社，2015 年。

Y

杨树达：《积微居金文说》，台北：大通书局，1974 年。

于省吾：《甲骨文字释林》，北京：中华书局，1979 年。

游国恩：《楚辞讲录·楚辞释文》，《游国恩学术论文集》，北京：中华书局，1989 年。

杨伯峻：《春秋左传注》，北京：中华书局，1990 年。

易重廉：《中国楚辞学史》，长沙：湖南出版社，1991 年。

严世芸：《中国医籍通考》，上海：上海中医学院出版社，1992 年。

于省吾主编：《甲骨文字诂林》，北京：中华书局，1996 年。

俞绍初、许逸民编：《中外学者文选学论集》，北京：中华书局，1998 年。

袁行霈主编：《国学研究(第七卷)》，北京：北京大学出版社，2000 年。

游国恩：《游国恩楚辞论著集》，北京：中华书局，2008 年。

严源芳、邱世芬：《汉文帝诏令之研究·叶梦得年谱》，新北：花木兰文化出版社，2012 年。

袁行霈：《中国文学史(第三版)》，北京：高等教育出版社，2018 年。

Z

赵鹏飞修；李权纂：《钟祥县志》，南京：1937 年。

周祖谟：《问学集》，北京：中华书局，1966 年。

周法高主编：《金文诂林》，香港：香港中文大学出版社，1974 年。

张舜徽主编；中国历史文献研究会、华中师范大学历史文献研究所编：《中国历史文献研究(二)》，武汉：华中师范大学出版社，1988 年。

钟祥县教育志编纂委员会：《钟祥县教育志：1905—1987》，钟祥：1990 年。

张舜徽：《讱庵学术讲论集》，长沙：岳麓书社，1992 年。

周建忠：《当代楚辞研究论纲》，武汉：湖北教育出版社，1992 年。

张守中：《包山楚简文字编》，北京：文物出版社，1996 年。

张守中、张小沧、郝建文：《郭店楚简文字编》，北京：文物出版社，2000 年。

朱谦之：《日本的朱子学》，北京：人民出版社，2000 年。

郑曙斌、喻燕姣：《马王堆简帛文字编》，北京：文物出版社，2001 年。

左民安：《细说汉字——1000 个汉字的起源与演变》，北京：九州出版社，2005 年。

曾枣庄、刘琳：《全宋文》，上海：上海辞书出版社；合肥：安徽教育出版社，2006 年。

张新俊、张胜波：《新蔡葛陵楚简文字编》，成都：巴蜀书社，2008 年。

朱自清：《朱自清古典文学论文集》，上海：上海古籍出版社，2009 年。

中国屈原学会：《2010 年江苏南通屈原与楚辞学国际学术研讨会论文集》，《中国楚辞学》第 18 辑，北京：学苑出版社，2011 年。

朱季海：《楚辞解故》，上海：上海古籍出版社，2011 年。

周建忠：《五百种楚辞著作提要》，南京：江苏教育出版社，2011 年。

曾枣庄：《中国古代文体学（上）：中国古代文体学史》，上海：上海人民出版社；上海书店出版社，2012 年。

张希清：《中国科举制度通史·宋代卷》，上海：上海人民出版社，2017 年。

五、外人著作

［朝鲜］徐居正：《四佳集》，日本早稻田大学图书馆藏本。

［高丽］郑梦周：《圃隐集》，民族文化推进会编：《影印标点韩国文集丛刊》第 5 册，韩国首尔：景仁文化社，1991 年。

［比］钟鸣旦等：《徐家汇藏书楼明清天主教文献》，台北：方济出版社，1996 年。

［葡］阳玛诺：《天问略》，（明）李之藻编；黄曙辉点校：《天学初函·器编》中册，上海：上海交通大学出版社，2013 年。

［日］内藤湖南撰；刘克申译：《日本文化史研究》，北京：商务印书馆，2018 年。

六、学位论文

初亮：《论洪兴祖〈楚辞补注〉》，杭州大学硕士学位论文，1996 年。

朴永焕：《宋代楚辞学研究》，北京大学博士学位论文，1996 年。

林润宣：《清代楚辞学史论》，北京大学博士学位论文，1999 年。

黄建荣：《〈楚辞〉古代注本研究》，华东师范大学博士学位论文，2002年。

陈玮舜：《明代楚辞学研究》，香港中文大学博士学位论文，2003年。

李梅训：《谶纬文献史略》，山东大学博士学位论文，2003年。

孙光：《汉宋楚辞研究的历史转型》，河北大学博士学位论文，2006年。

张丽萍：《〈楚辞章句〉和〈楚辞补注〉训诂比较》，兰州大学硕士学位论文，2007年。

李薇：《宋代楚辞评论及其文学意义研究》，四川师范大学硕士学位论文，2008年。

赵明玉：《宋清楚辞学的连续与转型》，南昌大学硕士学位论文，2008年。

徐广才：《考古发现与〈楚辞〉校读》，吉林大学博士学位论文，2008年。

谢小英：《魏晋南北朝时期的楚辞研究》，西北师范大学硕士学位论文，2010年。

马婷婷：《两宋之际的楚辞研究》，西北师范大学硕士学位论文，2010年。

刘洪波：《阐释学视野下的〈楚辞补注〉研究》，东北师范大学博士学位论文，2010年。

王海远：《中日〈楚辞〉研究及比较》，复旦大学博士学位论文，2010年。

漆德文：《洪兴祖〈楚辞补注〉叶韵文献研究》，南京师范大学硕士学位论文，2011年。

赵乖勋：《宋代楚辞学》，四川师范大学博士学位论文，2011年。

段勇义：《〈楚辞补注〉音切声类研究》，中南民族大学硕士学位论文，2011年。

林姗：《宋代屈原批评研究》，福建师范大学博士学位论文，2011年。

文智律：《〈楚辞〉在韩国的传播与影响》，浙江大学硕士学位论文，2012年。

范永恒：《〈楚辞补注〉与〈楚辞集注〉比较研究》，广西师范大学硕士学位论文，2013年。

葛亚杰：《王逸〈楚辞章句〉版本流传研究》，浙江大学博士学位论文，2016年。

七、期刊论文

刘承耕：《浅论〈离骚〉王注与洪补的异同》，《新疆大学学报》1984年第1期。

丁冰：《宋代楚辞学概观》，《古籍整理研究学刊》1985 年第 2 期。

［日］稻畑耕一郎：《日本楚辞研究前史述评》，《江汉论坛》1986 年第 7
　　期。

崔富章：《〈楚辞〉版本源流考索》，《浙江学刊》1987 年第 1 期。

刘焕阳：《晁补之世系考辨》，《烟台师范学院学报（哲学社会科学版）》
　　1988 年第 1 期。

谢谦：《论屈原形象的塑造》，《四川师范大学学报》1989 年第 1 期。

李大明：《洪兴祖生平事迹及著述考》，《四川大学学报》1989 年第 2 期。

周建忠：《元代楚辞学论纲》，《南通师专学报》1989 年第 2 期。

张来芳：《〈楚辞释文〉补苴》，《江西大学学报（社会科学版）》1991 年第 4
　　期。

马建智：《洪兴祖评价屈原思想的卓识》，《西南民族大学学报》1991 年第
　　6 期。

李大明：《洪兴祖〈楚辞考异〉所引〈楚辞章句〉六朝“古本”考》，《四川大
　　学学报》1994 年第 2 期。

李大明：《宋本〈楚辞章句〉考证》，《四川师范大学学报（社会科学版）》
　　1995 年第 1 期。

王莹：《宋代楚辞学研究概述》，《大连大学学报》1995 年第 1 期。

宋三平：《宋代的坟庵与封建家族》，《中国社会经济史研究》1995 年第 1
　　期。

张来芳：《洪兴祖对楚辞研究的贡献》，《南昌大学学报》1995 年第 4 期。

祖保泉：《〈二十四诗品〉是明人怀悦所作吗?》，《安徽师大学报（哲学社
　　会科学版）》1997 年第 1 期。

昝亮：《洪兴祖生平著述编年钩沉》，《杭州大学学报》1997 年第 4 期。

宫云维、昝亮：《洪兴祖〈论语说〉辑佚》，《文献》1997 年第 4 期。

陈桐生：《二十世纪考古文献与楚辞研究》，《文献》1998 年第 1 期。

周俊勋：《试论〈楚辞补注〉中的“五臣注”》，《阿坝师范高等专科学校学
　　报》1999 年第 1 期。

黄震云：《20 世纪楚辞学研究述评》，《文学评论》2000 年第 2 期。

马银琴：《孟子“〈诗〉亡然后〈春秋〉作”重诂》，《上海师范大学学报（社会
　　科学版）》2002 年第 3 期。

李传嗣：《民国时期的"钟祥三怪"》，《湖北档案》2003 年第 Z1 期。

袁国华：《楚简与〈楚辞〉训读（初稿）》，《第四届国际中国古文字学研讨会论文》，2003 年 10 月。

黄伯荣：《汉至明代〈楚辞〉注本研究》，《九江师专学报》2004 年第 1 期。

丁鼎：《子夏与〈丧服传〉关系考论》，《江苏大学学报（社会科学版）》2004年第 1 期。

崔富章：《大阪大学藏楚辞类稿本、稀见本经眼录》，《文献》2004 年第 2期。

谭德兴：《论宋代楚辞观的新发展》，《衡阳师范学院学报》2004 年第 5期。

岳书法：《洪兴祖〈楚辞补注〉体例说略》，《西南交通大学学报》2004 年第 6 期。

周建忠：《关于"楚辞"的传播与"楚辞学"的分类——撰写〈楚辞学史〉的思考与探索》，《中州学刊》2006 年第 2 期。

王明春：《〈淮南子〉高诱注与许慎注的区分》，《赤峰学院学报（汉文哲学社会科学版）》2006 年第 3 期。

杨国安：《洪兴祖〈韩子年谱〉在宋代韩学中的地位和价值》，《河南教育学院学报》2006 年第 4 期。

叶志衡：《宋人对屈原的接受》，《社会科学战线》2007 年第 2 期。

徐宝贵：《以"它""也"为偏旁文字的分化》，《文史》2007 年第 3 辑。

黄灵庚：《楚简与楚辞研究二题》，《华中师范大学学报（人文社会科学版）》2007 年第 5 期。

张固也：《西汉孔子世系与孔壁古文之真伪》，《史学集刊》2008 年第 2期。

刘洪波：《近 20 年〈楚辞补注〉研究综述》，《东北师大学报（哲学社会科学版）》2008 年第 3 期。

宋美英：《宋代姚舜明墓志考》，《东方博物》2009 年第 1 期。

汤洪：《洪兴祖〈楚辞补注〉所载〈离骚序〉作者再探寻》，《成都理工大学学报（社会科学版）》2009 年第 2 期。

孙光：《〈楚辞补注〉对屈原形象的重新确立》，《北方论丛》2009 年第 6期。

张丽萍：《洪兴祖〈楚辞补注〉对楚辞研究的贡献》，《毕节学院学报》2009
　　年第 11 期。

孙光：《汉宋楚辞研究的历史转型——以〈楚辞章句〉、〈楚辞补注〉、〈楚
　　辞集注〉为例》，《齐鲁学刊》2010 年第 5 期。

郭宝军：《论洪兴祖〈楚辞补注〉对《文选》及其注释的接受》，《南京师范
　　大学文学院学报》2010 年第 6 期。

高华平：《中国先秦时期的美、丑概念及其关系——兼论出土文献中
　　“美”、“好 二字的几个特殊形体》，《哲学研究》2010 年第 11 期。

侯体健：《宋代学者洪兴祖生平事迹详考》，《新国学》第八辑，2010 年。

刘洪波：《洪兴祖〈楚辞〉解释的适度性》，《内蒙古大学学报（哲学社会科
　　学版）》2011 年第 4 期。

刘洪波：《解释学视野观照下的〈楚辞补注〉体例》，《东北师大学报（哲学
　　社会科学版)》2012 年第 5 期。

高华平、杨瑰瑰：《〈周易·蹇卦〉卦名、卦爻辞及卦义的演变——兼论屈
　　原与易学的关系》，《江汉论坛》2012 年第 5 期。

熊良智：《从文本形态看〈楚辞〉的早期传播》，《四川师范大学学报（社会
　　科学版)》2013 年第 1 期。

李娟：《洪兴祖〈楚辞补注〉对王逸〈章句〉的批评》，《文艺评论》2013 年第
　　2 期。

张丽萍、张文轩：《洪兴祖〈楚辞补注〉叶韵来源考》，《汉字文化》2013 年
　　第 2 期。

宋春华：《洪兴祖〈楚辞补注〉的个体阐释视角》，《黔南民族师范学院学
　　报》2013 年第 3 期。

周建忠：《〈楚辞〉在韩国的传播与接受》，《文学遗产》2014 年第 6 期。

八、网络文献

［日］国学院大学官网：《『國學院中國學會報』バックナンバー》，
　　https：//www.kokugakuin.ac.jp/education/fd/letters/docl/about/p2/p3。

［日］早稻田大学图书馆官网：《〈楚辞补注〉译注稿（34）》，https：//
　　waseda.primo.exlibrisgroup.com/discovery/fulldisplay? docid = cdi_jndl_
　　porta_oai_iss_ndl_go_jp_R000000004_I032095222_00&context =

PC&vid＝81SOKEI_WUNI：WINE&lang＝ja&search_scope＝MyInst_and_CI&adaptor＝Primo％20Central&tab＝Everything&query＝any，contains，％E3％80％88％E6％A5％9A％E8％BE％9E％E8％A1％A5％E6％B3％A8％E3％80％89％E8％AF％91％E6％B3％A8％E7％A8％BF&mode＝basic&offset＝0。

赵炳清:《上博简三〈彭祖〉补释》，"简帛研究"网，http：//www. bamboosilk. org/admin3/2005/zhaobinqing001. htm。

李传嗣:《清末民初钟祥的四大名医》，钟祥新闻网·钟祥市人民政府门户网站，http：//www. zhongxiang. gov. cn/html/yangchunbaixue/yuanchuan gzuopin/ 20111007/391。